Eres el siguiente

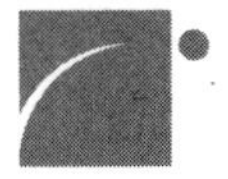

Eres el siguiente

Gregg Hurwitz

Traducción de Santiago del Rey

Rocaeditorial

Título original: *You're Next*

Primera edición: julio de 2013

© de la traducción: Santiago del Rey
© de esta edición: Roca Editorial de Libros, S. L.
Av. Marquès de l'Argentera 17, pral.
08003 Barcelona
info@rocaeditorial.com
www.rocaeditorial.com

Impreso por RODESA
Villatuerta (Navarra)

ISBN: 978-84-9918-634-4
Depósito legal: B-14.513-2013
Código IBIC: FF; FH

A Rosie, por presentarme a mi yo adulto.
Y a Natalie, por hacer que todo cobre sentido.

«Yo no seré el que se queda solo.»

GLASVEGAS, *Daddy's Gone*

Prólogo

El crío de cuatro años se remueve en el asiento trasero del coche familiar. Su cuerpo no pasa de ser un bulto bajo la manta que lo cubre. La hebilla del cinturón le aprieta en la cadera y le hace daño.

Se incorpora, restregándose los ojos bajo la luz matinal, y mira confuso alrededor.

El coche, con el motor al ralentí, está pegado a la acera, junto a una valla de tela metálica. Su padre se aferra al volante con brazos temblorosos, mientras el sudor le resbala por la enrojecida piel de la nuca.

El niño traga saliva para humedecerse la reseca garganta.

—¿Dónde..., dónde está mami?

Su padre suelta un resuello y se vuelve a medias. La sombra de la barba de un día le oscurece la mejilla.

—Ella no... No puede... No está aquí.

Baja la cabeza y se echa a llorar. Puras sacudidas e hipidos, como llora la gente que no está acostumbrada a hacerlo.

Al otro lado de la valla, los niños corren por el asfalto resquebrajado y aguardan su turno en unos columpios herrumbrosos. Un rótulo sujeto con alambre a la valla proclama: AMANECE DE NUEVO EN AMÉRICA: RONALD REAGAN PRESIDENTE.

El niño tiene calor. Baja la vista para echarse un vistazo. Lleva vaqueros y una camiseta de manga larga, en lugar del pijama con el que se había metido en la cama. Intenta comprender las palabras de su padre, la calle desconocida, la mantita hecha un gurruño en su regazo... Pero no puede concentrarse en nada, salvo en el vacío que nota en el estómago y en el zumbido de oídos.

—Esto no es culpa tuya, campeón. —La voz de su padre suena aguda, desigual—. ¿Me entiendes? Si has de recordar... una cosa..., recuerda que nada de lo ocurrido es culpa tuya.

Desplaza las manos por el volante, apretándolo con tanta fuerza que le palidecen los nudillos. Tiene una mancha negra en la manga de la camisa.

Les llega un rumor de risas; los niños se cuelgan de las barras y rodean a gatas las desvencijadas atracciones.

—Pero ¿qué he hecho? —dice el crío.

—Tu madre y yo te..., te queremos mucho. Más que a nada en el mundo.

Las manos de su padre siguen desplazándose por el volante. Se desplazan y aprietan. Se desplazan y aprietan. A la manga de la camisa le da la luz directa, y el niño observa que la mancha no es negra. En absoluto.

Es roja como la sangre.

Su padre se encorva con los hombros estremecidos, aunque sin hacer ningún ruido. Luego, con evidente esfuerzo, se yergue otra vez.

—Ve a jugar.

El niño observa por la ventanilla el patio desconocido, lleno de chavales desconocidos que corren y chillan.

—¿Dónde estoy?

—Volveré dentro de unas horas.

—¿Me lo prometes?

Su padre no se vuelve aún, pero levanta la vista hacia el retrovisor y le sostiene la mirada por primera vez. En el espejo, su boca es un trazo firme y recto; sus ojos, de color azul claro, lo miran limpia, fijamente.

—Te lo prometo —dice.

El niño continúa sentado.

La respiración de su padre se vuelve rara.

—Anda, ve a jugar.

El crío abandona el asiento y baja. Cruza la verja. Cuando se detiene para mirar atrás, el coche ha desaparecido.

Los chavales suben y bajan en el balancín, se deslizan con

un silbido por la barra de bomberos. Da la impresión de que conocen el terreno que pisan.

Uno de ellos llega corriendo y le da un golpe en el brazo.

—¡Tú la llevas! —grita riéndose.

El niño juega al pilla-pilla con los demás. Trepa por las barras y cruza a gatas el túnel de plástico amarillo, recibiendo empujones de los mayores y haciendo lo posible para devolvérselos. Suena un timbre en el edificio de enfrente, y todos se alejan volando del patio y desaparecen en su interior.

El pequeño sale del túnel y se queda allí plantado, en medio de la zona de juegos. Solo. Se levanta viento, las hojas secas se arrastran como uñas por el asfalto. No sabe qué hacer, así que se sienta en un banco y espera a su padre. Una nube cruza el cielo tapando el sol. No lleva chaqueta. Da patadas a las hojas amontonadas en la base del banco. Se acumulan más nubes en lo alto. Permanece sentado hasta que le duele el trasero.

Al fin, una mujer, de pelo castaño grisáceo, emerge por la puerta de dos hojas. Se acerca y se inclina apoyando las manos en las rodillas. Lo saluda:

—Hola.

Él baja la cabeza y clava la mirada en su regazo.

—Bueno —dice ella—. A ver.

La mujer echa primero un vistazo a la zona de juegos desierta, y luego, a través de la valla metálica, a las plazas de aparcamiento vacías junto a la acera.

—¿Me puedes decir quiénes son tus padres?

AHORA

Capítulo 1

Mike estaba tendido en la oscuridad con la vista fija en el intercomunicador para bebés de la mesilla. Tenía que levantarse dentro de tres horas, pero el sueño no llegaba con más facilidad que de costumbre. Una mosca azul había estado dando vueltas por la habitación a intervalos irregulares, como si quisiera asegurarse de que permanecía despierto. Su madre solía decir que una mosca azul dentro de casa significaba que el mal acechaba a la familia. Era de las pocas cosas que recordaba de ella.

Dedicó un momento a repasar otros recuerdos menos morbosos de sus primeros años. Las escasas huellas de esa época eran poco más que destellos sensoriales: un aroma a incienso de salvia en una cocina de azulejos amarillos; cuando lo bañaba su madre, cuya piel parecía siempre bronceada y olía a canela.

Las barras rojas se desplegaron en el intercomunicador: una crepitación de interferencias. ¿O era Kat que tosía?

Bajó el volumen para no despertar a Annabel, pero ella se dio la vuelta bajo las sábanas y dijo con voz ronca:

—Cariño, por algo lo llaman «vigilabebés».

—Ya. Perdona. Creía haber oído algo.

—Tiene ocho años. Y es más madura que tú y que yo. Si necesita algo, vendrá y lo proclamará a los cuatro vientos.

Era una vieja discusión entre ellos, pero Annabel tenía razón, así que él silenció el volumen y se quedó mirando malhumoradamente el maldito aparato, incapaz de apagarlo del todo. Un pequeño artilugio de plástico que alimentaba los peores temores de un padre: asfixia, enfermedad, intrusos…

Normalmente, los sonidos eran solo interferencias o cruces

de otras frecuencias: una carga eléctrica en el aire o el niño de los vecinos sorbiéndose los mocos de un resfriado. A veces, Mike incluso oía voces en ese rumor de fondo. Habría jurado que había fantasmas en aquel trasto. Murmullos del pasado. Era como una puerta abierta a tu mente semiinconsciente y, en su susurro espectral, podías captar lo que quisieras.

Pero ¿y si lo apagaba y, precisamente, era esta noche cuando Kat los necesitaba? ¿Y si despertaba aterrorizada y desorientada por una pesadilla, presa de una repentina parálisis, víctima del hechizo de la mosca azul, y permanecía horas padeciendo, atrapada sola en su terror? ¿Cómo escoger la primera noche para asumir ese riesgo?

A altas horas de la madrugada, la lógica y la razón parecían quedarse dormidas antes que él. Todo parecía posible en el peor de los sentidos.

Finalmente se adormiló, pero entonces la mosca hizo otra ronda alrededor de la lamparilla. Un instante después las barras rojas volvieron a dispararse en el aparato silenciado. ¿Estaría gritando Kat?

Se incorporó y se restregó la cara.

—La niña está bien —gruñó Annabel.

—Lo sé, lo sé. —Pero se levantó y cruzó el pasillo descalzo.

Kat estaba totalmente dormida, manteniendo un brazo extendido sobre su osito polar y la boca entreabierta. El castaño cabello enmarcaba una cara muy seria; tenía los ojos bien separados como su madre, la nariz respingona y un generoso labio inferior. Dado su aspecto y su aguda inteligencia, a veces resultaba difícil saber si era una versión de ocho años de Annabel o esta, una versión de treinta y seis años de Kat. El único rasgo que la pequeña había heredado de su padre era obvio, al menos: un ojo castaño y otro ámbar. Heterocromía, se llamaba. En cuanto a los rizos, a saber de dónde los había sacado.

Mike se inclinó sobre ella, escuchó el leve silbido de su respiración, se sentó en la mecedora del rincón y contempló a su hija. Sintió una punzada de orgullo por la infancia que le habían proporcionado, por esa sensación de seguridad que le permitía dormir tan profundamente.

—Cariño. —Annabel, de pie en el umbral, se apartó el lacio pelo de la frente. Llevaba una camiseta Gap sin mangas y unos calzones de su marido, y tenía con ellos un aspecto tan estupendo como una década antes, durante su luna de miel—. Ven a la cama. Mañana es un día muy importante para ti.

—Voy enseguida.

Annabel se acercó, se besaron sin hacer ruido y ella se volvió a la cama con paso titubeante.

El movimiento de la mecedora era hipnótico, pero los pensamientos de Mike regresaban una y otra vez a lo que le esperaba al día siguiente. Al cabo de un rato comprendió que no iba a poder dormir, así que fue a la cocina y preparó una jarra de café. De nuevo en la mecedora, mientras daba sorbos con satisfacción a su taza caliente, se embebió en las sensaciones que lo rodeaban: las cortinas de color amarillo claro, la hilera de muñecos del estante, su hija sumida en un reposo angelical… Solo se veía interrumpido de vez en cuando por el zumbido de la mosca azul, que lo había seguido por el pasillo.

Capítulo 2

Kat apareció en la cocina con la cola de caballo medio suelta y descentrada. Annabel interrumpió lo que estaba cocinando en la sartén y observó la cascada de rizos.

—Te ha peinado tu padre, ¿no?

Kat metió el osito polar en la mochila y trepó a un taburete junto a Mike. Annabel volcó la tortilla en el plato de la niña y, agachándose, le ajustó la goma del pelo con un par de tirones bien calibrados. Fue a dejar la sartén en remojo, limpió las gotas del escape del rústico fregadero, usando una toalla de papel con el pie, y terminó de preparar el almuerzo de su hija, quitándole cuidadosamente la corteza del sándwich de mantequilla de cacahuete sin mermelada.

Mientras se tomaba su tercera taza de café y observaba a su esposa, Mike tenía la sensación de moverse a cámara lenta.

—Esta noche arreglo el fregadero —aseguró, y Annabel alzó los pulgares en señal de victoria.

Él reparó en el blanco brazo de peluche que sobresalía de la mochila de su hija.

—¿Puedo preguntar por qué te llevas un oso polar al cole?

—Tengo una conferencia hoy.

—¿Otra conferencia? ¿No estás en tercer curso?

—Es para esa actividad complementaria después de clase. He de hablar del calentamiento global…

Annabel dijo, sarcástica:

—No es broma.

—… y este no es un oso polar cualquiera.

—¿Ah, no? —se extrañó el padre, alzando una ceja.

Kat sacó el peluche de la mochila y lo mostró con aire teatral.

—Ahora ya no es Bola de Nieve, el amigo de la infancia. Es... Bola de Nieve, el último oso polar. —Sacó las gafas del estuche y se las puso. Los círculos rojos de la montura le daban un toque adicional de seriedad. Y no es que le hiciera falta—. ¿Sabías —comentó— que los osos polares seguramente se habrán extinguido cuando yo sea mayor?

—Sí —respondió Mike—. Lo descubrí en esa película de Al Gore, en la que los casquetes glaciares se derretían y los osos polares se ahogaban. Te pasaste dos días llorando.

—Cómete la tortilla —recomendó Annabel.

Kat picoteó un poquito. Su padre le dio un apretón en la nuca.

—¿Quieres que te acompañe hoy al cole?

—Papá, tengo ocho años.

—Como no paras de recordarme.

Él sacó su macizo teléfono móvil y pulsó «rellamada». Sonaron unos timbrazos, y poco después el gerente del banco atendió.

—Hola. Mike Wingate de nuevo. ¿Ha llegado la transferencia?

—Un minuto, señor Wingate. —Le llegó un tecleo de fondo.

Mientras madre e hija negociaban cuántos bocados más de tortilla tenía que comer Kat, él aguardó, tamborileando con los dedos sobre la encimera.

Le había costado treinta años pasar de operario a carpintero, de carpintero a capataz y de capataz a contratista. Y ahora estaba a punto de cerrar su primera operación como promotor. Había tenido que asumir para ello ciertos riesgos capaces de provocar una úlcera: poner su casa como aval y ampliar al máximo un montón de hipotecas para adquirir unos terrenos no urbanizados del cañón situado a las afueras de la ciudad. Lost Hills, una comunidad del valle de San Fernando que quedaba a cincuenta kilómetros al noroeste del centro de Los Ángeles, reunía una serie de ventajas, la principal de las cuales era que la propiedad inmobiliaria allí era simplemente cara, pero no desorbitada. Mike había dividido los terrenos en cuarenta generosas parcelas y construido una urbanización de casas ecológicas que había bautizado —sin mucha inventiva— como Green Valley. No es que él fuera el típico fanático de la ecología, pero Kat había mostrado desde temprana edad un gran interés en los asuntos medioambientales, y él debía confesar que esas fotografías futuristas generadas por ordenador de un Manhattan inundado a causa de la subida del nivel del mar le inspiraban un miedo atroz.

Los subsidios estatales a los proyectos verdes habían contribuido a vender rápidamente las casas, y la empresa de títulos de propiedad tenía que transferirle el dinero del último paquete de ventas esta mañana. Esa transferencia lo liberaría de las garras del banco por completo después de tres años y medio, y significaba que ya no deberían echar un vistazo a su cuenta antes de salir a cenar.

Oyó la sibilante respiración del gerente del banco al otro lado de la línea. El tecleo se detuvo.

—Todavía nada, señor Wingate.

Mike le dio las gracias, cerró el móvil y se secó el sudor de la frente con el canto de la mano. Reapareció la vocecita insistente: ¿Y si, después de tanto trabajo, algo salía mal?

Sorprendió a Annabel mirándolo fijamente, y comentó:

—No debería haberme comprado aún esa absurda camioneta.

—¿Y qué habrías hecho entonces? —dijo ella—. ¿Pegar con cinta adhesiva la transmisión de tu furgoneta hecha polvo? Todo va bien. El dinero está en camino. Has trabajado duro, muy duro. No está mal que lo disfrutes un poco.

—Tampoco me hacía falta tirar ochocientos pavos en un traje.

—Tienes una sesión fotográfica con el gobernador, cariño. No podíamos permitir que te presentaras con unos vaqueros raídos. Además, te lo puedes volver a poner en la entrega de premios. Lo cual me recuerda otra cosa. —Chasqueó los dedos—. He de ir a recogerlo al sastre después de clase. Kat tiene esta mañana ese chequeo médico escolar. ¿Puedes llevarla tú de camino al trabajo, y nos vemos aquí a la hora del almuerzo?

Durante el último año, los horarios de la pareja se habían vuelto más difíciles de coordinar. En cuanto quedó claro que Kat llevaba bien el tercer curso, Annabel había decidido que ya era hora de volver a la Universidad de Northridge y sacarse el título de Magisterio. La matrícula en la facultad estatal era asequible, recortando un poco aquí y allá en el presupuesto familiar.

Mike abrió el móvil y echó un vistazo a la pantalla, por si se le había escapado la llamada del banco con buenas noticias. Se masajeó un nudo en el cogote. La tensión todavía no aflojaba.

—No sé qué tenía de malo mi vieja chaqueta deportiva.

Kat comentó:

—Ya nadie lleva chaquetas de tela escocesa, papá.

—No es de tela escocesa. Es a cuadros ventana.

Annabel miró a la niña y dijo con los labios: «escocesa». Mike no tuvo más remedio que sonreír. Inspiró hondo e intentó soltar un largo suspiro. El dinero ya estaba en la empresa de títulos de propiedad. ¿Qué problema podía haber?

Annabel terminó su quehacer en el fregadero, se quitó los anillos y se frotó las manos con crema. El anillo de compromiso, un minúsculo diamante amarillo claro que le había costado a él la paga de dos meses, desprendió un apagado destello. Mike amaba ese anillo, tal como amaba su pequeña y acogedora casa. El sueño americano destilado en dos dormitorios y en unos ciento cincuenta metros cuadrados. Que entrasen ingresos sería fantástico, desde luego, pero ellos siempre se habían contentado con su suerte; habían sabido apreciar lo afortunados que eran.

Ella tendió las manos hacia las de su marido y le dijo:

—Ven, me he puesto demasiada crema.

La luz de la ventana se derramaba sobre sus hombros, confiriéndole a su oscuro pelo un tono cobrizo; sus ojos, en los que se reflejaba el azul escarcha de la blusa, parecían translúcidos.

Mike alzó el móvil, la enfocó con la cámara incorporada y le sacó una foto.

—¿Qué? —dijo ella.

—Tu pelo. Tus ojos.

Annabel restregó las manos contra las suyas.

—¡Puaj! —exclamó Kat—. Daos un beso y acabad de una vez.

Y

La Ford F-450 relucía en el garaje como un tanque lustroso. Esa camioneta de cuatro toneladas tragaba suficiente diésel como para contrarrestar toda la contribución de Green Valley al medio ambiente, pero Mike tampoco podía transportar materiales a una obra con un Prius híbrido. Aquella Ford constituía un despilfarro, una irresponsabilidad incluso, pero debía confesar que cuando había salido el día anterior con ella del concesionario, había sentido más placer de lo que parecía prudente.

Kat subió al asiento trasero y hundió la nariz en un libro: el ritual matinal de costumbre.

Mientras salían por el sendero, Mike señaló con un gesto la pantalla de televisión y DVD montada en el techo.

—Deja de leer. Mira qué tele. Tiene auriculares inalámbricos con inhibición de ruido ambiental.

Hablaba igual que el folleto, pero no lo podía evitar; el olor del coche nuevo se le estaba subiendo a la cabeza.

La niña se puso los auriculares y repasó los canales.

—¡Sí! —dijo, alzando la voz, pues tenía el volumen a tope—. *Hannah Montana.*

Mike recorrió las tranquilas calles residenciales, bajando el parasol, mientras pensaba en lo nervioso y emocionado que estaba por la sesión fotográfica con el gobernador. Pasaron frente a una joyería y echó un vistazo a las piezas rutilantes del escaparate. Cuando llegara la transferencia, pensó, tal vez se pasaría por allí para comprarle una sorpresa a Annabel.

Mientras se acercaban a la consulta de la doctora Obuchi, la expresión de Kat se fue ensombreciendo.

—Nada de inyecciones —dijo quitándose los auriculares.

—No, no. Es solo un chequeo. No vayas a armar jaleo.

—Mientras no haya agujas, no habrá jaleo. —Extendió la mano con un gesto impropio de su edad—. ¿Trato hecho?

Él se volvió a medias y se dieron un solemne apretón.

—Trato hecho.

—No te creo.

—¿Acaso he roto alguna vez una promesa?

—No. Pero podrías empezar ahora.

—Me alegra comprobar que me he ganado tu confianza.
—Tengo ocho años. Se supone que estoy en una edad difícil.

Kat mantuvo firmemente cerrada la boca durante el resto del trayecto y en el camino hasta la sala de chequeos, donde se agitó inquieta sobre la camilla, haciendo crujir el forro de papel, mientras la doctora Obuchi le revisaba los reflejos.

Al terminar la exploración física, la médica echó un vistazo al historial de la niña.

—¡Ah! Veo que no se le ha administrado la segunda dosis de la triple vírica, porque Annabel quiso que espaciara las vacunaciones. —Se tiró de un mechón de reluciente pelo negro—. Vamos con retraso.

Revolvió en un cajón, buscando el frasco y la jeringa.

Kat abrió mucho los ojos, se puso totalmente rígida en la camilla y le dirigió a su padre una mirada suplicante.

—Lo has jurado, papá.

—La niña prefiere prepararse para las inyecciones —arguyó Mike—. Mentalmente, quiero decir. Con un poco más de antelación. ¿No podemos volver otro día de esta semana?

—Estamos en septiembre. La vuelta al colegio. Imagínese cómo estoy de trabajo. —La doctora Obuchi captó la mirada fulminante de la niña sin inmutarse—. Quizá tenga un hueco el viernes por la mañana.

Mike apretó los dientes, frustrado. Kat lo miraba fijamente. Él puso las manos en las huesudas rodillas de su hija.

—Cariño, estoy hasta arriba de reuniones el viernes; y mamá tiene clase. Es mi peor día de toda la semana. Hagámoslo ahora y nos olvidamos del asunto.

Kat se ruborizó.

—Es solo un pinchacito —dijo la doctora Obuchi—. Antes de que te des cuenta, ya habremos terminado.

La niña apartó los ojos de su padre y miró hacia la pared, mientras se le aceleraba la respiración. Su brazo estaba casi tan blanco como el guante de látex que lo sujetaba. La doctora Obuchi le aplicó un algodón con alcohol en el bíceps y preparó la aguja.

Mike la observaba con creciente inquietud. Kat seguía con la cara vuelta hacia la pared.

Cuando la aguja de acero inoxidable ya descendía, Mike alargó el brazo y detuvo con delicadeza la mano de la doctora.

—Ya me las arreglaré para venir el viernes —aseguró.

Condujo la camioneta mascando un chicle y tratando de contenerse para no llamar al gerente del banco por cuarta vez. Al acercarse al colegio de Kat, bajó el cristal de la ventanilla y escupió el chicle.

—¡Papá!

—¿Qué?

—Eso no es bueno para el medio ambiente.

—¿Porque podría atragantar a un águila calva?

Ella frunció el entrecejo.

—Vale, de acuerdo. No volveré a escupir un chicle por la ventanilla.

—Bola de Nieve, el último oso polar, te da las gracias.

Paró frente al colegio, pero ella permaneció en el asiento, toqueteando los auriculares inalámbricos en su regazo.

—Van a darte una especie de premio por esas casas verdes, ¿no? —preguntó—. ¿Es un premio del gobernador?

—Sí, un reconocimiento.

—Ya sé que te preocupas por la naturaleza y tal, pero tampoco es que estés tan comprometido, ¿no? Así que ¿por qué has construido esas casas verdes?

—¿De veras quieres saberlo? —Giró ligeramente el retrovisor para verle la cara.

Ella asintió.

—Por ti.

Kat entreabrió la boca, desviando la mirada, y sonrió para sí. Se acercó a la otra puerta y bajó del coche. Incluso cuando ya había cruzado la mitad de la zona de juegos, Mike percibió que aún seguía ruborizada de placer.

Dejó que el viento entrara por la ventanilla y miró alrededor. Había varios profesores vigilando el patio y padres en corrillo, entre los vehículos aparcados, montando reuniones infantiles, poniéndose de acuerdo para compartir los coches o planeando salidas al campo. Los niños corrían dando alaridos y se revolcaban por el césped.

Esta era la vida con la que siempre había soñado, pero que a duras penas se había atrevido a creer que pudiera ser suya. Y sin embargo, aquí estaba.

Marcó el número y se pegó el móvil a la oreja. La voz del gerente del banco sonó con un punto de impaciencia.

—Sí, señor Wingate. Ahora iba a llamarlo. Me complace informarle de que la transferencia acaba de llegar.

Por un instante, se quedó sin habla. Sujetando el móvil con la sudorosa mano, preguntó la cantidad. Todavía le pidió al gerente que se la repitiera, para asegurarse de que era real.

—Entonces el crédito queda saldado, ¿no? —dijo, aunque le constaba que acababa de recibir dinero suficiente para liquidar cinco veces la deuda pendiente—. ¿Totalmente saldado?

Un matiz divertido se coló en la voz del gerente:

—Está usted libre de cargas, señor Wingate.

Sintió que se le formaba un nudo en la garganta, así que le dio las gracias y colgó. Apoyó la cara en una mano y respiró hondo un rato, no fuera a ser que perdiera la compostura en medio del aparcamiento de la escuela elemental de Lost Hills. Era el dinero, desde luego, pero representaba mucho más que eso. Era un alivio y un orgullo: la conciencia de que había asumido un riesgo e invertido casi cuatro años de trabajo ininterrumpido en el proyecto, y la convicción de que su esposa y su hija nunca habrían de preocuparse a partir de ahora de si tenían un techo sobre la cabeza, comida en la nevera o facturas atrasadas sobre el escritorio.

Contempló la zona de juegos, fragmentada por el enrejado de la valla metálica. Kat trepó hasta lo alto de la barra de bomberos y le arrancó un tintineo a la campana con el puño. Sintió una punzada en el corazón ante esa imagen de su hija, al pensar en el mundo tan reducido y seguro de la pequeña: un mundo de cambios minúsculos, de horizontes abiertos y afecto ilimitado.

Aunque llegaba tarde, se arrellanó y la miró jugar.

Capítulo 3

Los trabajadores se agolparon alrededor de la camioneta de Mike en cuanto apareció en la obra.

—¡Caray!

—¡El jefe tiene coche nuevo!

—¿Cuánto corre esta preciosidad?

Mike se bajó, ahuyentando las preguntas para disimular su incomodidad. Nunca se había acabado de adaptar a la idea de ser el jefe, y echaba de menos la camaradería desenfadada que se creaba trabajando con ellos día tras día.

—No tanto como crees.

Jimmy apoyó en el capó ambas manos, en una de las cuales sujetaba un destornillador.

—Cuidado con la pintura —advirtió Mike, y de inmediato se arrepintió de haber abierto la boca.

Jimmy alzó las manos, como si lo apuntaran con una pistola, y los demás se echaron a reír.

—Vale, está bien —admitió Mike—. Lo tengo merecido. ¿Dónde anda Andrés?

Su irritable capataz se acercó con pasos lentos, removiendo algo en una calabaza con una pajita de acero inoxidable. La calabaza contenía yerba mate, y la pajita metálica —una bombilla— filtraba las hojas sueltas, de manera que Andrés podía pasarse el día sorbiendo la amarga infusión sin tener que andar escupiendo por todas partes. Enseguida ahuyentó a los trabajadores:

—Bueno, ¿a qué estáis esperando? Se supone que holgazaneáis cuando el jefe se larga, no cuando llega.

Los hombres se dispersaron, y el capataz dejó la calabaza sobre el parachoques de la camioneta.

—Arg —dijo inexpresivamente.

—¿Arg?

—Es el Día Nacional de Hablemos como Piratas, sí, esa festividad que crearon unos aficionados a la piratería de Ohio que, además, se celebra en muchos países el diecinueve de septiembre. Hay que ver qué país este que celebra todas esas fiestas absurdas: Día de Llévate a tu Hijo al Trabajo, Día de Martin Yuther King...

Inmigrante de Uruguay, Andrés estaba a punto de solicitar la nacionalidad, y se había convertido en una enciclopedia ambulante de las curiosidades más raras de la cultura norteamericana.

—Yo creía que se llamaba Martin Luther King —observó Mike.

—Es lo que he dicho, amigo.

Subieron por la cuesta que conducía a la urbanización. Las cuarenta casas, flanqueando una extensión de césped en la hondonada del cañón, se alineaban a ambos lados por la pendiente, aumentando progresivamente de altitud y precio. A primera vista parecían casas corrientes, pero un examen más atento revelaba la presencia de una serie de elementos de protección medioambiental: zonas de biofiltración para las aguas de escorrentía, tejados provistos de células fotovoltaicas y cubiertos de vegetación, tuberías de gres vitrificado en lugar de PVC (un material no degradable causante de filtraciones tóxicas). Aun así, las casas habían pasado por los pelos los requisitos para obtener el codiciado certificado verde de «Proyecto líder en energía y diseño medioambiental». Pero lo habían logrado y, ahora, aparte de los últimos ajustes eléctricos y unos cuantos retoques superficiales, el trabajo estaba terminado.

Llegaron a lo alto de la cuesta y entraron en el parque, la parte de Green Valley que más le gustaba a Mike. Estaba situado en el centro, de modo que los padres podían asomarse por la ventana de la cocina y ver a sus hijos jugando. La estructura de la urbanización daba cabida a dos parcelas más en aquella zona, pero él no se animaba a construir en esas tierras.

Caminaron hacia el hoyo abierto en el extremo del parque, ya preparado para verter los cimientos del foso para encender fuego.

—¿A qué estamos esperando? —preguntó Mike.

—El hormigón ecológico tarda más en mezclarse —dijo Andrés—. Pero mi jefe supercontrolador no me permite usar hormigón normal.

Ese era el ritual diario entre ambos: como una vieja pareja amargada y exasperada, pero comprometida hasta el final.

—El certificado de «Proyecto líder» es muy estricto. No tenemos margen para permitirnos ninguna licencia. —Mike hizo una mueca, pasándose la mano por la cara—. Dios mío, ¿quién iba a saber que sería un latazo semejante?

Andrés dio otro sorbo a su bombilla.

—¿Qué construiremos después de esto?

—Una fábrica de carbón.

El capataz soltó una risita y hurgó en la calabaza con la pajita metálica.

—Ya se lo dije. Si no hubiéramos seguido este rollo ecológico, habríamos sacado un veinte por ciento más. Y entonces todos tendríamos camioneta nueva.

Al ver que se acercaban, Jimmy les hizo una seña y acercó una hormigonera al hoyo del fuego. Andrés alzó el brazo a su vez, con tan mala suerte que la bombilla salió disparada de la calabaza y cayó al hoyo. Frunció el entrecejo, como si este fuera un contratiempo más de un día infortunado.

—Olvídelo. Ya me compraré otra.

Al mirar la pajita de acero hundida en el lodo, Mike oyó en su interior la voz de Kat, hablando de basura y metales en descomposición. Su conciencia se sublevó de un modo irritante.

Jimmy estaba a punto de volcar el tambor de hormigón en el agujero cuando Mike lo detuvo con un grito. El operario puso los ojos en blanco y se apartó para fumarse un cigarrillo mientras su jefe bajaba de un salto. El hoyo era, aproximadamente, de un metro y medio y de paredes casi verticales; lo habían excavado muy profundo para alcanzar las tuberías de gas. Al agacharse a recoger la bombilla, se fijó en el codo de una tubería de desagüe que sobresalía de la pared de tierra: la tubería principal.

Se quedó paralizado.

Sintió un nudo en el estómago. La pajita metálica se le escurrió de la mano. El hedor a tierra húmeda y raíces le produjo una sensación opresiva y le inundó los pulmones.

Al principio creyó que se confundía. Luego escarbó en la tierra, que se le desmigajaba en los dedos, y el temor se abrió paso entre la conmoción inicial.

La tubería no era del gres vitrificado ecológico por el que había pagado una pequeña fortuna.

Era de PVC.

—¿Cuánto se ha utilizado? —Mike estaba ahora en el borde del hoyo con Andrés, procurando no traslucir pánico en su tono de voz. Había ordenado a los demás trabajadores que se alejaran.

—No lo sé —dijo el capataz.

—Trae la furgoneta de fontanería —pidió Mike—. Quiero pasar una cámara de inspección por las alcantarillas y las vías de desagüe.

—La tarifa de esa furgoneta...

—Me da igual.

Cogió una pala que había en un montón de roca decorativa, volvió a saltar al interior del hoyo y excavó las paredes. Había conservado la robusta complexión de sus trabajadores —antebrazos musculosos, manos fuertes, un pecho lo bastante ancho como para deformar una camiseta—, y avanzaba a un ritmo impresionante, pero la compacta tierra no cedía bajo la pala como años atrás. Andrés llamó para pedir la furgoneta y se quedó con los brazos cruzados, mascando chicle y observando; los gruñidos de su jefe resonaban fuera del hoyo.

Tras unos momentos, el capataz cogió otra pala y se metió dentro junto a él.

La furgoneta de fontanería permanecía al ralentí en mitad de la calle, con las puertas traseras abiertas. El tubo de la videocámara salía serpenteando de su interior y se hundía en la boca de una alcantarilla. A pesar de la hora, habían mandado a casa a todos los trabajadores, salvo a Jimmy. Aparte del gorjeo de algún que otro pájaro, un silencio penetrante se cernía sobre la urbanización. La hilera de relucientes casas, todavía vacías, parecía bajo el sol de media mañana el decorado de una ciudad de fantasía aguardando el estallido de una prueba atómica.

En la furgoneta, apretujados junto a la bobina del tubo, con la ropa embarrada y las caras manchadas de tierra, Mike y Andrés observaban la imagen en vivo que ofrecía la cámara en una pequeña pantalla en blanco y negro: una visión granulada y endoscópica de tubería oscura. La bobina giraba junto a la cabeza de ambos produciendo un zumbido, mientras la cámara continuaba su recorrido subterráneo, transmitiendo una secuencia tan coherente que parecía trucada. Un metro tras otro de tubería de PVC discurría bajo la colina, bajo las calles, bajo las losas de hormigón de las casas.

La luz de la pantalla parpadeaba en la cara de los dos hombres, cuya expresión no se modificaba.

Jimmy emergió por la alcantarilla, reluciéndole el sudor en la oscura piel, y atisbó por las puertas de la furgoneta.

—¿Ya estamos?

Mike asintió, abstraído, casi incapaz de captar nada.

—Gracias, Jimmy. Ya puedes irte.

El hombre se encogió de hombros y los dejó solos. Al cabo de unos momentos, sonó un runrún conocido, y oyeron cómo se alejaba con la antigua camioneta de Mike.

Cuando este se explicó, lo hizo con una voz cascada:

—El PVC es lo peor de todo. Los residuos químicos se filtran en la tierra. Toda esta mierda se desplaza lentamente. Y la acaban encontrando en la grasa de ballena y hasta en la leche materna de los inuit, por el amor de Dios.

Andrés se echó hacia atrás y apoyó la cabeza en la pared de la furgoneta.

—¿Cuánto costaría? —preguntó Mike.

—Está de broma, ¿no?

—Arreglarlo. Reemplazarlo por gres vitrificado.

—Es que no está solo bajo la calle. Está por debajo de las losas. Por debajo de cada casa.

—Ya sé por dónde pasan las tuberías.

Andrés chasqueó los labios, desviando la mirada.

Mike sintió una sorda molestia en la articulación de la mandíbula, y se dio cuenta de que estaba rechinando los dientes. Levantar el suelo de las casas sería una pesadilla: muchas familias habían vendido ya sus antiguas viviendas. Eran gente de ingresos medios que no podrían pagar un alquiler provisional o una estancia prolongada en un hotel. ¡Demonios! Esa había sido en gran parte la idea: ayudar a las familias a conseguir una buena casa. Muchas de las propiedades las había adjudicado no al mejor postor, sino a quienes más las necesitaban: madres solteras, parejas de clase baja o familias necesitadas de un respiro financiero.

—¿Cómo es posible que no lo hayas notado? —inquirió Mike.

—¿Yo? Usted escogió al contratista: Vic Manhan. El tipo se presentó con treinta operarios e hizo todo el trabajo durante las vacaciones de Navidad. Recuerde. Usted estaba entusiasmado.

Mike echó un vistazo a su Ford con rencor e inquina. Una camioneta de cincuenta y cinco mil dólares... ¿En qué diablos había estado pensando? ¿Aceptaría quedársela otra vez el concesionario? Su cólera iba en aumento, amenazando con fundirle los fusibles.

—¿Tienes el número de Manhan?

Andrés revisó la agenda de su teléfono móvil, pulsó «llamada» y le pasó el aparato.

Mientras sonaba, Mike se pasó una mano sucia de tierra por el sudoroso pelo y trató de acompasar su respiración.

—Será mejor que ese cabrón tenga una buena póliza de seguro. Porque me tiene sin cuidado lo que cueste. Voy a ponerle tantas demandas como pueda...

«El número al que llama está fuera de servicio. Si cree que se trata de un error...»

Le dio un vuelco el corazón.

Colgó. Pulsó unos botones en el teléfono de Andrés. Probó en el móvil de Manhan.

«El usuario de Nextel al que trata de llamar ya no...»

Arrojó el teléfono a un rincón. El capataz lo miró en silencio y, agachándose lentamente, recogió el móvil y echó un vistazo a la pantalla para cerciorarse de que aún funcionaba.

Mike respiraba ruidosamente.

—Yo mismo me encargué de comprobar su maldita licencia.

—Será mejor que vuelva a comprobarla —sugiriró Andrés.

Sudando, con la camisa pegada al cuerpo, Mike hizo una serie de llamadas y fue anotando cada nuevo número en el dorso de un sobre. El cuadro se aclaró rápidamente: la licencia de Vic Manhan había expirado hacía cinco meses, poco después de terminar el trabajo para él. El contratista había dejado que su seguro de responsabilidad caducara antes incluso, de manera que no estaba en vigor cuando había colocado las tuberías de PVC. La póliza del seguro que le había presentado a Mike era un documento falso. Lo cual significaba —muy probablemente— que no cobraría un centavo para cubrir los daños.

Por primera vez en mucho tiempo, sintió que le venían a la cabeza ideas violentas —el crujido de los nudillos al impactar en el cartílago de la nariz, por ejemplo—, y pensó: «¡Qué deprisa retrocedemos!». Bajó la cabeza y se estrujó el pelo con los puños hasta hacerse daño. Notaba el ardor de su propio aliento en la cara.

—Tampoco ha de sorprenderse tanto por encontrar el PVC. —aventuró Andrés.

—¿Qué cojones estás diciendo? Claro que estoy sorprendido.

—Vamos... El gres vitrificado es más pesado que el hierro colado y más caro de fabricar, transportar e instalar. ¿Cómo cree, si no, que el presupuesto de Manhan podía ser inferior a los demás en un treinta por ciento? —El capataz, de morena piel, arrugó la frente—. Quizá no quería enterarse.

Mike se miró las manos manchadas.

Andrés añadió:

—Hay cuarenta familias que se trasladarán aquí esta semana. Incluso si quiere gastarse el dinero para cambiar las tuberías, ¿qué va a hacer? ¿Taladrar todas las casas? ¿Y también las calles?

—Sí.

—¿Para sustituir unas tuberías por otras?

—Me comprometí. Puse mi nombre, garantizando que usaría gres vitrificado, en lugar de PVC. Mi nombre.

—No ha hecho nada malo. Ese tipo nos ha estafado.

A Mike le salió una voz ronca:

—Estas casas están levantadas sobre una mentira.

Andrés se encogió de hombros, cansado. Bajó de la furgoneta soltando un gruñido, y su jefe lo siguió unos instantes más tarde. Sentía los músculos agarrotados.

Se miraron el uno al otro en medio de la calle, parpadeando como recién nacidos ante el súbito resplandor. El cañón se extendía ante ellos, hermoso y empinado, cubierto de artemisa. El aire, límpido y fresco, traía un aroma a eucalipto. La vegetación de los tejados armonizaba con el zumaque de la ladera, y cuando Mike entornó los párpados, todo pareció mezclarse y convertirse en una mancha verde.

—Nadie lo sabrá —sentenció Andrés. Asintió una sola vez, como confirmando algo, y echó a andar hacia su coche.

—Yo lo sabré —replicó Mike.

Capítulo 4

Sentado en el suelo junto a la pequeña chimenea de su dormitorio, con la espalda pegada a la pared, Mike miraba fijamente el teléfono inalámbrico que tenía en el regazo, debatiéndose consigo mismo. Finalmente, marcó el número de memoria.

Contestó una voz resonante, una voz ronca debida a los años:

—Hank Danville, investigador privado.

—Soy Mike. Wingate.

—Mike, no sé qué más decirte. Quedamos en que te llamaría si descubría algo, pero ya no me queda dónde buscar.

—No, no es eso. Te llamo por otro asunto. Necesito que me localices a un tipo.

—Espero que esta vez sea algo más factible.

—Se trata de un contratista que me ha estafado. —Le hizo un breve resumen. Oía la respiración un poco silbante de Hank mientras iba tomando nota—. Necesito localizarlo. Si te digo que es urgente me quedo corto.

—¿De cuánto estamos hablando?

Se lo dijo.

Hank soltó un silbido.

—Veré qué puedo hacer —dijo, y colgó.

Mike ya estaba acostumbrado a buscar información que, seguramente, no le convenía nada conocer, pero eso no convirtió en más fácil la espera. Entró en la ducha, se apoyó en los azulejos y se sometió a un chorro humeante, tratando de liberarse de la tensión. Mientras se secaba, sonó el teléfono. Con la toalla alrededor de la cintura, descolgó, se sentó en la cama y se preparó para recibir malas noticias.

—El último rastro de Vic Manhan lo sitúa en Saint Croix —informó Hank—. Hace dos meses entregó un cheque sin fondos en un bar. Dios sabe dónde estará ahora. Su mujer lo había abandonado; le esperaba un divorcio muy caro. Debió de pensar que era mejor hacer una última faena y largarse con el dinero. No sé bien cómo falsificó los papeles del seguro y las bases de datos, pero no lo respaldaba ninguna póliza real mientras te hacía el trabajo.

Mike cerró los ojos. Inspiró hondo.

—¿No puedes encontrarlo?

—Al tipo lo persiguen la policía y los abogados de su exesposa. A estas alturas seguramente se las ha pirado a Haití. No es localizable.

Mike notó un sabor amargo en la lengua. Exclamó:

—¡Venga ya! Tampoco es que sea Jason Bourne.

—Pídele a otro que lo intente si quieres. Yo creo haberlo hecho bastante bien en solo quince minutos.

—Otro callejón sin salida, Hank. No hacemos más que tropezarnos con casos insolubles, según parece.

—¿Otra vez con eso? —La voz del investigador se erizó de indignación—. Ya te dije la primera vez que viniste que estabas pidiendo algo prácticamente imposible. Nunca te prometí resultados.

—Sí, es cierto.

—Puede que no te guste cómo son las cosas, pero ya soy demasiado mayor para permitir que cuestionen mi trabajo. Pásate por la oficina a recoger tu expediente. Hemos terminado.

Mike siguió con el teléfono pegado a la oreja hasta que sonó el tono de marcado. Sintió una oleada de remordimientos. Se había portado como un gilipollas en su afán de echarle la culpa a alguien. Le debía una disculpa a Hank. Sin tener tiempo de pulsar el botón de «rellamada», oyó que se abría la puerta del garaje y los pasos de Annabel cruzando la cocina. Arrojó el teléfono sobre la cama justo antes de que ella apareciera precipitadamente, trayéndole el traje echado a la espalda.

—Perdona el retraso. Te habían planchado mal los pantalones. Parecían unos Dockers. Venga, coge una camisa y ponte el traje. —Giró con un golpe de muñeca su reloj para poner de cara la esfera—. Todavía podemos llegar puntuales.

La sesión fotográfica. De acuerdo.

Obedeció, actuando como un autómata. No se le ocurría cómo podía dejar de cambiarse y contárselo todo.

Annabel se movía alrededor de él, ajustándole las solapas, estirándole las mangas.

—No; esa corbata, no. Alguna más oscura.

—Antes escogía solo mis corbatas. ¿Cuándo me volví tan inútil?

—Siempre fuiste un inútil, cariño. Pero no me tenías a tu lado para advertírtelo. —Se puso de puntillas y le dio un leve beso en la mejilla—. Estás de maravilla. El gobernador quedará impresionado; igual te echa los tejos incluso. Sería todo un escándalo. —Retrocedió para examinarlo—. Desde luego, te queda mucho mejor que esa chaqueta escocesa.

—A cuadros ventana —replicó Mike débilmente—. Escucha...

—¡Dios mío! —Annabel acababa de reparar en las ropas de trabajo de su marido, tiradas en el suelo del baño—. ¿Qué has estado haciendo?, ¿reptar por una alcantarilla?

Se apresuró a recoger las mugrientas prendas. Una cajita marrón cayó del bolsillo de los vaqueros, rodó por el linóleo y acabó escupiendo un anillo: el diamante de dos quilates que él había escogido en la joyería después de dejar a Kat en el colegio. Se había olvidado de ello por completo.

Annabel se llevó una mano a la boca. Se agachó sobrecogida y lo recogió. Le brillaban los ojos anegados en lágrimas.

—¡La operación está cerrada! —Se echó a reír, corrió hacia él y lo abrazó—. Te lo dije. Te dije que todo saldría bien. Y este anillo... O sea, Mike, ¿estás de broma? —Se lo puso en la mano derecha y extendió los dedos para admirar el diamante. La alegría que había en su rostro era tan absoluta que la mera idea de romper el hechizo le provocó a Mike un nudo en la garganta. Apenas podía respirar.

Suavemente, le puso a Annabel las manos en los hombros. Sintió los frágiles y delicados huesos bajo la piel.

Ella levantó la vista y le dirigió una mirada penetrante.

—¿Qué ocurre? —preguntó.

Se había quedado allí plantado, en el minúsculo vestidor del dormitorio, con camisa y chaqueta pero sin pantalones.

—Las tuberías. ¿Te acuerdas de las tuberías?

—Claro. Gres vitrificado. Un ojo de la cara.

—El subcontratista nos ha estafado y se las ha pirado. Acabo de descubrirlo. Todo el material que atraviesa las losas del suelo es de gres vitrificado; por eso pasamos la inspección medioambiental. —Se humedeció los labios—. Pero todo el material que queda por debajo de la superficie es de PVC.

Un destello de comprensión cruzó el rostro de Annabel.

—¿Cuánto costará arreglarlo?

—Más de lo que vamos a ganar.

Ella dio un paso atrás y se sentó en la cama. Tenía las manos crispadas y los ojos fijos en aquel gran diamante que destellaba incluso a la luz desvaída de la habitación. Los dos respiraron en silencio unos instantes.

—A mí me encanta mi viejo anillo, de todos modos —dijo Annabel—. Es el que llevaba cuando te casaste conmigo.

Algo se aflojó en el interior de Mike, sintiéndose de repente más viejo, como si tuviera muchos más años que los treinta y cinco que figuraban en sus documentos.

—Solo importamos tú y yo —afirmó ella—. Y Kat. No necesitamos más dinero. Puedo aplazar lo de la universidad y conseguir un trabajo durante una temporada. Solo hasta que..., bueno, ya me entiendes. Nos las arreglaremos para ajustar el presupuesto. Podemos sacar a Kat de ese programa de refuerzo extraescolar, vivir en un bloque de apartamentos... No me importa.

Mike se puso los pantalones lentamente. Sentía las piernas pesadas y entumecidas, como si no fueran suyas. No se atrevía a mirar a su mujer a los ojos. Le daba un miedo tremendo lo que sentiría al hacerlo.

—Tú siempre has ido con la verdad por delante —dijo Annabel, quitándose el anillo de dos quilates. Lo dejó sobre el edredón junto a ella y se las ingenió para sonreír—. Arréglalo como sea.

La suite del hotel Beverly Hills era la más grande que Mike había visto en su vida. Tras un magnífico escritorio de época, Bill Garner se arrellanaba con aire pensativo en un sillón de cuero que parecía diseñado para entregarse a la reflexión. Estudió atentamente la fotografía, una impresión de ordenador que mostraba la tubería de PVC sobresaliendo en la zanja.

A través de la puerta abierta del salón llegaban risas, retazos de conversación y algún que otro flash. Los beneficiarios del premio de proyectos comunitarios tenían ahora que alternar un poco y sacarse unas fotos para facilitarle material a la prensa de cara a la ceremonia del domingo por la noche. Dejando aparte al gobernador, que, a juzgar por el coro de saludos, acababa de aparecer, Mike había sido el último en llegar.

Garner se levantó, cruzó la habitación y asomó la cabeza por el umbral.

—¿Ya está todo preparado? Bueno, dadnos un minuto.

Cerró la puerta y volvió a sentarse tras el escritorio. Su cara, suave como la de un adolescente, reflejaba un agradable optimismo, tal como había mostrado todo el rato mientras Mike le exponía el problema.

Juntó las yemas de los dedos, e inquirió:

—¿Tú vas a pagar el arreglo?

—Estoy decidido a hacerlo.

—Y esas tuberías de PVC..., ¿a dónde crees que irán a parar, una vez que las hayas desenterrado?

—No me he detenido a pensarlo.

—Acabarán en un vertedero, supongo. Así pues, ¿lo que quieres es desenterrar las tuberías del suelo para volver a enterrarlas en otro lugar? ¿Y para ello usarás un montón de maquinaria que consume litros y litros de gasolina? —Sonrió, afable—. Suena un poco absurdo, ¿no?

Mike se sentía de repente encorsetado en su nuevo traje.

—Sí. Pero, al menos, es honesto.

—Esas casas que has construido son verdes en un noventa y nueve por ciento. Hay muchos motivos para enorgullecerse.

Wingate estudió un momento a Garner, tratando de descifrarle el rostro, y respondió:

—Yo no lo veo así. —Cambió de postura en el sillón de

felpa con creciente incomodidad—. No sé si acabo de entender el giro que está tomando esta conversación.

—El gobernador ha depositado muchas esperanzas en este proyecto, Mike. Ya sabes lo radical que es en cuestiones ecológicas. Y tu urbanización de viviendas sociales, con nuestro programa piloto de subsidios, demuestra que un modelo verde puede funcionar no solo para ricachones gilipollas, sino que también es factible para la clase trabajadora. Green Valley es la niña de los ojos del gobernador. Lleva meses hablando de ello a la prensa.

—Comprendo que esto es un contratiempo. Lo lamento.

—Esos subsidios constituyen un programa piloto, un proyecto aún endeble, en el mejor de los casos. El gobernador está recibiendo ataques desde ambos lados del espectro político. Si no exhibimos pronto una comunidad modelo que refleje los beneficios energéticos del proyecto, los subsidios quedarán descartados. ¿Eres consciente de que hay elecciones dentro de un mes? El gobernador ha sometido a votación popular un puñado de iniciativas en las que se juega el cuello. Por eso hemos convocado a la prensa y organizado la sesión de fotos y la ceremonia de entrega de premios el domingo. —Frunció los labios—. ¿Cuándo tiempo te costará cambiar esas tuberías?

Mike notó una opresión en el estómago que fue subiéndole hasta la garganta.

—Meses —contestó.

—Y tu premio por un proyecto urbanístico excepcional...

—Habréis de retirarlo, obviamente.

—Verás, ahí está la cuestión. Sin entrega de premios no hay prensa. Sin prensa no hay apoyo popular. Sin apoyo popular no hay subsidios del estado para los compradores de las viviendas.

A Mike se le secó la boca.

—¿Cuál es el monto de los subsidios exactamente? —preguntó Garner—. ¿Trescientos mil por familia?

—Doscientos setenta y cinco mil.

—Y son familias de clase media las que van a trasladarse ahí... Quiero decir, ese era el objetivo en realidad. ¿Vas a decirles ahora a esa gente que no solo no pueden trasladarse a sus nuevas viviendas durante meses, sino que ya no podrán contar con los subsidios en los que sustentaban sus planes financieros? —Sonrió con pesar—. ¿Les dirás que tendrán que conseguir casi trescientos mil de los grandes por cabeza? ¿O también pensabas cubrir ese coste?

Mike tragó para humedecerse la garganta.

—No tengo ni de lejos esa cantidad de dinero.

—Entonces, ¿seguro que quieres traspasar el problema a esas familias?

Por primera vez, Wingate no tenía una respuesta preparada.

Garner puso sobre la foto un dedo de impecable manicura y lo deslizó lentamente hacia atrás sobre el escritorio.

Mike siguió su gesto atentamente.

Sonó un golpe impaciente en la puerta. Un joven asistente asomó la cabeza.

—Lo necesitamos ya —urgió—. El fotógrafo se está poniendo nervioso. Y yo tengo que subir al gobernador a un avión para regresar a Sacramento.

Por detrás del asistente, Mike atisbó al gobernador contando un chiste con su inconfundible acento austriaco. Garner alzó un dedo.

—Tiene treinta segundos —dijo el ayudante, suspirando, y se retiró.

Mike y Garner se miraron en silencio. Solo se oía el tictac de un reloj de sobremesa y el sonido amortiguado de la conversación que llegaba desde el salón.

—Bueno, ¿qué dices? —Garner se inclinó sobre el escritorio. Una franja de piel bronceada asomaba por la abertura de la manga de la camisa—. Por el bien de cuarenta familias, ¿no crees que podrías sonreír ante un puñado de cámaras?

Señaló hacia el salón extendiendo el brazo, dejando a la vista un reluciente gemelo de oro.

De rodillas, Mike contempló las parpadeantes llamas, que le arrojaban un resplandor anaranjado sobre el rostro, sobre la alfombra y sobre el edredón blanco de la cama de su dormitorio. En la mano sujetaba la fotografía que mostraba aquel codo delator de PVC. Se le ocurrió la idea absurda de que su postura era la de un samurái avergonzado.

Annabel permanecía de pie detrás de él, observando la escena. Kat, por suerte, estaba en su habitación con la puerta cerrada, absorta en sus deberes.

Annabel no había dicho nada: ni una palabra desde que él había entrado arrastrando los pies, se había quitado la chaqueta y arrodillado en el suelo. No le hacía falta. Ya lo adivinaba todo y tan solo esperaba que él se lo contara.

—No quieren demoras —musitó él—. Necesitan la publicidad de la ceremonia del premio. Han amenazado con retirar los subsidios a las familias.

—En ese caso, deberíamos asumir nosotros el coste —replicó ella—. ¿Cuánto es además de los gastos de cambiar las tuberías?

—Once millones de dólares.

Mike oyó cómo su mujer contenía la respiración.

—Entonces…, ¿qué vamos a hacer? —preguntó Annabel.

Él extendió el brazo y arrojó la fotografía a las llamas. En un instante se ennegreció y arrugó ante sus ojos.

—De acuerdo —dijo Annabel con voz apagada y lúgubre—. Creo que me compraré un vestido nuevo.

La puerta del baño se cerró tras ella con un chasquido. Mike contempló el fuego, preguntándose qué más desastres desencadenaría una mentira semejante.

Capítulo 5

El llanto entrecortado de un bebé rasgó el aire nocturno, emergiendo de la canasta depositada en el porche delantero. Los pliegues de una mullida mantita azul asomaban sobre los bordes de paja entretejida. Había una enorme quietud, salvo la sombra de los mosquitos que volaban en círculo en la amarillenta mancha que formaba la luz del porche. El galán de noche de las espalderas perfumaba el aire. En la calle, relucían los parachoques de los todoterrenos aparcados. Muchas casas se hallaban en fase de remodelación, y los contenedores atestiguaban la opulencia del vecindario en la misma medida que los Porsche Boxter descapotables que dormían bajo su funda de plástico.

Los gritos intermitentes del bebé se redoblaron y convirtieron en un aullido. Sonaron unos pasos en el interior de la casa; luego el pitido de una alarma al ser desconectada. La puerta principal se entreabrió todo lo que permitía la cadena de seguridad. Una mujer de cara adormilada se asomó por la rendija y sofocó un grito. Cerró la puerta, quitó la cadena y salió al porche. Era una mujer de cincuenta y tantos bien conservada. Se ajustó el cuello del albornoz azul. Parecía atónita. Las rodillas le crujieron cuando se agachó para coger el cesto con manos temblorosas.

La mantita estaba doblada sobre sí misma. Apartó frenéticamente los pliegues, aunque con mucho cuidado. El llanto se volvió aún más estridente. Ella retiró la última capa de tela y miró pasmada el contenido del cesto:

Un magnetófono de bolsillo.

La luz roja del *play* destelló ante sus ojos mientras los chillidos del bebé seguían saliendo de los diminutos altavoces.

El chasquido de una hoja seca flotó en la oscuridad del jardín y, acto seguido, la enorme silueta de un hombre se perfiló bajo la luz del porche. Un puño enguantado del tamaño de una mancuerna voló hacia la mujer, aplastándole la órbita del ojo y lanzándola contra la puerta, que se estrelló contra la pared con tal fuerza que el pomo se clavó en la pared de yeso.

Un instante de silencio. Incluso los grillos habían enmudecido, sobrecogidos.

El hombre se había quedado inmóvil en el límite del porche, con los hombros caídos, echando nubes de aliento. Su mera presencia constituía una afrenta en esa tranquila calle residencial. Su amplio e insulso rostro parecía extrañamente amorfo, casi indeterminado, como si sus rasgos se hallaran bajo la presión de una capa de látex. Sujetaba una bolsa de lona negra.

Sonaron otros pasos amortiguados sobre el esponjoso césped, y un segundo hombre entró en el cono de luz. Era delgado y de estatura normal, pero parecía diminuto al lado de su compañero; arrastraba los pies al caminar, curvando uno de ellos hacia dentro, un rasgo que casaba con la extraña posición de su muñeca derecha. Mientras acababa de ponerse unos guantes negros, los brazos se le estremecían levemente, otro síntoma de la enfermedad.

Ellen Rogers soltó un gemido en el suelo del vestíbulo, donde había aterrizado. Tenía un ojo torcido, la piel hundida en una hendidura a la altura del pómulo y la nariz partida a lo largo del puente, donde brillaba un surco negro. Le había quedado una pierna levantada y la movía repetidamente como si estuviera nadando. Su respiración era ronca, animal.

Los dos hombres entraron, cerraron la puerta y la observaron. El delgado, William, dijo en tono amable:

—Lo sé, cielo, lo sé. Dodge pega con mucha fuerza. Lo lamento por su cara. No crea que deseábamos nada parecido.

Ella lloriqueaba y babeaba sangre sobre las baldosas.

Dodge soltó la bolsa de lona, que aterrizó con un ruido metálico. Se puso dos cigarrillos en los labios, ladeó la cabeza, los encendió con un mechero barato de plástico que se sacó del bolsillo de la camisa y le pasó uno a su colega. Sosteniéndolo entre los amarillentos dientes, este dio una calada, cerró los ojos y dejó que se alzara de sus labios una cortina de humo espectral.

—¿Señor Rogers? —dijo volviéndose hacia el pasillo—. ¿Podemos hablar un minuto, por favor?

La amortiguada luz de la lámpara Tiffany parecía ser la única que mantenía a raya la oscuridad. Las paredes verdeazulados del despacho se desvaían en la negrura; podrían muy bien no haber estado allí. Más allá del borde del escritorio, destellaba un salvapantallas con la cinta continua de las cotizaciones de bolsa. Sobre la consola, una artificiosa foto enmarcada mostraba a la familia unos años antes, posando en plan informal en el patio trasero: unos padres orgullosos junto al hijo y la hija adolescentes, todos ellos luciendo idéntica sonrisa y polos de color pastel. La habitación entera tenía un toque náutico: la brújula de latón bruñido, el telescopio chapado en oro, la lupa de anticuario sobre las páginas de pergamino de un atlas con tapas de cuero... Era, en definitiva, el despacho de un hombre que se creía el dueño, el capitán de su propio destino. Aunque William y Dodge no habían elegido esa habitación por su diseño.

La habían escogido porque estaba insonorizada.

Ted Rogers apoyó a su esposa en el diván de cuero envejecido, que Dodge había cubierto por completo con una lona alquitranada. Ted poseía un aspecto orondo muy apropiado para un hombre de su edad y su posición: una barriga bien alimentada, unas gafas que acentuaban la redondez de su rostro, una barbita canosa y recortada... Todo ello sometido ahora a los temblores de la congoja y el terror. Cuando William le había pedido que fueran al despacho, él le había echado un vistazo a Dodge y había seguido las instrucciones.

Ellen se estremecía en los brazos de su marido, murmurando incoherencias. Se le caía una y otra vez la cabeza, y Ted se afanaba con sus rollizas manos por mantenérsela derecha.

—El Gran Jefe está disgustado. —William se rascó con mucha calma los pelos de su rala barba—. Esa pequeña jugada que ha hecho usted le va costar a él muy cara.

Un aroma a cigarro puro, dulce y reconfortante, impregnaba todo el mobiliario.

—Yo... Oiga, por favor. Dígale que lo lamento —se defendió Ted—. Ahora entiendo la gravedad...

William alzó un dedo y dijo:

—A ver. ¿Qué le dijo el Gran Jefe?

—Lo puedo recuperar todo mañana a primera hora. Lo juro.

—¿Qué-le-dijo-el-Gran-Jefe?

El pecho de Ted se agitó bajo el albornoz.

—Que si traicionaba su confianza, me mataría.

William movió la mano en círculo para animarlo a proseguir. —El humo del cigarrillo se retorció como una cinta en el aire.

—¿Cómo lo mataría?

Rogers se echó hacia delante, sufrió una arcada y se secó la boca. Le salió una voz insólitamente aguda:

—Con mucho dolor.

Alzó la mano, extendió los rechonchos dedos como un hombre habituado a resolver conflictos, a alcanzar compromisos, a encontrar soluciones sensatas y añadió:

—Escuche... —Sus despavoridos ojos miraron alrededor y volvieron a posarse en William—. Pueden llevarse lo que quieran. No importa cuál haya sido el coste para él, yo se lo compensaré. Quiero decir: no es posible que él..., que prefiera... —farfulló, y acabó enmudeciendo, como un motor calándose.

William y Dodge se limitaron a mirarlo.

Ted se metió la lengua bajo el labio, lo que provocó una ondulación en su barbita esmeradamente recortada, y continuó:

—Estaba metido en un apuro y tomé una decisión estúpida. Pero puedo anularla. Pagaré todos los costes que haya acarreado. Puedo pedir una tercera hipoteca sobre la casa. Tengo un patrimonio en..., en...

Su esposa se derrumbó, enterrando la magullada cara en un almohadón.

—Mírela. Permítame llevarla a un hospital. Deje que llame

al 911. No explicaremos lo que ha pasado. Todavía hay tiempo. Todavía podemos arreglarlo todo.

William giró el cigarrillo, miró la brasa y la aplastó contra los incisivos. Metió la colilla cuidadosamente en una bolsa de plástico, se la guardó en el bolsillo y continuó hablando como si nada:

—Mi tío me decía siempre: «Lo único que tenemos es nuestra palabra, lo que hemos prometido hacer». Nuestro patrón es un hombre que cumple su palabra. Y yo la mía. Es cuestión de ética, ¿entiende? Así que estamos ante un dilema. No nos gusta hacer daño a nadie, pero hemos de cumplir lo que decimos. Cumplir las órdenes, como en las Fuerzas Armadas, o dejar que todo se venga abajo. Es un asunto lamentable se mire como se mire, pero así debe ser. —Sus ojos, muy juntos, no titubearon en ningún momento. Unas hebras de vello rubio rojizo ribeteaban la línea de su maxilar. El olor que desprendía su cuerpo era agrio y medicinal—. En nuestro negocio, has de asegurarte de que la promesa que alguien te hace se mantiene. Y si no, debes sentar un precedente. Usted, Ted, es ese precedente.

Rogers le alzó el párpado a Ellen. Tenía la pupila muy dilatada.

—Por favor, por favor —crispó un puño—, ¿pueden llevarla a un hospital? Ella no tiene nada que ver. Ella no sabía nada de...

El disparo, aunque amortiguado, provocó que Rogers se irguiera de golpe en el diván. La cabeza de la mujer osciló. Luego, por el desgarrón abierto en la lona, salió flotando del almohadón una pluma con motas carmesíes. La conmoción ante esta visión se adueñó de Ted en el acto: los ojos vidriosos, la boca abierta de par en par, la piel temblorosa, palpitante, como el flanco estremecido de un caballo que se sacude las moscas. Dejó escapar un sonido ahogado, una vocal que se prolongaba y se prolongaba.

Dodge se agachó sobre la bolsa de lona y rebuscó en su interior. Sonó un tintineo de objetos metálicos.

—Hemos de sacar fotos —explicó William—. En varias fases. Para poder enseñárselas, ¿entiende?, al siguiente tipo que crea que puede pegársela al Gran Jefe.

Cuando la mano enguantada de Dodge emergió de la bolsa, sujetaba un martillo de bola.

Ted gimió en voz baja.

William dijo:

—Necesito que se siente aquí. Así tendremos espacio. El ángulo, ¿comprende? No, ahí. Eso es. Gracias.

Rogers obedeció, aturdido. William dio unos pasos atrás, estudió la postura del hombre.

—Es que Dodge se nos impacienta. Así que vamos a arrancar ya. Dodge, ¿por dónde quieres empezar?

El aludido alzó el martillo de bola y lo dejó caer sobre su guante de cuero.

—Por las articulaciones.

La furgoneta blanca subió traqueteando por el camino de tierra, virando una y otra vez por las amplias curvas cubiertas de desperdicios. El terreno se volvió llano por fin, y los faros fueron recorriendo una interminable valla de tela metálica que protegía un cementerio de coches abandonado. Los vehículos, prensados en bloques rectangulares, se amontonaban hasta gran altura, y los pasillos, carentes de iluminación, se extendían entre los montones de chatarra como oscuras trenzas africanas. Enganchados en el alambre de espino, había envoltorios y bolsas de plástico que se agitaban al viento. El óxido había provocado que la tierra adquiriera un tono rojo subido.

Pasado el desguace de automóviles, tras un macizo de hierbajos, se levantaba una casa de dos pisos revestida de tablillas. Miraba hacia el oeste, resignándose a sufrir los embates del viento. Como si de un cuadro se tratara, un roble azul emergía retorciéndose de la parda tierra.

La furgoneta se detuvo ante la casa entre una nube de polvo. El viento arreció con un leve silbido. Dodge se bajó del vehículo, cerró de un portazo y se desperezó. Reinaba la oscuridad que precede al alba, y la cumbre de la colina parecía tan desolada como una mina abandonada.

Se encendió una luz en el piso superior de la casa.

William tardó algo más en apearse. Haciendo muecas, sacó del bolsillo una pastilla y se la tragó en seco; luego se frotó la parte posterior de las piernas. Acto seguido, se echó en la boca un puñado de pipas de girasol y, después de masticar con precisión, escupió las cáscaras en el suelo. A los once años había empezado a mascar tabaco, pero alguien le había enseñado hacía pocos años un vídeo de gente con agujeros en los labios y las mejillas, y se había pasado a las pipas de girasol. Bastantes problemas tenía ya para que encima se le quedaran las mandíbulas como un colador.

Rodeó la furgoneta, pasando la mano por la desconchada pintura blanca, y abrió la puerta trasera. Ted salió atropelladamente, soltando unos aullidos que sofocaba la funda de almohada que llevaba atada a la cabeza. William se hizo a un lado (casi se le dobló la pierna mala), y Rogers tropezó con el parachoques y cayó al suelo. Gritaba enloquecido: los brazos le pendían a uno y otro lado, pues tenía destrozados los hombros y los codos.

Se apoyó en la mandíbula para incorporarse de nuevo. Arrastraba los pies y gruñía como un oso ciego. Y, de pronto, arrancó a correr. La funda estaba manchada de rojo a la altura de la boca, donde William había clavado un cuchillo para que pudiese respirar. Era difícil ser preciso cuando uno se resistía.

A unos veinte metros, Ted trastabilló y cayó de nuevo al suelo. Volvió a levantarse. Siguió adelante.

El hermano de William, Hanley, emergió por la puerta principal y se detuvo en el desvencijado porche a contemplar el valle de Sacramento. La mañana asomaba por el horizonte como una delgada cinta dorada. El hombre saludó al nuevo día con un gesto, bajó los escalones y se asomó a la trasera de la furgoneta: un cuerpo pulcramente envuelto en lona de plástico, un almohadón de cuero chamuscado por una bala y unos trapos tan empapados de lejía que le ardieron los ojos al acercarse. Cuando empujó el almohadón para examinar el orificio de bala, el magnetófono de bolsillo que estaba al lado cobró vida y sonaron unos berridos de bebé hasta que él detuvo la grabación.

El agreste terreno del patio delantero era muy irregular; las ardillas de tierra hacían su trabajo al abrigo de los hierbajos. Ted corría, tropezaba, reptaba de rodillas y volvía a correr; trazaba un camino frenético y serpenteante sin avanzar apenas. Los tres hombres no le prestaban la menor atención.

Hanley se pasó una mano alrededor de la boca, arrancándole un ruido rasposo a la incipiente barba. El parecido entre los dos hermanos era patente, aunque Hanley era sin duda una versión más sana de su hermano mayor: músculos bien modelados, piel blanca y suave, ninguna contorsión en la postura, ni ninguna anomalía en los miembros.

—Bonito trabajo, hermano —dijo—. ¿Lo ha hecho Dodge? —Su voz traslucía entusiasmo. Esto era nuevo para él, y no poco excitante.

—Ha sido él, ya lo creo —contestó William.

Dodge estaba fisgoneando en la bolsa de lona. Se había puesto un delantal de goma y unos anteojos de matarife. El delantal, bien ajustado a su enorme torso, mostraba las marcas de faenas anteriores. Interrumpió el repaso de sus instrumentos y se irguió; su cabeza rebasaba limpiamente el techo de la furgoneta, y su rostro de maniquí seguía tan inexpresivo como una televisión apagada.

Detrás de ellos, Ted se estrelló contra el tronco del roble y se desplomó brutalmente con un gruñido, hundiéndose entre las espigas mecidas por el viento. Forcejeó hasta incorporarse y siguió dando tumbos por una nueva trayectoria.

William asintió y, apretando los labios, indicó:

—Vamos a preparar el sótano.

Los dos hermanos caminaron hacia la casa. Hanley ayudó a William a subir los escalones.

Rogers había seguido avanzando por la inmensa extensión del patio. El viento transportaba sus jadeos entrecortados. Sollozaba y farfullaba de modo incomprensible, tratando de formar palabras.

Dodge se echó al hombro la bolsa de lona y caminó tras él con calma.

Apoyando todo el peso en su hermano, William arrastraba la pierna lisiada y subía uno a uno los peldaños. Al llegar al porche, bajó la vista y reparó en un ejemplar del *Sacramento Bee,* todavía con su envoltorio de plástico. Se detuvo en seco.

—¿Qué pasa, hermano? —preguntó Hanley—. ¿Te encuentras bien?

William torció la boca, asomando un colmillo entre la áspera barba, y señaló la fotografía de la portada del periódico.

—Esa cara…

Hanley la miró también. Se quedó pasmado.

—No es posible. No puede ser.

La mirada del hermano mayor se endureció. Escupió unas cuantas pipas sobre la fotografía en blanco y negro, y dijo:

—Se parece una barbaridad. Ya lo averiguaremos. Lo vamos a comprobar.

—¿Y luego?

Oyeron que Dodge le había dado alcance a Ted. Sonó un crujido de huesos y tendones, seguido de un grito endeble y tembloroso. Soltando un gruñido, el hombretón se lo echó al hombro. Después ya solo se percibió el golpeteo de los flácidos brazos del tipo sobre la espalda del gigantón.

—Ya voy —dijo Dodge.

ENTONCES

Capítulo 6

—¿Cómo te llamas? ¿Está sordo? ¿No oye? ¿Hola? ¡Eh, chaval! Dime tu nombre.

—Michael.

—Vale, muy bien, chaval. Apellido. ¿Me dices tu apellido?

—Está conmocionado, inspector.

—¿No sabes tu apellido? ¿Y qué me dices del nombre de tu padre? ¿Sabes cómo se llama tu padre?

—John.

—Bien, muy bien. ¿Y tu madre? ¿Recuerdas el nombre de tu madre? ¿Hola? ¿Cómo se llama tu madre?

—Mami.

—Vale, vale. Muy bien. John y Mami. Ya es algo, ¿no?

—No veo de qué va a servirle el sarcasmo, inspector. Ni a usted ni a él. Michael, cariño, ¿cuántos años tienes?

—Cuatro. Y tres meses.

—Bien, chaval, muy bien. Tenemos que averiguar cómo llevarte a casa. ¿Entiendes?

—Creo que deberíamos darle un poco más de tiempo, inspector.

—El tiempo es crucial, señora. A ver, hijo. ¿Vives por aquí cerca? ¿Sabes…? ¡Eh, chaval! Aquí. Mírame.

—Creo que debería terminar mi evaluación antes de…

—¿De qué ciudad eres? ¿Michael? ¿Michael? ¿Sabes el nombre de la ciudad donde vives?

—Estados Unidos de América.

—Joder.

Capítulo 7

El primer año transcurre en retazos inconexos, en fragmentos de bordes afilados. Está definido por voces diversas; por conversaciones como esta:

—¿Y qué me dices de una calle? Venga, hombre. Ayúdanos un poco. Tienes que recordar el letrero de una calle. Algo.

Y él señalaba la letra equis en un puzle alfabético:

—Así.

—Oye, Joe, ¿conoces alguna calle que empiece por equis?

—¿Qué tal la Jodida Xanadú?

—Eso empieza con jota.

Y esta otra:

—Mi padre va a volver.

—Claro, cabeza de chorlito. Mi mamá también. Todos nuestros padres van a volver. Cenaremos un gran pavo el Día de Acción de Gracias y nos dormiremos alrededor de la chimenea.

Hay algunos destellos también: luz y movimiento, fotografías que pueden encadenarse juntas y formar argumentos embrollados. Y además, la «visita al hospital»: él temblando en el aséptico vestíbulo blanco, aterrorizado por la idea de que lo han llevado allí para sacrificarlo, como al dóberman del vecino que había mordido a un técnico de Sears. (¿Qué vecino? ¿Cómo es posible recordar a un técnico de Sears, pero no el nombre de tu propia madre?) El médico sale a buscarlo: altísimo, imperioso, oliéndole el aliento a Listerine; y lo lleva a un cuarto minúsculo. Él camina mansamente hacia la muerte. Le revisan los dientes, evalúan su impecable capacidad motora, le examinan con rayos X la mano izquierda y la muñeca para comprobar el desarrollo óseo, y a continuación le asignan un cumpleaños.

Una semana después recibe un apellido: Doe, el apellido utilizado en lengua inglesa, sobre todo con fines legales, atribuido a una persona de origen desconocido.

Un apellido escogido al azar por un funcionario anónimo de una oficina cualquiera. El hecho de que le hayan impuesto para siempre una marca semejante, un nombre maldito, parece el signo de una condena a cadena perpetua que habrá de cumplir por un crimen que no ha cometido. Michael Doe. Vuelto a nacer, rebautizado y obligado a empezar de cero.

Con los meses ha incorporado algunos recuerdos y corregido otros, y ha perdido algunos retazos a consecuencia de la conmoción que precedió y siguió a su nueva vida. Ha limado la curva de la narración hasta dejarla pulida como un canto rodado, desgastando los contornos, descubriendo nuevas vetas, y lo que queda finalmente, lo que contempla, quizá no posea ya la misma forma siquiera: quizás ha acabado extrayendo una escultura distinta del mismo bloque de mármol. Pero eso —la fusión adulterada del antes y el después— es lo único que posee. Es su historia imperfecta. Así es como la vive en su pellejo.

Y luego, nada, salvo una gran ventisca de nieve.

Cuando amaina el temporal, tiene seis años.

Una casa ruinosa al final de una calle sombreada de árboles. Está arrodillado ante una ventana salediza, con la nariz pegada al cristal, los codos en el alféizar y los puños apretándole los carrillos. Esperando. El cojín amarillo a cuadros que tiene bajo las rodillas apesta a pipí de gato. Esperando. Se acerca un coche, y su ánimo se eleva por las nubes, pero el coche sigue adelante, pasa de largo. Esperando.

Suena a su espalda la voz de una niña.

—Este cabeza de chorlito aún cree que su papá va a volver.

No le ha hablado a nadie de su madre. Sospecha que está muerta. La mente le revolotea como una mariposa entre flores venenosas: ¿la mató su padre? ¿Usó un cuchillo? ¿Cuál es su sangrienta herencia?

No se aparta de la ventana, pero sus pensamientos se han dirigido hacia los niños que se están reuniendo a su espalda. Oye el rumor de las zapatillas deportivas sobre la alfombra raída. Una voz se alza por encima de las demás, con la crueldad y la energía de la preadolescencia.

—Asúmelo ya, Doe: papá no te quería.

Él intenta ralentizar el tiempo. Toma la consciente decisión de formar un puño: los pasos sucesivos de flexionar, tensar los dedos y colocar bien el pulgar. Usará esta mano, su mano, para pegar. Pero entonces la rabia se desborda, se adueña de él. Una expresión estática de sorpresa aparece en la cara de Charlie Dubronski cuando Mike se lanza a la carga. Un puño más recio que el suyo borra de golpe la luz de la mañana. Un remolino de alfombra rojiza, un sordo dolor en la mandíbula. Y luego Dubronski inclinándose sobre él, con las manos en las rodillas y una expresión lasciva en su enrojecida cara.

—¿Qué tiempo hace por ahí abajo, Doe?

Mike piensa: «La próxima vez, con más calma».

Una noche, semanas más tarde, está en el baño a las tres de la madrugada (la única hora en que no está ocupado). Necesita un taburete para inclinarse sobre la pila, para ver su cara bajo el tenue resplandor del aplique de la pared. Al mirarse al espejo, ve a una persona desaparecida. Examina sus rasgos: no tiene los marcados pómulos de su madre; no tiene su precioso pelo castaño oscuro; su piel no huele a canela; sus ropas no desprenden un olorcillo a pachulí, como las de ella. Con la excepción de la escena final, los recuerdos que conserva de su padre son todos buenos, amables. Pero el peso de los recuerdos depende de su sustancia, y no de su cantidad. Evoca las manos de su padre, aferradas al volante, y aquella mancha roja en la manga de la camisa.

No puede evitar sentir temor al pensar en qué medida se parece tal vez a su padre.

No sabe cuál es su apellido. No sabe en qué ciudad nació. No sabe cómo era su habitación ni qué muñecos tenía, ni tampoco si su madre lo besó alguna vez en la frente como las madres de los libros infantiles. Pero sí sabe que tiene ahora seis años y que se está criando en una casa de acogida atestada de niños, en el Valle cubierto de contaminación de 1982.

Pleno día. Madre-Diván, tirada en el sofá de pana donde vive enclaustrada como un cangrejo ermitaño, imparte instrucciones, desprendiendo vaharadas a talco y a otra cosa aún peor, algo así como podredumbre. Un cenicero navega entre sus informes pechos y sus inmensos muslos, como perdido a la deriva en un mar de tela a cuadros. El pelo rojizo de puntas onduladas, al estilo de los años sesenta, la sonrisa fácil y esa voz de mujer moderna persiguiéndolos por el pasillo: «Charlie, cariño, recoge la esterilla del baño. Tony, cariño, lava los platos. Michael, cariño, vacíame el cenicero».

El armario comunitario. Detesta el armario comunitario. Detesta esas ocasiones en las que se viste el último para ir al colegio y termina poniéndose la camisa de color salmón, cruelmente confundido —todo el día— con el color rosa. Se guarda las camisas por la noche; duerme con ellas. Pero esta noche, cuando vuelve de cepillarse los dientes, su almohada está tirada a un lado y la camisa a rayas azules ha desaparecido. Dubronski, sentado sobre su cama con las piernas cruzadas, sonríe. Y claro está, Tony Moreno, su flacucho secuaz, se ríe con unas carcajadas poco convincentes.

—Devuélvemela —dice Mike.

Dubronski extiende sus gruesas manos de matón, como si quisiera comprobar si llueve.

—¿Devolverte, qué?

Para Tony M., la escena es desternillante.

—A ti no te entra —dice Mike.

—Entonces, ¿por qué no la coges? —lo tienta Dubronski—. ¡Ah, claro! Porque te daré una paliza.

Algo duro como una gema destella en el interior de Mike. Es algo candente, pero controlado esta vez. Como una llama piloto. Se echa hacia delante y dice:

—Ya, pero tú tendrás que dormir tarde o temprano. Y mi cama está al lado de la tuya.

La cara de Charlie se transforma. Tony M. deja de reírse. Dubronski se recompone enseguida y suelta un par de tacos. No puede devolver la camisa, al menos ahora, con seis pares de ojos observándolo desde los demás catres. Pero el hedor de su miedo perdura en la habitación cuando se apagan las luces. El hechizo se ha roto.

Al día siguiente Dubronski camina renqueando hacia el colegio. Mike es el «portador de la camisa a rayas azules».

Está en el ventanal saledizo, como de costumbre. Esperando.

«Michael, cariño, sal fuera a jugar: te pasas la vida en esa ventana.» Hay un chico nuevo, puro hueso y pellejo, de pies enormes como las pezuñas de un cachorro. Cuando llegó, tenía el pelo largo y rizado, pero ahora va rapado como todos los demás. Los piojos se transmiten con tanta facilidad que Madre-Diván ha adoptado el pelo al rape por norma. Y maneja las tijeras con la habilidad impersonal de un burócrata denegando una solicitud. La funcionalidad por encima de la forma, eso siempre.

El chico nuevo tiene nombre de perro, a juego con sus pezuñas de perro: Shep. En este preciso momento, Dubronski y Tony M. lo están zurrando. Desde su posición en la ventana, Mike observa cómo vuelve a levantarse con los labios ensangrentados. Otro puñetazo. No oye lo que dice Dubronski, pero lo adivina: «Quédate en el suelo, marica». Los niños de la casa vecina se asoman a la ventana; ya están acostumbrados a este circo romano del 1788 de Shady Lane. Shep forcejea, vuelve a ponerse de pie. Charlie echa atrás el puño por quinta o decimoquinta vez. La voz de Madre-Diván llega flotando desde la sala de estar: «La ceeeeena», concluyendo los festejos del día.

La voz del chico nuevo es rara, demasiado estridente («Eh, Voz de Tarado, ¿por qué será que suenas como un tarado?»), así que no habla gran cosa. Come en la larga mesa de la cocina con la cabeza gacha, engullendo un bocado tras otro. Su esquelético cuerpo quema las calorías antes de que termine de masticar. Madre-Diván se levanta para volver a llenar la jarra de bebida de frutas, y Dubronski se inclina sobre la mesa y le da un golpe al tenedor de Shep justo cuando se lo está metiendo en la boca. El chico emite un grito ahogado. Madre-Diván se vuelve.

—¿Qué sucede, Shepherd, cariño?

Él hace una mueca y menea la cabeza. Cuando Madre-Diván desaparece otra vez tras el frigorífico, se tapa la boca con una servilleta y escupe sangre.

Un sueño. Bajo unos párpados temblorosos, la mente de Mike se recrea con fantasías hogareñas llenas de moldes de gofres y manteles de color crema. Se despierta acalambrado en un catre demasiado angosto, mirando fijamente una mancha pardusca del techo producida por la humedad.

Otra vez sobre el cojín amarillo a cuadros. Esperando. Shep en el patio de delante. Madre-Diván absorta en un programa de entrevistas y en un melón cantalupo en la sala de la televisión: un cuadro, lo sabe por experiencia, nada agradable. Afuera, Dubronski le hace morder el polvo a Shep. El chico se levanta con los vaqueros desgarrados y las rodillas ensangrentadas. Incluso Tony M. puede sumarse a la acción y derribar a ese canijo. Mike oye los gritos exasperados de Dubronski: «¡Que te quedes en el suelo, saco de mierda! ¡En el suelo!». Shep vuelve a levantarse. Mike dirige la mirada hacia al fondo de la calle. No hay ningún coche familiar a la vista.

Esta noche es la del *sloppy-joe*, el sándwich de carne picada con cebolla y salsa de tomate. Ayer los calabacines estaban de oferta, así que esta vez reemplazan a la cebolla. Se supone que no has de encontrarte trocitos de calabacín en un *sloppy-joe*. Con razón. Pero los chavales de la casa de acogida están hambrientos y comen con entusiasmo. El «*do-do-do, da-da-da*» de The Police suena en la chirriante radio, junto a la tostadora. Dubronski acaba de tomarse su insulina («Recuerda, Charlie, cariño: frío y sudor, necesitas algo dulce. Calor y seco, necesitas una dosis», así que debe esperar quince minutos para comer. Acabada la espera, se apresura a entrar en la cocina. Antes de sentarse, hace un alto detrás de Shep, extiende por encima de su cabeza la bandeja cargada hasta los topes y la deja caer sobre la mesa delante él. El estrépito resuena como un disparo en la cámara acorazada de un banco, pero Shep ni siquiera parpadea. La salsa de carne le ha salpicado y tiene un churrete en la cara. Imperturbable, se pasa el dedo por la mejilla y se lo mete en la boca. Madre-Diván, de temblorosa papada, lo mira de soslayo, y al otro día Shep llega tarde al colegio con unos audífonos del hospital Shriners. En el patio, durante el recreo, Dubronski se va directo hacia su víctima.

—¡Eh, mirad al viejo! ¡Shep lleva audífonos como los viejos!

Se ha formado un corrillo alrededor. El chico se quita los adminículos de color carne de ambos oídos, los tira al asfalto y los pisotea con una de sus zapatillas deportivas. Su mirada se mantiene serena, estilo zen, y por una vez le sale una voz uniforme.

—No necesito nada.

Empieza a circular un rumor, algo relacionado con el borracho padre de Shep y con una pistola de fogueo. Como un crustáceo testarudo, el chico se cierra herméticamente; no está dispuesto a desvelar sus secretos. Mientras que Mike tiene vigor, él tiene voluntad. Pero Mike es lo bastante inteligente para saber cuál de ambas cualidades es más excepcional.

Transcurren rápidamente unos meses, y Mike sigue allí, sobre el apestoso cojín amarillo, con la nariz pegada a la ventana salediza. Una luz sobrenatural impregna el 1788 de Shady Lane, confiriéndole un tono gris pizarroso, como en una película en blanco y negro. La calle está desierta. Un coche familiar dobla la esquina. A Mike le da un vuelco el corazón. El coche se acerca y, sí, se detiene junto a la acera y, sí, es un hombre, un hombre solitario el que se baja, sí, y camina por el sendero, y entonces un rayo de luz atraviesa las copas de los árboles y el ambiente gris pizarroso, iluminando su rostro a todo color y, —sí—, es su padre. Mike corre a la puerta y se ve alzado en volandas por unos brazos fuertes: él y su padre giran y giran como una pareja de anuncio de champú en un campo de espigas doradas, y el niño lo abraza, siente esa cálida mejilla contra la suya, el tacto rasposo de esa cara pese al rasurado impecable, y la presión del cuello almidonado. Su padre lo deja en el suelo y dice: «Lo siento mucho. Volví a buscarte al campo de juegos, pero te habías marchado. Te he estado buscando todos estos meses, a todas horas, sin comer ni dormir. Y mira (alza la manga de su camisa con la mancha rojo sangre), solo es una salpicadura de zumo de arándanos, y mira (señala el coche, y allí, agitando la mano desde el asiento del copiloto, está su madre, exhibiendo una sonrisa que posee luz propia), y...».

Mike despierta bruscamente, sacudido por una mano. Él se aparta, hunde la cabeza en la almohada para aferrarse a los restos del sueño. Pero esa manaza es insistente. Él se vuelve boca arriba y contempla la fofa y perfumada cara.

—Michael, cariño, ven conmigo.

Le entra de inmediato un sudor de pánico —otro traslado, otro abandono—, pero camina en calzoncillos, con los pies descalzos y ateridos de frío, siguiendo a Madre-Diván hacia la condena o el abandono definitivo. Ella avanza con paso cauteloso; la casa cruje bajo su peso. Entran en la cocina, en una franja amarillenta que arroja la lámpara de seguridad del exterior, y Mike guiña los ojos y ve sobre la mesa… un pastel. Está escrito su nombre en azúcar escarchado. Se vuelve hacia Madre-Diván, pero ella está mirando el pastel con la cara iluminada. Es un pequeño secreto entre ambos.

—No es mi cumpleaños —farfulla él.

—No —dice Madre-Diván—, es «nuestro» cumpleaños. Se ha cumplido un año desde que te tengo aquí.

Mike jadea. Se lanza sobre ella y la abraza, enterrando la cara en los blandos pliegues de su camisón. Él dice: «Te quiero», y ella dice: «No nos entusiasmemos».

Al día siguiente se sorprende a sí mismo otra vez sobre el cojín. Esperando. En el cristal de la ventana salediza hay mil marcas de su frente y de su nariz. Mil y una. Esperando. Piensa en todo el tiempo que ha pasado sobre ese cojín con meados de gato, y se pregunta si la vida no se reducirá a esto: un año tras otro, sin nada memorable, un tormento lento y monótono. Afuera, Shep está recibiendo su paliza diaria. Se halla tendido boca arriba sobre las preciosas hojas otoñales, y Dubronski esgrime el puño sobre su rostro.

—Que te quedes en el suelo, enano. En el suelo.

Shep se pone de pie. La mirada de Mike se desplaza a través de la bóveda de hojas amarilloanaranjadas y de sus formas geométricas hasta el final de la calle, hasta el coche familiar que aún no ha aparecido. Esperando. Intenta detener el tiempo, detener la imagen de este instante vulgar y corriente como si fuera una fotografía: simplemente para tenerlo, para tener algo a lo que agarrarse, algo que conservar. Espera a su padre.

Y entonces, de repente, lo odia.

Shep está otra vez de pie… No, ya no. Tony M, luciendo inexplicablemente un casco de bateador de los Angels, se troncha con ese cacareo idiota, palmeando los hombros de Dubronski, dando brincos de alegría. Shep consigue ponerse a cuatro patas, pero no pasa de ahí. Por primera vez, ha perdido ímpetu. Dubronski lo insulta: «Te lo he dicho, jodido enano sordo. Te he dicho que te quedaras en el suelo». Shep levanta la vista hacia él, hacia su puño amenazador, incapaz de hacerle frente. Mike comprende que si el chico no se levanta, habrá muerto algo hermoso ahí fuera, en el patio alfombrado de hojas marrones del 1788 de Shady Lane.

Entonces sale al patio. Dubronski se alza victorioso sobre su contrincante. Tony M. y otros tres han formado un semicírculo alrededor de ellos y canturrean triunfalmente. Se dan la vuelta cuando suena el golpe de la puerta mosquitera. Mike se acerca. La inquietud de Dubronski se refleja en sus toscos rasgos. Mike rebasa el semicírculo y se planta frente a Charlie, a solo medio metro, la distancia adecuada para un gancho. Shep, aún a cuatro patas, está justo detrás de Mike, tan cerca que este siente en las pantorrillas el calor del cuerpo del chico.

Mike le dice en voz alta:

—Levanta.

Lo oye jadear. Oye cómo gruñe por el esfuerzo. Y luego descifra la sombra.

Shep está de pie otra vez.

Dubronski se ha ruborizado a tope.

—Sois tal para cual, maricas —dice, pero andando hacia atrás, chocando con los otros, dispersándolos. Vuelven adentro. Todo queda en silencio en el 1788 de Shady Lane. Comienza a anochecer; pronto cenarán.

Shep se sacude la ropa como un aplomado hombre de negocios cepillándose el traje. Mike camina por el sendero.

Shep lo sigue.

—¿De dónde las habéis sacado?

Madre-Diván se alza ante ellos —las piernas temblorosas por el esfuerzo—, y esgrime las botellitas de licor que, en su mano fofa y rechoncha como un cojín, parecen de enanito.

Mike y Shep tienen diez años. Ahora son de la misma estatura, pero Mike sigue siendo más ancho, más macizo, mientras que el cuerpo del otro chico se ha ido estirando como un chicle y no parece capaz de llegar a adquirir la misma complexión.

Shep dice:

—¿Qué?

Ha aprendido a hablar bajito para dominar su voz, para compensar su mal oído y evitar los silabeos guturales y las consonantes imprecisas. La gente se inclina para distinguir sus palabras, dando un paso o dos hacia él. Atrae al mundo hacia sí, suponiendo que esté interesado en escucharlo. Pero por regla general, no lo está. Así que él ha aprendido otra cosa: ha aprendido a utilizar esa semisordera en su favor.

Nunca se aprecia tan claro como en este momento.

La mirada de Madre-Diván se aparta de Shep para centrarse en Mike. Este contempla el suéter de punto de la mujer manchado de ceniza, hace una mueca y dice:

—Valley Liquor.

Madre-Diván frunce el entrecejo y toda la cara se le contrae formando pliegues alrededor de los labios.

—Iremos allí a devolverlas, y vosotros dos vais a disculparos y a recibir el castigo que os corresponda. ¿Entendido?

Mike ve cómo desaparecen en su bolso elefantiásico los botellines de cincuenta centímetros cúbicos de Jack Daniel's.

—Sí, señora —dice.

Shep repite:

—¿Qué?

Madre-Diván no está de broma, porque los obliga a desfilar fuera y maniobra para introducirse en su sufrido Pontiac. Mike solo la ha visto conducir unas pocas veces, dirigiéndose al hospital cuando uno de los chicos necesita unos puntos o sufre una fiebre que no remite. El asiento del copiloto está arrancado hasta los muelles, y el de la mujer está echado tan atrás que Shep tiene que sentarse en el regazo de Mike en la parte trasera. Miran con temor cómo discurren los edificios a ambos lados mientras ella conduce por las calles, renegando porque el coche carece de dirección asistida (y su barriga le añade una fricción adicional al volante).

En un abrir y cerrar de ojos se hallan detrás del mostrador del supermercado, los dos chicos firmes frente al señor Sandoval, que nunca les deja hojear los tebeos, que cuenta minuciosamente sus monedas cuando compran una botella del doctor Pepper, que los odia. Mike musita una disculpa, y el señor Sandoval, que ha ocultado su carácter odioso y maldiciente ante Madre-Diván, hace todo un alarde de magnanimidad paternalista.

Ahora le toca a Shep disculparse, pero Mike sabe que no va a hacerlo. Su amigo no es como él ni como ningún otro; está hecho de acero y hormigón; no puede quebrarse.

—Shepherd, cariño, tu turno.

—¿Qué?

—No emplees esa artimaña conmigo. Preséntale tus disculpas al señor Sandoval ahora mismo.

—¿Qué?

La cosa va subiendo de tono. Mike se siente incómodo y retrocede, rozando con el hombro las botellas de licor de tamaño normal que están a su espalda en los estantes. Repara en una fotografía que el señor Sandoval tiene pegada en la caja registradora: su hija. Es una foto de primer día de colegio, y la chica sonríe muy orgullosa, pero su faldita está manchada y deshilachada en los bordes. Esa falda le recuerda las camisas comunitarias del armario, y, de pronto, se siente lleno de culpa; todos sus prejuicios se resquebrajan uno tras otro, como huevos cascados. Pero su remordimiento es muy fugaz, porque la voz de Madre-Diván se ha alzado de tal modo que ahoga cualquier otro pensamiento.

Justo cuando parece que Shep va a salir vencedor, que los ha agotado hasta derrotarlos, murmura:

—Perdón.

Mike se queda pasmado. Nunca lo ha visto rendirse y teme que este acto lo disminuirá de un modo irrevocable. En el trayecto de vuelta, Mike está de morros. El otro, sentado en su regazo, se vuelve y estudia su rostro con expresión indescifrable. Y entonces sus labios se curvan en esa especie de sonrisa suya. Se alza furtivamente la camisa y le enseña la botella de medio litro de Jack Daniel's que se ha metido en el pantalón.

Pasa borrosamente media década, ya tienen catorce. A Shep le ha dado por llevar un colgante de san Jerónimo Emiliani, el santo patrón de los huérfanos, que robó en la casa de empeños. Mientras que Mike aún espera a dar el estirón, el otro ha crecido de verdad. Destaca por su estatura y ha desarrollado una musculatura precoz. A pesar del acné, ahora compra Jack Daniel's sin que nadie le pregunte la edad. En casa, Charlie Dubronski vive en un estado de constante temor, pero Shep nunca le ha puesto la mano encima. Se limita a echarle una mirada de vez en cuando, y con eso basta.

Mike y él han ido en autobús al parque Van Nuys, donde el hombre de los helados se olvida de cerrar con llave la puerta trasera de su camión, de manera que se le pueden robar polos tricolor mientras está distraído con otros clientes. Han cruzado el parque hasta el campo de béisbol del otro extremo, en el que un padre, un hijo y un abuelo están lanzando pelotas. Los dos amigos se apoyan en la valla, junto a la reja de protección, y observan en plan cínico. El abuelo lanza, el hijo batea y el padre ocupa una posición intermedia entre las bases, recogiendo la bola y devolviéndola. Lo tienen bien organizado. El chico, que es más o menos de su edad, le lanza una bola rasante.

Mike dice: «Solo batea por el lado»; y Shep comenta: «Porque no es lo bastante bueno para hacer otra cosa».

El coche del padre, un Saab verde botella recién salido del concesionario, está aparcado en un trecho de tierra que hay detrás de la valla; y la bici del chico, una de diez marchas, de aspecto caro, está apoyada en el parachoques.

Mike dice: «Bonito cacharro»; y Shep dice: «El modelo novecientos es una mierda». Mike asiente en voz alta, pero le entusiasma ese Saab en secreto, sus nítidas líneas, su extraña estética: ese no tener miedo a ser feo y bonito a la vez. El coche apesta a opulencia y poder, a superación, a control. En su pintura impecable, Mike vislumbra su propio reflejo vacilante, su yo idealizado, un futuro que todavía no puede discernir. La placa del concesionario lo mira fijamente —AUTOMÓVILES WINGATE: ¡TENEMOS LO QUE DESEA!—, y él piensa que ese nombre, igual que el coche, habla a gritos de éxito. Wingate. Wingate. Suena bien.[1]

Una voz desde el campo de béisbol hace añicos su ensueño. Es el padre que grita: «¿Estás a punto para un bombón helado?». Por un instante, en su confusión, Mike piensa que el hombre se dirige a él. Pero entonces el chico sonríe, arroja el bate a un lado y las tres generaciones empiezan a cruzar el parque hacia el camión de los helados que ellos acaban de saquear.

Mike observa cómo se alejan. Los largos rizos rubios del chico le asoman bajo la gorra, provocando que él se avergüence del rapado que lucen ellos. No soporta la idea de que toda su apariencia esté en función de los piojos.

Shep rodea la valla y coge el bate. Vuelve a salir. Le da una patada a la bici del chico.

1. En inglés, *win* significa «ganar», y *gate*, «puerta»: la «puerta de la victoria», o el «camino del éxito».

—¿Quieres mearte encima?

Eso ya lo han hecho otras veces.

Mike niega con la cabeza.

—¿El coche primero? —pregunta Shep. Nunca usa palabras de más.

Mike contempla el precioso Saab y le parece una lástima, pero hay algo que le quema en el pecho y que quiere salir fuera. No sabe bien qué es, pero está relacionado con el brillo de la dentadura del padre mientras le preguntaba a su hijo si iban a comprar un bombón helado.

—No sé.

—¿Por qué?

Se siente avergonzado, pero está hablando con su amigo, y a él puede contárselo todo.

—O sea, si mi madre está viva, he de procurar por ella no acabar en…

—El pasado no existe.

Mike suelta una risotada.

—¿Cómo que no?

Shep separa los labios, mostrando los incisivos ligeramente sobrepuestos, y sentencia:

—Soy lo hay dos cosas en la vida: lealtad y resistencia. Todo lo demás es una distracción.

—¿Y la responsabilidad? —Está hablando como Madre-Diván, lo cual hace que se odie a sí mismo.

Shep responde en voz baja, como siempre:

—Tú no eres un hijo. No eres un hermano. Nadie quiere saber nada de ti. Bueno. Espabila por tu cuenta. Puedes ser lo que tú quieras. Y ahora…, ahora eres un hombre con una misión.

Mike coge el bate. Un faro salta con un agradable chasquido. La primera abolladura —una luna creciente— distorsiona el brillo del capó; la siguiente, todavía más. Está como perdido en una neblina, en algo pegajoso e insaciable.

Le duelen los antebrazos. Se detiene, jadeante. Al otro lado del parque, en un aparato estéreo portátil a todo volumen, Bon Jovi se sume en una llamarada de gloria.

Shep coge el bate. Machaca la bicicleta a golpes: las ruedas se retuercen, los radios saltan por los aires entre un estrépito de metal.

Suena una voz detrás de ellos.

—¡Eh, pringado! ¡Eh! Esa es mi bici.

El chico ha corrido adelantándose al padre y al abuelo.

Shep dice: «¿Qué?». El chico se acerca, repite lo mismo. Shep dice: «¿Qué?». El otro lo intenta por tercera vez. Shep le propina un cabezazo; el chico se viene abajo gritando, el padre corre hacia ellos. Mike se queda paralizado; ha peleado muchas veces, pero un anticuado respeto a los adultos lo inmoviliza. El padre agarra a Mike del cuello con ambas manos. Shep surge como una exhalación, se planta allí en un segundo, y entonces el padre se dobla hacia atrás, asfixiándose, y es la mano de Shep la que le oprime la garganta.

Con su susurro característico, este le dice:

—Voy a soltarlo. Pero no vuelva a ponerle las manos encima. ¿Entendido?

El padre asiente. Shep lo suelta; le ofrece la mano al chico, lo ayuda a levantarse.

—No me llames pringado.

Suenan sirenas. Shep tiene la boca roja del polo tricolor y Mike está seguro de que él también.

En la comisaría, el poli de recepción dice:

—Los chicos de Shady Lane, qué sorpresa.

Los llevan a dos salas de interrogatorio diferentes. Una vez solo, Mike contempla la pared mientras le vienen a la memoria otras salas similares. «¿Recuerdas el nombre de tu madre? Di, ¿cómo se llama tu madre?» Entra un inspector, se sienta, lee el expediente, suspira y lo arroja sobre la mesa de madera.

—No vales ni la silla que ocupas, pedazo de mierda de orfanato.

Mike piensa: «Espabila por tu cuenta».

—Has causado daños por valor de quince mil dólares.

Se le encoge el estómago al oír la cifra. Lo mismo daría que fuera un millón. Lo sabe en ese momento: está acabado.

Baja la vista a las muñecas, ceñidas con unas esposas flexibles de plástico: esposas para chicos, porque las de acero se le escurrían allá en el parque.

—Antes de que te mandemos ante el juez —continúa el inspector—, tus víctimas quieren hablar contigo.

El pánico rebasa con creces el mero temor.

—No quiero verlos.

—¿Sabes qué pasa? Que cuando eres un delincuente degenerado, no tienes la facultad de escoger.

Cierra los ojos. Cuando los abre, el chico está ahí delante, con esos carrillos pecosos tensos de desdén, flanqueado por el inspector y el padre. El abuelo permanece detrás de brazos cruzados.

—¿Vas a disculparte? —pregunta el chico.

Mike sabe que, por su propio interés, debería hacerlo, pero mira la camisa planchada del chico, los restos de chocolate en la comisura de la boca, y lo único que piensa es: «Jamás».

El chico lo señala con un dedo.

—No eres nada. Me lo has destrozado todo porque no tienes nada y nunca serás nada. Bueno, ¿pues sabes qué? Yo no tengo la culpa de que tu vida sea un asco.

Mike cierra los ojos de nuevo, largo rato. Oye pasos, la puerta rechina al abrirse y se cierra con un clic. Cuando abre los ojos, el abuelo está sentado frente a él. Solo.

—Ese coche era mío —dice el hombre.

—Creía que era de su hijo —replica Mike.

El abuelo se ríe. Tiene un bigote blanco impecablemente cuidado.

—¿Y eso lo habría justificado?

Mike baja la vista a la mesa. Alguien, rascando la madera, ha grabado: PUNTO DE NO RETORNO, HIJOPUTA.

—Yo me crié durante la Depresión. ¿Sabes lo que eso significa? —El hombre aguarda una respuesta, pero al no obtener ninguna, continúa—. Si veíamos un animal muerto en la cuneta, mi padre paraba para que lo cocinásemos para cenar. Durante un tiempo, dormimos en el coche. Pasamos dos años largos sin un techo sobre nuestras cabezas.

—No se puede tener todo.

El abuelo extiende las manos.

—¿Por qué no?

—No lo sé. La gente como nosotros no puede.

—¿Como nosotros?

—Como yo y como Shep.

—¿Y yo qué?

—Usted tiene un Saab.

—Ya veo. —El abuelo cruza las manos sobre su barriga de viejo y asiente—. ¿Cómo crees que conseguí ese coche?

—¿Cómo voy a saberlo? Es la primera vez que he tenido tan cerca un coche tan bonito.

—Tú eres aquí el agresor, no la víctima; dejémoslo claro. —Su expresión se ha endurecido, y Mike se siente atemorizado ante la convicción con la que habla.

El muchacho baja la vista y se mira las manos. Tiene un pegajoso churrete azul del polo tricolor. Evoca la imagen de ese precioso e impecable Saab (AUTOMÓVILES WINGATE: ¡TENEMOS LO QUE DESEA!) y, por un momento, el coche y el hombre que tiene delante se convierten en una sola pieza, en dos partes elegantes y lustrosas del mismo conjunto. Le vienen a la cabeza las palabras de Shep: «Puedes ser lo que quieras». Reflexiona otra vez en la pregunta que acaban de hacerle: «¿Cómo crees que conseguí ese coche?», y empieza a hablar en voz baja antes de ser consciente de ello:

—Cuando salga del reformatorio, trabajaré para pagarle los destrozos del coche.

El abuelo cierra los ojos. Ahora tiene una expresión dulce y beatífica en la cara. Mike no entiende esa transformación.

—No, no hará falta. No voy a poner la denuncia. Y no tendrás que responder por los daños causados.

Mike está convencido de que se burla de él.

—Yo pagaré el arreglo del coche. Pero voy a conseguir algo a cambio de ese dinero. ¿Quieres saber qué?

Mike asiente, estupefacto.

—Que no te compadezcas de ti mismo por este asunto.

Incrédulo, pregunta:

—¿De qué servirá?

—Espera y verás —dice el hombre.

Ambos muchachos salen libres y, desde ese día, Mike ve las cosas de un modo algo distinto. Él y Shep siguen siendo uña y carne. Aunque no lo digan, están más unidos que dos hermanos, porque constituyen una familia el uno para el otro. Como Shep no se doblegó ni se arrepintió en la sala de interrogatorios, ha de trabajar para pagar el coste de la bici empaquetando comestibles, cosa que consigue mucho más deprisa a base de revender los paquetes de cigarrillos que birla detrás del mostrador.

Al hacerse mayores, empiezan a comprar alcohol en los supermercados con documentos falsos, se ponen como cubas y arman unos alborotos tremendos. Mike, sin embargo, pasa cada vez más tiempo empollando libros de texto («Michael, cariño, vas a ser mi primer universitario»), y luego preparándose para el examen de admisión en la enseñanza superior. Hace algunas pruebas de aptitud y saca unos resultados a medio camino entre tarado e idiota. Pero, poco a poco, durante su primer año de secundaria, va mejorando las calificaciones hasta alcanzar un término medio. Y cuando llega la carta de aceptación de la Universidad estatal de California de Los Ángeles, no se lo explica a Shep de inmediato. Sale al patio trasero mientras todos duermen, se sienta bajo el resplandor dorado de la lámpara de seguridad y la relee una y otra vez, acariciándola como si fuera un tesoro.

Durante unos meses dichosos, el camino que se abre ante él parece iluminado. Madre-Diván está orgullosa; los planes universitarios de Mike les sientan bien a ambos. Dubronski y Tony M., nunca demasiado originales, le ponen un mote: «Eh, Licenciado, ¿vas a dejarte bigote como Alex Trebek, el presentador de tele ese?». Y él comprende que sus burlas son una forma de halago.

Cada año han llegado chicos nuevos, chavales jóvenes con serios problemas, pero por primera vez Mike advierte que se ha convertido curiosamente en un modelo que hay que imitar. Y Shep se ha convertido también en un modelo, aunque de otro género. Siendo casi un adulto, Mike se va enterando de cómo funciona una casa de acogida: descubre que Madre-Diván cobra dinero del Estado por cada chico alojado bajo su techo, y que a veces, con la ayuda de algunas damas bien situadas (de características físicas y espirituales parecidas a las suyas), consigue un certificado de nacimiento falso para asegurarse de que sus niños estén a salvo de madres violentas o parientes abusones. Ahora se da cuenta de lo afortunado que es por haber caído en los engranajes de esta peculiar maquinaria.

A sus diecisiete años, es más bien joven para estar en el último curso de secundaria. Shep ha aprovechado los primeros cuatro meses de sus dieciocho años para acumular dos infracciones del código penal de California. Si comete un tercer delito grave, aterrizará en la cárcel con una condena de veinticinco años, cosa que parece un tanto excesiva por robar un reproductor de vídeo y darle una paliza a un chaval rico engreído que quería largarse sin pagar después de echar un pulso. Pero él, como siempre, no parece estar preocupado: «Dos infracciones no son nada. Ya sabes que soy duro de pelar».

Un día entra en la habitación compartida cargado con lo que parece una caja fuerte de pared. Los bíceps le abultan bajo el peso del armatoste. Mike está repasando su sobado libro de ejercicios del examen de admisión, porque está convencido de que irá a la universidad el próximo otoño y no sabrá siquiera cómo comunicarse con los tipos que reúnan verdaderos méritos para estar allí. Contra toda lógica, alberga la esperanza de que conocer palabras como «ornado» o «acetato» lo ayudará tal vez a cruzar ese abismo.

Levanta la vista de la sección de vocabulario, y mira a su amigo con incredulidad.

—¿De dónde has sacado eso?

—De una pared.

Mike toma otro bocado de espaguetis envasados, directamente de la lata a la boca, utilizando el borde no afilado de un cuchillo (todos los tenedores y las cucharas están sucios).

—Shep —farfulla masticando—, no puedes hacer esa salvajada.

—Tú te llevas la mitad de lo que haya dentro.

—No la quiero. —Enrolla el libro de ejercicios y se da con él en la frente—. Lo que quiero saber es qué significa «pérfido».

—Colocado de perfil.

Shep se sienta en el suelo con las piernas cruzadas, golpea la caja fuerte con los nudillos por varios lados y se saca del bolsillo trasero un papel cuadriculado y un estetoscopio de verdad. Mike lo observa fascinado. Shep se pone el estetoscopio y gira lentamente el dial, escuchando con interés médico. Dada su sordera, parece que le está costando captar el clic de la rueda. La línea del electrocardiograma en el papel cuadriculado no pasa de registrar unas cuantas ondulaciones. Deja el estetoscopio, sale de la habitación y vuelve al cabo de un momento con un martillo y un escoplo.

Boquiabierto, Mike dice:

—¿De veras vas a...?

Segundo asalto. Shep empieza a aporrear la caja fuerte. A él, naturalmente, el estrépito le tiene sin cuidado. Al parecer los demás se han largado a ver un partido de los Dodgers, así que ellos dos disfrutan de cierta tranquilidad.

Hasta que Madre-Diván, enclaustrada en la mefítica neblina de su habitación con un acceso de colitis, grita desde el fondo del pasillo:

—Michael, cariño, ¿qué es ese ruido?

Shep dice en voz baja:

—Estoy arreglando un carburador.

Michael grita:

—¡Está arreglando un carburador!

(Shep no tiene coche.)

—¡No hagáis un estropicio! —brama Madre-Diván.

—¡No, dice que descuides! —Mike ha dejado el libro—. ¿Qué vas a hacer con tu parte? —pregunta, burlón.

—Las Vegas. Putas. ¿Y tú?

—Una casa. Una hipoteca a treinta años, de interés fijo. Ha de tener un patio. Y también quiero un taller con herramientas en el garaje.

—¿Cuántos años dices que tienes? —Se sienta sobre los talones y se seca el sudor con los brazos. —Fíjate —musita, aunque en realidad no habla con Mike—. Fíjate qué mierda. Dar martillazos en las bisagras no sirve de nada. Tengo que averiguar en qué puntos del marco se meten los pasadores.

Se inclina hacia delante, asomando la lengua por la comisura de los labios, y anota algo en el dorso de su gráfico fallido.

Unas horas más tarde, la caja fuerte está hecha polvo, y Shep ha esbozado un diagrama técnico. Ha ido martilleando las junturas, marcando meticulosamente la situación de los pasadores y haciendo una proyección de su recorrido. Mike ha observado cómo evolucionaba el proceso desde la mera improvisación hasta el método científico.

Al cabo de otro rato más, Shep ha abierto un orificio en la pared trasera de la caja y atravesado la plancha metálica. Debajo, hay una capa de hormigón que se desmigaja bajo la acción del martillo, y luego otra plancha de metal. Este ya es el undécimo asalto, y quizá el duodécimo también.

Desde el fondo del pasillo, la voz de Madre-Diván resuena exasperada y deshidratada.

—¿Aún no has terminado de arreglar ese carburador?

—Ya casi estoy —replica Shep en voz baja.

Tras varios esfuerzos frenéticos haciendo palanca, la parte trasera cede finalmente. Shep deja de lado el botín: un puñado de monedas antiguas; a él le interesa la caja. Murmura para sí, examina los pasadores, cuya situación no ha sabido deducir, y anota la marca y el fabricante de la caja fuerte.

—El hormigón es para darle peso —susurra.

—¿No quieres tus valiosas monedas? —pregunta Mike.

Shep se muerde el labio, maravillándose ante la puerta reforzada.

—¿Qué?

Al día siguiente pasan frente a una casa de empeños, y Shep se saca del bolsillo una de las monedas y se la tiende a su compañero.

Este dice: «¿Por qué no entras tú?», y Shep dice: «Tienen mi foto detrás de la caja registradora».

Mike titubea un momento. Piensa en la admonición de aquel abuelo, unos años atrás, y recuerda su propio reflejo en la inmaculada pintura de color verde botella del Saab de Automóviles Wingate. Pero no es más que una moneda antigua, y se trata de Shep, así que la coge y entra. La cámara de seguridad instalada tras el vidrio a prueba de balas lo pone nervioso, pero pese a ello anota un nombre y una dirección falsos en el volante, y se repite a sí mismo: «No es más que una moneda antigua, y se trata de Shep». Sale con veinte dólares y los mete en la manaza de su amigo.

—Ha valido la pena —afirma con una sonrisa socarrona.

Shep le devuelve diez.

Esa noche la policía se presenta en el 1788 de Shady Lane. El agente al mando trae una foto fija de la cámara de seguridad de la tienda de empeños, y esta vez el juego de esposas que saca es de tamaño adulto.

AHORA

Capítulo 8

No había secretaria en recepción, sino solamente una oficina de recepción vacía. Ni un cartel, ni unas persianas de lamas, ni un letrero anunciando HANK DANVILLE, INVESTIGADOR PRIVADO. Mike pasó junto a la mesa desnuda, llamó con los nudillos en la puerta de la oficina interior y abrió sin más.

Hank estaba detrás de su escritorio, con los pantalones bajados, sacándose una aguja de la blancuzca piel del muslo. Echó un vistazo atrás y masculló con una mueca:

—¡Maldita sea!

Farfullando una disculpa, Mike retrocedió y cerró la puerta. Al cabo de un instante, el detective volvió a abrirla de un tirón y, remetiéndose la camisa, regresó a su escritorio. Mike lo siguió, aunque demorándose con cautela. Ambos evitaban mirarse a los ojos. Hank se desplomó en su silla y le indicó con un gesto la gastada butaca situada enfrente que él había ocupado tantas veces en los últimos cinco años.

El detective tenía un tipo anticuado, de esos que ya no se ven: alto, larguirucho y de hombros de espantapájaros tan anchos como los de un defensa de fútbol; se estaba quedando calvo de un modo uniforme y presentable, con grandes entradas que le llegaban hasta la mitad del cráneo, el cual se prolongaba en un cuello fibroso semejante al de una tortuga. Era un intelectual —académico incluso—, formado para examinar volúmenes polvorientos y cartas manuscritas. No casaba, sin embargo, con sus fornidos antebrazos ni con la taciturna actitud de policía que había perfeccionado durante los treinta y tantos años que había vivido luciendo la placa, antes de pasarse a la actividad privada con un éxito más bien limitado.

Sus resecos labios temblaron unos instantes mientras trataba de encontrar una explicación. No era tarea fácil, teniendo en cuenta que su cliente lo había sorprendido in fraganti. Soltó una maldición por lo bajini, se apartó del escritorio, se levantó otra vez y se enrolló las mangas. Mike advirtió que le pesaban un poco más los años que la última vez que se habían visto cara a cara. El detective nunca decía su edad. Era lo bastante viejo para andar algo tambaleante, pero lo bastante joven para cabrearse si lo cogías del brazo con ánimo de ayudarlo.

Fue hasta la ventana, la abrió y se apoyó en el alféizar. Los tirantes de los pantalones se le tensaron en la espalda. Había dejado de fumar, pero a veces lo olvidaba y se asomaba como para echar el humor fuera. Su gato, un obeso atigrado, alzó la cabeza desde el radiador y lo miró con indiferencia.

Mike carraspeó, incómodo, y se excusó:

—Quería disculparme por lo de ayer y…

—Me estoy muriendo —dijo Hank. Permaneció apoyado en el alféizar, contemplando a lo lejos el rótulo de «Hollywood». La tela de la camisa se le hundía entre los omóplatos—. Cáncer de pulmón. Dejé los cigarrillos hace quince años, joder. Creía que me había librado. Es increíble que una cosa así pueda afectarte tanto tiempo después.

Regresó al escritorio y dio unos golpecitos al estuche de la jeringa que había dejado encima.

—Para eso es este veneno. Neupo-no sé qué. Se supone que estimula mis dos últimos glóbulos blancos.

Se acomodó en la silla y paseó la mirada por el despacho, sin saber bien dónde posarla. Visto de cerca, no estaba meramente delgado, sino demacrado. Mike nunca lo había visto incómodo, menos aún vacilante y confuso. La empatía hizo que se quedara cortado. Siempre era difícil hallar las palabras adecuadas cuando alguien se abría así, cuando atisbabas la realidad de una vida por dentro. Así que acabó diciendo lo primero que le vino a la cabeza.

—¿Qué puedo hacer por ti?

Hank se rio desdeñosamente.

—¿Vas a presentarte en casa los miércoles con cazuelitas de guisado?

—Si preparase un guisado, seguro que acababa contigo.

El detective ladeó la cabeza y soltó una carcajada. Mike sí lo reconoció ahora. Esa dignidad tranquila, ese aire sabio, socarrón.

—Joder. Por esa cara que has puesto al verme con los pantalones bajados casi vale la pena morirse.

—Quizá…

—La semana pasada hemos parado la quimioterapia. Me ha llegado a los huesos. —La irónica sonrisa perdió ímpetu y se esfumó. Al girarse ligeramente en el asiento, dejó a la vista una foto escolar de un niño de unos seis años, clavada en la pared, por lo demás vacía, que había a su espalda. Mike se había interesado educadamente por esa fotografía en una ocasión, pero Hank le había dejado claro que no admitía comentarios al respecto. El hecho de que él no estuviera casado y nunca hubiera hablado de hijos no hacía más que aumentar la intriga. La foto estaba raída, cuarteada por líneas blancas. La camisa a rayas del niño, con botones metálicos, hablaba de finales de los años sesenta. Algo en la ubicación de la imagen, aislada como en la hornacina de un santuario, pero a media altura, como si fuese un recordatorio privado, inducía a pensar que el niño estaba muerto. ¿Un hijo con el que se había enemistado? ¿La víctima de un caso no resuelto que no había podido olvidar?

Mike desvió la vista antes de que Hank advirtiera lo que estaba mirando. El detective lo estudió en silencio y alivió la tensión pasándose levemente la mano por las hebras que le quedaban aún en el reluciente cráneo.

—Al menos, esta quimio de nueva generación me ha permitido conservar el pelo.

Wingate se arrellanó en la butaca y suspiró mirando al techo.

—Vaya mierda, Hank.

—Sí, bueno. Al final le acaba tocando a todo el mundo. No soy tan idiota como para tomármelo de un modo personal. —Sacó un grueso expediente del cajón inferior y lo arrojó sobre el escritorio. El sordo golpe provocó que el gato saltara del radiador y se escabullera rozando el zócalo.

—¿Has venido a recoger esto?

Mike contempló el expediente unos instantes, como reconociendo su importancia, antes de extender la mano y ponérselo en el regazo. Allí estaba el historial de la búsqueda de sus padres que el detective había llevado a cabo. El grosor del expediente era impresionante, teniendo en cuenta lo poco que él había podido contarle para que emprendiera sus pesquisas. John y Mami. Edades aproximadas. Ni apellido, ni ciudad, ni estado donde buscar. Las investigaciones de niños abandonados en aquella época no eran como ahora, ni existían archivos informáticos. La mitad de lo que Hank había descubierto estaba en microfichas roñosas, pero ninguno de los informes de personas desaparecidas que figuraban en los archivos encajaba con lo poco que Mike recordaba. Durante décadas había vivido con la lacerante convicción de que era la sangre de su madre la que oscurecía la manga de su progenitor aquella mañana. Quizá tendría que sobrellevar esa duda toda su vida.

Hojeó el expediente y las páginas le reavivaron multitud de recuerdos y posibilidades. El marco geográfico de la búsqueda era enorme, puesto que él ignoraba a qué distancia se encontraba el hogar familiar del campo de juegos del parvulario donde lo habían abandonado. Su padre podía haberlo llevado allí desde solo unas manzanas de distancia, o después de conducir toda la noche. Había informes y transcripciones de conversaciones telefónicas, listas de delitos, recortes de obituarios de pequeños periódicos locales, fotos del archivo policial de hombres de aire ceñudo llamados John, todos ellos de edad similar, pero ninguno de los cuales era su padre. A estas alturas conocía a aquellos extraños de memoria. Al repasar las fotos se le encogía el corazón; se preguntaba qué niños habrían dejado atrás esos hombres, o qué mujeres habrían destrozado. Pero lo que realmente le revolvía las tripas era ver las fotos de la morgue, ese desfile en tecnicolor de mujeres asesinadas en 1980 y de cuerpos no reclamados que habían ido apareciendo a lo largo de los años a partir de esa fecha. Se había llegado a familiarizar con un diccionario virtual de eufemismos para referirse a los diferentes tipos de cadáveres: sacos flotantes, troncos chamuscados, jinetes sin cabeza...

Cerró el expediente y le dio un golpe con el puño: un álbum de recortes de una investigación fallida; años de pistas falsas y callejones sin salida; años de grandes esperanzas, de desilusiones corrosivas y de un profundo anhelo que le había acompañado diariamente como un hábito imposible de dejar.

Se le ocurrió que ese expediente, escrito con aquella letra ilegible de poli, plagado de cadáveres azulados y miserias vívidamente evocadas, se había convertido en lo único que poseía de sus padres.

Hank se pasó una mano por la cara, tirando hacia abajo las mejillas, lo que le confirió el aire tristón de un basset.

—Lamento no haber podido hacerlo mejor en tu caso, Mike.

A lo largo de los años había habido algunos otros investigadores, pero ninguno tan entregado como él.

—No he venido a recoger esto —dijo Mike, tamborileando de nuevo con los dedos sobre el expediente—. He venido a disculparme. Estaba en un aprieto cuando hablamos. Pero normalmente sé manejar mejor la tensión. Las cosas me han ido bien el tiempo suficiente para que se me haya olvidado cómo afrontarlas con dignidad cuando se ponen feas.

Hank lo estudió detenidamente. Asintió. El gato atigrado subió de un salto a su regazo; él le hundió los dedos en el cogote, y el animal se esponjó y entornó los párpados.

—¿Podrás solventar esa historia de las tuberías?

—La culpa ha sido mía. Me sedujo el precio que me ofrecían y no hice las comprobaciones necesarias. Y ahora soy un mentiroso y un farsante.

—¿Qué quieres decir?

Hank todavía lo observaba con curiosidad, pero Mike se limitó a menear la cabeza. No valía la pena hacerse mala sangre. Había tomado una decisión y ahora debía seguir su camino y dejarla atrás. Se levantó, sujetando el expediente, y le tendió la mano al detective por encima del escritorio.

—Tu trabajo conmigo ha sido siempre excelente, Hank.

Se estrecharon las manos, y Mike lo dejó allí, vuelto hacia la ventana, mientras el gato ronroneaba en su regazo.

Jimmy lo estaba esperando en la camioneta, sacando el codo por la ventanilla bajada del copiloto, con la radio a tope. Lo había acompañado porque tenían que escoger la piedra para construir el foso del fuego, y la oficina de Hank quedaba de camino al almacén de piedra, un largo trayecto en coche desde la urbanización.

Subió a la camioneta y arrojó el abultado expediente sobre la amplia superficie del salpicadero. El operario miró la carpeta, pero no comentó nada. Mike le había dicho antes que tenía una gestión que hacer, evidenciando que no iba a explicar nada más.

La música era puro ritmo ska combinado con roncos balidos. Mike bajó el volumen, pero, en una demostración de generosidad, dejó puesta la emisora.

—Gracias por esperarme.

Jimmy se encogió de hombros, siguiendo el ritmo.

—Usted es el jefe, Wingate.

Mientras arrancaba, Mike observó que el hombre manipulaba los mandos de la consola y encendía el calefactor del asiento: ¡un calefactor de asiento en California!

—Oiga —dijo Jimmy—, ¿podré quedarme también esta camioneta cuando ya no la quiera?

—Si sigues poniendo esta música, no.

El operario hizo un ruido desdeñoso, chasqueando la lengua contra los dientes.

—Esta mierda de Shaggy es tan sensual que pillas una enfermedad venérea solo de escucharla.

—¿Y eso te parece un elogio?

—Mejor que la mierda de James Taylor que escucha usted.

—¿James Taylor una mierda? —Giró el dial a modo de protesta. Unas emisoras más allá, Toby Keith canturreaba con voz meliflua que debería haber sido un vaquero, un sentimiento que Jimmy no compartía a juzgar por el rictus de sus labios. A Mike le encantaba la música, sobre todo el country, con sus guitarreos y su pavoneo arrogante, con su América paternalista y su culto al trabajador que se pasa la vida dando el callo sin pedir nada a cambio. En esas canciones, los padres siempre eran heroicos, y si uno trabajaba la tierra con el sudor de su frente, podía conseguir una vida decente y el amor de una mujer. Una vida decente… Aquellas tuberías de PVC flotaban en sus pensamientos como un cadáver que se resiste a sumergirse, y durante el resto del trayecto y la caminata a pleno sol por el almacén de piedra se sintió distraído e inútil.

En el camino de vuelta, pasaron junto a un cementerio en

el que no había reparado otras veces. Salió de la carretera y entró por el sendero.

Jimmy le echó una mirada de fastidio.

—¿No tenemos bastante faena para que tenga que hacer esto otra vez? —protestó.

—Dos minutos.

El guarda de la cabina estaba apoltronado en un taburete leyendo el *L.A. Times*. Mike bajó el cristal y se llevó una sorpresa al verse a sí mismo en una granulada foto en blanco y negro, bajo un titular que rezaba: EL GOBERNADOR APUESTA POR LOS VERDES. Sí, ese era él, sonriendo, exhibiendo su éxito hipócrita y mentiroso, rodeando con el brazo los musculosos hombros del gobernador. El periódico se ladeó y arrugó, y apareció la rubicunda cara del guarda. Sin hacer preguntas, el tipo le indicó que pasara. A él, en otra época, lo paraban en cada control y cada mostrador de recepción, pero ahora era un ciudadano legal, que usaba un polo de imitación y una jodida camioneta de precio desorbitado.

Aparcó bajo un sauce exuberante y descuidado, y ambos se bajaron. Jimmy sacó un cigarrillo, con el que dio unos golpecitos en el paquete de tabaco.

—¿Qué demonios busca en todas esas tumbas si puede saberse?

—John.

—¿John a secas?

—Eso es.

«Y una mujer nacida a finales de los cuarenta.»

—Hay montones de Johns, Wingate.

—Quinientos setenta y dos mil seiscientos noventa y uno.

El cigarrillo se le quedó al operario colgado del labio inferior, y las cejas se le alzaron casi hasta la raíz del tupido pelo. Se tomó un instante, probablemente para sopesar si su jefe estaba en sus cabales.

—¿En todo el país?

—En el estado.

—Pero al menos sabe que está muerto, ¿no? ¿John a secas?

Mike meneó la cabeza, pensando: «Simples ilusiones». Cogió el expediente del salpicadero, porque no quería que Jimmy fisgara, y echó a andar.

La hierba cedía agradablemente bajo los pies y el aire estaba impregnado de un aroma a musgo. Un rosal se le enganchó en la manga. Encontró al primero en la tercera hilera: John Jameson. Las fechas eran muy poco verosímiles, pero nunca se sabía. Dos hileras más. El expediente le pesaba. Tamara Perkins. «Quizá tú.» Una tumba junto a la valla trasera cubierta de hojas secas; las apartó con el pie y descubrió otro nombre indiferente grabado en la lápida. «Quizá tú.» Examinó las fechas, hizo cálculos... Cerró los ojos, aspiró aquellos olores familiares y dejó volar la imaginación.

Sabía, desde luego, que sus padres no estaban en este, ni en ningún otro de los numerosos cementerios en que se había detenido los últimos veinte años. Ni siquiera tenía la certeza de que estuvieran muertos. En vista de la mancha de sangre en la manga de su padre, él daba por supuesto que su madre lo estaba. Y su padre podía haber sucumbido por muy diversos motivos. Pero incluso aceptando que uno de ellos, o ambos, estuviera bajo tierra, o si por una maravillosa casualidad o mediante una serie de afortunadas conjeturas, llegara al cementerio correcto, era factible que caminara sobre la tumba en cuestión sin saberlo. Así pues, ¿qué demonios buscaba aquí, en estos jardines exuberantes cubiertos de tumbas? ¿Acaso buscaba los ritos que le habían sido negados? A fin de cuentas, él no había vivido nada de todo eso: la visita en el lecho de muerte, el féretro, la palada de tierra, la urna llena de cenizas...

Pasó junto a un entierro recién concluido. La gente empezaba a dispersarse en grupitos solemnes. Una extenuación dolorida se cernía sobre la concurrencia, poniendo al descubierto todos esos temores universales y esa vulnerabilidad irremediable. Él, entretanto, seguía merodeando por los márgenes, caminando entre las lápidas como un zombi, tratando de convencerse de que venía de alguna parte, fuera cual fuese; tratando de convencerse de que, siendo un niño de cuatro años, podría haber valido la pena que lo hubieran protegido.

«Tu madre y yo... te queremos mucho. Más que a nada en el mundo.» Sintiéndose un intruso, le dedicó un gesto de cabeza a la viuda y la evitó con un largo rodeo. «Amanece de nuevo en América.» Mientras caminaba por un sendero erizado de piedras rotas, recordó cómo se le hundía a Hank la camisa entre los omóplatos, flácida a consecuencia de su perdida corpulencia. «Nada de lo ocurrido es culpa tuya.» Percibió en la cadera la presión fantasmal de la hebilla del cinturón del coche familiar, volvió a ver el sudor que descendía por el enrojecido cogote de su padre y notó aquel vacío que había sentido en sus entrañas de cuatro años. «¿Dónde está mami?» Con los ojos anegados en lágrimas, evocó los marcados pómulos de su madre. Y, de golpe, tomó conciencia de su propio brazo, sudando bajo el peso del expediente.

Ese expediente era un absurdo. Una colección de hombres y mujeres tomados al azar que solo tenían en común la fecha de nacimiento, el nombre de pila o una serie de indicios aproximados. Siempre había guardado esa carpeta en el despacho de Hank. ¿Qué iba a hacer ahora con ella? ¿Llevársela a casa? ¿Hojearla de vez en cuando con Kat?

La voz de un sacerdote, cascada y pomposa, de un segundo oficio fúnebre le llegó desde el otro extremo del cementerio: esa letanía antiquísima, «polvo eres y en polvo te convertirás».

Algo referido a la enfermedad de Hank lo había afectado profundamente, mostrándole una dura realidad que no tenía más remedio que afrontar. Quizá se trataba del simbolismo que veía en el hecho de que su único cómplice en la búsqueda hubiera recibido una condena a muerte. Pero ahora comprendió con una repentina y cruel certeza que el fracaso era inevitable, y que siempre lo había sido. Había estado buscando una aguja en un pajar.

Nunca lo sabría.

Al doblar la esquina apareció una papelera, como una señal complaciente del universo. Mike contempló el abultado expediente, que temblaba ligeramente aunque lo sujetaba con más firmeza de la necesaria. Lo sostuvo sobre la boca de la papelera y cerró los ojos. Polvo eres y en polvo te convertirás. Lo dejó caer. El sordo traqueteo reverberó en la piedra circundante.

Caso cerrado.

Capítulo 9

El vigilabebés, provisto de un relajante ribete azul y aristas redondeadas, estaba diseñado para procurar tranquilidad. Sus luces rojas —cinco, como las barras del ecualizador de un aparato estéreo anticuado— estaban pensadas para producir el efecto contrario: un destello de emergencia de un rojo chillón, codificado tanto por el hombre como por la naturaleza, servía para indicar fuego, peligro o sangre.

La primera barra parpadeó hasta estabilizarse, arrojando un resplandor encarnado en la cara de Mike. Esa barra solo significaba interferencias, normalmente. El color era idéntico que el de los dígitos del reloj despertador, que marcaban las 3:15. Annabel dormía profundamente, emitiendo un leve silbido.

Ahora la segunda barra se sumó a la primera, trepando progresivamente y añadiendo peso y fuerza a la alerta. Con el pulgar, Mike subió el volumen hasta que le pareció distinguir un rumor de fondo. ¿Se había puesto en marcha el aire acondicionado en la habitación de Kat? La última vez que había ido a verla estaba dormida como un tronco bajo las sábanas, junto al osito polar: las dos cabezas compartiendo la almohada.

A través del intercomunicador se transmitió una ligera ráfaga de aire, como la exhalación de un dragón.

Y entonces sonó una voz, apenas un susurro, entre las interferencias: «Parece tan llena de paz cuando duerme».

Mike se quedó completamente rígido, inmóvil. Sus pensamientos giraron enloquecidos, como dos ruedas tratando de coger tracción. ¿Estaría soñando?

Pero entonces sonó otra vez, con contornos borrosos: «Como un angelito».

Se incorporó de golpe, apartando la colcha, y Annabel soltó un chillido. Él ya atravesaba corriendo el pasillo. Sus pisadas resonaban en el parqué mientras su mujer lo llamaba, alarmada. Cruzó el umbral de Kat, tensando los músculos dispuesto a combatir y tratando de aguzar su visión nocturna; abarcó la habitación de un solo vistazo.

Nada.

Encendió el interruptor de una palmada.

La niña dormía tan a gusto como antes. Annabel había aparecido tras él, jadeando.

—¿Qué pasa? ¿Qué pasa?

Susurraba roncamente, aunque a la niña no se la despertaba ni con un taladro cuando estaba tan dormida.

—Me ha parecido oír una voz.

—¿Una voz? —Ella apagó el interruptor con el canto de la mano, y la habitación quedó a oscuras—. ¿Qué decía?

Él se pellizcó el puente de la nariz. Un rescoldo del resplandor de la lámpara perduraba aún en la oscuridad. Oyó el canto de los grillos en el lecho del arroyo que discurría por detrás de la parcela. Annabel le acarició la espalda.

—Me ha parecido que decía... —Estaba temblando; la rabia se había disuelto, pero había dejado la adrenalina y una vaga sensación de terror. Sentía los músculos tensos, inflamados de vigor.

—¿Qué, cariño?

—«Parece tan llena de paz cuando duerme.» —Repetir la frase le produjo una nueva descarga, y volvió a parecerle real.

—Has pasado muchas tensiones últimamente.

Annabel le puso la mano en la mejilla. En la cara de su esposa había empatía, pero también —se temía Mike— compasión. A pesar de lo avergonzado que estaba, se sintió obligado a descorrer la cortina y comprobar la ventana. Cerrada.

—¿Qué haces...? —preguntó Annabel.

Mike formó con las manos una máscara de buceo y atisbó el patio trasero a través del cristal.

—Esta ventana tiene cierre automático. Podrían haber salido fuera levantándola y haberla bajado de nuevo. —Percibió la mirada severa de Annabel—. Solo digo que es posible. Podrían haber estado aquí dentro, susurrándome por el intercomunicador.

—Mike, ¿a quién se le ocurriría hacer algo así?

Capítulo 10

Cuando Mike fue al día siguiente a recoger a Kat al colegio, la niña traía un tarro de cristal con una ramita y una diminuta lagartija. Subió al asiento trasero, se colocó los auriculares y empezó a pasar los canales de la tele. Él la observó por el retrovisor. Pensó que uno sabe que lo está haciendo bien como padre cuando los hijos dan por descontada su presencia.

—Quítate esas cosas y di «hola».

—Inalámbricos —especificó ella—. Con inhibición de ruido ambiental. Solo trato de sacarle provecho al gasto que hemos hecho. —Le mostró el tarro con la lagartija—. ¡Mira! La he atrapado yo. Y la señorita Cooper me ha ayudado a prepararle un hogar.

—No creo que pueda respirar ahí dentro, cielo.

Kat se quitó sus gafas de montura roja y las plegó cuidadosamente en el estuche.

—He hecho varios agujeros en la tapa. Está perfectamente.

—Necesita más oxígeno. Si te la quedas, se morirá.

—Pues a mí me gusta mucho —replicó encogiéndose de hombros.

La lagartija aprisionada inquietaba a Mike más de lo que parecía racional. Su irritación fue en aumento. Kat era tan madura en general que resultaba fácil olvidar que a veces reaccionaba como una niña de su edad. Una de las cosas más difíciles de su papel de padre, había descubierto, era callarse cuando le entraban ganas de controlar a la niña, de meterse en su cerebro y empezar a manejar las palancas.

—¿Adónde vamos? —preguntó Kat.

—Tengo que ir a recoger unos tiradores de armario a la sucursal de Restoration Hardware en las galerías Promenade. He pensado que podríamos dar una vuelta y comer algo.

En el asiento trasero, la niña alzó la cara con excitación, y el sol le dio en los ojos: uno ámbar y otro castaño; ambos vibrantes de matices. La irritación de Mike se disipó en el acto.

Siguieron adelante en silencio; al cabo de un rato, ella se quitó los auriculares.

—Perdona por no haberte dicho «hola» cuando he subido.

Él advirtió su sonrisita de sabelotodo; lo estaba provocando para jugar a los «malos hábitos parentales», así que contestó:

—Lo malo no es tu conducta. Eres tú.

—Es una parte *inugural* de lo que soy —dijo ella, divertida.

—Como padre tuyo, debo triturar toda la autoestima que haya en tu interior. Hasta en el último rincón...

—De mi corazoncito negro como el carbón. —A ella le entró una risita incontenible.

Cuando llegaron a Santa Mónica, ya llevaban bromeando mucho tiempo, de modo que él se había olvidado de las tuberías de PVC, de los vigilabebés y de la temida entrega de premios del domingo con el gobernador. Caminaron de la mano por la galería Promenade, salvo cuando tuvo que llevarla en brazos frente a los maniquís sin cabeza del escaparate de Banana Republic. A Kat, sospechaba, los maniquís no le daban miedo desde los cuatro años, pero un ritual era un ritual.

Recogió los tiradores de armario, compraron pan francés y queso cheddar con rábano picante en un mercadillo artesano, se instalaron en un banco metálico junto a la fuente del estegosaurio y escucharon a un músico callejero que cantaba *Heart of Gold* con una auténtica alma curtida en los caminos. Había un vagabundo reclinado en el banco de enfrente, perdido en un montón de ropas mugrientas. Mike creía que el hombre estaba completamente ido, pero después observó que murmuraba la letra de la canción, sonriendo como si recordara a una antigua amante. El tipo se metió una mano bajo la andrajosa chaqueta y se dio golpecitos como si le palpitara el corazón. Kat se echó a reír con la boca llena de comida.

El músico aullaba, tocaba la armónica con un soporte de manos libres, y el vagabundo les hacía comentarios a gritos:

«¡Este fulano canta a Neil Young mejor que Neil Young!», «Yo tenía una tiendita de camisetas en Nueva York», «Mi hija es higienista dental en Tempe, se casó con ese tipo y me dijo que puedo visitarlos cuando quiera».

Una mujer maquillada de payaso conseguía formas de animales retorciendo globos: solo a dos pavos la pieza. Mike separó unos billetes de dólar de su fajo y se los tendió a Kat.

—¿Quieres uno?

Ella se levantó corriendo del banco, pasó junto a la mujer de los globos y le dio los billetes al vagabundo, que los embutió con un guiño en su vasito de mendigar.

La niña regresó y se sentó junto a su padre, que se maravilló un momento de su intuición. El músico había pasado a *Peaceful Easy Feeling*, mientras el cálido sol poniente seguía dándoles en la cara. Por una vez, los pensamientos de Mike se centraban solo en el momento presente.

Llevó a Kat a hombros de vuelta a la camioneta, ambos tarareando diferentes melodías. Se detuvieron a comprar patatas fritas y unos batidos, y la niña, aún masticando, se puso el cinturón en el asiento trasero con una expresión de felicidad que a Mike le hizo sonreír. Ella dijo: «¿Qué?», y él contestó: «Un día lo sabrás».

Cuando giraban para enfilar el bulevar San Vicente, Kat dijo de sopetón:

—He perdido a Bola de Nieve, el último oso polar.

A Mike le bastó un vistazo al retrovisor para comprobar que estaba disgustada.

—¿Dónde lo viste por última vez?

—No sé. Me di cuenta en el colegio. La señorita Cooper puso a toda la clase a buscarlo. No me dio vergüenza ni nada. Pero no logramos encontrarlo. Luego recordé que lo había vuelto a llevar a casa. Busqué en mi cuarto por todas partes, pero... —Miró por la ventanilla, afligida; luego se encogió de hombros—. De todos modos, me estoy haciendo mayor para tener peluches.

—Pero no para Bola de Nieve —protestó él.

—Quizá ya va siendo hora.

A él se le partió un trozo de corazón.

Estaba buscando una respuesta cuando se fijó, tres coches

más atrás, en un turismo negro. Ya lo había visto antes, arrancando detrás de él cuando había salido del aparcamiento. Giró a la izquierda. El turismo giró a la izquierda. La luz piloto de la paranoia cobró vida en su pecho.

Con los ojos fijos en el retrovisor, puso el intermitente de la derecha, pero pasó de largo el desvío. El turismo no puso el intermitente, ni giró. Kat, con los auriculares puestos, miraba absorta la pantalla del televisor, oscilando con el movimiento de la camioneta. Debido a la creciente oscuridad, el ambiente estaba borroso y salpicado de faros destellantes, así que Mike no podía ver con claridad la marca del turismo ni la matrícula. Los músculos de su cuello habían recuperado la tensión habitual; parecía que no se hubieran relajado ni un segundo.

Cuando bajó la vista del retrovisor, los coches detenidos en el semáforo se precipitaban hacia ellos muy deprisa, demasiado deprisa. Pisó a fondo el freno. El batido se le escapó a Kat de la mano y aterrizó en el asiento contiguo.

—¡Lapu…, mierda! —Pararon a unos centímetros del parachoques de delante.

—¿Lapppu…, mierda? —repitió ella, mondándose.

Mike se quitó la camiseta y se la lanzó.

—Toma. Usa esto para limpiar el asiento.

—Lo siento, papá.

—No es culpa tuya, cariño. —Ladeó el espejo. El turismo seguía allí, aguardando tras un monovolumen. Se le veía uno de los faros; el borde del capó parecía abollado y con una buena capa de polvo sobre la pintura negra.

—¿… o la Luna? —le estaba preguntando Kat.

—Perdona, ¿qué decías?

—¿Cuál te gusta más: Marte o la Luna? A mí, Marte, porque es todo rojo…

El semáforo se puso verde. Mike se demoró unos momentos en arrancar. El monovolumen cambió de carril, y entonces vislumbró el parabrisas tintado y la rejilla frontal del turismo —parecía un Mercury Grand Marquis— antes de que un todoterreno se colara en el hueco, interponiéndose entre ambos.

Dobló por una calle residencial y aceleró.

—Papi. Papi. Papi. —Kat tenía una larga patata frita en la mano, y necesitaba enseñársela con urgencia.

—Tranquila, cariño. Una enorme, ¿eh? —En la franja del retrovisor, justo por encima de la patata frita, vio que el Mercury giraba tras ellos.

Kat se ajustó los auriculares y volvió a concentrarse en su programa de televisión.

Mike dobló en la esquina, aceleró, giró otra vez y se metió en una calleja marcha atrás. Apagó el motor y las luces.

—¿Qué estamos esperando, papá?

—Nada, cariño. Es que necesito pensar un minuto. Tú sigue con tu programa.

Ella se encogió de hombros y obedeció.

La noche había caído bruscamente. Sonaban ladridos, los focos de seguridad relumbraban en los jardines y las ventanas de los salones parpadeaban con el resplandor azul de los televisores. El hecho de no llevar camiseta hacía que se sintiera extrañamente vulnerable, y además, el aire fresco de los conductos de ventilación le daba directamente en el torso. Bajó la vista y se miró las manos, totalmente pálidas en el volante, lo cual le recordó...

Asomaron unos faros por la calle. Rondando. Acercándose.

Mike encontró una llave inglesa en la consola central, y sujetó firmemente con la otra mano la manija de la puerta, armándose de valor. Los faros aparecieron a la vista, dándole directamente en la cara. Ya estaba a punto de bajarse de un salto cuando la puerta del garaje delante de la que habían aparcado empezó a abrirse bamboleándose. Los haces de luz viraron, y entonces vio el coche con claridad: no era un turismo oscuro cubierto de polvo, sino un Mercedes blanco. Mientras el vehículo entraba en el sendero de acceso, el hombre que iba al volante le echó una ojeada suspicaz.

Mike suspiró. En el asiento trasero, Kat miraba la tele, cuya pantalla le iluminaba la cara, pero se le empezaban a cerrar los ojos. Al cabo de un minuto, salió a la calle desierta. Giró con cautela por la siguiente esquina. Nada.

Mientras su respiración se normalizaba, pensó en la ruta que había seguido desde Santa Mónica: una vía principal de regreso a la autopista, dejando aparte el último rodeo. ¿Y en qué había consistido el rodeo a fin de cuentas? ¿En tres giros consecutivos? ¿Acaso el Gran Marquis había hecho algo tan fuera de lo común? ¿No se estaría inventando amenazas imaginarias?

Sofocó una risotada mientras se secaba el sudor de la nuca. «Agente, un Gran Marquis me ha seguido a lo largo de varias manzanas. Incluso ha hecho un par de giros como yo. No, no he visto la matrícula, pero tal vez ustedes puedan localizarlo mediante fotografías satélite.»

Su sentimiento de culpa por las fraudulentas casas ecológicas estaba ramificándose, creando acosadores imaginarios, impulsándole a mirarlo todo con suspicacia: ya fuera un vigilabebés o las coincidencias del tráfico. Además, las únicas personas que sabían lo de las tuberías de PVC eran cómplices de un modo u otro. Así que ¿quién iba a acosarlo por eso? ¿Y por qué? Nadie. No había motivo; no había nada de qué preocuparse.

Miró por el retrovisor durante todo el trayecto de vuelta.

—No para de rascarse la cabeza. ¿No te habías dado cuenta?

Mike observó cómo su mujer hurgaba el cabello de Kat.

—No —reconoció él.

—Hay casos otra vez en el colegio, y ella parece ser siempre la primera en pillarlo. —Annabel le sujetó bien la cabeza a su hija y se la ladeó bajo la intensa luz del baño. Era tarde, y estaban todos cansados—. Quieta, diablilla. Vete preparando.

—No te pongas furiosa conmigo —dijo la pequeña—. No es que yo haya dicho: «¿Qué puedo hacer hoy para fastidiar a mamá? ¡Ah, ya! Voy a pillar piojos».

Mike dejó las llaves del coche sobre la encimera de la cocina (acababa de ir en un salto al súper) y sacó de la bolsa el frasco de tratamiento contra las liendres.

La niña echó una ojeada a la siniestra etiqueta roja, y cuestionó:

—¿Qué lleva este mejunje?

Mike cogió el frasco y leyó la composición guiñando los ojos:

—Gasolina, zumo de mofeta, ácido de batería...

—¡Mami!

—Está bromeando.

—Pero lleva cosas malas. Y me producirá quemaduras y una mutación.

—A ti no te hará mutar —dijo Annabel con cansancio.

Pero, como de costumbre, la niña se salió con la suya y acabaron usando un remedio casero que su madre había encontrado por Internet: esparcir con generosidad mayonesa por el pelo y taparlo con un turbante de plástico. Ese tocado acentuaba los rasgos redondeados de Kat, su carita de elfo sonriente. Mike se fue al baño principal a limpiarse bien las uñas de mayonesa y oyó por el intercomunicador cómo Annabel arrullaba a su hija con una canción de cuna, una tonada dulce y suave y, como siempre, muy desafinada: «Duérmete, niña, duérmete ya; las estrellitas te alumbrarán». Sonrió. Volvió a pensar en el Gran Marquis negro que había llegado a creer que lo estaba siguiendo y recordó cómo se le había escapado a Kat el batido de las manos cuando él había frenado en seco en el semáforo y...

Mierda.

La lagartija.

Salió corriendo, abrió el coche y encontró el tarro de mantequilla de cacahuete encajado bajo el asiento del copiloto. La diminuta lagartija estaba muerta en su interior, arqueada y tenue como una pluma.

Entró con el tarro de vidrio justo cuando Annabel emergía de la habitación de Kat.

—Le he puesto una toalla en la almohada para que... —Se interrumpió al ver el tarro.

—Quería quedársela —dijo Mike.

—¿Cómo se lo tomará? —Encogiéndose de hombros, Annabel cruzó los brazos y se apoyó en la pared—. ¿Se lo decimos?

Ya habían pasado por lo mismo con hámsteres, peces de colores y una rana, pero a medida que Kat crecía, se daba más cuenta de las cosas y cada vez era peor.

—Sí —contestó Mike—. Hemos de decírselo.

—Ya. ¿Se lo explicas tú?

—Claro.

Dejó el tarro en el vestíbulo, entró en la habitación de la niña y se sentó en el borde de la cama. Ella levantó la vista con aire juguetón. Parecía algo distinta a causa del turbante de mayonesa. Él puso la mano sobre el edredón.

—Yo nunca te voy a mentir, ¿vale?

Ella asintió, y a él le vino de inmediato a la cabeza la imagen de esas tuberías de PVC enterradas: la mentira del encubrimiento, la mentira de las casas, la mentira del premio que iban a entregarle. Pero ahora no era momento para eso. Ahora se trataba de una niña de ocho años y de una lagartija muerta.

—Tu lagartija se ha muerto.

—¿Muerto? —Parpadeó—. ¿Quieres decir que se ha ido al cielo? —A pesar de la salida burlona, el labio inferior le tembló levemente. Un destello de remordimiento le cruzó el rostro, pero enseguida se mordió el labio para inmovilizarlo—. Bueno, ahora puedes repetir: «Te lo dije».

Mike no soportaba verla reprimir sus emociones. Bajó la vista y se miró las manos, mientras buscaba un modo de llegar a ella. ¿Recurriría al juego de los «malos hábitos parentales»?

—Nosotros nunca manifestamos los sentimientos —dijo—. Nos los tragamos y los almacenamos en el fondo de nuestro ser, para que se conviertan en resentimientos y temores ocultos.

Kat esbozó una media sonrisa, pero tenía la mirada vidriosa y, de repente, se le descompuso la cara y empezaron a rodarle las lágrimas por las mejillas.

—Quiero que mi lagartija no esté muerta.

Él la abrazó, le acarició la espalda trazando pequeños círculos, y ella sollozó un poco sobre el hombro de su padre.

Finalmente se apartó.

—¿Puedo verla?

Mike le llevó el tarro; Kat lo sostuvo con sus manitas y lo ladeó. La lagartija se deslizó rígidamente alrededor de la ramita.

—¿Qué podemos hacer con su cuerpo?

—Bueno, podemos enterrarlo en el patio trasero y...

—No —dijo ella—. Zach Henson.

Mike tardó un momento en localizar el nombre en su memoria: un chico de quinto curso, leucemia, el año pasado. Annabel y él habían asistido al funeral, simplemente para estrecharles a los padres la mano y decir, impotentes, lo único que uno puede decir en estos casos: «Si necesitan cualquier cosa…». Después se quedaron sentados en la camioneta, en el aparcamiento de la iglesia, sumidos en una especie de terror mudo: Annabel llorando en silencio; él, aferrando el volante y mirando desfilar a los familiares, desencajados y encorvados. Como siempre, Annabel vertió sus pensamientos en palabras.

—Superaría cualquier otra cosa, pero si le pasara algo a ella, creo que me moriría.

Ahora Mike carraspeó y posó la mano en la rodilla de Kat, diciendo:

—El cuerpo de Zach ya debe de haber regresado a la tierra a estas alturas.

Ella se rascó la cabeza a través de la funda de plástico con mayonesa, y preguntó con expresión sombría y pensativa:

—¿Y si os morís tú y mami?

—No nos va a pasar nada. Ya tendrás tiempo de sobra para preocuparte de esas cosas cuando seas mayor. Ahora te toca ser una niña y pasártelo bien. Nosotros siempre te protegeremos, hasta que aprendas a protegerte a ti misma.

Kat se dio la vuelta y ahuecó la almohada allí donde su osito solía dormir.

—Pero ¿y si desaparecéis un día sin más, como hicieron tus padres? ¿Qué pasaría conmigo?

La pregunta lo dejó bruscamente sin aliento. Necesitó unos instantes para reponerse antes de tranquilizarla y darle un beso de buenas noches. Mientras cruzaba el pasillo hacia el dormitorio, creyó oír el zumbido de aquella mosca azul cargada de malos presagios. Pero cuando se dio media vuelta, no vio nada por los rincones del techo. Solo oscuridad.

Capítulo 11

Su propia cara ampliada, a base de grandes píxeles, recibió a Mike y a su familia en cuanto entraron en el Braemar Country Club. La foto de *Los Angeles Times* del martes, en una inmensa ampliación montada sobre porexpán, estaba apoyada junto a la entrada al comedor principal. A su lado se alineaban como una serie de fichas enormes de dominó otros recortes de los periódicos más destacados del estado, produciendo en conjunto la impresión de las abigarradas portadas sensacionalistas. Enfundado en su traje de ochocientos dólares, Mike se detuvo un momento, incómodo.

Pese a que la fotografía del periódico mostraba claramente su heterocromía, el periodista se había referido a sus «deslumbrantes ojos castaños», ignorando que uno de ellos era en realidad de un «deslumbrante color ámbar». Pero ese desliz no era nada comparado con el fraude de fondo de aquel acto orquestado con fines políticos, es decir, con el hecho de que fueran a darle un premio medioambiental por unas casas que no deberían haber obtenido el código verde. Mientras ojeaba aquel panegírico descarado que encomiaba su labor en la conservación de la capa de ozono, Mike sintió un acceso de culpa y también (tenía la manita de su hija en la suya) de profunda vergüenza.

Annabel lo arrastró del brazo, interrumpiendo sus pensamientos. De mala gana, entró en el comedor y fue saludando con un gesto a algunos de los tipos impecablemente trajeados. Muchos de ellos sonreían al reconocerlo. Kat caminaba a su altura, sujetando la mochila llena de libros que había llevado por si se aburría. Había camareros circulando con copas de champán y con aperitivos que él no sabía identificar. Se metió un pastelillo de hojaldre en la boca, solo por hacer algo, y buscó entre la multitud alguna cara conocida.

Kat ya había reclutado a los hijos de Andrés para jugar al pilla-pilla. Annabel estaba deslumbrante con un vestido rojo con escote en la espalda. Mike observó cómo se relacionaba poco a poco con un círculo de mujeres tremendamente maquilladas, comportándose con esa gracia que proporcionaban la buena educación y la seguridad natural. Esa mujer era una maravilla; cada situación le revelaba una nueva faceta de ella. Pero incluso mientras la contemplaba con orgullo, la desenvoltura de Annabel no hacía más que subrayar hasta qué punto se sentía él fuera de lugar. En realidad el único sitio donde parecía encajar sin esfuerzo era en casa, junto a su familia.

Caminó hacia su esposa, pero una mujer mayor que portaba una tablilla sujetapapeles se interpuso de golpe entre ambos, dirigiéndose a ella.

—Es usted la esposa de Michael Wingate, ¿verdad? —dijo—. La necesito un minuto para una foto.

La cogió de la mano y se la llevó sin más. Annabel se encogió de hombros con una expresión de fingida impotencia y se limitó a seguirla, sonriendo.

Mike se abrió paso entre la gente y consiguió que el barman le prestara atención.

—¿Me puede poner una Budweiser?

El barman, uno de esos tipos apuestos con aspiraciones de actor, señaló las botellas que había detrás en un cubo de hielo.

—Solo hay Heineken. Se ha equivocado de fiesta.

Mike cogió la botella helada. Era un placer la sensación de la cerveza amarga en el gaznate. Los dos últimos días habían transcurrido muy despacio, sin duda ralentizados por la aprensión que le inspiraba la ceremonia de esa noche.

Observando entre los corrillos de gente, divisó a Andrés en una de las mesas elegantemente dispuestas junto al estrado. Cargando el bolso de su esposa y con un aire de aburrimiento mortal, el capataz puso los ojos en blanco. Mike tuvo que desviar la mirada para disimular su sonrisa.

La presencia, en la mesa siguiente, del jefe de gabinete del gobernador le crispó la sonrisa. Captando su mirada, Bill Garner ladeó la cabeza de un modo que Mike interpretó inequívocamente como una señal de complicidad. ¿Habría otras personas que lo mirasen de ese modo también? No lograba poner coto a su sensación de incomodidad. Llevaba ya una semana viendo fantasmas por todas partes.

Al fondo del salón, había unos ventanales desde el suelo hasta el techo que daban a una empinada pista de golf, en ese momento a oscuras. Mike sorteó al gentío, repartiendo saludos a las caras conocidas con las que se cruzaba. Llegar hasta donde no había gente y mirar hacia el horizonte le proporcionó cierto alivio.

Justo cuando comenzaba a deshacerse de sus inquietudes, alguien chocó de lado con él. Al tambalearse para recuperar el equilibrio, se derramó cerveza en la pernera del pantalón.

Sonó una voz a su espalda:

—¡Ay, perdón! —Un hombre enjuto, de barba rala, se inclinó hacia él, cogiéndolo del brazo—. Tengo pe ce.

El aliento le apestaba, y tenía los labios salpicados de motas negras. ¿Pipas de girasol? El hombre se metió la mano en su andrajosa chaqueta deportiva marrón y sacó un pañuelo. Mike lo cogió y se lo pasó por la mancha de humedad que tenía en el muslo, pero el líquido ya había traspasado la tela.

—Parálisis cerebral —aclaró el hombre—. Problemas de equilibrio, ¿entiende? Pero me disculpo de nuevo.

—No importa. Detesto este traje de todos modos.

La chaqueta deportiva de aquel tipo parecía sacada del Ejército de Salvación: pana, parches en los codos, mangas deshilachadas... Mike le devolvió el pañuelo y él lo cogió con una mano retorcida como la garra de un mono. Los ojos del individuo, enmarcados en un rostro amarillento, se movían involuntariamente de un lado a otro.

Un gigantón aguardaba a unos metros de distancia. No parecía incómodo exactamente, pero tampoco a sus anchas; era del todo inexpresivo en realidad. Permanecía tan impertérrito que Mike tardó unos momentos en captar que los dos iban juntos.

—Han tenido que estirarme el tendón de Aquiles ocho veces, y el de la corva, cinco —prosiguió el hombre de la chaqueta deportiva—. Once tenotomías en el pie derecho. Cuarenta y cuatro intervenciones en total. Y no cuento las inyecciones de Botox en los músculos espásticos. Y luego la medicación para los ataques, la medicación para combatir los efectos secundarios y… En fin, ya se hace usted una idea.

Mike se aflojó el nudo de la corbata, preguntándose qué querría aquel tipo. El gigantón seguía inmóvil, mirando las paredes, o sin mirar a ninguna parte, a decir verdad. ¿Estaría escuchando siquiera?

—Y pese a ello los músculos se siguen tensando. Cada año camino peor. Necesito unos cuantos tijeretazos más. Es carísimo, de modo que me obliga a seguir trabajando, claro. —Se llevó una copa de vino a los labios y escupió dentro unas cáscaras de pipas de girasol. Había un buen montón de ellas acumulado en el fondo de la copa, sobresaliendo por encima de un resto de vino tinto—. Y todo porque no recibí suficiente oxígeno mientras atravesaba el canal del parto. No fue culpa mía. Pero igualmente he tenido que pagarlo día tras día. —Sofocó una risita—. El karma es una cabronada, ¿verdad, Mike? Nos acaba atrapando a todos.

Él le estudió el rostro.

—¿Cómo sabe mi nombre?

El tipo señaló las ampliaciones de los periódicos.

—Es el hombre del momento.

—¿Y usted es…?

—William.

—¿William qué…?

El individuo sonrió, mostrando unos dientes amarillentos, y comentó:

—Mi primo pequeño tenía unas cicatrices como esas suyas. —Le señaló los nudillos—. Peleas a la antigua.

Mike se metió las manos en los bolsillos.

—¿Tenía?

—La gente con nudillos así no suele llegar a la edad madura.

Kat pasó corriendo, tratando de pillar al hijo de Andrés, entre gritos y risas.

William los señaló con la barbilla

—Fíjese en los pequeños. Me pasaría el día mirándolos.

Su modo de mirar a los niños le produjo a Mike una sensación de incomodidad.

—Una niña preciosa —afirmó William—. Debe de ser suya: se parecen mucho, esos ojos gatunos... Ya se ve que ella no es adoptada.

Un comentario siniestro, tanto más cuanto que Mike no creía que él y Kat se pareciesen tanto. ¿Por qué habría de importarle al tipo si su hija era adoptada o no? ¿Había oído mal, se preguntó, o realmente William había puesto un énfasis especial en la palabra «ella»? ¿Era una velada referencia a su pasado en una casa de acogida? ¿Con qué intención? ¿Y cómo podía estar enterado? Mike sintió una palpitación en el cuello y preguntó:

—Diga, ¿a quién conoce aquí?

—Bueno, Mike, lo conozco a usted, ¿no?

—Claro —replicó sin alterarse—. Pero ¿quién lo ha invitado?

En ese momento anunciaron que empezaba el acto y todo el mundo se dispuso a ocupar sus asientos. La mujer de la tablilla sujetapapeles le hizo un gesto a Mike, señalándole su puesto junto al atril. Un gesto perentorio: «Le necesitamos ahora mismo».

—Será mejor que vaya —dijo William—. Parece que lo reclaman en el estrado.

Ya no cabía duda: esta segunda evasiva era deliberada. La conversación había adquirido un matiz agrio.

Y a Mike se le estaba agotando la paciencia. Tragó saliva, intentando contener su irritación.

—No ha respondido a mi pregunta. ¿Qué relación tiene usted con todo esto?

—Me encantan las fiestas, simplemente. —Mantuvo los ojos fijos en los suyos y escupió otra cáscara, esta vez por encima del borde de la copa, y de ahí a la moqueta—. Además, hay una cantidad de mujeres estupendas circulando por aquí. —Hizo una seña, de nuevo con su desaliñada barbilla—. Fíjese en ese bombón de ahí. —Annabel estaba sentada en el extremo de la mesa situada sobre el estrado. Había girado un poco la silla para dirigirse a un camarero y, aunque tenía las piernas juntas, el vestido se le había enganchado en una rodilla y, desde la posición más baja en la que ellos estaban, se le veía un diminuto triángulo de seda blanca entre las piernas.

Mike notó que le ardía la cara y se puso muy tenso. El gigantón, sin apartar su mirada inexpresiva de la pared opuesta, dio sigilosamente medio paso hacia ellos.

Wingate sintió la oleada de un viejo instinto creciendo en su interior, cobrando bríos. Tenía la cara de William tan cerca de la suya que olió el fétido aliento que se le filtraba entre los dientes.

La mujer de la tablilla sujetapapeles pronunció su nombre en voz alta, reclamando su presencia. Él relajó los músculos, dio media vuelta y se alejó con calma. Una vez que estuvo en el estrado, le susurró a Annabel al oído y ella se estiró el vestido, alisándolo en las rodillas. Amortiguaron las luces, salvo las que caían a plomo sobre la mesa presidencial iluminando a todos los premiados. Incluso entornando los ojos, desde allá arriba Mike solo distinguía siluetas oscuras en las mesas del fondo.

El gobernador hizo una entrada triunfal y, debido a su imponente físico, pareció que el atril se empequeñecía. Para empezar, soltó unos chistes con una amplia sonrisa, exhibiendo la separación característica de sus incisivos. Mike captaba las risitas de la multitud, pero poco más; recorría con la mirada las caras una a una. Annabel, atribuyendo su tensión a los nervios, le apretó la mano para darle ánimos, y Kat lo saludó desde la mesa de Andrés, situada en primera fila.

Los demás laureados se levantaron y pronunciaron unas palabras, pero Mike no podía concentrarse en lo que decían. Le pareció vislumbrar la silueta de William yendo de un lugar a otro por el fondo de la sala, pero entonces se hizo un espantoso silencio y se dio cuenta de que todo el mundo lo miraba a él. La mujer de la organización, ahora sin tablilla sujetapapeles, repitió el nombre de él ante el micrófono. Annabel lo apremió a ponerse de pie, y él, caminando con torpeza, se situó frente al atril.

—Yo, hummm... —Sonó un chirrido; se había acercado demasiado al micrófono. Notaba la tela húmeda en la pernera del pantalón. Hizo todo lo posible para sacarse de la cabeza el extraño encuentro que acababa de vivir.

—Realmente, no merezco estar aquí —dijo.

En la mesa de los vips, Bill Garner alzó la vista hacia él con la cabeza ladeada y una tensa sonrisita en los labios.

—Quiero decir, que me den un premio cuando yo ya me siento afortunado por todo cuanto tengo y por el trabajo que hago. Me levanto todas las mañanas pensando que me ha tocado la lotería. —Relajándose un poco, le lanzó una mirada a su esposa. Ella lo contemplaba con adoración—. Porque tengo... Bueno, a mi esposa, a mi hija, y un trabajo que amo. —Bajó la vista al atril, y continuó—: Y no es que construir Green Valley fuese del todo desinteresado. Era un trabajo remunerado. —Deseosas de romper la tensión, algunas personas se rieron, creyendo que bromeaba—. Yo no soy un gran ecologista. Simplemente, no quiero que, dentro de unas décadas, mi hija y mis nietos piensen en mí y lamenten que no hiciera lo que debía.

El nuevo anillo de Annabel refulgía bajo los focos, y parecía que el enorme diamante resumiera hasta qué punto era un farsante de mierda. Como leyéndole el pensamiento, ella se puso las manos en el regazo y desvió la mirada, procurando mantener la compostura. Verla disgustada lo desconcertó y, por un instante, perdió el hilo y olvidó lo que estaba diciendo. El silencio se prolongó incómodamente mientras buscaba las palabras. Estuvo a punto de confesarlo todo, de reconocer la mentira y retirarse sin más para arremangarse y empezar a buscar con pico y pala el modo de salir del agujero, de aquel agujero en el que se había metido a sí mismo y a cuarenta familias. Pero lo que se oyó decir fue: «Gracias por su reconocimiento. Me siento honrado». Annabel cerró los ojos, y él vio que las sienes le palpitaban. Se retiró de los focos entre aplausos y, acercándose a ella, le tocó el hombro y murmuró: «Vamos».

Las luces habían vuelto a encenderse en el salón; la ceremonia había concluido. Mike recorrió con la vista la estancia, pero no había ni rastro de William ni tampoco del gigantón. Se sentía mal: tenía la mente acelerada y el estómago revuelto por el extraño altercado, por el premio fraudulento, por la manera de Annabel de desviar la vista cuando él estaba en pleno discurso, como si no fuera capaz de mirarlo a los ojos. Quería volver a casa, disolver la velada con una ducha hirviendo y olvidarlo todo de una vez.

Se les acercó un fotógrafo.

—Los necesitamos para otra tanda de fotografías...

—Lo siento —dijo Mike—. Hemos de marcharnos.

Saludando secamente a quienes le manifestaban su admiración, cogió a Kat de la mano y arrastró a la niña y a su mujer hacia la puerta, mientras Andrés protestaba a su espalda.

—¿A qué viene tanta prisa?

Kat sonreía de oreja a oreja, y afirmó:

—Papá ha dicho que construyó Green Valley por mí.

Annabel esbozó una sonrisa forzada. Él avivó el paso, tratando de dejar atrás el comentario de su hija. Habían salido unos pocos invitados, pero el aparcamiento estaba en su mayor parte desierto. Abundaban los modelos extranjeros relucientes y un buen número de coches híbridos. Mike apremió a Kat y a Annabel por entre las hileras de vehículos, buscando el Mercury Grand Marquis negro que había creído que lo seguía unos días atrás.

—Mike —Annabel se reacomodó entre los brazos la placa del premio, que a punto había estado de caérsele—, ¿qué sucede?

—Espera un momento.

Al fondo del aparcamiento, estacionada oblicuamente ocupando dos plazas, llamaba la atención entre todos aquellos cochazos lustrosos una mugrienta furgoneta blanca. Entre el parabrisas y el salpicadero, se veía una bolsa despanzurrada de pipas de girasol. Mike se detuvo a unos cinco metros. Los asientos de delante estaban vacíos, y el resto de la cabina se hallaba sumida en la oscuridad.

No tenía matrícula delantera.

Mike se volvió hacia su esposa.

—Llévate a la niña, sube al coche y cierra todas las puertas.

Annabel frunció la frente con inquietud, pero cogió a Kat de la mano y retrocedió rápidamente hacia la camioneta. Aunque algunas personas más habían entrado en el aparcamiento a recoger sus coches, ahí, en la última hilera, todo seguía oscuro y silencioso.

Mike rodeó la furgoneta con cautela: una Ford antigua, de

finales de los setenta. La ventanilla trasera, situada a cierta altura, estaba cubierta con unas cortinillas a cuadros, tras las cuales se atisbaba una rejilla polvorienta. Comprobó con alivio que sí había matrícula detrás: un modelo californiano anticuado de fondo azul. El color amarillento de los números y las letras estaba tan desteñido que tuvo que agacharse para descifrar sus relieves: 771 FJK.

La voz le llegó con una proximidad desconcertante:

—¿Permite usted que su esposa salga vestida así?

Se incorporó de golpe. La lasciva cara de William, asomada a la ventanilla trasera, se veía enmarcada por las cortinillas a cuadros. La puerta posterior se entreabrió con un chirrido. Mike retrocedió unos pasos con el corazón desbocado. William descendió penosamente del interior de la furgoneta; el gigantón se apeó también y se apostó a su espalda.

Mike sentía que el aire le ardía en los pulmones.

—Yo no le permito nada.

Sonó muy cerca la alarma de un coche, y él advirtió aliviado que ya estaba llegando más gente al aparcamiento. ¿Acaso los dos hombres habían permanecido escondidos en la furgoneta con la intención de seguirlo hasta su casa?

Con una sonrisita socarrona, William se le acercó renqueando de un modo extraño y torciendo los pies hacia dentro, y dijo:

—¿Por qué nos acosa? —Agitó la copa llena de cáscaras masticadas, como si quisiera darse énfasis—. Nos sigue hasta aquí, espía nuestra furgoneta... —Escupió otra pipa de girasol en el asfalto, cerca del pie de Mike, y luego le hizo un gesto brusco con la barbilla, un ademán al que parecía recurrir en exceso—. Será mejor que vuelva con su familia.

La mirada de Wingate saltaba, inquieta, de William al gigantón, que permanecía en silencio, cruzando los enormes brazos y manteniendo los indescifrables rasgos casi ocultos en las sombras.

—¿Qué demonios significa esto?

—Significa que un hombre de familia como usted tiene cosas mejores que hacer que quedarse aquí charlando con un par de tipos de baja estofa. —Miró más allá, y Mike se volvió.

Desde la camioneta, Annabel observaba ansiosa a través del

parabrisas. Estaban a dos hileras de distancia, pero Kat resultaba visible en el asiento trasero, donde se había levantado y buscaba algo en la mochila. Ellas dos, a plena vista, peligrosamente expuestas. El aire fresco de la noche olía al césped cortado de la pista de golf. Un leve aroma a cigarro puro impregnaba la brisa. La expresión de Annabel era suplicante.

Mike se giró de nuevo.

—¿Esto tiene que ver con Green Valley?

—¿Green Valley? —William parecía desconcertado.

—Me han estado siguiendo.

Los ojos del hombrecillo se movían rápidamente de un lado para otro. Parecía casi un tic automático.

—Suena como si hubiese gente buscándolo, señor Wingate. No vaya a achacárnoslo a Dodge y a mí.

Se sostuvieron la mirada sin aflojar. Mike retrocedió unos pasos; luego dio media vuelta y caminó deprisa hacia la camioneta. Annabel lo observaba en tensión. Un grupito de invitados lo felicitaron al pasar. Mike asintió, todavía con la cara encendida de furia. Cuando ya estaba cerca, su mujer abrió la puerta. Kat, desentendida de la escena, señalaba por la ventanilla lateral, riéndose: «¡Esa señora lleva un sombrero increíble!».

Mike oyó un estrépito a su espalda.

Se giró. Agarrándose lastimosamente la temblorosa muñeca, William se estaba disculpando ante un pequeño corrillo que se había formado alrededor.

—Lo siento, se me ha escurrido.

Un hombre bien trajeado utilizó una revista enrollada para barrer los cristales y alejarlos de sus neumáticos. Dodge se agachó para echar una mano, siempre con los labios sellados. ¿Acaso era mudo?

Annabel se había bajado de la camioneta.

—Mike, ¿qué demonios ocurre?

Él la sujetó del brazo para que volviera a su asiento.

—Nos vamos. Te lo explico en un minuto.

—Me estás haciendo daño —dijo ella en voz baja.

La soltó. Le había dejado una marca en la piel. Annabel subió, y él se dispuso a rodear el capó para ponerse al volante.

Pero William y Dodge ya le habían dado prácticamente alcance. Mike volvió la cabeza. Annabel descifró su mirada, palideciendo, y extendió el brazo. Él oyó el clic del cierre automático. En la parte trasera, Kat ordenaba sus libros en la mochila, distraída.

William se le acercó deprisa. Contoneaba un poco las caderas al andar, aunque eso no era nada comparado con el pronunciado bamboleo que había exhibido antes. Wingate se preguntó hasta qué punto utilizaba la enfermedad para sacar ventaja, tal como lo hacía Shep con su sordera.

Cuando llegó a su altura, Mike se cuadró y dijo:

—Veo que su pe ce ha mejorado bastante.

William mostró sus amarillentos dientes, y replicó:

—Gracias a Dios.

Dodge mantenía uno de sus enormes brazos a la espalda. ¿Ocultaba un cuchillo? ¿Una pistola?

La descarga de adrenalina le provocó a Mike un leve mareo. A William podía derribarlo en un abrir y cerrar de ojos, pero Dodge era una gran incógnita. A juzgar por su aspecto, el tipo parecía capaz de partirle el cuello con una mano. Lo único que le preocupaba ahora, sin embargo, era la integridad de Annabel y Kat. Su hija seguía concentrada en sus libros, pero en cualquier momento levantaría la vista y presenciaría lo que estaba a punto de suceder, fuera lo que fuese. Habría deseado que su esposa se cambiara de asiento y se alejara con la camioneta, pero sabía que ella jamás lo dejaría ahí solo.

William le escupió unas cáscaras en los zapatos.

—A mí no me escupa.

El tipo se paseó la lengua por la boca y la asomó. Le había quedado un trocito negro en la punta. Se la lanzó al pecho con un resoplido.

—Una vez más y vamos a tener un problema —amenazó Mike.

William apretó los labios y los ralos pelos de la mandíbula se le erizaron. Entornó los ojos, evaluándolo.

—¡Ajá! Con que sí, ¿eh?

Sin advertir nada, una mujer con abrigo de pieles pasó junto a Mike disculpándose y subió a su Jaguar. Su presencia le hizo recobrar la sensatez. Suspiró, permitiendo que se disolviera su rabia. Retrocedió un paso con los ojos fijos en Dodge; concretamente, en el brazo que ocultaba a su espalda.

Echó un vistazo atrás. Kat había vuelto la cara hacia él y lo miraba muy seria, igual que Annabel. Intentó razonar.

—Mire a toda esta gente. Esto es una recepción de categoría. No vamos a pelearnos aquí.

—¿Pelear? ¿Pelear? —William sonrió con aire burlón, e incluso pareció que la cara de Dodge se reacomodaba en una expresión divertida, dejando a la vista un par de dientes separados—. Antes de una pelea suele haber unos cuantos peldaños más. Gritos, golpes en el pecho, empujones. No vamos a saltarnos todos los preliminares, ¿no?

—Sí. Nos los vamos a saltar. No me importa lo que se traiga entre manos. Este juego se ha acabado.

—No —dijo Dodge. Su voz grave, casi ronca, lo sorprendió.

El gigantón sacó la manaza que ocultaba a la espalda, y dejó caer un osito polar de peluche.

Capítulo 12

La primera reacción de Mike no fue de furia ni temor, sino de absoluta incredulidad. Todo pareció ralentizarse, adoptar una lentitud pegajosa: la mano de Dodge todavía estaba abierta tras soltar el muñeco; la boca de William rumiaba las pipas de girasol con movimientos maquinales; el osito polar de Kat se mecía ligeramente en el asfalto del aparcamiento, con uno de los brazos oscuro y reluciente a causa de un charco de aceite… Era desconcertante —surrealista incluso— ver aquel juguete en ese contexto.

La mente le giraba a Mike con un estrépito de engranajes enloquecidos, buscando un asidero. Preguntarse cómo había llegado hasta ahí el osito polar entrañaba demasiadas ramificaciones para procesarlas ahora mismo.

—¿De dónde lo ha sacado? —preguntó.

William, que se le había acercado más, respondió:

—Nos lo hemos encontrado. —Le dedicó una sonrisa taimada—. ¿Es de Katherine?

Al escuchar el nombre completo de su hija de los labios de aquel individuo, algo se desatascó y los engranajes encajaron. La escena y su pensamiento retrocedieron de golpe a cámara rápida: la voz en el intercomunicador, la ventana con cierre automático de Kat. ¿Esos hombres…, en la habitación de su hija?

Los nervios le vibraron como una cuerda en tensión, y la visión se le agudizó unos segundos increíblemente, pero se nubló acto seguido cuando se abalanzó con la frente por delante hacia la cara de William. Sonó un crujido de huesos. El hombrecillo emitió un bufido ahogado. Los ojos de ambos se encontraron a escasos centímetros durante un instante en suspenso, y Mike vio en primer plano una pupila obscenamente desorbitada de dolor y consternación.

William retrocedió tambaleante, dando aullidos, mientras Mike notaba el sudor pegajoso del tipo en su propia frente. Había algo tremendamente primitivo en un cabezazo, en la idea misma de usar tu propia cara como un arma. Ese golpe barriobajero —la maniobra preferida de Shep— dejó a Mike sin respiración y como suspendido en el espacio, más cerca de Shady Lane que del Braemar Country Club.

Dodge lo miró con interés, como un gato a un canario.

William se revolcaba por el suelo con la mano en la mejilla.

—¿Han visto? ¡Me ha golpeado! ¡Ese hombre me ha golpeado!

Algunos invitados a la ceremonia se detuvieron boquiabiertos. Muchas cabezas se habían vuelto y miraban por encima de los techos de los coches. Varias personas permanecían inmóviles a diez metros, mirándolo todo sin saber qué demonios hacer. La pierna mala de William arañaba rígidamente el asfalto.

Dodge entreabrió la boca mostrando apenas un atisbo de dientes, aunque ese movimiento casi imperceptible parecía en su caso todo un alarde cinético.

Mike se preparó para recibirlo con la cabeza por delante.

Percibió vagamente que Kat estaba chillando en el asiento trasero de la camioneta. Ese sonido acabó abriéndose paso entre el sordo rumor que le invadía la mente y lo devolvió de golpe a la realidad. Se detuvo, tratando de dominarse, jadeando tan violentamente que los hombros le subían y le bajaban de modo espasmódico.

Annabel le gritaba que subiera a la camioneta, y él pensó en ella y en Kat ahí detrás, mirando la escena a través de la pantalla panorámica del parabrisas. Todo lo que podía perder parecía resumido en las innumerables miradas indignadas que le dirigían, en todos esos tipos bien vestidos que habían visto cómo derribaba a un lisiado.

Regresó a la camioneta caminando hacia atrás. Varias almas caritativas se apresuraban a socorrer a William.

Sin quitarle los ojos de encima, Dodge le dijo:

—Pronto.

Esa única palabra le provocó como una llamarada recorriéndole la columna.

Subió a la camioneta, arrancó el motor. Alrededor de los dos hombres se había formado un gran corro, iluminado por el resplandor de los faros. William, agarrándose la cara, consiguió ponerse de pie con la ayuda de la gente, pero enseguida le falló la pierna y volvió a desmoronarse. Muchas mujeres le lanzaban a Mike miradas avergonzadas.

Annabel preguntó en voz baja:

—¿Qué ha ocurrido?

—No lo sé —contestó él.

Pasando un brazo por el respaldo del asiento del copiloto, salió marcha atrás. Kat estaba muy acurrucada en su sitio; tenía las mejillas encendidas. El grupo de gente se dispersaba ya cuando él empezó a alejarse con la vista fija en el retrovisor.

A la luz roja de los frenos, vio que William seguía en el suelo, totalmente doblado sobre sus flácidas piernas. Dodge, junto a él, alto como un ser inhumano, ladeaba la cabeza y observaba con ojos anestesiados cómo se distanciaban.

Capítulo 13

—Así que tenemos a un tal William y a un... ¿Dogde, ha dicho?

El inspector colocó meticulosamente su taza de café en uno de los muchos cercos que manchaban el tablero de una mesa demasiado pequeña. Era un hombre corpulento, de mandíbula protuberante, boca grande y torcida y apellido eslavo —Markovic—, impreso en una placa desconchada.

Su compañera, en abierto contraste, tenía rasgos muy nítidos y la piel tersa y oscura. Se llamaba Simone Elzey. Llevaba una camisa deportiva barata con las mangas vueltas. Sus callosas manos y un cuello de toro delataban su afición a las pesas; un ángel tatuado en la parte izquierda de la garganta le confería un aire intimidante. Esa debía de ser la intención, pensó Mike. Tras repasar los hechos básicos, ella se había ido a la oficina trasera para redactar un informe del incidente, lo cual parecía el equivalente oficial de no hacer una puta mierda.

Daba la impresión de que la comisaría del *sheriff* de Lost Hills, situada a pocos kilómetros de la casa de los Wingate, estaba totalmente desprovista de vida. Eran las once de la noche de un domingo, y todo el mundo tenía cosas mejores que hacer, incluidos Markovic y Elzey. Mike y Annabel estaban sentados en rígidas sillas de madera; Kat yacía exhausta en el regazo de su madre. Habían contado y vuelto a contar la historia, y los inspectores les habían planteado una y otra vez las mismas preguntas de distinta manera: una sinfonía de puro escepticismo.

Dado que el enfrentamiento se había producido en Tarzana,

les habían informado de que, en caso de abrirse una investigación formal, debería intervenir el departamento de policía de Los Ángeles. Los Wingate se habían debatido todo el trayecto de vuelta sin saber qué hacer; de ahí que hubieran terminado acudiendo a su comisaría local. A él se le ocurrió que esta era, de hecho, la única comisaría que conocía actualmente. Menuda diferencia con los años de Shady Lane, cuando Shep y él se conocían como la palma de la mano todos los puestos de policía en torno a los dominios de Madre-Diván.

—Sí. Eso he dicho. —Mike se frotó el cuello.

Markovic, de apagados ojos grises, lo estudió.

—¿Sabe el apellido?

La pregunta, en su tercera encarnación, dejó a Mike todavía más descentrado. Sentía una gran incomodidad, y también un extraño sentimiento de culpa que se resistía a cualquier explicación. Advirtiendo su estado, Annabel le puso la mano en el hombro.

—¿El apellido? —insistió Markovic de nuevo.

Mike reconoció la fuente de aquel eco. Su mente se remontó a los borrosos recuerdos de los primeros momentos después de ser abandonado por su padre. Una comisaría similar; preguntas lanzadas como bolas rápidas, una tras otra, que lo hundían todavía más en su neblina amnésica: «¿No sabes tu apellido? ¿Y el nombre de tu papá? ¿Sabes el nombre de tu papá?». Tratando de dominarse, echó un vistazo alrededor: carteles de niños desaparecidos, fotos de tipos de tez oscura y expresión ceñuda... Y todo ello impregnado de un olor acre a café revenido. Había muchos paralelismos. Pero era completamente distinto, se recordó a sí mismo. Ahora era un adulto. Un respetable contribuyente. Un miembro de la comunidad.

La Steve Miller Band, filtrada a través de unos altavoces antediluvianos, sobrevolaba como un águila el chisporroteo de las emisoras policiales.

—No —dijo, tal vez con algo más de energía de la cuenta—. Como ya he dicho, creía que ese número de matrícula sería legal.

—Como ya he dicho, el número que nos ha dado corresponde a un Eldorado 1978 registrado por última vez en 1991 a nombre de Jirou Arihyoshi, un jardinero de Yuba City. Así pues, a menos que se haya confundido...

—No me he confundido.

—Humm.

En la televisión estas cosas parecían muy sencillas. Un libro de fichas policiales, una huella dactilar y, acto seguido, el intrépido protagonista tiraba una puerta abajo. Pero lo único que tenía Wingate era un nombre sin apellido, una furgoneta blanca y una matrícula que llevaba dos décadas fuera de circulación. Recordó cómo se había sentido en la oficina de Hank al examinar el «expediente de pistas inútiles». Una aguja en un pajar.

Annabel todavía no se tragaba que William y Dodge hubieran entrado en casa de noche para robar un osito polar y susurrar unas palabras en el vigilabebés. Le inquietaba más la amenaza general que representaban. El hecho de que hubieran recogido el osito en alguna parte significaba que estaban siguiendo a toda la familia, o espiando a Kat. Algo querían, obviamente.

Markovic hojeó sus notas.

—¿Tienen ese..., ese oso de peluche?

—No, yo... Es que...

Annabel intervino:

—Nos hemos ido corriendo y lo hemos dejado en el suelo. No parecía sensato volver a buscarlo.

—Humm. —La mirada del inspector se concentró en Mike—. ¿Y dice que lo había seguido otro coche?

Había mencionado el Mercury de pasada, arrancándole a Annabel una mirada de curiosidad. Ahora lamentaba haberlo sacado a colación.

—Me parece. Pero no estoy del todo seguro. Fue el miércoles. Un Grand Marquis.

—Pero esos tipos de esta noche, William y... —una ojeada al cuaderno de notas—... Dodge iban en una furgoneta.

—Podrían tener dos vehículos.

—Claro. Desde luego.

Mike se presionó con los dedos la zona dolorida de la frente para comprobar cómo tenía el moretón. Markovic se había abstraído en sus notas. En la oficina adyacente, Elzey les daba la atlética espalda y seguía tecleando el informe. Ahora hablaba por un anticuado teléfono, estirando el largo cordón en espiral. Colgó y volvió a marcar. Tenía el cuello flexionado, y a Mike no le daba buena espina la tensión de su lenguaje corporal. La mujer se asomó al umbral y, curvando el índice, llamó:

—Marko.

Markovic se echó para atrás, arrancándole un ligero chirrido a la silla, y la siguió al interior de la oficina. Algún detalle en la actitud de ambos mientras hablaban desató los nervios de Mike: caras impenetrables, dientes apretados, movimientos parcos de los labios... La mujer advirtió que los observaba por la ventanilla de la oficina y cerró las persianas girando el manubrio.

Con desazón, él prestó atención a su familia. A Kat se le cerraban los ojos y se quedó dormida. Annabel susurró:

—Hemos de llevarla a casa.

—En cuanto vuelva ese tipo.

—¿Tú crees...? —se interrumpió. Él la animó a proseguir—. ¿Tú crees que esto tiene algo que ver con ese contratista sinvergüenza? ¿O con la campaña del gobernador?

—¿De qué estáis hablando? —Kat se había reanimado—. ¿De qué sinvergüenza?

—De nada, cariño —le dijo su padre. Y mirando a Annabel, añadió—: Lo dudo mucho. Me cuesta creer que hayan actuado así por ese motivo.

—¿Por qué motivo?

—Ahora no, Kat. Vuelve a dormirte.

La niña frunció el entrecejo antes de recostar la cabeza otra vez sobre el pecho de su madre. Annabel le acarició el pelo distraídamente, con los ojos fijos en su marido.

Mike habría preferido que aquello —sea lo que fuere— estuviera relacionado con las tuberías de PVC, o con la campaña que Bill Garner le había montado al gobernador. Eso resultaría manejable, conocido, todo un mundo de motivos y compadreos políticos bien definido. Así que no llegó a manifestar lo que más temía: que este asunto no tenía absolutamente nada que ver con Green Valley, sino que pertenecía a un género de cosas mucho más siniestro que aún no había mostrado su rostro.

Markovic y Elzey salieron de la oficina con renovada energía. Ella le dio la vuelta a una silla y se sentó a horcajadas como si fuese una Harley.

—Estamos encontrando algunas dificultades para localizar los datos biográficos —dijo—. Los suyos.

Mike sintió que se le aceleraba el pulso.

—¿Por qué quieren empapelarme a mí?

—¿Empapelarlo? —Markovic frunció los labios, impresionado—. Parece que ha visto muchos capítulos de *Ley y orden.*

—Escuche —dijo Elzey—, cuando nos piden que investiguemos algo, lo investigamos. Tiene usted un historial totalmente limpio con algunos espacios en blanco. Si está tan preocupado como dice, seguramente podrá rellenar esos huecos para que sepamos dónde buscar.

Mike volvió a pensar en la actitud de ambos mientras murmuraban en la oficina trasera, y le habría gustado saber de qué habrían hablado para adoptar de repente una actitud tan agresiva.

—No se me ocurre qué podría contarles.

—Vamos. Tiene que haber algo: un mal negocio, una coincidencia extraña, una situación de riesgo... ¿Nunca se ha tropezado con nada parecido?

—No. —Mike ya estaba agotado a estas alturas y tuvo la seguridad de que se le veía la mentira en la cara. Pero tampoco podía empezar a largarlo todo sobre las tuberías de PVC y el trato implícito cerrado en la oficina del gobernador. Además, estaba convencido de que el altercado no tenía nada que ver con eso. La violencia soterrada, la aproximación en círculos —al estilo de un tiburón—, la tácita amenaza a su familia... Todo aquello era mucho más alarmante que las posibles derivaciones de una campaña de imagen relacionada con subsidios y viviendas ecológicas.

Elzey extendió las manos y sentenció:

—No podemos ayudarlo si no se muestra más comunicativo.

—Espere un momento. ¿Por qué lo está centrando todo en él? —Annabel se irguió en la silla, casi apartando a Kat de su regazo.

La niña protestó gimiendo. Markovic se le acercó y le dijo:

—¿Por qué no vas a jugar a aquellas sillas?

—Está cansada.

—Entonces puede estirarse.

Kat arrastró la mochila hasta la hilera de sillas, se desplomó en una de ellas y se dedicó a mecer sus zapatillas deportivas a unos centímetros de las jaspeadas baldosas.

—Dos hombres han venido a por mí en un aparcamiento —dijo Mike—. ¿Qué tienen que ver mis antecedentes?

—¿Nos lo quiere explicar usted? —El tono de Elzey era educado, conciliatorio. Al inclinarse para escucharlo, su ángel tatuado (tinta negra en piel oscura) adquirió el aspecto de una compleja marca de nacimiento—. Por lo que dice, tanto podría parecer que ellos iban a por usted como que usted iba a por ellos. Ha dicho que actuaban de un modo extraño…

—No solo extraño. No era una especie de juego o de acoso al azar. —Desaliñado, pese a su traje de lujo, Mike se quitó la corbata de un tirón y se la metió en el bolsillo—. Son hombres peligrosos. Sé distinguir la diferencia.

—¿Cómo? —Markovic le sostuvo la mirada—. Quiero decir, un empresario de categoría como usted ¿dónde habría aprendido a distinguir a los hombres de esa clase?

—Cualquiera podría distinguirlos. —Estaba agotado, con el genio a flor de piel, y respondía lacónicamente—. Además, le robaron algo a mi hija.

—Parece que albergaban la intención de devolver ese objeto desaparecido.

—¿Y cómo cree que desapareció? —intervino Annabel.

—Su hija llevaba una mochila —planteó Elzey—. Se le podría haber caído durante la ceremonia, ¿no?

Desde el otro lado de la habitación, Kat dijo en voz alta:

—Creo que me habría dado cuenta si hubiera llevado un oso polar de peluche en la mochila.

—A lo mejor lo perdió en la ceremonia y le daba vergüenza confesarlo —aventuró Markovic, bajando la voz—. O temía ganarse un castigo. Los críos, ya se sabe. Tal vez mintió.

—Nosotros no mentimos —dijo Mike sin poder contenerse.

—Había sido robado días antes —añadió Annabel.

—Tal vez Katherine lo perdió. En el coche, por ejemplo, junto a la puerta. Van a la fiesta, abren la puerta y cae fuera.

—La expresión de Markovic decía que estaba planteando simplemente una posibilidad, pero sus ojos decían algo distinto.

La seguridad de Mike flaqueó. No podía estar seguro de que el inspector no tuviera razón. Al fin y al cabo, Kat no recordaba con claridad cuándo había visto el muñeco de peluche por última vez. Se daba cuenta de que se estaba poniendo muy a la defensiva, reforzando así las sospechas sobre él. Lo cual, bien lo sabía, era precisamente lo que no se debe hacer en estos casos. Bajó la voz para que Kat no lo oyese, pero notó que se le tensaba la mandíbula mientras susurraba:

—No. Entraron en nuestra casa y se lo llevaron.

—¡Ah, bueno! —La expresión de Markovic se ablandó—. ¿Pusieron una denuncia por allanamiento?

Annabel lanzó una mirada penetrante a su marido. Ella le había recomendado, sabiamente, que no mencionara el posible allanamiento. Él desvió la mirada con aire sombrío.

—No.

—¿Por qué no? —preguntó Markovic.

¿Qué iba a decir?: «¿Porque pensé que había oído a un fantasma en el vigilabebés? ¿Porque no había ni un indicio de que hubiesen forzado la entrada? ¿Porque quizá fueron todo imaginaciones mías?»

Pese a que ella misma no lo creyera, Annabel salió en defensa de Mike.

—Tal vez hayamos oído algo…

La severa mirada de Elzey la obligó a callarse, y la frase «tal vez hayamos oído» reverberó en el súbito silencio.

Annabel prosiguió, tratando de explicarse para que no quedaran como un par de chiflados, pero Mike permaneció en silencio, recluido en sí mismo. Él conocía bien la sensación de hallarse en el lado malo de un interrogatorio. Aunque habían pasado muchos años desde que se había encontrado en esa posición, todavía era capaz de captar los sutiles cambios que dejaban claro que estabas sometido a la ley, en lugar de sentirte protegido por ella.

Se levantó y le puso la mano en la espalda a su esposa.

—Vamos. —Les hizo un gesto a los inspectores—. Gracias por dedicarnos su tiempo.

—Siéntese —ordenó Elzey.

Él permaneció de pie. Aguardó un instante. Cuando habló, le salió una voz totalmente serena:

—Prefiero quedarme de pie, gracias.

Elzey se levantó, mirándolo a los ojos. Annabel también se puso en pie, empujándola un poco, pues la mujer se hallaba demasiado cerca de ella. Markovic contemplaba la escena con un aire distante (como si ya la hubiese visto mil veces), y parecía hastiado y ligeramente divertido a la vez.

—Tal como ha sucedido toda esta mierda —masculló Elzey—, más bien debería rezar para que el tal William no presente una denuncia contra usted.

Estaba de mala uva y su tono se había transformado, adquiriendo una cadencia callejera. Ella era obviamente de la misma pasta que Mike. Se había convertido en una persona legal, pero la chica de barrio seguía dentro de ella y tenía ganas de pelea, de demostrar algo. Parpadeó una vez y desvió los ojos, incómoda ante la mirada firme de él.

—De repente parece muy interesada en este asunto.

Elzey se encogió de hombros y, extendiendo las manos, replicó:

—Ha sido usted quien ha venido a vernos.

Annabel soltó una risa amarga.

—Mi marido ha sido atacado cuando acababan de premiarlo por su servicio a la comunidad..., ¿y ustedes se ponen a investigarlo a él?

—¿Atacado? —Markovic se levantó. Ahora los cuatro formaban un corrillo en el espacio delimitado por las sillas.

—Todo en conjunto era una amenaza —aseguró Mike.

—Entonces ayúdenos a averiguar por qué lo amenazan —dijo Elzey—. Su historial parece un queso suizo. Como si hubiese aparecido por arte de magia a los diecinueve años.

—Yo me crié aquí.

—¿Qué significa «aquí»? ¿En la galería comercial de enfrente?

—No he infringido ninguna ley. Estoy al día en todos los sentidos: impuestos, número de seguridad social... No tengo por qué informar de cada detalle de mi infancia.

—¿Y qué tal algún detalle? —sugirió Elzey.

—Ya tiene mi fecha de nacimiento.

Quería decir la fecha que le asignaron junto con el apellido Doe. Incluso al cambiárselo posteriormente, había mantenido la fecha. Era la única que sabía.

—¿Y que hay de lo restante? ¿Padres? ¿Dirección en su infancia? ¿Escuela primaria?

—¿Por qué tanto interés en mi pasado?

La mujer esbozó algo así como una sonrisa y afirmó:

—Los que hacemos aquí las preguntas somos nosotros.

Annabel cogió a Mike del brazo y dijo:

—Gracias por toda su ayuda.

Kat ya se había puesto de pie y los observaba ansiosamente, mordisqueando la correa de la mochila. Corrió hacia ellos. Durante todo el camino hasta la salida, Mike sintió que la mirada de los inspectores le perforaba la espalda.

ENTONCES

Capítulo 14

Pasan tres minutos de la medianoche. Mike ve las luces rojas en la ventana del dormitorio compartido del 1788 de Shady Lane, y sabe sin más lo que ocurre. El catre contiguo está vacío; Shep ha estado trabajando de gorila en un bar cutre y no volverá hasta dentro de varias horas, si es que vuelve. Oye los estruendosos pasos de Madre-Diván dirigiéndose hacia la puerta; a él le suenan como el redoble de su creciente ansiedad. Se acurruca en la cama y le entran ganas de esconder la cabeza bajo las sábanas. En el taburete de plástico que le sirve de mesilla de noche hay un ejemplar sobado de *Las uvas de la ira*, cuya portada ha garabateado algún idiota —Dubronski o Toni M., seguro— hasta convertir el título en *Las putas de la ira*. Los demás se remueven en sus catres.

«Se acabó», piensa.

Media hora más tarde se encuentra en esa sala de interrogatorios ya bien conocida. Y esta vez ningún bondadoso abuelito vendrá en su Saab a salvarle el trasero.

Sí, es él quien aparece en la foto fija de la cámara de seguridad. Sí, empeñó esa moneda antigua robada. Sí, se la encontró en la calle.

Como de costumbre, los inspectores no tienen nombre ni rostro. Son esos adultos sin cabeza que aparecen en las historietas de Charlie Brown. Solamente son sonidos y palabras mordaces.

—Tú eres un buen chico —dicen—, ya lo vemos. Todavía estás a tiempo —dicen—. Hemos revisado todo tu historial. Algunos altercados, de acuerdo. Pero ¿una caja fuerte robada?

No nos cuadra. Sabemos que eres amigo de Shepherd White, y esto parece más bien cosa suya. Ese chico es de cuidado; acabará mal tarde o temprano. ¿Vas a consentir que te arrastre con él?

Mike piensa: «Lealtad». También piensa: «Resistencia».

—Vas camino de la universidad —dicen—; estás tratando de convertirte en un buen ciudadano. Shepherd White es un matón, un chico depravado. Echa cuentas.

Pero Mike está haciendo otros cálculos: él tiene todavía diecisiete años; Shep, dieciocho, y ya constan dos delitos graves en su historial como mayor de edad. Si lo delata, será el tercer delito de Shep y lo condenarán a veinticinco años.

Mike sabe cuáles son las dos opciones, y ambas le dan tanto miedo que ha empapado de sudor la camiseta comunitaria.

Los inspectores no parecen impresionados por su falta de disposición a ser exculpado.

—Si te niegas a cooperar, esto es lo que va ocurrir: te ganas una acusación bien jodida; y te aseguramos que tenemos a una víctima furiosa, un tal señor Sandoval de Valley Liquors, que se muere de ganas de declarar. A los jurados les encantan los robos de cajas fuertes; en estos tiempos, resultan pintorescos y fáciles de comprender. Te pillaremos de un modo u otro y te freiremos ese pobre trasero de huerfanito. Si no logramos demostrar el robo, podemos convertir la posesión de material robado en un delito grave, lo cual significa que cumplirás condena. Así que mejor que pienses con calma si tu compinche se lo merece.

Si Shep estuviera aquí, respondería con firmeza. Aceptaría la cadena perpetua antes que echarle la culpa a su amigo. Porque Shep es totalmente puro, no como él, que está debatiéndose sobre si hacer lo correcto, deseando que su compañero estuviera ahí para dar un paso al frente y ahorrarle la elección.

Nota la garganta tensa y reseca.

—Sí se lo merece —afirma.

Los inspectores ya están preparados para esa respuesta. Sacan un impreso del estado de California de Los Ángeles, y dicen:

—Lee.

Mike lee la pregunta 11b, que está subrayada en amarillo: «¿Ha sido alguna vez detenido, sentenciado o condenado a pagar una fianza por cualquier delito o infracción de clase A?».

—Muy bien —dicen—. Y esto no habrá terminado cuando salgas libre. Estás tirando a la basura la universidad, tirando a la basura tu futuro. Piénsalo bien.

Al día siguiente lo acusan formalmente y sale bajo fianza.

Cuando sube por el sendero hacia la casa, ve a Shep esperándolo frente a la ventana salediza. Salen juntos al patio y se desploman en el columpio desvencijado.

—Ni hablar —dice Shep—. Iré a contarles la verdad.

—Si vas allí —contesta Mike—, ya no volverás a salir, señor Duro-de-Pelar-con-dos-delitos-en-su-haber.

Shep, por primera vez en mucho tiempo, levanta la voz:

—Ni hablar. Es tu vida. La universidad. Voy a entregarme.

—Si te entregas, no iré a verte nunca. No volveré a hablarte en toda mi vida.

La expresión de Shep se transfigura. Durante un horrible instante, Mike cree que va a echarse a llorar.

Como lo habían anunciado, el delito de posesión de material robado basta para condenarlo. El juez está harto de los chicos de su ralea, y al final le acaban cayendo seis meses en el correccional. La noche antes de ingresar allí, pide que lo dejen a solas un momento en el dormitorio común. Los chicos le conceden su último deseo. La cara de Shep no trasluce absolutamente nada, pero Mike sabe que está destrozado ante la perspectiva de quedarse solo con los demás. Él limpia su rincón, hace su camastro por última vez y luego se detiene para contemplar la habitación: apoyado en uno de los aparatos de aire acondicionado estropeados desde tiempos inmemoriales, reposa un zapato de Shep (un zapato tan grande que casi parece que podrías dormir dentro); los cajones del armario comunal están torcidos, los rieles de las camisas han desaparecido hace mucho; sobre el taburete de plástico sigue el ejemplar de *Las putas de la ira*. Lo coge y pasa el pulgar por la portada mugrienta. Como el Saab, ese libro parece abarcar todo lo que no puede tener, todo lo que no es, todo lo que no podrá ser. Alarga el brazo y lo arroja a la papelera.

Dubronski está en el umbral; Mike cree que el muy gilipollas ha engrasado las bisagras de la puerta para ocasiones como esta. Dubronski lo ha estado observando en silencio, pero por una vez su jeta de matón no está iluminada por una malsana complacencia. Se mete un caramelo en la boca —una dosis de glucosa— y juguetea con sus rechonchas manos.

—Eh, Doe, solo quería decirte, bueno, que esto es una mierda. Yo siempre he pensado que si tú lo conseguías, quizá significara que todos valíamos algo.

Estas palabras provocan que se deshaga por dentro de un modo totalmente nuevo.

El correccional es duro, pero tampoco tan violento como lo presentan. Aunque él sabe pelear, no necesita hacerlo a menudo. Pero es un infierno igualmente: el infierno de la total dejadez. Los demás, sus compañeros, representan cada una de las partes sucias de sí mismo que nunca ha logrado limpiar por completo. Ha de cubrirse las espaldas todo el tiempo, y esa alerta permanente resulta agotadora: lo despierta cada cinco minutos, lo obliga a dar rodeos por los pasillos, a mantenerse pegado a la tela metálica durante las horas de patio.

A la tercera semana lo citan en la oficina de dirección. La directora lo está esperando. Ella no es propiamente un alcaide. Del mismo modo que él no está cumpliendo «condena», sino una «sanción», y que los guardias como armarios son «consejeros». Todos esos términos tan edulcorados no hacen que el período de internamiento sea menos duro.

—¿Cómo describirías tu estado de ánimo, hijo? —le pregunta.

—Muerto de miedo —contesta él.

—Ya estoy enterada de que te cayó una acusación injusta. Si mantienes tu buena conducta, me encargaré de que tu estancia aquí sea agradable.

—Sí, señora.

—Haré todo lo posible para que te dejen salir antes. Entretanto, no me dejes en mal lugar.

—Sí, señora.

—Y tampoco me dejes en mal lugar cuando estés fuera.

—Sí, señora.

Pocos días después, un guardia con cara de galleta lo despierta a las dos de la madrugada y le susurra la noticia: Madre-Diván ha muerto.

Los detalles son escasos. El resto de la noche, Mike permanece sentado sobre las sábanas revueltas, con los pies desnudos sobre las gélidas baldosas. Un muro de interferencias le bloquea todos los pensamientos y las emociones.

Por la mañana, en una sigilosa conversación telefónica con Shep, Mike se entera de que Madre-Diván ha sufrido una apoplejía en una de sus raras visitas al baño y que se ha abierto la cabeza al golpearse con el borde de la bañera. Tenía un corazón excelente, un corazón lleno de vigor para bombear la sangre por toda esa masa corporal. Pero cualquier corazón posee de todos modos sus límites.

Oír la voz de Shep lo sacude por dentro. Al colgar, atraviesa el pasillo y se encierra en un cubículo del baño. Sentado sobre la tapa del retrete, se dobla sobre sí mismo y solloza tres veces en perfecto silencio, con los ojos apretados y las manos sobre la boca.

Tal vez Madre-Diván no parecía gran cosa, pero era lo único que él tenía.

Le dan permiso para asistir al funeral. Dos polis de uniforme lo acompañan y permanecen avergonzados en la parte trasera de una capilla mal ventilada. Al empezar el oficio, el coche fúnebre del anterior entierro está aún en el callejón con el motor al ralentí —se ve por una puertita lateral—, y los familiares del siguiente esperan en la zona de recepción. Mike recorre la nave de la capilla, mira la ventanita del féretro y piensa: «Te fallé».

Ninguno de los niños de la casa de acogida se decide a pronunciar unas palabras. La idea misma de ceremonia, de formalidad, se les escapa por completo. Por fin, Shep se pone de pie. Sombrío, con una camisa de vestir que no le cae bien, se sitúa ante el atril. Su boca es una terca línea apretada. Se produce un gran silencio.

—Ella estaba ahí —dice, y baja sin más.

Aunque el pastor a tanto la hora frunce el entrecejo, Mike sabe que su amigo lo ha dicho como el mayor cumplido imaginable.

Nueve semanas más tarde, sale del correccional con una bolsa de ropa y cuarenta dólares pagados por el estado. Shep lo espera fuera, en el arcén de la carretera, apoyado con los brazos cruzados en un Camaro lleno de abolladuras. Mike no tiene ni idea de cómo se ha enterado de la fecha de su liberación anticipada; él mismo se enteró la mañana anterior.

Cuando se acerca, Shep le lanza las llaves y le dice:

—No deberías haberlo hecho.

—Lealtad —contesta él—. Y resistencia.

En los meses siguientes, intenta encontrar un empleo de verdad, pero la condena judicial se interpone siempre en su camino como una roca enorme en mitad de un desfiladero. Así que encuentra un puesto de jornalero, junto con expresidiarios que le doblan la edad, para cargar sacos de hollín en las estaciones de bomberos. Con su primer sueldo, contrata a un abogado sacado de las páginas amarillas y consigue que su historial juvenil sea declarado confidencial. Pero pronto descubre que aunque sus posibles patrones no puedan ver sus antecedentes, siempre sabrán que han sido declarados materia confidencial. Y las transgresiones que le atribuyen con la imaginación, según observa, son peores que la realidad.

En una lóbrega oficina administrativa del centro de la ciudad, hace cola con un montón de víctimas de maltratos domésticos para cambiarse el apellido y el número de la seguridad social. Le dan un número nuevo y un apellido nuevo, esta vez de su propia elección. Se convierte en Michael Wingate. Ya no tiene pasado ni historia. Puede empezar de nuevo.

Consigue un verdadero empleo de carpintero; por las noches plancha camisas en una tintorería que parece un purgatorio. Shep y él se alejan, cada uno de ellos arrastrado por trasfondos distintos. Es un proceso natural, progresivo. No hablan acerca del tema.

Un día, pasa frente al escaparate de un Blockbuster y la ve allí, entre las secciones de películas dramáticas y las cómicas. Se detiene boquiabierto. La visión de esa mujer le produce un doloroso anhelo. Pero se siente demasiado intimidado para entrar y hablar con ella. Así que vuelve a casa y se queda despierto toda la noche, maldiciendo su repentina timidez.

Durante las semanas siguientes, se pasa por el Blockbuster antes del trabajo, en su hora de descanso o entre un empleo y otro. En algún momento habrá de devolver la película, ¿no? En dos días, a lo sumo, si no quieres pagar recargo. Cada vez está más convencido de que ella ha dejado de alquilar películas, de que solo sale de casa a horas intempestivas, de que lo vio tras el escaparate con esa lasciva mirada de acosador y se asustó hasta tal punto que se mudó de barrio.

Pero un domingo aparece de nuevo. Sin pensar qué va a decirle, la sigue corriendo al aparcamiento, pero entonces se detiene y se pregunta: «¿Qué demonios estás haciendo?». Ella lo examina de arriba abajo, un tipo jadeante y sin habla, y antes de que pueda emitir una sílaba, se echa a reír y dice:

—Está bien, un almuerzo. Pero en un sitio público, por si resulta que eres uno de esos maníacos que lleva un hacha.

El almuerzo se alarga hasta la cena. Absortos en la conversación, se olvidan de todo, y la comida se queda fría e intacta en los platos. Ella trabaja en una guardería. Su sonrisa le provoca una especie de mareo. Una de las veces, mientras se ríe, le roza el brazo. Él le cuenta su historia sin saltarse una coma, a borbotones. Le confiesa que era rematadamente estúpido cuando entró en el correccional, pero que ha mejorado mucho y ahora solo es medio estúpido. Le habla de Madre-Diván, del Abuelo-Saab y de la Directora-Alcaide, las tres personas que tuvieron consideración con él antes de que lo mereciera (lo cual seguramente le salvó la vida), y le explica que espera llegar a hacer lo mismo por otras personas, y que algún día le gustaría ser constructor. «Soñar —comenta ella— es muy barato. Pero parece que tú posees la fuerza necesaria para lograrlo.» Y él, ardiendo de orgullo, dice: «Resistencia».

Ella permite que la acompañe hasta el coche, y ambos se detienen, nerviosos, en medio de la fría noche de octubre. La puerta del vehículo ya está abierta, con la luz interior encendida, pero ella continúa ahí, esperando. Él titubea, presa del temor de estropear una velada perfecta.

—Si tuvieras arrestos —sugiere ella—, me besarías.

Hay una segunda cena, y una quinta. Cuando ella lo invita a su casa, Mike se cambia tres veces de traje y aún sigue opinando que sus ropas parecen gastadas y propias de un obrero. Mientras ella saltea champiñones, él ronda por el apartamento, examina un azucarero, echa un vistazo a las hileras de velas a juego y palpa los visillos, cuya única misión es dar un toque de color lavanda. Piensa en su desnudo colchón, en su alacena llena de latas de pasta, en el póster de Michael Jordan que tiene clavado sobre el escritorio adquirido en una subasta, y comprende que nadie le ha enseñado a vivir como es debido.

Esa noche hacen el amor. Luego, al verla llorar, piensa que ha hecho algo mal hasta que ella le explica por qué.

Esta chica no tiene nada que ver con las que ha conocido durante sus años en el 1788 de Shady Lane.

Una noche, en el cine, ella se ríe por una broma que él le susurra al oído, y el musculitos sentado en la fila de delante se vuelve y le espeta: «Cierra el pico, zorra». Con un golpe rápido, Mike le aplasta la nariz. Salen precipitadamente, dejando al tipo maullando en el pasillo, rodeado de sus amigotes, que contemplan la escena impotentes (auténticos clones, luciendo sus chaquetas de fútbol universitario a juego).

—No voy a negar —dice Annabel, una vez en la calle— que lo he encontrado encantador y excitante en un sentido más bien jodido, pero prométeme que no volverás a hacer nada parecido a no ser que no tengas más remedio.

Ella es así: educada y desvergonzada al mismo tiempo. Desconcertado, Mike asiente.

Esa misma semana, extenuado, da una cabezada mientras plancha en la tintorería y quema el chaleco de un esmoquin. El cliente, un gilipollas hasta el culo de coca, se presenta a bordo de un Audi azul, de camino a su recepción de gala. «No tienes ni puta idea de lo que cuesta ese esmoquin, ¿verdad?» Él se disculpa y le dice que puede presentar una reclamación. «¿Y qué demonios se supone que voy a ponerme esta noche?» El cliente se indigna por momentos, inclinándose sobre el mostrador y clavándole a Mike un dedo en el pecho. «Estúpido payaso de mierda, tú no podrías pagármelo ni con el sueldo de un año.» El tipo le da un empujón, y él ve un ángulo propicio para asestarle un directo hacia abajo y partirle la mandíbula, pero en lugar de pegarlo, da un paso atrás. La furia del tipo se acaba esfumando por sí sola, y se larga con mucho rechinar de neumáticos y el dedo en alto. Mike conserva su trabajo y no tiene los nudillos magullados ni un par de polis con los que lidiar. Durante días se regodea con ese pequeño triunfo.

Ha empezado a hacer más vida social.

Pero todavía le intimida la cena con la familia. El padre de Annabel es un abogado especializado en quiebras; la hermana mayor es una máquina doméstica que produce retoños y pasteles al horno a un ritmo alarmante; el hermano tiene un Subaru y un cinturón de cuero entretejido, hace donaciones caritativas y se queja de los impuestos: en fin, la clase de tipo que seguramente jugaba al béisbol intergeneracional cuando Shep y él birlaban polos tricolor y se meaban en la bicis de lujo.

Mike tiene mucho cuidado con los cubiertos de plata, con los codos, con la servilleta que se ha puesto en el regazo... Piensa en los contados recuerdos domésticos que ha conservado: el aroma a incienso de salvia en una cocina de baldosas amarillas, la piel bronceada de su madre y el olor avejentado de los asientos de tela del coche familiar. Se siente incómodo, indigno de estar ahí, en la impecable mesa de un hogar modélico. Los padres, no muy entusiasmados, parecen coincidir con él. Mientras le pasa la mantequilla, el padre le pregunta: «¿En qué universidad has estudiado?»; y él sonríe nerviosamente y dice: «No he ido a la universidad». El resto de la cena se consume en historias de amigos y vecinos que nunca fueron a la universidad pero han tenido mucho éxito de todos modos. Los hermanos van contando una anécdota tras otra, mientras los padres mastican y beben e intercambian miradas significativas. Annabel tiene que contener la risa ante lo absurdo de la situación, y cuando se van, le dice: «Nunca más volveré a hacerte pasar este trago».

A la semana siguiente, mientras cenan, ella juguetea con los berros de su plato. Tiene la cara tensa, congestionada, y una expresión de descontento. Él se prepara para un momento que ha estado temiendo. Y en efecto, ella se lanza a la carga.

—¿Qué demonios estamos haciendo? —Arroja el tenedor con estrépito—. Yo no quiero seguir con este rollo de salir juntos en plan informal...

—Yo tampoco.

Ella sigue lanzada, sin inmutarse.

—... en el cual se supone que podemos salir con otra gente...

—No quiero salir con nadie más.

—... y yo he de fingir que me parece bien.

—A mí no me parece bien.

—Ya soy muy mayor para esta comedia de mierda. Necesito seguridad, Mike.

—Entonces cásate conmigo.

Esta vez, por fin, lo oye.

No beben una gota de alcohol en la ceremonia, pero se sienten ebrios de dicha. El acto en sí es muy breve; luego se toman unas fotos en la escalinata del juzgado, mamá y papá haciendo un gran esfuerzo para sonreír.

Al final de la velada, cuando ayuda con cautela a su suegra a subir al coche, la mujer se detiene con el dobladillo del vestido en la mano y, en un arranque insólito de espontaneidad, le dice:

—Lo que no me encaja en tu caso… es que seas tan amable.

Y él responde:

—He pasado muchos años sin serlo.

Mike trabaja con ahínco; lo ascienden a capataz. En el que considera el mejor día de su vida, nace su hija. Iba a llamarse Natalie, pero al conocerla, resulta ser Katherine, por lo que se deben volver a cursar los impresos para que en el registro figure su nombre correcto.

Se mudan a un apartamento de Studio City. Estampados de nenúfares, mantelerías a juego, jabones como pequeñas conchas marinas en el baño. Por la ventana de la parte trasera, se divisa el Wash, donde el río Los Ángeles discurre entre paredes de hormigón.

De improviso, Shep lo llama desde un teléfono público. Han pasado meses. No: más de un año. Las dos únicas veces que él y Annabel se vieron fueron horrorosas, y la sordera de Shep no hacía más que complicar los escasos retazos de conversación que lograban hilar. Ella trata de proteger a Mike: es demasiado consciente de los costes de la sentencia que tuvo que cumplir. Y Shep, por su parte, no la comprende: una mujer como ella no entra en sus marcos de referencia. Mike solo recuerda largos silencios y amargos tragos de cerveza, él entre ambos, sudando aún más que en la primera cena con la familia de su esposa.

Dada la sordera de Shep, esta conversación telefónica resulta, como siempre, medio incómoda, llena de arranques y tropiezos. Como se ha enterado de que han tenido una hija, quiere hacerles una visita. Kat ha cumplido cinco meses, y Mike está nervioso, pues aún no se ha adaptado a la nueva situación, pero no consigue armarse de valor para decirle que no.

Shep llega con dos horas de retraso, mucho después de que hayan acostado a Kat.

—¿Puedo pasar aquí la noche? —pregunta nada más llegar, incluso antes de decir «hola»—. Tengo un jaleo en casa.

Mike y Annabel se las arreglan para asentir.

Shep se saca del bolsillo un regalo: un pelele de algodón, sin envoltorio, adecuado para un crío de tres años. Mike se avergüenza de sí mismo por pensar si lo habrá robado, y pasa los dedos por la mariposa estampada; es el objeto más delicado que ha visto nunca en las manos de su amigo.

Este pone los pies sobre la mesita de café y enciende un cigarrillo. Annabel le dice, como pidiendo disculpas:

—¿Te importaría no fumar aquí? Es por la niña.

—Claro. Perdona.

Va a la ventana, se asoma y lanza el humo al viento.

Ella le dice a su marido:

—Creo que voy a dormir un poco mientras pueda.

Mike se acerca a Shep; quiere darle las buenas noches, ser cortés, amable. Le pone una mano en la espalda, todavía cuadrada y musculosa. Cuando arroja el cigarrillo y se vuelve, Annabel está desplegando el sofá cama. Él le dice en voz baja:

—No te molestes. Dormiré tal cual sobre el sofá.

—No es molestia.

Shep hace una pausa, procesando la respuesta:

—Los sofás son más cómodos. En casa duermo en un sofá.

—¡Ah! —exclama Annabel—. De acuerdo.

Se miran el uno al otro; Shep sujeta su medalla de san Jerónimo entre los labios.

—Bueno —dice ella—. Buenas noches.

Shep asiente.

La puerta del dormitorio se cierra.

—¿Vamos a tomar una copa? —sugiere Shep.

—Estoy hecho polvo —responde Mike—. La niña nos despierta un par de veces cada noche, y yo empiezo a trabajar a las cinco.

—¿Puedes dejarme la llave?

A las tres de la mañana, la puerta principal se abre de golpe y se cierra con estrépito. Shep nunca oye bien las puertas. Annabel se despierta sobresaltada, y Kat empieza a armar escándalo a través del intercomunicador.

Mike entra tambaleante en la sala de estar.

—¿Tienes alcohol y vendas? —inquiere Shep.

Al acercarse, Mike ve que le han arañado brutalmente la cara con las uñas. Le ladea la cabeza y ve la carne reluciendo entre la sangre. Va al baño, coge una de las toallas a juego y la empapa de agua tibia. Cuando Shep se pone alcohol en la mejilla, ni siquiera parpadea. Han hecho esto muchas noches: quedarse levantados, cuchicheando y limpiándose las heridas. Por un momento, Mike se abstrae en la dulce familiaridad de ese ritual. Pero los pasos y el ajetreo despiertan del todo a Kat. Annabel sale del dormitorio y hace un alto antes de dirigirse a la habitación de la niña.

—¿Qué ha ocurrido?

—El bar estaba de bote en bote. Y a mí me costaba, ya sabes... —Se señala la oreja. Mike nunca lo ha visto hablar abiertamente de su problema de oído, y está claro que no va a empezar a hacerlo ahora—. Un tipo se estaba divirtiendo conmigo, acercándose a hurtadillas; iba con un montón de amigos y me ha dado un golpe a traición. Pero el resto no ha salido como ellos esperaban. Su novia se me ha echado encima por la espalda. Ha aparecido la policía, y yo he salido por piernas. No ha sido culpa mía.

Alguien aúlla desde el exterior.

—¡Cabrón hijo de puta, sal aquí afuera! ¡Te vamos a matar!

Kat llora a grito pelado en su habitación.

—¿Has oído? —pregunta Mike.

—¿Qué? —dice Shep.

Mike señala la ventana. Shep se levanta y asoma la cabeza. Al cabo de un instante, una botella se estrella y se hace añicos en la pared, muy cerca de la ventana. Los gritos, ahora un coro completo, se intensifican.

Suena el teléfono. Annabel descuelga bruscamente.

—Sí, lo siento, señora McDaniels. —Señala el techo, por si su marido ha olvidado dónde viven los McDaniels—. No pasa nada —dice al teléfono—. Hay unos borrachos ahí fuera. Nosotros nos ocupamos. —Cuelga y le dice a Mike—: No quiero que esto continúe aquí. —Y desaparece sin más en la habitación de la niña.

Shep se aparta de la ventana, limpiándose las salpicaduras de cerveza de la cara, y comenta:

—Un par de sus compinches deben de haberme seguido. Yo me encargo.

Sale del apartamento con calma. Mike, sentado en el sofá, se sujeta la cabeza con las manos. Suena un gran estrépito. Luego otro. Y después, silencio.

Shep reaparece enseguida.

—Culpa mía —dice.

—Escucha —replica Mike—, quizá deberíamos separarnos antes de que aparezcan más tipos.

—¿Qué?

—Creo que este no es el mejor momento... —Busca las palabras adecuadas, atrapado entre una lealtad jurada con sangre y la fidelidad que sigue debiéndole a aquel abuelo del parque, que compró su alma por quince de los grandes. Piensa en Madre-Diván, en la directora del correccional, en Annabel, en Kat, en sí mismo... La responsabilidad se le hace muy cuesta arriba.

Shep dice:

—El tipo iba a por mí. Solo me estaba defendiendo.

Shep será muchas cosas, pero no es un mentiroso.

Mike piensa en el aroma a canela de su madre, en la costumbre de deambular por los cementerios que ha adquirido con los años, y en su hijita, Kat, que duerme en la habitación contigua. No permitirá —no puede permitirlo— que nada ponga en peligro a esa criatura, que nada amenace su futuro. Y sin embargo, Shep es Shep; la amistad probada en mil batallas que los une no puede compararse con ninguna otra que Mike haya conocido. La vida es injusta, eso lo sabe de primera mano. Pero en este momento se odia por el hecho de estar en lo alto de la rueda de la fortuna, disfrutando de la mejor vista.

Empieza a sudar, inseguro, aborreciéndose a sí mismo. Dice:

—Ya lo sé, pero no es... seguro. Quiero decir, ahora tengo una hija. Los vecinos. Todavía estoy tratando de adaptarme a todo esto, ¿entiendes?

Su amigo asiente con brusquedad y se pone de pie, con expresión indescifrable. Sintiéndose como un canalla, Mike lo acompaña abajo. En la calle, el corpachón de Shep se recorta sobre el amarillento resplandor de las farolas. Ha echado a andar hacia la zona del Wash; Mike lo sigue a medio paso de distancia. Un puente peatonal se extiende sobre el río. La negra agua corre por abajo entre las paredes de hormigón. Mike se apresura para mantener su paso; lo llama: «Shep, Shep, Shep», convencido de que su amigo, por primera vez, está furioso con él.

Pero en mitad del puente, cuando Shep lo oye y se da la vuelta, su rostro no muestra ningún enfado.

Los insectos zumban alrededor de los focos. Hacia el este, el horizonte ha pasado del negro a un gris carbón. Están justo en medio del río, que corre invisible bajo sus pies.

Mike carraspea.

—Una vez me dijiste..., me dijiste: «Puedes ser lo que tú quieras». —Tiene ganas de llorar, está a punto, y no se entiende a sí mismo. Es como si su rostro experimentara su propia reacción ante la situación que vive, mientras que el corazón permanece terca y decididamente agazapado—. Bueno —dice, abriendo los brazos—, esto es lo que quiero ser.

La boca de Shep se mueve apenas, esbozando algo parecido a una triste sonrisa. La sangre reluce oscuramente en los arañazos que tiene bajo el ojo.

—Entonces, es lo que yo quiero que seas también.

Ahora los dos parecen conscientes del carácter definitivo de estas palabras. Se levanta un viento que atraviesa la chaqueta de Mike, y se estremece. Shep le tiende la mano. Se dan un apretón, con los dedos en torno a los pulgares.

—Tú eres mi única familia —afirma Shep.

Y se aleja antes de que Mike logre responder.

Este contempla cómo se desvanecen los hombros de su amigo en la oscuridad del alba. Mordiéndose los labios, se vuelve de cara al húmedo viento y echa a andar hacia su casa.

AHORA

Capítulo 15

Plantado ante el armario, Mike se despojó de la camisa de vestir. Era la una y media de la madrugada, y acababa de instalar un segundo cerrojo reforzado en la ventana de Kat. Aunque se lo había propuesto, la niña se había negado a dormir con ellos, y él había percibido en el rictus de los labios de Annabel que ella también consideraba exagerada la propuesta. Ni siquiera él seguía estando tan seguro de que hubiera habido realmente un allanamiento sin huellas visibles. Pero, incluso con el cerrojo extra, al mirar por la ventana de Kat el oscuro patio trasero, había sentido un hormigueo en la piel. Habría podido empeñarse y obligar a su hija, pero no quería ceder al temor hasta ese punto. Ni forzarlas a que lo hicieran ellas.

Dobló los pantalones del traje; rascó un poco la mancha de cerveza con la uña, pero enseguida se dio por vencido. Desde los estantes atestados, las ropas pulcramente dobladas le devolvían la mirada. Todas esas camisas... Qué camino tan largo desde el armario comunal de su infancia. Contempló el guardarropa con una especie de culpabilidad de superviviente.

Annabel, sentada en la cama a su espalda, se desprendió de los zapatos de tacón con un gemido y se frotó los pies.

—Lo único que digo —comentó retomando el hilo de la conversación que habían interrumpido media hora antes— es que esos inspectores tenían su propia idea. No me ha gustado la expresión de la tal Elzey cuando hablaba por teléfono allí detrás. Se la veía muy entusiasmada. Y tampoco me ha gustado cómo han regresado los dos y se han lanzado sobre ti.

Mike, en calzoncillos, se volvió hacia ella.

—Algo raro pasaba con esos polis, sin duda. No van a ayudarnos. Tenemos que pensar cómo protegernos. —Hizo una pausa y se humedeció los labios—. Quizá debería llamarlo.

—¿A él? ¿A él? —Annabel se reclinó sobre los codos, moviendo la cabeza con vehemencia—. No, no —dijo—. ¡Uf! Me da miedo.

—Él sabría cómo manejarlo.

—O cómo complicarlo. Además, hace años que no hablas con Shepherd.

Aparte de Madre-Diván en su momento, Annabel era la única que se refería a Shep con su nombre completo. Anteriormente, Mike creía que se debía a la incomodidad que sentía frente a su vida pasada: no quería usar un nombre abreviado que remitía a las antiguas andanzas de su marido. Pero había descubierto que lo hacía por una especie de impulso maternal, como un gesto compasivo hacia aquel chico de cuello escuálido que ni siquiera daba un brinco cuando alguien estampaba ante sus narices una bandeja llena a rebosar.

—Y tal como dejaste las cosas —prosiguió ella—, ¿qué te hace pensar que te echaría una mano?

—Él me ayudaría —aseguró Mike con firmeza.

—También tenemos otros amigos. Terrance, en la puerta de al lado. Barry y Kay…

—¿Y qué hará Barry? ¿Someter a esos tipos administrando su cartera de valores? No se recurre a los amigos para esta clase de problemas.

—¿Pues por qué no hablas con ese detective privado, Hank? Quiero decir, ¿no se dedican a eso los detectives y buscan información sobre la gente? Mira…, piénsatelo. No creo que nos convenga soltar al elefante en medio de la cacharrería. Al menos por ahora.

—Hank está enfermo, ya te lo dije.

—Nunca me ha parecido un tipo inclinado a la autocompasión. ¿No crees que lo ayudaría tener algo que hacer? —Se quitó una horquilla y se sacudió la melena—. Llevaré mañana a Kat al colegio, actualizaré la lista de contactos y recogidas, y me aseguraré de que la mantienen bien vigilada.

—Y habla con ella…

—Desde luego. Ya hemos mantenido mil veces la charla sobre el peligro de los extraños, pero volveré a repetírsela entera. Y ahora ven. Bájame la cremallera.

Se alzó el pelo, dejando a la vista la suave curva de la nuca. Mike le bajó la cremallera, contemplándole la piel que había quedado al descubierto, y ella se desprendió del vestido y lo dejó sobre el respaldo de una silla tapizada. Quitaron juntos el edredón, como todas las noches durante años —un pliegue, un paso, un pliegue, un paso— en una especie de danza marital. Ella entró en el baño y emergió con el cepillo de dientes en la boca y con el de Mike cubierto de pasta en la mano. Medio agachado para quitarse los calcetines, él interrumpió la tarea y Annabel le introdujo en la boca el cepillo y regresó al baño, ahora con un cerco blanco de espuma en los labios, como un payaso: la mecánica diaria de la intimidad.

Cepillándose los dientes, Mike cruzó el pasillo y entró en la habitación de Kat. Estaba totalmente dormida, con las cortinas corridas y los cerrojos ajustados.

Terminó en el baño, se metió en la cama junto a Annabel, encendió el intercomunicador y suspiró. Vio que ella había dejado apoyada la placa del premio en la pared, junto al armario, sin duda sin saber bien qué hacer con ese objeto. Ahí estaba su nombre, grabado en la superficie azulada bajo el escudo de California. Al girarse, advirtió que Annabel lo estaba mirando.

—Vaya pinta de gilipollas tenía allí plantado, agradeciendo ese premio —dijo él.

—Y vaya pinta de gilipollas tenía yo, allí sentada, aplaudiendo en el papel de abnegada esposa. —Se dio la vuelta, con expresión dulce, y le puso la mano en la mejilla—. Te sientes menos solo cuando haces el gilipollas en pareja.

Mike la cogió de la muñeca y le levantó el brazo para ver la marca que le había dejado al agarrarla en el aparcamiento.

—¿Yo te he hecho esto?

—Bruto. —Se retorció perezosamente, rozándole los labios con la muñeca—. Te pones tan protector que acabas dejándome la marca en la piel. ¡Qué desagradable! —Bajo las sábanas, le puso un pie en la pantorrilla.

El contacto le produjo a él una descarga de gratitud: incluso después de todos los traspiés de los últimos días, todavía tenía el privilegio de pasar la noche en la cama con esta mujer.

Besó con delicadeza la curva interior de su brazo, allí donde tenía los capilares rotos. La boca de Annabel encontró la suya, y ambos se apretaron un poco, apoyados en los codos, con los labios juntos. Mike se desplazó hasta quedar encima de ella, frente a frente, y empezaron a moverse despacio. La extenuación que sentían le prestaba a cada roce y a cada movimiento la calidad etérea de los sueños. Él se deslizó dentro, pero ella lo estrechó con los brazos y las piernas hasta inmovilizarlo. Rodeándole la nuca con las manos y alzando la cabeza apenas unos centímetros, Annabel fijó la mirada en la suya y entonces, lenta, muy lentamente, ladeó las caderas, y él se deslizó aún más adentro. Ella lo estrechó otra vez hasta dejarlo inmóvil, totalmente inmóvil. Él estaba alzado sobre las rodillas y las manos, sosteniendo todo su peso y, en gran parte, el de ella. Los brazos le temblaban ligeramente.

—Quiero que me mires —dijo Annabel—. Todo el rato.

Así lo hizo.

Después, ella se quedó como siempre tendida boca arriba, con un brazo sobre el sudoroso flequillo. La luz del reloj despertador le bañaba el vientre con una pálida claridad. A él le encantaba la leve eminencia del tejido cicatrizado de la cesárea, esa línea que resaltaba la depresión entre las caderas, separando lo erótico de lo meramente sexy: una marca guerrera de un cuerpo bien empleado.

Ella alzó la mano, donde brillaba apenas el diamante deslucido de su anillo de compromiso (el nuevo había desaparecido en el estuche de las joyas en cuanto habían llegado a casa).

—Llevamos casados una década, Wingate. —Se mordisqueó los carnosos labios—. No parece que sean diez años en ningún mal sentido. Pero sí en todos los buenos sentidos.

Se acurrucó contra el cuerpo de su marido, pasándole una pierna por el vientre. Él le acarició la espalda, cuya piel aún conservaba un calor febril, pegó los labios a la humedecida frente de su mujer y la mantuvo abrazada hasta que se quedó dormida.

Tendido boca arriba, refrescándose bajo el ventilador del techo, no lograba prolongar la placidez del momento después. Su mente volvía una y otra vez al altercado del Braemar Country Club. Le avergonzaba recordar cómo había perdido el control, cómo se había desatado su mal genio. Daba la impresión de que este hubiera estado ahí todo el tiempo, como un viejo amigo o una especie de atavismo. Y no dejaba de evocar con horror y sudores fríos la única palabra que había salido de los labios de Dodge: «Pronto».

Se levantó, cruzó de puntillas el pasillo y trasladó a Kat, dormida flácidamente en sus brazos, a la habitación de matrimonio. La tapó bien en su lado de la cama y se detuvo para contemplar a la madre y la hija, sumidas en una calma idílica. Algo brillaba junto al armario: la placa del premio.

Se acercó y le dio la vuelta, de cara a la pared.

Luego apagó el intercomunicador, fue a la habitación de Kat y se apostó en la mecedora del rincón.

«Pronto», había prometido Dodge.

«Pronto.»

Capítulo 16

La oficina de Mike, un prefabricado similar a un módulo escolar plantado en mitad de una parcela de tierra, contaba con todos los elementos básicos: teléfono, fax, conexión a Internet de alta velocidad, una agresiva y competente «chica de recepción», provista de un gran moño y una buena delantera (siempre mascando chicle); varias mesas, adquiridas en subastas, alineadas junto a las paredes cubiertas de paneles de corcho, en los que se veían clavados planos diversos, permisos oficiales, informes geológicos y fotos de familiares. En conjunto, una pequeña empresa que bullía de actividad: ocho metros por doce de pura eficiencia, donde se ubicaban todos los engranajes ocultos de los edificios que construían en otros lugares.

Sentado frente a su escritorio, Mike se masajeaba las sienes para ahuyentar una incipiente migraña y fingía revisar la oferta de una empresa de seguros. Había pasado toda la mañana preocupado, sumido en sombríos pensamientos. No cesaba de recordar los labios salpicados de motas negras de William, el hedor fétido de su aliento y la aparición repentina de su rostro en la ventanilla trasera de la furgoneta, como una cabeza sin cuerpo flotando entre las cortinas. Y luego la imagen del oso polar manchado de aceite, moviéndose a cámara lenta en el asfalto del aparcamiento, entre los gigantescos pies de Dodge.

Se levantó bruscamente y salió a tomar el fresco. Paseándose entre las hierbas del solar, trató de contactar con Hank por tercera vez y, al fin, el detective se puso al teléfono.

—¿Te apetece distraerte un poco? —le preguntó.

—¿Distraerme de la muerte? —contestó Hank—. ¿De qué se trata?

Mike le contó su tropiezo con Dodge y William, y la extraña actitud que habían mostrado los agentes en la comisaría.

—No es mucho para empezar —comentó Hank—, pero husmearé por ahí, a ver qué encuentro.

Insatisfecho, Mike volvió adentro. Andrés estaba en la fotocopiadora con aire exasperado, pulsando botones indiscriminadamente. Poco después se acercó al escritorio de su jefe y, sentándose en el borde, echó un vistazo al escote de Sheila, situada enfrente, que trataba de someter telefónicamente a un perito de seguros. Andrés apretó la grapadora con el canto de la mano un par de veces, solo para distraerse.

—Ha estado un tipo en la obra preguntando sobre usted.

—¿Cómo, preguntando sobre mí?

—Quería saber cuándo iba por allí, cuánto tiempo pasa en la oficina y cuánto controlando los trabajos. Esa clase de cosas. En plan informal. Quizá quiera contratarlo.

A Mike empezó a arderle la cara.

—¿Qué aspecto tenía?

—No sé… Un tipo vulgar, de barbita desaliñada. Andaba raro.

Mike sintió una palpitación en los oídos: el dolor de cabeza cobró ímpetu. Abrió de un tirón el cajón superior para tomarse un analgésico.

—¿A qué hora ha…?

La pregunta se le atascó en la garganta al bajar la vista al cajón y ver que el calendario estaba colocado a la izquierda. Él siempre lo mantenía pegado a la derecha para tapar una juntura resquebrajada y llena de astillas, y ese hábito se había solidificado con los meses.

—Sheila… —Aguardó a que ella tapara el auricular y se volviera—. ¿Has tenido que revisar mi escritorio esta mañana?

La secretaria negó con la cabeza. Mike alzó el frasco de paracetamol, lo observó y lo arrojó a la papelera. Se levantó bruscamente; Andrés lo miraba perplejo.

Fue hasta la puerta, la abrió y se puso en cuclillas para examinar la cerradura. Había escogido en persona una Medeco, por su tambor de seis pines y porque requería una llave multidimensional muy difícil de suplantar con un juego de ganzúas. Eso lo había aprendido de Shep, desde luego. Aunque también había visto a su amigo abrir una cerradura igual que esa utilizando un aerosol lubricante y una pistola mecánica de cerrajero, un instrumento que, en sus expertas manos, era capaz de mantener alineados los fiadores.

Vaciló un momento, casi por temor a descubrir la verdad, pero pasó el pulgar por el ojo de la cerradura. En efecto, la yema del dedo salió reluciente de aerosol lubricante.

Alguien había preparado esa cerradura para utilizar una pistola mecánica de cerrajero: Dodge o William.

Se le había quedado la boca seca. Abrir una Medeco era cosa de profesionales, un trabajo digno del mismísimo Shep. Así pues, la idea de que se hubieran colado por la ventana de Kat no era tan descabellada como él mismo había intentado creer.

¿Para qué habrían entrado en su oficina?

—Sheila —dijo Mike con una voz que a él mismo le sonó ronca. Todos los presentes, advirtió, lo estaba mirando, ahí agachado frente a la puerta—. ¿Se puede saber cuándo se ha visto por última vez un archivo informático?

—Claro, señor Wingate. —Por muchas veces que le hubiera dicho que lo llamase Mike, ella se empeñaba en tratarlo con formalidad—. En la mayoría de los documentos, hay un módulo con la fecha y hora del último acceso, aunque la gente no suele fijarse nunca.

Mike le indicó que se acercara a su escritorio y le ofreció su silla. Se inclinó sobre el hombro de la secretaria mientras ella tecleaba en el ordenador. Andrés contemplaba la escena desde el otro lado.

—¿Se ha abierto algún archivo durante este fin de semana? —preguntó él.

—Lo estoy comprobando. Pero he de mirar documento por documento. ¿Quiere que compruebe algo en particular?

—Green Valley —dijo.

Mientras ella seguía tecleando, Andrés ladeó la cabeza y le dijo a su jefe:

—Nuestros archivos están limpios en ese sentido.

—¿Y por qué no habrían de estarlo? —preguntó Sheila, todavía concentrada en la pantalla. Mike y Andrés intercambiaron una mirada. Antes de que ninguno de los dos pudiera responder, ella dijo—: No, esos archivos no se han abierto desde las doce y veintiuno del mediodía del jueves pasado.

Ese había sido Mike, que revisó durante el almuerzo la factura del gres vitrificado para torturarse a sí mismo.

—Pero... un momento —dijo Sheila—. Esto fue abierto el sábado por la noche, a la una y media de la madrugada.

—¿Qué es? —preguntó Mike.

—Los archivos del personal.

Sintió un escalofrío.

—¿Han revisado nuestros archivos de personal?

Ella pinchó varios documentos más.

—No —dijo—, solo el suyo.

Dio un paso atrás. Andrés y Sheila se volvieron hacia él; movían los labios, pero Mike no captaba las palabras. Dodge y William no buscaban información sobre ningún trabajo, sino únicamente sobre él; igual que los agentes de la oficina del *sheriff*.

Al parecer, Dodge y William tenían tantos deseos como ellos de averiguar quién era.

Lentamente, cobró conciencia de que el móvil le estaba vibrando en el bolsillo. Lo sacó con esfuerzo y miró la pantalla, donde había un mensaje de texto de Annabel: HOLA CARIÑO DÓNDE ESTÁ LA LLAVE DE LA CAJA DE SEGURIDAD LO HE OLVIDADO OTRA VEZ Y NECESITO SACAR UNA COSA.

Se quedó clavado mirando el mensaje, mientras la palpitación que sentía en el cráneo le aumentaba el dolor de cabeza a cotas todavía más elevadas. Annabel y él nunca se enviaban mensajes de texto, eran anticuados; preferían usar el teléfono para hablar.

Llamó en el acto a su esposa. Saltó el buzón de voz: «Hola, soy Annabel. Seguramente estoy buscando el teléfono en ese estrecho hueco entre el asiento del coche y la puerta, así que...».

Hizo una seña a Andrés y Sheila para que esperaran un minuto, y se puso a andar en círculo alrededor del escritorio mientras sonaba el teléfono de casa. Buzón de voz.

Tardó en advertir que Sheila le estaba hablando.

—Señor Wingate. Señor Wingate. Ha quedado para recorrer los terrenos sin urbanizar de Chatsworth a las dos. Lo cual significa que debería salir ahora mismo.

—No puedo, Sheila. —Se apresuró hacia la puerta—. Tengo que volver a casa.

Ella forzó una sonrisa irritada mientras él pasaba por su lado, ya prácticamente corriendo.

Capítulo 17

Mike se dirigió a su casa a toda velocidad, saltándose semáforos y señales de «stop», marcando una y otra vez el número de la línea fija. Por fin respondió Annabel.

—Hola, cariño —dijo—. Acabo de llegar. El fregadero de la cocina está cada vez peor. Ya sé que en casa del herrero tal y cual, pero aun así…

Él la cortó.

—¿Tú me has enviado un mensaje de texto?

—¿Cuándo te he enviado yo un mensaje de texto? No tengo catorce años.

—¿Dónde está tu móvil?

—Lo llevo buscando toda la mañana. Creo que me lo he dejado en clase.

Mike invirtió un momento en sosegar su respiración.

—Lo han robado ellos. He recibido un mensaje desde tu móvil preguntándome dónde estaba la llave de la caja de seguridad.

—En la caja de pañuelos de papel de tu mesita. A mí no se me ocurriría preguntártelo.

Mike se lo resumió todo rápidamente: el mensaje, la visita de William a la obra y el allanamiento de la oficina. Se produjo un denso silencio mientras ella asimilaba la información.

—Ya veo… Así que querían acceder a la caja de seguridad del banco, porque ahí es donde la gente guarda las cosas que no quiere esconder en casa. —La voz le temblaba un poco—. Lo cual significa que han registrado la casa.

—Y han registrado mi oficina. —Dobló una esquina y enfiló la calle donde vivían—. Ya llego.

Ahora la voz de Annabel se llenó de rabia:

—¿Cómo podían saber siquiera que tenemos una caja de seguridad? No todo el mundo la tiene. Además, los archivos bancarios son confi... —Se interrumpió. Él percibió la respiración agitada de su mujer al comprender lo que estaba diciendo.

—Los agentes del *sheriff*... —dijo Mike—. Los cuerpos de seguridad pueden obtener autorización para ver esos archivos y saber si hay en el banco una caja de seguridad a mi nombre.

Entró en el sendero; ella ya había salido con la llave de la caja de seguridad en la mano. La vio mover los labios un instante antes de que le llegaran sus palabras a través del teléfono:

—¿Crees que esos tipos y los agentes de la oficina del *sheriff* trabajan juntos?

—Alguien ha estado fisgoneando por todo lo alto, ya sea oficial o extraoficialmente. —Él seguía hablando al teléfono, aunque Annabel estaba apenas a un metro.

Bajó el cristal de la ventanilla. Ella se agachó, le dejó la llave en el regazo y lo besó en la boca.

Su expresión, cuando se apartó, era tensa y asustada.

—Sea lo que sea, ¿cómo vamos a librarnos de esto?

—Depende de lo que quieran —respondió él.

—Parecen querer información sobre tus orígenes.

Él aferró la llave en un puño y puso marcha atrás.

—Es lo que queremos saber todos, ¿no?

Bajo la mirada del estirado gerente bancario, Mike firmó y entró en el interior de la cabina en la que se hallaba su caja de seguridad. Inspiró hondo antes de alzar la delgada tapa metálica. Un revoltijo de fotos y documentos apareció ante sus ojos: un informe de niño abandonado; el impreso del condado, fechado tres décadas atrás, asignándole un nuevo apellido; expedientes de la escuela primaria; su antigua tarjeta de la seguridad social; el obituario de Madre-Diván; unas cuantas fotos cuarteadas de él y de los chicos de Shady Lane; la preciada carta de aceptación de la universidad y un informe de libertad condicional que certificaba el cumplimiento de su condena.

Una crónica de la imperfecta historia de Mike Doe.

La oleada de nostalgia casi lo ahogó. Ahí estaba todo lo que quedaba de su antiguo yo.

Manoseó entre el contenido, y sus manos tropezaron al fondo con un objeto metálico. Lo alzó con cuidado a la luz: una Smith & Wesson, calibre 357, sencilla y fácil de manejar; la única arma con la que se había sentido cómodo en su vida. Se la había regalado Shep, como medida de protección personal, cuando había alquilado su primer apartamento. Durante años la había guardado en el cajón de la mesita de noche, pero a instancias de Annabel, la había guardado en la caja de seguridad al nacer Kat. Nunca la había utilizado, ni siquiera en un campo de tiro, y esperaba no tener que hacerlo jamás. El peso del arma en su mano resultaba a la vez familiar e intimidante.

La dejó suavemente sobre el mostrador.

Sacó la bolsa de plástico vacía del cubo de basura que había en el suelo y volcó en su interior todo el contenido de la caja. Con la bolsa al hombro, miró el arma un instante.

Se la guardó en el bolsillo mientras salía.

Se había acuclillado en un callejón desierto, sumido en las sombras alargadas del atardecer. El fragor del tráfico reverberaba en las paredes de ladrillo. La puerta de la camioneta Ford permanecía abierta, arrojando en el suelo un triángulo de luz. Se inclinó hacia delante, con un crujido de cristales rotos bajo sus zapatos, y aplicó la llama de una cerilla a una esquina de la bolsa de basura. Con ojos vidriosos, observó cómo prendían y se alzaban las llamas, fundiendo la capa de plástico y devorando todas aquellas fotografías y documentos.

«El pasado no existe.»

Y sin embargo, obviamente, existía.

Había acabado convertido en un triste motoncillo de ceniza, que Mike esparció con el pie en el mortecino ambiente del callejón. Pisoteó las brasas, subió a la camioneta y se alejó.

Interrumpiendo la preparación de la cena, Annabel se había sentado en la encimera de la cocina y sujetaba con nerviosismo la .357 sobre su regazo.

—Es un revólver —indicó Mike—. Fácil de manejar.

Ella bajó la voz para que Kat, atareada en su cuarto con los deberes, no pudiese oírla.

—Me inquieta que la niña tenga un arma cerca.

—Déjame que te enseñe a usarla.

Mientras el agua para la pasta hervía, colocó las esbeltas manos de su esposa alrededor de la empuñadura. Pero ella se apartó y le devolvió el arma.

—Me incomoda tremendamente.

—La comodidad ya no cuenta.

Kat entró poco a poco en la cocina, con la vista fija en su cuaderno.

—¡Menuda lata las divisiones! O sea, quieren que aprendamos a ser inteligentes. Pero ¿una persona inteligente no usaría una calcul...? —Al alzar la vista, se le agrandaron los ojos, enmarcados por la montura roja de las gafas—. ¿Cómo es que tienes una pistola? Es una pistola, ¿verdad? O sea, ¿una pistola en la cocina? ¿Pasa algo? ¿Has disparado alguna vez? ¿Puedo tocarla?

—Regresa a tu habitación —acertó a decir Annabel—. Déjanos solos un momento.

Kat retrocedió sin apartar los ojos de la Smith & Wesson.

Annabel se volvió hacia su marido, diciéndole:

—Ahí lo tienes.

Se bajó de la encimera, bajó el fuego de la olla y examinó atentamente el plan de clase que tenía abierto en el atril del libro de cocina; en los márgenes de la página resaltaba su femenina letra. Era la única persona que Mike conocía capaz de estudiar y de preparar a la vez unos espaguetis a la putanesca.

Sonó el teléfono. Él cogió el inalámbrico.

A Hank se le notaba agotado. Dijo así:

—No consigo averiguar nada sobre si un tal Dodge y un tal William estuvieron en la ceremonia del premio, aunque eso era de esperar. —Carraspeó y acabó sufriendo un acceso de tos—. Ahora bien, escucha. Tengo una cosa que explicarte...

A Mike esa pausa le resultó tan desconcertante como la tensión que se adivinaba en la voz del detective.

—¿Qué?

Annabel se dio la vuelta y él le indicó que se acercara, girando un poco el teléfono para que ambos pudieran escuchar.

—Bueno, no sé bien de qué se trata —comentó Hank—. Todavía. Pero he llamado a mi contacto en la oficina del *sheriff* y, según parece, hay una especie de alerta sobre ti.

—¿Una alerta? ¿Eso qué significa?

—No lo sé. Pero tienen tu nombre marcado en rojo.

—¿Por qué motivo? —Mike levantó la voz.

—Ya te lo he dicho: no tengo la respuesta. —Sonó una respiración rasposa—. Podría tratarse tan solo de un asunto local, limitado al *sheriff* del condado de Los Ángeles, o bien tratarse de otra agencia que esté supervisando algo relacionado contigo, que quiera estar informada si intervienes en algún incidente.

Mike recordó los cuchicheos de Elzey y Markovic en aquella oficina, después de que ella hubiera colgado el teléfono, y la actitud agresiva que habían empleado con él al regresar.

—¿Qué agencia? ¿El FBI? ¿La CIA? —Sofocó una risotada—. ¿Y con qué alcance? ¿O es en todas las comisarías?

—No he podido averiguar nada más todavía. Todo el mundo se muestra más bien esquivo. Obviamente, es confidencial. He de trabajarme el tema y ensayar una aproximación lateral. Dame un día o dos.

—¿Hay alguna agencia que no tenga mi nombre sobre la mesa?

—Un montón, estoy seguro. Las agencias, así como las diferentes delegaciones de cada una de ellas, andan cortas de personal y sobrepasadasas de trabajo. Así que, a menos que hayas estado en un campamento en las estribaciones del noroeste del Pakistán, no creo que seas un asunto de máxima prioridad. No conocemos el alcance de todo esto, pero no hay motivo para creer que te hayas convertido en el enemigo público número uno.

—¿Y si necesitáramos ayuda?

—Bueno, ese es el problema, ¿no? Hasta que no conozcamos la extensión de la alerta y quién la ha puesto en marcha, ¿cómo vas a saber de quién fiarte?

Mike tragó sin saliva e hizo una nueva pregunta:

—¿Y si Dodge y William dan entretanto otro paso?

—Por lo que deduzco hasta ahora, yo no contaría con una actitud amigable por parte de las autoridades.

Hank se despidió. Mike y Annabel se miraron en silencio.

Ella cogió el revólver de la mano de Mike. Lo alzó torpemente y aguardó con mirada firme. Él soltó un hondo suspiro, se adelantó y le colocó bien las manos alrededor de la empuñadura.

Capítulo 18

La puerta trasera del lavadero tenía la cerradura exterior más endeble del mundo, una Schlage vieja que solo requería una ganzúa con punta de medio rombo, una llave de semitorsión y noventa segundos de atención continuada. Con las manos enguantadas, Dodge la manipuló sin hacer ruido. En cuanto cedió, dejó la noche y se adentró en la penumbra de la casa. El anticuado reloj de pared situado un poco más arriba de la secadora marcaba las 9:27. Guardándose las herramientas en el bolsillo, se dirigió a la cocina. Sus pies, que calzaban un cuarenta y ocho, se desplazaban con un sorprendente silencio por el linóleo.

Mike Wingate tenía la cabeza y la mitad superior del torso bajo el fregadero, y las herramientas estaban esparcidas sobre una esterilla manchada de grasa junto a sus piernas extendidas. Daba martillazos al sifón del desagüe. Dodge pasó por su lado, a poco más de un metro de sus pies descalzos. Sin detenerse, arrancó una grabadora digital plana imantada del techo del frigorífico, donde la había colocado hacía unos días. Continuando por el pasillo, dejó atrás la habitación de la niña, que estaba de espaldas a la puerta, encorvada sobre el escritorio con un lápiz en la boca, y que le dijo sin alzar la vista del cuaderno: «Mami, las divisiones son una lata».

Dodge entró en el lavabo del final del pasillo y echó el cerrojo. Del bolsillo trasero de sus pantalones estilo cargo, sacó una tableta Fujitsu, un modelo japonés del tamaño de un talonario de cheques; el Gran Jefe no escatimaba en gastos en este tipo de cosas. Agachándose para adaptarse al techo inclinado, colocó el portátil en miniatura en el borde del soporte del lavamanos y enchufó la grabadora digital en un puerto USB. En unos segundos se había completado la descarga.

La manija se sacudió a su espalda con un tintineo considerable, dado lo exiguo del espacio. Enseguida la esposa dijo:

—¡Ah, estás tú ahí dentro! Perdona, cariño. Cepíllate los dientes y prepárate para acostarte.

Dodge no se inmutó. Sin que sus amplios e insulsos rasgos denotaran la menor reacción, siguió con los preparativos.

Mientras los pasos se alejaban, se colocó unos auriculares y pulsó «play». En la pantalla apareció un gráfico que reflejaba cada sonido con una columna verde que se extendía horizontalmente como una oruga erizada de púas. Pulsó el botón de rastreo para probar el sonido.

Se oyó la voz de Katherine: «No te pongas furiosa conmigo. No es que yo haya dicho: "¿Qué puedo hacer hoy para fastidiar a mamá? ¡Ah, ya! Voy a pillar piojos"».

Dodge abrió una ventana de búsqueda y tecleó: LLAVE.

Un agudo pitido rechinó en sus oídos. Luego escuchó la voz de la esposa diciendo: «Quieta, diabliLLA. VEte preparando», y el mecanismo de búsqueda elevó automáticamente el volumen en las dos sílabas clave.

Dodge pulso: «Buscar siguiente». Sonó una jerigonza acelerada, como de ardilla parlanchina, y a continuación: «He recibido un mensaje desde tu móvil preguntándome dónde estaba la LLAVE de la caja de seguridad». El individuo aguardó y luego respondió una voz femenina: «En la caja de pañuelos de papel de tu mesita. A mí no se me ocurriría preguntártelo». La hora de la grabación correspondía a ese mismo día, poco después de que le hubieran enviado a Mike el falso mensaje de texto.

Dodge recogió el equipo, se lo repartió por los diversos bolsillos de los pantalones y pegó la oreja a la puerta. En la cocina sonaba otra vez un martilleo metálico. Salió al pasillo y se dirigió al dormitorio principal.

La puerta del baño estaba entornada y sonaba en su interior el rumor de la ducha. Al pasar junto a la rendija, entrevió la silueta de la esposa, un borrón color carne tras el vidrio empañado de vapor. Abrió el cajón de la mesilla. Dentro había una caja de Kleenex provista de una cubierta decorativa de plástico. Metió los dedos por la ranura y hurgó entre los pañuelos. Nada. Levantó la cubierta decorativa. Allí, fijada con cinta adhesiva en la pared interior, estaba la llave de la caja de seguridad. La liberó con cuidado, se sacó del bolsillo una llave similar y la puso bajo el pedazo ahuecado de cinta adhesiva.

Mientras volvía a colocar la cubierta, atisbó en el fondo del cajón un brillo metálico. Sacó el cajón del todo. Un revólver Smith & Wesson, calibre 357. Usando solo una mano, lo sacó, alzó el martillo para liberar el tambor y lo hizo rodar de un capirotazo. Ladeó la cabeza y observó los orificios de las recámaras. Sus labios esbozaron una sonrisa desdeñosa.

El grifo de la ducha acababa de cerrarse. Sonó el chirrido de la puerta de cristal. El hombre giró la muñeca, y de ese modo el tambor volvió a su sitio; luego dejó otra vez el revólver junto al paquete nuevo de balas, todavía envuelto en celofán. Cerró el cajón con un golpe sordo casi imperceptible.

—Cariño, ¿has terminado ya con el fregadero?

Dodge emitió un sonido gutural de asentimiento.

—¡Uf, qué cantidad de vapor! —Ella empujó con la mano la puerta del baño, que se abrió otros treinta o cuarenta centímetros.

Oculto a solo medio metro por el lado de las bisagras, el tipo sacó un martillo de bola del profundo bolsillo que tenía a la altura del muslo en sus pantalones estilo cargo. Aguardó inmóvil, pero ella no cruzó el umbral.

Una oleada de vapor le humedeció la cara mientras daba un paso frente a la puerta abierta. Annabel, doblada sobre sí misma, se estaba recogiendo el pelo mojado en una toalla, con la mirada fija en el suelo. Dodge giró en redondo, con rostro impasible, y salió de la habitación. Mientras cruzaba el pasillo, se guardó el martillo otra vez en el bolsillo.

Katherine estaba ahora en el pequeño lavabo del pasillo, sujetando el cepillo de dientes con una mano e inclinada sobre el lavamanos para escupir. Dodge pasó como flotando por detrás de ella (su reflejo recorrió el espejo por encima de la cabeza inclinada de la niña) y entró de nuevo en la cocina.

Mike seguía ladeado dentro del armario de debajo del fregadero, como en unas fauces que lo estuvieran devorando por la cabeza. Tenía las piernas flexionadas y las caderas en tensión, para impulsarse. Sonó un ruido metálico amortiguado a través de la madera, y él exclamó: «Maldita sea». Sacó la mano y buscó a tientas en la esterilla, palpando varias herramientas.

La bota de Dodge chirrió en la barra del umbral entre la cocina y el lavadero, y Mike dijo:

—¿Cariño, eres tú?

Dodge se detuvo.

—Pásame la llave Stillson, ¿quieres?

El hombre titubeó frente a la puerta trasera. Retrocedió, entró de nuevo en la cocina y cogió la pesada herramienta de encima de la esterilla. Agachándose, se la puso a Mike en la palma de la mano.

Luego cruzó con toda calma la puerta del lavadero y se perdió en la oscuridad de la noche. Con las manos en los bolsillos, recorrió el sendero. La furgoneta blanca apareció ronroneante a media manzana y se acercó despacio. La puerta deslizante se abrió y se tragó entero a Dodge.

Capítulo 19

El aparcamiento del banco Union L. A. se hallaba sumido en la oscuridad de la medianoche. Dodge y William aguardaron junto al contenedor de basura. La puerta trasera se había cerrado de nuevo con llave, pero se vislumbraba una luz a través de un alto ventanuco. Pese al frío, Dodge llevaba su camisa de manga corta abierta, dejando a la vista una camiseta imperio blanca.

Con los ojos fijos en el edificio, William se removía impaciente. Partió una pipa de girasol entre los incisivos y lanzó lejos la cáscara con un resoplido.

—Cigarrillo —exigió.

Se encendió la llama del mechero barato de plástico de Dodge, y enseguida le brillaron dos brasas en los labios. Se sacó uno de los cigarrillos y se lo tendió a William, quien dio una larga calada, cerrando los ojos, saboreándola, antes de dejar que el humo se le escapara por la comisura de la boca.

Mientras se guardaba el mechero en el bolsillo de la camisa, Dodge chupó con tal avidez su cigarrillo que la brasa consumió, chisporroteando, un tercio de su longitud.

La luz del interior del edificio se apagó. Unos instantes después, el hermano de William apareció en la puerta trasera junto con un guardia de seguridad muy nervioso, que echó un vistazo a un lado y a otro antes de decidirse a salir.

Hanley se acercó a toda prisa, con el guardia en los talones.

—Está vacía, joder.

Se golpeó con la llave en los nudillos con tal fuerza que sonó como si alguien llamara a una puerta de madera.

William entreabrió los labios, mordiendo el cigarrillo, y dijo:

—¿Vacía?

—Debe de haber adivinado que el mensaje era falso y ha sacado todo lo que hubiera ahí dentro. —Hanley se meció una y otra vez de los talones a las puntas de los pies, hasta que Dodge le plantó una mano en el hombro, afirmándolo en el suelo.

—Escucha... —El guardia se restregaba las manos ansiosamente en la periferia del triángulo que habían formado los dos hermanos y Dodge—. Yo ya he hecho mi parte, ¿no? He trucado la cámara de vigilancia y no ha quedado nada escrito en el registro de las cajas de seguridad. En fin, he cubierto todos los flancos. Así que mi hermana puede estar tranquila, ¿no? Las cuentas quedan saldadas, ¿correcto?

—Sí.

—Es que no puede volver a la cárcel, oye. Tiene tres hijos de menos de diez. O sea, podrían caerle entre diez y quince años. Estás seguro, ¿no? ¿Segurísimo de que tu hombre puede...?

—Si el Gran Jefe dice que saldará las cuentas —masculló William—, es que las saldará.

—Sois unos ángeles, tíos. Unos jodidos ángeles de la guarda.

—No hemos encontrado lo que buscábamos —dijo William—. Así que, ¿por qué no te vas con la música a otra parte? —Lanzó el cigarrillo por encima del hombro del guardia, y algunas chispas cayeron sobre la pechera de su uniforme.

La cara del tipo se transformó. Miró a Dodge, que se había hecho a un lado y observaba sin interés las sombras del fondo del aparcamiento.

—De acuerdo. —El guardia hizo un gesto con las manos—. Yo no os he visto nunca. Ni vosotros me habéis visto a mí.

Irguiéndose, regresó al edificio jugueteando con el manojo de llaves que llevaba suspendido de un cordón retráctil. La puerta de plexiglás se cerró tras él. Su pálida cara los observaba fijamente mientras ponía los cerrojos; luego desapareció.

—Maldita sea —exclamó Hanley—. ¿Todo ese trabajo y resulta que la puta caja de seguridad está vacía? —Arrojó a las sombras la llave, que rebotó en el flanco de la furgoneta y rodó por el asfalto.

Dodge volvió la cabeza.

—Recógela.

—Mira, yo…

—Ahora.

Hanley obedeció de mala gana y, poniéndose a cuatro patas, la buscó un buen rato. Dodge encendió otros dos cigarrillos. Él y William fumaron en silencio.

Poco después, Hanley le llevó la llave a Dodge. Él la tiró al suelo y la mandó de una patada a la rejilla de la alcantarilla.

—Perdón —dijo Hanley.

—Relájate. —William le dio a su hermano una palmada en el cogote—. Vamos un paso por detrás.

—Ya sé que este es un trabajo muy importante y…

—No. —La mirada de Dodge era firme y fría.

—Bueno. —William mostró los dientes—. ¿Es un trabajo? ¿O es El Trabajo? Eso es lo que hemos de averiguar.

—¿Cómo? —preguntó Hanley.

—¿Cómo obtenemos siempre las respuestas? —respondió William—. Con una presión lenta y uniforme, mirando cómo se desmoronan. Hemos de pincharlo y pincharlo. Hasta que nos muestre el camino. Está de los nervios, ¿no? Wingate, digo. Bueno, los tipos que están de los nervios cometen errores. Él nos revelará quién es.

Sin el peso de la mano de Dodge en el hombro, Hanley volvía a balancearse.

—Yo digo que a la mierda y que nos ocupemos de ellos ya.

—No podemos cargarnos a un tipo porque se parece a un tipo. Nosotros tenemos nuestros principios. Cada vez que te ocupas tú de un trabajo, armas un estropicio. Hemos de asegurarnos de que este estropicio vale la pena.

Hanley se dio la vuelta y escupió con fuerza al aire. Se metió los labios entre los dientes y mordió.

—El muy cabrón nos ha toreado. Se nos ha adelantado con esa caja de seguridad. —Miró a su hermano; volvió a mirarlo—. ¿Qué? ¿De qué te ríes?

William echó a andar hacia la furgoneta.

—La noche es joven.

Capítulo 20

«Sabemos quién eres.»

Mike dio vueltas en la cama. La ronca y susurrante voz resonó en su oído. Notaba al lado el calor de Kat, acurrucada junto a sus riñones.

Despegó de golpe los párpados. El vigilabebés, a la altura de sus ojos en la mesilla de noche, lo miraba fijamente.

Las barras rojas relumbraron de nuevo, alzándose y cayendo como una boca pintarrajeada. «La cuestión es: ¿lo sabes tú?».

Y entonces lo despertó del todo un estridente chirrido. Era el sonido que se producía al desenchufar el receptor en la habitación de Kat. Pero en medio de la oscuridad, totalmente inesperado, no parecía otra cosa que un chillido.

Saltó de la cama y revolvió el cajón, buscando el revólver y las balas. Kat se dio la vuelta dando un grito y chocó con Annabel y, un instante después, ambas estaban sentadas y se agitaban desesperadas bajo las sábanas. El intercomunicador seguía emitiendo su chirrido. Annabel lo agarró y arrancó el cable de un tirón. Corriendo por el pasillo, tropezando, Mike metió las balas en su sitio, aunque se le cayeron algunas de ellas y mandó otras rodando de un puntapié por el entarimado.

Con la .357 por delante, entró en la habitación de la niña. Reinaba una pesada quietud: la cama hecha, los libros ordenados, la alfombra impecable, viéndose aún las marcas del aspirador… El único movimiento era el de la cortina, mecida ligeramente por la brisa. Avanzó con las piernas entumecidas, y la descorrió.

Los dos cerrojos estaban descorridos. La ventana, entreabierta bastantes centímetros. La negra noche le devolvió la mirada a través del recuadro de cristal.

Abrió del todo la ventana y empujó la rejilla suelta, que salió volando y fue a posarse en los húmedos arbustos de debajo. Asomándose, apuntó a la izquierda y luego a la derecha, pero todo estaba en calma ahí fuera; solo se oía el zumbido amortiguado de los aspersores en el jardín.

Annabel lo llamó desde el pasillo con voz trémula:

—Mike.

—Voy a salir. Coge a Kat, enciérrate en el baño con el inalámbrico y llama al 911 si oyes disparos.

Saltó por la ventana y corrió hacia el flanco de la casa. Unos pasos más allá por la franja de hormigón, distinguió la puerta de madera meciéndose al viento con el pestillo alzado. Sintió frío y advirtió que iba descalzo, en calzoncillos y camiseta.

Llegó a la puerta, se armó de valor y, abriéndola de un empujón, salió bruscamente al sendero de acceso sujetando la .357 con ambas manos. No había nadie.

Cruzó corriendo el patio delantero, con el revólver pegado a la cadera, y se detuvo. El húmedo césped le helaba los pies. La lámpara antiinsectos del porche de los Martin zumbaba al otro lado de la calle, desprendiendo un tenue resplandor anaranjado. Los cipreses que delimitaban la parcela, altos como enormes sombreros de bruja, cabeceaban con lentitud. Aguzó el oído, pero soplaba el viento y, únicamente, se oía el rumor de las ramas y las hojas.

—¿Dónde estáis? —Resultaba extraño hablarle a una calle vacía—. ¿Queréis esconderos? —Avivada por la furia, su voz cobró firmeza—. No tengo miedo. Aquí estoy. ¡Aquí mismo! —Rumor de hojas, nada más—. ¿Creéis que sabéis quién soy? —Giró en redondo, gritándole a la noche—: ¿Quién soy, pues? ¿Quién soy?

En el baño de los Epstein, la casa contigua, se encendió la luz del baño. Oyó llorar a Kat dentro. Varios grillos saltaron entre las hierbas a la altura de los tobillos. Tras unos instantes, reanudaron su chirrido.

Sonó un crujido de neumáticos a su espalda y, al volverse de golpe, lo recibió el eructo de una sirena. Un coche de la oficina del *sheriff* se detuvo frente a su buzón. Mike puso el brazo detrás para ocultar el revólver. El cristal de la ventanilla descendió, mostrando el oscuro rostro de Elzey. Ella se apeó y cerró de un portazo.

—¿Qué tiene ahí?

Girándose ligeramente, Mike se metió la .357 en la cinturilla de los calzoncillos, rezando para que no se le escurriera por su propio peso y cayera por una de las perneras. Extendió sus manos desnudas.

—Sé lo que se ha guardado ahí detrás, Wingate. —Elzey avanzó por la acera, con el canto de la mano rozando la culata de la pistola que llevaba enfundada en la cadera—. Usted no tiene ninguna arma registrada a su nombre, así que está metido en un buen lío si lleva una encima.

—No le he dado permiso para entrar en mi propiedad.

Ella se detuvo. El patio estaba a oscuras y las sombras le conferían al rostro un aspecto duro y huesudo. Markovic se había bajado también del coche patrulla y lo observaba desde el otro lado del blanco techo del vehículo. El aire otoñal, que olía a hojas podridas, a mantillo y a rocío le picaba a Mike en el fondo de la garganta. Un borroso gajo de luna arrojaba una luz mortecina.

—Salga de aquí —pidió él—. O muéstreme una orden.

—¿Está seguro de que quiere hacerlo así? —preguntó la inspectora.

—¿Para qué han venido?

—Después de su visita a la comisaría —dijo Markovic—, nos quedamos preocupados.

—Tan preocupados que están justo frente a mi casa, vigilando.

—Exacto. Estábamos patrullando, echando un vistazo a la casa.

—¿Y no le habrán echado también un vistazo a mi patio trasero, hace solo un momento? ¿Ni a la ventana de mi hija? ¿Ni al interior de su habitación?

Los agentes lo escrutaron en la oscuridad. Markovic señaló con el dedo la lente fijada al retrovisor del coche patrulla.

—Llevamos cámara incorporada con secuencia horaria y un GPS. Y ambos muestran todo el recorrido de nuestra ronda esta noche. Así que mejor será que mida sus palabras y vaya con cuidado con las acusaciones que lanza.

—Alguien acaba de entrar en la habitación de mi hija.

—¿No será que oye cosas? —inquirió Elzey—. Porque, vamos, andar por ahí en calzoncillos con un arma a la una de la madrugada no es que contradiga precisamente nuestras sospechas.

—En calzoncillos, puede ser. Pero sin arma.

—Muy bien —aceptó Elzey—. Pero suponiendo que haya habido un allanamiento, tendremos que entrar en su propiedad si quiere que hagamos un informe del incidente.

—¿Otro informe? —dijo Mike—. No, muchas gracias. Esperemos a ver qué progresos hacen con el primero.

—Como quiera —replicó la mujer, encogiéndose de hombros.

Mike caminó hacia atrás hasta la puerta de madera para no perder de vista a la agente y mantener oculto el revólver. Ella lo observaba divertida. En cuanto lo perdió de vista, subió al asiento del copiloto. El portazo del coche sonó al mismo tiempo que la puerta de madera.

El coche patrulla arrancó y se alejó lentamente.

El patio se quedó en completo silencio.

Agazapado bajo las sombras que, parcialmente, proyectaban los espesos arbustos que poblaban el rincón más alejado de la casa, William permanecía apoyado en el alféizar salpicado de rocío de la ventana de la cocina. Su sonrisa cobró vida, flotando en la oscuridad como la curvatura de una hoz.

Capítulo 21

Arrodillado sobre la colcha de volantes, Mike terminó de clavetear la ventana de Kat y se secó con la camiseta el sudor de la frente. La tierra de debajo de la ventana estaba compacta y, como la otra vez, no presentaba huellas. Corrió las cortinas y se sentó en la cama. En el dormitorio principal, Annabel trataba de calmar a la niña con mimos para que se durmiera.

Él reparó en el cofre del tesoro de Kat, que se hallaba en la estantería de enfrente. Era una caja de zapatos que la pequeña había forrado de tela y adornado con pegatinas en el parvulario, y contenía sus objetos más preciados. La cogió, se la puso en las rodillas y levantó la acolchada tapa. Ahí estaban la pulsera de plástico de Annabel del pabellón de maternidad, una taza para bebé bañada en plata con un corderito grabado en un lado, el enorme pelele con una mariposa bordada que Shep había traído la última vez que Mike lo había visto... Lo cogió y lo desdobló, recordando que su amigo se lo había sacado del bolsillo en la puerta y se lo había entregado tal cual, sin envoltorio. Entonces resultaba grandioso (apropiado para un niño de tres años, pero no para un recién nacido), y ahora, sin embargo, parecía diminuto. Durante esos primeros meses lo usaron como babero, y luego Kat se había apegado a él y lo arrastraba por la casa como si fuese una mantita. Nunca se lo había puesto, ni siquiera cuando creció lo suficiente para que le cayera bien.

Curioseó las reliquias de color amarillo claro y rosa bebé. Había algo sagrado en esa caja de zapatos empalagosamente decorada, así como en esa habitación, en esa casa.

Dejó el cofre del tesoro en su sitio y cruzó el pasillo. Kat, despatarrada sobre las sábanas revueltas, se había quedado dormida; Annabel permanecía acurrucada a su lado con la mirada baja. Un mechón de pelo oscuro enmarcaba ambos perfiles.

Ella se incorporó y, apoyándose en el cabezal, explotó:

—Quieren asustarnos, ¿no? Bueno, pues ya estoy asustada. Y si no podemos recurrir a la policía, tenemos que ser creativos y buscar una solución. Puedo llamar a mis padres y pedirles que vengan.

—¿Tu madre va a subirse a un avión con su cadera nueva?

—Hay un montón de vuelos cada día desde Tampa. Mi padre conoce la ley. Podría...

—Tu padre es un abogado especialista en quiebras jubilado. Y me imagino perfectamente cómo verían este asunto. Ellos nunca se han fiado de mí...

—No tenemos por qué entrar en eso ahora. Yo solo digo que hay cauces legales...

—Ya no hay vía legal que valga. Los tipos de esa clase no escuchan ni atienden a razones, sino a la fuerza.

«Solo escuchan cuando los despiertas a puñetazos después de que te hayan birlado la camisa de debajo de la almohada. Solo escuchan cuando te plantas para lanzar un directo y les dices que dejen de pegar a un chico y de tirarlo al suelo.»

—O bien responden con más fuerza.

—¿Qué propones, entonces? Tenemos las manos atadas. No podemos recurrir a la policía hasta que sepamos qué agencias de seguridad van a por mí y por qué.

—Esto se nos podría escapar de las manos.

—Annabel, ¿eres consciente de lo que pasa aquí?

—Sí. Y estoy haciendo un esfuerzo para entenderlo.

—¿Qué quieres decir?

Ella tiró de la manta para tapar a Kat y le indicó con un gesto que habían de hablar en voz baja.

—«Sabemos quién eres.» Es lo que ha dicho el tipo a través del intercomunicador, ¿no?

—¿Y?

—Sé que tuviste ciertos líos en su momento a causa de Shepherd. ¿Es posible que algo de lo que hicisteis pueda haber resurgido ahora para atormentarnos, o alguien a quien le robaste dinero, a quien le hiciste daño, no sé, cualquier cosa?

La pregunta le causó a Mike un hondo impacto, le golpeó

en una parte de sí que había mantenido aislada largos años, hasta el punto de olvidar que era vulnerable. Apretó los párpados y evocó aquel momento que había dejado suspendido en el tiempo décadas atrás: la vista desde la ventana salediza, a través de la bóveda amarillo anaranjado de hojas, del final de la calle y del coche familiar que nunca llegaba. Esa instantánea era suya y solo suya, y ahora se recluyó en su ámbito tranquilizador. Esa imagen le había acabado enseñando que él estaría bien si aquel coche familiar no aparecía nunca, porque al menos tendría algo que nadie podría arrebatarle y, mientras lo tuviera, no volvería a necesitar a nadie nunca más.

Pero ahora ya no tenía siete años. Ahora tenía una esposa y una hija, y las necesitaba tanto como ellas a él. Abrió los ojos, esforzándose para mantener la furia a fuego lento.

—No —respondió—. Nosotros éramos matones de poca monta, no robábamos bancos a mano armada.

—¿Seguro que no hubo nada?

—No me crees. Después de todos estos años, sigo siendo, en el fondo, un chico de la calle.

—Por supuesto que no.

—¿Cómo puedes preguntarme algo así? Nunca te he mentido sobre nada. —Se volvió y clavó la vista en la placa del premio apoyada contra la pared.

Ella dio un resoplido y se concentró de nuevo.

—Porque esos hombres van a por nuestra familia, Mike. Siendo así, no hay nada vedado, ni siquiera entre nosotros. Y si resulta que hay algo…

—¿Crees que no me he estado devanando los sesos? No hay nada. Nada. Eran solo hurtos en las tiendas y grafitis en las paredes. Nada digno de que unos tipos semejantes me hubieran guardado rencor tanto tiempo.

Kat murmuró una queja en sueños, y Annabel se levantó de la cama, lo cogió del brazo y lo arrastró al baño. A Mike le ponía nervioso no tener a Kat a la vista, aunque estuviese a unos pasos, así que entreabrió la puerta un poco más para verla.

Annabel hablaba con una voz baja pero intensa, mascullando las palabras:

—Cuando maltratas a alguien, no puedes saber si te guardará rencor o no.

Estaba a punto de lanzarse al ataque y tenía la cabeza echada hacia delante. Mike cayó en la cuenta de que su propia postura era idéntica.

—¿Así que surge una amenaza y, de repente, resulta que estás casada con Scarface? No hice nada que dañara a nadie. Cometí algunas estupideces, desde luego, pero nada más. No todos nos hemos criado en la jodida casita de Doris Day.

Ella dio un mandoble y derribó de la repisa un frasco de perfume, que rebotó en el suelo y se estrelló contra la base de la bañera. En unos instantes, el baño quedó inundado de un empalagoso aroma. Ni su mirada, ni su cara —apenas a unos centímetros de la de Mike— se movieron un ápice.

El estallido del frasco de perfume siguió reverberando entre las cuatro paredes del baño.

Annabel inspiró hondo. Retuvo el aire y, al espirar, le salió una voz totalmente calmada.

—A ver, volvamos a intentarlo. El allanamiento de la oficina de hoy y el archivo que examinaron dejan bien claro que esto no está relacionado con Green Valley. Sea lo que fuera, se centra exclusivamente en ti y en tu pasado. Y si no tiene nada que ver con tu época de matón de poca monta, por así llamarla, entonces solo queda una posibilidad.

Mike notó un picor en la garganta.

—¿Crees que no lo sé?

—Me refiero a lo que ocurrió cuando tenías cuatro años…

—Por una vez, llamémoslo por su nombre: mi padre mató a mi madre.

Nunca lo había formulado tan llanamente, y el mero hecho de decirlo le provocó una reacción en los músculos faciales. La piel se mantuvo firme como una máscara, pero las palabras lo habían inflamado íntimamente.

¿Lo había sabido desde el principio? ¿Había presentido que todas las señales de alarma habrían de conducirlo hasta aquella mancha roja en la manga de su padre? Evocó las manos fantasmales de este, tensándose y recorriendo el volante del coche. «Nada de lo ocurrido es culpa tuya.» Nada de lo ocurrido… ¿Qué demonios había hecho su padre?

Annabel tragó saliva, se humedeció los labios. Alzó una mano, con los dedos ligeramente separados, y dijo:

—No sabemos cómo fue toda la historia.

—Yo sé lo suficiente. Y sé que lo que hizo, fuera lo que fuese, se está volviendo contra nosotros.

—Tal vez no fue así. Tal vez ocurrió algo que lo obligó...

—¿Lo obligó? Nada podría haberle obligado a hacer algo semejante. ¡No hay ninguna excusa!

Se interrumpió. Todo volvía a cobrar vida, se agolpaba en su cabeza, un aluvión de palabras e imágenes: «Amanece de nuevo en América. Este cabeza de chorlito aún cree que su papá va a volver. Me lo has destrozado todo porque no tienes nada y nunca serás nada. Fíjese en ese bombón de ahí. Su historial parece un queso suizo. Sabemos quién eres».

Kat murmuró en la cama y se dio la vuelta.

Mike trató de contener el volumen de voz.

—¿Qué clase de hombre abandona a su hijo, dejándolo tirado en cualquier sitio? No tiene perdón un padre capaz de hacerle una cosa así a un niño.

Annabel lo besó en los labios —larga, tiernamente, con la boca cerrada—, sin dejar de mirarlo todo el rato, y le dijo:

—Para. Respira.

Obedeció.

Ella añadió:

—Usa todos los recursos que creas necesarios para afrontarlo.

Él le besó la frente mientras ella lo abrazaba por la cintura.

En la cocina, Mike deambuló un rato bajo la cruda luz de los fluorescentes con el teléfono inalámbrico pegado a la boca. Finalmente, marcó. El último número que tenía en su agenda estaba fuera de servicio, pero la grabación le remitía a otro número con prefijo de la zona de Reno.

Sonó y sonó. Aunque habían pasado siete años, la voz seguía siendo como la recordaba: susurrante y algo ronca.

—¿Diga?

—Necesito tu ayuda.

—¿Qué?

—Te necesito aquí —repitió Mike, alzando un poco la voz.

Un rumor de fondo. Dos segundos de silencio.

—De acuerdo —dijo Shep.

Sonó un clic y luego el tono continuo.

Capítulo 22

Cinco horas y cincuenta y siete minutos después, llamaron al timbre.

Los tres se acurrucaban en la cama de matrimonio, mientras unas franjas de luz matutina enlazaban sus cuerpos. Mike y Annabel no se habían dormido hasta cerca de las cinco de la madrugada, cuando la adrenalina había empezado a descender, causándoles una honda sensación de temor y un completo agotamiento. Mike se había adormilado totalmente vestido, con el revólver en una mano y un puñado de balas en la otra.

Él pestañeó y alzó la cabeza, que parecía haber ganado peso durante la noche. El reloj despertador marcaba las 7:47: tarde para el colegio y para el trabajo, aunque eso no importaba hoy. Con el arma a la altura de la cadera, cruzó penosamente el pasillo. Como no había mirilla, abrió la puerta hasta donde lo permitía la cadena y echó la cabeza atrás, de pura sorpresa.

Reno estaba a más de ochocientos kilómetros, lo cual habría implicado ocho horas en coche. Después de su llamada, Shep debía de haber colgado y salido directamente a buscar el coche, poniéndolo a ciento cincuenta todo el trayecto.

Por primera vez en los últimos días, Mike sintió alivio. Dejó la .357 junto al jarrón vacío de la mesa del vestíbulo, quitó el pestillo de la cadena y abrió la puerta del todo. Su amigo tapaba con su corpachón el sol naciente. Detrás, en el sendero de acceso, había un Shelby Mustang del 67 humeante como un caballo cubierto de sudor, pues el aire en torno al capó temblaba a causa de la temperatura. Era azul oscuro, con dos rayas blancas de coche de carreras que lo recorrían en toda su longitud.

Shep cambió de posición, y el sol, apareciendo por encima de su hombro derecho, le iluminó la mitad del rostro. Tenía una nueva cicatriz, un pliegue de tejido correoso bajo la oreja: una botella rota, quizás, aunque Mike sabía de antemano que nunca hablarían de ello. Seguía llevando el pelo muy corto, aunque no al cero: la medida justa para evitar piojos en una casa de acogida. Llevaba una camiseta con cuello de pico, y el colgante de san Jerónimo, desgastado como una moneda antigua, se balanceaba en su cadena de plata. Los músculos de la parte superior del torso se le marcaban con tanta claridad como los que exhibía Mike en el estómago una década atrás. Aunque este estuviera en forma para su edad, el contraste con su amigo lo dejaba bien claro: se había reblandecido.

La ligera superposición de los incisivos de Shep —un rasgo familiar— no se había modificado, lo que resultaba reconfortante. Pero aparte del costurón morado de la cicatriz, había también otras diferencias: la musculatura del cuello se le había endurecido con la edad, adquiriendo un aspecto nervudo, y los rasgos parecían más pronunciados; ahora poseían una ligera y ávida intensidad que resultaba casi lobuna. Mientras lo contemplaba en el umbral, Mike se concienció de todos los años que habían pasado sin verse.

—Bueno —dijo Shep.

—¿Traes algo de equipaje? —preguntó Mike.

—No.

Sonaron los pasos de Kat correteando por el pasillo. Shep entró rozando a Mike y se agachó, situándose a la misma altura que la niña.

—Los ojos —dijo.

—Eres muy grande —comentó Kat. Y luego, dirigiéndose a su padre—: Es muy grande.

—Kat, este es Shep.

La mano de la niña parecía diminuta mientras le daba un apretón, muy seria, al recién llegado. Annabel apareció por la esquina, alisándose la camisa. Se irguió al ver a Shep y le dijo:

—Gracias por venir. Tal como vamos Mike y yo últimamente, necesito a alguien nuevo con quien pelearme.

Él la miró sin comprender.

—Era un chiste —explicó ella—. Excepto las gracias por venir.

Fueron todos a la cocina. Bostezando, Annabel sacó la sartén para preparar las tortillas. La miró perezosamente, la dejó a un lado y acabó sirviendo café a los adultos y cereales a Kat.

—Come deprisa, diablilla. Hemos de llevarte al cole.

—No sé si quiero que vaya hoy —intervino Mike.

—¿Crees que esos tipos van a por mí? —exclamó Kat, ahuecando las mejillas y poniéndose los dedos sucios bajo los ojos. Le habían explicado en parte lo sucedido, aunque sin entrar en demasiados detalles. Debía saber que había unos hombres peligrosos acechándolos; pero no hacía falta que supiera que se habían colado en su habitación mientras dormía.

—No, cielo —dijo Mike—. Me andan buscando a mí. Pero todas las precauciones son pocas.

—Los profesores están avisados —terció Annabel—, los campos de juego tienen vallas, hay siempre tres supervisoras fuera; y con franqueza, da la impresión de que les está resultando más fácil colarse en nuestra ca… —Se interrumpió y le echó un vistazo a Kat, pero la niña estaba muy ocupada observando a Shep. A Mike se le ocurrió, no sin cierto pesar, que su hija nunca había conocido a nadie como él—. Además —continuó Annabel—, incluso las canguros y los parientes que figuran en la lista de recogidas tienen que presentar un documento para retirar a los niños. Probablemente, está más segura en el colegio que aquí.

—Entonces, ¿esta casa no es segura? —preguntó Kat.

Shep sorbía su café con la mirada perdida, exagerando su sordera. Era capaz de encerrarse en sí mismo de ese modo cuando resultaba estratégico o conveniente. Ya se encargaría Mike de espabilarlo en el momento oportuno; entretanto, el tema del colegio no era asunto suyo.

—Tú estás a salvo —afirmó Mike—. Te mantendremos a salvo. Mami tiene razón: el colegio es un lugar seguro.

Annabel abrazó a Kat por los hombros y se la llevó hacia el pasillo. Al salir, reparó en su libro de texto —*Experiencia y educación*—, que estaba sobre la mesa del teléfono.

—Se suponía que tenía que escribir un plan de clase para

hoy —gimió—. El doctor Skolnick se va a enfadar conmigo.

—Ya volveremos a encarrilarlo todo —aseguró Mike.

Annabel le echó un vistazo a Shep, que seguía con aire abstraído, tomándose deliberadamente el café a pequeños sorbos.

—¿Me lo prometes?

Sonó el teléfono. Mike se levantó, restregándose los ojos, y descolgó.

—¿Michael Wingate? —dijo una voz femenina

—Sí.

—Me llamo Dana Riverton. Yo conocí a sus padres.

Dana Riverton no le había dado ninguna información, ni le había explicado por qué quería verlo. Solo había dicho que prefería tratar el asunto en persona. Mike escogió un café de las inmediaciones y quedaron a mediodía. Shep observaría a distancia y luego seguiría a la mujer para averiguar su dirección.

Mike le había dicho a Sheila que le dejara el día libre de compromisos, una orden que la secretaria acogió con festiva irritación. Después había llamado a Hank, ansioso por saber quién demonios había disparado la alerta sobre él y qué agencias de seguridad no lo tenían en su lista de prioridades. El detective seguía en ello, trabajándose el tema y chocando con muros de silencio en todas partes, lo cual favorecía que el asunto resultara más siniestro a cada hora que pasaba. Estaba esperando que le devolvieran varias llamadas y le juró que le avisaría en cuanto hubiese novedades. Antes de colgar, Mike le había pedido que tratara de averiguar algo sobre Dana Riverton.

El resto del tiempo, desde entonces, lo había dedicado a poner al día a Shep, que lo escuchó atentamente, interrumpiéndolo de vez en cuando para formularle preguntas extremadamente precisas que él no siempre sabía responder: «¿Esos tipos llevan algún tatuaje carcelario?», «¿Dodge te hizo frente como un boxeador o como un matón callejero?», «¿Quién es el inspector de grado superior, Markovic o Elzey?». Luego los dos amigos habían recorrido la propiedad, deteniéndose un buen rato bajo la ventana de Kat: «Te hace falta un riel guía mucho más fuerte a la altura del pestillo del bastidor; si no, se puede meter un gancho flexible y hacer saltar el pestillo. ¿Ves estos arañazos aquí? No los ha hecho precisamente un gato».

Ahora estaban sentados en la sala de estar. Shep ya contaba con todos los elementos para evaluar la situación.

—Tus cerraduras son una mierda —sentenció—. Esa Schlage del lavadero, por ejemplo, podrías abrirla con un fideo flácido. Cambiaremos todas las que no valen después de ocuparnos de esa tal Riverton, y hay que poner candado a las puertas laterales del jardín. Tengo un amigo que entrena rottweilers de ataque en Fort Lauderdale; puedo conseguirte uno en un par de días.

—¿Un rottweiler de ataque? ¿Y Kat qué?

—En ella estoy pensando. Por eso necesitamos un perro de esos. Lo puedes tener en la parte trasera.

—¿Cómo vamos a...?

—Yo me ocuparé de él. —Shep sacó del bolsillo dos relucientes móviles negros, y dejó uno de ellos en la mesita de café frente a Mike—. Estos teléfonos son solo para nosotros. No los utilices para nada más. Repito: para nada más. Cada uno está programado con el número del otro.

—¿Puedo darle a Annabel tu número? Por si...

—A ella y a nadie más. Llévalo siempre encima. Si es posible, envíame mensajes de texto. No me gusta hablar.

Mike sabía que el problema de Shep no era hablar, sino oír, pero no hizo ningún comentario. Se arrellanó en el sofá opuesto y jugueteó con un zapato. Eran las 10:45. Su aprensión iba en aumento a medida que se acercaba su cita con Dana Riverton. Primero, Dodge y William; y luego, de improviso, aparecía ella. Una gran coincidencia. La afirmación de que había conocido a sus padres tenía que ser una manipulación por fuerza. Se despreciaba a sí mismo por dudarlo, por albergar la esperanza de que quizá se tratara de algo más.

Volviendo en sí, cogió el Batmóvil de la mesita y se lo metió en el bolsillo. Shep se inclinó, oscilándole el colgante en el cuello, y entrelazó sus callosas manos.

El primer momento de respiro desde que había llegado.

Pasó otro minuto incómodo.

—¿Qué has estado haciendo? —preguntó Mike.

—Sigo haciendo trabajitos sobre todo —contestó Shep, encogiéndose de hombros—. En la zona de Reno hay montones de dinero en metálico flotando en el aire. Por el juego, ¿entiendes? Me ventilé un banco una vez, aunque sin armas. Abrí un agujero, de noche, en la pared trasera, y disimulé el ruido con una falsa cuadrilla taladrando la acera de la fachada. —Meneó la cabeza—. Pero eso fue hace tiempo.

—Estoy seguro de que debes de ser todo un espectáculo ahora dedicándote a una caja fuerte.

—No darías crédito a tus ojos. —Se arrellanó en el sofá y extendió los brazos por encima del respaldo.

Mike pensó en los otros: Charlie Dubronski, condenado a cadena perpetua por robo a mano armada, o Tony Moreno, muerto por una sobredosis de heroína negra en el baño de un estacionamiento de camioneros. Una retahíla de malos pasos, de callejones sin salida. Y ahí estaba él, con una Ford F-450 y una empresa constructora, una esposa de corazón puro y una hija inteligente. Había tenido una suerte bárbara. Hasta ahora.

—¿Cuál es el siguiente paso? —cuestionó Mike.

—Vete a buscar tu móvil. El auténtico, quiero decir.

Cuando se lo trajo, Shep lo examinó con atención y alzó la pantalla. La primera entrada destacada decía MÓVIL ANN.

—¿Ese es el móvil que tienen ellos?

—Sí, el de Annabel.

Shep pulsó «micrófono» y marcó. Saltó directamente el buzón de voz: «Hola, soy Annabel. Seguramente estoy buscando el teléfono en ese estrecho hueco...»

Shep colgó. Mike sintió una oleada de calor. La mera idea de que aquellos tipos tuvieran en su poder la voz grabada de su esposa lo enfurecía. Se imaginó el móvil en la sudorosa mano de William, en el enorme bolsillo de Dodge, o traqueteando en el salpicadero de la mugrienta furgoneta blanca.

—Dile a ella que no informe a la compañía de que lo ha perdido —dijo Shep—. Nos interesa que siga de alta.

—¿Por qué?

Él seguía tecleando. Mike se acercó y miró por encima del hombro de su amigo. Había escrito un mensaje de texto: ¿QUÉ QUIERES?

Shep lo miró y, al ver que Mike asentía, pulsó «enviar»,

sacó una libreta y anotó la hora. Dejó el móvil en la mesita de cristal, e indicó:

—Solo encienden ese teléfono a intervalos. Más difícil de localizar.

—¿Imposible?

—Más difícil.

Se quedaron sentados en silencio. Shep, nunca muy dado a la charla intrascendente mientras trabajaba, miraba al frente con aire inexpresivo. Mike hizo un esfuerzo para no juguetear con las manos. Pasaron diez minutos. Veinte. Pronto tendrían que pensar en ponerse en marcha hacia ese café. Mike miró el reloj, carraspeó, ya iba a proponer que arrancaran.

El traqueteo del móvil sobre el cristal le cortó la respiración. Shep se limitó a parpadear.

Mike se echó hacia delante y lo cogió. Las manos le temblaban levemente mientras leía el mensaje de respuesta:

NO TIENES NI IDEA, ¿VERDAD?

Sintió que un escalofrío le subía lentamente por la columna. Iba a decir algo, pero Shep alzó un dedo para acallarlo, consultó su reloj, anotó la hora y luego señaló el teléfono.

Mike tecleó: NO.

Volvió a dejarlo en la mesa y se arrellanó en el sofá. Ambos contemplaron el móvil durante un rato que pareció muy largo, Mike se preparaba para oír el pitido esta vez. La expectativa provocó que el sobresalto fuera mayor cuando sonó.

Abrió el móvil. Las manos le temblaban más que antes, pero ya le tenía sin cuidado lo que pensara su amigo. El mensaje se las inmovilizó en el acto: como si todo su cuerpo, incluso su corazón, se hubiese quedado en vilo.

ESPERA Y VERÁS.

Capítulo 23

Mientras conducía por el barrio, Mike pensó en el aire intercambiable y desprovisto de personalidad de esas zonas residenciales. Esto no era el Hollywood de las grandes palmeras y las aceras con estrellas grabadas; ni el Venice Beach de los hippies adictos a las teorías de la conspiración y sus adeptos al yoga y al incienso; ni Beverly Hillls, con sus Bentley de lujo y sus pastelillos a nueve dólares. Lost Hills consistía en manzanas y manzanas de casas familiares estilo rancho: buzones relucientes, césped impecable y atracciones infantiles de tubo amarillas. Era una zona para la gente que se pirraba por el verano interminable del sur de California: gente que no podía permitirse los precios de Malibú, pero que quería vivir a pocos kilómetros del Pacífico; gente que no necesitaba el glamur de los paparazzi de Los Ángeles, pero disfrutaba a distancia del resplandor de los focos. En la esquina de cada tres calles y en los patios delanteros, había carteles de los grupos de vigilancia vecinal, colocados como amuletos frente al fantasma de siniestros maleantes de sombrero y gabardina negros. Se suponía que en este barrio no pasaba nada malo.

No veía a Shep en toda la calle, algo impresionante teniendo en cuenta lo llamativo que era su Mustang. Llegó al café con cinco minutos de antelación y ocupó una mesa de la terraza, tal como habían planeado. Aguardó, con los nervios de punta, dando sorbos a un zumo de naranja. Dos mujeres cincuentonas vestidas como veinteañeras entraron contoneándose, llevando sendos perritos asomados a sus respectivos bolsos. Un hombre bien vestido mantenía una disputa doméstica por un auricular Bluetooth. Echó un vistazo al aparcamiento y a los edificios colindantes, pero no había ni rastro de Shep todavía.

Se dio la vuelta al oír un redoble de tacones. Una mujer de mediana edad se acercaba con un raído maletín de cuero bajo el brazo. Llevaba una blusa de seda de manga corta y una falda de color marrón; las gafas de bibliotecaria, provistas de una cadena de cuentas, compensaban una cara fofa y de mejillas flácidas; el pelo, castaño y ensortijado, le llegaba a los hombros, y los voluminosos brazos habían sido musculosos en su día. Mike no se esperaba a alguien como ella.

—¿Michael?

—Con Mike basta.

La mujer se sentó.

—Voy directa al grano, porque imagino que después de tantos años está ansioso por saber de qué va esto.

Su actitud seca y práctica era la típica que encontrarías en un mostrador de atención al cliente.

—Creo que quizá me ha confundido con otro.

—Su padre falleció hace unos años. John. John Trenley.

Al oír el nombre de pila, sintió una oleada de excitación. Pero… ¿Trenley? No le sonaba en absoluto.

—Su madre lleva muerta una década más o menos.

Eso no encajaba con la sangre en la manga de su padre. Pero, por otra parte, con todo lo que sucedía, ya no estaba seguro de nada.

Riverton manipuló el cierre y abrió el maletín sobre la mesa.

—Danielle.

Mike no veía más que la tapa alzada y las bisagras del maletín. La mente le giraba a toda velocidad, pero mantuvo los labios apretados. «Danielle. Mi madre se llamaba Danielle.»

—Yo fui nombrada albacea del patrimonio de ambos. —Sonrió con modestia—. Soy ayudante de abogado. Vivía al lado de su casa, tenía mucha relación con sus padres. Aún recuerdo cuando su madre lo trajo a usted del hospital. Yo tenía once años. Incluso le di el biberón una vez.

Mike notaba la garganta seca, pero preguntó:

—¿Cómo se llamaba de soltera?

—Gage.

El apellido, remontándose a tres décadas atrás, le sonó vagamente y desató en su interior una vibración. Los Gage, la puerta de al lado. Una casa blanca con ribetes de color verde menta. Donde el dóberman había mordido al técnico de Sears.

Se mantuvo impasible, aunque ella revolvía entre sus papeles todavía y no lo miraba. Se recordó a sí mismo que esto tenía que ser otra farsa del plan que estaban confabulando contra él. Pese a todo, la tentación de reaccionar y hacer preguntas ardía en su interior como una furia tranquila.

—Hay un dinero, una buena suma de dinero, que le corresponde. Además, obviamente, de una explicación en toda regla. Pero primero he de asegurarme de que es usted quien yo creo.

Ahí estaba.

Con brazos de carne temblona, Riverton sacó una carpeta de su maletín, cuya lengüeta roja decía: «Michael Trenley». Cayeron sueltas varias fotos satinadas: instantáneas de inmobiliaria de una casa.

—¡Ah, lo lamento! Tuvimos que poner la casa en venta, claro. Se vendió el año pasado, pero todavía podría llevarlo para que la vea, una vez arreglados todos los trámites.

Aunque Mike intentó detenerla, la mano se le fue sola y cogió la foto de encima. Los escalones eran más anchos de lo que recordaba y el tejado, más bajo, pero le traía recuerdos.

La casa de su infancia.

La primera prueba tangible de su vida pasada. Sintió que palidecía. Afortunadamente, la mujer seguía revolviendo papeles sin levantar la vista. Él se esforzaba para mostrar solo un débil interés y para sofocar la avalancha de preguntas que se le agolpaban en la garganta.

Dejó la foto con indiferencia sobre la mesa, mientras Riverton buscaba en la carpeta. Se acercó el camarero: «Hola, ¿quieren que tome nota?». Y Mike dijo: «Un minuto, por favor». Esperó a que el hombre se retirase.

—Estoy perplejo. ¿Por qué cree usted que tengo relación con estas personas?

—Bueno, enseguida verá que es bastante obvio.

Riverton abrió ante él la carpeta. Una foto de Mike, de la sesión fotográfica con el gobernador. Era la misma que se había publicado en *Los Angeles Times*, pero la cabecera mostraba que había sido recortada del *Oregonian*.

—Y... —Sacó de debajo una fotografía Kodak granulada de los años setenta.

El padre de Mike, de joven.

Los rostros eran extraordinariamente similares, incluido el pronunciado arco de Cupido del labio superior. El parecido familiar resultaba enorme, si no incuestionable.

Sintiendo un espasmo en las entrañas, Mike comprendió la realidad: la foto del periódico había destellado como una bengala en el horizonte. Así era como ellos, fueran quienes fuesen, le habían encontrado la pista después de tantos años. No habían sido las casas ecológicas —falsamente ecológicas— las que habían conducido a esos hombres a su puerta; había sido su decisión de callarse la verdad, de participar en el fraude, de rodearle al gobernador los hombros con el brazo y sonreír a las cámaras.

Le asaltó una oleada de culpabilidad. Si hubiera hecho caso a Annabel y a su propio instinto, se habría ahorrado todas las amenazas que se cernían sobre ellos.

La mujer lo observó un momento y prosiguió:

—Cuando su padre estaba en el hospital, confesó que lo había abandonado a usted a los cuatro años. Explicó por qué había tenido que hacerlo. Es esa su historia, ¿no? ¿Abandonado a los cuatro años? Porque si no es así...

Cerró la carpeta y la guardó.

Mike la miró fijamente, tensando la mandíbula, debatiéndose sobre si valía la pena sincerarse. La carpeta con la etiqueta roja estaba ahí mismo, aunque fuera de su alcance, metida en el gastado maletín: una verdadera tentación ¿Sería posible que fuese realmente la albacea legal? ¿Era de fiar?

—Mire. —La mujer alargó el brazo y puso la mano sobre la suya—. Comprendo el dolor que ha sufrido. Quiero decir, la pérdida, la espera, la búsqueda de sus padres durante toda su vida, simplemente las ganas de saber... Me lo puedo imaginar. Yo tengo las respuestas. El patrimonio de sus padres le está esperando. Solo necesito confirmar la historia de su procedencia.

La respiración de Wingate se aceleró mientras asimilaba estas palabras. Shep estaba en alguna parte observando, pero ahora mismo se sentía como si ellos dos, Mike Doe y Dana Riverton, se encontraran solos en este mundo. Haciendo un esfuerzo, recobró la calma. No haría preguntas. No demostraría curiosidad. Dejaría que Shep la siguiera, que averiguara dónde vivía, y procederían despacio y con cautela.

Bajó la vista; ella retiró la mano y se la puso en el regazo. Pero no sin que Mike vislumbrase antes, bajo la base de maquillaje en la que iba rebozada, un diminuto tatuaje carcelario en el pellejo entre el pulgar y el índice. Una lápida con el número 7: el número de años que había pasado dentro.

La base de maquillaje desprendida le había dejado a Mike un trazo de color carne junto a uno de los dedos. Con el corazón acelerado, entrelazó las manos para que ella no lo viera.

—Me temo que se confunde de persona —musitó. Se levantó, dejó un billete de diez en la mesa y se alejó.

Capítulo 24

—¿No te irían bien, no sé, unas sábanas de camuflaje?
—No.
—Papá, ¿no te parece que está gracioso con mis sábanas rosa?
—Shep está perfectamente, cielo.
—¿Tú conociste a mi papá cuando era niño?
—Sí.
—Yo creía que nadie lo había conocido de niño. Pensaba que quizá nunca había sido niño. ¿Cómo era?
—Testarudo.
—¿Bebía? Digo, cerveza y tal.
—A veces.
—¿Fumaba?
—Lo intentaba.
—¡Papá fumaba!
—Pero no de verdad, cielo. No siempre me porté…
—¿Tenía novias?
—Docenas.
—¿De veras?
—No.

Mike sonrió con sorna y cruzó el pasillo para irse preparando para acostarse, dejándolos solos. Kat ladeó la cabeza y observó a Shep como si fuese a hacerle un retrato. Él tenía un aspecto ridículo embutido en la cama de la niña.
—Bueno, ¿por qué estás aquí?
—Estoy en deuda con tu padre.
—¿Ah, sí? ¿Por qué?
—Me salvó la vida.
—¿Qué quieres decir? ¿Te sacó de un coche en llamas?

—Hay distintas maneras de salvarle la vida a alguien.

—¿Como por ejemplo?

Shep parpadeó varias veces con cansancio.

—La señorita CE dice que no hay preguntas estúpidas.

—La señorita CE se equivoca —afirmó Shep.

—¡Déjalo dormir! —exclamó Annabel al pasar por el pasillo.

Kat esperó a que los pasos de su madre se alejaran.

—¿Como por ejemplo? —repitió.

—Él se atrevió a esperar más de mí de lo que yo esperaba.

—¿O sea que estás en deuda con él para siempre?

Shep se puso boca arriba y miró el techo.

—Yo sé hacer divisiones, ¿sabes?

—Claro.

—Y nombrar las constelaciones. Y los planetas. En orden. Excepto Plutón, que ya no es un planeta. ¿A que es triste? Un día eres un planeta y al día siguiente, ¡ah, lo siento!, ya no.

—Muy triste. —Shep se alzó la camisa, se sacó un Colt 45 de la pretina de los vaqueros y se lo puso sobre el pecho.

—¡Ahí va! Es..., es guay. ¿Lo puedo tocar?

—Claro.

Ella se acercó tímidamente, extendió un dedo y tocó el cañón de acero.

—Kat, ven a la cama con nosotros ahora mismo. Mañana tengo ese curso práctico que ya tengo casi suspendido, y como... —Annabel apareció de golpe en la habitación; Kat levantó la vista, manteniendo el dedo extendido, y se ruborizó. La madre se crispó—. No le dejes tocar eso, por favor.

—De acuerdo —aceptó Shep.

Annabel apuntó con un dedo a su hija. Kat empezó a desfilar. Su madre salió tras ella. Se cerró la puerta del dormitorio principal. Firmemente. A través de las paredes se filtraron voces más elevadas de lo normal. Unos minutos después, Mike apareció en el umbral del dormitorio de su hija, apoyando un brazo en la jamba.

—Bonitos volantes. Encajan con tu personalidad —comentó mientras entraba y tomaba asiento.

Shep se incorporó y recostó sobre el cabezal, colocándose el Colt sobre el regazo. Señaló la ventana con la barbilla.

—No te preocupes. Hoy puedes dormir tranquilo.

—Ya. —Mike inspiró hondo. Señaló, a través de la pared, hacia su dormitorio y luego la pistola—. Perdona el alboroto. Han sido un par de días muy duros. Nunca nos hemos enfrentado con nada parecido.

—Ella, quieres decir.

—Annabel no te cae bien —insinuó Mike, humedeciéndose los labios.

—Yo no he dicho eso.

—Prácticamente, sí.

—Ella te quiere. Es lo único que me interesa.

Mike se miró los pies. Shep fijó la vista en la línea donde se juntaban el techo y la pared.

—Escucha —dijo Mike—. En cuanto a cómo quedaron las cosas. Yo nunca...

Shep agitó una mano, cortándolo:

—El pasado no me interesa. Tú me necesitas. Y aquí estoy.

—No sabía manejar las cosas. Cómo llevar... —Se interrumpió percibiendo la falta de interés de su amigo.

—Has progresado mucho.

—Tampoco tanto, después de todo. —La conversación se había encallado y había dejado a Mike con ganas de decir algo más, aunque no sabía qué—. Hoy hemos hecho un buen trabajo.

Así era. Shep había seguido a Dana Riverton hasta un apartamento en Northridge. Desde la acera opuesta, la había visto subir al segundo piso; luego había hablado con una anciana que salía del edificio a pasear a su schnauzer y, según ella, allí no vivía ninguna Dana Riverton. Mike había dejado la dirección y los demás fragmentos de información, o desinformación, en el anticuado contestador de la oficina de Hank. Por la tarde, Shep había usado toda su concentración, así como las herramientas de su amigo, para reforzar las cerraduras de la casa como solo podría hacerlo un especialista en cajas fuertes.

Shep pareció aliviado ante el nuevo giro de la conversación. Las medidas de protección constituían un terreno más seguro.

—Mañana —dijo— miraré a ver si es posible rastrear la señal de ese móvil.

—¿Cómo?

—He hablado con un tipo que conoce a un tipo.

—¿Improbable?

—Sí. —Tiró de la corredera de la pistola, y el proyectil asomó su cabeza de latón. Volvió a soltarla y depositó el arma sobre su pecho. Ya no tenían nada más que hablar, al parecer. Él, por una vez, rompió el silencio:

—Kat es muy espabilada.

—Sí, es verdad.

—¿Qué sensación produce eso de ser padre?

La pregunta pilló a Mike desprevenido.

—Aparte de lo más obvio —añadió Shep.

—Bueno, los hijos son tuyos. Totalmente tuyos. Pero luego has de dejarlos sueltos el resto de tu vida. Los sacas de tu cama. Empiezan a andar por su cuenta, y ya no quieren que los tengas sujetos. Dejas de cortarles la comida en trocitos. Se largan al colegio. Y, muy pronto, aparecerá algún gilipollas con un coche y querrá llevársela a un concierto.

—Nosotros fuimos ese gilipollas en su momento.

—Confiemos en que ella apunte más alto.

—¡Venga ya! —Shep se rascó la mejilla con el cañón de la pistola—. Supongo que si cumples bien tu misión, tendrás que dejar que se vaya.

Todas las observaciones inteligentes de Shep habían tenido siempre ese mismo estilo, como perlas de sabiduría disimuladas en un sencillo envoltorio. Mike sintió una oleada de gratitud y advirtió lo mucho que lo había echado de menos. De nuevo se debatió para encontrar las palabras adecuadas.

—Todo esto —abarcó con un gesto la habitación, la casa entera, su familia— lo he conseguido gracias a lo que me enseñaste.

Echó un vistazo alrededor, todavía con el eco de sus propias palabras en la cabeza —«todo esto»—, y sintió desazón al pensar que podría parecer que estaba alardeando, dándoselas de potentado. En un sentido —preparativos, seguridad, comunicación telegráfica—, Shep y él habían vuelto a entrar en sintonía. Pero en otro sentido, al menos en parte, no se encontraba del todo cómodo.

—Yo no te enseñé una mierda —sentenció Shep.

—Resistencia. —Pero no se animó a añadir «lealtad».

Su amigo volvió los ojos a una foto de la estantería: Kat a

los tres años, cayéndole el pelo sobre los ojos y haciendo pompas de jabón.

—¡Qué va! Tú siempre fuiste lo bastante inteligente para saber que hay cosas más importantes.

—Pero nosotros necesitábamos tener resistencia.

—Porque no teníamos nada más. —Shep cerró los ojos.

Mike sabía que no dormía, sino que reposaba. Al cabo de un rato, se levantó sin ruido y volvió con su familia.

Dos horas insomnes más tarde, Annabel estaba frente al frigorífico sirviéndose agua del dispensador de la puerta, apoyando un dedo en el vaso para comprobar en la oscuridad cuándo se llenaba. Al volverse, la dejó paralizada una sombra en el umbral del salón. La mano que sujetaba el vaso palideció.

—¿Shep? —dijo con voz ahogada.

—Sí.

Ella se estremeció.

—Me has dado un susto de muerte.

—No lo pretendía.

Se quedaron inmóviles, dos oscuras siluetas sin rostro.

—Tú no quieres que esté aquí —musitó Shep.

—Ya —respondió ella—, pero suelo equivocarme la mitad de las veces, así que no me hagas mucho caso. —Ladeó la cabeza, como estudiándolo, consciente de que él había oído sus pasos y permanecía alerta, montando guardia—. ¿Sabes?, no sé muy bien lo que quiero ahora mismo. Todo este asunto ha sido espantoso. Y tú estás aquí, ¿no? Metido en esto con nosotros.

—Lo siento. —Shep desplazó su peso de un pie a otro, dando muestra de una incomodidad muy rara en él.

La expresión de Annabel se ablandó, como si los modales y la turbación del amigo de su marido le hubiesen hecho mella.

—Tú y yo hemos tenido nuestras diferencias, pero quiero que sepas que te agradezco que hayas venido.

—Está bien.

—Y significa muchísimo para Mike. Me tiene muy preocupada. Ha estado realmente… furioso. Nunca lo había visto así.

—No te preocupes por Mike cuando está furioso. Preocúpate cuando está silencioso.

Capítulo 25

—Hay alguien nuevo en la casa.

—Bien. Suelta. —Al teléfono, el Gran Jefe era incluso más parco que en persona.

—Se presentó en un Shelby Mustang del sesenta y siete, una verdadera maravilla —explicó William—. Tiene esa rejilla ancha que parece como si te estuviera mirando con el entrecejo fruncido.

Se sentó en la cama mientras hablaba, y levantó una nube de polvo de la deshilachada manta. Hanley, a su vez, estaba sentado en la cama de enfrente, como la imagen de un espejo, de modo que las rodillas de ambos casi se rozaban. La habitación del motel se encontraba a oscuras, pero el rótulo que parpadeaba fuera —¡¡CINCO CANALES PARA ADULTOS GRATIS!!— dejaba pasar un resplandor a través de las cortinas, iluminándoles a trechos el rostro, el cuerpo y el deprimente mobiliario. Dodge estaba en el suelo junto al baño, con la espalda apoyada en la pared, hojeando uno de sus tebeos: alguna historia violenta cuyo protagonista debía de tener los hombros tatuados. Por la rendija de la puerta del baño caía una franja de luz que iluminaba las páginas. Un hedor a moho impregnaba el ambiente.

—¿Cuándo llegó? —preguntó el Gran Jefe.

—Lo hemos detectado esta tarde, pero quizás haya llegado antes.

—Un tipo imponente —afirmó el Gran Jefe.

—Sí.

—Ya nos ocuparemos de ello más adelante. ¿Qué tal os fue el asunto con nuestra albacea?

—Wingate no ha picado.

—Me lo imaginaba. Necesitamos pronto una confirmación antes de que la cosa se nos vaya de las manos.

William percibía la silbante respiración que su interlocutor exhalaba por la nariz.

—¿Qué está haciendo el tipo nuevo? —prosiguió el Gran Jefe.

—Cambiar las cerraduras y revisar la cerca. Parecen estar esperando.

—¿A qué?

—A nosotros.

—Nombre —graznó el Gran Jefe, aunque no era una pregunta, sino una exigencia.

—No lo sabemos todavía —replicó William—. Hemos pasado la matrícula esta tarde. Ha resultado ser falsa.

—No me digas.

—Pero Hanley ha vuelto a examinar el Mustang y ha sacado del salpicadero el número de bastidor del vehículo, así que lo comprobaremos mañana. —Le hizo un gesto tranquilizador a su hermano—. Hanley ha estado haciendo un buen trabajo, ayudándonos a cumplir las directrices de la misión.

—¿Cuál es ese número?

Se lo dio.

—No voy a esperar hasta mañana. Ordenaré que alguien se ocupe ahora mismo.

Clic.

William dijo a la línea desconectada:

—De acuerdo, así lo haré señor.

Cerró el móvil y le dijo a Hanley:

—Dice que te estás portando bien.

—¿En serio? ¿Qué ha dicho?

—Que te estás portando bien.

Dodge emitió un ruido. Un murmullo divertido, interpretó William, aunque no sabía si provocado por el tebeo o por la conversación. Dodge y él se llevaban tan bien porque nunca intentaban entenderse el uno al otro. Las dotes de William eran un complemento de las de su colega: labia y músculo, dos piezas entrelazadas que formaban un conjunto perfecto. Cuando Dodge estaba cumpliendo cinco años en

Pelican Bay por un robo con violencia, había compartido celda con el tío de William. «Cuando Dodge se te viene encima —le había dicho el tío Len—, es como si tú tuvieras ocho años y él fuera un Buick.» El tío Len había quedado impresionado, lo cual era mucho decir. Él era quien lo había iniciado todo, quien había introducido a su sobrino en su peculiar filosofía de la brutalidad. Incluso en su lecho de muerte, en la enfermería de la prisión, el tío Len se había atenido a su código personal y había transmitido sus compromisos. «Los Burrell siempre cumplimos —le había dicho a William un día de visita—. Pero dejo un asunto pendiente: la única cosa que no he logrado rematar.» Había sufrido un acceso de tos y escupido algo verde en una bacinilla. «Un trabajo. El Trabajo.» La única herencia de William, aparte de la parálisis cerebral y del deteriorado reloj de bolsillo del tío Len, había sido la obligación de completar esa tarea.

Dodge había salido de la cárcel un año después, más o menos por la misma época en la que se había desatado la osteoporosis de William, agravando su fragilidad y amenazando con dejarlo fuera de juego. Las facturas médicas eran cada vez más cuantiosas, y el individuo no podía permitirse un retiro forzoso. Se imponía la necesidad de formar un equipo. Cuando metió a Dodge en la nómina del Gran Jefe, el gigantón pareció satisfecho con el trabajo. Se presentó en la casa revestida de tablillas a la que los hermanos Burrell se habían mudado al fallecer la abuela, y se instaló en un colchón del sótano, donde leía sus libros de historietas y meditaba en medio de un silencio resonante. Tenía una madre enferma en una residencia, o tal vez se trataba de una tía que se había encargado de criarlo, y todo su dinero se iba en eso. A él, de todos modos, no le interesaba el dinero. Le interesaba el trabajo. William sospechaba que Dogde no habría sabido cómo gastarse de golpe un centenar de pavos, como no fuera comprando herramientas, como el martillo de bola. Se había aficionado a ese tipo de martillo porque podía trabajar mucho rato sin que la víctima perdiera el conocimiento; parecía el instrumento idóneo para su paciencia, para su lenta determinación. William siempre había pensado que se puede calibrar a un hombre según su arma preferida. Precipitado, brusco y directo, Hanley prefería un cuchillo. En cuanto al mismo William, las únicas armas que usaba actualmente eran sus palabras.

El parpadeo, en plan código morse, del neón del motel estaba sacando de quicio a William, que se inclinó y se masajeó con el puño el rígido músculo del muslo izquierdo. Si las piernas se le agarrotaban demasiado, le producirían un verdadero tormento cuando se acostara. El dolor era tan exquisito que tenía incluso su propio nombre: hipertonía.

Había aprendido a convivir con el dolor desde muy temprana edad. Tal vez por ello era un experto tan consumado en aplicárselo a los demás. Al principio, había caminado de rodillas, hasta que una infección de rótula lo obligó a ponerse derecho. A los cuatro años se ingenió un modo de andar que no requería abrazaderas ortopédicas. En sus primeros recuerdos se veía arrastrando los pies por un pasillo con alfombra de pelo, flanqueado por su hermano Hanley, que avanzaba a gatas para que pudiera apoyarse en él si le fallaban las piernas. Pese a sus notas, la profesora del parvulario lo consideraba un retrasado a causa de la flacidez de sus miembros. En su segunda estancia hospitalaria por neumonía, una enfermera le había aplicado técnicas de logopedia para que se entretuviera durante las interminables horas postrado en la cama. A pesar de no tener entonces más que siete años, había sido consciente de que le estaría agradecido toda la vida. Se pasaba el tiempo leyendo noveluchas de guerra e idealizando a unos héroes militares que jamás lo habrían admitido en sus filas, y le encantaban las hazañas épicas y los soldados intrépidos, esos tipos musculosos como muñecos articulados, de espalda ancha y mandíbula recia, que se lanzaban a la carga y aguantaban tiesos como un palo frente a todo cuanto se les presentara: los rubios de cabezas cuadradas, los taimados japoneses o los asiáticos de la jungla. Cuando le dieron el alta, se enteró de que sus padres se habían mudado al cuarto piso de un bloque de viviendas sin ascensor. No tardó en acabar en un centro de menores; Hanley lo había seguido muy pronto, solidariamente.

Sentado en la cama, William agarró la sábana mientras una oleada espástica le recorría el cuerpo como un largo estornudo. Lo más duro de la parálisis cerebral era su carácter imprevisible. A veces se acostaba agarrotado y se levantaba con una sensación de vigor atlético. Otras veces pasaba semanas sin síntomas para caer acto seguido en un período de exacerbación que se presentaba rápidamente y sin previo aviso.

Como ahora.

—Dodge —dijo notando la laringe atenazada—, ¿puedes dejarme un minuto solo?

El tipo se levantó y salió. Sus pasos resonaron en el pasillo; luego se oyó una puerta que se abría y volvía a cerrarse.

Se dejó caer sobre el colchón, boca arriba, y emitió un gruñido gutural.

—¿Qué te traigo? —preguntó Hanley.

—El baclofeno. Está en mi bolsa.

En cuanto su hermano se acercó con el comprimido del relajante muscular, William ladeó la cabeza y se lo tragó en seco. Sabía a rayos, pero al menos no le producía efectos secundarios como el Dilantin, que tomaba para prevenir los ataques y le provocaba movimientos incontrolables de los ojos, como si fuese un muñeco de feria. Agarró la sábana mientras otro espasmo le recorría la zona lumbar y las piernas; después hundió el pulgar en el nudo de la pantorrilla izquierda y empezó a masajearlo. «Ya está —se dijo a sí mismo—. Ya está.»

Hanley frunció el entrecejo, donde se le formaban dos surcos profundos, igual que a su hermano. Sacó de la bolsa la férula para tobillo y pie, y la arrojó sobre la cama. La abrazadera ortopédica, de plástico de color carne (una base con forma de pie y una prolongación posterior hasta la corva), tenía un aspecto anacrónico, como un invento de la terrorífica época de la polio. William se la ponía durante los ataques para alongar el tendón de Aquiles.

Ahora la miró con inquina.

—¿Quieres que te ayude con los pantalones? —preguntó Hanley.

—No —respondió él amargamente.

Su hermano asintió y se fue hacia la puerta. Cuando ya estaba allí, William le dijo en voz baja:

—Sí.

Hanley retrocedió, lo ayudó a quitarse la ropa y le ajustó las correas de la férula.

—Deja cerca el teléfono —le pidió William—. El Gran Jefe volverá a llamar.

Le puso el aparato sobre el colchón; luego tapó a su hermano con las sábanas y apagó la luz.

William lo oyó entrar en la habitación contigua. Luego le llegó el ruido de la ducha y el zumbido de las cañerías en la pared. Notó que le empezaba un calambre en el arco del pie izquierdo, pero tenía la espalda demasiado rígida para incorporarse y zafarse de la férula. La rigidez se le extendió por el cuerpo hasta dejarlo totalmente retorcido, con la espalda tan arqueada que solo los omóplatos y la cadera derecha tocaban el colchón. El sudor le perlaba la frente. Aguardó, rezó, aguardó. Al fin, el grifo de la ducha enmudeció.

Con toda la fuerza que logró reunir, sacó un puño de entre las sábanas y golpeó la pared por encima del cabezal. Apretó los párpados; oyó a su hermano menor dando tumbos por la habitación, poniéndose la ropa; después sus pasos apresurados y la puerta se abrió de golpe.

Hanley se le acercó corriendo y, apartando las sábanas, le manipuló los miembros para desactivar los calambres y le masajeó los rígidos nudos. Él gruñía y hacía muecas, aliviándose del dolor con cortos resoplidos.

Le preparó un baño con sales de epsomita y lo trasladó en brazos, desnudo como un bebé. En cuanto William sintió el agua humeante sobre la piel, emitió un grito de alivio. Y luego se quedó flotando, ingrávido, mientras los músculos se le aflojaban. En el agua era como cualquiera, como todo el mundo. Hanley, sentado en el váter, se limpiaba la roña de las uñas con el cuchillo de caza plegable de su padre, la única cosa que el viejo les había dejado a ambos.

—A veces me pregunto si esta placidez no será el cielo —masculló William—. Pero luego recuerdo que así es como se siente siempre la gente.

Les llegó el sonido del móvil, amortiguado bajo las sábanas de la cama.

—Ve a buscármelo.

Hanley le trajo el teléfono y William lo abrió. El agua le salpicaba en el cuello y en los hombros.

—¿Sí, señor?

—El Mustang está a nombre de un tal Shepherd White. El tipo vivió en una casa de acogida del valle de San Fernando desde finales de 1981 hasta 1993. Durante ese período, había allí otro chico llamado Mike Doe. Este surgió de la nada a los cuatro años: un niño sin antecedentes, casi sin recuerdos, abandonado por su padre. Adivina cuándo.

—Octubre de 1980 —dijo William.

—Es nuestra persona desaparecida.

En el silencio preñado de excitación, William Burrell percibió, después de tantos años, lo que esto significaba para el Gran Jefe. Era «El Trabajo». Aun así, aquel pasó enseguida al terreno práctico:

—Hanley nos viene de perlas para esta misión. La familia os ha visto la cara a ti y a Dodge. Después, vosotros dos podéis encargaros de la limpieza.

Y colgó.

William cerró el teléfono, lo dejó en el borde de la bañera y se recostó en el agua caliente, inhalando el vapor salino de la epsomita. Notaba los músculos relajados, flexibles, a punto...

Hanley se echó hacia delante; tenía los ojos saltones de pura excitación.

—¿Y? —cuestionó

—Tenemos luz verde —respondió William.

Capítulo 26

—Dana Riverton es un nombre falso, no hay duda —informó Hank. Su voz sonaba más rasposa al teléfono—. El contrato de alquiler del apartamento está a nombre de Kiki Dupleshney.

—¿Ese es su nombre real? —El tono de Mike hizo que Sheila levantara la vista desde su escritorio de enfrente.

—Increíblemente, sí. Tiene el típico historial delictivo de estafadora: timo de la estampita, venta por correo de material erótico, falsas inspecciones de obras domésticas sin licencia a pequeños ahorradores... No trabaja habitualmente con el mismo equipo; es más bien una profesional a sueldo.

—Vamos a hablar con ella sobre su último cliente.

—Se largó anoche. El encargado dice que pagaba el alquiler por semanas. Esperaba para concertar la cita contigo, deduzco yo.

Diez minutos antes Shep le había enviado a Mike un mensaje de texto desde el centro de la ciudad, diciendo que su contacto no conseguía rastrear el teléfono robado de Annabel. O bien William y Dodge lo habían tirado, o bien lo mantenían apagado casi siempre, así que no había nada que hacer. La frustración de Mike se había elevado a niveles estratosféricos, pero ahora parecía que aún podía aumentar mucho más.

—Entonces, ¿ha desaparecido?

—Se ha evaporado. Habrá que esperar a que vuelva a asomar la cabeza. Lo bueno es que sabemos que usa de vez en cuando su nombre real.

Mike bajó la vista al grueso listín telefónico que tenía abierto sobre su mesa. Así porque sí, fue pasando páginas y marcando con un círculo algunos nombres. Treinta y siete Gage, cuatro Trenley, pero ninguno con las iniciales «JOTA» o «DE».

—¿Qué me dices de Gage? —preguntó—. Había una familia Gage en la puerta de al lado cuando yo era niño. Estoy convencido de que eso no lo inventó.

—Ya, pero necesitamos un nombre de pila, y yo diría que Dana es inventado. A pesar de todo, lo he comprobado, pero no encuentro a ninguna Dana Gage que encaje en el perfil. Y si nos ponemos a buscar Gage a secas, sin nombre de pila y sin área específica..., bueno, ya puedes imaginarte la cantidad que saldrá.

«Tan inútil como John y Mami», pensó Mike.

—¿Has encontrado algo sobre John y Danielle Trenley?

—Nada que pueda servirnos. Hay unos cuantos John Trenley, pero quedan descartados por la raza o la edad. La única Danielle Trenley que aparece en la base de datos es una adolescente de Carolina del Sur.

Mike dio un puñetazo en la guía telefónica que resonó por la oficina. Todas las cabezas se volvieron. Hizo un esfuerzo para no levantar la voz.

—¿Qué hay de la alerta en los cuerpos de seguridad?

—He avanzado un poco. —Subrayó «un poco»—. Hablé con un agente administrativo de la oficina central del *sheriff*. Ellos supervisan Lost Hills, la zona donde tú vives, y transmitieron la alerta a las comisarías. De ahí la calurosa acogida de Elzey y Markovic. Hay una petición en vigor para que cualquier agente que contacte contigo haga lo posible para obtener información biográfica sobre tu infancia.

Mike advirtió que había dejado de respirar. Así que William y Dodge le habían puesto un anzuelo para que acudiera a la comisaría del *sheriff*, donde Elzey y Markovic tenían instrucciones de apretarle las tuercas sobre su pasado. Pero entonces, ¿estaban confabulados los cuatro? Parecía descabellado que un cuerpo de seguridad utilizara a unos matones como esos dos hombres para intimidar a una familia.

—¿Y a quién deben transmitirle la información? —preguntó Mike intrigado—. ¿Quién activó la alerta sobre mí? ¿Qué agencia?

—Todavía no tengo la respuesta. Al parecer, el conducto de la petición es inusual...

—¿Qué significa el «conducto de la petición»?

—Exactamente lo que parece, hijo. Tómatelo con calma. Estamos sorteando varias barreras de confidencialidad, y un paso en falso podría levantar sospechas y hacer que se cerraran en banda. Se consigue más con una gota de miel que con un barril de hiel, ya sabes. Además, estoy tratando de averiguar si el departamento de policía de Los Ángeles, o algún otro organismo, está también en el ajo. Estas cosas llevan su tiempo.

Mike cortó la llamada, se puso el canto de las manos en los ojos y se los restregó.

Tenía los nervios crispados. Otra noche agitada, otro despertar prematuro a las cinco de la mañana, exacerbado con tazas de café durante el día entero. Llevaba demasiado tiempo aguantando a base de cafeína y adrenalina, y notaba que su ánimo comenzaba a tambalearse.

Percibiendo que todos sus empleados tenían los ojos fijos en él, se levantó y salió al solar cubierto de hierbajos. Subió a la camioneta, encendió la radio, fue pasando emisoras entre anuncios y canciones chungas. Luego la apagó con irritación. Asió el volante con fuerza e inspiró hondo varias veces.

El móvil vibró en su bolsillo. Confiaba en que fuera Shep con alguna novedad.

El rótulo que parpadeaba en la pantalla le provocó un escalofrío:

ANN MÓVIL.

Pulsó «aceptar».

La pantalla se apagó un instante, pero enseguida cobró vida con unas imágenes de vídeo. La consternación inicial dio lugar a que tardara unos instantes en reconocer el asfalto resquebrajado, los niños risueños y los bancos de madera.

El campo de juegos de la escuela primaria Lost Hills.

Sintió como si el corazón le latiera en la base de la garganta.

La imagen pasó a otro lugar a sacudidas. Ahí estaba Kat, saltando a la comba.

Mike abrió la boca, a punto de emitir un sonido.

Una figura enorme surgió a la espalda de la niña desde detrás de las barras para escalar. Sus rasgos quedaban difuminados por la deslumbrante luz del mediodía. El hombre se fue acercando.

Dodge.

El pie de Mike se hundió como un bloque de hierro en el acelerador, y los neumáticos de la camioneta giraron sobre el firme de tierra antes de encontrar tracción.

El gigantón se dirigió hacia Kat con paso vivo. Ella continuaba jugando, totalmente abstraída.

Mike gritó, estrujó el teléfono y lo sostuvo haciendo malabarismos con el volante para conducir y seguir mirando a la vez.

Dodge estaba a metro y medio de la niña, se acercaba deprisa desde atrás. Kat reía y contaba a medida que iba saltando. La cuerda trazaba un arco iris sobre su cabeza.

Mike salió derrapando del solar, raspando la cerca y arrojando a ambos lados pedruscos y pellas de tierra.

El hombre llegó a la altura de la niña y la rozó apenas con la cadera, derribándola al suelo.

Mike aulló.

La pantalla se quedó en negro.

Capítulo 27

Recordaba haber llamado al 911 y haberles gritado a los policías que fueran corriendo a la escuela primaria Lost Hills, aunque estando su oficina a ocho manzanas, sabía que él llegaría antes. Recordaba haber llamado dos o tres veces al colegio y gritado desesperado al sistema de respuesta automático, cuya voz electrónica iba recitando un menú interminable de opciones. Recordaba haber llamado al móvil de Annabel sin pensarlo. Solo cuando saltó el buzón de voz, «Hola, soy Annabel. Seguramente estoy buscando el teléfono...», cayó en la cuenta de que acababan de contactar con él desde ese mismo móvil al que estaba llamando. Maldiciendo su estupidez, dando bocinazos mientras se saltaba un semáforo en rojo, marcó el número de casa. Saltó también el buzón de voz. ¿Annabel no había vuelto de su curso práctico? Al sonar el pitido, se oyó a sí mismo gritar: «La han atrapado en el colegio, he llamado al 911, estoy a tres manzanas, ahora a dos, maldita sea, sabía que no debíamos llevarla...». Estaba furioso consigo mismo por permitir que Kat se alejara de su lado, por haberle hecho caso a Annabel. El terror ciego y la rabia se cebaban en su propia culpa.

Entró patinando en el aparcamiento del colegio y poco le faltó para atropellar a una mamá que estaba sacando un pastel de cumpleaños del maletero y también a la maestra de Kat de primer curso, que lo miró airada mientras él paraba la camioneta subiendo dos ruedas sobre la acera. La puerta quedó abierta, oscilando a su espalda, y él cruzó volando la oficina de recepción —«¿Dónde está Katherine Wingate, mi hija; dónde está mi...?»— y salió por la puerta lateral al campo de juegos, dejando atrás un panorama de rostros pasmados. No había ningún niño fuera: el recreo había terminado.

La cuerda multicolor de la comba yacía en el asfalto, desmadejada y serpenteante.

Notando la camisa pegada al cuerpo, corrió en círculo llamando a su hija a gritos. Cayó de rodillas sobre la cuerda, desgarrándose los vaqueros, y bajó la cabeza.

Entre la espantosa cacofonía de su cerebro, creyó oír la voz de la niña, nítida y resonante: «¿Papi?».

Y luego otra vez: «¿¡Papi!?».

Se volvió. Kat estaba en un banco, al final del patio; la enfermera, agachada delante de ella, le curaba la rodilla ensangrentada.

No podía ser.

Corrió incrédulo hacia su hija. No lo creería hasta que la tocara.

La enfermera se levantó sobresaltada al verlo.

—Hola, papá. Te has rascado la rodilla, como yo.

Sujetó a la niña, la estrechó contra su pecho.

—¡Ay, papi! Papi. Mi rodilla. Me duele.

—¿Cómo te lo has hecho? —inquirió él.

—Los niños se despellejan las rodillas en el patio —terció secamente la enfermera.

—No; ha sido un hombre que la ha derribado.

—¿Cómo lo has visto? —preguntó Kat—. Era enorme. Me ha empujado y ha pasado de largo. Sin pedir perdón ni nada.

—Nos están haciendo unas reparaciones en el gimnasio —explicó la enfermera—. Seguro que uno de los operarios sin querer…

Mike sacó a Kat del patio precipitadamente, cruzó la oficina de recepción, donde reinaba un silencio atónito, y rodeó la camioneta encaramada en el bordillo para que la niña subiera al asiento del copiloto.

Sonó un chirrido de neumáticos: un vehículo venía lanzado hacia ellos. Mike apartó a Kat, dejándola a su espalda, y se plantó ante el capó del vehículo con el brazo extendido, como un Superman parando una bala. Un hedor a neumáticos quemados saturó el aire. Notó el calor de la rejilla de la furgoneta en la palma. Medio metro más, y habría quedado bajo el chasis.

Le costó unos segundos advertir que la furgoneta era blanca. Víctima de un terror helado, levantó la vista hacia el parabrisas y vio a William al volante. Le bailaban las pupilas y una media sonrisa le rasgó el amarillento óvalo del rostro. En el otro asiento, con los ojos fijos en Mike, Dodge se llevó dos dedos al cuello y se los hundió en la blancuzca piel por encima de la tráquea.

El motor rugió, y Mike empujó con mano firme a Kat hasta la acera. Cuando la rejilla embistió, rodó hacia un lado, aunque todavía tuvo un atisbo de la cara de Dodge, mirándolo de aquel modo inexpresivo.

—¡Córcholis, papi! Este tipo por poco nos mata.

Oculta a su espalda, Kat no había visto al conductor.

—Sube —dijo él—. Hemos de irnos.

—Es solo un rasguño, papi. No tengo por qué irme a casa.

—Vamos a tomarnos el día libre, cielo.

—¿Es por lo de...?

—Confía en mí. Te lo explicaré luego.

Salió a toda prisa del aparcamiento y marcó de nuevo el número de casa. Buzón de voz.

Por el retrovisor observó la expresión de Kat mientras digería su inquietud y pasaba a otros asuntos:

—Pues resulta que hoy en clase, Kyle Petronski no callaba ni un momento en el grupo de lectura, y ha seguido habla que te habla hasta que Bahar le ha soltado: «Cierra el pico, Pedoski».

Marcó de nuevo. Buzón de voz. Al escuchar el tono sosegado de Annabel en la grabación, se arrepintió de haberle reprochado su decisión de llevar a la niña al colegio en el mensaje anterior: «Maldita sea, sabía que no debíamos llevarla...».

—La tengo aquí —dijo al teléfono—. Está bien. Vamos a casa.

—¿Entiendes?, como «Petronski», pero con «pedo».

Observó la avenida, echó un vistazo por los retrovisores, pero la furgoneta blanca había desaparecido.

—Sí, ya lo pillo, cielo.

La imagen le seguía destellando en la mente: Dodge poniéndose dos dedos en la garganta, hundiéndose la carne, mirándolo con esos ojos negros e inescrutables de tiburón. Era un signo carcelario y su significado resultaba obvio: «Estás marcado».

Ajustó los retrovisores, observó el tráfico en sentido opuesto. Ardía en deseos de llegar a casa, cerrar todas las puertas y llamar a Shep para reforzar las medidas de seguridad.

—... haber derramado su zumo de uva en la pierna de Sage, ¿verdad que no?

Rebuscó en la consola central y le tendió los auriculares a Kat.

—Cielo, ¿quieres ver la tele?

—¿Salgo del cole antes de hora y puedo mirar *Hannah Montana*? —Se puso los auriculares y se arrellanó, satisfecha.

Mike tamborileó sobre el volante en un semáforo. Por fin enfiló su calle y entró en el sendero de acceso. El coche de Annabel estaba en el garaje. Seguramente, acababa de llegar y estaba escuchando ahora los mensajes.

Esperó a que la puerta del garaje se cerrara tranquilizadoramente tras ellos y se volvió hacia Kat.

—¿Quieres quedarte aquí y seguir viendo el programa hasta que se acabe? —No quería que la niña se asustara cuando él le explicara a Annabel lo ocurrido.

—¿Qué?

Se inclinó, le levantó uno de los auriculares y repitió la pregunta. Ella asintió y volvió a sumirse en su estupor televisivo.

Él se apeó en el interior del garaje y se secó las palmas en los vaqueros mientras pensaba cómo iba a explicárselo a su mujer. La puerta que daba a la cocina, perfectamente engrasada, se abrió sin ruido.

Asimiló la escena de golpe, sin transición.

El bolso y la cartera de su esposa estaban tirados en la encimera junto a la sartén. Al fondo, frente a la chimenea de la sala, un hombre en cuclillas le daba la espalda sin advertir su presencia. Con puño tembloroso, sujetaba a un lado un cuchillo manchado de sangre. Sonó un resuello espantoso más allá. Una pálida pierna de mujer asomó junto a la cadera izquierda del hombre; el pie calzaba una sandalia bien conocida.

Annabel se estaba desangrando en la sala de estar.

Capítulo 28

Los ruidos se filtraban a través de la conmoción:

Annabel resollaba, aunque era un sonido irregular y silbante que no parecía proceder de su boca, sino directamente de su cuerpo.

El murmullo agitado de una voz masculina:

—¡Mierda, mierda! Mira lo que me has obligado a hacer.

El crujido casi inaudible del pomo de la puerta, que Mike asía con el puño petrificado.

Y los olores:

Detergente de cocina.

Desodorante de hombre.

Cordita.

La .357 de Mike yacía sobre la alfombra, junto a las piedras de la chimenea. El hombre, que continuaba vuelto de espaldas, se balanceaba ligeramente, soltando maldiciones. Mike aún no veía la cabeza ni el torso de Annabel, pues él estaba situado en diagonal y no atisbaba más que medio perfil del tipo. Vio que este tenía la mejilla desgarrada por unos arañazos tan profundos como las marcas de una garra animal. Parecía William, pero no lo era: sus rasgos eran demasiado regulares, la musculatura demasiado formidable. Tenía en el brazo un rasguño de bala: un surco en la curvatura del bíceps, donde presumiblemente le había pasado rozando la bala que Annabel le había disparado.

Doblada en el suelo junto a ellos había —cosa surrealista— una lona plástica. La acelerada mente de Mike no podía atribuirle todavía un sentido ni evaluar las posibilidades. Permaneció inmóvil, con un pie en el interior de la casa, con la mano en el pomo de la puerta y la cadera a unos centímetros de la encimera de la cocina (el mango de la sartén le rozaba el antebrazo).

El hombre cayó de rodillas, estremeciéndose, y Mike atisbó por encima de su hombro la lívida cara de Annabel. El tipo cambió de posición, y solo quedaron a la vista el brazo y la cadera de ella, su camiseta sin mangas subida a causa de la caída, y el tirante del sujetador torcido. Un líquido negro gorgoteaba de una raja en su costado izquierdo, por debajo de las costillas.

—No podías haber obedecido y haberte sentado en el sofá, esperando a que él llegara —masculló el tipo. Al principio, parecía que estuviera susurrando como un amante, pero luego Mike captó la tensión (tensión, no, miedo) que delataba su voz. El hombre alargó la mano, resiguiendo el tirante del sujetador como si fuera un rosario; tenía la piel brillante de sudor y la ansiedad le salía por los poros—. Esto es un desastre, un puto desastre. Se suponía que debíamos esperar. Yo no debía... ¿Qué voy...? ¿Qué voy a decir? —Apretó los párpados, meneó la cabeza a uno y otro lado como en una negación vehemente e infantil.

En total, tal vez habían transcurrido tres segundos.

Absurdamente, el silencio fue interrumpido por una versión enlatada de *El Danubio Azul*. El hombre se sacó del bolsillo un cutre móvil de plástico, y la musiquilla se interrumpió en cuanto pulsó el botón para responder.

—¿Hola?

Su voz arrancó a Mike del aturdimiento que lo tenía petrificado. Asiendo el mango de la sartén, cubrió la distancia en cuatro o cinco zancadas y estampó el disco de acero inoxidable en la cabeza del tipo. Este había oído sus pasos demasiado tarde; estaba volviéndose para mirar hacia atrás y abrió los ojos de par en par un segundo antes del impacto, que le arrancó un gañido aterrorizado parecido a un relincho.

Mike le dio con todas sus fuerzas en un lado del maxilar, y el impulso del golpe le retorció al individuo el cuello hacia atrás. Sonó un crujido brutal, como el chasquido de una rama amplificado diez veces, y el hombre se derrumbó a plomo en la alfombra, totalmente rígido, emitiendo la vibración de un peso muerto.

Los sollozos estremecían a Annabel. Los labios se le retorcían y volvían a su posición, como una luz intermitente de dolor. Abrió la boca, pero no emitió ningún sonido. Salía aire del orificio que tenía en el costado. Mike presionó la herida con ambas manos. Ella daba manotazos para tocarle el hombro, sin alcanzarlo, y al fin lo cogió del cuello. Él se agachó, pegó la frente a la suya; le cogió la mano y se la puso sobre la herida.

—Sujeta ahí. Sujeta fuerte.

Su atacante yacía al lado; tenía los ojos vidriosos. Una de sus botas rozaba obscenamente la pantorrilla de ella, y su móvil, un modelo desechable e imposible de rastrear, había quedado tirado en la alfombra. Mike se apartó, mientras Annabel trataba débilmente de retenerlo, y recogió el móvil, recordando entonces que había habido una llamada hacía unos instantes. Habían cortado la comunicación y se preguntó quién habría...

Pero ya estaba marcando el 911, sin que le importaran una mierda las alertas o qué agencia sospechara de él o qué efectos tendría la llamada; ya todo le daba igual salvo...

—... un intruso la ha apuñalado, sangre por todas partes, manden a alguien, rápido, la dirección es...

La mano de Annabel se había aflojado sobre el orificio, aunque la hemorragia se había detenido, y él ya tenía las suyas —sus manos ensangrentadas hasta las muñecas— de nuevo sobre ella y...

Annabel le acarició la mejilla. Él trataba de ahogar los sollozos, sintiendo la garganta estrangulada. Ella soltó un gemido y ladeó la cabeza para mirar la mancha de sangre que había echado a perder la alfombra.

—¡Ay, Dios! Esto... no va a funcionar.

Pronunció las palabras ronca y entrecortadamente. Sus piernas pedalearon en el suelo; una sandalia le colgaba del talón, la otra se le había caído.

—¿Y Kat? ¿Está...?

—Está bien, perfectamente; la he dejado en la camioneta.

—Recibí tu mensaje... Siento... No te hice caso... debido dejarla en casa.

—Tú no tienes la culpa; no quería decir eso, no es culpa tuya.

Joder. Annabel había escuchado el mensaje acusándola: las últimas palabras que había escuchado antes de...

—... dijo que era policía —musitó ella—. He pensado que traía noticias de Kat... Abierto para mirar su placa...

—Todo eso no importa, no has hecho nada malo.

Si él no hubiera dejado el mensaje, ella no habría estado lo bastante preocupada como para abrirle a alguien que decía ser…

—¿Dónde esta mi niña?

—El garaje, está en el garaje.

—No quiero que vea… que me recuerde…

—Tranquila, todo se arreglará; no hables así…

—Sálvala de… todo… Vete… con ella… ahora. Prométemelo.

—No te preocupes, te llevaremos al hospital y…

Ella le tomó la cara con ambas manos, en un repentino acceso de vigor.

—Prométemelo.

—Te lo prometo.

Las manos le cayeron sin fuerza, y dijo:

—Tengo miedo.

Él jadeaba, la estrechaba inútilmente.

—Tranquila, tranquila, tranquila.

—Pero tengo miedo.

Él se calmó. La miró y sostuvo esa mirada, esos ojos.

—Lo sé.

Ella cayó hacia atrás, se estremeció y se quedó inmóvil.

Los labios ya le empezaban a azulear. ¿O era un efecto óptico? Mike veía puntos oscuros; se obligó a respirar.

Muñeca: sin pulso.

Cuello: sin pulso.

Pecho: sin pulso.

Su propio corazón pareció detenerse con aturdida empatía. Oyó un aullido ronco y desolado —¿salía de su propia boca?—, y luego se inclinó y vomitó en la alfombra.

Sin pulso.

Le pellizcó las mejillas; los labios se le abrieron con un débil chasquido. ¿Era soplar, soplar y luego empujar? ¿Dónde demonios estaba la…?

Sonó la alegre campanilla de tres notas del timbre.

Se incorporó (las zapatillas deportivas le resbalaban en la alfombra ensangrentada) y dobló corriendo la esquina hacia el vestíbulo. Había esquirlas relucientes de cristal en las baldosas; tardó un momento en deducir que era el jarrón de la mesita de la entrada. El pasador, arrancado de la puerta, colgaba del extremo de la cadena de seguridad, y las dos llaves no estaban echadas. Annabel debía de haber entornado la puerta con la cadena puesta, ya que no había mirilla, y el tipo la había abierto de una patada, derribando la mesita. Ella había corrido adentro, se había vuelto y le había disparado. Entonces él la había apuñalado. Saltando sobre los cristales, Mike reconstruyó los hechos con una parte del cerebro mientras la parte restante zumbaba con un pánico ciego.

Sin pulso.

Abrió la puerta de golpe. Había un hombre de tupido pelo oscuro y barba incipiente, tan cerrada que parecía que la piel le cambiara de color en las mejillas y alrededor de la boca; estatura media, cuerpo fornido embutido en un traje lleno de dobleces y profundas arrugas que le surcaban la frente. En medio de la caótica pesadilla, esas arrugas eran un detalle al que Mike podía aferrarse; decían que todo aquello era real.

El hombre esgrimió una placa ante sus narices.

—Rick Graham.

—Usted no es la ambulancia, ¿dónde está la ambulancia?

—Han enviado un aviso. Yo era el que estaba más cerca...

Mike lo agarró, lo arrastró dentro.

—Entre, ayúdela, ¿sabe algo de reanimación?

Graham lo siguió a toda prisa, tintineándole las llaves en el bolsillo. Dobló la esquina y se detuvo. Haciendo una mueca, miró la cabeza del hombre muerto, que había quedado torcida en una posición increíble.

—Joder...

Mike lo obligó a arrodillarse.

—Aquí, ella necesita..., necesita...

Mientras Graham examinaba las constantes vitales de Annabel, Mike echó un vistazo a la puerta entreabierta del garaje. Kat estaba allí, enchufada a su programa de televisión. Vio el resplandor de la pantalla parpadeando en el parabrisas. Tenía que enderezar las cosas de algún modo antes de que ella...

—Lo siento. —Graham se levantó, frotándose las manos con lo que parecía un gesto intempestivo de humildad. Una nueva serie de arrugas frunció aquella frente comprensiva. Era mayor de lo que aparentaba a primera vista: cincuenta y tantos quizá, con algunas vetas canosas entre el negro cabello y arruguitas en las comisuras de los labios—. Está muerta.

—No —dijo Mike—. No tiene pulso, simplemente.

Las lágrimas le resbalaban por las mejillas, aunque su respiración seguía siendo regular, pero no agitada. Parecía una estatua chorreando por los ojos. Si no se movía, si no respiraba, no sería cierto.

—Lo siento. Está usted conmocionado. Los enfermeros llegarán enseguida y se ocuparán de usted. Pero ahora necesito saber…

La voz se desvaneció en la mente de Mike, como si alguien hubiese bajado el volumen. Notando un nudo en el estómago, miró a Annabel: la piel se le había oscurecido; las puntas de los dedos se le veían moteadas de un color malva grisáceo, como el borde de un cardenal, y había dejado de manar sangre de la herida abierta por debajo de las costillas, dejando a la vista un orificio oscuro como una quemadura de cigarro puro.

Graham le puso una mano en el codo, lo sacudió con delicadeza, y Mike oyó su voz como en un eco amortiguado.

—¿Hay alguien más aquí? Necesito saber si alguien más…

—Mi hija. Está…

—Voy a registrar la casa.

A Mike no se le había ocurrido que quizás había otros intrusos. No se le había ocurrido nada.

Graham sacó una Glock de la funda que llevaba en la cadera y avanzó por el pasillo con cautela, perdiéndose de vista. Mike giró en redondo agitadamente. Su esposa, a sus pies. Su hija, en el garaje, por fortuna todavía sin enterarse de nada. Miró las manchas de sangre de su camisa, de sus manos, y el bulto del teléfono del muerto, que se había metido en el bolsillo. Kat no podía verlo así; no podía enterarse de todo viéndolo empapado en la sangre de su madre. Se apartó con un esfuerzo desgarrador del lado de su esposa. Quitándose la camisa, se acercó tambaleante al fregadero de la cocina, puso las manos bajo el grifo de agua caliente, que le chorreó por los antebrazos, y se las restregó en los vaqueros, mojándolo todo. El agua que se arremolinaba en el sumidero de porcelana estaba teñida de color rosa salmón. Había una camiseta de deporte hecha un gurruño en la mesita del teléfono, junto al horno. Se la puso y abrió las cortinas de la ventana del fregadero, pero todavía no se veía ninguna ambulancia.

Había algo que no encajaba en esa vista del exterior, pero su cerebro extenuado no pudo identificar qué. Era el panorama de siempre: un trozo de acera, la hilera de cipreses, el porche de los Martin. Miró el reloj del horno; advirtió que, pese a la eternidad que parecía haber transcurrido desde que había entrado en casa, en realidad habían pasado menos de seis minutos.

Rick Graham había llegado a una velocidad imposible.

Y entonces, repentinamente, comprendió lo que no encajaba en ese trecho de calle frente a su casa.

No había ningún vehículo junto al bordillo.

¿Por qué no había aparcado Rick Graham delante?

Oyó que se abría al fondo del pasillo la puerta de un armario. Habría jurado que Graham era un policía; doce años en Shady Lane le habían enseñado a captar esa sensación. Pero la placa que le había mostrado... No recordaba a qué cuerpo pertenecía. Ya iba a levantar la voz para preguntárselo cuando un escalofrío lo detuvo.

Se metió la mano en el bolsillo y sacó el móvil desechable que había cogido del cadáver. Agenda vacía. Llamadas salientes, borradas. Había una llamada entrante de hacía siete minutos; era la que el tipo había respondido.

Pulsó «rellamada» con el pulgar, bajo cuya uña tenía un ribete rojo. Escuchó el tono en el teléfono. Una vez. Dos.

Y, finalmente, coincidiendo con el tercer tono, sonó en el fondo de la casa la versión enlatada de *El Danubio azul*.

La voz de Rick Graham le llegó a la vez a través de las paredes y del móvil.

—¿Hola?

El policía no estaba recorriendo la casa para comprobar que no hubiera intrusos, sino para eliminar a cualquier testigo.

Mike echó una mirada al revólver tirado junto al céreo brazo de Annabel, pero los pasos de Graham se aproximaban ya por el pasillo. Fue a toda prisa hacia la puerta trasera y la abrió con la suficiente violencia como para que se estrellara contra la pared exterior. El viento traía un lejano rumor de sirenas. Retrocedió y se ocultó tras la isla central de la cocina. Al asomarse, atisbó al intruso entrando en la sala y apartándose el móvil de la oreja: uno idéntico al modelo desechable con el que Mike acababa de llamar.

La blancura de los dedos de Graham le resultó chocante por un instante; hasta que advirtió que se había puesto unos guantes de látex. En la mano derecha, no sostenía el arma reglamentaria que llevaba cuando se había internado por el pasillo, sino una .22 barata. Tenía levantado el dobladillo de la pernera derecha y, por encima del calcetín negro, asomaba la funda tobillera de donde había sacado esa pistola desechable e imposible de rastrear.

Graham pasó sobre los cuerpos, se detuvo en el umbral de la cocina y vio la puerta trasera abierta. Masculló una maldición.

La inquietud de su tono no cuadraba con la resolución con la que apuntó hacia la puerta.

—¿Mike? ¿Se encuentra bien?

Mike no le había dicho cómo se llamaba.

Las sirenas eran más audibles. En el garaje, la puerta de la camioneta se abrió y volvió a cerrarse, aunque el ruido quedó amortiguado por el aullido de las sirenas. Mike se mordió el labio hasta hacerlo sangrar, temiendo que Graham lo hubiera oído, pero no se había dado cuenta. Desde su escondite, Wingate estaba más cerca del garaje y, además, él conocía los sonidos de la casa. Percibió los pasos de Kat aproximándose y se preparó para saltar, pero entonces el policía volvió a soltar una maldición y salió corriendo al patio trasero.

Pulsando «rellamada», Mike dejó el móvil abierto en la encimera de la cocina. Se volvió hacia la puerta del garaje, la sujetó cuando ya se abría y detuvo a Kat con delicadeza.

—Vamos, cielo. Subamos a la camioneta. Tenemos que irnos. —La obligó a dar la vuelta y a regresar a la penumbra del garaje.

—¿Qué…?

—Escúchame, Kat. Sube otra vez. Hemos de irnos.

Ella obedeció.

—Papi —solamente lo llamaba así cuando estaba asustada—, te has cambiado la camisa.

—Sí, la otra se ha manchado.

—¿Con qué?

Mientras pulsaba el interruptor de la pared y la puerta del

garaje se levantaba temblorosamente, reparó en un reguero de sangre que serpenteaba desde su dedo meñique hasta el codo. La luz del día se coló como si se alzara un velo. Cogió un trapo del estante y, dándose la vuelta, se limpió el brazo.

¿Realmente iba a dejar solo el cuerpo de su esposa? Al evocar su imagen, fría e inmóvil como una estatua de alabastro, estuvo a punto de regresar corriendo. Tenía que volver a verla.

Entonces le llegó un eco de las palabras de Annabel, su petición antes de morir: «Vete... con ella... ahora. Prométemelo».

Kat se asomó desde el asiento trasero y dijo con una vocecita temblorosa:

—¿Papi? ¿Papi?

—Un segundo, cielo. —Retrocedió tambaleante hacia la puerta del conductor, aún limpiándose el brazo. No reconocía el timbre de su propia voz—. Ya voy.

Arrojando el trapo, se sentó frente al volante. La llave aguardaba en la ranura; la había dejado puesta para mantener la televisión encendida. La giró bruscamente y salió marcha atrás, casi rozando con el techo la puerta del garaje, todavía en movimiento. Frenó con un chirrido, viró en redondo y aceleró.

Las sirenas aullaban muy cerca; estaban a pocas manzanas.

Oculto tras la hilera de cipreses, estaba el coche de Graham.

Un Mercury Grand Marquis negro, lleno de abolladuras. Idéntico al que lo había seguido al salir de la galería Promenade.

Mike se detuvo al lado del vehículo, cogió la navaja multiusos de la guantera, bajó de un salto y desplegó la hoja más larga. Agachándose para que Kat no lo viera, hundió la afilada hoja en el neumático delantero y lo rasgó hacia delante. El aire caliente silbó sobre sus nudillos.

Desde el patio trasero, le llegó la melodía de *El Danubio azul*. Cada vez más fuerte.

Guardándose la navaja en el bolsillo, retrocedió y le echó un vistazo a la matrícula trasera. En efecto, precediendo a los números, le saltó a la vista una «E» rodeada de un octágono: el distintivo de «exención» que llevaban los coches de policía y los vehículos sin identificación de los agentes federales. Más allá de los cipreses, la cancela lateral se abrió de golpe, y él se giró antes de poder memorizar el número.

Volvió a subir a la camioneta y pisó el acelerador a fondo

antes de cerrar la puerta, mientras la imagen de aquella «E» crepitaba en su cerebro como un hierro candente. Rick Graham era un policía o un agente; estaba implicado en el asesinato de Annabel, quería matarlo a él y parecía asimismo dispuesto a eliminar a una niña de ocho años para no dejar rastro. ¿Cuántos agentes estaban con ese individuo en este asunto? ¿Hasta dónde llegaban las implicaciones? ¿Y a dónde podía llevarse a su hija para ponerla a salvo?

La cara de Kat oscilaba en el espejo retrovisor.

—¿Qué es lo que acabas de hacer?

Por la ventanilla trasera, vio que Graham salía corriendo a la calle y se agachaba junto al neumático reventado. Se quitó los guantes, dio unos pasos y se quedó en jarras mirando cómo se alejaba la camioneta. Estaba demasiado lejos para que Mike pudiera ver su expresión, pero su postura tenía a la vez un aire divertido y exasperado.

«Sin pulso.»

—Tenía que..., que hacer una cosa con ese coche.

Dobló la esquina y se cruzó con una ambulancia y varios coches de policía, todos ellos con las luces destellantes. El estrépito que restallaba en el aire era tan brutal que Mike se encogió en su asiento. Volvió la cabeza espasmódicamente para mirar los vehículos —por las ventanillas, por el retrovisor— mientras pasaban zumbando.

Kat permanecía totalmente rígida en el asiento trasero, en lugar de estar relajada y bamboleante como de costumbre. El temor le confería un tono ronco a su voz.

—¿Dónde está mamá?

De nuevo aquella repetición de pesadilla, salvo que esta vez las palabras no salían de la boca de su padre, sino de la suya:

—No está... aquí.

Trataba de concentrarse en el tráfico, trataba de sujetar con firmeza el volante, trataba de no desmoronarse. Tenía que recurrir a toda su energía, aunque a duras penas lo lograba.

La niña seguía mirándolo por el retrovisor.

—Papi —dijo—. ¿Qué te pasa en la voz?

»Papi —dijo—. El semáforo está verde.

»Papi —dijo—. ¿Por qué respiras de un modo tan raro?

Capítulo 29

Kat se había encerrado en un silencio atemorizado y resentido en el asiento trasero. Mike quería llegar a un lugar más tranquilo antes de explicarle lo de su madre. Al menos, eso se decía a sí mismo. Tal vez era que no tenía la más mínima idea de cómo explicárselo. Mientras conducía, había hecho un esfuerzo para recobrar la voz y tranquilizar a su hija, pero ella no tenía un pelo de tonta y se tomó esas vagas palabras de ánimo como la peor de las noticias, así que se había callado, blindándose por dentro para que el dolor no saliera de él en una explosión incontrolable.

Se detuvo en una gasolinera. Una voz tenebrosa le susurraba: «La última vez que llené el depósito tenía esposa». Apartándose un poco de la camioneta, abrió el móvil para llamar a Shep. Ahí, en la imagen de fondo de la pantalla, estaba Annabel: la foto que le había sacado en la cocina aquella mañana, justo antes de enterarse de lo de Green Valley. Todavía recordaba la calidez del sol que le daba en la espalda mientras ella frotaba sus manos impregnadas de loción en las suyas.

«¿Qué?»

«Tu pelo. Tus ojos.»

El último momento de paz que habían disfrutado antes de que las malditas tuberías de PVC, así como su decisión de suscribir la mentira del gobernador mintiendo él mismo, hubieran desatado este infierno sobre ellos.

«Por el bien de cuarenta familias, ¿no crees que podrías sonreír ante un puñado de cámaras?»

Esa sonrisa le había costado cara: le había supuesto perder a Annabel.

A punto estuvo de marcar el número de ella. Reprimir el impulso y sentir la bofetada de la realidad constituían un infierno nuevo. No podía ser cierto. No podría arreglárselas sin ella: librarse de esta amenaza, ejercer como padre, vivir...

Se obligó a pensar en la niña de ocho años que estaba esperándolo y necesitaba que cuidase de ella. Shep. Plan de acción. Cayó en la cuenta de que debía usar el lustroso Batmóvil negro. Guardó el suyo, sacó el otro del bolsillo y marcó.

Shep respondió al primer timbrazo.

—Mi esposa está muerta. —Solo con decirlo se le descompuso la cara. Le dio la espalda a la camioneta, haciendo un esfuerzo para no doblarse sobre sí mismo.

—¿Qué? —dijo Shep.

Mike echó un vistazo hacia atrás, pero Kat seguía con el cinturón puesto, mirando inexpresivamente a las musarañas. Hizo un esfuerzo por pronunciar las palabras:

—Está muerta. William y Dodge han amenazado a Kat, y yo he picado el anzuelo. He corrido a buscarla y he dejado expuesta a Annabel. La he dejado sola.

—¿Quién?

—Un tipo. Un hermano o un primo de William. Lo he matado.

Recordarlo le puso los pelos de punta. La vibración del cráneo del individuo a través de la sartén le había dejado el brazo dolorido, con esa clase de dolor óseo que sentías cuando en un partido te golpeaba una bola a toda velocidad. El ruido había sido inhumano; un ruido conocido para un constructor: el gemido del material al ceder. Le había quitado la vida a un hombre, aunque no sentía remordimiento, y lo volvería a hacer sin pestañear, pero la brutalidad del hecho en sí había extinguido algo indefinible en su pecho.

Shep había dicho algo, «¿Cómo sabes que está emparentado con William?», pero Mike tardó un rato en asimilar la pregunta.

Pensó en aquella foto Kodak granulada de su padre tomada a la edad que él tenía ahora. Dana Riverton la había dejado junto a la fotografía del periódico que lo había expuesto a él a la mirada de quienquiera que hubiera estado esperando para localizarlo.

—Por el parecido.

—¿Crees que tenía planeado matar a Annabel?

—Ella se resistió. —Las palabras del tipo le resonaron otra vez en la mente. «No podías obedecer y sentarte en el sofá y esperar a que él llegara»—. Pensaba matarme a mí, no a ella.

—Entonces, ¿para qué despistarte y obligarte a salir en busca de Kat?

—Para..., no sé..., tener tiempo de preparar el escenario en casa. De manera que todo resultara discreto y nadie se enterarse. Tal vez las necesitaba a ellas para presionarme, o para obligarme a hablar.

—¿De qué?

—No tengo ni idea.

—¿Qué ha ocurrido después de que lo mataras?

—Se ha presentado un poli: Rick Graham. Estaban conchabados. Graham le ha telefoneado para avisarlo de que yo estaba en camino. —Mike le habló de la llamada entrante y le explicó que él había vuelto a llamar a ese número—. Ese policía ha venido a matarme, creo yo. A hacer limpieza. Yo he cogido a Kat y me he largado. Así que ahora también debe de estar buscándome la policía de verdad, por el modo que he tenido de marcharme. Ya no sé de quién fiarme.

Shep dijo:

—Dinero.

—No puedo pensar en eso ahora. Ni siquiera se lo he contado a mi hija todavía. Después podemos...

—No habrá después.

—De acuerdo, de acuerdo.

—¿Tienes tu arma?

—No. Esa es la que Annabel...

Shep lo interrumpió:

—Tienes que apagar tu móvil. Este, no; el tuyo. Está a tu nombre y pueden rastrearlo si lo dejas encendido mucho tiempo.

Mike lo apagó y echó una ojeada alrededor. Los coches pasaban a toda velocidad por la transitada intersección. Dos menores fumaban junto a la entrada del túnel de lavado. Una mujer dejó su Volkswagen Beetle en el surtidor de detrás y se dirigió a la tienda con andares de pato.

Shep estaba diciendo algo:

—... y tu camioneta.

—¿Mi camioneta?

—Tienes navegación por satélite, ¿no? Eso significa que pueden localizarte a través de tu propio GPS. Deshazte de ella.

Deshacerse de su camioneta parecía como perder una última parte esencial de sí mismo. El asiento del copiloto todavía conservaba los ajustes de Annabel: un poco adelantado hacia el salpicadero, ligeramente reclinado y con el reposacabezas bajo. Las migas de la barrita energética que se había comido de camino a la entrega de premios estaban todavía incrustadas en las costuras de cuero.

—¿Ahora? —La manguera del surtidor se detuvo con un clic y Mike la sacó del depósito.

—Tienen que vérselas con una compañía privada para hacer el rastreo. Les costará cierto tiempo conseguir una orden. Primero el dinero. Andando.

Shep colgó.

Mike se agachó en una oficina privada del banco y se dispuso a meter los fajos de billetes de cien en una bolsa de vinilo que le había facilitado el estirado gerente bancario. Kat esperaba en el asiento del conductor, en una plaza de aparcamiento justo delante del banco, con las puertas cerradas y una mano preparada para tocar la bocina.

—¿No podemos proporcionarle algún otro servicio, señor Wingate, para que reconsidere su decisión?

—Esto no tiene nada que ver con su servicio.

—Parece una lástima, considerando su reciente afluencia de fondos, que...

—¿Por qué no puedo retirar más?

—Bueno, dadas las circunstancias, que hayamos podido disponer de trescientos mil dólares en efectivo sin previo aviso es más que notable. Con la informatización bancaria, ya no acumulamos tanto efectivo como antes en la cámara acorazada.

Como ya le he dicho, con mucho gusto cursaré una transferencia del balance a cualquier...

Sonó una cautelosa llamada y entreabrió la puerta una mujer atractiva, que vestía un traje de pantalón impecable.

—Disculpe, señor. Tiene una llamada.

—Sabes muy bien, Jolene, que cuando la puerta de esta oficina está cerrada...

—Me han dicho que es muy importante.

Una luz roja parpadeaba en el teléfono del escritorio situado en el rincón.

El gerente se irguió. Le hizo una inclinación a Mike y se dio la vuelta para atender la llamada.

Mike arrojó los fajos restantes en la bolsa de vinilo y salió con paso enérgico.

—Papi, ¿por qué estamos aquí? Esta gente es espeluznante.

—Nos largaremos en un segundo, Kat.

—¿Vas a contarme qué ocurre?

—Sí. Sí. Enseguida.

Al sur de la calle Devonshire, en el distrito de Chatsworth. Era el punto más cercano del barrio más mugriento posible: los hierbajos brotaban de las grietas de las aceras y trepaban por la tela metálica de vallas medio desmoronadas; había puertas reventadas con grafitis de color rojo sangre y verde metálico, en los que el signo de los Cazafantasmas atravesaba la palabra «inmigración»; símbolos de bandas juveniles; el mono sabio con los ojos tapados, flanqueado por sus dos compinches... Apiñados en los umbrales, rebullían los adictos a la meta: brazos esqueléticos asomaban por las chaquetas acolchadas, y dedos ennegrecidos hurgaban encías desdentadas. La luz grisácea del atardecer le confería al sórdido panorama un aire de casa encantada.

Mike, horrorizado, se reprochaba haber llevado allí a Kat. Pero todavía le horrorizaba más pensar en lo que podía sucederle a la niña si él se dejaba atrapar por quienes lo perseguían.

El reluciente Ford avanzó despacio, atrayendo las miradas; algunos les gritaban, pero el ronroneo del motor volvía ininteligibles sus palabras. Un golpe en la ventanilla trasera sobresaltó a Kat, arrancándole un chillido. Apareció una cara huesuda, de mejillas chupadas y sonrisa supurante, y sonó una y otra vez el chasquido de la manija de la puerta, cerrada con seguro.

Mike aceleró. El tipo huesudo se bajó bruscamente y dobló la esquina. Un viejo sacaba marcha atrás un Volvo antiquísimo por un sendero de acceso. Mike paró justo detrás, cerrándole el paso. El hombre se apeó indignado; unas desaliñadas guedejas canosas le enmarcaban los fofos límites del maxilar.

—Chico, no vayas a creer que me puedes intimidar. Llevo viviendo aquí desde mucho antes que tu padre…

Mike le tendió tres billetes de cien dólares.

—Esto es para que nos espere. Dos minutos. Cuando volvamos, le pagaré el doble si nos lleva en su coche.

—Nací de noche, chico, pero no anoche. Tú quieres algo más que un viajecito por esa cantidad de dinero.

Mike le puso los billetes en la arrugada mano.

—Solo por el viaje.

Volvió con la camioneta al peor tramo de casas ocupadas por adictos, paró en mitad de la calle y bajó, dejando la puerta del conductor abierta y el motor encendido. Con la bolsa del banco al hombro, sacó a Kat en volandas del asiento trasero, como hacía cuando era un bebé. La niña, aterrorizada, se le abrazó al cuello y escondió la cara. Mike corrió con ella en brazos, sintiendo su cálido aliento en la garganta.

Al llegar al cruce desierto, miró atrás. Varias figuras esqueléticas rodeaban la camioneta y parpadeaban ante los faros con la cabeza ladeada. Era solo cuestión de tiempo. Y Dodge o William o Graham podían pasarse la noche siguiendo a una pandilla de yonquis, mientras él llevaba a Kat a un lugar seguro.

Se volvió y corrió hacia donde el viejo estaba esperando.

Mike y Kat cruzaron el desaliñado patio de Jimmy, sorteando piezas de coche y un cortacésped herrumbroso que había fenecido sobre la seca hierba. Mike le había pedido al viejo que los dejara a varias manzanas de distancia, y ellos habían hecho el resto del trayecto corriendo.

Kat se ocultó detrás de su padre mientras él llamaba al timbre.

Jimmy abrió la puerta, con la cara vuelta hacia el interior:

—... y saca el maldito sillón del patio.

—¿Por qué narices te preocupa tanto? —dijo una voz femenina.

—Porque no quiero ver un sillón remendado con cinta adhesiva en mi patio. Por eso.

Shelly apareció en el pasillo, sujetando entre dos blancuzcos dedos un cigarrillo cargado de ceniza, y le espetó:

—Eres un ejemplo para tu raza.

Desvió la mirada, advirtiendo la presencia de Mike antes que Jimmy, y enseguida se ajustó el albornoz y desapareció arrastrando los pies.

El operario giró la cabeza y exclamó:

—¡Wingate! ¿Qué demonios hace aquí?

—Necesito ayuda.

—¿Una pelea con su mujer? Mierda, no le culpo. Desde que Shelly y yo volvimos a juntarnos... —Soltó un gruñido de frustración—. ¿Sabe cuándo quiere follar ella? Mañana. Ahí tiene cuándo.

Kat se asomó por detrás de Mike. Jimmy exclamó:

—Mieee..., miércoles. Hola, guapa. No te había visto.

—Necesito un vehículo —expuso Mike.

—¿Quiere que le devuelva la camioneta?

—Estoy en un aprieto, Jimmy.

El hombre paseó la mirada de su jefe a la niña, tratando de captar la gravedad de la situación.

Un minuto después estaban en el garaje del operario. Mike instaló a Kat en el asiento del copiloto del Toyota. El olor familiar de su vieja camioneta lo reconfortó un poco, cosa que buena falta le hacía. Señaló la caja de herramientas montada sobre el hueco de la rueda.

—¿Hemos de vaciar eso?

—No, no —dijo Jimmy—. Son herramientas suyas, al fin y al cabo.

—¿Puedo cambiar las matrículas con el Mazda?

—Es el coche de Shel, pero, bueno, ¡qué demonios!, ya me encargaré yo de arreglarlo.

El hombre lo ayudó a cambiar las dos placas; luego Mike le estrechó la mano.

—Gracias, Jimmy. Te lo compensaré.

—Ya ha hecho mucho por mí. —Se lo quedó mirando mientras salía marcha atrás.

—¿Va en busca de John a Secas? —gritó.

Mike se alejó pensando: «Supongo que sí».

En la cadena Days Inn exigían una tarjeta de crédito, así que terminaron más cerca de la ciudad, en uno de los moteles de mala muerte frente a los Estudios Universal. Por lo que dedujo Mike, el establecimiento acogía sobre todo a turistas ahorrativos y a gente deseosa de alquilar una cama por horas. Una ristra de un solo piso de habitaciones alineada con un angosto aparcamiento: como el Motel Bates, pero sin víctimas disecadas. El humo del tráfico y los chirridos y bocinazos de Ventura Boulevard, a solo dos manzanas, atormentaban los sentidos. El empleado de recepción —una colección de tatuajes con forma humana— aceptó encantado cobrar el depósito en metálico.

El impreso para usar el aparcamiento toda la noche exigía un número de matrícula. Mike se alegró de haber intercambiado las placas en el garaje de Jimmy. Una vez en la habitación, dejó la bolsa del dinero en un rincón y se vació los bolsillos sobre la colcha: dos móviles, un sujetabilletes, monedas y una barra de bálsamo labial que llevaba siempre encima para Kat. Bajó las persianas. Una puerta interior conectaba con la habitación contigua, que había alquilado también para que la niña tuviera dónde dormir tranquila mientras él llevaba a cabo las lúgubres gestiones que la noche hubiera de depararle.

Kat estaba tumbada en la cama, en posición fetal. Él se sentó junto a ella y le acarició la cabeza. La niña dejó escapar un gemido y se reacomodó para poder abrazarlo por la cintura. Mike se inclinó; la estrechó torpemente entre sus brazos, oliéndole el cabello, impregnándose de ella: de su calidez, de los deditos de las manos, del frágil tallo del cuello, de esa piel de increíble suavidad, sin una arruga. Miró hacia arriba para evitar que le cayeran las lágrimas. Hizo todo lo posible para serenarse y que ella no percibiera su alterada respiración.

Le debía una explicación. Ahora.

Entró en el baño para cobrar fuerzas. Se inclinó sobre la desportillada pila y se miró en el espejo sucio de salpicaduras. Estaba casi irreconocible: los ojos ribeteados de un color rosáceo, la piel pálida, el pelo oscuro y sudado, arremolinándosele de cualquier manera... No era de extrañar que su hija estuviera tan aterrorizada.

Observó con horror que tenía sangre seca bajo las uñas de la mano izquierda. Se rascó los cercos negros con las uñas de la otra mano, y puso los dedos bajo el chorro de agua hirviendo. Pero las manchas resistían con terquedad; no acababan de irse. Se detuvo súbitamente, mientras el vapor seguía subiendo y humedeciéndole las mejillas. Esa sangre seca bajo las uñas era la única parte de Annabel que le quedaba.

Un recuerdo, tan vívido que parecía como si pudiera hundirse en él, le vino entonces a la cabeza: la última vez que habían hecho el amor cuando Annabel le había rodeado la nuca con las muñecas entrelazadas.

«Quiero que me mires. Todo el rato.»

Lloró procurando no hacer ruido, golpeando suavemente con el puño el borde del lavamanos. Luego inspiró hondo y se obligó a adoptar una expresión serena. Mirando su reflejo, murmuró entre dientes: «Domínate. Habla con tu hija».

Se echó agua fría por la cara para reponerse. Todavía no le gustaba lo que veía en el espejo, pero era evidente que no iba a conseguir nada mejor.

Cuando salió, Kat estaba apoyada en el cabezal, con las rodillas pegadas a la barbilla. Miraba fijamente el móvil de Mike, ojerosa y muy asustada.

Él se acercó precipitadamente y le indicó:

—No podemos encender ese teléfono.

—Estaba llamando a mamá, y..., y... —Se echó a llorar.

Él le arrebató el móvil. Las letras mayúsculas de un mensaje de texto ocupaban toda la pantalla:

ERES EL SIGUIENTE.

Sintió que se le helaban las entrañas. Arrojó el teléfono al suelo y lo pisoteó con el tacón.

La niña se apartó hacia el otro lado, como si quisiera escapar a la toxicidad del aparato.

—¿Qué significa eso? Quiero hablar con mi mami.

Él se agachó junto a la cama y la cogió de las manos.

—Ahora mismo no puedes hablar con mami, cielo.

—¿Por qué no? ¿Por qué no?

—Ella no…, no puede hablar.

—Eso no es una respuesta. ¡Papá, eso no es una respuesta!

—Cariño, escucha. Tu mami… —Inspiró hondo, soltó el aire con toda la serenidad posible. La última foto que le había sacado a su esposa estaba en el móvil que acababa de machacar sobre la moqueta—. Tu mami está…

El otro teléfono, el lustroso Batmóvil, sonó en ese momento. Mike respondió en el acto:

—¿Eres tú, Shep?

—Sí. Soy yo… —Un extraño titubeo en la voz.

—¿Qué? ¿Qué pasa?

Shep contestó:

—Está viva.

Capítulo 30

—¡Ni se te ocurra! —exclamó Mike—. No me toques los cojones.

—Estoy en el hospital —replicó Shep—. La tienen en el centro médico Los Robles.

—Yo la vi. Vi el cuerpo. —Ahora se resistía mediante otra clase de negación. La esperanza parecía demasiado arriesgada, como una cuerda floja temblorosa.

—¿El cuerpo? —Era la voz de Kat, ahogada de miedo—. ¿Qué le ha pasado a mami?

Mike tapó el micrófono.

—Se ha hecho... daño.

—¿Mucho?

—No lo sé. —Otra vez al teléfono—: Tengo que verla.

—No puedes venir. Hay policías por todas partes.

—Ella me necesita...

—Ahora mismo no necesita nada. La que te necesita es Kat, y vivo. Escucha, he conseguido pillar sola a la doctora en el pasillo. Te la paso.

—Espera...

—¿Señor Wingate? —Una voz fría, profesional—. Soy la doctora Cha, cirujana especializada en politraumatismos. Tenemos estabilizada a Annabel. Esa es la buena noticia.

—¿Estable? Yo estaba con ella cuando murió. No tenía pulso en ninguna parte. Estaba azul.

Kat lloraba; Mike alzó una mano para pedirle que esperara, que aguardase un momento. Todo estaba saliendo a borbotones y de la peor manera: justamente como no había deseado darle la noticia.

La doctora Cha seguía hablándole al teléfono.

—La hoja entró entre la sexta y la séptima costilla, le desgarró el bazo, perforó un pulmón y provocó que se colapsara. Este colapso se llama neumotórax a tensión, y es lo que dio lugar a que perdiera la respiración y el pulso. La hipoxia —el bajo nivel de oxígeno— explica que se pusiera azul. Los sanitarios de la ambulancia le pusieron una inyección y consiguieron que el pulmón se volviera a inflar. Su mujer tenía una hemorragia en el pecho a causa de un desgarro de la arteria. Espero que se coagule por sí sola y que no hayamos de abrirle el tórax. Ha perdido solo doscientos o trescientos centímetros cúbicos de sangre en las últimas horas, y parece que el ritmo está bajando. Seguimos administrándole transfusiones, desde luego.

Kat permanecía de rodillas en la cama, expectante y ansiosa. Mike daba vueltas por la habitación como una fiera enjaulada, frotándose la nuca, sacudido por un vaivén de emociones que lo desgarraba por dentro, hiriéndolo en lo más vivo. Su esposa, viva. Pero sola y malherida. Y él no estaba allí. Se dirigió hacia la puerta sin pensarlo, como si los pies se le hubieran puesto en movimiento antes de que el cerebro les diera la orden. Se detuvo de nuevo.

—¿Y la mala noticia? —preguntó débilmente.

—No ha recuperado del todo las funciones nerviosas. Estamos esperando a que empiece a respirar por sí misma (ahora está intubada) y que muestre alguna reacción al dolor, movilidad en los dedos de manos y pies, en fin, cualquier signo motor. Ahora mismo no muestra ninguno. Aún es pronto; esperemos que se trate de algo temporal, pero lo veremos en los dos próximos días.

—¿Cómo..., qué significa eso?

—Cuanto más perdure ese estado, peores serán las expectativas. Usted, como esposo de Annabel, es quien tiene el poder de decisión en cuestiones médicas, ¿no?

—Sí, claro.

—Quizá debiera pasarse por aquí.

Mike se debatió consigo mismo, espantosamente consciente de que debía pensar en Kat. La cara angustiada de la niña le recordaba su obligación de protegerla. En su interior volvió a resonar con eco fantasmal la voz de Annabel: «Prométemelo».

—No puedo. Eh... Estamos amenazados. Yo, mi hija. La gente que hirió a mi esposa...

—Aquí hay muchos agentes de policía. —Hubo un silencio elocuente—. Ya veo. Ese aspecto del asunto no es de mi incumbencia. Yo estoy del lado de Annabel. La policía no me interesa. Y tengo que asegurarme de que puedo hablar con usted si hemos de tomar una decisión difícil.

—¿Puedo delegar...?

—¿Se refiere a poder decidir? No. ¿Se encuentra localizable?

—No lo sé.

—Quizá debiera decidirlo ya.

—De acuerdo. Puedo estarlo a través de Shep.

—¿Él es de la familia?

—Más o menos.

—Solo para que lo sepa: si hay que tomar una decisión importante, habremos de verlo en persona, o necesitaremos al menos un escrito por fax, o por el medio que sea. De lo contrario, la decisión pasa al segundo pariente más cercano.

El padre de Annabel. Joder.

—Le pongo otra vez con su amigo.

La médica había dado por terminada la conversación.

Mike alargó una mano hacia la cama y se sentó, mareado de alivio, asaltado por una nueva horda de inquietudes.

Shep se puso de nuevo al teléfono y le comunicó:

—La doctora me ha dicho que habrá medidas de seguridad y una enfermera con ella durante todo el turno de noche, así que estará a salvo hasta mañana. Nadie intentará nada con toda esta cantidad de polis rondando por los pasillos.

—Necesito... —Mike perdió el hilo por un instante—. Necesito que llames a Hank Danville, mi detective privado. Había sido agente del Departamento de Policía de Los Ángeles.

Kat se mecía sin cesar, gimiendo. Mike bajó el tono de voz para que no lo oyera.

—A ver si puede averiguar por qué hay polis corruptos persiguiéndonos. Y qué quieren de mí.

—¿Dónde estás?

Mike le dio el nombre del motel y el número de habitación.

—No te pongas en contacto con nadie —le ordenó—. Nos veremos en tres o cuatro horas.

Mike colgó; Kat lo miraba, lívida. Procuró centrarse.

—Tu madre está herida. La cuidan en el hospital.

—¿Se pondrá bien?

—Todavía no lo sabemos.

Ella se irguió, como retrocediendo ante sus palabras.

—¿Qué le ha pasado?

—La han apuñalado.

—¿Como en las películas?

La niña se levantó bruscamente, abrazándose el vientre y pasando su peso de un pie a otro muy deprisa, como si estuviera pateando el suelo para entrar en calor.

—Quiero ir a verla.

—No podemos, cariño. Papá está metido en un aprieto. Cualquier lugar puede resultar peligroso.

—¿Por qué no llamamos a la policía?

—Porque no sé…, no sé en qué policías podemos confiar.

—¿Quieres decir que ellos le han hecho daño a mami?

—No lo sé, cielo. Hay pocas cosas que sepa ahora con certeza. Supongo que debes de tener mucho miedo. Pero resolveré todo esto y te mantendré a salvo. Ya verás, todo saldrá bien.

—¿Y mami se pondrá bien?

Mike tragó saliva.

La cara de la niña se descompuso. Él se sentó al borde de la cama y se pasó un buen rato meciéndola y calmándola hasta que su entrecortada respiración se acompasó.

—Hemos de mantenernos muy unidos —dijo él—. No permitiré que te hagan daño. Pero necesito que seas fuerte mientras decidimos qué hacer. Si eres fuerte, lo superaremos. ¿Trato hecho?

Ella asintió sobre el pecho de su padre; tenía la cara salpicada de motas rosadas. Alzó la manita y se dieron un apretón.

—Trato hecho.

Quince minutos después estaban en un súper de la cadena

Target, recorriendo pasillos con aire extenuado. Compraron pan de molde, mantequilla de cacahuete, un vigilabebés, pilas y un saco de dormir infantil de color azul claro. Mike no permitía que su hija se perdiera de vista ni un instante. Ella arrastraba los pies junto al carrito, dando bostezos, rascándose la cabeza y restregándose los ojos. A él le pesaba en el hombro la bolsa de vinilo, llena de billetes. Se le ocurrió de repente que Kat se había dejado las gafas en la camioneta, pero ya no podía hacer nada y, además, solo las necesitaba para leer. En una cesta junto a la caja, un montón de muñecos de peluche miraban con ojos lastimeros. Mike sacó un oso polar en miniatura y lo agitó ante Kat.

—Bola de Nieve II. ¿La novia de Bola de Nieve?

Ella leyó la etiqueta.

—Se llama Aurora —comentó con indiferencia.

Lo compró igualmente.

—Qué niña más guapa tiene —dijo la cajera.

Mike deslizó el pulgar por el frío oro de su alianza de boda. Tuvo que concentrarse para articular una palabra:

—Gracias.

La mujer lo miró incómoda y acabó de despacharlos sin decir nada más.

De vuelta en el Motel Bates, colocó las baterías en el intercomunicador y probó el receptor con la puerta de comunicación cerrada, estando Kat al otro lado.

—Un, dos, tres, probando —salmodió ella—. Un, dos, tres, probando.

Había algunas interferencias, pero funcionaba bastante bien. El aparato receptor tenía un clip de sujeción, y él se lo fijó en la pretina de los pantalones. Mantenía una conexión decente hasta el fondo del aparcamiento, por un lado, y hasta el mostrador de recepción, por el otro.

Cuando volvió a entrar en la habitación, Kat tenía la cara grisácea de puro cansancio. Sobre la pequeña encimera, Mike le preparó un sándwich —sin mermelada— de mantequilla de cacahuete, con la reconfortante sensación de hacer algo, de poder proporcionarle alguna cosa tangible a su hija. Extendió la mantequilla y recortó la corteza meticulosamente. Tenía las manos trémulas, y recordó cómo le temblaban los brazos a su padre, en el coche familiar, mientras aferraba el volante. Por primera vez, sintió una punzada de empatía hacia su progenitor: el pánico ciego que se adueñaba de ti cuando veías cómo se deshacía tu vida. Ese sentimiento nuevo le resultaba inaceptable, amenazador, y lo sofocó a base de furia. Después de todo, su padre había decidido su propio destino.

Se concentró en el sándwich; lo colocó en el centro del plato y lo cortó con una precisa diagonal. ¿Qué se creía?, ¿que un sándwich preparado con todo cariño podía atenuar el infierno que estaba viviendo su hija? Sí, esa era su esperanza.

Le dio una mitad. Ella la mordisqueó un par de veces y la dejó en el plato.

La miró cariacontecido.

—¿No quieres más?

—Me va a dar ganas de vomitar —dijo ella, sentándose en cuclillas y rascándose la cabeza.

—Está bien, cielo. Está bien.

Kat no paraba de rascarse detrás de las orejas y él lo comprendió de golpe: piojos.

Se apoyó en la encimera, desfondado. En cierto modo, aquello parecía más que ninguna otra cosa un obstáculo insalvable. Le recordó las primeras noches interminables en casa una vez que salieron de la clínica con Kat recién nacida: el llanto del bebé, los biberones, los pañales, los eructos... Evocó aquella extenuación total: Annabel y él tendidos en la oscuridad, tratando de levantarse al oír los primeros compases del llanto, reuniendo unas fuerzas que ya no tenían, pero que debían sacar de sí como padres, pues si no lo hacían ellos, no lo haría nadie.

A Kat, mientras sorbía ruidosamente el zumo de un cartón goteante, le costaba mantener los ojos abiertos. Mike se acercó, le volvió la cabeza y le apartó el finísimo cabello del cogote.

—Cielo, vuelves a tener piojos.

La niña se había dormido apoyada en él.

—Cariño, hemos de volver al súper. He de comprar mayonesa y envoltorio plástico para solventar el problema.

—¿No puedo quedarme aquí? —gimió la pequeña—. ¿No puedo dormir y ya está? Por favor, papá, por favor.

—Lo siento —dijo él, y los hombros de la niña se sacudieron con unos sollozos callados, desprovistos de lágrimas.

Cuarenta extenuantes minutos después estaba acurrucada en su nuevo saco de dormir, sobre las sábanas almidonadas, con la cabeza envuelta en mayonesa. Mike colocó el transmisor del vigilabebés en el interior del saco, justo al lado de la cabeza de su hija, y sacó el osito polar de la bolsa del súper.

—Este no es un oso polar cualquiera.

Kat se volvió lentamente a mirarlo.

—Tiene unos poderes mágicos de protección —afirmó él.

—Un oso polar mágico.

—Exacto. Él nos mantendrá a salvo.

—Si nos atacan galletitas de animales.

—Tenemos que ponerle un nombre. ¿Aurora te gusta?

—Es horrible. —Lo agarró por el cogote y estudió su cara—. Bola de Nieve II, como tú has dicho.

—La Venganza de Bola de Nieve.

A regañadientes, Kat metió el peluche en el saco de dormir. Se rascó el envoltorio de plástico de la cabeza, haciendo un esfuerzo para disimular su abatimiento.

—¿Me lees un cuento?

No tenían ningún libro, pero él no soportaba la idea de provocarle otra desilusión. Abrió a la desesperada el cajón de la mesita y, allí, en vez de la Biblia de costumbre, alguien se había dejado un sobado ejemplar de *Huevos verdes con jamón*. Parecía un milagro. Pasó los dedos por la entrañable portada verde y anaranjada, y alzó el libro con aire triunfal.

—Papá, tengo ocho años.

—¡Ah! Ya eres demasiado mayor, claro. —Hizo ademán de guardarlo.

—Bueno, si tú quieres leerlo.

—Yo sí.

—Entonces, vale. —Bostezó, medio dormida.

—Tengo entendido que el doctor Seuss lo escribió porque alguien apostó con él a que no era capaz de escribir un libro entero usando solo palabras de una sílaba.

—¿Y qué me dices de «caserón»?

—¿Cómo?

—«No, no me gustarían en un 'caserón'.» «Caserón» tiene tres sílabas.

—¡Vaya! Debo de haberlo entendido mal.[2]

—Mami imita perfectamente la voz de Yo soy Juan.

Mike procuró dominarse. Leyó la primera página. Al terminar, Kat estaba profundamente dormida.

La acarició con delicadeza, le quitó una pestaña de la mejilla y permaneció un rato mirando cómo dormía, esperando a que se disolviera la opresión que notaba en la garganta.

Poco después volvió con sigilo a la habitación contigua llevando la bolsa de vinilo y cerró la puerta sin hacer ruido. Ajustó el volumen del receptor sujeto al cinturón hasta escuchar el suave murmullo de la respiración de Kat. Entreabriendo las persianas un centímetro, cogió una silla, apoyó los pies en el desvencijado radiador que había debajo de la ventana y aguardó una buena media hora.

Los faros del Mustang barrieron el cristal; la luz que se colaba por las rendijas de la persiana le dio directamente en la cara. Se levantó y abrió la puerta antes de que su amigo llamara. Este llevaba al hombro una mochila de color verde olivo.

Mike escrutó la oscuridad.

—¿Te han seguido?

—No.

—¿Cómo lo sabes?

—Lo sé. —Shep recorrió la habitación con la mirada, pasando de la oscura rendija bajo la puerta del baño a la puerta interior de la otra habitación, y de ahí al receptor que llevaba su amigo en el cinturón. Asintió levemente, haciéndose cargo de la situación—. Hank quiere verte cara a cara. Tiene que asegurarse de que no lo siguen, pero se presentará aquí en unas horas.

Vació el contenido de la mochila sobre la colcha: jabón, maquinilla de afeitar, cepillo, desodorante de mujer (Mike dedujo que lo había comprado para Kat, aunque aún le faltaban unos años para necesitarlo) y un montón de tarjetas telefónicas.

—Estas tarjetas de prepago funcionan a través de un sistema centralizado de llamadas. No se pueden rastrear. —Se metió la mano bajo la camisa y sacó un revólver Smith & Wes-

2. La apuesta consistió en realidad en escribir un libro infantil con solo 150 palabras. Pero en inglés todas ellas son monosílabas, salvo una. *(N. del T.)*

son de calibre .357, como el que Mike se había dejado en su casa, aunque este tenía una empuñadura de goma negra. Se lo quedó mirando un momento y lo cogió.

Shep se estiró en la cama y cerró los ojos.

Mike trasladó el dinero de la bolsa de vinilo a la mochila. Volvió a la otra habitación, la número nueve, acercó una silla a la cama y se sentó junto al pequeño bulto de su hija en el saco de dormir. La espalda de la niña subía y bajaba, y a cada respiración dejaba escapar un leve silbido. Sintió que algo se aflojaba dentro de él. Tragó saliva; la garganta emitió un reseco «glup».

La mano, advirtió, se le había tensado en torno a la empuñadura de la Smith & Wesson.

Capítulo 31

La morgue ofrecía un exagerado olor a limpio. William recorrió el pasillo. Renqueaba pronunciadamente, y los zapatos le rechinaban en las baldosas. Como no encontraba el ascensor, bajó trabajosamente un tramo de escalera que llevaba al sótano.

Dos policías y una juez de instrucción lo esperaban ante una ventanilla cubierta desde el interior con una cortina oscura. El policía más corpulento sacó una tarjeta, haciendo un gesto ostentoso:

—Soy el inspector Markovic. Mi compañera. Y la juez de instrucción.

Se saludaron todos con una torpe inclinación.

—Lo siento —dijo el inspector—. No hay nada útil que uno pueda decir en estos casos.

—No —contestó William—. En efecto.

—¿Cuándo fue la última vez que vio a su hermano? —preguntó la policía negra.

—Hace meses.

—¿Qué estaba haciendo por aquí?

—Hanley era un culo inquieto.

—Ha sido una suerte que usted se encontrara en la zona.

—Estaba en San Diego por cuestiones de trabajo. Salí en coche en cuanto ustedes me llamaron.

Habían encontrado el número de móvil de William en la cartera de Hanley. Cada uno de ellos llevaba encima el número del otro por si se producía una emergencia, puesto que ambos eran deliberadamente difíciles de localizar. La casa y la parcela seguían registradas bajo el nombre de soltera de la abuela, que ella había vuelto a adoptar con entusiasmo cuando el viejo sucumbió a una cirrosis. La llamada de la policía, aunque temida, no había constituido una sorpresa. William había deducido enseguida que algo andaba mal, pero como toda la caballería se dirigía a la escena del crimen y Hanley no llamaba, Dodge y él, apostados en la furgoneta a pocas manzanas, no habían tenido demasiadas opciones.

—Encontramos su cadáver en una casa, junto con una mujer gravemente herida: Annabel Wingate. ¿Tiene alguna idea sobre la relación que mantenía con ella?

—Siempre fue bastante mujeriego —contestó William.

La inspectora negra emitió un ruido con la garganta, dando a entender que no le sorprendía la respuesta

—¿Ella ha muerto? —preguntó Burrell—. La mujer herida, quiero decir.

—Se encuentra en estado crítico.

William se rascó lentamente la barba del cuello. El rasposo sonido se oyó amplificado entre las paredes de hormigón.

—¡Ajá! —exclamó.

Markovic le hizo una seña a la juez de instrucción, que carraspeó con nerviosismo. Era una rubia atractiva.

—Voy a pulsar el botón —indicó ella—, y se levantará la cortina. El cuerpo está dentro sobre una mesa. Quiero advertirle de que sufrió un traumatismo en la cabeza, así que…

—Adelante —dijo William.

La juez pulsó el botón, y la cortina se alzó. Allí estaba Hanley, boca arriba, presentado como una especie de víctima ceremonial. La grisácea piel reflejaba a trechos el brillo de la mesa de acero inoxidable. Una sábana verde lo cubría hasta la altura del pecho. Aunque la cabeza estaba colocada correctamente, daba una impresión del todo anómala, como si se la hubieran arrancado y vuelto a atornillar sin la debida precisión. Tenía el lado derecho de la cara machacado, y la piel parecía tendida como un pergamino sobre el hueco dejado por los huesos.

William extendió el brazo y tocó con los dedos el frío cristal. Aunque el Gran Jefe ya había confirmado la muerte de Hanley, él advirtió ahora que había estado acariciando la fantasía de una confusión. Tardó un momento en recuperar el habla.

—Sí. Es Hanley.

—Lamento su pérdida —dijo Markovic.

—Quiero tocarlo.

—Lo siento —dijo la agente—. Hay una investigación abierta...

El hombre se bamboleó hacia la puerta.

—Quiero tocarlo. —Le fallaba la voz. Aguardó, cabizbajo y patético, con los ojos en el suelo.

El silencio era estruendoso.

La juez dijo:

—Tal vez podría ponerse unos guantes de látex...

Fueron a buscar una caja. William se puso los guantes y entró. La habitación, mantenida a una temperatura de veinte grados menos, olía a lejía, a metal y a almizcle. El hombre sintió que esos olores se le alojaban en los pulmones. Los policías y la juez se mantuvieron a una distancia respetuosa (si es que era respetuoso mirar por la ventana mientras él presentaba sus últimos respetos al muerto). Les dio la espalda, bloqueándoles la vista, y se quitó uno de los guantes. Alargó la mano con decisión y la posó sobre la mejilla de su hermano menor. Nunca dejaba de asombrarle lo desprovista de vida que parecía la carne muerta.

—Hanley —murmuró.

Le bajó los párpados y volvió a meter la mano en el guante.

Salió, pasó junto a los demás sin decir palabra y cruzó penosamente el pasillo. Mientras subía la escalera, rompió a sudar. Le dolía la mano con la que se asía a la barandilla, y se arremangó los pantalones para ascender más deprisa, peldaño a peldaño.

En la calle, se detuvo unos instantes y dejó que la brisa nocturna le soplara en la cara y le entrase en los pulmones, para limpiarlos de aquellos hedores. Dodge lo esperaba en la furgoneta, con las manos al volante y la vista al frente, como si estuviera conduciendo.

Trepó al asiento del copiloto y bajó el cristal de la ventanilla. Alargó la mano hacia las pipas de girasol del salpicadero, pero se lo pensó mejor. Dodge se metió dos cigarrillos en la boca, sacó del bolsillo de la desabrochada camisa un mechero de plástico, los encendió y le pasó uno a su compinche, que lo cogió con manos trémulas. Los dos chuparon ávidamente, aspirando el humo. William chasqueó entre sí las amarillentas uñas y se frotó los ojos. Luego miró a Dodge y masculló:

—Cuando lo pillemos, nos lo tomaremos con calma con él.

Dodge metió la marcha atrás.

—Por supuesto.

Diez minutos más tarde, incluso dándole el aire de la autopista en la cara, William no había conseguido despejarse los pulmones.

Capítulo 32

Mike abrió la puerta interior, secándose el pelo con una toalla. Kat estaba despierta en la oscuridad, abrazada a la almohada, con el cabello envuelto en plástico y mayonesa.

—No sabía dónde estabas.

Mike le mostró el intercomunicador que tenía en la cadera, que emitió un zumbido de interferencias.

—Te he oído, cielo. —Señaló la puerta—. Y Shep está aquí.

Al oírlo, la expresión de la niña se iluminó levemente.

Shep aguardó a que Mike le hiciera una seña y se asomó por el umbral.

—¿Qué te ha pasado en la cabeza?

—Piojos. —Hizo una mueca—. Sí, ya sé.

Shep desapareció un momento y regresó con su neceser, el mismo que tenía de niño. Buscó en su interior, sacó una maquinilla y se la lanzó a Mike.

—No.

Se la devolvió alarmado, como si la hoja pudiera cortarle el cabello a Kat por sí sola.

Su amigo alzó las manos como rindiéndose, entró en la habitación y ocupó la silla del rincón.

Mike abrió varias veces la boca, intentando expresar su agradecimiento, pero él lo cortó en seco:

—Ocúpate de lo tuyo.

Mike salió y cerró la puerta.

Kat se despertó en la oscuridad y se incorporó dando un grito.

Shep no se movió de la silla.

—No pasa nada —dijo.

—¿Dónde está papá?

—Reunido con un tipo en la habitación de al lado. Solo llevas dormida unos minutos.

—¿Alguien que va a ayudarnos?

—Claro.

—¿Tú has visto a mamá?

—Sí.

—¿Qué aspecto tenía?

—Pálida. Tranquila.

—¿Se va a morir?

—No lo sé.

A Kat le tembló el labio inferior, pero se dominó.

—¿Puedes…, puedes darme un abrazo?

—Yo no hago esas cosas.

Ella se tumbó de nuevo y se hizo un ovillo. En unos segundos volvió a quedarse dormida. De vez en cuando se inquietaba y le temblaban los párpados. Shep se levantó y, acercándose con sigilo, se quedó de pie junto a ella. Kat se inquietó otra vez. Él extendió el brazo y le puso su enorme mano en la espalda.

La niña se apaciguó y se quedó inmóvil.

Una mariposa nocturna aterrizó en la ventana, junto a la cara de Mike, y extendió sus escamosas alas. Comenzó a llover y en el techo del motel sonó un tamborileo que creció hasta convertirse en un redoble constante. Cuando empezaba a adormilarse, lo despertó el ronroneo del Oldsmobile de Hank.

En cuanto abrió la puerta, el detective entró cabizbajo, quitándose los guantes y chorreando agua por todas partes.

—Está lloviendo a cántaros.

La lluvia, que caía oblicuamente, empañaba la luz de las farolas, mientras que del capó de los coches de la calle se elevaban nubes de vapor. Una franja amarillenta asomaba por el este, aunque quedaba interrumpida por la mole de los Estudios Universal. Mike echó un buen vistazo afuera antes de cerrar la puerta.

Hank se sacudió la chaqueta y los pantalones; las gotas eran tan gruesas que repiqueteaban en la moqueta.

—Siento lo de Annabel. Tú no podrías haber hecho nada para impedirlo.

—¿Alguien dice eso cuando es verdad?

El detective se tiró de la papada; mensaje recibido.

—¿Han identificado al atacante? —preguntó Mike.

—Hanley Burrell.

Mike recordó la imagen del tipo desde la perspectiva en diagonal que se le ofrecía desde la cocina: la mejilla sin rasurar, la postura encorvada sobre Annabel, los dedos que manoseaban obscenamente el tirante del sujetador de su mujer… Se le hacía cuesta arriba atribuirle un nombre, porque este le confería humanidad, realidad mundana a una figura que parecía surgida de una pesadilla. Pensó un momento si le sonaba el apellido; inútilmente.

—¿De dónde es?

—No hay dirección. Supongo que estaba de paso.

—¿Tiene un hermano llamado William?

—En efecto.

—Déjame adivinarlo: también sin dirección conocida.

—Así es. Sus últimos datos lo sitúan en Redding, pero de eso ya hace dos años.

Mike suspiró. Hizo un esfuerzo para concentrarse.

—¿Redding, dices?, ¿al norte de Sacramento, en mitad de la nada?

Hank asintió mientras le entraba un acceso de tos cascada, que se prolongó largo rato y lo dejó exhausto. Bajó la cabeza y se peinó con la palma de la mano los cuatro pelos que le quedaban. Luego se irguió de nuevo y adoptó la orgullosa postura de siempre. No obstante, se apreciaba en él una fragilidad extrema.

—Escucha —dijo Mike—, ya sé que esto es lo último que necesitas ahora…

Pero el detective mostró poco interés en seguir por ese lado y, cortándolo, replicó:

—Hay algo más: William tiene un abultado historial, como te imaginarás, y una buena lista de socios conocidos. Uno de ellos es Roger Drake, un pedazo de bestia de dos metros; como un camión de carga sin nadie detrás del parabrisas.

—Dodge.

—Exacto. Ahora bien, cuando la policía buscó por las inmediaciones de tu casa, no halló ningún vehículo registrado a nombre de Hanley. Así pues, alguien lo dejó allí.

—O bien lo llevó Rick Graham, el policía que...

—Shep me lo ha mencionado. —Inspiró hondo y torció la boca—. Cuando la ambulancia y los primeros coches patrulla llegaron, no había nadie en la casa, excepto Annabel. Y no existe Rick Graham alguno en ningún cuerpo de seguridad del condado.

—¿Puedes comprobarlo en otros cuerpos?

—Hay un montón de condados de costa a costa. ¿No cabe la posibilidad de que la placa fuera falsa?

—Tenía un vehículo con exención gubernamental. Además, lo identifiqué con toda claridad. Era un policía. Veterano, además. Lo tenía todo: el pavoneo, la actitud...

Hank alzó la vista al techo, un modo discreto de poner los ojos en blanco. Se mecía ligeramente, y Mike cayó en la cuenta de que necesitaba sentarse, pero era demasiado orgulloso para pedirlo (y él había tenido la torpeza de no ofrecérselo).

Él se sentó sobre la cama e indicó al detective que hiciera otro tanto. Este, haciendo una mueca, se acomodó lentamente en una silla. El esfuerzo lo dejó otra vez sin aliento; los párpados parecían pesarle. ¿Con qué medicación estaría luchando para estar simplemente ahí y mantenerse derecho? Una oleada de gratitud invadió a Mike. Quería expresarla de alguna manera, pero, como si le leyese el pensamiento, Hank le indicó con un gesto seco e irritado que prosiguiera su relato.

—Estoy pensando —continuó él— que Graham era la barrera de protección por si la cosa se complicaba y se entrometían las autoridades. Por eso, en cuanto se enteró de la llamada al 911, intervino él, en lugar de Dodge y William.

—Si de verdad es un policía, ¿por qué se largó? —planteó Hank—. ¿Por qué no pegarte un tiro y presentar un informe falso?

—Tal vez pensaba hacerlo una vez que hubiera registrado la casa. Creo que quería ver cuál era el modo más fácil y rápido de manejar la situación. Si lo encontraban allí, podía escabullirse con una explicación falsa. Pero si conseguía salir a hurtadillas, tanto mejor.

Hank frunció el entrecejo, escéptico.

—¿Un poli ejecutor en el mismo bote que un matón de tres al cuarto como Hanley Burrell?

—Creo que Graham podría ser el que activó la alerta sobre mí.

—¿Así que el plan original era enviar a Hanley solo para que se ocupara del trabajo sucio?

—Creo que sí. Hanley abre la puerta de una patada, reduce a Annabel y tiene tiempo de sobra para ponerse a sus anchas y esperarme. Cuando yo llego con... —Mike tamborileó con los dedos en el receptor enganchado a su cinturón—, con Kat, dispone de toda la tranquilidad, y de mi esposa y mi hija, para obligarme a cooperar en lo que demonios quieran. Después hace limpieza. Me mata. —Recordó la lona plástica, doblada en el suelo del salón—. Y para entonces Annabel y Kat ya se habrían convertido en testigos... —Eludió la idea—. Ese era el plan. Pero Hanley no fue capaz de mantener la situación controlada hasta que yo llegara.

Sonó un grito a través del tabique. Kat. Mike se irguió.

—Ve —dijo Hank.

Fue a la otra habitación, calmó a la niña con unas palmaditas y volvió de nuevo, ahora seguido por Shep. Este se apoyó en la cómoda, cruzando los brazos.

—Shep, supongo, ¿no?

El aludido asintió.

Hank se dirigió entonces a Mike:

—Mira, yo solo soy un detective de segunda fila con un pie en la tumba. Pero un poco sí sé. —Pellizcó un centímetro de aire con el pulgar y el índice para mostrar lo reducidos que eran sus conocimientos—. Y lo poco que sé se refiere a estas situaciones de mierda. Cuanto más tiempo dejes las cosas como están, más difícil te resultará volver.

—¿Volver, a dónde? —dijo Mike.

—Dejaste en tu casa un cadáver y el cuerpo de tu esposa, te has fugado con tu hija y has sacado medio millón del banco.

—Trescientos mil.

—Bueno. Qué más da.

—No es lo que tú crees.

—Yo no te he dicho lo que creo.

Mike permaneció en silencio.

—A cada hora que pasa, pareces más sospechoso —aseguró Hank—. Estás actuando como un criminal redomado. —Le lanzó una mirada a Shep—. Sin ánimo de ofender.

Este se encogió de hombros y replicó:

—No me ofendo.

—Si sigues oculto, te acabarán difamando —continuó el detective—. No podrás controlar qué versión se impone ni qué pistas se investigan.

—Habla como un policía —opinó Shep.

—Mira, hijo, yo ya ni siquiera puedo ir de la cama al baño sin jadear. Estoy demasiado cansado para discutir. —Se volvió otra vez hacia Mike—. Quiero ayudarte. Tal vez necesito una distracción, o tal vez sea algo más que una distracción. Demonio, si al menos puedo hacer algo bueno antes de… —Hizo un ruido extraño, como divertido ante su propia estupidez, y Mike no pudo eludir plantearse si la determinación del detective no estaría vinculada de algún modo con aquella gastada fotografía escolar de un niño pequeño que tenía clavada en la pared de su despacho. Hank prosiguió—: Me paso los días mirando el borde del abismo, y ahora veo las cosas con cierta claridad. Perspectiva, creo que lo llaman.

Mike se disponía a interrumpirlo, pero él alzó la mano y añadió:

—Por el momento eres solo una persona de interés en el caso. No has sido acusado formalmente. Dispones de un estrecho margen para retroceder y no despeñarte. La situación es dramática, y tú nunca me has parecido una de esas personas que solo admiten lo que les favorece; así que voy a trazar el cuadro completo, y saltémonos la parte donde tú te indignas y te pones furioso, porque, muchacho, no tienes tiempo para eso. Hay insinuaciones sobre una posible infidelidad: tú sorprendes a tu esposa, etcétera. —Accionó la mano, como dándole a una manivela—. Ya te imaginas cómo se desarrolla el resto del guion. La partida depende en un noventa por ciento de tu apariencia, y ahora mismo pareces culpable. Incluso tu nombre: Michael Wingate. Te creaste una falsa identidad…

—No. Yo nunca fui Mike Doe. Abandoné esa falsa identidad.

—Si te acusan de agredir a tu esposa…

—¿Acusarme a mí?

—Podrían retirarte los poderes de decisión de atención médica. ¿Y quién se encargará entonces de decidir por Annabel? ¿Y qué harás con Katherine? ¿Criarla mientras llevas una vida de fugitivo? ¿Cómo Bonnie y Clyde, comiendo alubias y salchichas de Fráncfort a la intemperie? No es posible llevar una vida así, al menos en estos tiempos, y en especial para un padre. Hemos de encontrar a alguien de confianza y ponerte en contacto con las autoridades.

—Mala idea —opinó Shep.

Volviendo la cabeza, Hank lo miró de arriba abajo.

—No te empeñes en decir chorradas, hijo. Aquí no estás tú solo contra el mundo.

—Quizá sí —dijo Shep—. Él ha matado al hermano. Y no es que los tipos fuesen muy amables antes del crimen.

—Es cierto; son peligrosos y se ha levantado la veda. Y ellos no se mueven con el lastre de una niña pequeña.

—Se ha levantado la veda —repitió Shep—. Me gusta.

Hank siguió mirando a Mike, como si este, en vez de Shep, hubiera hecho el último comentario.

—Entonces, ¿estás decidido? ¿Vas a seguirles el rastro por tu cuenta con una niña de ocho años?

Mike miró para otro lado con agitación.

—La niña es muy precoz —terció Shep.

—También lo son William Burrell y Roger Drake. ¿Y sabes qué? Ellos tienen más práctica en esto. —Hank dejó escapar un suspiro—. Las autoridades os pueden proteger mejor a ti y a tu hija de lo que podrás tú solo por tu cuenta.

—A menos que las autoridades en cuyas manos acabe cayendo estén conchabadas con Graham —aportó Mike—. En tal caso, estaría metiéndome, a mí mismo y a Kat, en la boca del lobo. No podré protegerla si me detienen.

—No todos los policías son corruptos —dijo el detective, cansado, y arrugó la frente. De repente parecía muy frágil, como si fuera a hacerse añicos si no le hablaban con delicadeza—. Tengo que ver al médico a las ocho. Si me das unas horas después, te encontraré un departamento de polis honrados capaces de protegerte, con alerta o sin ella.

—Yo vi cómo volvía un policía de registrar la habitación de Kat: llevaba unos guantes de látex y una pistola desechable —dijo Mike—. Ella es testigo. Ha visto a dos de esos hombres.

—Como todos los presentes en el Country Club, la noche de la entrega de premios —afirmó Hank—. Mira, la cosa no ha salido como ellos planeaban. Kat no ha presenciado hasta ahora ninguna acción punible. Aún tienes la oportunidad de alejarla de todo el asunto.

—Con estos tipos, no. Ya la han usado como cebo una vez.

—¿No puedes enviarla con tus suegros? —propuso el detective—. ¿Que viva con los abuelos?

Mike se atoró solo de pensarlo; tuvo que tragar saliva y respondió:

—Ellos no sabrían cómo protegerla.

—¿Y Annabel qué? —Hank se levantó y se sacó los guantes del bolsillo—. ¿Crees que van a ir a por ella también para llegar hasta ti?

—Sí —dijo Shep, mirando el reloj—. Hay cambio de turno dentro de una hora. He de volver al hospital. —Cruzó la habitación y abrió la puerta, dejando que entrase una oleada de luz pálida y grisosa, el filo más inhóspito de la mañana.

Hank coincidió con él en el umbral y, por un momento, se quedaron los dos atascados, sin que ninguno le cediera el paso al otro. El detective salió primero y se dio la vuelta desde la acera. Mantuvo la vista fija en Shep, aunque se dirigía a Mike.

—Te llamaré dentro de seis horas y te daré un nombre y una comisaría.

Shep simuló no haberlo oído y le dijo a su amigo:

—No te fíes de la poli. —Hizo un gesto educado, y Hank se apartó para dejarlo pasar.

Sus coches respectivos aguardaban en los extremos opuestos del aparcamiento. Se separaron, internándose en la tormenta. Mike permaneció inmóvil en el umbral mucho después de que ambos hubieran arrancado y abandonado el motel.

Capítulo 33

—Mire esto, venga.

Cayéndole el oscuro cabello sobre la cara, la doctora Cha le indicó a Shep que se acercase. Ella se inclinó sobre Annabel, le puso dos nudillos en el pecho y frotó con fuerza. Todavía inconsciente, Annabel se agitó en la cama y esbozó una mueca.

—Masaje esternal —especificó la doctora—. El esternón está solo a un milímetro debajo de la piel, y el paciente recula ante la presión. Cuando reacciona a los estímulos, claro.

La UCI de cirugía ocupaba el ala este de la planta baja, de modo que la luz matinal inundaba la habitación doble. Habían apartado la cortina divisoria para ampliar un poco el angosto espacio, ya que la cama de la segunda habitación estaba desocupada.

—Y observe esto.

Shep levantó la vista y la observó, manteniendo la cara muy cerca de la suya. La doctora Cha, mirando ansiosamente a Annabel, le pellizcó la yema de un dedo. La mano se torció, apartándose. La médica observó el movimiento, maravillada, y comentó:

—¿No es la cosa más hermosa que ha visto?

—Preciosa.

La doctora se irguió, Shep dio un paso atrás. Ella carraspeó y, ajustándose las gafas de montura metálica, recobró su actitud profesional.

—Está respirando por encima del sistema de ventilación, lo cual es positivo. Lo tenemos programado a catorce inspiraciones por minuto, pero ella está en dieciséis. Si sigue así, podríamos retirarle la intubación a mediodía. —Inclinó la cabeza—. ¿Por qué pone esa cara? Son buenas noticias.

—Hay gente que va a venir a matarla —sentenció Shep.

—¿Matarla? ¿Qué gente?

—Los que la enviaron aquí. Querrán terminar el trabajo.

—Contamos con un buen sistema de seguridad. No puede entrar cualquiera en la habitación de un paciente. —Se detuvo al observar su silencio—. Usted no confía en nuestra seguridad.

—No.

—Entonces no fue el marido, como dice la policía.

—No.

—¿Cómo lo sabe?

—Lo sé.

—¿Por eso está usted aquí? ¿Para detener a los que cree que se van a presentar?

—Sí.

—¿De veras cree...?

—¿Podríamos trasladarla a otro hospital? ¿A algún sitio que nadie pueda averiguar?

—No. Se encuentra demasiado inestable. Tiene la presión arterial muy irregular. Además, ese desgarro en la arteria está cicatrizando correctamente. Pero cualquier sacudida en un vehículo podría volver a abrirlo.

—¿Y el marido no puede forzar el traslado? ¿Acaso no cuenta con poderes legales?

—Es usted un amigo muy abnegado. Pero no, no permitiré que la trasladen. Al menos hasta que esté más estable.

—¿Hasta este mediodía... cuando le quiten la ventilación?

—Hasta dentro de una semana.

Antes de que Shep pudiera replicar, se abrió la puerta y entraron Elzey y Markovic en compañía de la hermana de Annabel, una mujer huesuda y atractiva, luciendo un voluminoso bolso que oscilaba en su cadera. June se detuvo temblorosa a unos pasos de la cama, y observó a su hermana. Enseguida recobró la compostura y se hicieron las presentaciones.

June escrutó a Shep.

—¿Él quién es? —preguntó—. ¿Quién es usted?

—Shep —respondió él.

Mirando a la doctora Cha, June dijo:
—No es de la familia.
—Me habían dicho que es de la parte del marido —replicó la médica, dándose un golpecito en la mano con el historial.
—El marido de Annabel no tiene parientes.
—Fuimos hermanos de acogida —aclaró Shep.
June entreabrió la boca al escucharlo.
—Yo pensaba que el derecho de visita estaba restringido a la familia de verdad.
—La familia de verdad —repitió la doctora Cha sin alterarse—. En nuestras normas, los hermanos de acogida se consideran…
—Dado lo que ha ocurrido, ¿por qué permite que ninguna persona relacionada con Mike tenga acceso a mi hermana?
—¿Qué ha ocurrido? —preguntó la doctora Cha. Aguardó, permitiendo que se prolongara el silencio—. No sabía que se hubiera formulado ninguna acusación.
June le lanzó una mirada furiosa a Shep, y le espetó:
—¿Le importa que me quede un rato a solas con mi hermana?
—¿Qué? —dijo Shep.
—¿Le importa… que me quede… a solas… con mi hermana?
Shep salió al pasillo, flanqueado por los inspectores.
—Así que usted —ironizó Markovic— tiene una estrecha relación con la señora Andrews.
—¿Con quién? —se extrañó Shep.
—Con Annabel —aclaró Elzey—. Andrews es su apellido de soltera. Cosa que usted sabe, claro, dados sus lazos con la familia.
—Sí —afirmó Shep—. Claro.
La doctora Cha, a menos de un metro de distancia de ellos, hizo unas anotaciones en el historial y lo introdujo en la funda acrílica adosada a la puerta. Los inspectores no bajaron la voz:
—Shepherd White: cajas fuertes, robo, allanamiento… Es usted toda una celebridad. —Markovic sonrió—. Figura en todas las bases de datos.
—Pero no me persiguen por ningún delito.
—Actualmente —remachó Elzey.

—¿Le importa que lo cachee? —preguntó Markovic.

Shep alzó los brazos. El agente le dio la vuelta, colocándolo contra la pared, le puso las manos en los tobillos y las fue subiendo por las piernas, palmeándole las caderas y los costados.

—No sabrá por casualidad dónde está su hermano de acogida, ¿verdad?

Shep se volvió, se alisó la ropa y le dirigió un gesto cordial a la doctora Cha por encima del hombro del inspector.

—No.

—Si habla con él, dígale lo siguiente: si no se presenta por su propia voluntad de inmediato, será acusado del asesinato de Hanley Burrell y del intento de asesinato de Annabel Wingate. El padre de ella ya ha iniciado las gestiones para impedir que su amigo pueda ejercer poderes legales en materia médica. Ningún juez permitirá que un fugitivo mantenga el control sobre la vida de la mujer a la que ha dejado en coma.

—Mike no la dejó en coma. Y no es un fugitivo.

—Mañana por la mañana —sentenció Markovic— sí lo será.

Capítulo 34

Envuelta en un enredo de sábanas y con la mirada extraviada, Kat contemplaba unos dibujos animados. Abstraídamente, pasaba el pulgar por el lomo de Bola de Nieve II, como si el osito polar fuese una pata de conejo de la suerte. Su padre había hecho todo lo posible para recogerle el cabello, pero la cola le había quedado descentrada y se le habían quedado abundantes mechones sueltos. Era una de esas cosas que nunca lograba hacer a derechas.

—Echo de menos el cole.

—Ya lo sé. —Mike había cogido una silla y estaba sentado con los codos en las rodillas y la mirada fija en el teléfono.

—Echo de menos el sol.

—Yo también.

—Echo de menos mi cama.

—Ya.

—Echo de menos a mi mami.

Él abrió la boca, pero no salió ningún sonido.

Kat tenía el mismo aire inexpresivo que la última vez que la había mirado. El sonido del teléfono lo obligó a cambiar el chip. Descolgó.

Era Hank. Este le indicó:

—Conviene que nos mantengamos alejados de la oficina del *sheriff*, porque ya sabemos que están alerta. Pero te he encontrado a alguien en el departamento de policía de Los Ángeles. Este asunto se está convirtiendo en un caso de primera fila, y tengo la seguridad de que el departamento de policía querrá mantenerlo bajo su jurisdicción si te presentas allí. Ellos tienen más poder que un *sheriff*.

—¿Quién, concretamente?

—Jason Candell, un capitán de la comisaría Hollywood Norte.

—¿Puedo fiarme de él?

—Ese tipo te escuchará. Es lo máximo que vas a lograr en estos momentos. Si dejas pasar veinticuatro horas, lo único que podrás esperar, en el mejor de los casos, es una celda limpia.

—He de saber con certeza si Kat estará a salvo.

—El departamento de policía puede protegerla mejor que tú.

Colgó y apretó un puño contra el borde de la mesa hasta que le dolieron los nudillos. Sacó el Batmóvil y llamó a Shep.

—¿Cómo está?

—Un poco mejor. Algo de movilidad, reacción al dolor. La doctora parece muy entusiasmada.

—Movilidad. Eso es bueno. La reacción al dolor también. —Cayó en la cuenta de que balbuceaba y se mordía el pulgar.

—Pero aún no ha salido de peligro. La cosa podría empeorar rápidamente.

Mike tragó con la garganta seca e inquirió:

—¿Qué hay de su seguridad?

—Ahora me dejan que me quede con ella —dijo Shep—. Pero el horario de visitas termina a las ocho.

—¿Qué vas a hacer?

—Ya se me ocurrirá algo.

—De acuerdo. —Mike inspiró. Parecía inconcebible que no pudiera estar al lado de su esposa en un momento como este—. ¿No podríamos trasladarla?

—La doctora no lo permitirá. Dice que está muy inestable. Han pasado por aquí esos detectives, Markovic y Elzey. Han dicho que si no te presentas mañana por la mañana, te acusarán de asesinato.

—Ase… —Se interrumpió y bajó la voz—. ¿Asesinato? ¿Por ese pedazo de mierda que apuñaló a mi esposa?

—Y por el intento de asesinato de Annabel —añadió Shep. Mike sintió una oleada de rabia, pero su amigo prosiguió antes de que pudiera reaccionar—. Han dicho también que el padre de tu mujer está intentando hacerse con el permiso para decidir médicamente sobre ella. Algo así como una demanda para revocar tus poderes. Parece que ha tomado un avión hacia aquí.

—¿Y será él quien dé luz verde a una operación? ¿O el que decida desenchufar? Ni hablar. No puede hacerlo.

—Es lo que está intentando.

Mike miró la embobada cara de Kat, sobre la que bailoteaba el resplandor de la tele; tenía una mancha roja de zumo en la barbilla y se chupaba el pulgar con avidez, un hábito que había abandonado hacía cuatro años. Si apenas estaba cuidando ahora de ella, ¿cómo iba a hacerlo cuando realmente fueran fugitivos?

Como si le leyera el pensamiento, Shep dijo:

—No lo hagas.

—Este asunto no hace más que empeorar.

—Irás a la cárcel. Estarás impotente. Y Rick Graham, William Burrell y Roger Drake seguirán sueltos.

—Lo siento.

Colgó. Shep volvió a llamar enseguida, pero él silenció el móvil. Se puso en pie y deambuló de aquí para allá.

—¿Vamos a alguna parte? —preguntó Kat.

—Aún no lo sé.

Cargaron la camioneta y permanecieron sentados en el aparcamiento con el motor encendido. Mike miraba ensimismado al frente, donde el polvo del parabrisas amortiguaba la luz del mediodía. Instalada en el asiento contiguo, con el cinturón abrochado, Kat lo observaba; él notaba la intensidad de su mirada. El bulto de color verde oliva de la mochila del dinero yacía a los pies de la niña, de cuyo apretado puño asomaba Bola de Nieve II, con unos ojos como canicas pendientes de él también, del siguiente paso que iba a dar. El pánico le subió a la garganta como una oleada de bilis, pero él permaneció inmóvil, tragando saliva, sofocándolo. La pesada luz grisácea del cielo se asentó en su ánimo y lo despojó de toda emoción. Ya no sentía el pánico siquiera, tan solo el peso mortal del aire que respiraba.

—¿Qué hacemos cuando tenemos miedo? —preguntó Kat al cabo de un rato.

Él tardó un momento en comprender que la niña le estaba retando al juego de los «malos hábitos parentales». Pero no tuvo ánimo para seguirle la corriente.

—No lo sé, Kat.

Ella insistió con más vehemencia:

—¿Qué hacemos cuando tenemos miedo?

Él pensó en Annabel, tendida en la cama del hospital, con aquel oscuro orificio, como una quemadura de puro, entre las costillas. Su hija estaba a su lado, pero necesitaba volver a una vida que él era incapaz de proporcionarle de nuevo.

—Nos hacemos un ovillo y nos rendimos —contestó.

Puso la camioneta en marcha y se dirigió a la comisaría.

Mike no conseguía aplacar sus nervios. Desde que había pisado la comisaría Hollywood Norte, había tenido la convicción de que cometía un terrible error. Pero ya era demasiado tarde.

El inestable fluorescente del techo parecía marcar el tono inquietante, dejando sumido ese extremo del vestíbulo en dos matices alternados de un color amarillo lívido. En cuanto el agente de recepción los reconoció a él y a Kat, se abrió una puerta al fondo y se presentó un policía uniformado para cachearlo. No encontró nada; Mike había dejado la .357 y el dinero en la Toyota, aparcada en la acera de enfrente. De ese modo, Shep podría recoger la mochila si necesitaba dinero para Annabel.

Con las manos en el mostrador y las piernas separadas, Mike se preocupó de seguir murmurándole a Kat:

—No te preocupes, cielo. Todo saldrá bien. Todo saldrá bien.

Ella agarraba el oso polar en miniatura como si fuera su manta favorita.

Antes de que el agente terminara, apareció el capitán Jason Candell, un tipo viril, musculoso, de poblado bigote, que se disculpó por el cacheo. Incluso se agachó y se puso a la altura de Kat para decirle que se alegraba mucho de tenerla allí.

Los llevó al piso superior y los guio por un laberinto de pasillos y oficinas. Andaba con ligereza, como un bailarín o un boxeador. Su manera de doblar las esquinas —limpiamente, sobre la almohadilla del pie— indicaba que había sido militar. Cuanto más se adentraban en el edificio, mayor era la aprensión de Mike. Procuró no apretarle demasiado la mano a Kat, no fuese a hacerle daño. Ella caminaba a su lado, silenciosa y confiada. Por el hecho de traerla aquí, ¿estaba rompiendo su promesa a Annabel de mantenerla alejada del peligro?

Sin dar muestras de advertir el sudor que perlaba la frente de Mike, Candell siguió adelante hasta llegar a su despacho, donde destacaban un gran escritorio de madera con dos butacas enfrentadas, varias placas del Rotary Club y una lubina rayada montada en un soporte de madera.

Se les unieron dos agentes. Wingate miró receloso a uno y otro, buscando indicios de traición. Ocupó una butaca, sentó a Kat en su regazo y la sujetó con las manos entrelazadas.

—¿Le pido una taza de café? —inquirió el capitán.

Mike negó con la cabeza.

—Quizá sería mejor que Katherine saliera con el agente Maxwell.

—Ni hablar —dijo Mike.

Candell se pasó los dedos, pensativo, por su poblado bigote.

—Hemos de hablar de la escena del crimen, y creo que sería mejor para ella no tener que escuchar los detalles. ¿Qué le parece si la situamos ahí (señaló el siguiente cubículo a través de la puerta de cristal), donde podrá vigilarla todo el rato?

Kat hizo amago de levantarse del regazo de su padre, pero él no aflojó los brazos.

—Está bien, papá —dijo la niña, liberándose.

Fue a sentarse en una silla del otro cubículo y lo saludó con la mano animosamente. Candell permanecía en silencio tras el escritorio, la viva imagen de la paciencia.

—Se fugó usted con mucha habilidad —dijo—. Desapareció totalmente del mapa.

—Nos están persiguiendo. Son dos exconvictos: Roger Drake y William Burrell, el hermano del hombre que apuñaló a mi esposa.

El capitán anotó los nombres en una libreta negra, y especificó:

—El hermano del hombre al que usted mató.

—Sí.

—No lo entiendo. ¿Por qué lo persiguen?

—No lo sé.

Candell alzó la mirada —ojos de color azul claro— de la

libreta y escrutó un instante a Mike antes de volver a bajar la vista.

—Y hay también al menos una persona que va a por mí y que pertenece a un cuerpo de seguridad: Rick Graham.

—Por lo visto, hay un montón de gente de las fuerzas de seguridad que lo anda buscando.

—Que me andan buscando, no: que van a por mí. Ese tipo trabaja con los criminales que me persiguen.

—¿Con dos exconvictos? —se extrañó el capitán, dejando de escribir.

—Sí.

—La combinación de criminales y policías corruptos constituye una conspiración. ¿Y no tiene la menor idea de por qué existe esa conspiración contra usted?

—Mire, ya sé cómo suena, pero es la verdad. No tengo ni idea de por qué me he convertido en objetivo, pero colaboraré con usted y haré todo lo necesario para averiguar los motivos.

Candell dejó la libreta y entrelazó las manos sobre el secante de cuero de su escritorio.

—¿Y a cambio?

—He de proteger a mi hija. Quiero conservar el derecho a tomar decisiones por mi esposa, decisiones médicas. Es lo único que me importa: cuidar de ellas. Nada más. ¿Me entiende?

—Sí.

Al escuchar la respuesta, Mike sintió que se le abría un poco la garganta, como si se hubiera aflojado una corbata.

—Le estoy confiando a mi familia. ¿La protegerá, más allá de lo que me suceda a mí?

—Nos encargaremos de que estén a salvo, por supuesto.

Se le relajaron los músculos. Movió los hombros y estiró el cuello, con una sensación de alivio.

El agente Maxwell volvió a entrar en el despacho.

—Señor Wingate, tiene una llamada.

—¿Una llamada? ¿Cómo sabe nadie que estoy aquí?

—Hemos avisado al hospital de que había venido. Y me temo que son ellos. Sobre su esposa. Dicen..., dicen que es urgente.

Pánico, puro y simple.

En el cubículo contiguo, Kat acariciaba a Bola de Nieve II

con aire tranquilizador y balanceaba los pies a solo unos centímetros del suelo. Sus labios se movían, y su padre tardó unos instantes en deducir lo que estaba susurrando: «Todo saldrá bien, todo saldrá bien».

Cuando respondió al agente, le salió un graznido:

—De acuerdo.

—Puede atender la llamada en mi escritorio —dijo Maxwell, señalando el cubículo del fondo.

Mike caminó hacia allí con las piernas entorpecidas. El teléfono tenía cinco o seis líneas, pero solo parpadeaba un botón. Posó la mano encima del auricular, inspiró hondo y descolgó. Armándose de valor, se volvió hacia la ventana. No quería que Kat viera su expresión cuando recibiera la noticia.

—Mike Wingate al aparato.

Abajo, se veía el aparcamiento vallado lleno de coches patrulla. La imagen de un Mercury negro lo inmovilizó junto al cristal, que se empañó con su aliento. La puerta del conductor estaba abierta. Buscó por el aparcamiento con la vista y divisó a un obeso agente negro de espaldas, que tapaba a la persona con la que estaba hablando.

Mike tardó unos segundos en advertir que era la voz de Hank la que sonaba al teléfono.

—Mike. Mike. Mike.

—¡Hank! ¿Qué le ha pasado a Annabel?

El agente del aparcamiento se echaba hacia atrás y extendía los brazos sumisamente, sin duda recibiendo una reprimenda.

Mike notó en el cuello una oleada de calor.

—No hagas caso —dijo Hank—. He tenido que decir que era un médico para que te pasaran la llamada. Escucha, ¿recuerdas la alerta sobre ti? Es a nivel de todo el estado. Se trata de una agencia antiterrorista. Esos tipos tienen autoridad sobre la oficina del *sheriff*, sobre el departamento de policía y sobre todo el mundo. Os pueden detener a ti y a tu hija, y llevaros a donde les parezca. Y adivina quién es uno de sus directores...

Abajo, el agente negro se apartó con gesto deferente, y Rick Graham echó a andar a paso vivo hacia la entrada.

Mientras bajaba el auricular hacia la horquilla con mano temblorosa, oyó débilmente la voz cascada de Hank, diciendo:

—Tienes que salir de ahí.

Capítulo 35

Mike hizo un esfuerzo para no volver corriendo junto a Candell. Tenía tal vez cuatro minutos antes de que Graham cruzara el vestíbulo, subiera en ascensor y recorriera los pasillos de la planta superior hasta llegar allí. Mantuvo un paso regular y le hizo una seña tranquilizadora a Kat al pasar.

—¿Todo en orden con su esposa? —preguntó el capitán.

—Ha empeorado. Parece grave. —Mike supuso que parecía ya lo bastante desencajado como para resultar creíble. ¿Qué plan podía ingeniar en los siguientes treinta segundos para quedarse solo con Kat?

—¿Tienen un baño? Necesito pasar un minuto antes de decírselo a mi hija.

—Claro. Por esa esquina, la segunda a la izquierda.

Mike retrocedió a toda prisa, buscando frenéticamente una salida. Oficinas conectadas con oficinas, pasillos que desembocaban en más pasillos, multitud de ventanas interiores que le conferían a toda la planta una transparencia peculiar, como si estuviera horadada por todas partes. En el baño, buscó bajo la pila, detrás de la puerta. Nada. Apartó a manotazos los rollos de papel higiénico del carcomido botiquín de madera y, por fin, encontró al fondo un estuche de primeros auxilios. Lo sacó, dejó de lado los rollos de gasa y los paquetes de medicinas y cogió una jeringa con punta de catéter para irrigación de heridas. Resbalando con los envoltorios esparcidos por el suelo, corrió hasta la pila y llenó la jeringa de agua. El aspecto que ofrecía era más bien dudoso, pero si no había otro remedio, tendría que servir.

Mientras regresaba corriendo, colocó el émbolo en su sitio y se metió la jeringa en la pretina del pantalón. Aminoró el paso antes de doblar la esquina y procuró controlar la respiración. Candell estaba junto a su puerta, con aire preocupado.

Mike se acercó, cabizbajo.

—¿Puedo quedarme un momento a solas son Kat? Para explicárselo.

—Claro. Le dejaremos mi despacho.

Eso era lo que él se había temido. Tenía que sacar a Kat de la zona de cubículos para tratar de llegar a la salida. Graham ya debía de estar en la tercera planta, recorriendo los pasillos para llegar hasta allí.

Plan B: la jeringa de atrezo.

Se acercó y se acuclilló delante de Kat, colándole la jeringa en el bolsillo delantero. A él lo habían cacheado, pero a ella no, así que no podían saber lo que llevaba o no llevaba encima. La niña bajó la vista, perpleja, y frunció el entrecejo.

Él levantó la voz:

—¡Dios mío, cariño, qué color tienes! ¿No te he puesto tu dosis de insulina esta mañana?

—Qué...

—Sé que odias los pinchazos, cielo, pero no es momento de protestar. —Le apretó los hombros: «Sígueme la corriente».

Un brillo travieso destelló en los inexpresivos ojos de la niña. Asintió.

Él le examinó la frente con mucho aspaviento; luego se volvió, temiendo que Graham estuviera ya doblando la esquina, pero solo vio a Candell y a varios agentes, que se habían acercado, preocupados.

Mike sintonizó la cantinela de la Madre-Diván:

—«Frío y sudor, necesitas algo dulce. Calor y seco, necesitas una dosis.» —Le palpó los bolsillos—. ¿Dónde está tu insulina? ¿Llevas la insulina encima?

Kat sacó la jeringa y él la agarró rápidamente, tapándola con toda la mano para ocultar la punta de plástico. Ella hizo como si le flaquearan las rodillas, excediéndose un poco, pero su padre la sujetó del brazo y la obligó a erguirse. Temiendo que resonaran de un momento a otro los pasos de Graham, no tuvo que fingir la angustia.

—He de inyectarle esto en el muslo. ¿Le importa que me la lleve al baño para no hacerlo a la vista de todos?

—Claro —dijo Maxwell—. Mi suegra es diabética. Ya sé cómo es esto.

Dándole las gracias con una inclinación, Mike guio a Kat entre los agentes y dobló la esquina. Ella sujetaba con fuerza su osito de peluche.

—Papá, ¿a qué viene...?

Ahora ya volaban por el pasillo, dejando atrás el baño.

—Has de hacer lo que te diga para que podamos salir de aquí. —Tiró la goteante jeringa en una papelera situada junto al umbral de un despacho—. Y responderé después a todas tus preguntas. ¿Trato hecho?

A través de la puerta y de la ventana interior de una oficina, apareció Graham a la vista, caminando con energía por el pasillo que corría en paralelo por el otro lado de la planta.

—Trato...

Mike le tapó la boca con la mano y retrocedió bruscamente, pegándose a la pared. Había un montón de agentes en las oficinas colindantes. Alguien saldría en cualquier momento y los vería allí escondidos.

Oyó la resonante voz de Graham:

—... conocido terrorista bajo custodia. Quizá pueda explicarme por qué un empleado del hospital ha sido capaz de facilitarme su paradero antes de que ustedes hayan pensado...

Y la respuesta agresivamente calmada:

—Está aquí atrás, señor.

Mientras la voz de Graham se alejaba hacia el despacho del capitán, Mike arrastró a su hija por el pasillo en la otra dirección, en un movimiento que parecía sincronizado con el de Graham: como dos puntos del cable de una polea que se desplazan en sentido contrario.

Llegaron al final del corredor, entraron en una oficina de recepción y se escurrieron por detrás de las mesas de dos agentes encorvados sobre sendos burritos. Ninguno de los dos alzó la cabeza. Llevando a Kat al lado, moviéndose a su mismo ritmo, Mike se escabulló por una serie de puertas y pasillos, esperando a cada paso que empezaran a parpadear luces rojas, que se disparasen las alarmas y descendieran las barreras de seguridad.

Una última escalera. Bajaron a toda prisa y desembocaron en un garaje al aire libre en el que había una multitud de coches policiales estacionados para reparación o lavado. A la derecha, una amplia rampa subía al aparcamiento lateral donde había visto a Graham pocos minutos antes.

Sonaba un pitido intermitente desde esa dirección, aunque era demasiado suave para tratarse de una alarma.

El obeso policía negro al que Graham había abroncado caminó fatigosamente hacia ellos, cargado con su fusil y su chaleco antibalas.

Wingate se quedó inmóvil, manteniendo la mano en la nuca de Kat.

—¿Se ha perdido? —preguntó el poli.

Mike resopló un poco y respondió:

—No. Estoy haciendo un trabajo.

—¿Ah, sí? —La sonrisa parecía amigable—. ¿Qué trabajo?

El pitido seguía sonando implacablemente, como si un pajarraco le picoteara la espina dorsal. La pausa pareció prolongarse varios minutos.

—Ese fluorescente que parpadea en el vestíbulo —soltó Kat.

Mike se rascó la frente, agarrando el cable que le había lanzado su hija.

—Exacto. Seguramente es cuestión de una conexión floja, pero siempre hay que tener cuidado por si se trata de un cortocircuito, ¿sabe? Así que hemos salido a mirar la caja de interruptores. —Señaló vagamente hacia lo alto de la rampa.

El hombre señaló a Kat con la barbilla.

—¿Ella es su ayudante?

Mike echó un vistazo atrás, a la puerta de la escalera.

—Es el Día de Llévate a tu Hijo al Trabajo.

—Creía que era en abril.

¿Conocía esa celebración?

—Han cambiado la fecha —aseguró Mike—. Se solapaba con el Día de Hablemos como Piratas.

El agente lo estudió con curiosidad y, de pronto, su severa expresión se disolvió en una carcajada. Haciéndose a un lado, extendió la mano indicándoles la rampa.

Mike destensó los músculos y caminó hacia la luz del día. El pitido sonaba con más fuerza mientras arrastraba a Kat rampa arriba. Salieron a un resplandor repentino. El sol parpadeaba deslumbrante en los parabrisas de los coches policiales: una hilera de vehículos idénticos como fichas de dominó se alineaba igual que en un concesionario. Cruzado en medio del pasaje central, todavía con la puerta abierta, de donde salía el pitido desquiciante, estaba el Mercury Grand Marquis de Graham. El aparcamiento se hallaba completamente rodeado por una valla rematada con alambre de espino. En el suelo, frente a la salida, había un grueso cable sensor de color negro, que requería el peso de un automóvil para abrir la imponente verja electrónica.

Sonó un golpeteo en lo alto.

Mike alzó los ojos. Aporreando la ventana de la tercera planta, con cara crispada y enfurecida, Graham gritaba allá arriba. Se hallaba justo donde había estado él unos minutos antes; de hecho, habían intercambiado posiciones con toda exactitud. La boca de Graham se movía frenética, salpicando de saliva el cristal, pero su ira resultaba silenciosa desde abajo. Junto a él, con una expresión no del todo disgustada, estaba Candell.

Mike volvió la mirada hacia la verja electrónica, y de ahí al Mercury negro. La alarma de la puerta indicaba que la llave estaba puesta.

—Vamos.

Antes de que Kat pudiera cerrar la puerta del copiloto, Mike ya aceleraba hacia la verja. Mientras esta se abría con un traqueteo artrítico, sacó de su bolsillo las llaves de la furgoneta. Sujetando el volante con fuerza, pasó antes de hora por el hueco, raspando la verja con un chirrido y una lluvia de chispas. Cruzó la calle, entró en el aparcamiento principal y embistió de frente las púas de seguridad, desgarrando los neumáticos. El coche de Graham patinó y se detuvo con una sacudida. Mike y Kat bajaron de un salto y subieron a la furgoneta, y en unos instantes se alejaban zumbando, él con los ojos pendientes del retrovisor y del espejo lateral. La mochila llena de dinero y las bolsas de plástico con sus cosas oscilaban a los pies de la niña.

Como empezaba a oscurecer, la visibilidad disminuía, y Mike se sentía cada vez más a salvo. Pasó acelerando un semáforo en rojo, atajó por un callejón, llegó rápidamente a la entrada de la autovía y la siguió durante el trecho de dos salidas consecutivas. A Kat le brillaban los ojos, y su padre se dio cuenta de que en cierto modo aquello resultaba emocionante para ella.

De nuevo por calles residenciales en penumbra, husmeó el terreno como cuando era adolescente. Pasó de largo los vehículos de marca alemana. Había oído decir que ahora contaban con sistemas de seguridad muy sofisticados: los frenos ABS se clavaban y el volante quedaba bloqueado antes de que pudieras despegarte de la acera. E incluso si reventabas la guantera y encontrabas por chiripa la llave de repuesto, estaban equipados con sistema de rastreo GPS. Necesitaba un modelo de su época, un coche que pudiera manipular con la misma facilidad que un cubo Rubik.

Arrimado a la acera junto a un elevado seto, había un Honda Civic marrón de finales de los ochenta. La casa más cercana se encontraba bastante retirada de la calle y parecía tranquila. Aparcó detrás y se apeó. Se le ocurrió pensar que con cada vehículo que robaba daba un paso hacia una época anterior.

—Coge las cosas.

Pero Kat estaba demasiado fascinada para obedecer. Mientras él se agachaba junto a la caja de herramientas del hueco de la rueda, ella lo observó desde la acera, mordiéndose un carrillo y balanceando una pierna. Mike no encontró una palanca, pero sí un buen pedazo de cable eléctrico rígido, que dobló para formar un gancho de una punta. Sus manos parecían modelar el cable por sí solas, como si su memoria muscular actuara automáticamente. Sujetando el cable entre los dientes, se metió un martillo en el bolsillo de detrás y se acercó al Honda con dos destornilladores de cabeza plana. En el lado del conductor, los introdujo entre la parte superior del cristal y la guarda de goma hasta abrir un pequeño hueco.

—¿Papá?

Deslizó el cable dentro, metió el gancho en la ranura del seguro y abrió sin más.

—¿Papá?

Con solo tres martillazos hizo saltar la cerradura plástica de encendido. El destornillador más ancho encajaba en el orificio. Giró la muñeca y el motor cobró vida con un ronroneo.

—¿Papá?

Le prestó atención a la niña y levantó la vista. Estaba de pie, un poco apartada del coche, con los brazos cruzados y la boca entreabierta de puro asombro.

—¿Dónde aprendiste a hacer eso?

Capítulo 36

Muy tieso y con la mirada fija en la puerta, Shep permanecía junto a Annabel, cuyo pecho subía y bajaba por sus propios medios, mediante respiraciones largas y ruidosas. Tenía los párpados hinchados a causa de los fluidos intravenosos. El monitor pitaba regularmente, trazando picos y valles.

El pomo de la puerta giró y apareció en el umbral la doctora Cha. Shep no movió los ojos.

Era tarde. Los pasillos estaban en silencio.

—Lo siento, Shep —dijo ella—, pero el horario de visitas se ha terminado hace cuarenta y cinco minutos. Tiene que irse ya.

—No puedo.

—No me queda otro remedio. Estas habitaciones son solo para pacientes.

Shep cogió un recipiente de pírex de la repisa y lo aplastó con la mano. Las gasas y los pedazos de vidrio cayeron a sus pies. Con una esquirla afilada, se hizo un corte de ocho centímetros en el dorso del antebrazo. Varios hilos de sangre le descendieron zigzagueando hasta la mano, llegaron a la yema de los dedos y gotearon en las baldosas.

Apartó la cortina divisoria y fue a sentarse en la otra cama.

—Necesito unos puntos.

—Será idiota. Debería avisar a seguridad.

—Adelante. Ya he visto la pinta que tienen.

Ella entró, dejando que la puerta se cerrara a su espalda. Lo miró desafiante.

—Está hecho todo un sinvergüenza, ¿no?

—¿Cómo dice?

—Ya me ha oído.

—Pagaré la habitación. En metálico. Nada de tarjetas sanitarias ni mandangas. Pero quiero esta cama.

—Esto es un hospital, no un reservado de Skybar. —Cogió el teléfono de pared y pulsó un botón—. Seguridad, por favor.

Shep señaló a Annabel con un dedo ensangrentado.

—Su paciente está en peligro.

La cara de la médica mostró una sombra de duda, que enseguida fue reemplazada por la irritación.

—Eso no lo sabe. La policía ha dicho que aquí está segura. Y que es usted el delincuente.

—Soy un delincuente. Pero no querrá levantarse mañana por la mañana y descubrir que la han matado.

Ella mantuvo el teléfono pegado a la oreja.

—Aun cuando pudiera tener hombres y mujeres en una misma habitación, unos cuantos puntos no le dan derecho a ingresar en la UCI de cirugía, sino tan solo a que lo atienda diez minutos un interno de primer año en la sala de urgencias.

La voz del otro lado de la línea sonó, amortiguada pero claramente audible, en el interior de la habitación: «Seguridad. Seguridad. ¿Tiene algún problema?».

Shep se llevó la esquirla de vidrio a la cara.

—Entonces, ¿qué debo cortarme?

Acompañado de su hija de ocho años y provisto de un Honda Civic, un revólver no registrado y una mochila con más de un cuarto de millón, conducía hacia el interior. El cielo púrpura, tenuemente iluminado por el sol poniente, tenía un aspecto prodigioso. Un rótulo electrónico alertaba con letras parpadeantes del rapto de un niño, pero ya habían pasado de largo cuando Mike cayó en la cuenta de que se refería a Kat. Había cambiado las placas de la matrícula, conservando las que había sacado del Mazda de la novia de Jimmy, para que el coche robado no desatara ninguna alarma. Los carteles de la autopista relucían en lo alto, señalando las paradas intermedias de un camino a ninguna parte. Mientras pasaban zumbando junto a unos campos de alcachofas, un enjambre bíblico de saltamontes fue saltando de las matas y estrellándose contra el parabrisas. Kat se estremecía a cada ¡plop! con una mezcla de repugnancia y regocijo.

Su padre le había explicado lo mejor posible el aprieto en que estaban metidos, pero ella quería hablar sobre todo de la habilidad con la que había birlado el vehículo.

—Y entonces le has dado, ¡crac!, con el martillo, y el coche ha arrancado sin más. Y después vas y le cambias las matrículas, como un ladrón de bancos. ¡Ha sido guay!

Su entusiasmo acerca de algunos aspectos selectivos de aquella experiencia terrible, pensó Mike, era un mecanismo de protección, así que permitió que siguiera dándole rienda suelta: era como un muñeco al que no se le acababa la cuerda. Kat encendió la anticuada radio. Sonó un petardeo de interferencias y de voces entrecortadas mientras giraba el dial. Amy Winehouse no quería ir a una clínica de rehabilitación, no, no, no, y la niña se había puesto a revolver en la guantera, cautivada por la barra de labios, las pastillas de menta y por el paquete medio lleno de cigarrillos mentolados. Posó con un cigarrillo en los labios, para ver si Mike le decía algo, pero él apenas lo advirtió hasta que empezó a fingir que daba caladas. Le estaba buscando las cosquillas, quería que le diera una excusa para explotar y echarse a llorar. Pero él no tenía ánimos para nada y la dejó exhalar bocanadas de aire hasta que se acabó aburriendo.

En la siguiente estación de servicio, Mike se apeó con la mochila y, dirigiéndose a un teléfono público, indicó a la pequeña:

—No te apartes de mí.

Kat, sin soltar a Bola de Nieve II, fue a sentarse ante la tambaleante mesa del merendero que había al lado. Él utilizó una tarjeta telefónica para llamar al móvil de Hank.

—Hank....

El detective lo interrumpió antes de que pudiera decir más:

—Estoy apostado junto a una cabina. Llámame a este número. —Se lo repitió dos veces.

Marcó el nuevo número. Hank descolgó bruscamente y habló con voz trémula:

—Así que estás bien. Has conseguido escapar.

—Por los pelos. ¿Te han intervenido el teléfono?

—No sé. Pero soy un poli paranoico en el fondo. Con todos los medios que tienen contra ti…

—¿Quién demonios es ese Rick Graham?

—Un director del Centro de Evaluación de Amenazas Terroristas del estado.

—¿Así que ahora soy un terrorista? Esto cada vez se pone mejor.

Aposentada en el banco de madera, la niña levantó la vista.

—Por eso no conseguía averiguar en qué consistía esa alerta sobre ti —aclaró el detective—. El conducto de la petición era muy enrevesado. Es todo confidencial, un asunto de altos vuelos. Pero logré ponerme en contacto con un antiguo compañero, un fiscal de distrito, dispuesto a revelarme el secreto.

—¿Qué es exactamente ese centro? ¿Cómo es que no he oído hablar nunca de él?

—Es uno de esos organismos de coordinación entre agencias. Graham procede del centro principal, que está en Sacramento. Lo llaman «centro de fusión» para que suene más imponente.

—Suena imponente, cierto.

—Reclutan a los agentes más brillantes de la patrulla de carreteras de California, del departamento de Justicia y de la oficina del gobernador. Tienen a todo el puto estado en un puño. El *sheriff* es un agente del estado, lo cual explica por qué sus muchachos fueron los primeros en entrar en danza.

Un silbido puntuaba cada inspiración del detective. La magnitud del poder al que Mike se enfrentaba también lo dejó sin aliento. Graham había ido personalmente a Los Ángeles para detenerlo.

Se le escapó una risa amarga y exclamó:

—¡Casas ecológicas! —Dio un golpe a cámara lenta en la pared, apretando los nudillos contra la madera resquebrajada—. Cuando empezó todo esto, creía que tenía que ver con unas falsas casas ecológicas.

En el aparcamiento, una familia se bajó del coche —un monovolumen—, para estirar las piernas y tirar a la papelera los vasos vacíos y los envoltorios. Un golden retriever saltó de su cesta y orinó con alivio en la zona de césped asignada a los perros, y la hija adolescente salió un momento de su trance iPod para ahuyentar a su hermanito de un bofetón. Pese a lo trivial de la escena, Mike se sintió como si atisbara un mundo de ensueño a través de un espejo.

Hank estaba hablándole de nuevo:

—Como te decía, Graham procede de Sacramento, y la última dirección conocida de Burrell lo situaba en Redding. Esas dos ciudades están solo..., no sé, ¿a dos horas de distancia? Empiezo a pensar que hay algo interesante en esa zona del norte de California, pero, la verdad, no sé de qué se trata.

Mike procuró centrar sus pensamientos, y comentó:

—Si se trata de una agencia estatal, ¿no podría pedir ayuda a los federales?

—Imposible. Esos tipos están estrechamente coordinados con los federales, y también con el departamento de Seguridad Nacional. Seguramente, son la única agencia estatal con esas conexiones a nivel federal.

—Es absurdo. —Mike hizo un esfuerzo para bajar la voz—. Graham no puede creer que yo sea un puto terrorista.

Sonó un portazo y advirtió que Kat había vuelto a subir al coche. Estaba en el asiento del conductor con aire enojado y las manos en el volante, como si fuera a arrancar.

—No —dijo Hank—. Pero al calificarte de terrorista puede perseguirte como si lo fueses. Tus antecedentes contribuyen lo suyo también, logrando que encajes en el molde. Y ya solo basta con añadir un cadáver al cóctel. No resulta precisamente difícil armar una acusación contra ti, o un accidente.

—O sea que está buscando un chivo expiatorio para algo...

—Quizá. Pero dada tu historia familiar, mi instinto me dice que está limpiando algún estropicio.

—¿Qué estropicio? Tampoco es que mi padre pudiera haber sido un enemigo del Estado. Ni siquiera había terroristas entonces. Y aun suponiendo que lo hubiera sido, yo tenía cuatro años cuando nos separamos. ¿Qué demonios podría saber yo?

—Teniendo en cuenta que Graham ha utilizado a Roger Drake y a los Burrell para hacer el trabajo sucio, está claro que esto no es un asunto oficial. Usar la carta del terrorismo es simplemente la manera más efectiva de acabar contigo.

—O sea que trabaja al servicio de alguien —dedujo Mike.

—Dada su categoría en los organismos de Seguridad del Estado, ha de tratarse de un pez muy gordo.

—Pero él no tiene ninguna prueba real contra mí. ¿Cómo consigue que todo el mundo pase por el aro? Elzey y Markovic, por ejemplo. Iban a por mí; ahora merodean por el hospital. ¿También ellos son corruptos? ¿Los han sobornado?

—No lo pillas, Mike. Una vez que te han señalado con el dedo, estás vendido. La comisaría del *sheriff* de Lost Hills abarca, no sé, ¿tal vez quinientos kilómetros cuadrados? Tienen cabrones forrados de pasta en Calabasas, Hidden Hills, Malibú y Westlake, y pringados blancos, adictos al crack y chorizos en Chastworth. Así que si reciben una alerta de una agencia estatal diciendo que estás en una lista de terroristas vigilados, ¿crees que van a..., qué? ¿ A intentar demostrar que eres un chico excelente? No. Lo único que quieren es pescarte, pasarle el caso al estado y volver a centrarse en el montón de denuncias presentadas por electores, cuyo voto necesita el *sheriff* cuando lleguen las elecciones. No participarán en un chanchullo abiertamente ilegal, pero sospecharán de quien se espera que sospechen, y transmitirán la alerta a quien se espera que la transmitan. No se trata de una conspiración: es organigrama y gestión de recursos.

—Tiene que haber alguien a quien pueda contarle mi historia.

—¿Qué historia? ¿Que eres inocente? —Hank no estaba tan irritado como afligido—. Me temo que ese cuento les suena.

Mike se giró hacia el Civic robado. El resplandor de los faros que pasaban por la autopista volvía opacos los cristales; por ello, la imagen de Kat surgía y se apagaba de modo intermitente. Verla cobrando existencia y volviendo a desaparecer intensificaba el nudo que tenía en el estómago: los miedos más oscuros y profundos que se había tragado a lo largo de los años parecían materializarse y tomar forma tangible. Recordó aquella mañana en la que se había quedado en la camioneta mirando cómo ella trepaba por la barra de bomberos del colegio y golpeaba la campana en lo alto con su diminuto puño.

Se sintió extraño al oír su propia voz:

—Entonces, ¿qué hago?

La conexión telefónica parecía haber alcanzado una repentina nitidez, como si las interferencias se estuvieran tomando un respiro. El zumbido de los coches en la autopista era hipnótico, agotador. ¿Cuándo había sido la última vez que había dormido? Se humedeció los labios, aguardó.

—Hank, ¿qué hago?

—No sé qué decirte, Mike.

Entre gritos y discusiones, la familia volvió a apretujarse en el monovolumen y arrancó bulliciosamente. Respirando el hedor a combustible y a asfalto recalentado, Mike observó cómo se sumergían en la autopista y los siguió con la mirada hasta que las luces de los frenos se mezclaron con la riada del tráfico.

—¿Mike? ¿Mike? ¿Estás ahí?

El eco de una voz resonó en su interior, la respuesta de Shep cuando él le había dicho que ambos tenían resistencia en los viejos tiempos: «Porque no teníamos nada más».

—Sí. Aquí estoy. —Hablaba de modo inexpresivo, como un robot—. He estado hablando con Shep. —En la conversación que habían mantenido, su amigo no se había molestado en soltarle un «Ya te lo dije». Se había limitado a contarle cómo estaba Annabel y luego había pasado a asuntos prácticos, que era lo que él estaba tratando de hacer ahora: mover la pelota paso a paso—. Él cree que lo mejor es buscar a Kiki Dupleshney.

—Mike, no puedes…

—Es un mundo que él conoce bien, así que ha hecho correr la voz de que necesita una timadora para un atraco que está preparando. Intentará atraérsela con ese ardid.

—Mike, esos tipos te buscan para matarte. No puedes arrastrar a Kat contigo.

—¿Qué alternativa tengo?

No hubo respuesta. Había comenzado a caer una ligera llovizna sin que él lo advirtiera.

—Adiós, Hank.

Dejó el teléfono con suavidad en la horquilla.

Regresó al coche arrastrando los pies. La niña había cerrado la puerta del conductor. Llamó al cristal con los nudillos, pero ella no se volvió; miraba ceñuda las gotas que repiqueteaban en el capó. Él dio la vuelta, subió por el lado del pasajero y se sentó con la mochila en el regazo y la ropa goteando: los dos miraban a las musarañas, sin saber a dónde iban, encerrados en un coche robado, parados en la gasolinera de una autopista que Mike no habría sabido identificar.

Cuando Kat se decidió a hablar, la intensidad de su voz le sorprendió:

—¿Qué pasa con Green Valley?

Él bajó la cabeza. El agua le goteó desde la frente sobre los muslos.

—Falsas casas ecológicas.

La niña se secó con irritación una lágrima, pero su tono no había cambiado en absoluto.

—Has dicho: «Falsas casas ecológicas». Eso era lo que andabais cuchicheando mamá y tú en la comisaría.

—Teniendo en cuenta todo lo que está pasando, eso no tiene importancia ahora mismo.

—Es importante para mí ahora mismo.

Mike comprendió que la frase era definitiva, que no le quedaba más remedio que explicar la verdad brutalmente, sin rodeos, pero a pesar de todo tuvo que hacer dos intentos para que las palabras salieran de sus labios.

—Las casas no eran realmente ecológicas. Un tipo puso unas tuberías incorrectas. Y yo encubrí la verdad.

Ella se estremeció, muy pálida.

—¿Y tu premio?

—No lo merecía.

La voz de la pequeña sonó ahora endeble, lastimera:

—¿Me mentiste?

A Mike le temblaban las manos.

—Sí.

Kat sofocó un grito y, unos segundos después, la puerta estaba abierta y ella había desaparecido bajo la lluvia. Mike salió en su persecución, chapoteando entre los charcos. La pequeña estaba a buena distancia, apenas un fantasma gris entre la sesgada cortina de agua. Corría más aprisa de lo que él habría imaginado. Subió el montículo de césped que había detrás de los lavabos y bajó a toda velocidad por el otro lado, pero Mike le dio alcance y la abrazó para que no acabaran rodando los dos por la pendiente.

Ella pataleó para zafarse mientras le gritaba:

—¿Qué más mentiras me has contado? Di, ¿qué más mentiras? —Seguía forcejeando violentamente, y él perdió el equilibrio y cayó sobre su trasero, empapándose en el acto los pantalones—. ¡Te odio! —gritó Kat—. No puedes mantenerme toda la vida en coches y moteles. Yo solo quiero ir al colegio, tener mi habitación, volver con mamá...

Mike le sujetó el frágil y aterido cuerpo hasta que ella se abandonó y lo abrazó llorando.

Apoyándose en el empapado cabello enredado de su hija, le susurró:

—No volveré a faltar a mi palabra contigo. Nunca más.

Ella murmuraba sobre el pecho de su padre, como en un lamento repetido o un mantra: «Quiero a mi mamá, quiero a mi mamá, quiero a mi mamá».

Mike la abrazó bajo la lluvia.

Los pasos, lentos y torpes, recorrieron el pasillo del hospital. Se detuvieron. Dos sombras interrumpieron la línea iluminada de debajo de la puerta. La manija sin cerrojo descendió sigilosamente, y las bisagras no emitieron el menor gemido.

Una cuña de luz entró desde el pasillo en la habitación a oscuras, ampliándose como un abanico a medida que la puerta se abría hacia dentro.

La silueta de un hombre, deforme y gigantesca, se extendió por el suelo como un recortable negro enmarcado en un rectángulo amarillo. En el interior de la habitación, Annabel yacía en reposo, frunciendo ligeramente los labios y manteniendo los flácidos brazos sobre la deshilachada manta del hospital. Las manos del recortable se crisparon con impaciencia. El hombre dio dos pasos arrastrando los pies, la puerta se cerró en silencio y se extinguió la luz. Unas botas sucias recorrieron las asépticas baldosas blancas.

Iluminado tenuemente por la línea dentada del electrocardiograma que relucía en el monitor, Dodge bajó la vista hacia el sereno rostro de Annabel.

Capítulo 37

Las manos de Dodge se crisparon de nuevo. Una de ellas se extendió hacia el enredo de tubos del carrito que había junto a la cama de Annabel, la otra se hundió en el bolsillo del muslo de sus pantalones estilo cargo.

La cortina divisoria rechinó a su espalda con la estridencia de un grito. Apenas había tenido tiempo de girarse cuando Shep lo golpeó en un lado del cuello, dejándolo aturdido. Dodge hincó una rodilla en el suelo. Abrió la boca para tomar aire y sus gruesos dedos buscaron un asidero a tientas. Tropezó con la cama de Annabel y retorció la manta con la mano. Incluso estando agachado, su mole empequeñecía a Shep, y hacía que pareciese —increíblemente— de estatura media.

Antes de que lograra recobrarse, Shep lo agarró del brazo y del cuello de la camisa y lo empujó como si fuese un ariete hacia la puerta. El matón se revolvió en el último momento: el martillo de bola había aparecido por arte de magia en su mano, y la cabeza de acero silbó junto a la sien de Shep, fallando por poco. La colisión contra la plancha de madera fue titánica. Los dos hombres rebotaron hacia el interior de la habitación. La puerta crujió sin llegar a hundirse y se abrió con un bamboleo.

La respiración de Dodge sonaba como un graznido, pues se le había contraído la garganta y solo dejaba pasar un hilo de aire; su nuez de Adán se movía a sacudidas. Aun a punto de ahogarse, se puso de pie, mientras el martillo oscilaba a su lado como un objeto mitológico sacado de una saga nórdica. Se irguió de espaldas al umbral; le sacaba una cabeza a Shep.

Este se había arrancado del cuello el colgante de san Jerónimo, sujetándolo de manera que uno de los gastados bordes de plata sobresalía entre sus dedos como una daga de empuje. Así, con los nudillos y la hoja de metal, le asestó a Dodge un tremendo puñetazo en la parte alta del pecho, en una versión diabólica del masaje esternal de la doctora Cha. El hombre salió despedido por el umbral, agitando brazos y piernas.

Shep se apresuró a cerrar la puerta, que no tenía cerrojo ni pestillo, y apoyó todo su peso en ella. Un trompazo monumental la estremeció en sus goznes, como si un camión la hubiera embestido por el otro lado. Las zapatillas deportivas de Shep se alzaron del suelo y aterrizaron con un chirrido. Volvió a empujar con todas sus fuerzas. Sonó otro topetazo y la puerta esta vez se entreabrió un palmo, aunque enseguida se cerró con estrépito.

Silencio.

Shep jadeaba, pegado a la plancha de madera, esperando. Los puntos de la herida del antebrazo se le habían abierto.

Se oyó un estruendo cercano. Alguien gritó al fondo del pasillo. Luego un disparo, más lejos. Pasos, voces despavoridas.

Entonces notó que la manija giraba y que empujaban desde fuera. Después de la embestida de Dodge, parecía la presión de un cachorrillo frotándose el hocico contra la palma de una mano.

Shep se apartó, y los guardias de seguridad y las enfermeras entraron en tropel en la habitación y se precipitaron hacia Annabel.

Dos guardias se disponían ya a agarrar a Shep, pero la doctora Cha gritó:

—No, no. Él es de fiar.

Él se abrió paso entre el tumulto y cruzó el umbral. Dodge había dejado a su paso una estela que explicaba sin palabras su huida: un paciente en el suelo, enredado con su propia bata y el soporte intravenoso; una celadora ensangrentada que se estaba incorporando junto a una camilla derribada; un guardia de seguridad que gemía en el suelo con un disparo en la pierna y se agarraba la herida por ambos lados, como temiendo que fuera a explotar y, al fondo del pasillo, la puerta de la escalera, que se estaba cerrando muy despacio, clausurando una última rendija de oscuridad.

Y

Sentada en la habitación de Annabel, donde reinaba de nuevo la calma, la doctora Cha volvió a ponerle unos puntos a Shep en el antebrazo. Una rebaba de sangre colgaba de la herida y goteaba por el codo. Los dedos de la médica se movían con agilidad, manejando a gran velocidad la aguja y la gasa. Afuera, había dos guardias apostados. El silencio, después de tanto alboroto, resultaba agradable.

—Coser un rasguño como este dos veces —dijo la doctora— no es el mejor modo de optimizar el tiempo de una cirujana especializada en politraumatismos.

—Siento no haber sufrido una herida más grave —contestó Shep.

—Yo también. —Sonrió con sorna y le recolocó el brazo, como si fuera un pedazo de carne en la parrilla.

Habían tenido que repetir una y otra vez la versión oficial ante los policías que acudieron al hospital. La doctora Cha, tal como había ensayado previamente con Shep, les había explicado que ella le había permitido volver a entrar en la habitación para recoger el colgante de la suerte que se había dejado olvidado por la tarde. Qué afortunada coincidencia que hubiera estado allí justo cuando el intruso había irrumpido por la fuerza.

Annabel se agitó en la cama y se le contrajo el rostro haciendo una mueca. Un progreso.

La doctora Cha prestó atención, deteniendo un momento su tarea; luego, lentamente, la reanudó. Al terminar, le limpió la sangre del brazo con una gasa húmeda.

Shep volvió a pasar la fina cadena de plata por el colgante, bajó la cabeza, y se la ajustó alrededor del cuello. Agachado como estaba, su mirada se posó en un cable eléctrico no muy largo, parcialmente oculto detrás de un carrito del equipo médico. Lo cogió y lo examinó a la luz, consciente de que ella lo observaba con atención.

—Un cable de señales —explicó—. Para un transmisor digital: un micrófono.

—¿Para qué?

—Para saber cuándo viene Mike de visita. Es el único sitio

al que creen que acudirá tarde o temprano, y donde podrían acorralarlo entre cuatro paredes.

La doctora Cha hizo crujir sus nudillos y meneó el cuello para eliminar una contractura. Su negro cabello, cortado con sofisticada irregularidad, enmarcaba un cuello de cisne. Permaneció callada un momento. Luego dijo:

—Este hospital no será un sitio seguro mientras ella esté aquí.

—No.

—He hablado con el padre de Annabel esta tarde, en cuanto ha llegado su avión. La vista sobre los poderes de decisión para cuestiones médicas se celebrará, por lo visto, mañana a primera hora. —Echó un vistazo soñoliento a su Breitling de pulsera, aunque había un reloj en la pared: las cuatro y cuarto—. Estos poderes raramente se reasignan a otra persona, al menos sin que se produzca antes una batalla legal interminable, pero sí he visto casos en los que han sido suspendidos.

Shep la escuchaba con paciencia.

Ella prosiguió:

—Si Mike Wingate quiere presentar una solicitud de traslado de su esposa, tiene que hacerme llegar un documento firmado en las próximas seis horas.

—Creía que no se la podía trasladar.

La sonrisa burlona de la doctora encerraba esta vez un matiz astuto.

—Y no se puede.

Capítulo 38

El Batmóvil estaba cargándose en la mesilla y traqueteó hasta despertar a Mike. El redoble armonizaba con el pulsátil dolor de cabeza que tenía. Notaba los párpados hinchados y la boca, pastosa y reseca, como si la tuviera llena de arena. Entreabrió los ojos, se estiró junto a Kat. Lentamente, identificó lo que le rodeaba: un motel. En la zona de Glendale.

Respondió con voz ronca de resaca.

—Dodge ha intentado llegar hasta Annabel —explicó Shep.

Mike sintió un brusco descenso de temperatura, como si un viento ártico soplara de repente en la cochambrosa habitación.

—¿Y?

—No lo ha conseguido.

—Iba a...

—Quizá. Se le ha caído un cable eléctrico. Quizá pensaba colocar un micrófono para poder tenderte una emboscada si vienes de visita. En todo caso, la están acechando.

Se sentó en la cama y Kat se le escurrió del brazo como un peso muerto. Bola de Nieve II asomaba bajo el hombro de la niña, y sus ojos saltones eran el vivo retrato de la alarma.

—¿Ella está bien?

—Sí. Bueno, para estar en coma...

—¿Así que quieren utilizarla para pillarme cuando salga a la superficie? ¿Eso significa que no piensan matarla?

—Siempre podrían confiar en que te presentaras en su funeral. —La línea zumbó unos instantes—. Esta mañana se celebra una vista sobre tu derecho a la asistencia médica de tu mujer. Hemos de arreglárnoslas para trasladarla antes, mientras aún conservas tu autoridad. Tienes que enviarle un fax a la doctora Cha exigiéndole que Annabel sea trasladada. Coge un bolígrafo. Anota cómo has de decirlo.

Mike se movió a tumbos, tropezando con sus zapatos; encontró un lápiz y una bolsa de papel sobre la que escribir y tomó al dictado la fórmula de la solicitud.

—De acuerdo, pero ¿cómo voy a encontrar otro centro a donde trasladarla?

—Yo me ocuparé de ello. Tú envíame el fax. Ya.

Intentó despertar a Kat, pero estaba completamente frita. La sacudió con delicadeza, le tiró de los brazos e incluso le levantó los párpados con el pulgar. Haciendo malabarismos con las bolsas, la mochila y una hoja arrancada de la guía telefónica, la llevó en brazos al Honda y la tendió en el asiento trasero. Unas manzanas antes de llegar a la sucursal de FedEx Kinko's, la niña se despertó con irritación.

—¿Qué día es hoy?

Mañana gris. Escasos coches circulando. Gente fumando en las paradas de autobús. Conductores dando sorbos a tazas de Starbucks.

—Viernes —le contestó su padre—. Creo que es viernes.

—¿Dónde estamos?

—Tengo que enviar un fax.

—¿Y luego adónde vamos?

Mike apretó los párpados para ahuyentar la imagen de su propio padre, sentado tras otro volante, dando respuestas vagas y echando miradas nerviosas al retrovisor. Una nueva hostilidad se le agudizó en el pecho: en tres décadas solo había recorrido la distancia desde el asiento trasero al de delante.

Kat estaba preguntando algo más:

—¿Cuándo volvemos a casa?

—No lo sé. —Le salió una voz estrangulada, vencida.

Ella se apoyó en la ventanilla y dio un bufido de desesperación. Mike comprendió con renovada urgencia que no podrían seguir mucho tiempo con esa vida nómada. Que se les había acabado el margen. La paciencia. La suerte.

Una vez en Kinko's, redactó el fax en un ordenador alquilado. Kat daba vueltas en la silla de al lado, con la cabeza echada hacia atrás para ver cómo giraba el techo. Antes de imprimir, detuvo el cursor sobre el botón del Explorer. Vacilante, miró a Kat dando vueltas, musitando entre dientes. Sintió un desgarro en el pecho y tuvo que apresurarse a girar la cara para que la niña no viera cómo se le humedecían los ojos.

A través de la página web de American Airlines, reservó un billete de ida a San Luis para Kat, en un avión que salía a las 5:30 de la tarde. El hermano de Annabel, que era quien mejor le caía de su familia política, acababa de casarse y se había comprado una casa en las afueras. En la pantalla apareció la opción de billete para acompañante. Tuvo que hacer un enorme esfuerzo para marcar «No». Usó la cuenta PayPal de Annabel para completar la operación. A continuación compró otro billete para Kat con la misma ruta, en el vuelo nocturno de las 11:45, e imprimió las dos tarjetas de embarque.

Le entregó el fax a la empleada del mostrador («Yo, Michael Wingate, solicito por la presente que mi esposa, Annabel Wingate, pueda ser transferida a un equipo de especialistas que he escogido basándome en la capacidad de los mismos para proporcionarle cuidados de mayor categoría») y salió del local apresuradamente.

Viró con el Honda hacia la entrada más cercana de la autopista y pisó a fondo el acelerador para poner la máxima distancia posible entre ellos y la sucursal de Kinko's, cuyo número de teléfono aparecería en lo alto de la solicitud de traslado cuando la sacaran todavía caliente del fax del centro médico Los Robles.

—Mami me compra un helado cada viernes, al salir del cole —dijo Kat.

Mike se coló entre dos camiones y se situó a toda velocidad en el carril de la izquierda. Al doblar la curva, se encontraron con una muralla de luces de frenos. La cola del atasco de primera hora. Mike se metió en el arcén, tratando de calcular la distancia que habría hasta la siguiente salida.

—Hoy es viernes —remachó la niña—. Ya sé que mami no está..., no puede..., pero quizá tú y yo...

—Ahora no. —Mike procuró ocultar el temor que sentía, pero su tono denotaba más irritación de lo que habría deseado.

—¿Por qué no?

—Porque no. —Se volvió a mirarla—. ¡Eh, venga! ¿Qué ocurre?

—Me has chillado.

—No te he chillado.

Los vehículos se agolpaban en la salida. Bastaría con dos o tres cambios del semáforo para que se adentraran otra vez por calles residenciales. Luego podría zigzaguear un rato, buscar otro motel, esconderse hasta…, ¿hasta, qué?

Se arriesgó a echar otro vistazo atrás. Kat tenía la cara roja y la piel en torno al puente de la nariz dilatada, como siempre que estaba a punto de llorar. ¿Qué podía hacer? La mayor parte de las veces era más madura que él, pero en este momento tenía ocho años, echaba de menos a su madre y quería un helado.

Quince minutos y veinte manzanas de atasco después, encontró una farmacia de la cadena Rite Aid. Kat se sentó en una sillita liliputiense junto al mostrador de los helados y se comió su Rocky Road sin levantar la vista del cucurucho.

Él no estaba perdonado, sin embargo.

Mientras la miraba dar mordisquitos alrededor de la bola, saboreando cada bocado con una concentración casi apenada, se dio cuenta de que la escena tenía todo el aire de una comida de despedida.

De vuelta en el coche, excitada con la dosis de glucosa, Kat se olvidó de su enfado y se dedicó a tironear del cinturón y a canturrear una canción infantil sobre las andanzas de una tal señorita Suzy en diversas épocas de su vida: *Miss Suzy was a ki-iid, a ki-iid, a ki-iid. Miss Suzy was a ki-iid and this is what she said…*

Mike conducía sujetando el volante con una mano y el móvil con la otra.

—¿La doctora ha recibido el fax?

—Hace un minuto —respondió Shep.

—*Waah, waah, suck my thumb, gimme me a piece of bubble gum…*

—¿Y ahora, qué?

—No lo sé. Pero sea cual sea el sitio al que la lleven, ya no podremos seguir vigilándola. Hemos de cortar todo contacto. Es la única manera de mantenerla a salvo.

—¿Y si…?

—Tienes que dejar que se la lleven.

—*... was a tee-nager, a tee-nager, a tee-nager, Miss Suzy was a teenager and this is what...*

—No puedo. Es mi esposa. He de saber cómo sigue.

—¿Aunque así puedas provocar su muerte?

Trató de dominarse. Respiró hondo varias veces y preguntó:

—¿Alguna novedad sobre Kiki Dupleshney?

—He hecho correr la voz hace solo doce horas.

—*... piece of bubble gum, go to your room, ooooh, aaah, lost my bra...*

—Lo sé, Shep, pero... —Le echó un vistazo a Kat y terminó la frase para sus adentros: «Pero no sé cuanto tiempo más va a aguantar mi hija».

Bola de Nieve II participaba también en la canción y bailaba siguiendo el ritmo. Kat le movía las patas al peluche, como si fuera una estrella de revista. La niña estaba pasada de vueltas; tenía que desfogarse hasta que cayera redonda.

Shep dijo:

—Estos juegos del gato y el ratón requieren una larga espera. Ya lo sabes.

El tráfico se había despejado; Mike tenía el depósito lleno de combustible, pero ningún sitio a donde ir.

El ciclo vital de Miss Suzy había llegado a su fin:

—*... to hea-ven, to hea-ven. Miss Suzy went to hea-ven and this is what she said.*

Mike dejó el móvil en su regazo y miró cómo pasaban disparadas las farolas por su lado y toda aquella gente en las calles, haciendo compras, empujando cochecitos, siguiendo su rutina diaria, su vida normal...

Faltaban siete horas para que saliera el vuelo a San Luis.

—*... ooooh, aaah, lost my bra, help me, choke, choke, choke, tralalala!*

Un microsegundo de silencio.

Mike suspiró aliviado.

—*Miiiiissss Suzy was a ba-by, a ba-by, a ba-byyyy...*

Pasaron junto a un parque público con lomas cubiertas de hierba, mesas de merendero y juegos infantiles. Cortando en seco el tercer verso, paró en el aparcamiento y fueron ambos a usar los baños. Mike esperó nervioso en la puerta hasta que Kat reapareció. Ocuparon uno de los merenderos. Él, con la mochila al hombro, rebuscó entre las bolsas de víveres. Se sorprendió echando ojeadas al aparcamiento, a los árboles que delimitaban el parque, al tipo con gafas de sol que paseaba a su perro. Kat mordisqueó el sándwich sin muchas ganas. No podía culparla; llevaban cinco comidas a base de mantequilla de cacahuete, y el pan estaba seco.

—Ese sándwich no se va a comer solo —dijo.

—Ya —respondió Kat—. Pero si lo hiciera sería guay.

—¿Quieres que te compre algo caliente?

—No, de veras. Ya está bien con esto. —Dio un mordisco y empezó a masticar exageradamente, para subrayar lo mucho que costaba. Mike contempló embobado su actitud sarcástica.

Unas nubes cubrieron parcialmente el cielo, oscureciendo el parque. Él pensó en el billete de ida a San Luis de las 5:30. Tenía las tarjetas de embarque en el bolsillo trasero. Tamborileó con los dedos y carraspeó.

—Tú madre y yo, cuando nos casamos..., ¡uf, nos moríamos de ganas de tener un bebé! Deseábamos tenerte más que ninguna otra cosa. ¿Lo sabías?

Kat asintió impaciente. Tenía los ojos fijos en las barras para escalar rodeadas de una valla que había más abajo.

—¿Puedo ir a jugar?

Él tuvo que dominar su voz.

—Claro, cariño —acertó a decir.

La niña echó a correr cuesta abajo, dejándose allí el sándwich. Mike limpió la mesa y la siguió de inmediato, observándola desde la valla. Se permitió una pequeña fantasía: Kat estaba montada en un columpio, en un enorme patio de San Luis, y el hermano de Annabel aguardaba junto a su esposa en el porche, con un vaso de limonada en la mano.

Pensó en aquel campo de juegos de su infancia, en el sonido de aquel timbre lejano, cuando él emergió del túnel amarillo y vio vacías todas las plazas de aparcamiento junto a la acera. «¿Me puedes decir quiénes son tus padres?»

El corazón le palpitaba. Sintiendo la necesidad de estar más cerca, rodeó la valla y dio impulso a Kat en el columpio. Durante unos instantes no hubo nada más excepto la arena bajo sus pies, la agradable brisa y su hija yendo y viniendo, yendo y viniendo en el columpio. Con el vaivén, el rizado cabello de la niña le llegaba a él hasta el rostro; lo tenía enredado de mala manera y olía a ponche de frutas. La escena, esta escena, nunca cambiaba. Ella habría podido tener dos años o cinco. Él, veintinueve o treinta y tres.

Siguió dándole impulso, poniéndole las manos en la espalda con delicadeza, soltándola, atrapándola, volviéndola a soltar.

Capítulo 39

Con el fax de Mike en el que solicitaba el traslado, la doctora Cha se había presentado en la habitación de Annabel y había dejado a Shep totalmente desconcertado.

—Tendré que hablar con el médico que se hará cargo de ella. Y luego necesitaré una firma del equipo de transporte de cuidados intensivos.

—¿Cómo? —dijo Shep.

—¿Cree que podrá ocuparse de ello?

—¿Qué?

—Magnífico —respondió la doctora, y desapareció.

Shep miró a Annabel, para ver si había entendido mejor que él la conversación, pero ella permanecía inmóvil en la cama, con el pelo apelmazado y los ojos cerrados.

Sonó el teléfono de la mesita y lo descolgó.

—¿Sí?

—Aquí la doctora Cha. ¿Usted es...?

Una larga pausa.

—El doctor Dubronski —dijo Shep.

—Doctor Dubronski, ¿el responsable de la atención médica de la paciente ha sido informado de los riesgos de un traslado?

Shep se hurgó los dientes con la uña y replicó:

—Así es.

—¿Conoce usted con detalle el caso de Annabel Wingate?

—En efecto.

—¿Prefiere analizar el plan terapéutico ahora, o una vez que se haya efectuado el traslado?

—Una vez efectuado el traslado.

—Magnífico. ¿Enviará usted su propio equipo de transporte de cuidados intensivos?

—¿No? —Silencio—. Sí.

Clic. Tono de llamada.

Unos pasos leves, una llamada en la puerta y la doctora Cha reapareció con un impreso en un sujetapapeles. Tamborileó alegremente con un bolígrafo.

—Necesito una firma aquí.

Shep hizo un garabato.

Ella bajó la vista a la hoja.

—Para que luego hablen de la letra de los médicos.

Pisó el pedal verde, apartó la cama de Annabel de la pared y la dejó en manos de Shep. Empujando el carrito adosado y el soporte intravenoso, la doctora lo guio por el pasillo, lo hizo entrar en el ascensor, se inclinó y pulsó el botón de la tercera planta.

Un celador se acercó corriendo por el pasillo.

—¿Doctora Cha? Un abogado en la línea tres. Es sobre Annabel Wingate. Dice que es urgente.

La doctora se apartó del ascensor y le guiñó un ojo a Shep mientras las puertas se cerraban, borrándola de su vista.

Antes de que él pudiera protestar, ya había empezado a subir. Contempló a Annabel. Los fluidos se movían por los catéteres. Los aparatos pitaban. Respiraba sin problemas. La piel del cuello, frágil y translúcida, mostraba las azuladas venas de debajo. Se preguntó qué demonios iba a ocurrir a continuación.

El ascensor se detuvo y las puertas se abrieron. Un grupo de tipos con ropa quirúrgica esperaba en semicírculo, encabezado por una mujer joven de aspecto serio.

—Soy la doctora Bhatnagar. ¿Esta es la paciente que el doctor Dubronski deseaba trasladar aquí?

Shep empujó la cama fuera y la puso en manos de la doctora al mismo tiempo que las puertas del ascensor se cerraban a su espalda.

—Sí, claro —dijo frotándose un hombro.

La mujer cogió el sujetapapeles que la doctora Cha había dejado sobre los tobillos de Annabel. En el historial médico que había debajo, la información personal había sido tachada minuciosamente, como en un documento de la CIA.

—¿Tenemos el nombre de la paciente?

Un viejo en silla de ruedas empujó a Shep para que se hiciera a un lado y pulsó el botón del ascensor.

—No —contestó Shep.

Ella escribió «MCNI 2» en el historial. Ante la mirada de incredulidad de Shep, explicó:

—Mujer caucásica no identificada. Sí, ya tenemos una. Parece que hoy nos caen del cielo. —Señaló a Annabel con la barbilla—. Doy por supuesto que es una víctima de maltratos domésticos.

—Posiblemente —dijo Shep.

—Entonces la ocultaremos en cuidados intensivos de pediatría. Muchas gracias. Nosotros nos encargamos desde aquí.

Lo despidió con un gesto. Shep retrocedió y entró en el ascensor, casi tropezándose con el hombre de la silla de ruedas. Se cerraron las puertas y bajaron directamente al vestíbulo. El episodio completo había sucedido en cuestión de segundos.

Shep carraspeó y le dijo al viejo, o a las calladas paredes del ascensor:

—Nunca entenderé a las mujeres inteligentes.

Kat chapoteó en la bañera llena de agua, que Mike se había encargado de enjuagar a fondo previamente. El motel, una variación de los otros moteles por los que habían ido deambulando, se hallaba en una zona cutre de Van Nuys, a un tiro de piedra del parque donde él había destrozado aquel Saab verde botella con un bate de béisbol.

Estaba sentado en la cama, con un teléfono anticuado en el regazo. Sentía malestar y acidez en el estómago. El polvo que había levantado al sentarse sobre la colcha de color óxido giraba sin cesar, al parecer inmune a la gravedad. Bailaba a lo largo del trazo oblicuo de luz procedente de la única ventana de la habitación, que ofrecía el panorama de un callejón y una valla de tela metálica donde ondeaban bolsas de plástico. Había empezado a oscurecer rápidamente, y el rayo de luz se fue extinguiendo a ojos vistas, como una linterna con las pilas agotadas.

Ya había hablado varias veces con Shep. El traslado de Annabel se había llevado a cabo por los pelos. La última vez que su amigo la había visto se encontraba estable, aunque su mejoría parecía haberse estancado. Shep le había dejado claro que si intentaba contactar con los médicos de la nueva ubicación de su mujer podía ponerla en peligro a ella, al propio Mike y, por ende, a Kat. Era un riesgo innecesario y, aunque le resultara tan arduo como tragarse un alambre de espino, él había asentido.

Ahora Shep estaba libre para tratar de localizar a Kiki Dupleshney. Pero no era nada de eso lo que le revolvía el estómago a Wingate en ese momento, sino las dos tarjetas de embarque a nombre de Kat, que había sacado dobladas y arrugadas del bolsillo y que tenía ahora a su lado sobre la cama: una de ellas para el vuelo de las 5:30, la otra para el de las 11:45.

El reloj de la mesilla marcaba las 5:01.

Con manos sudorosas, llamó utilizando la tarjeta telefónica de prepago.

—American Airlines, aeropuerto de Los Ángeles.

—¿Podría comunicarme con la puerta de embarque del vuelo siete seis ocho? —preguntó—. Tengo un mensaje extremadamente urgente para un pasajero.

La respuesta del operador fue ponerle la música de espera. Daniel Powter sonaba mejor que de costumbre, pero él no necesitaba que le recordasen que había tenido un mal día. El «cielo azul de veraaaano» fue interrumpido por una meliflua voz masculina.

Mike dijo:

—Tengo un mensaje importante para una pasajera, Katherine Wingate.

Un silencio.

—Bien. De acuerdo. —La línea crepitó unos instantes, mientras el hombre mantenía el auricular tapado. Y enseguida—: Hay alguien aquí que puede ayudarlo. Le paso el teléfono.

Una fría voz femenina.

—¿Hola?

Muy listos. Habían apostado a una agente.

—Hola —dijo Mike con cautela.

—Estoy con Katherine Wingate —dijo la mujer—. Me dicen que tiene un mensaje para ella.

Mike colgó. Bajó la cabeza. Si estaban controlando la cuenta PayPal de Annabel y buscando reservas de vuelo a nombre de Kat, quería decir que también debían supervisar los trenes, las fronteras…, y a todos los parientes, próximos o no. Con lo cual no tenía ni idea de dónde podría estar la niña a salvo, más allá de las cuatro paredes de ese motel de mierda.

Kat continuaba chapoteando en la bañera y, por la puerta del baño abierta, se apreciaba el vaivén del agua. Canturreaba bajito; a Mike le pareció que utilizaba el mismo dulce tono desafinado que Annabel infundía a su voz cuando él escuchaba por el vigilabebés.

—«Buenas noches, bienamada, de rosas rojas ornada…» ¿Papá? ¿Qué quiere decir «ornada»? ¿Papá?

Le salió una voz ronca:

—Adornada.

—¡Ah! Or… na… da. «Buenas noches, amada…»

Rompió la tarjeta de embarque de las 5:30 en dos mitades, y luego siguió desmenuzándolas en trocitos, que caían blandamente en la moqueta como copos de nieve. No podía tragar y le costaba respirar.

—«Buenas noches, chiquilla, de tu madre delicia.» ¿De tu madre delicia?

—Tú, cielo —acertó a decir—. Esa eres tú.

Rompió también la tarjeta del vuelo de las 11:45, en el que pensaba embarcarla si no hubiera habido moros en la costa en el primer intento, y se quedó mirando los pedacitos.

¿Y ahora qué?

—«Que los angelitos a tu lado guarden tu descanso.»

Mike ladeó la cabeza, carraspeó, se limpió la nariz. Kat había salido de la bañera y se estaba secando el flaco y rosado cuerpo con una toalla de la que le asomaban de vez en cuando los codos y las rodillas. La encimera del baño se veía abombada a causa de la humedad, y los grifos estaban ribeteados de orín. «Este no es lugar para ella», pensó.

Recordó la súplica que le había formulado Annabel, mientras la oscura sangre le rezumaba del orificio abierto entre las costillas; la súplica para que se llevase a la niña lejos de todo aquello, para que la mantuviera a salvo.

Y pensó en la dura realidad de lo que acaso debería hacer para cumplir su promesa.

Recogió el confeti de la moqueta, lo arrojó a la papelera y fue a atender a su hija. La toalla, echada sobre sus hombros como el albornoz de un boxeador, se le entreabría alrededor de la depresión de su ombligo. Se había secado el pelo con excesivo vigor, y los rizos le habían quedado totalmente erizados. Por supuesto, no tenían aerosol desenredante, cosa que a Annabel sí se le habría ocurrido comprar. Le cepilló el pelo con paciencia, de la raíz a las puntas, avanzando centímetro a centímetro. El dolor de los tirones desquiciaba a la niña, que gemía y protestaba.

—Estate quieta, cielo, tengo que…

—¡Aaaah! ¡Uy! —Kat lo apartó de un empujón. Mike le sujetó las manos, se las bajó y volvió a empezar. Completó la mitad de la tarea y trató lo mejor que pudo de pasarle la cola de caballo por una cinta para el pelo. A la niña le lagrimeaban los ojos de dolor, y él se exasperaba cada vez más tratando de conseguirlo, de hacerlo bien—. ¡Ay! Así no, papá. —Se zafó de él y pegó la espalda a la encimera, plantándole cara como un luchador. Había empezado a restregarse el cuero cabelludo con las uñas, y se rascaba con tanta saña que le quedaron varias marcas en el nacimiento del pelo.

Un silencioso pavor descendió sobre Mike.

—Déjame ver.

—No tengo piojos.

—Déjame mirar.

—No.

—¡Kat! —La asió del brazo, le dio la vuelta y le inclinó la cabeza.

Unos diminutos puntitos en el cogote.

Huevos.

Ella descifró su expresión en el espejo y se puso a forcejear.

—No. Otra vez, no. No quiero más mayonesa en la cabeza. Ya no lo soporto. No puedo más.

—¡No tenemos más remedio! —aulló él.

Kat se estremeció, echándose hacia atrás.

—No nos quedan alternativas. Y la mayonesa ni siquiera funciona. —Apretó los dientes—. Los paños calientes no sirven, Kat. Para solucionarlo tenemos que considerar otras opciones más duras. La loción quizá pique un poco y podría parecer que no te va bien, pero a veces es lo que..., lo que hace falta si queremos mantenerte a salvo de...

Advirtió con horror que estaba a punto de llorar.

Kat se había puesto tan blanca como la toalla, que se había caído a sus pies. Tenía la boca entreabierta; los labios, temblorosos, y los brazos, medio alzados para protegerse.

Mike apoyó una mano en la pared, se agachó un poco y trató de recuperar el aliento. La pequeña aguardó en tensión; cuando él fue a abrazarla, se apartó violentamente.

—Perdona. Yo también echo de menos a mamá. Ella es mucho mejor que yo para... —Se le quebró la voz—. Yo también la echo de menos.

Kat se ablandó, bajó los hombros y luego, los brazos. Se agachó, recogió la toalla y se envolvió estrechamente en ella. Tenía la cabeza gacha y sus lágrimas moteaban de humedad el gastado linóleo. Mike le tendió los brazos inseguro, pero ella no se apartó; entonces la atrajo hacia sí y la abrazó con fuerza.

Miraron un rato programas cutres de televisión y cenaron tarde: «¡Ay, fenomenal, papá! ¡Mantequilla de cacahuete y zumo de frutas! Mmm». Él se esforzó en sonreír, en tomarse las cosas a la ligera, pero sentía una rigidez completa por dentro, y era como si los minutos que transcurrían fuesen la cuenta atrás de un acontecimiento definitivo. Se dio una larga ducha y se pasó lentamente una maquinilla desechable por la cara. «La última vez que me afeité estaba en mi propio baño, pensando que tenía que comprar más hojas de afeitar. Annabel estaba en la cama, hojeando una revista y tarareando desafinadamente una canción de Nina Simone.»

Se lavó la cara con agua fría y volvió a la habitación para ver cómo terminaban *Los Simpson*. Después acostó a Kat en el saco de dormir de color azul claro, comprobó las pilas del vigilabebés y lo metió dentro, entre ella y Bola de Nieve II. Fingió no darse cuenta de que la niña seguía rascándose.

Las cortinas apenas se tocaban en la parte de en medio, así

que colocó una silla entre las dos mitades para sujetarlas a ella y que quedaran así cerradas. Al volverse, vio que Kat tenía los ojos muy abiertos, y cayó en la cuenta de que la camisa se le había levantado y dejaba a la vista la pistola que llevaba detrás.

—Tengo miedo —dijo la niña—. De morir.

Él se acercó, se sentó a su lado y le pasó suavemente un dedo por el puente de la nariz.

—A todo el mundo le da miedo.

—¿A ti también?

Una pregunta clarividente, teniendo en cuenta lo que él estaba sopesando en su fuero interno.

—Sí, un poco. Claro.

—¿Qué es lo que te da más miedo? ¿Estar muerto o no volver a verme a mí y a mami?

Él respondió en voz baja:

—¿Cuál es la diferencia?

Kat cambió de expresión tras un instante y asintió. Él le dio un beso en la mejilla, aspirando su fragancia, mientras la niña se acurrucaba sobre la almohada.

Le estuvo acariciando el pelo hasta que se quedó dormida.

Metiéndose el Batmóvil en el bolsillo y ajustándose el receptor del vigilabebés en el cinturón, dejó a Kat encerrada bajo llave, dio unos pasos por el corredor exterior y se acuclilló con la espalda contra la pared. Más allá del aparcamiento, el tráfico zumbaba frente al motel. El aire apestaba a diésel y a grasa de comida rápida. En el suelo, una legión de hormigas invadía el corazón de una manzana. El receptor crepitó ligeramente. Dio unos pasos de lado hacia su puerta para que enmudeciera.

Agachando la cabeza, una criada avanzaba hacia él por el corredor pasando una larga escoba; encorvada, vieja, vestida con un anticuado uniforme negro, resultaba todo un estereotipo, salvo por los auriculares del iPod que asomaban entre su apelmazado pelo canoso. La escoba barría sigilosamente el corredor, empujando un montoncillo de suciedad. La vieja no lo saludó, ni siquiera cuando se agachó trabajosamente para recoger la manzana y barrer los restos. Siguió adelante y continuó por el aparcamiento. Las cerdas de la escoba arañaban el hormigón con un rumor soporífero: ¡Chuup, chuup, chuup!

Shep respondió al primer timbrazo.

—Me estoy acercando a Kiki Dupleshney —dijo—. Todo el mundo sabe que ando entrevistando a timadoras para un trabajo; su nombre aparece una y otra vez en las conversaciones. Tarde o temprano, alguien propiciará un contacto.

—Annabel se está recuperando, ¿no? —dijo Mike.

Shep no respondió.

—¿Podrías cuidar de Kat hasta que Annabel se ponga bien?

La vieja seguía recorriendo el aparcamiento: ¡Chuup, chuup, chuup!

—¿Qué pretendes hacer, Mike?

—Ellos me buscan a mí, no a Kat. A mí.

—¿Y si Annabel no se cura y tú no estás ahí? ¿Quieres que le explique a tu hija que su padre se dio por vencido, y que por eso la está criando un ladrón de cajas fuertes?

—No me doy por vencido. Voy a plantarles cara. Quizá consiga derrotarlos, de todos modos. Si ellos ganaran...

—Yo he visto a Dodge. Seguro que gana él.

El receptor emitió un silbido; Mike bajó el volumen.

—Bueno, si ellos acaban ganando, ya tendrán lo que quieren. Y Kat no les servirá de nada. Estará a salvo.

—Voy a encontrar a Kiki Dupleshney. Pronto. Y ella nos llevará hasta esos tipos. Los encontraremos nosotros, en lugar de que ellos te encuentren a ti.

—¿Y Kat, qué? ¿Irá armada con un fusil? —Se había puesto a deambular por el corredor, y la escoba de la mujer sonaba ahora con una estridencia antinatural, acercándose, desquiciándole los nervios: ¡CHUUP, CHUUP, CHUUP! Se volvió y a punto estuvo de tropezar con ella, pero ella continuó agachada para sujetar el recogedor en el suelo. Las cuencas de los ojos le quedaban sumidas en las sombras. De los auriculares que tenía en las orejas, salía un soniquete amortiguado, los gallos de violines y trompetas de un mariachi. Mike miró un poco más allá de los encorvados hombros de la mujer y vio, esparcidas entre los desperdicios y las colillas, que ella había barrido en el aparcamiento, innumerables cáscaras de pipas de girasol, todavía relucientes de saliva.

El teléfono, como si se volteara a cámara lenta, se le escurrió de la mano y se hizo añicos en el suelo de hormigón.

El receptor que llevaba en la cadera transformó el chillido de Kat en una especie de zumbido de avispa.

Corrió desesperadamente: diez metros de pánico puntuados con un estrépito de interferencias procedente del receptor, cuyo volumen había subido al máximo: un golpe sordo, un chirrido metálico, un grito enronquecido y amortiguado.

De un empujón, arrancó la puerta de las bisagras.

La cama estaba vacía.

Kat y el saco de dormir donde dormía habían desaparecido.

Capítulo 40

La colcha, arrumbada a la derecha, apuntaba hacia la ventana, y las cortinas se mecían al viento. En el cojín de la silla se veía la mancha de barro de una bota enorme.

Algo muy primario le salió a Mike de dentro, del fondo de su ser, abrasándole los nervios, quemándole la piel.

El receptor que llevaba en la cadera retransmitió los chillidos de Kat, el ronroneo de un motor, un fragor de golpes y sacudidas. El eco de esos sonidos se coló por la ventana abierta, llegándole como en estéreo. Cruzó la habitación corriendo y, apoyando las manos en el alféizar, se asomó justo a tiempo para ver un recuadro blanco alejándose hacia el fondo del callejón. Al virar el recuadro, se prolongó: una furgoneta.

¿Cómo? ¿Cómo lo habían localizado Dodge y William?

Los gritos de Kat le subían desde la cadera con ecos de pesadilla, y tardó un momento en situarlos en la realidad: la habían alzado en brazos, incluido el saco de dormir, y se la habían llevado tal cual, como a un gato en una bolsa, de manera que el transmisor se había quedado dentro del saco, sin que los tipos lo advirtieran.

Gritó enloquecido, mientras la furgoneta se perdía de vista. Saltó por la ventana y dio seis zancadas frenéticas por el callejón antes de que se le ocurriera pensar siquiera en un plan de acción, y entonces volvió sobre sus pasos y corrió a buscar el Honda. Arrancó, dejando una marca de caucho de un metro, y giró por el callejón rechinando los neumáticos.

El receptor emitía un rugido constante de interferencias. La furgoneta se había situado fuera del alcance del aparato, por lo que se interrumpió la conexión. Salió coleando por el otro extremo del callejón a una silenciosa calle residencial, pero la furgoneta había desaparecido. La señal resurgió tartamudeante (Kat lo llamaba a gritos), pero volvió a perderse en un mar de crujidos y parásitos. Aceleró, llegó a un cruce, torció bruscamente a la derecha...

Nada, solo interferencias.

Hizo un viraje de ciento ochenta grados, incrustándose en un Bimmer aparcado, y salió disparado en dirección contraria. Más crujidos y crepitación electrónica. Al fin, borrosamente, se abrió paso un amago de conexión.

Se oyó la voz de William: «... mejor que te estés quieta ahí atrás o...»

Nada, otra vez. Interferencias a todo volumen.

Pisó el freno a fondo y metió la marcha atrás, embistiendo a la camioneta que lo seguía y mandándola de lado hacia el césped de un jardín. El aullido de la bocina del vehículo se extinguió como un mal recuerdo en cuanto se internó a toda velocidad por una travesía lateral, y entonces la escasa luz de la barra del receptor empezó a crecer y crecer hasta elevarse como una llamarada.

Los gritos de Kat se volvían más claros a medida que aceleraba, y Mike identificó en una calle paralela la furgoneta, como un borrón, que asomaba de forma intermitente detrás de vallas y patios laterales. Giró la cabeza una y otra vez —asfalto, furgoneta, asfalto, furgoneta—, tratando de seguir el blanco borrón a medida que iba pasando bajo los conos de luz de las farolas. De repente la furgoneta dobló a la derecha y se alejó de él; la luz del receptor se extinguió por completo. Se subió al bordillo, cruzó una extensión de césped, se llevó por delante una cerca y avanzó escorándose por un patio trasero. Un tipo levantó la vista de la barbacoa justo cuando las salpicaduras de barro volaban hacia él, y su dóberman echó a correr para ponerse a cubierto. Mike atravesó otra cerca, descendió por un terraplén, cruzó dos carriles de tráfico entre los frenazos de los demás coches y, chirriándole los neumáticos, giró hacia el norte. El receptor solo emitía un estruendo de interferencias. Algo parecido a un grito truncado se hizo audible, se desvaneció entre crepitaciones y volvió a surgir temblorosamente. Pisó a fondo, sorteando coches, esquivando contenedores, procurando desesperadamente no cortar el hilo que lo conectaba con su hija.

La recepción se volvió más nítida. Giró intuitivamente a la izquierda y aún cobró más nitidez. Dejando atrás una nube de humo, atravesó sobre dos ruedas la mayor parte de una gasolinera. El motor japonés gemía, abrumado. Se giró para examinar la calle —ni rastro del borrón blanco—, mientras el coche recuperaba el equilibrio. Las ruedas tomaron agarre de nuevo y lo impulsaron hacia el aparcamiento de unas galerías comerciales.

Los gritos de Kat cobraron una claridad torturante y lo pusieron frenético, al borde del ataque de nervios, pero la niña podía encontrarse en cualquiera de los puntos cardinales. Ya creía que iba a estallarle de furia y terror la cabeza cuando entrevió el blanco parpadeo de la furgoneta —flic, flic, flic— por las ranuras de la valla del fondo del aparcamiento.

Pisó a fondo el acelerador y arremetió directamente contra la valla. No hubo un intervalo entre la colisión contra las tablillas y la furgoneta, sino un único impacto instantáneo, un fragor de madera y carrocería, mientras el vehículo se arrugaba y retorcía en torno al morro del Civic y se detenía dando tumbos, bajo una lluvia de astillas que iba cayendo como en un sueño sobre la humeante catástrofe. Mike saltó del coche y se acercó con la pistola en ristre. William tosía y parpadeaba, cegado por el polvo, en el estrujado asiento del conductor.

La abollada puerta lateral había quedado abierta. Dodge ocupaba la parte trasera; sujetaba firmemente con una mano el saco de dormir, y con la otra mantenía en alto el martillo de bola a punto para descargar el golpe. Trastabillando entre las tablillas de la valla destrozada, Mike no disponía de ángulo para dispararle, así que introdujo la Smith & Wesson por la ventanilla abierta del conductor y le puso a William el cañón en la cara.

Dodge se quedó inmóvil con el martillo en el aire. El saco de dormir azul claro se abombaba y retorcía violentamente. William había levantado las manos —rígidos los dedos— y estaba diciendo: «Cuidadito, amigo».

Dodge cambió de posición para que el saco de dormir quedara apoyado en el suelo y agarró la cabeza de Kat, que se perfilaba con claridad a través del acolchado azul del saco, como si fuera un pomelo en la palma de su mano. Gritos ahogados y gemidos. El martillo oscilaba en lo alto.

Mike seguía sin disponer de un ángulo de tiro nítido, pero los ojos de ambos hombres se encontraron por encima del respaldo del asiento, y a Dodge debió inspirarle bastante respeto lo que vio, porque dijo: «A la de tres, ¿de acuerdo?».

Kat tosía y farfullaba. Sonó el alarido de una sirena de policía y, de inmediato, se sumaron dos o tres más, aullando como depredadores.

Wingate asintió levemente. Su voz sonó más serena de lo que él mismo había oído nunca. «Uno…, dos…, tres.»

Con las manos alzadas, William se trasladó torpemente al asiento del pasajero; Mike mantenía la mira de la pistola apuntándole al cogote. Detrás, Dodge fue bajando el martillo centímetro a centímetro. Cuando las sirenas sonaron con más intensidad, Mike advirtió vagamente cierto movimiento alrededor: gente que se agachaba detrás de los coches o que se refugiaba en el 7-Eleven de enfrente. William se escurrió por la otra puerta y se dejó caer en el suelo; Mike se inclinó para seguir apuntándole a la cabeza y le dijo:

—El teléfono móvil de Annabel. Dentro de dos horas.

Dodge le lanzó el saco, y él tuvo que echarse hacia delante para sujetarlo. Cuando volvió a levantar la vista, ambos hombres ya desaparecían por la esquina del 7-Eleven.

Liberó a Kat, agarrando su cara sofocada con ambas manos, saboreando la bendita visión de todo su ser. Se había quedado entumecida, y él tuvo que sujetarla hasta que sus piernas cobraron firmeza. Estaba indemne.

—¡Vamos! —urgió—. Deprisa.

Dando traspiés, la niña recogió a Bola de Nieve II del suelo y estrujó al peluche contra su pecho. Al pasar junto a la ventanilla del conductor, Mike reparó en una abultada carpeta encajada junto al seguro de la hebilla del cinturón. «Mike Wingate», decía la etiqueta roja con desaliñada caligrafía. Metió la mano por la ventanilla y la sacó.

Dodge reapareció en ese momento por la esquina trasera del edificio, pero se detuvo, apoyando la mano en la pared de ladrillo. Mike contempló la carpeta; el tipo había vuelto a recuperarla. Sujetando a Kat, dio un paso atrás. El hombretón tensó los músculos para salir tras ellos.

Las sirenas aullaron, ya muy cerca. Cada vez más.

Dodge se dio por vencido y se escabulló de nuevo por la esquina. Padre e hija corrieron en la dirección opuesta. Mientras iban a gatas entre una hilera de arbustos, vieron destellos azules y rojos en el cruce que quedaba a quinientos metros de allí.

Patios, pasajes, calles. Corrieron una eternidad, a ratos solo a paso rápido para no llamar la atención. En el motel, el encargado y la criada, estupefactos ante la puerta destrozada, estaban evaluando los daños. Mike se abrió paso, cogió la mochila del rincón y se largó.

Kat se movía con ligereza a su lado, pálida y callada. Cuatro calles más allá, Mike encontró un viejo Camry aparcado en un estrecho sendero de acceso; la casa estaba a oscuras. Rompió la ventanilla del conductor con un pedazo suelto de baldosa que cogió de la acera, metió el brazo entre los cristales rotos y pulsó el mando del garaje enganchado en el parasol. Le dijo a Kat que esperase y se coló por debajo de la puerta del garaje, que se alzaba lentamente. La puerta interior que daba a la cocina no estaba cerrada, y las llaves del coche colgaban de un gancho junto al interruptor de la luz.

Mientras cruzaban el barrio con el Camry, pudo observar las secuelas de la persecución: vehículos abollados, césped arrasado, coches patrulla volando en todas direcciones... En la autopista, cuando ya llevaba recorrido un buen trecho, todavía tuvo que recordarse que debía respirar regularmente. Se dio cuenta de que seguía llevando el receptor en la cadera; lo desenganchó y lo arrojó a sus pies como si quemase.

Dejando el coche en un solar a cuatro manzanas, se registraron en un motel situado bajo una rampa de la autopista, en Panorama City. Él trataba de que Kat hablara, pero la niña no conseguía que las palabras se abrieran paso entre sus entrecortados jadeos. Sentado en la cama, la estuvo acunando durante tres cuartos de hora mientras se serenaba su respiración y se acallaban sus gemidos. La niña se quedó en posición fetal, acurrucada sobre él, con los párpados cerrados, por donde discurrían unas venitas finas como agujas. Incluso cuando se quedó dormida, la siguió abrazando y acunando, maravillado por su calidez y por el milagro de haberla recuperado.

Después la depositó con cuidado bajo las mantas y miró el reloj: faltaba media hora para su cita telefónica con William y Dodge.

Sacó de la mochila una tarjeta telefónica nueva y la abultada carpeta que se había llevado de la furgoneta. Las colocó en la vacilante mesa que había en un rincón y encendió el flexo.

En cuanto abrió la carpeta, la información saltó de la página y lo golpeó directamente en la cara. Se quedó unos instantes inmóvil, sin dar crédito a lo que veían sus ojos: un informe sobre los padres de Annabel, incluyendo sus números de teléfono, direcciones, vehículos, números de seguridad social, amistades, antiguos socios y lugares a los que habían viajado.

Esa era la primera página. Y había centenares.

Con creciente alarma, hojeó el resto. Figuraban los hermanos y los primos de Annabel, los empleados de Mike, los subcontratistas con los que había trabajado, los médicos, los vecinos, los padres de los amigos de Kat, las exesposas de los compañeros de Annabel en su curso de magisterio… La página noventa y cinco resolvía el enigma de cómo los habían localizado William y Dodge. Bajo una fotografía de Shelly, la novia de Jimmy, figuraba el número de las matrículas que Mike había tomado del Mazda 626 de la mujer, el mismo número que había ido anotando al registrase en cada motel para asegurarse de que la grúa no se llevaba el coche del aparcamiento. Había bastado una simple alerta policial sobre la matrícula y una llamada de un encargado de motel para que Kat fuera raptada en plena noche.

La carpeta contenía asimismo extractos de tarjetas de crédito que se remontaban a varios años atrás, hoteles donde él y Annabel se habían alojado marcados con círculos rojos, las ciudades que habían visitado, los supermercados donde solían hacer sus compras y los locales de comida para llevar a domicilio a los que llamaban. Además, constaban las facturas de teléfono de sus amigos, e incluso varias transcripciones de lo que supuso que debían de ser líneas intervenidas, con su nombre subrayado cuando aparecía mencionado: «Wingate estaba desquiciado. Me ha hecho parar en un cementerio cuando volvíamos del almacén de piedra, y se ha puesto a deambular como un fantasma». Más adelante, la información alcanzaba a los socios de los socios, remontándose así hasta seis referencias anteriores. De este modo se ofrecía un panorama general de la red en la que estaban engarzados los Wingate, un mapa detallado de su existencia. Había muchos datos desconocidos para el propio Mike: los padres de la profesora de primer curso de Kat poseían una cabaña en Mammoth; el primo del cuñado de Annabel tenía una propiedad compartida en Jackson Hole; los Martin, sus vecinos, contaban con una segunda residencia en Carolina del Norte…

Estaban al corriente de cualquier lugar donde él hubiera estado, o de cualquier persona con la que se hubiera relacionado.

Cerró la carpeta. Se quedó con la cabeza gacha y la mirada perdida. Sus codos y sus manos habían dejado huella en la pátina de polvo de la mesa. La brutal realidad de su indefensión se le hizo patente de golpe y se le pusieron los nervios de punta. Él tenía una bolsa llena de dinero y una habilidad un tanto oxidada para robar coches, mientras que sus perseguidores contaban con el *software* de recopilación de datos más potente del que disponía la Administración de Estados Unidos.

Echó un vistazo al reloj. Era la hora.

A través del centro de prepago, llamó al móvil de Annabel. Sudando profusamente, esperó a que la llamada entrara.

—Mike Doe —dijo William.

—William Burrell —dijo Mike—. Y Roger Drake.

—Veo que ha hecho los deberes.

Mike bajó la vista al expediente.

—Igual que ustedes. —Silencio—. Han ido a por mi esposa para llegar a mí.

—Sí.

—Yo también puedo hacer pesquisas sobre su familia. Averiguar dónde viven.

—¿Familia? —William se echó a reír—. Mi concepto de familia es un poco distinto del suyo. Mi gente no significa nada para mí. Salvo Hanley… Y bueno, él ya no está con nosotros, ¿verdad?

—Ustedes han intentado muchas cosas, pero nunca han dicho qué quieren.

—Matarlo.

La piel de Mike cobró vida: miles de minúsculos insectos trepaban con patas de hielo.

—¿Nada más? —No podía creerlo—. ¿No busca información? ¿O dinero? ¿Solo ha de matarme?

—Sí. —Burrell suspiró—. Nosotros somos soldados de infantería, ¿sabe? Tenemos una misión. Y usted es el objetivo. Un mal asunto, ya lo entiendo. Ojalá no fuera así. Pero hay dos tipos de criminales, ¿sabe? Los que tienen principios y los que no los tienen. Nosotros —Dodge y yo— los tenemos y cumplimos nuestra palabra. Yo nunca le he mentido. Y no voy a hacerlo ahora.

—¿Qué tuvo que ver mi padre con ustedes? —preguntó Mike.

—Nada. Nada en absoluto.

—Ustedes me persiguen por algo que hizo él.

—Quizás antes de matarlo le explique el motivo.

Se volvió hacia Kat y contempló cómo le subía y bajaba regularmente el pecho.

—Entonces podemos solventarlo cara a cara. Yo voy a su encuentro. Pero usted deja a mi hija fuera de todo esto. Ella no sabe nada. No ha visto nada.

Una risita ahogada que no entrañaba diversión.

—Todavía no lo capta, ¿verdad?

Los insectos volvieron a cobrar vida; la epidermis de Mike parecía infestada de patas minúsculas.

—¿Captar qué?

—Katherine no es una simple inocente —aseguró William—. Es nuestro otro objetivo.

La llamada se cortó.

Capítulo 41

Mike estaba esperando con Kat en la puerta del centro de juegos cuando el encargado, un tipo granujiento, llegó para abrir. El Camry, cuya ventanilla rota había quedado libre de cristales, lo había dejado aparcado al fondo del aparcamiento; las matrículas las había intercambiado con las de un Jetta.

En el salón recreativo, cambió cuarenta dólares en monedas de veinticinco centavos y se instaló en una cabina telefónica mientras Kat jugaba con las máquinas del pasillo inmediato, donde la tenía todo el tiempo a la vista. La oscuridad y las luces centelleantes lo desorientaban; parecían una extensión de la noche interminable de la que habían emergido. ¿Era de día realmente afuera?

Sin apartar apenas los ojos de su hija, hizo una llamada tras otra, comenzando por los números gratuitos 1-800. Lo único que obtenía eran otros números, que le remitían a otros, y así sucesivamente. Como estaba llamando a servicios de emergencias, la mayoría de centros se encontraban abiertos aunque fuese sábado. Kat pasaba de un juego a otro, rascándose la cabeza. El resplandor de las pantallas le iluminaba la abstraída expresión. El salón se fue llenando de críos hasta que los pasillos quedaron atestados y Kat acabó rodeada de golosinas, risas y colorido, en una especie de visión burlona de los fines de semana del pasado. Mike tenía que hacer un gran esfuerzo para no distraerse. Tras introducir innumerables monedas en el teléfono, descartó cincuenta opciones y examinó otras cincuenta, tratando de hallar alguna factible.

Cuando terminó, la guía telefónica estaba llena de marcas

de sudor de sus dedos. ¿Y si lo seguían y encontraban sus huellas? ¿Serían capaces Graham, Dodge o William de sacar de las páginas amarillas alguna clave que los condujera a Kat? En un acceso de paranoia, se llevó la guía disimuladamente y la quemó junto al contenedor de la parte trasera. La niña permaneció en el coche, contemplando la escena como en un autocine. Acuclillado, calentándose las manos en esa pira en miniatura, Mike se dio cuenta de que estaba a punto de llorar de horror por lo que se disponía a hacer.

Condujo hacia el este toda la tarde. Kat, con la cara pegada a la ventanilla, miraba cómo discurría el desierto a su lado. Los enebros se mecían al viento, la lavanda despedía un polvillo púrpura y los árboles de Josué se retorcían en medio de la nada, como lápidas sin nombre.

¿Por qué una niña de ocho años podía convertirse en objetivo de unos asesinos a sueldo? La semana anterior, William y Dodge le habían dado un susto, induciéndolo a que sacara a la niña del colegio y se la llevara a casa. Volvió a ver, en un fogonazo, los dedos de Hanley manoseando obscenamente el tirante del sujetador de Annabel. «Esto es un desastre, un puto desastre. Se suponía que debíamos esperar.» Esperarlo no solo a él, sino también a Kat.

Aquella mañana lejana, tantos años atrás, en el coche familiar, el tono horrorizado de su padre había resultado palpable. Quizá temía por la vida de su hijo tal como él temía ahora por la de Kat. Pero ¿por qué? Su padre era responsable de la pesadilla en que había convertido sus vidas, al menos a juzgar por la mancha de sangre que le había visto en la manga de la camisa. En contradicción con esa idea, le vino a la cabeza otra imagen: la de él mismo, en la penumbra del garaje, limpiándose con un trapo la sangre de Annabel que tenía en el brazo. ¿Y si resultaba que él no había sido abandonado, sino salvado? ¿Y si despacharlo hacia una nueva vida era la única alternativa que había encontrado su padre para protegerlo?

Pero Mike no se fiaba —no podía fiarse— de esa explicación. Atufaba a fantasía realizada, a mito originario, como el de Superman, lanzado en un cohete desde Krypton. Todavía peor, porque parecía alimentado por la esperanza, por el anhelo; y cuando se trataba de su propia infancia, él había llegado a la conclusión de que la esperanza y el anhelo eran callejones sin salida.

Sin embargo, ¿cómo podía aferrarse a ese agravio perpetuo teniendo en cuenta lo que estaba a punto de hacer?

—Arizona —dijo Kat como en sueños cuando pasó junto al rótulo indicador de la autopista—. Siempre había querido venir.

Al llegar a la ciudad de Parker, la llevó a una cafetería. Ella pidió una bandeja de sándwiches de queso a la parrilla con patatas fritas y un batido de chocolate.

—¿Tú no vas a comer? —preguntó mientras daba un bocado. Él se limitó a negar con la cabeza.

Kat salió disparada del local mientras él pagaba. Cuando corrió tras ella en un acceso de pánico, se la encontró frente a un escaparate, apoyando la mano en el cristal, totalmente cautivada. Un vestido amarillo a cuadros flotaba en el interior, colgado con un hilo de pescar frente a un fondo navideño. Mike la llevó dentro y lo compró, junto con unos zapatos y varias blusas.

Después fueron al cine, y la pequeña, como siempre, mientras salían los créditos, se puso a dar porrazos con el brazo al mismo ritmo que la lámpara saltarina de Pixar Animations. Durante dos horas, arrellanado en su asiento, Mike la contempló a ella, en vez de mirar la pantalla: sonrisas de oreja a oreja, explosiones de carcajadas, respiración ensimismada con una trenza de regaliz en la boca... Por un momento, parecía que hubieran dado un salto atrás en el tiempo y que todo volvía a ser normal.

Mike encontró un hotel de diseño donde aceptaban un depósito en metálico. La decoración country resultaba un tanto recargada, pero en conjunto era un sitio mucho más bonito que los moteles donde se habían alojado hasta ahora. Bañó a Kat, ladeándole la cabeza bajo el grifo para lavarle el pelo. Los piojos seguían ahí, desde luego, pero no tenía valor para rematar la tarde con un tratamiento químico.

Ya en la cama, con la piel rosada y limpia, ella dijo:

—Cuéntame una historia.

Él cayó en la cuenta de que había acercado a la cama su floreado sillón, como una enfermera velando a un moribundo.

—¿Sobre qué?

—Sobre el mes que viene. Sobre nuestra vuelta a casa. —Sus parpadeos se prolongaban cada vez más—. Mami se ha pasado el día cocinando. Ya sabes cómo se pone cuando llega el día de Acción de Gracias. Y hay pavo. Y pastel de calabaza. Y esas naranjas cubiertas de clavos de olor. Y entonces nos sentamos todos juntos y...

Se había quedado dormida.

Mike recordó el momento en que se la habían puesto en los brazos por primera vez en el hospital. Era apenas un bulto mullido con una carita rosada, y él había bajado la vista y pensado: «Todo cuanto necesites durante el resto de tu vida». Apoyó la cabeza en el pecho su hija, escuchó el tenue latido y respiró su respiración.

Salió al balcón. La contaminación ocultaba las estrellas. Le preguntó a Annabel si sería perdonado por lo que se disponía a hacer, pero no le llegó ninguna respuesta del firmamento.

Por la mañana, Kat se zampó un montón de crepes, interrumpiéndose solo para rascarse la cabeza. De vuelta en la habitación, Mike metió las cosas de su hija en la mochila, dejando aparte la pistola y unos fajos de billetes. Delante del espejo del baño le cepilló el pelo lenta y meticulosamente, y se lo recogió detrás, ¡al fin!, en una coleta perfecta.

Ella sonrió y la agitó.

—Perfecto, papá.

Se pasó un rato encerrada en el baño y salió con su nuevo vestido amarillo, sujetando cada lado de la falda con dos dedos, en un tímido alarde teatral.

—¿Y bien?

Él tragó saliva con esfuerzo y le dijo:

—Te sienta de maravilla.

Siguió la ruta que le habían dado por teléfono el día anterior, mientras estaban en el salón recreativo. La cadena de trabajadores y asistentes sociales a través de la cual había obtenido aquella dirección resultaba demasiado enrevesada para recordarla, pero ese era en parte el objetivo. Con medias verdades, engatusando o suplicando a sus interlocutores, había logrado llegar a un nombre en el que creía poder confiar.

Miraba hacia delante a través del parabrisas, aferrando el

volante y fijando la vista en la línea discontinua, a base de trazos amarillos pintados sobre el asfalto. Se sentía como un robot despiadado e insensible, como una máquina: puro acero y determinación. Notó que Kat lo miraba de soslayo una vez, otra, y que luego le clavaba los ojos fijamente, y sintió que toda su resolución se derretía. Pero poco después ya estaban allí, aparcados delante, y ella atisbó por la ventana y observó la enorme y laberíntica casa estilo rancho, y el patio trasero lleno de juegos infantiles y niñas. Inspiró bruscamente, con fuerza.

—Por qué estamos aquí. —No lo dijo como una pregunta.

Mike no podía hablar; apenas acertaba a respirar. «No tiene perdón un padre capaz de hacerle algo así a un niño.»

—Por qué —repitió Kat— estamos aquí.

Trabajosamente, él logró que las palabras atravesaran el nudo que se le había formado en la garganta.

—Necesito tu ayuda, cielo.

—Papá…

—Mamá está en peligro y yo tengo que… Tengo que reunirme con Shep para ayudarla. —No se atrevía a mirarla—. Y no puedo hacerlo y mantenerte a salvo al mismo tiempo.

—No, papá. No, no, no. No puedes hacerlo.

—Antes de dar cualquier otro paso, he de asegurarme primero de que tú estas segura.

Ella se había puesto a llorar con un llanto de niña pequeña.

—¿Qué he hecho? Lo de los piojos no es culpa mía.

—No, cariño. Tú no tienes la culpa de nada. Eso no lo olvides. De nada…

—Lo siento. Siento haber pillado piojos. —Se retorcía una mano con la otra como si fuese un trapo mojado—. Por favor, papá. Por favor. Puedes raparme la cabeza, como dijo Shep. No me importa. —Se arrodilló en el asiento con los ojos muy abiertos, suplicantes—. Tú puedes protegerme.

—Por eso hago esto.

—Tú siempre me has protegido. Contigo estoy a salvo. Tú cuidarás de mí.

Él golpeó el volante.

—¡No puedo! —Sus palabras resonaron en el interior del coche. El puño le palpitaba. Procurando dominar el pánico, buscó una manera delicada de expresarse. Dios, ¿cómo formularlo para que lo entendiera?—. Esto…, esto es lo que puedes hacer en estos momentos para ayudar a mamá.

Kat se desplomó en el asiento.

—¿Cuánto tiempo?

Él alzó las manos, extendió los dedos y luego volvió a cerrarlos sobre el volante.

—Pase lo que pase, estarás bien. Quizá no te lo parezca, pero estarás bien.

—¿Qué significa «pase lo que pase»? ¿Qué significa? O sea, si mamá…, si mamá se muere y ellos te atrapan, entonces yo…, yo… —Suspiró con un estremecimiento y se quedó un instante inmóvil, encogida y abrazándose a sí misma—. Tengo ocho años —dijo—. Solo tengo ocho años.

Mike hizo un esfuerzo para desatascarse la garganta y mantener la calma. Tenía la mandíbula crispada; notaba la palpitación de los músculos a uno y otro lado. Aún no se atrevía a mirarla. El silencio se prolongó diez segundos, o tal vez fueron diez minutos.

—Si eso ocurre —los nudillos, contraídos en torno al volante, se le habían puesto blancos—, creerás que yo nunca sabré lo maravillosa que habrás llegado a ser, ni cómo habrás creado una familia ni todo lo que habrás logrado. Pero sí. Ya lo sé ahora.

—No. No, no, no, no.

Tenía que decirlo todo de una vez antes de que lo abandonaran las fuerzas:

—Por mucho tiempo que pases aquí, no puedes decirle a nadie tu apellido. —Un eco de su infancia lo desgarró por dentro como la broca de un taladro—. Te llamas Katherine Smith. Escúchame, Kat. Ahora te llamas Katherine Smith, ¿entiendes? No des mi nombre, ni el nombre de mami. No digas de dónde eres. Has de inventártelo todo, aprendértelo de memoria y no olvidarlo jamás.

Cada palabra caía como un cristal roto bloqueando la salida. Ella había enterrado la cabeza entre los brazos y la meneaba violentamente una y otra vez.

«¡Qué jodido es tener que decirle todo esto! Menuda mierda. Se me va a romper el corazón y me desintegraré», pensó Mike.

—Has de ser fuerte. Está en juego tu vida. Nadie debe saber nada sobre ti.

Eran todas las lecciones que habría deseado no enseñarle jamás, todos los rasgos de la caricatura del «mal padre». Pero se armó de valor y siguió hasta el final.

—Júramelo, Kat.

—No.

—Debes hacerlo. Si no, te encontrarán.

—No voy a ir.

—No hay opción, Kat.

Ella levantó la vista de golpe, con la cara arrasada en lágrimas. Las palabras le salieron entre sollozos.

—Entonces júrame tú a mí que si me quedo aquí y mantengo la boca cerrada y no digo quién soy, tú tienes que vivir y volver a buscarme. Tienes que hacerlo. Prométemelo. Si no, me negaré. Me negaré. —Extendió la mano—. ¿Trato hecho?

Él bajó la vista a los trémulos dedos de su hija. Sentía que la sangre acelerada le enturbiaba la visión. ¿Acaso podía hacer una promesa semejante? ¿Tenía otra elección?

Kat mantenía la mano tendida, fijando aquella dolorida mirada en el rostro de su padre.

Él suspiró, cerró los párpados un instante y se decidió:

—Trato hecho.

La mano de la niña estaba tibia y temblaba.

—¿Volverás a buscarme?

—Volveré a buscarte.

—Lo has jurado —dijo—. Ahora lo has jurado.

Mike cogió la mochila del asiento trasero, y caminaron hacia la casa.

Les abrió la puerta una mujer rolliza, secándose las manos en el delantal. Detrás, cuatro niñas mayores que Kat miraban embobadas los dibujos animados, y un crío de un año jugaba con una Barbie que tenía una única pierna. La algarabía de los niños que había en el patio se colaba por una ventana: risas, porrazos, un llanto aislado... A Mike se le retorcieron las tripas. Echó un vistazo alrededor para estudiar el lugar, pero el pasado y el presente se le confundían. Ahí, en el sofá, estaba Madre-Diván, abanicándose con la *Guía de TV*; allá, el cojín amarillo, impregnado de efluvios a meado de gato. «Claro, cabeza de chorlito. Mi mamá también. Todos nuestros padres van a volver.»

Le picaban los ojos y tuvo que parpadear varias veces para volver al presente. No había Madre-Diván, ni hedor a pis de gato, pero sí una ventana salediza, puesta allí para tentar a los niños a mirar y a esperar. Los brazos del diván estaban raídos; las paredes, llenas de muescas y rayas. Pero las niñas parecían sanas y la casa estaba impregnada de un denso aroma a sopa de tomate.

—¿En qué puedo ayudarlo? —preguntó la mujer.

Mike no sabía cuánto tiempo llevaba allí plantado.

—¿Es usted Jocelyn Wilder?

—Sí. — La mujer se recogió, haciéndose un nudo, el rizado pelo canoso.

—¿Podemos hablar a solas un momento?

Kat se secó la nariz con la manga. Tenía los ojos fijos en sus zapatos. Jocelyn le echó un vistazo y volvió a mirar a Mike.

—¿Quieres salir a jugar fuera, preciosa?

Con la cabeza gacha, la niña salió por la puerta trasera y fue a sentarse sola en un banco. La mujer señaló la cocina con gesto receloso, y Mike la siguió por una puerta batiente. Se quedaron frente a frente, de pie sobre el gastado linóleo amarillo. El ancho rostro de la mujer indicaba que ya había vivido situaciones similares más de una vez.

—Estamos en un aprieto —dijo él—. Tengo que ocuparme de cierto asunto.

—Mire, yo no regento una…

—Lo sé. Lo sé. Pero si la niña entra en los engranajes oficiales, correrá un gran peligro.

—Hay muchos niños en peligro.

—No en el mismo sentido.

—¿Qué quiere decir con eso? —preguntó, sorprendida—. ¿Que podrían matarla? —Aunque la había pronunciado ella, la palabra la impresionó—. ¿Por qué habría de querer matarla nadie? Es una niña pequeña.

—No lo sé. Es lo que he de averiguar. Tengo que marcharme. Ya debería haberme ido. Mi coche no puede estar ahí delante. Si lo ven, sabrán que ella está aquí.

Jocelyn lo observó escéptica, pero él percibió que la inquietud empezaba a aflorar.

—Lamento ponerla en este compromiso.

Ella emitió un sonido a medio camino entre un bufido y una risotada, y le espetó:

—No me va a poner en ningún compromiso, señor...

Cruzó los fornidos brazos, con las piernas bien plantadas en el suelo: toda una estampa de vigor en reposo. Era de esas madres de acogida que te agarraría de la oreja y te arrastraría a Valley Liquors para hacerte confesar que habías robado unas botellas mini de Jack Daniel's. Mike la conocía, tal como había conocido a Madre-Diván, lo cual significaba que podía calarla: los acuosos ojos azules, la estriada piel de las sienes, la bondad que se traslucía en cada arruga de su venerable cara...

Él alzó la mano con la palma hacia abajo, como calmando las aguas, o como manteniendo el equilibrio; no habría sabido decir cuál de las dos cosas.

—No se fíe de nada de lo que oiga en las noticias. No se fíe de nadie. De nadie. No importa quiénes digan que son. Si usted la entrega, si llama a la policía o a los servicios de Protección Infantil, irán a por ella.

—Bueno, eso es mucho decir, ¿no? —La mujer tragó saliva irritada, con un bamboleo en la piel del cuello, y desvió la mirada.

—Usted conoce a los niños. Hable con mi hija y verá que le estoy diciendo la verdad.

—¿Cómo me ha encontrado?

Mike se bajó la mochila del hombro y la dejó caer en el suelo, donde aterrizó con un golpe sordo.

—Ahí hay doscientos mil dólares en efectivo. No es dinero sucio. Son los ahorros que habíamos reunido antes de que ocurriera todo esto. Puede declararlo como una donación anónima, pagar impuestos, como quiera. O puede guardárselo. O gastarlo con los demás niños, para que no se pongan celosos.

—Las donaciones no funcionan así. Yo no quiero su dinero, en todo caso.

—Guárdelo por si lo necesita.

—No me está escuchando.

—Entonces, ¿quiere guardármelo a mí?

—¿Como una especie de garantía? —Casi escupió las palabras.

—Yo volveré.

—¿Cuándo?

—Pronto.

—No lo voy a hacer —dijo ella, tajante.

—Sí —dijo Mike con delicadeza—. Sé que lo hará.

—Doscientos mil dólares. —La mujer se puso las manos en las caderas, y las fofas carnes de los brazos se bambolearon—. ¿Por qué tanto dinero si piensa volver?

Él tenía la sensación de que su cara no le pertenecía, de que era un entidad separada, como una máscara de piedra. Si se resquebrajaba, se desmoronaría totalmente y no quedaría nada en pie. Notó que se le escapaba un sonido de la garganta. Jocelyn suavizó su actitud. Bajó las manos y pareció apiadarse de él, que aún se afanaba para dominarse.

—Para que la niña tenga todo lo que necesite hasta entonces. —Señaló la mochila—. Su ropa está ahí dentro también. Esas ropas son suyas. Pero compre lo necesario para las demás...

—Todas mis niñas tienen su propia ropa —dijo, indignada.

—Y —añadió Mike débilmente— tiene piojos.

—Fantástico.

—Probé con mayonesa...

—Eso no funciona. Hay que utilizar un producto muy fuerte.

Él apoyó la puntera en el linóleo. Ya no tenía derecho a poner objeciones.

—De acuerdo.

—¿Algún otro problema? ¿Tuberculosis resistente a los fármacos, quizá?

—No.

—No puedo ni pienso hacerlo mucho tiempo —protestó—. Es ilegal, cosa que pone a toda la familia en peligro. No tengo su certificado de nacimiento. ¿Qué voy a hacer si...?

—Nadie dirige durante diecisiete años una residencia para mujeres y niños maltratados sin aprender cómo proporcionarle a alguien una nueva vida.

Ella le lanzó una mirada fulminante y le dijo:

—No cabe duda de que sabe de qué va. —Inspiró hondo—. Pero eso fue hace mucho.

—No tanto como para que no consiga que se le pongan al teléfono las personas clave en las oficinas adecuadas…, si llegara el caso.

—Si llegara el caso —repitió ella secamente.

Soltó una risa irritada y él volvió a percibirlo: un brillo acerado en su mirada que decía que era esa clase de mujer capaz de lograr prácticamente todo lo que considerase necesario.

—¿Y por qué debo creer que volverá? —preguntó.

—Porque se lo he dicho a ella.

—Entonces será mejor que vuelva. ¿Entendido?

—Sí, señora.

Volviéndose hacia el horno, ella lo despidió con un gesto.

Mike empujó la puerta batiente y entró de nuevo en el vestíbulo. Todos seguían tal como los había dejado: las niñas, embobadas ante la televisión; el crío, retorciéndole a la Barbie los miembros restantes, y su hija, sentada en el banco que había junto a la puerta trasera, con los cordones desatados bailándole sobre el suelo de hormigón. Jugueteaba con los dedos en el regazo de un modo ensimismado, y apretaba los labios, haciendo un esfuerzo para no llorar. Mike se detuvo en el umbral. No quería parpadear: solo disponía de este momento para mirarla bien, para capturar su imagen; después ya sería tarde. Se le ocurrió por un momento que iba a desintegrarse allí mismo, como en un efecto de película de terror.

Kat alzó la cara y fijó en él sus ojos de color ámbar y castaño.

—Por favor, papi.

Arrancando la mirada de ella, dio media vuelta.

En un estado de aturdimiento, cruzó la puerta principal y regresó al Camry robado. Bola de Nieve II seguía en el salpicadero, donde su hija lo había colocado. Cogió el pequeño peluche y miró hacia la casa, pero no se animó a volver para dárselo. Dejándolo en el asiento contiguo, arrancó. Unos cuantos kilómetros más adelante, advirtió que tenía el vigilabebés a sus pies, donde lo había arrojado tras la persecución.

Lo tiró por la ventana.

Capítulo 42

Volvió en sí, parpadeando, en una habitación de motel, con el vago recuerdo de haber conducido durante horas para poner de por medio toda la tierra posible entre él y la casa de acogida de Jocelyn Wilder. La distancia, esperaba, atenuaría la tentación. Tenía a Bola de Nieve II estrujado en un puño, y una botella de Jack Daniel's envuelta en una bolsa marrón entre las piernas, si bien no guardaba el recuerdo de haber querido emborracharse. Se sentó en la cama, dándole la luz del televisor en la cara, y bebió directamente de la botella, deseando aturdirse, pero no había dado más que un par de tragos cuando vomitó en un rincón. Se vio a sí mismo desde fuera: encorvado sobre la áspera moqueta, calzando solamente un zapato y el cinturón desabrochado. Y entonces apareció Annabel; se arrodilló junto a él y le puso la mano en el hombro, diciéndole: «Tranquilo, estoy aquí. Lo superaremos juntos». Pero cuando dio media vuelta, ella se evaporó en una asombrosa ráfaga de luz que entraba por una ventana alta.

Sentía frío muy adentro, donde los rayos de sol no podían llegar. Pensó que debía ducharse y advirtió que ya lo estaba haciendo: el agua hirviendo le dejaba marcas en el pecho y en los brazos, pero él no cesaba de tiritar. Cerrando los ojos, se refugió en los recuerdos desvaídos de su madre: aquella cocina de azulejos amarillos, su pelo castaño oscuro cayéndole sobre el bronceado brazo mientras lo bañaba, el olor a pachulí y salvia, una cálida fragancia a canela... Y la mancha de sangre, ¿la sangre de ella?, en la manga de su padre.

Un tiempo muerto.

Y luego la habitación estaba a oscuras, y él temblaba bajo un chorro helado: el agua caliente se había acabado hacía mucho.

Más tarde se encontró en el suelo, envuelto en una sábana, abrazado a la bolsa donde tenía la pistola y el dinero restante. La habitación era un desbarajuste: un charco de vómito, una silla caída, varias sábanas hechas un revoltijo en la moqueta.

Se abrió la puerta, y la luz del pasillo le dio en el rostro y lo obligó a pestañear. La puerta volvió a cerrarse. Sonaron unos pasos recos, y una sombra se plantó ante él.

Ya estaban aquí para matarlo.

—Levanta —dijo Shep.

Una mano descendió hasta entrar en su borroso campo visual. Mike la miró aturdido, sin comprender.

—¿Cómo me has encontrado? —preguntó con voz ronca.

—Me llamaste. Me contaste lo que habías tenido que hacer. Venga, levanta.

Le cogió la mano. Shep lo izó hasta ponerlo de pie, cruzó la habitación y dejó una bolsa de papel en la roñosa encimera de la cocinita. Sacó un lustroso móvil negro, un nuevo Batmóvil, y se lo lanzó. Luego apareció el Colt 45 y una radio policial, que enchufó junto al microondas: «... 1080, ¿tienes la ubicación? Afirmativo. Estoy en la escena, el 1601 de Elwood; la ventana trasera parece rota. ¿Cuántas unidades tenemos en la zona?». Bajó el volumen, aunque dejándolo a un nivel audible, y luego sacó una lata tras otra de espaguetis y las fue dejando en fila junto al fregadero.

—¿Qué..., qué día es hoy?

—Lunes. Las ocho y diecisiete de la noche. Estás de vuelta en California. En Redlands.

¿Realmente había dejado a Kat ayer mismo?

—Sus gafas —murmuró. Se dio una palmada en la frente, tambaleante—. Me olvidé; Kat necesita unas nuevas para leer...

Shep abrió una lata de espaguetis con su navaja multiusos, metió un cubierto de plástico y se la pasó a su amigo.

—Come. Tenemos trabajo mañana por la mañana, y no puedes acompañarme lívido y tembloroso.

—Annabel podría estar muerta a estas alturas.

—Come.

—Dime qué hospital es. He de llamar…

—No puedes…

—… solo para saber.

—Entonces quieres que la maten. Y a nosotros. Y a Kat. —Cogió el teléfono de la mesita y, tirando del cordón, se lo tendió. Desafiante.

Mike miró el teléfono con odio. Pero no lo tocó.

Shep volvió a dejarlo y le pasó de nuevo los espaguetis.

Wingate cogió la lata e hizo un esfuerzo. «Mastica. Traga. Otra vez.»

Echó un vistazo alrededor, examinando el desbarajuste con los ojos de Shep: la habitación entera tenía un aire profundamente sombrío, como si la hubiesen empapado en un color grisáceo. Los espaguetis adquirían en su boca un regusto agrio a gachas; contuvo las arcadas y se limpió los labios con irritación.

—¿Por qué estás aquí?

—¿Qué? —dijo Shep.

—Después de cómo habían quedado las cosas, me podrías haber enviado al cuerno cuando te llamé la primera vez. Pero yo sabía que no lo harías. Que si te necesitaba, te presentarías en un abrir y cerrar de ojos. —Extrañamente, el sentimiento que le surgía era de encono, como un rencor lentamente incubado del que no había sido consciente—. Tal vez deseas que vuelva a ser un criminal. Tal vez te sentías solo.

Shep masticó su comida. Llenó otra vez la cuchara. Hizo una pausa y dijo:

—Tal vez.

—No estás en deuda conmigo. Aunque yo cumpliera aquellos tres meses por ti.

—¿Crees que lo hago por eso? —Mostraba una calma absoluta, exasperante. Incluso parecía pensativo—. Porque estoy en deuda contigo.

—¿Por qué, si no? —Mike dejó la lata de un porrazo sobre el televisor. La salsa de tomate le salpicó en el antebrazo. Experimentaba cierto alivio en entregarse a la cólera, en usar los músculos al viejo estilo. Necesitaba tensarse, desfogarse—. ¿Por qué, si no?

Shep tomó otro bocado, apurando el fondo de la lata.

—Nunca lo he pensado demasiado —dijo con la boca llena.

—Claro que no. Eso no estaría a tu altura. Porque tú te guías por un instinto inequívoco...

—¿Esa es otra de tus palabrejas del examen de admisión?

—Tú eres demasiado puro para pararte a pensar. Siempre has sabido quién eres. No como yo.

—Sin pasado.

—Pero yo sí tengo un pasado. Nunca he llegado a dejarlo atrás. Era mentira el destino al que me creía encaminado: encubrir lo de esas tuberías, recoger aquel premio de mierda... Sabía que era un error. Pero seguí el juego. Y ahora... —Dejó escapar un gruñido entre dientes—. No comprendo cómo soportas mirarme siquiera, joder.

—Eso es lo que nunca aprendiste.

—¿Qué?

—La aceptación. —Shep se encogió de hombros—. Es lo que es.

—¿El qué?

—Todo.

—¿Qué demonios significa eso?

—Tu padre, por ejemplo. Le has guardado rencor durante..., no sé, ¿cuántos años ya? El mundo en blanco y negro, y él está en el lado negro. ¿Qué opción te quedaba a ti? —Abrió otra lata y siguió comiendo, con el apetito intacto—. La traición de tu padre ha sido tu Estrella Polar. ¿Y ahora, qué? ¿Abandonar tú a una cría? —Alzó las manos, un aspaviento raro en él, y el cubierto quedó hincado en la lata, como una bandera blanca—. El negro ya no es negro. El blanco ya no es blanco. Quizá nunca lo fue. Tal vez todo sea un embrollo de mierda, y nosotros nos limitamos a actuar de la mejor manera posible.

—¿Eso es lo que has hecho a lo largo de tu vida? ¿Actuar de la mejor manera posible?

—Hubo una vez que no. Me dieron una paliza y no pude levantarme. Pero tú te encargaste. Te encargaste de que me levantara. Y yo me prometí una cosa desde entonces: «Jamás volveré a darme por vencido». —Se secó la boca con el dorso de la mano y le dirigió a su amigo una mirada feroz, por si no captaba que le estaba lanzando un desafío.

Toda la vehemencia de Mike se disolvió de golpe. Retrocedió vacilante, sentándose sobre el colchón. Se puso las palmas en las mejillas y permaneció con la cara entre las manos mientras decía:

—Recuerdo cuando la llevé a Ventura Harbor para subir en el tiovivo. Tenía tres años y ella quería subir a la gallina. Pero otros niños la ocupaban una y otra vez. Y había de ser en la maldita gallina. ¿A quién se le ocurre poner una gallina en un tiovivo? Así que esperamos y esperamos. Pero no se la llegué a conseguir.

—¿Qué me estás diciendo?

—Me la imagino en esa casa, pienso en lo que será de ella si fracaso, y me siento morir.

No alzó la vista, pero oyó que Shep dejaba la lata, levantaba la silla volcada y la acercaba; y que se sentaba soltando un suspiro y le decía:

—Yo nunca he sido responsable de nadie en mi vida. Asumir esa carga es algo valiente. Pero ahora no puedes hacerlo. Teniendo en cuenta dónde vamos a meternos.

Se inclinó hacia delante, de tal modo que su frente chocó con la de Mike. Ambos permanecieron en la misma posición, mirando la moqueta deshilachada. Shep empujó un poco, fraternalmente, subrayando sus palabras:

—¿Quieres recuperarla?

—Sí.

—Sana y salva.

—Sí.

—Entonces no tienes que pensar en nada. Ni querer nada. No las recuperarás, ni a Kat ni a Annabel, si las necesitas. Ahora no eres un marido. No eres un padre. Eres un hombre con una misión. ¿Entendido?

—Sí.

—Duerme un rato. Empezaremos temprano.

Mike adecentó la habitación un poco y se tumbó en el colchón. Shep, a su lado, tenía los ojos cerrados y respiraba regularmente, pero Mike no sabía si se había dormido o no.

El techo estaba surcado de múltiples grietas que parecían las raíces enmarañadas de un árbol.

—No volveré a darte la espalda —dijo Mike.

Silencio. Pensó que Shep estaba dormido, pero justo entonces respondió.

—¿Ya has terminado con tu conciencia? Porque en el sitio a donde vamos, estará de más.

Permanecieron tendidos en la oscuridad. Mike no recordó después cuándo se había hundido en el sueño, pero al despertar con el ruido de la ducha vio que eran las 4:14. Shep salió del baño unos minutos más tarde, con una toalla en la cintura, dejando abierto el grifo de la ducha, como en los viejos tiempos, cuando tenían que pasar seis o siete chavales a toda prisa, por las mañanas, antes de que se acabara el agua caliente.

—Debería deshacerme del coche que robé —insinuó Mike.

Shep le lanzó unas llaves; luego cruzó la habitación y apartó las cortinas. Aparcado justo delante, había un reluciente Saab verde botella.

A regañadientes, Mike reprodujo la sonrisa socarrona de su amigo. Después de ducharse, limpió de vapor el espejo empañado. Del neceser de Shep, que estaba sobre la repisa metálica, sobresalía la maquinilla de afeitar. Mike la cogió; la examinó del derecho y del revés, como si fuese una antigua fotografía. Las guardas de plástico de la hoja estaban sueltas dentro del neceser. Encontró la manera de ajustarlas y las colocó.

Shep lo llamó desde la puerta.

—¿Listo?

La maquinilla reposaba en su mano, pesándole como un arma. El espejo se había empañado de nuevo, así que volvió a limpiarlo con un paño y estudió su reflejo.

Puso en marcha la maquinilla y se cortó el pelo al rape, como cuando estaban en la casa de acogida. Después se pasó una toalla por la cabeza y salió a la habitación.

—Listo —respondió.

Caminando codo con codo, se dirigieron al aparcamiento.

Capítulo 43

Mike obedeció sin hacer preguntas. El trayecto le sirvió para serenar sus pensamientos, para pulir su determinación hasta dejarla tan lisa y uniforme como la calzada que tenía delante. El reluciente Saab cruzó Bakersfield por la carretera Grapevine, y recorrió el largo trecho llano del centro de California: campos de cebollas, estacionamientos de camiones, aviones insecticidas en vuelo rasante sobre la interestatal número 5, que parecían sacados de una película de Hitchcock... Rodeando las afueras de San José, tomaron hacia el norte por Sacramento y continuaron hacia Redding. «Empiezo a pensar que hay algo interesante en esa zona del norte de California...», había comentado Hank, y Mike tenía el presentimiento de que el lugar a donde Shep lo llevaba iba a propiciar que pareciera más interesante todavía. Las montañas Cascade aparecieron en el horizonte: el monte Lassen hacia el este y el Shasta justo delante, ambas cumbres coronadas de nieve.

Cuando llevaban unas nueve horas de camino, Shep indicó: «Sal por ahí». Mike tomó la salida de Red Bluff y siguió las indicaciones de su amigo por el anticuado centro de la ciudad. «Izquierda. Derecha. La otra derecha. Izquierda. Aparca ahí.»

Frente a ellos, la oficina del registro civil ocupaba un edificio de adobe de una sola planta. El aparcamiento, una zona en forma de ele larga y estrecha, estaba cercado de muros de hormigón que protegían los bloques de apartamentos de uno y otro lado. Tenía salidas en ambos extremos, lo cual podía resultar útil según lo que ocurriera. Mike arqueó una ceja; Shep dijo: «La oficina del registro es un buen lugar de trabajo para una timadora: permisos de construcción fraudulentos, escrituras falsificadas y sellos de notario circulando por todas partes».

El Saab al ralentí era tan silencioso que bien podría haber estado apagado. Desde el asiento del copiloto, Shep disponía de la mejor perspectiva de la puerta de cristal de la entrada. Mike sentía la fría presión de la .357 en la zona lumbar. Permanecieron sentados esperando. Las 17:03. Las 17:07.

Shep señaló con el dedo. En efecto, la mujer que Mike conocía como Dana Riverton emergió del edificio. Había conservado el mismo aspecto insulso que utilizó al encontrarse con él en aquel café: gafas de bibliotecaria, blusa recatada y el amorfo cabello castaño, sin un corte discernible. Se preguntó si todas las mañanas, antes de ir al trabajo, se empolvaba el tatuaje carcelario que tenía en el pellejo del pulgar.

Con un silencioso sobreentendido, Shep se quedó esperando en el coche mientras él se bajaba y caminaba hacia la mujer, sintiendo el frescor del aire en el rapado cráneo. La alcanzó a pocos pasos de la puerta.

—¿Kiki Dupleshney?

Ella se volvió rápidamente. Tardó medio segundo en situarlo. Varios compañeros de trabajo pasaron por su lado. Ella les lanzó una sonrisa nerviosa, aunque los ojos le llameaban de ira.

—Debe de haberme confundido con otra persona. —Los demás ya se habían alejado lo suficiente. Sacó un cigarrillo del bolso y lo encendió—. ¿Qué coño quiere?

—¿Quién la contrató?

Ella sonrió con dulzura y le echó en la cara el humo del cigarrillo, cuyo filtro lucía un cerco rosáceo de pintalabios. Pronunciaba cada palabra con claridad, como si estuviera acostumbrada a tratar con idiotas.

—No sé de qué me habla.

—¿Por qué quieren matarme a mí y a mi hija?

—¡Jo! No lo sé.

—Mi esposa está en cuidados intensivos. Mi hija y yo nos hemos tenido que dar a la fuga. Usted ha jugado un papel en esta historia.

Kiki tocó un violín imaginario entre el pulgar y el índice.

—Así es como funciona el mundo. Lo lamento.

—Voy a encontrar a los hombres que nos amenazan. Voy a

pararles los pies. Y usted me ayudará. —Kiki empezó a alejarse, pero él le agarró el grueso brazo con fuerza—. Recuperaré a mi familia cueste lo que cueste, ¿me entiende?

Ella forcejó para soltarse, y el bolso se le acabó volcando.

—Me importa una mierda su esposa. Y me importa una mierda si matan a su hija. Pero le digo una cosa: si no se quita de en medio, llamaré a gritos a la policía.

Se agachó y se dedicó a recoger sus cosas del asfalto.

Mike volvió al Saab. Puso las manos en el volante. Respiraba ruidosamente y notaba la presión de la mirada de Shep en un lado de la cara.

Kiki terminó de guardar las cosas en el bolso y siguió su camino. Apuntó con las llaves hacia el fondo del aparcamiento y, automáticamente, parpadearon los faros de un Sebring granate descapotable. La vieron arrojar el bolso en el asiento trasero y lanzar la colilla hacia la hilera de cubos de basura de la parte de atrás del edificio. Luego subió al coche, con el pelo alborotado por el viento, y se retocó los labios ante el retrovisor.

Mike extendió el brazo, pulsó un botón y el techo corredizo se abrió con un zumbido.

—Bájate —ordenó.

—¿Qué? —dijo Shep.

—Ya me has oído.

Shep se encogió de hombros y se apeó.

Mike pisó a fondo el acelerador y dejó dos rayas de goma quemada en el asfalto. El Saab coleó, pero mantuvo la dirección. La mujer estaba saliendo marcha atrás de su plaza y, al levantar la vista, soltó un chillido. El Saab la golpeó en perpendicular, embistiendo al Sebring y estrellándolo contra el muro de contención. El airbag del Saab se desplegó con un ruido de succión semejante al de un cuenco al caer al agua del revés. La pared de hormigón se desmoronó parcialmente alrededor del descapotable, y algunos fragmentos se derramaron sobre el asiento trasero. Del arrugado capó del Saab salía emitiendo un silbido una columna de vapor.

Mike apartó el airbag. Su puerta estaba estrujada, así que se escabulló por el techo corredizo. Ambos vehículos estaban empotrados. Un chorro de líquido del parabrisas trazaba un elegante arco en el aire. Kiki se había desmoronado sobre el volante, de tal modo que la bocina sonaba sin parar; todavía tenía puesto el cinturón. Una mancha de sangre le oscurecía el labio superior.

Subiéndose entre los dos coches, Mike la agarró por debajo de las axilas, la sacó del asiento y la arrojó sobre el pavimento. Saltó a su lado, la agarró del pelo y le volvió la cara. Estaba atontada. Tenía la barbilla manchada de pintalabios y las medias desgarradas y ensangrentadas a la altura de las rodillas. Se había llevado una mano a la nariz, que también le sangraba. A él le repugnaba lo que estaba haciendo, pero eso no iba a detenerlo. Se sacó la pistola del cinturón y le puso el cañón en lo alto del hombro, donde el brazo se unía al torso.

—Míreme —exclamó—. Míreme.

Los iris de la mujer rodaron desorientados.

—¿Ahora sí le importa?

—¿Mmm? —farfulló ella.

—¿Ahora sí le importa?

Ella asintió rígidamente:

—¡Sí, Dios mío! Deténgase, por favor.

Varias personas habían salido de la oficina y algunos inquilinos se asomaban a las ventanas del bloque de apartamentos que quedaba detrás del muro derruido. Lo que más sorprendía a Mike de toda la situación era lo impertérrito que se sentía.

—Hable —exigió.

—No sé quiénes son, lo juro; un tipo grandullón y un lisiado. No me dieron un número ni nada, aparecieron como unos putos fantasmas; me localizaron por mi fama, soy la mejor especialista de la zona, tengo algunas acusaciones pendientes y me dijeron que podían conseguir que las archivaran. Joder, mi nariz…

—¿Y?

—Me dieron una carpeta con información y con toda la comedia ya montada para que contactara con usted como albacea legal; querían que confirmara quién era usted. Ellos no estaban seguros. —Jadeaba; la sangre le manchaba los labios—. Lo tengo todo en el maletero, ahí; cójalo, puede quedárselo, juro por Dios que es lo único que sé. —Bajó la mano, y la sangre le goteó entre los dedos sobre el asfalto—. Necesito un médico.

El maletero se había abierto a causa del impacto, y el archivador estaba volcado de tal modo que el contenido no se había movido. Mike encontró enseguida la carpeta de la etiqueta roja. En la cubierta, del revés, había una anotación: «4YCH429».

Volvió junto a Kiki, que ahora estaba a gatas, tosiendo, y señaló la carpeta.

—¿Qué es esta matrícula?

—Yo quería tener algún dato por si me acababan jodiendo, así que me apunté la matrícula de la camioneta cuando se alejaron. Pero eso fue antes de descubrir cómo las gastan.

—¿Una camioneta? ¿No era una furgoneta?

—Una camioneta. Pero no se lo diga a ellos, porque me matarán.

Shep se había evaporado. En la puerta de la oficina se estaba formando un corrillo, y algunos de los empleados más jóvenes cuchicheaban entre sí, como si estuvieran armándose de valor. Una mujer, en la ventana del ático de enfrente, tenía pegado un teléfono a la oreja; retrocedió ante la mirada de Mike y se agazapó en el suelo. Era solo cuestión de tiempo: la policía no tardaría en presentarse.

—Entonces tiene muchos motivos para preocuparse. —Mike se irguió mientras se callaba un momento—. Si los avisa de que voy a por ellos, volveremos a vernos.

—De acuerdo. —Se limpió con la mano la nariz ensangrentada—. De acuerdo, de acuerdo, de acuerdo.

Con la carpeta en la mano, Mike cruzó los cascotes del agujero abierto en la pared y corrió por el lateral del bloque de apartamentos. Justo cuando salía a la calle en el otro extremo de la manzana, apareció renqueando a su lado un Pinto hecho polvo, cuyo capó estaba oxidado. Shep se encorvaba en el rajado asiento del conductor como un elefante en un triciclo; la bolsa con las cosas de Mike aguardaba en el hueco para los pies del copiloto. Subió de un salto y arrancaron.

—No sabía que aún circularan trastos como este.

—Después de lo que has hecho con el Saab, esto es lo máximo que vas a conseguir.

Mike tenía sangre en el dorso del antebrazo y, al limpiarse, cayó en la cuenta de que no era suya. Notó cómo se le iba secando y le tensaba la piel.

Shep bajó la vista y le dijo:

—No te preocupes. Te acostumbrarás.

Capítulo 44

—¿En qué punto estamos?

La voz del Gran Jefe sonaba en el teléfono con tanta claridad como si hubiera estado sentado allí mismo, en el porche de la casa revestida de tablillas, al lado de William, hasta donde llegaba una tufarada a aceite procedente del desguace de automóviles. Cuando el abuelo de William y Hanley había construido la casa, no había considerado el régimen de vientos, y algunos días hasta los muros parecían impregnados del hedor a neumático quemado y ácido de batería.

—Wingate ya es un fugitivo con todas las de la ley —informó William—. Los cuerpos de seguridad están alerta. Cuando aparezca, sea donde sea, se lo entregarán a Graham.

La tambaleante puerta mosquitera resonó a su espalda, seguida del crujido de unos torpes pasos. Dodge llevaba consigo el olor a almizcle del sótano. Bajó los escalones (sus musculosos hombros trazaban un amplio arco) y colocó algo sobre los resecos hierbajos. Luego caminó arrastrando los pies hacia el flanco de la casa, dejando a la vista las herramientas que había dispuesto cuidadosamente en el patio: martillo de bola, alicates puntiagudos, grilletes metálicos…

—A pesar de su posición, Graham solo puede llegar hasta cierto punto —dijo el Gran Jefe—. Cuanta más relevancia cobra este asunto, más cortinas de humo tiene que echar. Y mayores son los gastos.

—Bueno, para eso cuenta con Dodge y conmigo, ¿no? En cuanto él tenga en la mira a Wingate y a la niña, nosotros nos encargaremos de que desaparezcan del mapa.

Dodge reapareció en el patio tirando de una manguera negra en dirección a los hierbajos. Retrocedió para abrir el grifo.

—Abandonasteis la furgoneta destrozada —comentó el Gran Jefe—. ¿Es posible que alguien os pueda seguir el rastro?

—No —respondió William—. Solo hay matrículas viejas, un vehículo no registrado y la placa del número de identificación arrancada del salpicadero. Si algo sabemos hacer es limpiar un vehículo.

—Pero yo no os contraté para eso.

Semitapando con el pulgar el chorro de la manguera, Dodge roció las herramientas.

—No, señor. —Burrell se lamió los labios con la punta de la lengua—. Wingate saldrá pronto a la superficie. No puedes esconderte con una cría a cuestas. Ya intentó subirla a un avión…

—Deberíais haberla matado cuando la teníais en vuestras manos.

—Queríamos usarla primero como cebo. En Irak, nuestros chicos disparaban mucho a la espina dorsal. Si tienes a alguien en el suelo gritando como un condenado, puedes sacar prácticamente a cualquiera de su…

—Tu tío se los habría ventilado in situ.

William se mordió los labios. La barba le crecía desaliñada aquí y allá, una vena le palpitaba en el cuello, estremeciendo su amarillenta piel, y el brazo derecho se le contrajo ligeramente.

—Quizá si el viejo hubiera tenido más instinto estratégico, ahora estaría jugando al golf en Palm Springs, en vez de asándose a fuego lento en el infierno.

El Gran Jefe, sin embargo, no estaba interesado en historias familiares. Preguntó:

—¿Y la esposa? Ella es nuestra mejor baza para llegar a él y a la niña.

—La han trasladado.

Un silencio de disgusto.

—¿Adónde?

—Hemos mirado por todas partes. Y nada. Graham ha puesto en marcha una búsqueda informática, empezando en Los Ángeles y abriendo el círculo en espiral para revisar cada…

—Esa mujer se encontraba en estado crítico. No puede andar lejos. Hay que comprobar todos los hospitales a una distancia accesible en coche. Todos y cada uno. ¿Me has entendido?

—Sí, señor.

Aparentemente satisfecho, Dodge enrolló y guardó la manguera en un flanco de la casa. Dejando que las herramientas se secaran entre las hierbas, se sentó en los escalones del porche junto a su compinche y reanudó la lectura del libro de historietas que había dejado boca abajo. El cardenal en forma de pera que tenía en el cuello estaba pasando del azul al color morado.

—¿Dónde estáis? —preguntó el Gran Jefe.

—Hemos vuelto a la base para preparar una o dos cosas, pero estamos listos para arrancar en cuanto suene la campana.

—Sugiero que averigües cómo tocar tú mismo esa campana.

Tono de llamada.

William dejó el teléfono y escupió; los escalones del porche quedaron rociados de cáscaras de pipas. Se había levantado viento, y las hojas secas iban dando tumbos por el desigual entarimado. Aparte de eso, silencio. La casa ya no era la misma sin Hanley.

Todavía concentrado en el cómic, Dodge volvió la página con una extraña sonrisa en los labios. William echó una ojeada a la página opuesta, donde un tipo escuálido que llevaba una camiseta sin mangas, exclamaba: «¡Cuchillada en el ojo!»; pensó entonces en lo que acababa de decirle al Gran Jefe: «No puedes esconderte con una cría a cuestas». Agarrándose de la barandilla, se izó trabajosamente hasta ponerse de pie y reflexionó:

—Wingate encontró el expediente en la furgoneta. Por tanto, sabe que estamos vigilando a cualquiera que haya tenido relación con él. Yo digo que ha aparcado a la niña en un sitio seguro. Vamos a comprobar los servicios sociales para la infancia de este estado.

Dodge parpadeó dos veces y volvió a concentrarse en su libro de historietas.

—No, espera. Demasiado obvio. Él preferirá que no la detectemos. —Detrás de ellos, las hojas secas seguían dando tumbos sobre el entarimado del porche.

Dodge dejó el cómic, bajó pesadamente la escalera y empezó a secar las herramientas con un pañuelo enorme que llevaba en el bolsillo. Ponía una atención amorosa, absoluta.

Un grupo de nubes deshilachadas se había materializado de la nada, poniéndole un halo a la cumbre del monte Shasta.

—Él mismo es un niño de acogida —añadió William—. Regresará a sus raíces. —Escupió entre las hierbas y se volvió hacia la puerta—. Vamos a empezar comprobando las casas de acogida.

Capítulo 45

No habían puesto más que unos kilómetros de por medio entre ellos y el aparcamiento donde habían sonsacado a Kiki Dupleshney, pero los pensamientos de Mike ya habían volado muy lejos para evocar de nuevo la expresión de Kat cuando la había dejado en aquel banco. La culpa volvió a torturarlo como una comezón exasperante.

«No eres un marido. No eres un padre. Eres un hombre con una misión.»

La carpeta con la etiqueta roja reposaba en sus rodillas, con aquella anotación —4YCH429— mirándolo fijamente.

—¿Cómo rastreamos esta matrícula? —preguntó.

Avanzaban a buena marcha, aunque Shep tenía un aspecto ridículo encajonado tras el volante del Pinto.

—Hank Danville. Las matrículas son pan comido para un detective privado.

—Lo están vigilando. Tienen sus teléfonos intervenidos.

—Llama a su móvil y te dará el número de un teléfono público.

Mike marcó; cuando Hank descolgó, dijo únicamente: «¡Eh!».

—Maurice —dijo Hank—, quieres que te pase el número de esa tienda, ¿no? —Le dictó de un tirón los diez dígitos—. Tengo entendido que abren en cinco minutos.

Mike guardó el teléfono. La carpeta que tenía en el regazo parecía haber adquirido un peso proporcionado a su significación potencial. El aire que salía de los respiraderos olía a laca para el cabello. Los coches pasaban zumbando. Bajó la vista otra vez.

—Ábrela ya —le aconsejó Shep—. No te va a morder.

Él obedeció. La foto satinada que había encima de todo, la que Dana/Kiki le había enseñado en el café, mostraba la casa de su infancia. Y había varias más debajo, tomadas desde distintos ángulos. Sintió el impulso de darle la vuelta a una de ellas, como quien examina el sello de un plato de porcelana. Pegado al rectángulo blanco, había un recorte de una página de anuncios inmobiliarios. No figuraba la fecha; el papel estaba descolorido y quebradizo, pero todavía lo bastante legible para descifrar la dirección.

Chico.

Procedía de la ciudad de Chico.

Lugar que quedaba a una noche de viaje —unas siete horas en un coche familiar— del campo de juegos de Los Ángeles en el que lo habían abandonado a los cuatro años. Pensó en el hecho de haber despertado vestido con su ropa, y no con el pijama.

Shep lo miró inquisitivamente.

Revolviendo en la guantera, Mike encontró un mapa bajo un montón de casetes y lo desplegó sobre el salpicadero.

—La casa donde me crié. Está a unos ochenta kilómetros.

—¿En qué dirección?

—Sudeste. Por la noventa y nueve.

Shep viró bruscamente a la izquierda. Mike estuvo a punto de darse un porrazo en el cristal. Cuando levantó la vista, vio que el letrero de la autopista pasaba volando a su lado en la rampa de acceso. En cuestión de una hora se encontraría en el porche de la casa de su infancia. Parecía imposible.

Una palpitación en las sienes le indicó que había dejado de respirar. Se echó una ojeada en el espejo del parasol. Sus ojos disímiles —uno castaño, otro ámbar— le devolvieron la mirada desde una cara lívida. Unas cuantas inspiraciones profundas le devolvieron un poco de color a las mejillas.

Encontró en la guantera un bolígrafo rojo y marcó con un círculo las poblaciones cuyos nombres habían aparecido desde que Dodge y William habían empezado a seguirle la pista: Sacramento, sede del Centro de Evaluación de Amenazas Terroristas, de donde procedía Rick Graham; Redding, la última dirección conocida de William Burrell; Red Bluff, el territorio de las actividades de Kiki Dupleshney; Chico, la antigua ciudad de sus padres... Todo ello en un radio de doscientos cincuenta kilómetros en el norte de California.

Shep seguía conduciendo y permanecía en silencio. Mike se lo agradecía en el alma.

Dejó a un lado el mapa y examinó más a fondo el contenido de la carpeta: la vieja Kodak descolorida de su padre, cuyo rostro era tan parecido al suyo, y luego una cantidad interminable de datos sobre él mismo, sus amigos y conocidos. En buena parte la misma información que había encontrado en la otra carpeta, la que se había llevado de la furgoneta destrozada.

La última hoja era una nota mecanografiada sin membrete, sin firma, sin filigrana alguna en el papel.

> Nombres de los padres: John y Danielle Trenley. Su personaje tapadera: Dana Gage, la hija de los antiguos vecinos de los Trenley. Usted es la albacea de los Trenley. Tiene que hacer entrega de un patrimonio considerable, pero solo puede hacerlo una vez que haya corroborado la identidad y la historia familiar de Michael Wingate. Si se trata de nuestro hombre, actuará de un modo emotivo e imprevisible en lo que se refiere a sus padres. Fue abandonado por su padre a los cuatro años.
>
> No intente contactarnos.
>
> Nosotros la localizaremos.

Mike sujetaba la hoja con tal fuerza que dejó una marca con el pulgar. Aflojó la presión y leyó el mensaje por segunda vez.

El lenguaje parecía demasiado nítido y preciso para haber sido escrito por William o Dodge. Lo catalogó más bien como un documento generado por Rick Graham en esa agencia estatal suya de nombre tan imponente. En cuanto a los «Trenley», Hank no había encontrado a ninguno que llevara ese apellido llamado John o Danielle. ¿Sería posible que Graham le hubiera facilitado a Kiki un apellido falso para frustrar cualquier investigación ulterior?

Shep había dicho algo.

—¿Qué? —dijo Mike.

—Tendrías que haber llamado a Danville hace diez minutos.

Marcó el número. Hank respondió en mitad de un acceso de tos.

—¿Estás bien? —preguntó Mike.

—Los fármacos contra el dolor me tienen cagando sin parar, igual que un conejo, pero al menos no soy un terrorista fugitivo.

Mike le contó a grandes rasgos los últimos acontecimientos, quitándole importancia al hecho de haber abandonado a Kat y procurando presentarlo como un episodio más entre otros. Aun así, Hank masculló por lo bajini: «Joder».

—¿Todavía te siguen vigilando?

—Le eché un vistazo ayer al teléfono de la oficina, y había en la línea un consumo de corriente extra. Seguramente han colocado algún dispositivo en la caja de empalmes. Lo cual es llamativo.

—¿Por qué? —Un coche patrulla pasó en la dirección contraria; Mike se volvió a mirarlo hasta que se perdió de vista.

—Porque si fuera legal —iba diciendo Hank—, habrían intervenido la línea desde el conmutador de la compañía, o utilizado un sistema de interceptación electrónica. Ambos métodos son indetectables. Así que Graham está haciendo todo esto sin una orden legal. Si pudieras presentar alguna prueba, quiero decir, una prueba concreta de procedimiento corrupto en la investigación sobre ti, o de su vinculación con William y Dodge…

—Estamos en ello. Y a propósito, tenemos la matrícula de la camioneta que esos dos tipos usaban cuando contrataron a Kiki Dupleshney. ¿Puedes investigarla?

—Por supuesto. Voy a ver si puedo entrar en la base de datos con la clave de acceso de un colega. Así no podrán rastrear la búsqueda. Dame el número de la matrícula.

Se lo dictó.

—¿A qué número te llamo? No te preocupes, usaré un teléfono público.

Una vez que se lo hubo dado, Hank lo recitó dos veces para memorizarlo.

—Oye, Mike. Entre los gastos médicos y las gestiones

para…, para dejarlo todo en orden, voy un poco corto de fondos. Y tú no estás precisamente en condiciones de enviarme un cheque.

—Perdona, Hank. —Se dio una palmada en la frente—. Tengo dinero en metálico. Mucho. Pero he estado tan…

—Claro. No te preocupes.

Mike abrió la bolsa que tenía a los pies y revisó el dinero.

—¿Veinte de los grandes es suficiente?

—Demasiado.

—Ni de lejos.

—Estaba pensando en hacer una escapada y librarme aunque sea temporalmente de la vigilancia. Y…, bueno, todos los caminos llevan al norte, ¿no es así?

En el parabrisas se reflejaba el mapa de carreteras; los círculos rojos que Wingate había trazado en él destacaban como una erupción de urticaria. No podía negar que él también presentía que se estaba acercando. Como si los últimos treinta y un años fuesen un embudo que desembocara en esos dos centímetros cuadrados de mapa.

—Sí. Eso parece.

—Tomaré tu dirección y podemos reunirnos en persona. Demonio, quizá pueda serte útil incluso. —Hank soltó una risa irónica—. Un último do de pecho. Te llamaré en cuanto haya localizado los datos de esa matrícula. He de ingeniarme un modo de salir de incógnito de la ciudad, así que quizá tarde un poco.

Un rótulo pasó volando en la autopista. CHICO 70 KM.

—Bien —dijo Mike—. Yo también necesito un poco de tiempo.

El camino se extendía ante sus ojos como una flecha de hormigón que conducía a la puerta principal. Quieto en la acera, con las manos en los bolsillos (notaba el aire frío en los tobillos y en el cuello), observó la casa.

Su casa.

Habían cambiado muchas cosas, pero reconocía el porche, las tablillas de asfalto del tejado y el final en forma de abanico del sendero de acceso. Las persianas de librillo las había reproducido inconscientemente en las casas de ensueño de Green Valley. El recuerdo del lugar se abría paso entre las tinieblas, como un ancla subiendo de las profundidades y arrastrando otros detalles a la superficie. Sabía que el nudoso pino del jardín lateral olía a Navidad cuando llovía; que el patio trasero descendía por la izquierda; que el canalón situado sobre la ventana de la esquina este goteaba en el cristal, trazando formas curiosas... Se acordó de las rocas volcánicas que flanqueaban en otros tiempos el camino hacia la puerta principal: una vez había intentado levantar una de ellas para atrapar a una lagartija y, cuando alzó las palmas después, las tenía cubiertas de sangre. Recordó a su madre en la cocina, blandiendo una revista ante una mosca azul que volaba en círculo: «Vamos a ahuyentarla, cariño. Este bichito es de mal agüero». Casi se esperaba ver a su padre sentado en el escalón de la puerta, con la camisa arremangada, fumando un puro de tabaco prensado. Si todavía estaba vivo, ¿qué aspecto tendría?

En el interior de la casa, una joven familia se hallaba reunida en torno a la mesa de la cocina. La escena, desde la penumbra de la calle, tenía un cierto aire festivo. Mike vio que ya no había azulejos amarillos *incienso de salvia* y que la madre recogía los platos sonriendo y bromeando *su piel, bronceada incluso en invierno, tenía una leve fragancia a canela*. Había un monovolumen en el sendero *¿Te gusta nuestro nuevo coche familiar, campeón? Tiene paneles de madera, ¿lo ves?, aunque no es madera de verdad. Pasa los dedos por ahí* y, volviendo la cara hacia las frías agujas del viento, observó la casa de los Gage *con ribetes de color verde menta donde el dóberman había mordido al técnico de Sears* y contempló a la anciana que se mecía en el balancín de jardín, paciente y acompasada como el tiempo mismo. Recorrió con la vista toda la calle de la urbanización y vio al fondo un lago vallado... Sí, había un lago *él resbala en una roca cubierta de musgo y la mano de su padre desciende y lo sujeta del hombro con firmeza, salvándolo de un buen remojón,* y desprendía un olor a algas que le confería a la brisa ese toque de humedad. En el otro extremo había una colina bordeada de espesas hileras de árboles y coronada con un herrumbroso y destartalado rótulo amarillo. El letrero anunciaba: *Deer X-ing* (Ciervos sueltos); y esa enorme equis negra pescó algo hundido en la memoria de Mike y lo sacó a la superficie retorciéndose como una carpa en el extremo del sedal *Oye, Joe, ¿conoces alguna calle que empiece por equis? ¿Qué tal la Jodida Xanadú?*

Shep seguía a su lado, aunque olvidado desde hacía mucho. Escupía en la alcantarilla, daba patadas al bordillo. Mike notó un hormigueo en las piernas. ¿Cuánto llevaba allí plantado?

La anciana del porche de los Gage dejó su labor de punto y se levantó del balancín, haciendo una mueca debido al esfuerzo. Mike se apresuró a acercarse.

—Perdone, señora. Disculpe que la moleste. ¿Hace mucho que vive aquí?

La mujer se detuvo junto a la puerta mosquitera. Tenía los labios arrugados y marchitos; en cambio, sus manos parecían jóvenes y vigorosas pese a las venas que se le marcaban en la piel. El chal de ganchillo que llevaba echado sobre los hombros desprendía un agradable aroma a cigarrillo y a café.

—¿Qué significa «mucho» para usted?

—¿Así que usted es la señora...?

—Geraldine Gage.

Mike notó que se le secaba la garganta.

—Soy periodista y estoy investigando...

Ella soltó la puerta mosquitera, que se cerró con un chasquido, y señaló la casa de al lado.

—Lo he visto mirando ahí. Han pasado muchos años desde la última vez que vino alguien a preguntar.

—¿Sobre el..., el suceso? —preguntó Mike con cautela.

—¿Así es como lo llaman?

—¿Cómo lo describiría usted?

—Como un no suceso más bien. ¿Una familia entera que desaparece de la noche a la mañana? ¿Sin dejar rastro? Al cabo de cierto tiempo, el banco recuperó la casa discretamente y apareció una nueva familia, y luego otra. La vida sigue. Supongo que tiene que ser así.

El balancín oscilaba al viento, rechinándole suavemente las cadenas.

—¿Usted cree...? ¿Parecían de esa clase de personas que se meten en líos?

—¿Quiere decir si ellos se lo buscaron? —Una risa seca—.

Si algo me ha enseñado la vida es que nunca se sabe. Pero no, estoy segura: ellos no eran de los que andan jugando con fuego. Si tenían enemigos, no lo habrías adivinado. Por eso resultó todo tan chocante. No parecían la clase de gente a la que puede ocurrirle algo semejante. —Meneó la cabeza, irritada consigo misma—. Si es que puede decirse una cosa así.

—¿Cuál era mi...? —Se interrumpió. Carraspeó un momento—. ¿Cuál era el apellido de la familia?

—¿No debería saberlo usted si está escribiendo un artículo sobre el tema?

—Estoy preparando una retrospectiva sobre varios casos similares y, a veces, me hago un lío con los apellidos.

—Se llamaban Trainor. Con una «o».

—Trainor.

Lo dijo en voz alta, advirtió, para ver como sonaba en sus labios.

John y Danielle Trainor.

Michael Trainor.

Después de tantos años, de los interrogatorios a que lo sometieron, de las placas de rayos X y de los estudios dentales para determinar su edad; después de todo el dinero invertido en detectives privados, de la búsqueda en bases de datos, de los paseos por los cementerios; después de todo eso y mucho más, al fin: un nombre.

El suyo.

Se habían cuidado de que el nombre falso proporcionado a través de Kiki, «Trenley», fuese lo bastante parecido al real para que pudiera sonarle. Pero lo cierto era que el nombre real le resultaba tan poco familiar como el otro, y esa incapacidad para reconocerlo, aunque fuera vagamente, le produjo una sensación de abatimiento.

Geraldine Gage se había girado de nuevo para abrir la puerta mosquitera.

—¿Cómo eran? —farfulló.

Ella se detuvo otra vez, con una pantufla ya en el umbral.

—Gente normal, como le he dicho. Muy enamorados: paseaban cogidos de la mano, como recién casados. Nosotros les teníamos mucho cariño. Ella era elegante, con un toque *hippie* y..., no sé, supongo que hoy en día dirían «sin complejos». Lucía una cabellera negra preciosa. Y él era un tipo simpático. Solía echarle una mano a Glen a veces..., ya me entiende, para trasladar un sofá o aguantar la escalera. Un hombre apuesto. Se parecía un poco..., un poco a usted, si la memoria no me engaña. —Su mirada cobró intensidad—. Tenían un niño.

Mike asintió. No se fiaba de su voz.

—Ahora tendría su edad —observó la anciana—. Michael, ¿no?

—Creo que sí.

Una rama mecida por el viento rozaba musicalmente las tablillas del porche.

—Bueno —dijo ella—, tengo que irme ya.

—¿Y el niño? ¿Qué me dice del niño? —Mike no reconocía su propia voz. Le ardía la cara—. ¿Estaban muy apegados a él? Quiero decir, más allá de lo que ocurriera, es algo muy serio desarraigar así a un niño tan pequeño.

Ella reflexionó un instante, ligeramente encorvada, como protegiéndose del viento. A Mike le pareció que percibía el peso de la pregunta. O tal vez eran solo imaginaciones suyas.

—Era un niño muy querido —afirmó.

La puerta mosquitera se cerró tras ella.

Él se quedó allí un momento, escuchando a los grillos.

Shep lo estaba esperando en el coche. Él se detuvo junto a la puerta del copiloto y contempló largamente su vieja casa. La niña pequeña, subida a un taburete ante la pila del baño, se cepillaba el pelo antes de acostarse. Lo hacía con movimientos entrecortados; el cepillo se le atascaba en los nudos. No debía de tener todavía los seis años.

El teléfono móvil vibró en su bolsillo, aunque no fue hasta la cuarta o quinta llamada que salió del trance.

—El número de matrícula corresponde a una camioneta GMC Sierra mil quinientos. —Hank hablaba con tono excitado—. Es de una empresa y está registrado a nombre del Deer Creek Casino.

—¿Un casino? —repitió Mike.

—Y adivina dónde está.

—¿Dónde?

—Tú estás en Chico, ¿no? Mira al noreste. ¿Ves la montaña?

—Ya ha oscurecido.

—Bueno, pues es el monte Lassen. El casino se encuentra allí, en la ladera. Seguro que verás carteles anunciándolo.

—Mi apellido —dijo Mike— es Trainor.

Un largo silencio. En la casa, la niña había logrado desenredarse la mayoría de los nudos. Su pelo, rubio como la miel, se veía ahora esponjoso y suave. Cuando ya apagaba la luz del baño, se detuvo y reparó en él, allí de pie junto al coche en marcha.

—¿Trainor con «o»? —inquirió Hank.

—Exacto.

—Voy a ponerme en camino en cuanto me sea posible. Pero veré lo que puedo averiguar.

La niña alzó la mano, en un silencioso saludo. Mike respondió agitando la suya.

—Yo también.

Capítulo 46

El Deer Creek, un torrente rocoso que descendía entre placas volcánicas, se desplegaba junto a la carretera, alejándose a trechos y regresando más tarde, con una especie de juguetona coquetería. Apenas atisbaban retazos de paisaje, porque los débiles faros del Pinto no estaban a la altura de la variada topografía. Primero se veían los huertos de frutales sumidos en sombras, donde los aspersores trazaban arcos centelleantes sobre los olivos y nogales. Luego venían las onduladas colinas, pobladas de robles azules destacándose sobre vastas extensiones de hierba dorada. El monte Lassen se estrechó en torno a ellos, y los márgenes de la carretera se llenaron de arbustos de artemisa. De la tierra arcillosa surgían pinos y abetos, y, en lo alto, se atisbaban grandes repisas rocosas. La brisa nocturna entraba por la ventanilla y le despejó a Mike los pulmones y las ideas.

Al aproximarse al Deer Creek Casino, aparecieron rótulos en abundancia y el tráfico se volvió más denso. Por fin surgió ante la vista el edificio, una construcción del tipo de una galería comercial que se extendía en un gran trecho aplanado en el accidentado terreno. El aparcamiento bullía de ajetreo: coches buscando plaza, autocares de centros cívicos descargando personas de la tercera edad, empleados apiñados en las salidas en su hora de descanso, buscando cobertura para hablar con el móvil... Una furgoneta, que exhibía el letrero CENTRO DE VIDA ACTIVA NEW BEGINNINGS con el logo de un sol risueño, iba vomitando gente en silla de ruedas mediante su ascensor mecánico. Un corro de solitarios manifestantes con pancartas se apiñaba en la entrada, fumando cigarrillos, sin hacer caso (y sin que les hiciesen el menor caso) de los jugadores que iban desfilando hacia el interior. No había luces de neón como en Las Vegas, ni carteles glamurosos de chicas ligeras de ropa. Podría haber sido perfectamente un supermercado de la cadena Walmart.

Shep recorrió el aparcamiento. A un lado, junto al amplio espacio para discapacitados, se hallaba el sector reservado para los vehículos de los empleados, cuyo nombre y cargo que desempeñaban figuraba en cada plaza. Ocupó el hueco del director financiero, y los dos hombres se bajaron y empezaron a revisar las matrículas. Casi todos los vehículos ostentaban placas enmarcadas de las fuerzas del orden, así como múltiples adhesivos relucientes: Fundación de la Patrulla de Carreteras de California, Club de Apoyo al *Sheriff*, Amigos del Departamento de Policía de Sacramento…

Mike habría apostado una buena suma en el tapete verde de una de las mesas de juego a que la dirección del casino había cultivado también una estrecha relación con el Centro de evaluación de amenazas terroristas del estado.

Se detuvo ante una camioneta Sierra negra y señaló la placa, embutida entre un adhesivo representativo del programa internacional para evitar el uso de las drogas —DARE: Drug Abuse Resistance Education—, y una calcomanía reflectante del departamento de bomberos. El número coincidía con el que Kiki Dupleshney había anotado. Este era el vehículo que William y Dodge habían utilizado para reunirse con ella.

Pasando el dedo por la chapa, Mike rodeó lentamente la camioneta. En el retrovisor, colgado de una cinta, había un pase de aparcamiento. William aparecía en la foto de tamaño pasaporte luciendo una sonrisa afable que le suavizaba los rasgos. Como un empleado modélico. Entonces dijo:

—Deberíamos…

Pero Shep ya estaba dentro de la camioneta, guardándose el juego de ganzúas en el bolsillo de la pechera.

Mike se acuclilló para leer el rótulo estarcido en el bloque de hormigón: WILLIAM BURRELL, TÉCNICO DE SEGURIDAD. Shep rebuscó en la guantera y encontró el recibo de un cheque. Se lo mostró a su amigo, subrayando con el pulgar el cargo que este acababa de leer en el suelo. Un eufemismo escalofriante si se pensaba en lo que ese tipo hacía realmente.

Mike examinó el recibo y concluyó:

—Sin descontar impuestos. Es la ventaja de trabajar por cuenta propia: dificulta el rastreo documental. Por eso Hank no lograba localizarlo.

Sonó por todo el aparcamiento el tintineo amortiguado de un premio gordo, seguido de un coro de vítores y gritos.

—Así que este es el final del hilo —murmuró Shep—. El sitio que paga a los asesinos que os persiguen a ti y a tu familia.

«No es una persona —pensó Mike—, sino un maldito casino.»

—Lo único que queda por saber —prosiguió Shep— es por qué.

A Mike las letras amarillas y azul turquesa del rótulo del establecimiento le removían algo muy adentro, pero no sabía qué era. Un miembro del piquete de protesta malinterpretó su insistente mirada, y ladeó la pancarta para que pudiera leerla mejor: ¿POR QUÉ PAGAMOS IMPUESTOS? ¿PARA QUE LOS CASINOS ESTÉN EXENTOS? Mike alzó una mano para agradecerle el gesto —«Gracias, ya lo veo»— y se giró hacia la entrada.

—¿No deberíamos entrar a echar un vistazo?

—Yo no puedo —adujo Shep, que continuaba fisgoneando en la guantera—. Los casinos me pillaron con las manos en la masa con su *software* de reconocimiento facial.

—¿Tienen ese tipo de programas?

—Ya lo creo. Buscan a los jugadores aventajados, a los fulleros, a los ladrones —una pausa taimada—, a los especialistas en cajas fuertes...

Sacó de la guantera una gorra verde y una bolsa empezada de pipas de girasol

—Pero tú —añadió, encasquetándole la gorra de béisbol en la cabeza y tomando un puñado de pipas—, tú no figuras en las bases de datos de los casinos. Pero, por si están conectados con las listas de fugitivos de los cuerpos de seguridad, métete estas pipas en la boca y mantenlas bajo los labios y las mejillas. Solo lo justo para cambiarte ligeramente la forma de la cara y que el *software* no te reconozca.

Masticar algo destinado a la boca de William le revolvió un poco el estómago. Se puso varias cáscaras bajo el labio inferior como si fuese tabaco de mascar. Mientras terminaba, la mirada se le iba hacia el casino. Ellos estaban ahí.

—Debería decirte dónde está Kat. Por si esos individuos me atrapan.

—No.

—¿No?

—No quiero saberlo. Yo tengo las mismas posibilidades de que me atrapen a mí aquí fuera. La resistencia de cualquier hombre tiene un límite.

—¿Y la mía es superior que la tuya?

—Yo no soy su padre.

Mike asintió y echó a andar hacia el edificio.

Las luces parpadeantes, el repiqueteo de las máquinas tragaperras, el humo revenido, el aire acondicionado, el regusto salado de las pipas machacadas que Mike tenía bajo los labios y las mejillas…, todo en conjunto, realzado por la adrenalina, adquiría un desconcertante aire surrealista. Los jubilados maniobraban para hacerse un hueco en las mesas de cinco dólares; los estribos de las sillas de ruedas chocaban con los ceniceros de las esquinas, cargados de colillas hasta los topes; las camareras llevaban vestidos estampados indios con rajas en los muslos, circulaban con bandejas cargadas de combinados —vodka con Red Bull, Jack Daniel's con Cola—, y sonreían alegremente como depravadas Pocahontas de Disney. En las paredes, se exhibían óleos de águilas planeando por los aires.

Un equipo de recaudación se trasladaba de aquí para allá con un carrito, recogiendo los tintineantes botes de monedas de las tragaperras y alineándolos en la bandeja metálica como si fueran cubos de basura en miniatura. A Mike le chocó que los dos tipos fueran los únicos miembros del personal que no parecían ir vestidos por Sergio Leone; los pantalones negros y los polos blancos que llevaban, con el logo de Deer Creek en la pechera, estaban pensados sin duda para fundirse con la multitud y no recordarte que todo aquel fastuoso espectáculo se alimentaba con tu dinero: precisamente, con el dinero que ellos trasladaban discretamente en el carrito a la cámara acorazada.

Los rutilantes pasillos entre aquel caos organizado ostentaban nombres viriles tales como El Camino del Ciervo o Sendero Tomahawk, pero ni siquiera estos podían competir con el ingenio exhibido por los parpadeantes rótulos de indicaciones: ¡AGUARDIENTE!, ¡WAMPUM! (rememorando el cinturón de abalorios utilizado como moneda por algunos pueblos amerindios), ¡RINCÓN DEL HACEDOR DE LLUVIA! y similares. El Palacio Pow-Wow daba la bienvenida a los jubilados y amigos de Yuba City; un cartel reluciente montado en un caballete anunciaba un filete de primera calidad por 2,95 dólares y que los Earth, Wind & Fire tocaban en la Gran Tienda India dentro de un mes.

Un hombre obeso pasó montado en un escúter eléctrico (un cacharro demasiado angosto para contener sus carnes), flanqueado por su esposa, que correteaba para no quedarse atrás mientras sobaba un cazador de sueños de la tienda de regalos. La mirada del hombre se detuvo en un barman con un tocado de cacique indio que servía cócteles woo woo a un grupo de chicas en plena despedida de soltera.

—¡Por los clavos de Cristo! —exclamó—. ¿A los indios no les joden estas cosas?

—¿Indios? —dijo ella con una risita—. Todavía no he visto a ningún empleado que no sea mexicano.

Mike se mantenía ojo avizor por si aparecían William o Dodge, y casi se tropezó con un andador abandonado en el pasillo, en el extremo de cuyas patas había pelotas de tenis clavadas. Dada su fatiga, todo aquel espectáculo le había puesto los nervios de punta, y no tenía ni idea de qué andaba buscando.

Se pegó a la pared y se bajó la visera de la gorra hasta las cejas. Un casino parecía un lugar ideal para pasar desapercibido, pero él tenía muy presentes los domos negros del techo que disimulaban las cámaras de seguridad. Dio sin querer un codazo a un cristal, que retembló con un traqueteo y, al darse la vuelta, vio la cara de Rick Graham mirándolo fijamente desde una fotografía de un escaparate empotrado.

Acelerándosele la respiración, examinó la foto exhibida allí.

Graham mostraba con el brazo extendido una hilera de ordenadores, como si fueran el premio de un concurso de la tele.

Mike volvió a verlo —tupido pelo entrecano, labios fruncidos, complexión de pitbull— en la puerta de su casa, mientras Annabel se desangraba en el suelo del salón. «Han enviado un aviso. Yo era el que estaba más cerca.» Recordó con amargura la oleada de alivio que había sentido ante su aparición: al fin venía alguien en su ayuda.

El artículo del *Sacramento Bee* que acompañaba la fotografía del policía explicaba con todo detalle que el Deer Creek Casino había donado el *software* de reconocimiento facial y múltiples ordenadores a la agencia antiterrorista, y presentaba a Graham, que vivía en Granite Bay, California, como un héroe local.

Aturdido, Mike levantó la vista hacia lo alto de la vitrina, donde un titular entusiasta proclamaba: ¡DEER CREEK CON LA COMUNIDAD!

Dio un paso atrás, abrumado por la cantidad de recortes de periódico que empapelaban el tablón de anuncios del interior de la vitrina: EL FONDO PARA VIUDAS DE POLICÍAS GANA EL PREMIO GORDO CON UNA DONACIÓN DEL CASINO; LA TRIBU APOYA LA LEY MEGAN CONTRA LOS AGRESORES SEXUALES; DEER CREEK PROPORCIONA AL ESTADO SEIS NUEVOS CARTELES DIGITALES DE AUTOPISTA PARA EL BOLETÍN AMBER, QUE ALERTA SOBRE LOS SECUESTROS DE NIÑOS... Había cascos de moto para la patrulla de carreteras de California y armeros para las comisarías del *sheriff*. El casino había donado chalecos antibalas nuevos de los Grupos de Operaciones Especiales al departamento de policía de Sacramento, al de San Francisco y al de Los Ángeles. Una foto de gran tamaño mostraba a un hombre con un traje caro y un sombrero de vaquero estrechándole la mano al gobernador en persona. Este, por su parte, lo rodeaba con un brazo y sonreía ampliamente ante la cámara tal como Mike había hecho. Escrito en rotulador, en mitad de la foto, se leía: «Al Deer Creek Casino, amigos míos, amigos de California»; y luego venía una gran firma historiada.

Incluso desde el primer momento, los cuerpos de seguridad habían cerrado filas contra Mike y su familia. Las palabras de Hank volvieron a resonarle en la cabeza: «Ellos sospecharán de quien se espera que sospechen, y transmitirán la alerta a quien se espera que se la transmitan».

El Deer Creek Casino tenía las conexiones y la influencia necesarias para desatar un infierno sobre la familia de Mike. Pero ¿cuál era el motivo?

¿Por qué quería esa gente matarle a él y a su hija?

La idea en sí era como si tuviera una serpiente enroscada profundamente en torno a la base del cerebro. Se retorcía allí dentro, y la sentía en la espina dorsal.

Una camarera emergió a su lado de una puerta sin rótulo, permitiéndole atisbar un pasillo que se prolongaba en una serie de oficinas. Iba con la bandeja vacía.

—Disculpe. ¿Dónde podría averiguar más cosas sobre la tribu? —Temió estar demasiado cerca de la mujer, de modo que ella notara el bulto de pipas que mantenía bajo los labios.

La camarera, que lucía una cinta de princesa india cuya pluma oscilaba sobre unos rizos rojos, sonrió. Tenía la piel blanca y pecosa; tal vez fuera irlandesa.

—En el Santuario Tribal, junto al rellano de la escalera —indicó ella.

Mike subió la escalera como flotando en un sueño, cruzó un arco con el rótulo LA HISTORIA DE LA TRIBU DEER CREEK y entró en lo que parecía una desmañada exposición histórica. Bajo unas luces respetuosamente atenuadas, había fotos descoloridas y letreros de museo sobre paneles de terciopelo negro. Algunos turistas hacían a regañadientes el recorrido, como cumplimiento de un requisito educativo. Unos altavoces ocultos emitían cánticos indígenas salpicados de chirridos, un sonido que Mike asociaba con rituales ancestrales y con los dibujos animados del domingo por la mañana. La sala, como el resto del casino, evocaba más que nada un parque temático.

Un indio de tez cobriza daba la bienvenida a los visitantes desde una televisión montada en alto. Se trataba de una imagen generada por ordenador con todos los rasgos arquetípicos del nativo americano: pómulos prominentes, boca ancha, nariz formidable y actitud erecta. El rostro, estoico y surcado de arrugas, poseía el halo de una sabiduría milenaria. Mike se quedó mirando el pelo trenzado y negro azulado del indio con la incredulidad y el horror de un súbito descubrimiento. Todos los fragmentos e indicios se alineaban asombrosamente.

«Bienvenidos, amigos. Sigan el sendero, y les contaré la historia de la tribu Deer Creek.»

Mike avanzó sintiendo la mente turbia y espesa, como si estuviera emergiendo de una anestesia general. Una serie de fotos y recortes relataban la historia prometida en la entrada.

«El pueblo Deer Creek —recitaba el indio desde otra pantalla plana, sin dar respiro— ha vivido en el norte de California durante casi cuatro mil años.»

Mientras la afectada voz seguía hablando, Mike hizo un esfuerzo para centrarse en el material expuesto. Varios dibujos mostraban a los miembros de la tribu cazando con arcos y flechas, tendiendo trampas o usando arpones y redes de pesca. Las mujeres aparecían machacando bellotas y entretejiéndose el pelo en la nuca con lazos en forma de ocho.

Mike caminaba a ritmo normal, pero la sangre le corría acelerada por las venas.

La siguiente sección abordaba las creencias de la tribu: los pájaros carpinteros simbolizaban la riqueza y la buena suerte; dormir con la cara expuesta a la luz de la luna se consideraba pernicioso… «Y una mosca azul en la choza de paja —informaba el indio virtual— significaba que el mal acechaba a la familia.»

Sintió que un hormigueo le recorría la piel.

Una vaharada de incienso tribal le llegó a las narices desde el fondo de la sala: salvia, el aroma de su infancia.

Las piernas se le habían quedado clavadas, pero el guía digitalizado proseguía: «En su momento de mayor auge, este orgulloso pueblo de lengua hokana, pariente lejano de la tribu yana, contaba con dos mil miembros. Pero luego llegó el hombre blanco, y muchos indios de esta región fueron desplazados a marchas forzadas. El sarampión, el tifus, la viruela, la tuberculosis y la disentería se encargaron de diezmar las filas de los que permanecieron aquí. La década de 1860 presenció innumerables ataques y contraataques entre los nativos americanos y los colonos blancos, y muchas tribus fueron exterminadas. Pero, por fortuna, un reducido grupo de la tribu Deer Creek sobrevivió y alcanzó el siguiente siglo».

Más dibujos: indios de duelo, con el pelo esquilado y la cabeza cubierta de brea. La cremación de los muertos. Caras dolientes. Mike deseaba que el indio abandonara su cadencia pausada y hablase a ritmo normal, pero no había forma de acelerar aquella animación informática. «Les otorgaron su propia y humilde reserva, quedando el Gobierno como depositario del título de propiedad de ochocientas hectáreas. Luego llegaron las plagas modernas: el suicidio, la diabetes, el alcoholismo... Durante décadas, la tierra fue dividida y fragmentada hasta que solo quedó una ínfima parte. Hacia los años cincuenta, muchos dieron por hecho que la tribu Deer Creek ya no existía.»

La sección de historia estaba compuesta por una serie de carpetas pulcramente ordenadas que contenían mapas polvorientos y tratados oficiales plastificados. Los acuerdos entre las naciones soberanas indias y el Gobierno de Estados Unidos habían pasado al dominio público, y los relativos a los Deer Creek estaban aquí orgullosamente expuestos. Mike no tardó nada en localizar un fideicomiso enterrado en las páginas de un convenio entre Deer Creek Tribal Enterprises, Inc., y el gobierno federal: el casino —y la corporación correspondiente— se hallaban sujetos a un fideicomiso, del mismo modo que la reserva, o lo que quedaba de ella, era administrada por el Gobierno de Estados Unidos bajo ese tipo de régimen.

Repasó el documento, abriéndose paso entre la jerga legal, para confirmar lo que había captado. La administración del casino había sido nombrada en calidad de depositaria «con todos los poderes generales» relativos a las tierras y los bienes de la reserva. La administración permanecería al frente mientras no hubiera «ningún miembro de la tribu capaz y dispuesto» a ocupar dicha posición. Los miembros de la tribu que aparecieran se convertirían en administradores únicos y gozarían de «plenos poderes y autoridad discrecional» sobre todo el negocio.

Mike notaba la boca seca y amarga a causa de las pipas de girasol masticadas.

Con manos temblorosas, frenéticamente, retrocedió unas páginas para revisar la definición de los términos. «"Miembro de la tribu" será, tal como se define en las ordenanzas tribales, una persona con un mínimo combinado de un octavo (1/8) de sangre de la tribu Deer Creek.»

Sintió un frío glacial en las entrañas.

El indio robotizado, advirtió Mike, llevaba un buen rato repitiendo una y otra vez las mismas palabras. «Una fría mañana de abril de 1977, un excursionista encontró a una mujer que vivía discretamente en un cobertizo. Se llamaba Sue Windbird. Ella era la última superviviente del pueblo Deer Creek.»

1977: pocos años antes de que él fuera abandonado en aquel campo de juego. Zumbándole de expectación la cabeza, rodeó un panel y contempló la foto de una anciana nativa americana. Se quedó sin aliento.

Las manos de la mujer su curvaban como garras sobre la manta de lana que le cubría las piernas; la cara curtida por la intemperie conservaba aún una pícara vivacidad; tenía los dientes en un estado mejor de lo que uno habría esperado... Pero fueron los ojos de ella los que lo dejaron jadeando:

Uno castaño. Otro ámbar.

Capítulo 47

Mike sentía las piernas como zancos mientras salía de aquel santuario al rellano. La ráfaga de aire acondicionado fue un alivio porque le ardía la cara. Se recostó en la pared para recobrar el aliento y, al secarse la frente, la manga le quedó húmeda.

No se le borraba de la mente aquella imagen de Sue Windbird. En una placa de latón bajo el retrato figuraban su nombre, un interrogante en la fecha de nacimiento y la fecha de su muerte: 10 de agosto de 1982.

Y sin embargo, estaba claro que no había sido la última de su linaje.

Auque llevaba décadas muerta, esos ojos disímiles venían a ser como una flecha que, desde aquella mujer, y a través de él mismo, señalara directamente a Kat. ¿Cómo los había llamado William? Sí, «ojos gatunos».

Mike no recordaba si su madre también tenía heterocromía, pero sí era capaz de evocar claramente su imagen cuando lo bañaba de niño: el largo cabello castaño oscuro se le derramaba sobre un brazo bronceado; los pómulos pronunciados; aquel moreno dorado de su piel, incluso en invierno... Un vínculo oculto con una cultura sobre la cual él no sabía más que sobre los mayas o los holandeses de Pensilvania. Pero existía, de todos modos: una herencia que corría por sus venas. Y por las de Kat.

Las consecuencias se retorcían en su interior de un modo mareante: mientras no aparecieran miembros vivos de la tribu Deer Creek, la dirección del casino dirigiría el cotarro y se quedaría con todos los beneficios.

Esa gente estaba dispuesta a matar a varias generaciones de una familia para asegurarse de que la tribu seguía extinguida.

Unos chavales de secundaria, portando cócteles en la mano, irrumpieron en el rellano bromeando y lo arrancaron de sus pensamientos. Hizo un esfuerzo para situarse de nuevo en el entorno que lo rodeaba y, agarrándose a la barandilla, descendió al bullicio del casino. Las luces parpadeantes y los rostros sudorosos parecían asediarlo, pero él se mantuvo en la zona lateral y avanzó paso a paso con la vista fija en la salida.

Tan concentrado iba que no vio el hombro hasta que se dio de bruces con él: un tipo que lucía una chaqueta de fino cuero negro, con el logo rojo de Ducati bordado encima.

Una mano lo apartó.

—Mire por dónde anda.

De lejos, el hombre habría parecido mucho más joven, pero Mike lo tenía prácticamente encima, de modo que pudo captar la artificiosa suavidad del estiramiento facial y el tono demasiado negro de su pelo teñido: debía de andar por los sesenta y cinco; lucía una dentadura de impecable blancura y la actitud relajada de un hombre seguro de su posición. No le había echado a Mike más que una ojeada somera, pues estaba pendiente de las fuertes apuestas de la mesa de blackjack de enfrente.

Igual que William y Dodge, apostados detrás de él.

A Mike se le tensaron las piernas; casi se le bloquearon, como si sus músculos sufrieran un calambre. Giró la cabeza, ocultando el rostro bajo la visera, y se las arregló para desviarse. Los tres hombres estaban junto a la puerta de las oficinas: la misma de donde había salido antes la camarera con la bandeja vacía.

Mientras se alejaba, oyó que el hombre de la chaqueta de cuero decía:

—Resultados, muchachos. Pronto.

Y luego la voz rasposa de William, como una uña rascándole la espina dorsal.

—Los tendrá, jefe, descuide.

Aún con los nervios de punta, Mike cruzó rápidamente el sector del aparcamiento para empleados.

—¿Indio curry-para-llevar, o indio hace-veinte-lunas? —preguntó Shep, siguiéndolo a paso vivo.

Mike escupió el amasijo de pipas masticadas, que cayó en el asfalto con un ¡chof! de bayeta mojada.

—Hace-veinte-lunas.

—¿Como la pipa de la paz, o como Manhattan por un puñado de abalorios?

—Sí, Shep. Así.

—¿Tú?

Allí, en la primera plaza de aparcamiento, había una Ducati a juego con la chaqueta de cuero del tipo. Reluciente y potente, la moto parecía en parte un caza de combate y en parte un coloso mecánico de fantasía. Mike se agachó y leyó el rótulo estarcido en el bloque de hormigón. BRIAN MCAVOY, DIRECTOR GENERAL.

Brian McAvoy.

El jefe.

—¿Y ahora qué, Vaca Sentada? —preguntó Shep.

—Rick Graham. —Mike pensó en el recorte de periódico de la vitrina que lo presentaba como un héroe local de Granite Bay—. Veamos si nuestro hombre figura en la guía.

Capítulo 48

Bajo el plateado resplandor de la luna que entraba por la claraboya, las blancas sábanas parecían una placa de escarcha. A la enorme casa, estilo cabaña, no le faltaba detalle: ventanas de aguilón, lámparas de cuerno y techos abuhardillados que proporcionaban más espacio en la segunda planta. Era un lugar demasiado lujoso para el salario de un policía, aunque este fuese un capo antiterrorista a nivel estatal. Aquella urbanización vallada, a una media hora hacia el norte de Sacramento, parecía más bien destinada a abogados de alto rango y propietarios de grandes viñedos.

Una ráfaga de aire frío entró por la puerta del balcón sumido en la oscuridad, y alborotó el pelo entrecano de Rick Graham sobre la almohada. Con un gruñido adormilado, buscó a tientas por la mesilla el interruptor de la lámpara. En cuanto sonó el clic, dio un grito.

Mike estaba sentado en un sillón rústico junto a la cama. Tenía la .357 apoyada relajadamente en el regazo, apuntando al torso del policía. Unos guantes de cuero negro le ocultaban las manos.

—¿Sabe por casualidad de quién es esta ca…? —Graham lo reconoció y se incorporó de golpe sobre el cabezal de la cama. Llevaba un pijama de franela, quizá para conjuntar con la decoración, y los botones desabrochados de la chaqueta dejaban ver la mata de vello gris—. Déjeme adivinarlo… Ha venido a joderme otra vez los neumáticos.

Mike tensó ligeramente los dedos sobre el revólver.

—¿Cómo ha cruzado la verja? —Graham desplazaba lentamente la mano hacia la otra almohada—. Esta casa cuenta con grandes medidas de seguridad. Se está grabando todo.

Mike señaló la cámara montada sobre la puerta abierta, que los enfocaba a ambos.

—¿Archivado digitalmente en el disco duro de ese portátil del estudio? —La nuez de Adán del tipo sufrió un sobresalto—. Su relación con Deer Creek parece remontarse muy atrás.

Con un veloz movimiento de la mano, Graham sacó un revólver .38 Special y apuntó a la cabeza de Mike antes de que este pudiera alzar el arma de su regazo.

El policía curvó los labios, sonriendo a medias, mientras echaba atrás el martillo con el pulgar.

Mike le señaló con el mentón la chaqueta del pijama y le indicó:

—Mire en el bolsillo.

Sujetando bien el revólver, Graham se llevó la otra mano al bolsillo de la pechera y lo sacudió. Sonó un tintineo, y una de las balas con casquillo de latón cayó sobre las sábanas. Se la quedó mirando con aire impotente.

Mike puso un tacón en el borde del sillón y apoyó el arma en la rodilla.

El policía volvió a tragar saliva y bajó la mano. La pistola descargada desapareció entre las sábanas.

—¿Si se lo cuento todo, no me matará?

Mike asintió levemente.

—Deme su palabra.

—Tiene mi palabra.

Dio la impresión de que Graham se relajaba un poco, y dijo:

—Si conoces el perfil de una persona, sabes lo máximo posible sobre ella. Yo sé calar a la gente a partir de los datos que dejan a su paso; los suyos me dicen que no es un mentiroso.

Mike alzó un poco el arma; Graham abrió los ojos de par en par para seguir el movimiento.

—Por lo general, no —respondió Mike.

—¿Qué quiere saber?

—Toda su relación con Deer Creek.

El policía se humedeció los labios e inició su relato:

—Brian McAvoy y yo nos conocemos desde el principio. Él era un chaval inexperto recién salido de los estudios de administración de hoteles de la Universidad de Nevada, y disponía de fortuna familiar, talento sobrado y muchas ganas de sacarles partido. Yo era un joven agente de la policía de Sacramento deseoso de progresar. Descubrimos que nos éramos útiles el uno al otro. Él financió un comité exploratorio para estudiar la expansión del juego fuera de Las Vegas.

—Y se tropezó con Sue Windbird.

—Tropezó con un billete de lotería vivito y coleando. Las tribus se gastan fortunas en peticiones legales, en grupos de presión, en abogados y expertos en tratados, en historiadores y genealogistas..., solo para conseguir lo que Sue Windbird ya poseía.

—Que era... ¿qué?

—No tiene ni idea de la enorme magnitud de todo esto, ¿verdad? —Ahogó una risita, tomándose su tiempo. Se estaba haciendo el remolón, sin duda, pero era evidente también que le encantaba regodearse en aquella historia—. El Consejo de Asuntos Indios creía que la tribu de Sue Windbird se había extinguido. En los años setenta, los Deer Creek habían superado todas las estrictas regulaciones de reconocimiento tribal. Ahora bien, para que se conserven todos los derechos tribales no basta con que sobreviva un miembro de una tribu, a menos (le brillaron los ojos con una especie de regocijo) que el territorio de dicha tribu nunca haya sido abandonado. Y adivínelo. Durante todos esos años en que las tierras de los Deer Creek fueron divididas y parceladas, la vieja Sue vivió acurrucada en su cabaña de mierda, en un sector de cuarenta hectáreas de la reserva original. Una tribu reconocida federalmente en sus tierras soberanas con un último miembro a punto de morir. ¿Sabe qué significa eso?

—Dígamelo.

—Esa tierra (abarcó un espacio con los brazos), esas cuarenta hectáreas constituyen una diminuta nación soberana en mitad de California, que no se halla sujeta a las leyes de los Estados Unidos de América. —Hizo una pausa para subrayar sus palabras—. No estamos hablando solo de detentar el monopolio del juego, mientras en el resto del estado es ilegal, sino que estamos hablando de no hallarse sometido a las normas urbanísticas ni a las leyes federales. ¡Qué diantre! Aparte del derecho de perseguir a los malhechores, el Gobierno posee una jurisdicción criminal muy endeble en las tierras tribales. ¿Y sabe lo mejor de todo? Que cada centavo de beneficios está totalmente exento de impuestos.

Mike recordó el grupo de manifestantes que había visto frente a la entrada del casino: ¿POR QUÉ PAGAMOS IMPUESTOS? ¿PARA QUE LOS CASINOS ESTÉN EXENTOS?

—¡Y la ubicación! —prosiguió Graham—. Hay una urbanización para jubilados a quince kilómetros subiendo por la carretera: un paraíso de ingresos libres de impuestos. Me refiero a siete mil hogares, con un promedio de algo menos de dos personas por parcela. Viene a ser como si esos abueletes entregaran directamente sus cheques de la seguridad social a Deer Creek.

Mike pensó en la cantidad de jubilados que había visto en el interior del casino, con una mano en la palanca de las tragaperras y la otra en la ranura, echando fichas.

—La industria del juego en las reservas indias rebasa los veinticinco mil millones anuales, es decir, más que la suma de los ingresos del juego en Las Vegas y Atlantic City. —La expresión del tipo mostraba satisfacción y orgullo a partes iguales.

A Mike le dolía la mandíbula de la tensión.

—Eso implica mucha influencia —comentó.

—No se hace una idea. Los casinos indios fueron los donantes de fondos más importantes en el último ciclo electoral del estado. Ellos lubricaron prácticamente el camino del gobernador para alzarse con la victoria. Joder, si solo Deer Creek gastó treinta y cinco mil dólares en entradas para la toma de posesión de Obama. —Se calló un momento para humedecerse los labios—. McAvoy empezó con un salón de bingo en el que se hacían apuestas fuertes. De ahí pasó a la lotería, las tarjetas perforadas y las tragaperras ilegales. No se ganaba tanto como ahora: todavía estaban en marcha las disputas judiciales sobre las tragaperras y las mesas de juego. Pero entonces, en el 87, llegó la decisión Cabazon del Tribunal Supremo, que acabó con todas las restricciones al juego en las reservas indias. Aquello abría todo un mundo de posibilidades. ¿Recuerda cuando el presupuesto de California llevaba un desfase de varios años? Me refiero al déficit de cien millones de dólares.

Mike asintió.

—Deer Creek lo cubrió. Es decir, lo pagó de golpe. Una miseria en comparación con lo que pagarían en impuestos a lo largo de los años. Pero han sido listos. Al cerrar acuerdos con la gente adecuada han tenido que repartir menos dinero.

—¿Cómo...? —Surgían más preguntas de las que Mike podía procesar—. ¿Cómo se las arreglaron para conseguirlo valiéndose de una mujer de noventa años a las puertas de la muerte?

—¿Cómo se las arregla uno para conseguir las cosas? Con argucias legales. McAvoy descubrió una antigua cláusula según la cual las ventas de tierras de las reservas no eran válidas a menos que hubieran sido aprobadas previamente por el gobierno federal. Bueno, pues, ¿sabe qué?, cuando la reserva original Deer Creek fue dividida en parcelas y vendida, nadie sabía que debía obtener la aprobación federal. Así que McAvoy amenazó con poner en cuestión una infinidad de operaciones de venta y miles de títulos de propiedad. Estamos hablando de ochocientas hectáreas en el norte de California. Imagínese a una legión de abogados llamando a los terratenientes más influyentes y a los titulares de propiedades inmobiliarias para decirles que quizá ya no eran propietarios de sus tierras. Los proyectos urbanísticos se pararon en seco, y los bancos dejaron de conceder hipotecas. McAvoy no tardó mucho en conseguirle a Sue Windbird lo que le correspondía.

—Y él, por su parte, aseguró sus propios intereses comprometiéndose a administrarlo todo como depositario. Así, en cuanto muriera Sue Windbird, podría montar su propio cajero automático libre de impuestos.

—¿Y por qué no habría de ser suyo? ¿Acaso cree que la abuela iba a montar por sí sola un negocio de mil millones de dólares? Cuando él la encontró, todavía seguía recogiendo bayas y cagando en un retrete junto a su cabaña. Esa mujer vivió sus últimos años como una auténtica reina: la exhibían con ridículos trajes tribales en ceremonias e inauguraciones; bebía whisky escocés de barril y comía solomillo.

—¿Cuándo supo McAvoy que tenía un hijo?

—Todo el mundo sabía que tenía un hijo. Un borracho, el típico indio pura sangre. Murió en un accidente de coche en el 59. Lo que nadie sabía era que el tipo había dejado embarazada a una blanca.

—Lo descubrieron al hacer el árbol genealógico ¿no? Para demostrar los derechos que tenía Windbird sobre la tierra.

—Sí —afirmó Graham, un tanto impresionado—. Nosotros creíamos que ya habíamos superado lo peor y, de repente, ¡zas!, resultaba que había una niña nacida en el 51. Tuvimos que investigar bastante, pero nosotros la encontramos.

—«Nosotros...» No para de decir «nosotros».

—Como ya he dicho, he colaborado con Deer Creek desde el principio. Y aunque yo no hubiera participado en el festín, ¿quién cree que contribuye a financiar nuestra agencia? La mitad de los equipos de los cuerpos de seguridad del estado los donó McAvoy. O sea que no nos pongamos muy remilgados con la distinción entre lo público y lo privado.

—Así es como tenían dominados a todos los policías.

—Yo soy el director de la mayor agencia antiterrorista del estado. A mí no me hacen falta policías corruptos. Me limito a señalar a «personas de interés». Es lo único que hago. Si los policías me ayudan, no puede decirse que sea corrupción. Ellos simplemente hacen su trabajo siguiendo instrucciones. Yo señalo y ellos buscan.

—La chica —lo interrumpió Mike, obligándolo a retomar el hilo.

—Danielle Trainor.

—Mi madre.

—Exacto.

Si su madre era medio india, él lo era en una cuarta parte.

Y Kat en una octava parte.

Graham se pasó la mano por la cara, achatándose los rasgos, y por un momento Mike captó un destello de remordimiento en sus ojos. Pero luego el tipo continuó con firmeza, poniéndose a la defensiva y apoyándose en un argumento que parecía haber usado ante sí mismo a lo largo de los años:

—Con el dinero que McAvoy había invertido, no podía dejar un cabo suelto como el que representaba su madre. De la misma manera que no puede permitir que un patán salido de una casa de acogida como usted venga ahora y se quede con las llaves del reino. O que su hija, ¿cuánto tiene ahora, ocho?, salga a la palestra y presente una demanda contra todo el maldito montaje. ¿Le parece que realmente es posible culparlo?

Mike se limitó a mirarlo.

—Ya, claro, desde su punto de vista es distinto. Naturalmente. Pero debe comprender que hay mucho en juego.

—Un casino indio sin indios.

—Exacto. —Un deje de astucia asomó en la voz del policía—. Nosotros solo lo administramos como depositarios, ¿entiende?

—En nombre de una tribu extinguida.

—No tan extinguida, ya que usted no lo está.

Mike se inclinó hacia delante y, de nuevo, los ojos de Graham observaron el cañón de la .357. Una gota de sudor descendió por su patilla izquierda. Alzó las manos.

—Escuche, yo puedo ser su aliado. Demostrar su reclamación resultaría muy difícil…

—¿Mi reclamación?

—Usted no percibirá una mierda sin ese informe genealógico. Por eso McAvoy lo guarda en su caja fuerte privada junto con todos sus secretos de valor; la tiene en su despacho, detrás del cuadro de un curandero indio. Solo él y yo conocemos la existencia de esa caja fuerte. —Tomó el asombro de Mike por incredulidad—. No tengo la combinación, pero podría ayudarlo a entrar furtivamente para que la reventara. Con ese informe genealógico, estaría en condiciones de reclamar el casino y todos sus bienes. Y yo podría ayudarlo también a sortear…

La voz de Mike sonó fría y dura como las balas que había extraído del revólver de Graham.

—No me importa una mierda el casino.

Por la puerta entreabierta del balcón se colaba el canto de las cigarras.

Humedeciéndose los labios una vez más, el policía preguntó:

—Entonces, ¿por qué está aquí?

—Usted es el experto en perfiles criminales. Míreme a los ojos y dígame por qué estoy aquí.

Los dedos de Graham se agitaron nerviosamente entre las sábanas.

—Por sus padres.

—Están muertos. —No tuvo el valor suficiente para formularlo como una pregunta.

El otro desvió la mirada bruscamente.

—¡Vamos! Deme todos esos datos que usted suma para construir un perfil. Porque es lo único que voy a sacar.

Graham carraspeó, todavía manoseando la sábana.

—Sus padres eran novios desde secundaria. Su madre formaba parte de la sociedad musical. Ganó el premio Mejor Sonrisa del último curso; supongo que debido al contraste de su piel. Su padre fue votado como Mayor Optimista. Él procedía de una familia más adinerada. Tampoco es que fuera rico ni nada parecido, pues el padre era contable; pero Danielle había sido criada por una madre soltera en un apartamento de una habitación, a quien incluso ayudaba a limpiar casas durante los fines de semana, y llevaba ropa de segunda mano. Ella se sentía muy identificada con su padre, aunque solo lo vio fugazmente hasta que cumplió los ocho años, y tendía a subrayar su herencia nativoamericana, lo cual encajaba con su espíritu idealista...

—¿Qué instrumento? —preguntó Mike. El tipo lo miró sin entender, así que él añadió—: En la sociedad musical. ¿Qué instrumento tocaba?

—Flauta, creo.

Mike tenía la garganta seca; le indicó con la pistola que continuara.

—Se casaron al terminar la secundaria. John dirigía un centro de distribución textil. Estaba bien pagado, pero no le gustaba su trabajo. Le encantaba el béisbol, las películas del Oeste y la comida mexicana. Danielle fue encargada de una tienda de ropa hasta que él ganó lo suficiente, y luego ya se quedó en casa. Era gente de vida familiar y salidas al campo los fines de semana. Tenían un Dasher y un Ford modelo familiar, uno de aquellos Country Squire con falsos paneles de madera, ¿sabe?

Mike aún veía el coche, aún olía el polvo del asiento trasero.

—Ella, Danielle, era aficionada a la jardinería; le gustaba hundir las manos en la tierra. Le encantaban las velas aromáticas, la música de Cat Stevens y el incienso.

—Salvia —murmuró Mike—. Incienso de salvia. —Le pareció que Graham se agitaba.

—¿Qué más necesita saber?

—Usted los mató.

El policía lo miró fijamente, aunque sus dedos seguían manoseando entre la ropa de cama. La bala apareció a la vista, rodando por los pliegues de la sábana.

—Me ha dado su palabra.

Mike alzó la .357 y le apuntó a la frente.

—Por supuesto que yo no los maté. Soy policía.

—Así que tenía gente. Como Roger Drake y William Burrell, ¿no?

Graham arqueó las cejas con sorpresa, pero especificó:

—Como Lenny Burrell.

Mike apoyó el revólver en el brazo del sillón, manteniéndolo apuntado hacia la cama.

—¿El padre de William?

—El tío. —La bala rodó junto a sus dedos—. Primero se ocupó de Danielle…

—¿Cómo?

—Le disparó en el baño, creo. Fue rápido, sin dolor. Usted estaba dormido en la otra habitación, pero su padre sorprendió a Burrell cuando cruzaba el pasillo para ocuparse de usted. Hubo un forcejeo, y su padre consiguió que Lenny se diera a la fuga. John estaba enloquecido de rabia. De algún modo se había enterado de lo que ocurría y de que también usted estaba marcado. Desapareció con usted esa noche antes de que Len regresara con refuerzos. Este lo atrapó una semana después cerca de Dallas. Nosotros necesitábamos saber dónde lo había dejado a usted; no era como ahora, con bases de datos, alertas y coordinación entre agencias sobre personas desaparecidas. —Se frotó los ojos, cansado; su voz cobró un tono arrepentido—. Len se tomó su tiempo con él. Leonard Burrell era un experto. Pero su padre poseía una resistencia impresionante. A pesar de lo que tuvo que soportar, no reveló su paradero.

Mike levantó la vista a las vigas que reforzaban el techo, presa de una gran confusión. Luego dijo lentamente:

—He odiado a mi padre durante treinta y un años.

—¿Es un alivio? —La cara en claroscuro de Graham parecía casi paternal—. Quiero decir, que ya no tenga que hacerlo.

Mike pensó: «Usted no tiene ni idea».

—Lamento lo que hice. Hay noches en las que… Bueno, eso no es problema suyo.

Mike percibía vagamente que el brazo del policía se estaba tensando, que continuaba manoseando la sábana en cuya blanca superficie resaltaba la mancha oscura de la bala.

—¿Cómo es que nadie encontró nunca a mis padres?

—Len era experto en un montón de cosas. En hacer desaparecer cadáveres, entre otras. Así resultaba más fácil: sin cuerpos no hay investigación por asesinato; mucha menos presión; ningún informe de personas desaparecidas en los archivos policiales… La gente se mete en toda clase de líos; recoge sus cosas y se larga. Todo el mundo dio por supuesto que los Trainor se habían mudado. Sin funeral ni obituario, la repercusión es mucho menor. Nadie los echó en falta.

—Yo sí. Yo los eché en falta.

—¿Qué quiere que diga?

Mike notó que la culpabilidad de Graham se trocaba en ira aceleradamente, y sintió el impulso apremiante de levantar la .357 del brazo del sillón y dispararle sin más entre los dientes.

—Dígame dónde están enterrados —exigió, sin embargo.

Graham le dio la vuelta a la sábana; su mano desapareció bajo el pliegue.

—No se lo voy a decir, pero se lo enseñaré.

—De acuerdo. —Mike se levantó.

El hombre bajó perezosamente las piernas de la cama, pero de repente, haciendo un confuso movimiento, sus manos se juntaron a toda velocidad y la bala suelta entró en el tambor del .38 con un chasquido. Apuntaba a Mike con el arma antes de que este pudiera coger la .357 del brazo del sillón.

Le indicó con un gesto que se apartase del sillón, y él obedeció.

—Le estoy haciendo un favor —dijo Graham—. Si William y Dodge lo atraparan… —Meneó la cabeza, soltando un silbido—. Y lo atraparían. El equipo que forman esos dos… Bueno, a veces el conjunto es mayor que la suma de las partes. Esos muchachos se retroalimentan mutuamente de un modo mágico. Pero yo pienso resolver aquí mismo la cuestión. Dejemos a Katherine allí donde demonios esté. ¿Qué le parece? ¿Es un trato justo? —Alzó el percutor con el pulgar.

—Yo en su lugar no lo haría.

Graham ladeó el arma.

Sonó un estampido.

El fogonazo en el balcón iluminó la impertérrita cara de Shep tras el cañón de su pistola. Estaba lejos del alcance de la cámara de seguridad y, antes de que Mike parpadeara siquiera, la oscuridad se adueñó otra vez del balcón y se tragó a Shep.

El cuello de Graham se volvió rojo y blanco en un lado, mientras le iba creciendo un viscoso grumo de sangre como un chorro de melaza, que acabó salpicándole la cara y el pecho al tiempo que todo él se desmoronaba. El fogonazo del disparo se le había metido a Mike en la retina, así que permaneció inmóvil un momento, respirando el olor a cordita, vibrándole todavía los tímpanos. Cuando bajó la vista hasta aquel amasijo de carne y huesos, no sintió nada. Recordó una cena no muy lejana con los padres de unas amigas de Kat: pollo asado y vino chileno, todos ellos charlando, masticando y limpiándose los labios, felizmente convencidos de que eran gente decente, civilizada.

Qué horror había sufrido su padre para protegerlo. Qué miedo desprendía en oleadas aquella mañana en el coche familiar. Qué dolor desgarrador de haber perdido a su esposa y de abandonar a su hijo.

John a secas. John a secas.

Parpadeó para despejarse, regresó al despacho de Graham y descargó la grabación de la cámara del dormitorio en una memoria USB. Visionó la secuencia para asegurarse de que se había copiado. La cara del policía, claramente reconocible: «Con el dinero que McAvoy había invertido, no podía dejar un cabo suelto como el que representaba su madre».

Acto seguido, borró todos los archivos de seguridad del disco duro. Cuando ya se daba la vuelta para irse, reparó en una tarjeta en la bandeja, por lo demás vacía, situada en un lado del escritorio. «Brian McAvoy, director general.» En el dorso, figuraba anotado «nuevo móvil» y un número con el prefijo de Sacramento.

Contempló el número un rato largo; luego sacó el móvil

desechable y marcó. Su mano enguantada sujetó el aparato con fuerza mientras el timbre sonaba una y otra vez.

Contestó un adormilado «¿Mmm?».

—Tengo todas las pruebas para atraparlo.

—¿Cómo ha conseguido este número?

—Eso es lo que menos debe preocuparle.

—¿Quién..., quién habla?

—El propietario de su casino. Tengo una grabación que lo destruirá.

—¿Una grabación? —Se oyó cómo tragaba saliva; luego sonó un resoplido—. ¿Cuánto quiere?

—No hay dinero suficiente.

—Entonces ¿por qué...?

—Va a dejar a mi familia en paz o acabaré con usted. ¿Me ha entendido?

—¿Su familia? —Una respiración silbante—. ¿Seguro que sabe con quién está hablando, hijo?

Ahora que lo pensaba, la voz sonaba más..., un poco más ronca de lo que había esperado.

—Brian McAvoy.

—¿McAvoy? —Se oyó una sonora carcajada, enronquecida por la edad y el tabaco—. Por su modo de hablar, usted debe de ser la única persona que odia a ese hijo de puta más que yo. —El hombre se rio un poco más y luego se sumió en un grave silencio—. Espere un momento —dijo—. ¿Es usted..., es Michael Trainor?

Un larga pausa. El aire fresco de una rejilla del techo le daba a Mike en el cuello.

—¿Es usted el bisnieto de Sue Windbird? —La voz se había llenado de alivio—. No puedo creer que esté vivo.

A Mike los dedos se le acalambraban alrededor del teléfono. Se inclinó y se presionó la frente.

—¿Quién es usted?

—Soy el cacique Andrew Two-Hawks, de la tribu Miwok de Shasta Springs. Soy director de un casino, pero no el que usted anda buscando. Usted y yo tenemos que hablar, hijo.

—¿Por qué?

—Porque nuestros intereses coinciden.

Capítulo 49

Andrew Two-Hawks tenía boca de pez y una panza temblorosa; una perilla muy cuidada le ocultaba la huidiza barbilla. Recibió a Mike en la puerta trasera de su casino con una amplia sonrisa y un enérgico apretón de manos. Llevaba un chaleco de cuero sobre una camisa estampada con el cuello desabrochado; se echaba a faltar una corbata de bolo para completar ese atavío. Junto a él se alzaba un tipo de una anchura similar a la de la puerta, un indio con cara de pocos amigos y piel curtida, que iba embutido en un impecable traje negro; su rapada cabeza tenía, curiosamente, la forma de un grumo de crema de afeitar amasado en la palma de la mano. Empezó a cachear a Mike, pero él lo apartó de un empujón antes de que alcanzara la .357 que llevaba metida en la parte trasera de los vaqueros.

Two-Hawks se pasó una mano por la cara, alisándose las arrugas, y despidió con un gesto a su guardaespaldas, diciéndole:

—Él está de nuestro lado.

El tipo frunció el entrecejo y se retiró, aunque clavando en Mike una rabiosa mirada de perro guardián de una chatarrería.

—Perdone a Blackie —se disculpó Two-Hawks—. Es tan bobo ese muchacho que podría caerse en una bañera llena de tetas y salir chupándose el pulgar. —Le hizo una señal, invitándolo—. Venga.

Su actitud campechana y su aspecto mismo, el de un comerciante de petróleo de Texas con dinero sobrado para vestir mucho mejor de lo que solía por simple indiferencia, pillaron a

Mike por sorpresa. ¿Qué se había esperado? ¿Un gran jefe con un tamtan? Recorrieron un pasillo alfombrado desde donde el ajetreo frenético del casino era visible, pero quedaba enmudecido por una pared de cristales ahumados e insonorizados. El local, algo deteriorado, era mucho más reducido que el Deer Creek Casino.

Mike miró varias veces a hurtadillas al hombre.

—¿Qué? —dijo el indio.

—Nada. Es que parece...

—¿Tan blanco como usted? —concluyó sonriendo.

Wingate ya le había explicado por teléfono lo más esencial de su dramática situación: la escisión de su familia y las amenazas que pesaban sobre su esposa y su hija—, y Two-Hawks había escuchado con paciencia, soltando unos carraspeos comprensivos que parecían subirle desde el fondo de la garganta.

—Lo primero que debe saber —dijo el hombre, indicándole que doblara una esquina— es que Deer Creek Tribal Enterprises, Inc. ha presentado una reclamación fraudulenta sobre nuestra tierra tribal originaria. —Señaló la alfombra—. O sea, sobre esta tierra.

—Pero ¿pueden hacer eso?

—No. Pero lo están haciendo. Y mediante las argucias perfeccionadas por Brian McAvoy (hizo una mueca despectiva al pronunciar el nombre) van camino de convertir en ley esa reclamación.

—¿Cómo?

—Verá, cada tribu debe ser reconocida formalmente por el gobierno federal para gozar de cobertura legal y de ciertos derechos básicos. Un par de políticos muy bien situados —pagados, claro está, por McAvoy— alegan que nuestro estatus fue ilegítimamente aprobado por la Administración Jimmy Carter cuando el procedimiento era menos estricto. Han sometido nuestro reconocimiento tribal a revisión, y los debates oficiales empezarán a principios del próximo año. Si perdemos, adivine quién ocupa la primera posición para apoderarse de nuestra tierra.

—Y si McAvoy se apodera de su tierra, se queda con su casino.

—Bingo.

—Por eso me buscaba usted. Si hubiera otro heredero vivo de Deer Creek, podría utilizarlo para desbancar a McAvoy.

—Con su ayuda, tenemos la posibilidad de pararle los pies en seco. —Un centelleo de ira cruzó por sus oscuros ojos —. Él y yo somos enemigos mortales. Tengo unos cuantos de esos hoy en día. ¿Le pone nervioso saberlo?

—No me fío de alguien que no tenga enemigos.

Una gran sonrisa ensanchó la perilla pulcramente recortada del hombre.

—Entonces se llevará de maravilla conmigo.

Entraron en un despacho bien amueblado. Two-Hawks le indicó un amplio sofá de cuero situado tras una mesita de café.

—Siéntese. Puede poner los pies encima; no se romperá. Y si se rompe, compraremos otra.

Pero Mike permaneció de pie, cruzando los brazos sobre el torso como si tuviera frío. Varias tristes reliquias adornaban las paredes: una cesta de grano deshilachada, una falda de plumas de danza y un par de diminutos mocasines. Se cuestionó si no estaría abarcando de un vistazo todos los vestigios históricos preservados de la tribu Miwok de Shasta Springs; todo un contraste con el parque temático del santuario tribal que Deer Creek había cuidado con tanto mimo.

Two-Hawks puso un teléfono móvil sobre su escritorio, lo miró, como si se tratara de un insecto medio aplastado al que se disponía a librar de su sufrimiento, y explicó:

—Teléfono nuevo, número nuevo. Me lo agencié después de enterarme de que el perro faldero de la banda, Rick Graham, tenía intervenido mi antiguo móvil. No le he dado a nadie este número. Y sin embargo, es el número al que usted me llamó. ¿De dónde lo sacó?

—Lo tenía Graham. McAvoy se lo anotó en una tarjeta.

El hombre alzó una pesada lámpara de latón y aplastó el móvil con frialdad, sin rabia aparente. Dejando la lámpara en su sitio, empujó los trozos a la papelera con el canto de la mano.

—Echemos un vistazo a esa maldita grabación de la que me ha hablado.

Mike se había llevado del despacho de Graham un portátil y varios CD. Aparcados en una calleja oscura, Shep y él habían copiado en un disco la parte más comprometedora de la conversación con el policía. Guardaron la tarjeta de memoria con la grabación completa y el dinero que les quedaba en el conducto de ventilación de la habitación del motel, dejando encima a Bola de Nieve II para que los mantuviera vigilados.

Se sacó ahora el disco del bolsillo trasero y se lo entregó a Two-Hawks, que lo introdujo en el lector de su ordenador. La imagen en blanco y negro apareció de inmediato en la pantalla. El indio soltó un gruñido al ver a Mike sentado en el sillón frente a la cama de Graham, con la pistola apoyada en la rodilla. Los dos hombres contemplaron cómo el policía confesaba la sangrienta historia de su relación con Deer Creek. La secuencia concluía mucho antes de que Graham sacara su revólver y de que sonara el disparo que había terminado con su vida.

Cuando la imagen se quedó en negro, el indio se arrellanó en la silla con la vista fija en la pantalla y comentó:

—Un comienzo verosímil.

—¿Un comienzo?

—Eso son solo palabras, pero pruebas sólidas, no.

—¿Me está diciendo que no basta para amenazar seriamente a McAvoy? ¡Es una confesión de varios asesinatos cometidos en nombre de una empresa!

—Efectuada por un hombre con un revólver apuntándole la cabeza, en el curso de un allanamiento. Un hombre bajo presión que habría dicho cualquier cosa para salvar el pellejo. Si quiere pescar a McAvoy, esto no son más que habladurías. Él está en condiciones de alegar ignorancia…

—Entonces puedo usarlo como trampolín —dijo Mike, frustrado—. Intentaré contactar con algún miembro honrado de los cuerpos de seguridad. Ellos podrían exigirles legalmente sus archivos, las transacciones que muestran los pagos a sus gorilas…

—Deer Creek Tribal Enterprises, Inc. —arguyó el hombre, recitando otra vez el nombre completo— constituye una nación soberana, igual que la nuestra. No se les puede sacar una mierda con una orden judicial. No hay ninguna agencia de este país, ni de ningún otro, capaz de obligarlos a entregar sus archivos. Ellos son libres de llevar sus negocios como se les antoje, porque no están sometidos a supervisión de ninguna clase. Y cuentan con jueces, con policías y fiscales de esa otra nación a la que usted pertenece que se inclinan favorablemente a su causa.

—Se conectan con el Gobierno y lo utilizan como si fuera suyo —masculló Mike, sintiendo una oleada de indignación.

—Eso es lo que usted no entiende: «es suyo». Había dos hermanos que se negaban a vender unas tierras situadas cerca de una urbanización Deer Creek. Ambos desaparecieron y no pudieron pagar el siguiente plazo de la propiedad. Había alguna prueba, pero, ¡zas!, se esfumó por arte de magia de los archivos de la policía. Todo el mundo sabe que McAvoy los mandó eliminar, pero ¿cómo vas a demostrar nada si no hay cadáveres ni es posible investigar ningún archivo? Yo le voy a decir cómo. —Se echó hacia delante—: Con pruebas irrefutables contra ellos en la mano —dijo golpeándose la palma con un rechoncho dedo.

—Yo no tengo ninguna.

—Ya. Pero nosotros sí.

Mike se sintió como cuando alguien cuenta un chiste privado, y uno se queda sonriendo tontamente mientras los demás ríen a carcajadas. Abrió la boca con incredulidad.

—Entonces…, ¿para qué me necesita a mí?

El indio se levantó de golpe de la silla, que crujió y se balanceó a su espalda, y, apoyando los nudillos en el escritorio, dijo:

—Porque Deer Creek tiene, a su vez, algo que nosotros necesitamos.

Mike movió la mandíbula y notó un crujido en la articulación.

—Destrucción mutuamente asegurada —murmuró—. Si los aniquila con lo que tiene sobre ellos, ellos también pueden aniquilarlo.

—Algo parecido, supongo.

—Así que usted dispone de una información con la que yo podría salvar a mi hija. Pero no me la dará porque quiere otra cosa…

—Lo siento. De veras que lo siento.

Lo miró largo rato, notando el frío metal de la pistola en la parte trasera de los pantalones. Two-Hawks se puso rígido y miró nerviosamente hacia la puerta.

—Quizá debería explicarse mejor —pidió Mike.

—La información que hemos obtenido es nuestra única munición contra una corporación que pretende privar de sus derechos a mi pueblo. Si estuviera en juego algo menos importante, se la daría ahora mismo para que protegiera a su familia.

—Entonces, ¿qué propone?

—Usted posee un derecho legal sobre Deer Creek. Utilice ese poder para conseguirnos lo que necesitamos. Y entonces podremos darle con toda libertad lo que tenemos sobre ellos.

Mike sopesó la propuesta un momento, y solicitó:

—¿Me permite que llame a mi socio?

—Un socio… —El indio frunció el entrecejo, impresionado.

Mike sacó el Batmóvil y telefoneó a Shep, que estaba esperando cerca, más allá de las luces del aparcamiento.

—No hay peligro —le dijo.

—¿Seguro? —preguntó Shep.

—Bastante.

Shep colgó.

Two-Hawks también estaba al teléfono.

—Enseguida voy —dijo, y colgó el auricular. Chasqueó dos dedos hacia Mike—. Venga conmigo.

Recorrieron otro pasillo y fueron a parar a una sala de control, cuya pared norte estaba compuesta por unas cincuenta pantallas, cada una de las cuales rotaba cíclicamente por numerosas perspectivas. Mirando inexpresivamente los monitores, había tres hombres y una mujer, de aspecto aburrido, sentados ante una mesa que abarcaba toda la pared. Por todas partes se veían latas de Red Bull y vasos vacíos de refrescos gigantes. Un olor a tabaco de mascar impregnaba la estancia.

—Alguien ha pasado una ficha hueca en la mesa nueve —indicó la mujer.

—Pon el *software* —ordenó Two-Hawks

La mujer pulsó una tecla en un ordenador, y una gran pantalla cobró vida en la pared lateral. El programa de reconocimiento facial comenzó a trazar la silueta de las cabezas de los clientes, avanzando de mesa en mesa. De vez en cuando sonaba un timbre, y la imagen del cliente era trasladada a otra pantalla y emparejada con una foto y una ficha de antecedentes. En una pantalla adicional aparecía la lista de alias y socios.

—No encuentro a nadie que haya pasado fichas huecas anteriormente, pero tenemos a un par de tramposos de tragaperras —explicó ella.

—¡Cómo no! —El indio se volvió hacia Mike, y le explicó—: Manipular una máquina tragaperras es un delito grave en Nevada, pero solo constituye una falta en California, así que todos vienen aquí a entrenarse.

—¿Qué es una ficha hueca? —preguntó Mike.

—Un cilindro hueco, de peso reforzado, con una ficha auténtica encima. Los lados están pintados como los bordes de una pila de fichas. Puesto que los croupiers no separan las fichas que vienen en montones de cinco, se puede pasar una falsa como si fuesen cinco. —Se dirigió de nuevo a la mujer—: Avísame si vuelve a aparecer otra ficha hueca. Y mientras, no perdáis de vista a los de las tragaperras.

Uno de los hombres manipuló una palanca, y cuatro pantallas enfocaron de cerca a los sospechosos. Mike recorrió con la mirada las imágenes de la pared, que casi abarcaban todos los rincones del casino —la mesa de blackjack, la cámara acorazada, las tragaperras, el aparcamiento...— que se multiplicaban a su vez porque cada pantalla iba saltando de un sitio a otro. Hizo una observación:

—Tiene controlado cada centímetro del local.

—Excepto el baño. —Two-Hawks sonrió—. Ese es el único lugar del casino donde puedes contar con una «expectativa de intimidad», como la llaman los abogados. Si ocurre algo serio, naturalmente, la primera preocupación es...

Los cuatro empleados recitaron con hastío: «Saber qué sucede en la cámara de seguridad».

El indio dijo con orgullo:

—Solo en la cámara de seguridad disponemos de cincuenta y cuatro cámaras que cubren la «jaula» de los cajeros, la doble puerta de seguridad, la sala de conteo y el banco de reposición, donde se pagan los premios gordos.

La mujer se irguió de golpe y se giró hacia un monitor lateral.

—Un momento —dijo—. Tenemos la imagen biométrica de un especialista en cajas fuertes.

Mike se inclinó a su lado para ver a quién de entre la multitud había identificado el programa de reconocimiento facial.

—¡Ah! —exclamó—. Él viene conmigo.

Two-Hawks soltó una efusiva carcajada.

—Dile por favor a Blackie que acompañe hasta aquí… —vistazo a la pantalla de datos—… a Shepherd White.

La mujer asintió y cogió el teléfono. Era delgada, de curiosos rasgos de elfo, y mantenía una bola de tabaco de mascar en la mejilla que le añadía un toque de fantasía.

Un minuto después, Blackie y Shep cruzaron la puerta acolchada. Ambos parecían algo molestos, aunque Mike dudaba que hubieran intercambiado una sola palabra por el camino.

—¿Usted es especialista en cajas fuertes? —preguntó Two-Hawks.

—¿Qué? —dijo Shep.

—Si es usted especialista en cajas fuertes. ¿Revienta-cajas fuertes, vaya?

Shep se encogió de hombros y miró para otro lado con indiferencia. Dio unos pasos hacia la pared de monitores y los miró fijamente, como un zorro en un gallinero. Tenía la cabeza ladeada y la boca entreabierta, y el resplandor de las pantallas ponía una chispa en sus inexpresivos ojos. Daba la sensación de que estuviera absorbiendo todas aquellas imágenes parpadeantes.

Los empleados y Blackie se miraron unos a otros. Un instante después, el guardaespaldas exigió:

—¿Quiere responder a la pregunta?

—El tipo de la mesa tres de blackjack —soltó Shep— está usando un prisma reflector para ver las cartas; dos mesas más allá, ese hombre negro está contando cartas con una aplicación de iPhone; en la hilera de tragaperras Hurricane de la pared oeste, hay un tipo usando una pata de mono,[2] y el croupier de la siete ha pagado erróneamente una mano, o está desvalijando la mesa.

2. Este sistema consiste en un alambre con una linterna diminuta en el extremo que, al introducirse en la bandeja de la tragaperras, confunde al sensor interno y aumenta la frecuencia de los premios. *(N. del T.)*

Se produjo un largo silencio.

La menuda mujer de rasgos de elfo escupió el tabaco en un vaso de McDonald's. La bola aterrizó con un golpe sordo. Después ella le preguntó:

—¿Ha visto a alguien usando fichas huecas?

—Una obesa caucásica con un sombrero de ala ancha: ruleta seis —replicó Shep—. Obsérvele bien las manos cuando las mete en la cesta frontal de su escúter eléctrico.

Los empleados se apresuraron a manipular las palancas de control y, en un abrir y cerrar de ojos, un cuadrante entero de pantallas enfocaron a la mujer desde todos los ángulos. Ella había girado el asiento de su escúter para poder situarse junto al tapete de la ruleta, lo cual le permitía al mismo tiempo acceder por debajo de la mesa a la cesta frontal.

Two-Hawks le hizo una seña a Blackie, que retrocedió y cruzó la puerta para ocuparse del asunto. Luego le dijo a Shep:

—¿Quiere un empleo?

Shep apartó la mirada de las pantallas por primera vez, mostrando apenas los incisivos ligeramente salidos.

—No conseguiría fiarse de mí.

El indio tragó saliva, confuso y divertido, y les propuso:

—¿Podemos hablar en privado, muchachos?

Regresaron por el pasillo al despacho y tomaron asiento: Los dos amigos, en el sofá de cuero, y el indio se sentó en su silla, que sacó de detrás del escritorio para situarse frente a ellos.

—El señor Two-Hawks aquí presente —explicó Mike— tiene trapos sucios sobre McAvoy. Pero no nos pasará la información a no ser que nosotros le consigamos los trapos sucios que McAvoy tiene, a su vez, sobre él.

—¿De qué calidad es el material que usted posee? —preguntó Shep.

—Una prueba criminal irrefutable. Hace poco tuve a un infiltrado en Deer Creek. Una persona con acceso a toda la información.

—¿Cómo logró ganárselo? —Shep parecía escéptico—. En Deer Creek tienen más dinero que usted. Y más matones.

—Nuestro hombre había sido contratado como autónomo para un trabajo de consultoría en Deer Creek. El tipo era jugador, además, como suele suceder. Pero donde se come no se caga, ya se sabe. Así que vino aquí a jugar a las cartas, y rebasó su límite de crédito. Considerablemente. A diferencia de McAvoy, nosotros no mutilamos a la gente por ese motivo.

—Usted se limita a extorsionarla —dijo Shep.

—Fue un acuerdo entre adultos, beneficioso para ambos. —Una sombra de culpabilidad asomó en la mirada del indio, pero duró un instante; luego reapareció la cara impertérrita de jugador—. Me sacó furtivamente algunos documentos. Así fue como supimos de usted. —Hizo un gesto dirigido a Mike—. Nos proporcionó su nombre, el que aparecía en el informe genealógico.

—Pero eso no era lo que usted andaba buscando —intervino Shep—. ¿Qué más le consiguió?

—Pruebas muy serias.

—¿De qué?

—Ya no tiene problemas de oído, ¿eh? —observó Two-Hawks.

—¿Pruebas de qué? —repitió Shep.

—Les aseguro que no quedarán decepcionados.

—Yo necesito saber exactamente qué es lo que vamos a entregarle a usted —terció Mike.

—Eso no es asunto suyo.

—Si vamos conseguírselo, sí. No voy a traerle una información que pueda destrozarle la vida a alguien.

—No es nada semejante. Y no necesita saber más por ahora.

Mike se recordó a sí mismo sentado en un lujoso sillón frente a Bill Garner, el jefe de gabinete del gobernador. La última vez que su integridad había sido puesta a prueba, se había doblegado porque, ¡qué demonios!, al fin y al cabo, únicamente se trataba de un premio y un par de fotos.

Se puso de pie.

—Piense en su hija —recomendó Two-Hawks.

Mike ya estaba en la puerta, y Shep, a su lado.

—Está bien, espere. —El indio se había levantado también—. Tan solo se trata de negativos fotográficos, pero son esenciales para que conservemos nuestro estatus y nuestro casino. No quería decírselo, porque..., porque en este negocio vemos muy de cerca cómo afecta la avaricia a la gente. —Se rascó el cogote con aire evasivo—. A veces una cosa es la correcta y otra, la conveniente.

—Suelo aprender despacio —dijo Mike—, pero incluso yo he llegado a descubrir que en realidad no hay diferencia.

—Entregarle esos negativos, si los consigue, a un casino de la competencia como el nuestro va contra sus futuros intereses financieros como heredero de Deer Creek.

—¿Tiene hijos, señor Two-Hawks? —preguntó Mike.

—Cinco. —El hombre inspiró hondo, escarmentado—. De acuerdo. A lo mejor llevo demasiado tiempo viviendo entre tiburones. —Señaló el sofá—. Quédense, por favor, y me explicaré.

Ambos volvieron a sentarse; Shep colocó ruidosamente las botas encima de la mesa de café.

—Como no consiga hacer un milagro en los próximos meses, antes de la revisión oficial del caso, vamos a perder el reconocimiento federal de nuestra tribu —expuso Two-Hawks—. El grado de exigencia para el reconocimiento tribal se ha incrementado actualmente; los requisitos se han vuelto más estrictos. Hasta ahora no hemos logrado presentar pruebas físicas adicionales que vinculen a nuestros ancestros con esta tierra. Nosotros mantuvimos siempre una tradición oral, así que hay una gran escasez de pruebas, sobre todo de la primera mitad del siglo. Muy poca cosa sobrevive de nuestra tribu.

Mike se sorprendió mirando las escasas y humildes reliquias que decoraban las paredes del despacho.

—Hace unos meses llegó a mi conocimiento que existen unos antiguos negativos fotográficos tomados por los miembros de una expedición botánica, o alguna idiotez parecida, organizada por la Universidad de Stanford en los años treinta. Esas fotografías muestran a nuestro pueblo viviendo, precisamente, en este pedazo de tierra. Me explicaron que la presencia del monte Lassen en segundo plano, así como una bifurcación característica del río justo detrás del asentamiento, dejaban bien clara la localización precisa de las imágenes.

Cruzó el despacho y alzó las cortinas de la ventana. Más allá del aparcamiento, pero todavía reluciente bajo los focos, se veía un río angosto que se dividía en dos ramales alrededor de una enorme roca resquebrajada.

El campechano comerciante de petróleo se había esfumado. La indignación había intensificado no solo su lenguaje, sino también sus emociones. Erguido, llameándole la mirada, ahora sí parecía el jefe indio que era oficialmente. Dejó caer las cortinas, que volvieron ondeando a su sitio.

—Naturalmente, cerré de inmediato un acuerdo para comprarle los negativos al coleccionista. Pero en algún momento entre que colgué el teléfono y pasé a recogerlos, McAvoy se interpuso triplicando mi oferta. Él tiene ahora esos negativos. Y yo los necesito. Si los presentamos como prueba, como prueba irrefutable, de nuestro vínculo con esta tierra, el Consejo de Reconocimiento e Investigación se verá obligado a mantener nuestro estatus tribal.

—Y usted conservará su casino —añadió Shep.

—Por mucho que le cueste captarlo, señor White, este asunto no es solo una cuestión de dinero. El objetivo de McAvoy es eliminar nuestra tribu y robarnos nuestras tierras. Y ya tuvimos bastante de eso en su momento, muchas gracias.

Shep miraba fijamente la pared, nada impresionado. Two-Hawks se volvió hacia Mike, una audiencia más receptiva.

—Entonces —preguntó este—, cuando McAvoy se le adelantó y le quitó esos negativos de las manos, ¿usted decidió buscar trapos sucios de Deer Creek e intentar encontrarme a mí?

—Necesitaba algo para proteger a mi tribu. McAvoy descubrió qué le había arrebatado yo, así que estamos empatados. Por ahora. La revisión del reconocimiento tribal del próximo año pone una fecha límite a nuestro pequeño duelo. Pero dado lo que tengo sobre él, no soy tan estúpido como para creer que vaya a dejar pasar mucho tiempo. —Le dio una patada a la papelera; las piezas del móvil destrozado traquetearon en su interior—. Están intensificando sus esfuerzos para recuperar cuanto me llevé. Yo ya he trasladado a mi familia fuera del estado. —Miró a Mike a los ojos—. A mis cinco hijos.

—¿Por qué no pasar a la acción antes que él?

—McAvoy ha dejado claro que quemará los negativos si cualquiera de las pruebas que he reunido contra él sale a la luz. En ese caso, nuestra tribu, tal como la conocemos ahora, quedaría destruida. Además, la sola idea de que esas imágenes pudieran arder… —Bajo la luz dorada del despacho, el rostro se le ensombreció, y Mike observó que las arrugas del indio eran la huella desvaída pero apreciable de sus orígenes—. Todo lo que somos es fruto de nuestra procedencia…

Shep soltó un bufido al oírlo.

Two-Hawks prosiguió sin inmutarse:

—Esas son las únicas imágenes de mis ancestros. Yo volví a reunir esta tribu miembro a miembro, recorriendo todo el estado con un Pontiac hecho una mierda. Muchos eran vagabundos; la mayoría de ellos, indigentes. Construimos un lugar para nosotros con nuestras propias manos. Pero ninguno de los que aún seguimos vivos ha visto las caras de nuestros antepasados. Para nosotros, poder ver con nuestros propios ojos de dónde venimos es como validar nuestro lugar en el mundo… —Meneó la cabeza—. Eso no tiene precio.

Mike se miró las manos.

Shep parecía simplemente irritado, pero inquirió:

—Entonces, ¿cuál es el plan?

—Si McAvoy se ve abocado a perder toda su empresa a manos… del linaje que usted representa, tal vez puedan llegar a un acuerdo. Usted lo convence para que le entregue esos negativos a cambio de un acuerdo financiero y me da las fotos. Yo le entrego lo que tengo sobre él. Y usted lo hunde con una acusación criminal.

—Si él me entrega las fotos, se queda desprotegido frente a lo que usted guarda —opinó Mike—. No. No lo hará.

Two-Hawks suspiró, desanimado, e inquirió:

—Entonces, ¿qué propone usted?

Mike y Shep se habían echado hacia delante, apoyando los codos en las rodillas. Se miraron. Shep asintió.

—Creo que sabemos dónde están los negativos de esas fotos —dijo Mike—. McAvoy tiene una caja fuerte en la que guarda sus secretos más valiosos.

—Una caja fuerte. Así que están planeando…

Shep mostró las manos. Nada por aquí, nada por allá.

Two-Hawks soltó una carcajada.

—Venga ya. ¿Una caja fuerte de casino?

—Está oculta en su despacho —le informó Mike.

—¿En su despacho? ¿Y por qué no en la cámara acorazada?

—Piénselo —le espetó Mike.

—Claro. —El indio se llevó una mano a la boca—. Ese lugar está plagado de cámaras; no es el sitio más indicado para esconder materiales dudosos. —Se levantó, rodeó la silla y se inclinó sobre el respaldo—. Demuestra mucha prepotencia por parte de McAvoy, debo decirlo. Pero es lógico: si tienes guardados objetos de valor en una caja fuerte secreta de un despacho cerrado con llave, en un casino vigilado las veinticuatro horas en tierras soberanas... Sí, supongo que eso también me volvería arrogante.

—La arrogancia nos favorece —afirmó Shep.

—Pero han de enfrentarse a todas las cámaras del casino. —Two-Hawks se iba poniendo cada vez más nervioso—. Además, no pueden reventar la caja allí. El tiempo, el ruido...

—No —dijo Shep—, allí no. ¿Qué influencia tiene usted en la policía?

—¿Por si los detienen? Bastante. Pero ¿respecto a Deer Creek...? —Dio un silbido desechando la idea—. McAvoy dispone de algo que nosotros no tenemos. —Puso un dedo en la pantalla de su ordenador, aludiendo a la grabación que Mike le había mostrado antes—: Rick Graham.

—Graham ya no es un factor que tener en cuenta —comentó Mike.

El indio se desplomó pensativo en la silla, echándose hacia atrás y mirando el techo. Luego lanzó una ojeada al disco que había dejado sobre el escritorio. Carraspeó una vez, y luego otra vez.

—No quiero saber más del asunto.

—Muy bien —aceptó Mike.

—Hay en esta zona un capitán de policía con el que mantenemos una relación bastante estrecha —explicó Two-Hawks—, así como con un par de fiscales. Yo no podré sacarles de la cárcel si los pillan con las manos en la masa, desde luego. Pero considerando que Graham ya no es un factor en juego, sí les aseguro que si los detienen por aquí, no acabarán en manos de los matones de McAvoy. Hay un problema grave, sin embargo: en caso de que los pesquen en Deer Creek, en tierras tribales soberanas, las autoridades lo tendrán muy difícil para traspasar los límites territoriales y asegurarse de que el asunto se resuelve de modo legal. Lo cual los dejaría a merced de McAvoy y de sus perros rabiosos. Y en ese caso recen para que la policía llegue antes de que esos tipos se arremanguen.

—Con un martillo de bola —murmuró Shep.

Mike apretó los párpados y recordó las palabras de Graham: «¡Qué diantre! Aparte del derecho de perseguir a los malhechores, el Gobierno posee una jurisdicción criminal muy endeble en las tierras tribales».

—La policía puede presentarse en busca de Shep —dijo Mike.

Guardaron un breve silencio, pero enseguida aparecieron unas marcadas patas de gallo en las comisuras de los ojos de Two-Hawks, que preguntó.

—¿Usted es un malhechor?

Shep frunció el entrecejo, ofendido, y replicó:

—Pues claro.

—Nos pondremos en contacto para explicarle el plan —indicó Mike al indio.

Los dos amigos se levantaron.

—Yo necesitaré un abogado —advirtió Shep.

—¿Por qué? —preguntó Two-Hawks.

Shep se detuvo de camino a la puerta y respondió:

—Porque estoy planeando hacerme arrestar.

Capítulo 50

«¿Volverás a buscarme?»

«Volveré a buscarte.»

«Lo has jurado. Ahora lo has jurado.»

Mike despertó con la cabeza palpitante y las sábanas retorcidas entre las piernas. Tenía el pecho húmedo bajo la rejilla de ventilación del motel, y el sudor se le había acumulado en el hueco de la garganta. Apartó las sábanas, se pasó la mano por los pelos del rasurado cráneo y procuró ahuyentar el sueño. Bola de Nieve II, medio metido bajo la almohada, lo miraba con ojos saltones, como si lo estuvieran estrangulando. Shep estaba apoyado en el cabezal de la otra cama, comiéndose a cucharadas una lata sin calentar de espaguetis. Despierto y tranquilo, como siempre. En la mesa de enfrente, la radio emitía un flujo constante de cháchara policial.

Habían regresado al motel con las primeras luces del alba. Ahora eran las 3:27 de la tarde, y el atraco estaba previsto que arrancara al ponerse el sol, dentro de poco más de tres horas. Para entonces, la oscuridad brindaría cierta cobertura en el exterior, y las oficinas del Deer Creek Casino, incluida la de McAvoy, ya deberían estar vacías, al menos según los horarios que los espías de Two-Hawks habían ido reconstruyendo durante las últimas semanas. Pero hasta que llegase la hora, Mike y Shep tenían aún muchos preparativos que hacer.

—¿Tú crees en Dios? —preguntó Shep, sosteniendo la cuchara frente a la boca.

Mike advirtió que su amigo creía que había estado rezando.

—Cuando es conveniente.

—¿Y ahora lo es?

Mike evocó el orificio en el costado de Annabel y el hilo negro que rezumaba de la herida; la enorme mano de Dodge agarrando la cabeza de Kat a través del saco de dormir de color azul claro, mientras alzaba hacia atrás el martillo para descargar un golpe mortal; la ventana salediza donde él se apostaba de niño y aquella otra ventana frente a la cual Kat estaría sentada en este mismo momento.

—Sí. Sí lo es.

Trasladándose con un escúter eléctrico para minusválidos, Mike llevaba puestas una abollada gorra de malla de la 101.ª División Aerotransportada, unas gafas de espejo enormes y una manta de lana en el regazo que lucía el estampado de un águila calva planeando sobre una escarpada ladera. Shep caminaba a su lado, sin disfraz, por el fondo del aparcamiento de Deer Creek.

A las 6:40 en punto, un monovolumen viró desde la carretera principal y lo estacionaron en un hueco situado en la fila más alejada del casino. Se apeó una lozana pareja típicamente americana: el hombre, un tipo robusto que lucía una camisa hawaiana, sonreía ampliamente; la esposa, de rizos escalados y flequillo cardado que parecían sacados de una ilustración de Patrick Nagel, se arreglaba meticulosamente el cuello de su vestido camisero.

Al verlos, Mike soltó el acelerador y accionó el freno de mano; la pequeña silla se detuvo con un chirrido.

—¿Esos? —se extrañó—. ¿Esos dos son tus famosos cómplices?

—Sí —dijo Shep—. Bob y Molly.

Mike notaba un gusto amargo en la boca, fruto del miedo y las dudas. Se alegraba de haberle dado el dinero en metálico a Hank unas horas antes: un peso menos de conciencia que llevarse al más allá si acababa muerto esta noche. El detective le había estrechado la mano un segundo de más, ya en la puerta, y le había prometido que se quedaría esperando junto al teléfono. Ahora solo hacía falta que él lo consiguiera y pudiera efectuar la llamada.

Se ajustó nerviosamente los guantes de cuero. La pareja saludó de lejos y caminó hacia ellos. Bob tenía la cara reluciente y bronceada. Molly jugueteaba con el collar de cuentas multicolores que llevaba al cuello.

Cuando se aproximaron, Shep preguntó:

—¿Habéis llevado mis cosas al almacén?

Sonriendo de oreja a oreja, Molly contestó:

—Así es.

Bob le lanzó a Mike las llaves del monovolumen y, a continuación, movió los brazos como un personaje de tira cómica a punto de echar a correr y señaló las puertas del casino.

—¿Vamos?

—Vamos —respondió Molly.

Mike tragó sin saliva y asintió. Separándose, se dirigieron hacia diferentes entradas del edificio. En la puerta sur, Mike se vio metido en un atasco con otros escúteres. Los demás no paraban de refunfuñar con irritación, bien porque eran viejos y gruñones, bien porque él carecía de modales manejando aquel vehículo. De todos modos, consiguió abrirse camino. Una vez que estuvo dentro, pasó muy despacio junto a la «jaula» de las cajas y comprobó que los carritos metálicos de recaudación vacíos estaban aparcados tras el mostrador, donde los había visto la otra vez. Había tres de esos carritos esperando a que terminara el siguiente turno, momento en el que los arrastrarían de una tragaperras a otra para recoger los cubos llenos de monedas.

Mientras se trasladaba por la enorme planta del casino, procuraba no pensar en todas las cámaras que observaban desde lo alto del techo. Él era el eslabón más débil, el único que no era profesional. Si alguien lo identificaba, estaba muerto. Y Kat, perdida.

Se dirigió zumbando al baño, cuya puerta le sostuvo un viejo, y entró en el amplio cubículo para minusválidos. Cerró la puerta con cerrojo. La manta de lana se escurrió sobre las baldosas, dejando a la vista la bolsa de deportes Nike que había escondido detrás de las piernas en la ancha plataforma reposapiés. Se quitó la gorra y las gafas y las metió, junto con la manta, en la cesta frontal del escúter. Provisto de pantalones negros y polo blanco, de la tienda de regalos, que llevaban el logo del casino, tenía todo el aspecto de un empleado del Deer Creek.

Como había señalado Two-Hawks, el baño era el único lugar de un casino sin cámaras de vigilancia.

Aparte, como esperaba Mike, del despacho del director general.

Su reloj marcaba las 6:53. Siete minutos para despegar.

Se metió cuatro tacos de chicle en la boca, los mascó concienzudamente y se distribuyó la masa bajo las mejillas y los labios. Una medida de precaución para despistar al sistema de reconocimiento facial, ahora que ya no llevaba una gorra con visera bajo la que ocultarse.

6:54.

Manteniendo puesto el cerrojo, empujó la pesada bolsa Nike por debajo de la partición de madera al cubículo vecino, y luego pasó él reptando. Alguien pulsó el botón de una cisterna; enseguida oyó el grifo del lavabo. Con la bolsa en la mano, aguardó de pie en medio del relativo silencio reinante y se recordó que debía respirar normalmente.

6:56.

Hora de arrancar.

Al salir del baño, saludó a varios tipos que entraban tambaleantes, derramando a su paso el contenido de las copas gratuitas que llevaban en la mano. Avanzó entre máquinas tragaperras y mesas de tapete verde, haciendo un esfuerzo para caminar con aire despreocupado. Poniéndose de puntillas, oteó nerviosamente la puerta que conducía a las oficinas, en el otro extremo del casino. Según los informadores de Two-Hawks, ya deberían estar vacías a estas horas. Esas estimaciones eran útiles, claro. Pero no perfectas.

Se detuvo cerca de la «jaula» de los cajeros y se apoyó en la pared. Respiraba con más agitación, inflando los carrillos. El peso del equipo que llevaba en la bolsa de deportes resultaba tranquilizador, pero a pesar de todo había más variables de las que podían resolverse con todas las herramientas del mundo. Los carritos de recaudación seguían detrás del mostrador; los tenía prácticamente al alcance de la mano. El canguelo se le fue agudizando hasta llevarlo al borde del pánico.

«No eres un marido —se dijo—. No eres un padre.»

«Solo eres un hombre con una misión.»

6:59.

Cerró los ojos.

Fue entonces cuando oyó el grito.

Bob jadeó sin aliento. El cubo lleno de monedas de veinticinco centavos se le escurrió de la mano y cayó sobre la moqueta, esparciendo un chorro tintineante de calderilla. El hombre, cuya cara estaba roja y tensa, se agarró el brazo izquierdo y giró dando tumbos en torno a una mesa de póquer, arrastrando el cordón de terciopelo rojo y también al alarmado croupier. Crujiéndole los dientes, se derrumbó sin más sobre la mesa, que se volcó a su vez estrepitosamente, y se derramaron bandejas y bandejas llenas de fichas.

Molly se tiró de los rizos y soltó otro grito desgarrador.

—¡Mi marido! ¡Es el corazón, Dios mío, el corazón! ¡Que alguien lo ayude!

Todos cuantos se hallaban en las inmediaciones se quedaron inmóviles, como si se hubieran puesto de acuerdo. El único movimiento era el de las monedas y las fichas que rodaban entre los tobillos y las sillas y por debajo de las tragaperras: cuarenta mil dólares más la calderilla, esparciéndose como una horda de ratas por una moqueta de un intrincado estampado geométrico. Un viejo que lucía un maltrecho sombrero de ala flexible se agachó lentamente para recoger una ficha negra y verde de cien dólares, y su artrítico movimiento rompió el hechizo: las figuras petrificadas cobraron vida y empezaron a darse empujones, a abrirse paso, a agarrar con avidez. Las fichas entraban en los bolsillos a puñados; los cubos de monedas se movían acunados en brazos como cestas navideñas; los mocasines y los tacones pisoteaban manos imprudentes y esparcían las monedas a puntapiés; el croupier trataba de desembarazarse del corpachón de Bob, quien se agitaba y chillaba, todavía agarrándose el brazo izquierdo como si se le fuera a desprender; los guardias de seguridad se aglomeraban en la zona recogiendo fichas, maltratando a los clientes, hablando a gritos por sus radios... Los alaridos de Molly se volvieron tan estridentes que varias personas, arrastradas por la corriente de la multitud, se taparon los oídos.

De pie en mitad del alboroto, el jefe de sector se llevó un dedo a los auriculares y habló por el micrófono de su manga.

—Control, espero que estéis supervisando todo esto.

ϒ

La sala de control era un caos: monitores parpadeantes, palancas de mando accionadas frenéticamente, carreras de aquí para allá. La mitad de las pantallas se centraban en la conmoción principal, grabándola desde todos los ángulos.

El director daba gritos, con una voz aflautada y chillona.

—¡Podría ser una maniobra de distracción! ¡Poned en marcha el *software* e identificad caras!

—¡Ya está funcionando! —gritó uno de los supervisores.

—¿Tienes algo?

—Por ahora... —El ordenador del supervisor soltó un pitido de alerta justo entonces. El tipo se levantó bruscamente, pasándose la mano por el erizado cabello; tenía cercos de sudor bajo las axilas—. Ese hombre del ataque cardíaco es un timador condenado dos veces.

El director se acercó, furioso.

—¿Y la mujer?

Allí estaba, en la lista de los socios del timador.

—¿Quién más? —gritó el director—. Quiero un barrido de la planta entera. ¡Rápido!

Otro pitido de alerta.

—Bueno —dijo el supervisor—, ya hemos encontrado a otro socio conocido. —El programa de reconocimiento facial aisló una tercera cara entre la multitud: Shepherd White, acechando junto a los cajeros, observaba la cámara acorazada a través de los barrotes de la «jaula»—. Ese es un especialista en cajas fuertes.

—Cámaras diez a sesenta enfocadas hacia la caja de seguridad —bramó el director—. Quiero cada ángulo cubierto. Que seguridad se ponga en movimiento con todos sus efectivos. Y ponme al teléfono con el Gran Jefe. Esto le va a interesar.

Mike empujó a toda prisa el carrito de recaudación por el perímetro del casino, mientras en las mesas reinaba la confusión. La pesada bolsa de deportes que llevaba metida en el carrito traqueteó cuando las ruedas pasaron del suelo liso a la moqueta. A su izquierda, un barman se empinaba en un taburete para mirar mejor, y justo por encima de su tocado de plumas medio torcido parpadeaba en lo alto el rótulo de AGUARDIENTE.

Llegó a la puerta que daba a las oficinas y abrió la cremallera de la bolsa de deportes. Primero sacó un aerosol lubricante, con el fino tubito rojo ya insertado en la boquilla, roció la cerradura, dejó el bote en el carrito y sacó una pistola mecánica de cerrajero. Deslizando la punta de esta en la lubricada cerradura, pulsó el interruptor. La punta rechinó, retorciéndose en el canal metálico como una serpiente, mientras los pernos iban emitiendo un chasquido a medida que saltaban por encima de la línea de corte. Con un clic final, la cerradura cedió. Ya estaba.

Cruzó el umbral con el carrito y cerró la puerta a su espalda.

Al fondo vio una puerta entornada de la que salía una franja de luz, iluminando la moqueta.

Le dio un vuelco el corazón. Inspiró una vez, profundamente, y empujó el carrito hacia el fondo del pasillo. Al pasar por la puerta entornada, una mujer con unas gafas metálicas de aro levantó la vista de su escritorio.

Sin aminorar casi el paso, Mike dijo:

—Tenemos un problema de seguridad en la planta. McAvoy ha llamado. Quiere que todos los empleados que no sean imprescindibles se larguen antes de que la cosa vaya a más. —Le salía una voz un poco distorsionada a causa de la bola de chicle, pero ella no pareció notar nada.

—¿Todo el mundo se encuentra bien?

—No sé —contestó—. He oído que algunos tipos han sacado pistolas.

La mujer cogió el bolso y salió disparada. Él siguió adelante por el pasillo. La última puerta tenía una placa de latón con el nombre de McAvoy grabado. La cerradura era una gruesa Medeco: demasiado compleja para una pistola de cerrajero. Por suerte, sin embargo, Shep había previsto también esta contingencia. Mike metió la mano en la bolsa de deportes y sacó un taladro eléctrico, ya preparado con una sólida broca de carburo. Colocó la punta en el núcleo del cilindro, en la parte superior del ojo de la cerradura, tensó los dedos y pulsó el interruptor. La broca chirrió y arrojó una lluvia de chispas en sus antebrazos, pero avanzó progresivamente, destrozando los pernos, uno tras otro, mientras que los tambores y los muelles saltaban de su emplazamiento. La cerradura cedió por fin y la puerta giró hacia dentro silenciosamente antes de que la tocara siquiera.

Con el carrito por delante, entró en el despacho. El mobiliario era de primera: un escritorio de nogal, una escultura de un caballo de cristal de Baccarat, un retrato con marco dorado de McAvoy junto con una atractiva esposa y dos chicos gemelos.

Y allí estaba el cuadro, tal como Graham le había dicho: un curandero indio, pintado al óleo, que lo escrutaba desde la pared opuesta. El hombre, de expresión intemporal, alzaba las manos mostrando las palmas, un gesto que parecía a la vez pasivo y poderoso. Mike agarró el marco de madera, recitó en silencio una oración y lo arrancó de la pared.

Dejó escapar un silbido entre dientes. Graham no había mentido. Apoyó la mano en la pared de la caja fuerte, palpando la fría superficie de acero azulado, que parecía impenetrable.

Sacó un martillo de la bolsa, practicó con él una serie de agujeros en la tabla de yeso alrededor de la caja fuerte y lo tiró al suelo. Los guantes de cuero le protegían las manos. La última herramienta que llevaba en la bolsa de deportes era una sierra oscilante inalámbrica, con una cuchilla de unos quince centímetros. Metió la batería y puso en marcha la sierra. En lugar de atacar directamente la caja fuerte, hincó la cuchilla en los travesaños de madera sobre los que estaba montada, evitando los gruesos tornillos. La madera cedía fácilmente bajo los afilados dientes. El sudor le corría por la frente y le llegaba a los ojos. En cualquier momento podía aparecer Dodge por aquella puerta, cuya cerradura acababa de destrozar. Se esforzó en dejar de mirar el reloj. Tardaría lo que tuviera que tardar.

Dejó el travesaño inferior para el final. Colocando el carrito pegado a la pared, aplicó la sierra a ese trozo de madera hasta que se partió bajo el peso de la caja. El armatoste metálico se desplomó ruidosamente sobre el carrito y abolló la superficie debido al impacto.

Buena parte del último travesaño se había desprendido junto con la caja fuerte, así que cortó el extremo que sobresalía, casi al ras de la pared de acero. Abrió la bolsa de deportes, ya vacía, y, colocándola sobre la caja, la ocultó. Las herramientas las dejó esparcidas sobre la alfombra persa de McAvoy. Empujó con fuerza el carrito, que arrancó con un gemido y se dirigió hacia la puerta.

Parecía que todo el mundo estaba pendiente exclusivamente de las secuelas del alboroto desatado junto a las mesas de póquer, y en esos momentos una nueva oleada de excitación recorría la planta del casino. Mike echó un vistazo justo a tiempo para ver a Shep dándose a la fuga, corriendo a toda velocidad entre las mesas de dados, con cuatro o cinco guardias de seguridad pisándole los talones, hasta que se coló por debajo de la mesa de la Rueda de la Fortuna, salió por el otro lado, derribando a una camarera que llevaba una falda estampada india, y se metió disparado en el salón de keno (un juego muy parecido al bingo). Ya no aguantaría mucho.

Manejando el carrito frente a él, Mike tenía unas ganas locas de correr hasta el baño, pero se contuvo y se limitó a caminar a paso vivo. Cuando llegó, utilizó el morro del carrito para abrir de un golpe la puerta. Impulsó el armatoste con tanta fuerza por las baldosas que lo acabó estrellando contra la pared del fondo, junto al cubículo de discapacitados. El baño estaba vacío: nadie se molestaba en visitarlo cuando había un circo de tres pistas funcionando a tope en medio del casino.

Mike se coló bajó la puerta del cubículo, quitó el cerrojo y metió el carrito dentro, junto al escúter eléctrico, que seguía estando donde lo había dejado. Gruñendo debido al peso y aguantándola a fuerza de piernas, trasladó la caja fuerte desde el carrito hasta la plataforma reposapiés del escúter; luego se colocó las gafas de sol y la gorra, se montó en el vehículo y se echó la manta del águila estampada sobre las piernas y sobre la caja fuerte. Esta era más ancha de lo que esperaba, de modo que los pies le sobresalían un poco por cada lado, pero confió en que nadie se fijara.

Salió zumbando del baño y atravesó el centro del casino en dirección a la salida más cercana. Las astillas de los travesaños de madera de la caja se le hincaban en las piernas.

Con el rabillo del ojo, entrevió a los guardias sacando a Shep del salón de keno. Él se dejaba caer y se resistía a caminar para hacérselo más difícil. «¡Yo n'hecho nada!», gritaba exagerando su pronunciación defectuosa. «Dejadme'n paz. Que m'hacéis daño, joder.»

Un buen número de clientes observaban la escena con solidaridad y consternación.

Mike mantenía la vista al frente y la mano en el acelerador, pero con aquel motor diminuto y con el peso de la caja fuerte, el escúter parecía arrastrarse a paso de tortuga. Por si fuera poco, advirtió alarmado que el grupo de guardias que rodeaba a Shep se dirigía directamente hacia él, lo que los situaba en una trayectoria de colisión. Le dolía la mano de apretar el acelerador, pero no conseguía que el vehículo avanzara más aprisa. A lo largo de un corto trecho del pasillo, sus caminos convergieron. Mike tuvo que virar y subirse a la moqueta para que no lo derribasen. Shep elevó entonces la cabeza y quedó a la vista un instante, el tiempo suficiente para que los ojos de ambos se encontraran fugazmente antes de que los guardias lo arrastraran y se lo llevaran consigo.

Mike volvió al pasillo con un traqueteo y apuntó el morro del escúter hacia las puertas de cristal que tenía a veinte metros. La caja fuerte se corrió ligeramente, y él la rodeó mejor con las piernas, con lo que la manta empezó a escurrírsele del regazo. Al fondo, vio que Dodge y William cruzaban furiosos la entrada, y entre ambos caminaba McAvoy. Los tres avanzaron hacia él y, por un momento, pensó aterrorizado que lo habían descubierto. Bajando la cabeza de manera que la visera le tapase la cara, desplazó una bola de chicle de la mejilla y se puso a mascarla ansiosamente. El motor sobrecargado soltó un gemido. La pierna se le estaba acalambrando de tanto presionar la caja. Rezó para que los pies no sobresalieran en exceso, para que la estúpida águila calva se mantuviera en su sitio y para que, realmente, no lo hubieran localizado.

No se atrevió a atisbar a hurtadillas, pero sintió la ráfaga de aire cuando pasaron disparados por su lado. Respiró aliviado y estremecido mientras el escúter seguía zumbando hacia delante con una exasperante lentitud de película cómica. Las puertas automáticas se abrieron y salió al exterior, donde el aire nocturno le pareció helado sobre el sudado rostro.

Y

Junto a la mesa volcada, un numeroso grupo de guardias había formado un cerco alrededor de Shep, Bob y Molly, que abarcaba asimismo el sector donde habían caído la mayor parte de las fichas. Pese a los esfuerzos de los empleados, muchos clientes seguían observando a una distancia prudencial, señalando con el dedo y recogiendo alguna que otra moneda de veinticinco centavos de debajo de sus zapatos.

Con el casco Ducati bajo el brazo, McAvoy se acercó al grupo y le dirigió a Shep un saludo informal.

—¿Dónde está su amigo?

—No sé —dijo Shep—. Yo creía que los hombres de la tribu como ustedes siempre andaban juntos.

El párpado izquierdo de McAvoy se estremeció levemente. El tipo se volvió con calma hacia uno de los guardias.

—¿Por qué no lo habéis trasladado como os he pedido?

El jefe de seguridad respondió:

—Acabamos de atraparlos.

Bob saludó a un corrillo de viejas asustadas:

—Ahora me siento mucho mejor, gracias a Dios. —Alzó una botella de naranjada—. Ya me he tomado mi pastilla de nitrato.

McAvoy señaló a Shep y ordenó:

—Lleváoslo.

Dodge se adelantó; Shep lo saludó con una inclinación:

—¿Qué tal tu cuello?

La cabeza del gigantón giró ligeramente y sus ojos se clavaron en él, aunque sin dar muestras de reconocerlo.

—De eso hablaremos en un minuto —dijo William—. A solas.

Los guardias sujetaron a Shep de los brazos y lo empujaron.

Hubo un revuelo entre la multitud y, de repente, varios agentes uniformados se abrieron paso en la primera fila.

McAvoy se plantó ante ellos.

—No les he autorizado a entrar en la propiedad.

Un teniente abrió la billetera y dejó que su placa colgara teatralmente.

—Tiene usted ahí a tres malhechores, señor McAvoy —dijo—. Y pesa sobre ellos una orden de detención.

Parecía avecinarse un duelo de miradas, pero McAvoy no dejó que la cosa llegara a ese punto. Mostrándole las palmas al teniente, se hizo a un lado y sonrió cordialmente.

—Señores.

Los policías se hicieron cargo de Shep, Bob y Molly y los fueron sacando a empujones entre la multitud.

Rodeando a McAvoy, William le puso una mano a Shep en el pecho al pasar, y la procesión se detuvo.

—No te preocupes —susurró—, Graham te pondrá en nuestras manos en un periquete.

—Sí, espérate sentado.

Dodge dio unos pasos tras ellos hacia la salida, pero se detuvo, bloqueando el pasillo, mientras los miraba con unos ojos inexpresivos y desprovistos de vida.

Para cuando Mike llegó al monovolumen de Bob y Molly, al final de todo del aparcamiento, la caja fuerte y el escúter ya apenas aguantaban. Pulsó un botón en el mando de la llave y la puerta corredera se abrió automáticamente. Un segundo botón desplegó el ascensor para sillas de ruedas en el lateral del vehículo. El agonizante escúter se detuvo tambaleando al lado. Las temblorosas piernas de Mike cedieron y la caja se volcó, aterrizando con estrépito en la plataforma metálica. Pulsando otro botón, el ascensor empezó a elevarse, trasladando la caja fuerte, aún atornillada a los travesaños seccionados, al interior del monovolumen.

Dejando el desfondado escúter en el asfalto, Mike se puso al volante del monovolumen y arrancó, cruzándose al salir con una segunda oleada de coches patrulla.

Tomó la carretera principal, bajó el cristal de la ventanilla y escupió la bola de chicle.

La sala de control olía a café y a sudor. McAvoy ordenó al director que pasara la grabación por tercera vez. En la secuencia se veía a Shep apoyado en una pared cerca de la cámara de seguridad, con un aire totalmente relajado y la cabeza mirando hacia arriba, como si estuviera tomando el sol.

—¿Nada más? —dijo McAvoy—. ¿Ha estado ahí todo el rato?

—Sí —contestó el director—. No ha hecho amago siquiera de acercarse a la cámara acorazada. Creo que quizá se ha producido todo demasiado deprisa para que pudiera actuar.

—Y dices que no llevaba ningún equipo encima.

—No.

McAvoy contempló la imagen: Shep levantaba la cara hacia el techo. No, hacia las cámaras ocultas.

Como si quisiera que el programa de reconocimiento facial lo identificara.

—Espera un momento —indicó McAvoy—. Vuelve a ponerme esa secuencia de la pantalla veintisiete.

El director obedeció. Cinco guardias sacaban a Shep a rastras del salón de keno y lo llevaban por la planta del casino.

—Para —ordenó McAvoy—. No, atrás. Ahora. Ahora. Ahí. Para.

Ahí estaba la imagen inmóvil de la cabeza de Shep asomada por encima de los guardias, con la mirada enfocada en un punto.

—¿Qué mierda estás mirando? —musitó McAvoy. Se adelantó y trazó una línea en la dirección hacia la que Shep se volvía hasta que llegó con el dedo al borde de la pantalla—. Ponme la cámara veintiocho, en ese mismo lapso.

El director hizo lo que le pedía. La pantalla mostró a un viejo veterano, con una gorra abollada y gafas de sol, montado en un escúter para discapacitados: las piernas le sobresalían por los lados como si las tuviera rotas, y manipulaba el acelerador con una mano enguantada.

McAvoy palideció.

—Jefe —dijo el director—, ¿qué suce...?

McAvoy corrió hacia la puerta, balanceándosele el casco a su lado.

Caminó a paso enérgico por la planta del casino. Entró precipitadamente en el pasillo de administración y observó de inmediato que su puerta, al fondo, estaba entreabierta. Entró en su despacho y se detuvo en seco al borde de la alfombra.

El casco Ducati se le escurrió de la mano y cayó ruidosamente sobre el parqué.

Capítulo 51

Cuando la herrumbrosa puerta del almacén se corrió con un chirrido sobre sus rieles, Mike alzó un brazo para protegerse la vista de la luz, aunque la claridad del atardecer estaba muy lejos de ser deslumbrante. Llevaba dentro del lóbrego almacén diecisiete horas, durante las cuales había hecho todo lo posible para no obsesionarse con las variadas e innumerables maneras de que el plan se fuera a la mierda.

Como tenía detrás el sol poniente, Shep no era más que una silueta oscura, con un brazo extendido y la mano en la manija de la puerta corredera.

—Ya era hora —exclamó Mike.

Pasar solo el día entero había sido una tortura. El hedor del hormigón húmedo le había dejado un regusto amargo en el fondo de la garganta. A sus pies había varias latas vacías de espaguetis. El enorme almacén abandonado era como una caverna: un espacio vacío y resonante de aspecto gótico, con vigas pobladas de telarañas y murciélagos. Un grifo oxidado goteaba en un amplio fregadero manchado de pintura.

En medio de la nave, sobre el suelo resquebrajado, estaba el palé lleno de cajas que Bob y Molly habían dejado el día anterior. Aunque Mike había permanecido sentado contra las cajas, no había levantado ninguna tapa; sabía que era mejor no inspeccionar los equipos de Shep. Levantándose, puso un pie sobre la caja fuerte de McAvoy, como un cazador posando sobre una presa abatida.

Shep entró en el almacén.

—La policía me ha estado interrogando todo el día.

—¿Qué les has dicho?

—Sobre todo: «¿Qué?» —respondió Shep con una sonrisa burlona—. Yo no hice nada malo. Estaba en un casino, sin molestar a nadie, cuando de repente empezaron a maltratarme. Lo que más les interesaba era mi relación con Mike Wingate. Pero, naturalmente, de eso hace muchos años. —Cerró la puerta traqueteante—. Yo ya no me relaciono con gente como tú.

—Entonces, ¿ya está? ¿Te han soltado sin más?

—Two-Hawks me tenía preparado, como prometió, un abogado indio carísimo. —Sacó una tarjeta de color marrón topo y la agitó, exhibiendo su refinada calidad—. Además, el Casino de la tribu Miwok de Shasta Springs había comprado al parecer varios coches patrulla nuevos a la policía de Susanville. Por una vez en nuestra vida estábamos del lado bueno en un caso de favoritismo. Y como no ha aparecido Graham para abusar de sus galones, me han soltado.

—¿Y Bob y Molly?

—Fuera de peligro; ya deben de haber vuelto a Reno. —Rodeó el palé, examinando las cajas—. Lo cual no quiere decir que no nos hayamos convertido en «personas de interés», como les gusta decir a ellos. Tú eres un fugitivo.

Se dedicó a abrir cajas y a desembalar el material, en su mayor parte envuelto en mantas de mudanzas. Montó una serie de focos adosados a soportes en forma de te, y los enchufó a un generador con ruedas que le pidió a Mike que trajera de la parte trasera del palé. Cuando sonó el clic de un interruptor, el centro de la nave brilló como a la luz del día. Situó los focos alrededor de la caja fuerte, de manera que quedó iluminada como una especie de escultura industrial. Moviéndose por aquí y por allá, como si fuera un puntilloso director de cine, ajustó los focos para reducir el efecto de deslumbramiento. Mirándolo trabajar, Mike se vio a sí mismo muchos años atrás estudiando vocabulario para el examen de admisión en la enseñanza superior, mientras su amigo daba martillazos a la caja fuerte de Valley Liquors y Madre-Diván se quejaba a gritos desde el fondo del pasillo. No era precisamente el típico recuerdo entrañable, pero pese a todo resultaba reconfortante evocarlo.

Shep dio unos pasos hacia la caja fuerte y se acuclilló, estudiándola.

—No podemos utilizar explosivos, porque lo que hay aquí

dentro no son monedas ni lingotes de oro, sino negativos fotográficos. —Hablaba con los ojos cerrados—. La detonación y la onda expansiva abrasarían el contenido irremediablemente.

—Exacto —corroboró Mike.

Shep se tendió boca abajo y apoyó la barbilla en los nudillos, contemplando la caja como un niño contempla la tele.

—¿No sabes reventar una caja fuerte de este tipo?

—Es de encargo.

—¿Eso qué significa, a efectos prácticos?

Shep se acercó reptando y pegó la cara a la puerta metálica.

—Significa que hemos de escucharla. —Tocó el dial de la combinación. Acarició la gruesa manija. Golpeó las paredes con los nudillos, aproximando la cabeza para apreciar el sordo tintineo.

Mike se mantenía a distancia para no estorbar, y trató de no inquietarse ante las maniobras y el aire ceñudo de su amigo.

Al cabo de unos veinte minutos, Shep declaró:

—Que sea una caja fuerte de encargo significa que podría disponer de una trampa explosiva para destruir su contenido si se la manipula inadecuadamente. Existe ese peligro.

—Ya...

—Tiene por lo menos tres pasadores. Pero no sé exactamente dónde. Y explorar alrededor del marco sería arriesgado: podría activar la trampa explosiva, o joder los negativos.

—¿Qué vamos a hacer, pues?

—Trataremos de saltarnos los pasadores.

—¿Cómo?

Pero Shep ya se había puesto de pie y estaba buscando algo lejos del círculo de focos. De un pequeño baúl sacó una herramienta de aspecto futurista, con el mango y el motor de una sierra mecánica y una hoja circular plateada que emergía de una doble guarda.

—Parece sacado de una peli *snuff* —opinó Mike.

Shep sujetó la herramienta, tensando la musculatura de los antebrazos. Se había puesto gafas protectoras y tenía un aire algo desquiciado, lo cual realzaba el efecto inquietante.

—Es una sierra de disco; la utilizan los bomberos. La hoja está rematada con diamantes industriales. El acero no se le resiste.

—Creía que habías dicho que es demasiado arriesgado recortar las paredes de la caja.

—He dicho que es demasiado arriesgado explorar alrededor del marco para buscar los pasadores. Pero si logramos que gire la manija, la acción leva-palanca conseguirá que los pasadores se retiren automáticamente.

Mike trató de ocultar su impaciencia, pero inquirió:

—¿Y cómo conseguimos que gire la manija?

—La combinación tiene tres números, ¿de acuerdo? Cada número corresponde a un disco dentro del tambor de la cerradura. Cada disco tiene una estría. Y esas estrías han de alinearse para liberar el bloque del seguro y permitir que la manija gire. Lo que voy a hacer (encendió un momento el motor de la sierra: la hoja dentada se transformó en un borrón uniforme y enseguida volvió a reaparecer) es cortar el bloque del seguro y saltarme todas las demás chorradas.

—¿Cómo sabes dónde cortar?

—Experiencia. Tacto. Instinto. Es como golpear una bola curva. A veces todo confluye, y das justo en el punto.

—¿Y si no?

—Entonces aplasto el tambor y no hay modo de abrirla.

Tras ajustar un poco más los focos, Shep se armó de valor y se inclinó sobre la caja fuerte. La hoja se hincó en el acero con un chirrido que a Mike le produjo una desagradable palpitación en las encías. En el espacio entre el dial de la combinación y la manija de la puerta, Shep practicó tres cortes equidistantes de un par de centímetros de profundidad. Mike deambulaba de un lado para otro, con las manos entrelazadas en el cogote.

Shep dejó la sierra y se secó el sudor de la frente. Asió la manija con firmeza y le imprimió un giro de muñeca. La manija rotó del todo, emitiendo un sordo chasquido.

Exhalando, se arriesgó a echarle una ojeada a Mike. Luego volvió a colocar con sumo cuidado la manija en su sitio.

—Está abierta —dijo Mike.

—No. Está desbloqueada. Aún no nos conviene abrirla.

—Ya. La trampa explosiva. —Soltó un bufido y se estrujó los nudillos. Le hormigueaban los dedos de pura aprensión—. Supongo que si fuera tan fácil lo haría todo el mundo.

Shep se acercó al palé y, tras mucho estrépito metálico, volvió con un taladro provisto de una broca gruesa. Colocando la punta de carburo en el techo de la caja fuerte, aplicó todo su peso en el mango y taladró. Pasaron diez minutos; veinte. De vez en cuando se detenía y soplaba el polvo de acero del orificio. Luego, al llegar a la capa de hormigón, el polvo se volvió de color blanco. Después se detuvo para descansar.

Entre los tensos labios, le asomaban los incisivos. El sudor y las salpicaduras de polvo relucían en su rapado cráneo. Entonces comentó:

—No hay nada como este trabajo.

Mike arqueó las cejas.

—Llevarse un armatoste como este —prosiguió Shep— y reventarlo; obligarlo a desembuchar sus secretos hasta dejarlo vacío. No importa lo rico que seas, ni cuánto gastes en seguridad ni qué clase de caja fuerte mandes construir. Cualquier tipo de baja estofa puede pulverizar todos esos obstáculos para llegar a la tierra prometida. Y lo único que hace falta es concentración y decisión. Resistencia, el gran ecualizador. Y cuando las puertas se abren… ¡Ay, amigo, qué liberación! ¡Qué triunfo! —Meneó la cabeza y silbó una sola nota. Mike nunca lo había visto tan despierto, tan vivo—. La mayoría de las veces ni siquiera me importa cuál es el botín. La cuestión es el desafío, no la mierda que haya dentro.

—Pero esta noche son ambas cosas.

—Lo de esta noche no es nada. La cuestión no es la caja fuerte, sino Brian McAvoy y Deer Creek Enterprises. Dinero, contactos, poder… Ellos son los tipos aposentados detrás de esas puertas que hemos tenido cerradas toda la vida. Pero si aplicamos la presión adecuada en el momento justo, si practicamos las incisiones precisas —un gesto hacia los orificios de la plancha metálica—, y accionamos las palancas correctas, vamos a abrir en canal a esos hijos de puta.

Volvió al trabajo, apoyando todo su peso en el mango del taladro, y atravesó una segunda capa y después una tercera. La plancha cedió, y el portabrocas se hundió unos siete centímetros, chocando con el techo de la caja fuerte. Shep sopló en el orificio para limpiarlo; desenrolló una cámara de fibra óptica e introdujo el cable negro en el interior de la caja.

—¿Ves los negativos? —preguntó Mike atropelladamente.

Hasta ahora había hecho un esfuerzo para no pensar en que todos los riesgos que habían corrido se basaban solo en una corazonada: que McAvoy había guardado los negativos en la caja fuerte. Ahora estaban a un paso de comprobarlo.

Shep estudió las verdosas imágenes en la diminuta pantalla adosada. Abrió ligeramente la boca; luego se inclinó sobre el orificio, husmeó varias veces y maldijo entre dientes.

Mike sintió un vacío en el estómago, como en la pendiente de una montaña rusa.

—No están ahí dentro —murmuró.

—Sí —dijo Shep—. Sí están. —Pero seguía teniendo una expresión consternada.

Mike miró en la pantallita. Lo único que vio al principio fueron unos cuantos papeles quebradizos y —a Dios gracias— el delgado montón de negativos fotográficos. Pero reparó en otro detalle: un cable pelado ribeteaba el interior de la caja fuerte. Si se forzaban las paredes o se abría la puerta, el extremo del cable entraría en contacto con un trozo de cable enrollado, también pelado.

—Si los dos extremos se tocan…

—Prenderán fuego.

—Y entonces, ¿cómo abría la caja McAvoy?

—Si la abres del modo correcto, el mecanismo de la cerradura empuja el cable suelto, situándolo lejos del otro extremo.

—Pero tú has destruido el mecanismo.

Shep se echó hacia atrás sobre los talones, apoyando las manos en sus grasientos vaqueros.

Mike se resistía a reconocer la expresión de derrota que mostraba su amigo, y dijo:

—Entonces, nos prepararemos para echar agua en cuanto se abra la puerta.

Shep lo agarró del cuello de la camisa y le acercó la cara al agujero perforado en la plancha.

—Huele.

Un olor acre le llenó las narinas.

—Es película de nitrato de celulosa —explicó Shep—. Se utilizaba en los filmes de los años treinta y cuarenta. Pero los aficionados la cortaban y la usaban como película fotográfica. —Empujó la cámara de fibra óptica más adentro, situando la lente justo encima de los negativos—. ¿Ves las rayas horizontales entre cada cuatro orificios del perforado?

—¿Cómo sabes todo esto, doctor Einstein?

No sonrió, lo cual todavía alarmó más a Mike. Se limitó a meter la lengua bajo el labio pensativamente y añadió:

—Todo lo que pueda haber en una caja fuerte, ten por seguro que me lo he encontrado. Esa mierda es altamente inflamable. Basta con una chispa para que se encienda.

Mike suspiró y dejó caer la frente sobre la plancha de la caja fuerte. Esos negativos estaban al alcance de la mano, aguardando tras una puerta desbloqueada que, sin embargo, no podían abrir. Era desesperante haber llegado tan lejos para verse derrotados por un par de cables pelados.

Maldijo su mala suerte dando un grito que reverberó por toda la nave y agitó a los murciélagos de las vigas. Luego se echó atrás, escupió más allá de los focos y soltó una risa amarga.

—Nunca más volveré a ver a mi hija, y todo porque unos botánicos de Stanford usaron hace ochenta años una película barata para sacar sus fotos.

—Yo no podía saberlo. —La voz de Shep sonaba muy estridente, y sus problemas de oído no tenían nada que ver.

—Ya lo sé. No te estoy echando…

—Quiero decir, nitrato de celulosa nada menos…

—… la culpa a ti. Al contrario, te estoy agradecido…

—… esta mierda es tan inflamable que arde bajo el agua.

Mike se incorporó bruscamente, sobresaltando a Shep, y se adentró a toda prisa en la oscuridad.

—¡Trae un poco de luz aquí! —gritó.

Encontró el grifo a tientas junto a la pared y giró la manivela; el agua chorreó sobre el amplio fregadero. Shep orientó hacia allí un par de focos, casi cegándolo.

—Vamos a ahogar el circuito. Si no hay oxígeno, no hay chispa.

Shep se acercó y ambos miraron cómo el agua de color óxido se iba aclarando poco a poco.

—¿Y si el agua arruina los negativos?

Mike encontró un trapo reseco y, taponando con él el sumidero, aseguró:

—No tenemos opción.

Mientras el agua iba subiendo, extendió unas mantas de mudanzas en el suelo, cerca del fregadero, y dirigió un grupo de focos directamente hacia ellas.

—Tenemos que secar los negativos rápidamente.

Cuando cerró la manivela del agua, se hizo un profundo silencio. El eco de cada gota del grifo reverberaba en las altas vigas del techo.

Fueron a por la caja fuerte y la alzaron, sujetándola cada uno por un lado y cuidando de que la puerta se mantuviera cerrada. Con cierto esfuerzo, la llevaron hasta el fregadero y la apoyaron en el borde. A Shep le brillaban los ojos de la excitación.

—¿Listo?

Empujaron poco a poco, y el armatoste entró en el agua con un chapoteo que les salpicó los muslos. Una punta del travesaño de madera se le clavaba a Mike en el antebrazo, pero él siguió sujetando por su lado hasta depositar la caja con delicadeza en el fondo.

Se apartó y sacudió los brazos, derramando gotas de agua y sangre en el suelo de hormigón. Shep se mantuvo inmóvil, con los codos apoyados en el borde del fregadero. Tras comprobar que las mantas se habían calentado bajo los focos, Mike se situó junto a Shep, en su misma posición, y bajó la vista. Del orificio taladrado en el techo de la caja fuerte iban saliendo burbujas. Al llegar a la superficie, hacían un ruido casi imperceptible, como pececitos alimentándose.

Procuraba no pensar en el agua que iba impregnando los negativos fotográficos, y trataba de no imaginar lo que ocurriría si se estropeaban irremediablemente, o si los cables provocaban una chispa al abrir la puerta a pesar del agua, o si resultaba que aquellos no eran los negativos que andaba buscando Two-Hawks. Una rodilla le vibraba arriba y abajo, con un tic nervioso incontrolable.

Esperaron, mirando cómo se llenaba lentamente la caja fuerte.

Capítulo 52

Sentados en la mohosa cocina de la vieja casa revestida de tablillas, William y Dodge revisaban desesperadamente la lista de casas de acogida de California y de los estados vecinos. Habían conseguido reducir la lista considerablemente, pero todavía quedaban infinidad de direcciones. El Gran Jefe había estado encima de ellos constantemente, así que ambos llevaban ya dos noches sin dormir. Y después del atraco de la noche anterior en el casino, la impaciencia de McAvoy se había convertido en un estado de furia. William se había cobrado un favor tras otro entre los policías de distintos departamentos, y había ido tachando nombres de la lista con un rotulador rojo. Tenía agentes desplegados a lo largo de cuatro estados, visitando las casas de acogida en busca de caras nuevas.

La cocina estaba tan mugrienta que él y Dodge habían abandonado hacía meses cualquier intento de mantenerla limpia. La grasa embadurnaba la pared de los fogones, el polvo empañaba las ventanas y había montoncitos de sal derramada en el suelo, como diminutas pirámides. Y sin embargo, se las arreglaban; lavaban cada vez que lo necesitaban una taza de café o un plato, y los dejaban otra vez con la vajilla sucia acumulada en el fregadero o en las pilas que se amontonaban en la encimera. Encaramado inestablemente sobre el microondas averiado desde hacía mucho tiempo, había un aparato de fax con unas cuantas moscas muertas en la bandeja de alimentación.

Dodge, sentado frente a su compinche, se había puesto a leer un cómic mientras daba lentos sorbos a una taza de té caliente. Bajo la tenue luz, sus rasgos parecían aún más indefinidos, y el contorno de la nariz se difuminaba en sus mejillas, como aplanado con una espátula. De vez en cuando se frotaba abstraídamente la yema del pulgar contra el índice, produciendo un ruido rasposo; era su modo de demostrar impaciencia cuando le entraban ganas de usar las manos.

El móvil de William sonó justo cuando acababa de enchufarlo para cargar la batería. El pulgar de Dodge se detuvo.

Burrell miró la pantalla. Atendió y preguntó directamente:

—¿Lo tiene ya para que nos encarguemos de él?

—Esos hijos de puta de la policía de Susanville no nos van a entregar a Shepherd White. —El Gran Jefe hablaba con voz tensa—. Es más, lo han puesto en libertad hace tres horas.

—¿En libertad? —Burrell, de puros nervios, se sentó sobre una altísima pila de periódicos resecos—. Dodge ya tenía preparado el sótano. ¿Dónde demonios está Graham?

—Muerto —dijo el Gran Jefe.

—Graham está muerto —repitió William para informar a Dodge.

Este levantó la vista, dio un sorbo de té y volvió a su cómic, reanudando con el pulgar su ligero movimiento de raspado.

—Estaba ilocalizable, así que hice que enviaran un coche de la policía de Sacramento a echar un vistazo —prosiguió el Gran Jefe—. Le pegaron un tiro en la cama.

William identificó qué había captado en la voz del Gran Jefe que lo había puesto tan nervioso. Algo que nunca había percibido en ella: desesperación. Resopló por la nariz, se rascó la mejilla y trató de dominar su inquietud.

—Ya lo arreglaremos.

—Ah, así que tú ya has manejado asuntos parecidos, ¿no? Ya has tratado con altos cargos del estado que se presentan en tu puerta, ¿cierto? Ya sabes qué hilos mover en la investigación de asesinato del puto director de una agencia de primer orden. —Sus jadeos resonaban en la línea—. No me digas que todo se arreglará. Seré yo quien diga cuándo está arreglado.

—Sí, señor.

—Por suerte, aún contamos con muchos amigos. Tengo ahora mismo sentado delante de mí a uno de los adjuntos de Graham, como si nos hubiera enviado un regalito desde la tumba. Nuestro próximo asociado, aquí presente, estaba siguiendo los pasos de un individuo en particular. En cuanto se ha enterado de la muerte de Graham ha venido a informarme. —Una pausa prolongada—. Ha conseguido rastrear una señal.

William dio un suspiro de alivio y, tapando el auricular, le dijo a Dodge:

—Tenemos una dirección.

El compinche dejó su libro de historietas, pasó las manos por la cubierta y se levantó.

—El nombre te resultará familiar —anunció el Gran Jefe.

William le dio la vuelta a un papel y alzó la punta rojo sangre del rotulador. Sintió que se le pegaban los labios a los dientes y se dio cuenta de que estaba sonriendo por anticipado.

—En marcha. Y saca respuestas —ordenó el Gran Jefe—. Cueste lo que cueste.

Capítulo 53

Los negativos (dejando aparte el primero del montón, que se le había desintegrado a Mike en las manos) habían salido sorprendentemente intactos del agua. Al principio estaban todos pegados, lo cual había servido para proteger a los de en medio. Mike se había mostrado ansioso por separarlos, pero Shep lo había obligado a esperar a que se secaran un rato, para que el calor de los focos evaporase cualquier resto de humedad. Pasaban ya unos minutos de la medianoche, y Wingate se encontraba sentado a solas con Two-Hawks en una habitación hermética situada detrás del banco de reposición del casino de la tribu Miwok de Shasta Springs, donde se pagaban los premios gordos. La mesa que había entre ambos era de acero inoxidable, lo mismo que el carrito de un rincón, donde había un contador de billetes, una calculadora contable, un teléfono centralita y una imponente cámara fotográfica. Esa habitación había cambiado la suerte de mucha gente, y esta noche —Mike se lo pedía al cielo— no tenía que ser una excepción.

Shep esperaba en el coche, en una calle oscura de las inmediaciones, dispuesto a desatar un infierno si el indio no entregaba lo prometido. De camino hacia allí, habían hecho una parada para añadir una cosa más al alijo cada vez más abultado oculto en el conducto de ventilación de la habitación del motel: el informe genealógico de la tribu Deer Creek. En el húmedo almacén, mientras los focos le calentaban la espalda, Mike había contemplado maravillado el árbol de su familia, luciendo en lo alto de la mojada página el festoneado escudo oficial. Todos aquellos nombres, fechas, vínculos de enlace y las bifurcaciones constituían una historia completa en la que él se hallaba incluido. Al ver el espacio reservado a su propio nombre, «Michael Trainor», en medio del extenso y entrecruzado linaje, se había sentido demasiado abrumado para hablar. Pero horas después, cuando el agua ya se había secado del todo, dejando las páginas rígidas, había comprendido que esas palabras eran solo tinta sobre el papel, y que él ya tenía un lugar en el mundo. El único camino para reclamarlo pasaba por el hombre que tenía ahora sentado delante.

Two-Hawks alzó hacia la luz un negativo tras otro y los examinó entornando los párpados. Sus oscuros ojos estaban humedecidos; las arrugas de las mejillas se le distendieron. Su tribu conservaría el reconocimiento federal, desde luego, pero era evidente que aquellas imágenes significaban para él mucho más que eso. Se estaba empapando de ellas, una por una, aunque la paciencia de Mike había empezado a agotarse.

—Gracias —dijo el indio—. Son asombrosas. He soñado con ese asentamiento desde mi juventud. ¿Ha visto? —Le pasó un frágil negativo por encima de la mesa, pero Wingate siguió mirándolo a él fijamente.

La expresión maravillada de Two-Hawks se transformó en una mueca avergonzada. Se acercó con la silla de trabajo de ruedas hasta el carrito del rincón, y murmuró una orden al teléfono. Unos minutos después, entró Blackie y dejó sobre la mesa, delante de Mike, una caja de seguridad.

Aunque la habitación estaba refrigerada, él sintió que las gotas de sudor descendían por sus costillas. Levantó la tapa. Lo que le sorprendió de entrada fue lo vacía que estaba la caja: solo había unos papeles en el alargado recipiente metálico.

En la parte de encima había fotos de seguimiento: McAvoy con Dodge y William; múltiples reuniones, cada foto con una fecha distinta. Mike miró al indio, nada impresionado.

—Nuestro hombre —dijo este— sacó furtivamente el material que hay debajo de esas fotografías.

Mike levantó las últimas fotos y descubrió un fajo de fotocopias: hojas rayadas cubiertas de cifras y de una letra apretada.

Un libro de contabilidad.

El corazón se le aceleró.

El dedo de Two-Hawks apareció bajo la gacha cabeza de

Mike y, dando unos golpecitos con una uña bien cortada y pulida, informó:

—Esto representa los pagos efectuados a través de la cuenta personal de sobornos de McAvoy. Sí, esta es su letra. No debía de querer archivos digitales —dijo con una nota de ironía—, porque son demasiado fáciles de copiar.

—Entonces el informador que tenía usted era un contable.

—Ted Rogers. Un especialista en paraísos fiscales. McAvoy lo contrató para agilizar el flujo de capitales entre distintas entidades de dichos paraísos. Durante ese proceso, el señor Rogers se vio obligado a revisar algunas transacciones entre distintas cuentas que se habían traspapelado. Así que le dieron un acceso limitado a este libro de contabilidad. Los destinatarios están identificados mediante el número de cuenta, ¿lo ve? Seguramente, ya adivina quiénes son los que aparecen con más frecuencia.

—Rick Graham —musitó Mike—. Roger Drake. William Burrell.

—Y si se remonta lo suficiente: Leonard Burrell. Supongo que es…

—El tío de William.

Mike revolvió entre las hojas. Le palpitaba el arañazo que tenía en el dorso del antebrazo. Las fechas abarcaban varias décadas. Junto a algunos pagos, había largas series de números, sin comas ni guiones. Los contó un par de veces; cada uno tenía nueve dígitos.

—¿Son lo que yo pienso? —murmuró.

—En efecto, números de la seguridad social.

Mike intentó tragar saliva, pero tenía la boca demasiado seca.

—¿Y corresponden…?

—A su madre y a su padre, Mike; a esos dos hermanos que se negaron a vender sus tierras; a una concejala que se opuso a un plan urbanístico; a un jugador empedernido que no pudo devolver una deuda de siete cifras… Los pagos se efectúan, y la gente que corresponde a esos números de la seguridad social desaparece un día o dos más tarde. Sin dejar rastro.

Verlo expuesto tan descaradamente resultaba repugnante. Dólares, centavos, vidas humanas.

—¿Cuáles…? —Mike se humedeció los labios—. ¿Cuáles son los de mis padres?

Two-Hawks señaló las entradas. Mike pasó un dedo por las fechas. Contempló los números de la seguridad social. John a secas. Danielle Trainor. El indio carraspeó, y él advirtió que se había quedado en las nubes un rato.

Hojeó las fotocopias hasta el final, pero las fechas se interrumpían aproximadamente una semana antes de que Dodge y William hubieran emergido de las sombras para irrumpir en su vida. La mera idea de que el libro de contabilidad siguiera guardado en una caja fuerte o en un cajón cerrado con llave le provocó un escalofrío. Él sabía lo que ahora debía figurar en ese libro escrito con la misma caligrafía apretada: su propio número de la seguridad social y el de su hija.

Sus ojos se detuvieron en el último pago importante; no tenía asociado ningún número de la seguridad social.

—¿A quién cree que correspondía esto?

Two-Hawks frunció los labios y bajó la vista.

—Una de las últimas cosas que hizo Ted Rogers fue transferir el dinero para pagar su propio asesinato. —Retrocedió una página y señaló otra entrada sin identificación—. Y el de su esposa.

Este dato resonó por la habitación unos instantes.

—Pasaron unos días sin que dieran señales de vida. La policía fue alertada y encontró la casa vacía. Ni el menor rastro; solo había desaparecido un almohadón del sofá del despacho de Ted. Dodge y William nunca dejan un cadáver. —Two-Hawks se frotó los ojos—. Evidentemente, McAvoy se había olido algo. Por motivos evidentes, no anotó los números de seguridad social en el libro de contabilidad, puesto que Ted habría reconocido…

Se echó atrás en la silla, mordiéndose la mejilla por dentro; tenía los ojos húmedos. Mike entendió ahora la brusca irritación que se había apoderado de él la otra noche cuando Shep lo había interrogado sobre su informador.

Lo ocurrido en casa de los Rogers se parecía demasiado a las pesadillas que lo habían obsesionado a él las últimas dos semanas. Desvió la mirada. En el fondo de la caja de seguridad había un último fajo de fotocopias. Las sacó.

En las primeras páginas se apreciaba la sombra de los pliegues por donde habían estado doblados los originales como si fueran cartas. En cada una de ellas figuraba una fecha manuscrita, uno de los números de la seguridad social del libro de contabilidad y una especie de código. Hacia la mitad del fajo pasaban a tener formato de fax, se veían los códigos garabateados en mitad de la página y la fecha impresa nítidamente en la parte superior.

Aliviado por poder cambiar de tema, Two-Hawks comentó:

—Yo diría que estas hojas estaban agregadas al final del libro de contabilidad. Cada fecha corresponde a un pago y a la desaparición de una persona. Supongo que es la confirmación de que el trabajo había sido… completado. En estas últimas, ¿ve el número de teléfono del remitente que hay en el encabezamiento?, aparece la línea del fax personal de McAvoy. Pero no hemos podido averiguar qué significan esos códigos.

Mike examinó algunos de ellos: FRVRYNG, MSTHNG, LALADY.

¿Mensajes de texto? ¿Apodos?

La hermética habitación le estaba produciendo claustrofobia. Tenía ganas de marcharse y empezar a trazar un plan con Shep y Hank para acabar con McAvoy y sus hombres. Recogió los papeles y los metió en un gran sobre gris que Two-Hawks le dio.

Se puso de pie, apoyando una mano en la mesa para mantener el equilibrio. El indio lo sujetó del brazo para ayudarlo. Caminaron juntos hasta el pasillo trasero, pero siguió solo a partir de allí.

Llegó a la puerta del fondo y la abrió de un empujón. El aire nocturno le agitó la ropa y lo estremeció. Volvió la vista atrás. Two-Hawks seguía aún en el otro extremo del pasillo, oculto en parte por las sombras; levantó el brazo con la palma hacia fuera, como el curandero del cuadro.

Él salió al frío del exterior.

—Necesitas un cadáver. —La voz de Hank sonaba ronca y debilitada al teléfono.

Con el móvil pegado a la mejilla, Mike permanecía tembloroso en el asiento del pasajero del Pinto, bajo la atenta mirada de Shep, manteniendo en el regazo el abultado sobre gris. Habían aparcado frente a una cafetería abierta toda la noche en la cuesta que descendía del casino de Two-Hawks.

—¿Cómo?

—¿Por qué te crees que McAvoy ha hecho desaparecer a toda esa gente? —mascullló Hank—. Sin cuerpo, no hay caso de asesinato. Todo esa basura que tienes, por condenatoria que parezca, sigue siendo circunstancial. En cambio, un cuerpo..., un cuerpo abre una perspectiva totalmente distinta.

Mike empezó a gritar:

—¿Me estás diciendo que todo esto...?

—Escucha, no cabe duda de que esas pruebas cambian la situación. Esto es demasiado gordo para que McAvoy pueda taparlo. Quedará tocado para siempre. Ya solo esos pagos a Graham... Una vez que salga a la luz, esta información abrirá una brecha entre él y todos los cuerpos de seguridad. Verás como todas las agencias se apresuran a marcar distancias con el tipo. Todo funciona por las apariencias. Y, poseyendo ese informe genealógico, puedes presentar una reclamación sobre el casino y conseguir que ese cabrón acabe quebrando. Dodge y William serán sometidos a investigación y vigilancia, y me extrañaría que la policía no encontrara algo convincente. Pero tú me has preguntado si esto condena a McAvoy; y no, no lo condena. Un cuerpo lo condenaría.

Exasperado, Mike apoyó la sien en la helada ventanilla. Una pareja joven con un Mercedes cupé antiguo estacionó junto a ellos y se apeó. Reprimió las ganas de volver a gritar.

—¿Qué hago entonces? —murmuró.

—Bastante has hecho ya —respondió Hank—. Buscaremos un abogado, filtraremos algunas pruebas y negociaremos a quién te entregas. Estoy pensando en el FBI. Tú tienes mucho que explicar también; lo del cadáver de Rick Graham, sobre todo. Pero ahora podemos reintegrarte en el sistema. Ver cómo está Annabel. Recuperar a tu hija sana y salva...

Mike enfocó la cabeza hacia el aire caliente que salía por los respiraderos mientras se apretaba los ojos con los dedos.

—Llevas mucho tiempo oculto —continuó diciendo el detective—. Ya es hora de volver.

Las lágrimas se le escurrían a Mike entre los dedos, goteando en el sobre gris. Articuló las palabras con esfuerzo:

—¿Cuánto tiempo? ¿Hasta que pueda ir a buscar a Kat?

—Vamos a encontrar una base segura lo más rápidamente posible. ¿Unos días?

—No. Mañana por la noche.

—Entonces, manos a la obra.

—De acuerdo. Voy a reunirme contigo. Hacemos copias de todo el material y las guardamos en distintos lugares. Trazamos un plan de acción pautado e inteligente.

El detective asintió, y se despidieron.

Mike echó la cabeza atrás y soltó un suspiro tembloroso.

—De acuerdo —musitó—. De acuerdo. —Otro suspiro, este más sereno—. Vamos al motel a recoger el dinero, la tarjeta de memoria y el informe genealógico.

—El motel está en la dirección contraria —observó Shep—. Ya voy yo, y nos encontramos allí.

—Solo tenemos un coche.

Shep lo miró ceñudo, sin duda decepcionado por su falta de imaginación. Se bajó del coche y cerró la puerta. En diez segundos estaba dentro del Mercedes; en cuarenta, el motor cobró vida con un rugido.

Mientras arrancaba, alzó dos dedos a modo de saludo.

Mike se trasladó al asiento del conductor y se alejó en dirección opuesta.

La autopista estaba tranquila a esa hora. Unos cuantos kilómetros más adelante, una brusca descarga de esperanza le recorrió el pecho, casi partiéndolo en dos. Se detuvo en el arcén, se bajó tambaleante y dio unos pasos entre los arbustos antes de doblarse sobre sí mismo, jadeando, con las manos en las rodillas. Durante mucho tiempo no se había atrevido a acariciar la menor esperanza, pero ahora la sensación le quemaba en la sangre como una droga a la que se hubiera deshabituado. Procuró ahuyentar la idea de volver a tocar a Annabel, de sentir esas manos adoradas entrelazadas con las suyas, esa mejilla de infinita suavidad pegada a su rostro.

«No eres un marido. No eres un padre. Todavía no.»

El aire gélido estaba impregnado de olor a artemisa; la tierra húmeda le había embarrado las suelas de los zapatos. Tuvo dos arcadas, pero no sacó nada y regresó al coche. Había dejado la puerta abierta, y la tenue luz del techo iluminaba los reposacabezas. Se abrochó el cinturón, puso las manos en el volante y emprendió la marcha para reunirse con Hank.

Cuando salía de la autopista, el Batmóvil vibró en su bolsillo. Lo sacó a tientas y lo abrió.

—¿Sí?

—Te voy a pasar una llamada. —La voz de Shep sonaba rara.

—¿Qué? ¿De quién?

Hubo un ruido de fondo y luego sonó un clic electrónico.

Annabel dijo:

—¿Hola?

Capítulo 54

La primera idea que le vino a la cabeza entre una delirante sensación de alivio fue que Dodge y William la habían encontrado y obligado a llamar. No sabía ni lo que decía, pero pese a sus propias palabras atropelladas y el zumbido de sus pensamientos, captó las respuestas de su esposa: «Sí, estoy viva. Viva. Estoy aquí, cariño».

Y: «... te necesito. Te necesito a mi lado. Tengo tanto miedo».

Y: «No, nadie me ha raptado. Estoy a salvo. En la cama. Dolorida y con un olor espantoso a hospital. Pero viva».

El cerebro de Mike asimiló lo que pasaba y resonó con una sola nota triunfal sobre el barullo de las voces de ambos: «Está viva».

Ella sollozaba, con voz quebrada y quejumbrosa: «... me sentí aterrorizada cuando desperté ayer. Creía que habías...».

«Está viva.»

Y: «... casi veinticuatro horas para recuperar la voz. Tenía el número de Shep, el que me diste cuando...».

«Viva.»

Y: «No, no he llamado a nadie. Me han dicho que mi padre ha hecho una campaña por tierra, mar y aire para localizarme, pero yo sabía que debía esperar, hablar solo contigo. Shep me ha contado una historia absurda, algo de una tribu india, y me ha dicho que nadie debe saber dónde estoy. Que vosotros dos sois fugitivos de la justicia».

La siguiente pregunta de Annabel lo devolvió brutalmente a la realidad, acallando el zumbido de sus propias palabras; le provocó una especie de conmoción inversa, y sus sentidos cobraron una dolorosa claridad.

Ella se lo repitió:

—¿Cómo está mi niña?

Mike se sumió en un estupor de sensaciones puras, aisladas: los resaltes de plástico del volante se le clavaban en la carne de los dedos; la condensación del parabrisas difuminaba, al fondo, el rótulo amarillento del motel de Hank; las arrugas de la camisa se le solapaban en la cintura...

Se aclaró la garganta.

—Shep..., ¿Shep no te lo ha dicho?

—¿Decirme qué? —Toda la calidez había desaparecido de su voz.

Él pronunció con esfuerzo las palabras:

—He tenido que abandonarla.

—¿Abandonarla? ¿Abandonarla? ¿Cuánto hace?

Cinco días, catorce horas y diecisiete minutos.

Respondió con brusquedad:

—Un par de días.

—¿Días? ¿Has dicho...?

—Annabel, te prometo...

—¿Has comprobado cómo está?

—Yo... No he podido. No puedo. Había...

—¿Ha estado sola? ¿Sin ti? —Sus palabras se trabaron hasta volverse ininteligibles. Su aliento sonaba con agitados resoplidos en el auricular—. Pero ¿sabes si está bien? ¿Ahora, en este momento?

Él se oyó titubear un segundo de más:

—... Sí.

—No. —La voz de Annabel se había vuelto frágil, endeble, suplicante—. Ya lo veo. No. ¿Dónde está?

Shep dijo:

—Mmm...

Mike había olvidado que estaban en una llamada a tres bandas. El hecho de escuchar a su esposa había pasado por encima de cualquier otra consideración, pero el murmullo de su amigo lo devolvió a la dura realidad.

—No puedo..., no puedo decírtelo.

Annabel jadeaba, tal vez había entrado en hiperventilación.

Mike escuchó en segundo plano el pitido del monitor cardíaco.

—¿Qué quieres decir? —dijo ella.

—Estás hablando por un teléfono del hospital —respondió él.

—Aún no puedo caminar, Mike. —Ahora hablaba con desánimo—. ¿Dónde iba a estar, si no?

—Todavía siguen buscándonos. También a ti. Intentaron atraparte una vez para llegar a mí y a Kat. No sabemos si tienen la línea intervenida. No puedo decírtelo por este teléfono.

—¿Dónde está mi hija?

—Podrían estar escuchándonos.

—¿Sabe Shep dónde está?

—Nadie lo sabe.

—Solo tú.

—La iré a buscar mañana, Annabel. Casi hemos salido de este aprieto. Estamos a un paso de atraparlos y volver a reconstruir nuestras vidas. A solo unas horas, cariño. Unas horas.

Ella se había echado a llorar otra vez con desolación. Mike se la imaginó, maltrecha y postrada en una habitación extraña, atiborrada de medicinas y de pánico.

Sin ser consciente de ello, se había detenido en una plaza de aparcamiento frente a la puerta de Hank, y había estacionado.

—La recogeré mañana —aseguró—, y te la llevaré.

—Por favor, dime dónde..., que ella está...

Mike reunió todas sus fuerzas para mantenerse firme.

«No eres un marido.»

—Mañana —dijo—. Todo saldrá bien.

—Tengo que saberlo. —Las palabras le salían entrecortadas por los sollozos—. Necesito oír la voz de mi niña.

—Lo siento. Te quiero.

Cerró el móvil de golpe. «Lo siento —mascullò—. Lo siento, lo siento.» Le subió una oleada de calor a la cara. Golpeó el volante con el puño. Una, dos, tres veces. Los nudillos le ardían.

Permaneció sentado, jadeando. «Solo unas horas —se recordó a sí mismo—. Unas horas.»

Annabel estaba viva. Ahora, increíblemente, había mucho más en juego.

Cogió el sobre gris y cruzó deprisa el aparcamiento hacia

la habitación de Hank. Cuando llamó a la puerta, este gritó: «Sí, pasa».

La llave no estaba puesta. Mike entró en el reducido vestíbulo. La habitación estaba a oscuras, únicamente iluminada por el resplandor del portátil, abierto sobre un diminuto escritorio, en cuya pantalla giraba un torbellino de color lavanda. Hank estaba sentado en la cama, de espaldas, con los hombros caídos. «Sí, pasa», repitió. El salvapantallas arrojó una luz moteada sobre la mitad de su cuerpo, y luego el resplandor se desvió hacia el techo.

Mike se detuvo en el umbral y sintió que una sonrisa florecía en sus labios.

—Lo hemos conseguido, Hank.

Sonó un maullido y el orondo gato atigrado del detective salió de las sombras para restregarse contra la pierna de Mike; luego se sentó sobre su pie y se lamió una pezuña.

—Está todo aquí —gritó Mike, alzando el sobre.

El salvapantallas seguía girando y trazando cuadros de luz en la pared opuesta, en la pantalla de la lámpara, en sus zapatos... Un tramo del alabeado entarimado se iluminó un poco más adelante. Se veía un rastro de diminutas huellas de pezuñas: unas manchas negras que rodeaban la cama y llegaban hasta los pies de Mike.

Un frío horripilante le subió por los brazos y los hombros.

Dejó caer el sobre y se llevó la mano a la .357 que llevaba metida en los vaqueros. El sobre aterrizó ruidosamente en el suelo, y el gato se asustó y se apresuró a escabullirse, dejando a su paso más huellas ensangrentadas.

Mike alzó el revólver y fue girando sobre sí mismo para abarcar la semipenumbra que lo rodeaba. Al otro lado de la habitación, Hank permanecía como una estatua de mármol, dándole la espalda. Solo en ese momento reparó Mike en el magnetófono de bolsillo que había junto a él, sobre el edredón. La voz del detective salió otra vez de los diminutos altavoces: «Sí, pasa».

Mike pegó la espalda a la pared. Entre el zumbido de la sangre latiéndole en la cabeza, apenas discernía sus propios pensamientos. Un ligero crujido salió del baño a oscuras situado entre él y la puerta de entrada. Estaba atrapado en el reducido vestíbulo. Avanzando muy despacio hacia el interior, efectuó un tembloroso recorrido hasta un rincón de la habitación. El salvapantallas seguía con sus variaciones discotequeras, confiriendo vida a las paredes y al techo, abombándolos y contrayéndolos como pulmones. Bajo la pálida luz, distinguió el cable telefónico que salía de la parte posterior del portátil hacia la toma de debajo del escritorio, y entonces supo sin más, con una seguridad consternada, que habían localizado a Hank en el motel cuando se había conectado a Internet.

El gato reapareció corriendo, rozando los volantes de la cama. Mike se sobresaltó. Un rápido movimiento semejante al suyo se produjo junto a las cortinas. Giró noventa grados y apretó el gatillo. El fogonazo iluminó un instante el espejo de la pared, que ya se resquebrajaba alrededor del orificio de bala.

Demasiado tarde oyó cómo silbaba algo por el aire, a su espalda, y entonces el alabeado entarimado se precipitó rápidamente hacia él y lo golpeó en la cara.

Capítulo 55

Janine, la mayor, guardaba una ramita con un capullo dentro de un tarro de pepinillos gigantes; la señora Wilder lo había colocado sobre la repisa del radiador de la cocina con la esperanza de que la crisálida prosperase gracias al calor. Antes de cada comida, las niñas lo examinaban por si daba señales de vida. Esta clase de rituales, aunque escasos y vulgares, se cumplían a rajatabla.

Kat dormía en el cuarto dormitorio, sobre un colchón tendido entre dos literas. Dormitaba irregularmente y, cuando se quedaba frita al fin, la pisoteaban en la estampida matinal hacia el baño. Las otras niñas no eran ni simpáticas ni crueles, aunque en cierto modo su indiferencia resultaba aún peor. Como si Kat no fuese sino una más en la larga serie de cuerpos intercambiables que habían ido desfilando bajo aquel techo, en nada distinta a los que la habían precedido y a los que vendrían a reemplazarla. Dormía acurrucada como un cachorro y alisaba la sábana encimera antes del desayuno, como si se hiciera la cama. Advirtió que ponía el máximo empeño en no dejar huella.

Como todos los días, la mayoría de las niñas se fueron al colegio, y Kat disfrutó entonces de la relativa calma que se adueñaba de la casa. Sentada en la sala de estar, se dedicó a observar a la señora Wilder a través del umbral de la cocina, cambiándose de sitio para tenerla a la vista si ella se ponía ante los fogones, o se instalaba ante su pequeño escritorio para revisar las facturas. En un momento dado, la señora Wilder alzó la vista y le dijo: «Cariño, será mejor que busques algo que hacer antes de que se te caigan los ojos de tanto mirar», y la niña deambuló entonces hasta la ventana salediza y, tomando asiento, contempló la calle mientras repasaba las últimas palabras que le había dicho su padre, buscándoles matices y sentidos ocultos.

«Creerás que yo nunca sabré lo maravillosa que habrás llegado a ser.»

Había tantos huecos, tantos espacios en blanco, pero ya era tarde para pedirle a él que los llenara.

«Has de ser fuerte. Está en juego tu vida. Nadie debe saber nada sobre ti.»

Ella se llamaba Katherine Smith, de San Diego. Habían ido varias veces a Legoland y a Mundo Marino, y era capaz de describir el olor de la niebla procedente del océano. Pero hasta ahora nadie se lo había preguntado, ni siquiera la señora Wilder.

«Volveré a buscarte.»

No había nada ambiguo en esa frase, ¿verdad?

Observando los coches que pasaban de vez en cuando, hizo un esfuerzo para recordar si su padre había dicho alguna cosa sobre cuándo volvería. ¿Dos semanas? ¿Dos años? ¿Cuando fuese una adolescente?

Kerry Ann, una niña de tres años, pretendía tatuarle a Kat la rodilla con un palillo de tambor. Ella cogió el palillo, se acercó a un xilofón roto e intentó tocarle la canción de la huerfanita Annie que había practicado hacía siglos con su profesor de piano, pero no acababa de salirle bien y, además, Kerry Ann estaba distraída persiguiendo al gato.

Cuando todo el mundo volvió del colegio, Kat trató de hacerse invisible. Se sentó junto a la ventana salediza mientras las demás niñas correteaban de aquí para allá con sus mochilas, sus cintas para el pelo y sus historias interminables. Le picaba el cuero cabelludo a causa del tratamiento químico, aunque le había sorprendido agradablemente que nadie se burlara de ella cuando la señora Wilder le había aplicado la pringosa loción la primera noche. Todas habían pasado por lo mismo.

Janine advirtió que Kat estaba observando la calle y se detuvo. En cierto modo, era una niña mona de ojos saltones.

—No pierdas el tiempo —dijo.

—Va a venir —contestó Kat—. Me lo prometió.

Janine se empujó con la lengua hacia fuera el labio inferior, y se aplicó una reluciente capa de pintalabios.

—Ya aprenderás —sentenció, y se alejó pavoneándose para unirse al corrillo de chicas que observaban el tarro de pepinillos.

Sus cotorreos se oían desde la ventana, pero Kat apenas las escuchaba.

—Quizás es una mariposa monarca.

—La señora Wilder dice que no es la estación adecuada.

—Ya, como que la señora Wilder lo sabe todo...

—Sabe más que tú.

—Hay montones de clases de mariposas. Además, las monarca son demasiado típicas de Halloween. Espero que sea amarilla, en vez de anaranjada y negra.

—Con tal de que no sea una asquerosa polilla.

Era como si Kat estuviera bajo el agua: las voces de sus compañeras le llegaban amortiguadas y deformadas. Pegó la nariz al cristal. No había nada más que ella, esa calle y una oración silenciosa para que su padre se presentara sonriendo con un coche robado.

Durante la cena hizo todo lo posible para no llorar. Masticó y tragó, obligándose a engullir la comida aunque tuviera la garganta cerrada. Y procuró no mirar a los ojos a las demás, porque sabía que, si lo hacía, se echaría a llorar y entonces se convertiría para siempre en Katherine Smith, «la niña que lloraba a la hora de cenar». Así pues, concentró su mirada en la ramita y el capullo; cuando se levantaron para quitar la mesa (ella se encargaba de los objetos de plata), captó una diminuta pulsación en la superficie de la ramita.

Ese secreto la acompañó durante las tareas de después de cenar y mientras se lavaba los dientes. Cuando ya estaba a punto de acostarse, vio que una de las niñas le había pisado la almohada con los pies sucios. Una mancha oscura justo en medio. Cruzó el pasillo con sigilo. La señora Wilder estaba en la sala con las mayores, mirando una reposición de *Hannah Montana*: Jackson se echaba los cereales en la boca directamente de la caja, y acertaba en un cincuenta por ciento.

—Siento molestar —se disculpó Kat—, pero ¿podría...? Mi almohada está sucia. ¿Podría coger otra?

Varias chicas soltaron una risa tonta. A ella le ardió la cara.

—Cariño —contestó la señora Wilder—, solo tenemos lo que ves.

Volvieron a concentrarse en la tele. Kat se quedó allí plantada, sintiéndose como una idiota.

—¿Algo más? —preguntó la señora Wilder.

—Mmm... ¿Podré ir al colegio?

—Estamos trabajando en ello.

—Yo en tu lugar no me quejaría —comentó Janine—. Al menos sobre el colegio.

Al pasar por la cocina, echó un vistazo al capullo y vio una brecha por donde se había resquebrajado. Volvió a la cama con el corazón palpitante y le dio la vuelta a la almohada para apoyar la cabeza en el lado limpio.

Tendida boca arriba, observó las literas que se alzaban a uno y otro lado. Las pequeñas ya estaban dormidas —Emilia roncaba un poco incluso—, pero ella no podía ni cerrar los ojos. Más tarde oyó que la televisión se apagaba con una especie de chisporroteo, y luego sonaron pasos y crujidos y puertas que se abrían y cerraban; y ya nada más, salvo el zumbido del radiador.

Permaneció tumbada todo el tiempo que pudo, y poco después se levantó en silencio y fue de puntillas a la cocina. El capullo estaba abierto, retorcido en la ramita como una hoja seca, pero no vio a la mariposa por ningún lado. Tardó un buen rato en darse cuenta de que no se trataba de una mariposa, en percatarse de que el bulto de la ramita era en realidad una polilla recién nacida.

Marrón, peluda, totalmente vulgar.

Pensó en la lagartija bebé que había querido criar y que se había olvidado en la camioneta, y recordó que su padre se la había traído por la noche y que el cuerpo del animalillo se escurría rígido y sin vida alrededor de la ramita al agitar el tarro. Sin pensárselo dos veces, se puso el frasco de pepinillos bajo el brazo y salió sin hacer ruido al patio trasero. El aire nocturno le agitaba las mangas y las perneras del pijama, y le ponía la carne de gallina. Pegado a la valla había un coche de policía aparcado, lo cual le dio aún más tranquilidad pese a que no había nadie dentro. En la parte trasera de la parcela, más allá de los juegos infantiles, se alzaba una hilera de árboles pelados. Kat no pudo por menos que pensar en lo exuberantes que eran, en comparación, los que marcaban el límite del patio trasero de su casa.

Pensó en las palabras de su padre: «Volveré a buscarte», pero no logró recordar su expresión cuando las pronunció, y se le ocurrió que dentro de poco ya no recordaría quizá ni su cara; más adelante las palabras se volverían borrosas también (lo que él había dicho y lo que ella creía recordar), y entonces le asaltó la idea horrorosa de que un día ella se convertiría realmente en Katherine Smith de San Diego.

«Va a venir —se dijo—. Me lo prometió.»

Bajó la vista al frasco de pepinillos, ese pequeño secreto que nadie más que ella había visto, y le resonaron en la cabeza las burlas desdeñosas de las chicas: «Con tal de que no sea una asquerosa polilla».

El bicho había desplegado las alas contra el cristal e, incluso a la escasa luz que llegaba de las farolas del otro lado de la calle, distinguió los minúsculos dibujos de su superficie —beis sobre fondo marrón oscuro—, que recordaban una flor taraceada con primorosa maestría.

Pensó en la decepción y las carcajadas que se producirían cuando las chicas se enterasen de que su bella mariposa era un vulgar bicho nocturno, y pasó el pulgar por los resaltes afilados de la tapa, allí donde habían practicado con un destornillador, o con un cuchillo, unos orificios para que respirase.

«Ya aprenderás.»

Con un brusco giro, quitó la tapa y sostuvo el frasco hacia arriba. La mariposa nocturna titubeó en la pared de cristal, pero aleteó y cruzó la boca del frasco. Kat observó cómo volaba torpemente alrededor del árbol más cercano, subiendo, subiendo y perdiéndose contra el negro cielo.

A poco más de seis metros, entre los troncos de los árboles, un puntito anaranjado cobró vida de improviso.

Kat se quedó inmóvil, mirando fijamente el punto de luz, súbitamente consciente del silencio, de su aislamiento, de la voluta gris que se propagó por las sombras del final del patio. Superando los murmullos nocturnos, se produjo una crepitación casi imperceptible de papel ardiendo.

Un cigarrillo.

Ya no lo veía.

Sudando repentinamente, dio medio paso indeciso y, entornando los ojos, escrutó la bruma que había debajo de una rama, pero no se distinguía gran cosa en las sombras alrededor del tronco. Fuera quien fuese quien se agazapara allí, ella había ido a su encuentro sin querer. Su respiración se volvió entrecortada.

La brasa volvió a brillar en la oscuridad, iluminando parte de una cara: el mentón, la mejilla, la sien. El cuello de un uniforme. Un uniforme de policía. Era el hombre del coche. No reconocía aquel rostro, ni sabía qué andaba haciendo en la oscuridad.

«Nadie debe saber nada sobre ti.»

La brasa se extinguió, y la cara regresó a las tinieblas.

Kat dio un paso apresurado hacia la casa; la sandalia se le enganchó en un bulto del asfalto.

—¡Ay! —Se rio nerviosamente, procurando hablar a la ligera—. No lo había visto. He tardado mucho en verlo.

Una voz ronca y tranquila salió de la oscuridad:

—Más de lo que crees.

Estas palabras la inmovilizaron.

—No pasa nada, preciosa. Soy policía. Patrullo por esta zona. Compruebo que todo el mundo esté bien. Tú eres nueva aquí, ¿verdad? ¿Cómo te llamas?

Ella se esforzó para decir:

—Katherine Smith. —Consiguió esbozar una sonrisa educada y retrocedió un paso y luego otro.

—Venga, una bonita sonrisa. —El flash de una cámara la cegó.

Dio media vuelta y salió disparada hacia la casa. El hecho de correr avivó su terror. Corrió a ciegas, desenfrenadamente, palpitántole los tobillos y ardiéndole el pecho. La casa quedaba a quince metros, pero parecía que estuviera a un kilómetro. Al llegar a la puerta trasera, se detuvo jadeando y se arriesgó a echar una mirada atrás. En el patio reinaba la quietud.

Un instante después se oyó el motor del coche de policía junto a la acera. Al arrancar, los faros ametrallaron la valla y arrojaron una franja de luz entrecortada en el espacio, ahora vacío, entre los troncos de los árboles.

Capítulo 56

Primero, puras sensaciones: palpitaciones de cabeza, tan llena de sangre que parecía que fuera a explotarle; polvo en la lengua; un pedazo de plástico acolchado sobre la cara, que le estrujaba las facciones hacia un lado; un olor putrefacto que se le metía en la boca a cada jadeante inspiración…

Después, sonidos amortiguados como si pasaran por un filtro: un chapoteo de agua; un arrastrar de pies calzados con botas; la voz de William: «Conozco bien la técnica. He vuelto a mirar esa investigación del Senado. ¿Por qué? ¿Tú qué prefieres?».

Y Dodge que responde:

—Los dedos.

—¿Nudillo a nudillo, como en *La brigada de Sharky*? No; deberíamos probar este sistema. A fin de cuentas, ha sido perfeccionado por el ejército, ¿no?

Nada de todo ello parecía relacionado con Mike. Era como si estuviera escuchando una radionovela antigua: personajes ficticios discutiendo desenlaces ficticios. Separó los párpados haciendo un esfuerzo. El movimiento, por minúsculo que fuera, le provocó unos pinchazos de dolor que le irradiaron por toda la cabeza. Pero por fin: la visión. Era como volver a nacer, como adquirir los sentidos uno por uno.

La habitación rotó sobre su eje un rato y, lentamente, descubrió que estaba boca arriba sobre una pendiente; la cabeza en la parte baja y vuelta de lado. Necesitó unos minutos más para que sus ojos se adaptaran a la penumbra y enfocaran con nitidez una mancha blancuzca situada a metro y medio, que lo miraba fijamente. Era la cara de Hank, palidecida tirando a un tono céreog risáceo; tenía los labios cárdenos y veteados, fruncidos como para dar un último beso.

El nombre de su hija resonó en su interior: «Kat. He de borrarme de la memoria el recuerdo de su paradero. Así, hagan lo que hagan conmigo, no tendré nada que contárselo».

Al moverse, sintió una llamarada que le recorría el pecho y los brazos. Sus manos atadas eran como un nudo en la cintura; la cabeza le aullaba de dolor. Torció las muñecas y percibió, sumido en el estupor de su entumecida mente, que las ligaduras que le rozaban la carne viva tenían el tacto de un tejido. Al parecer, se hallaba colocado en un ángulo de cuarenta y cinco grados, pues se veía las rodillas por encima. Le quemaban los muslos y las pantorrillas, y tenía los pies metidos en algún tipo de artilugio. Gradualmente, cayó en la cuenta de que estaba sobre un banco inclinado de abdominales.

Las voces seguían sonando en un tranquilo ronroneo. Dodge y William... ¿Estaban detrás de él?

Con gran esfuerzo, giró la cabeza, recorriendo con la vista el oscuro techo, y miró en la otra dirección. Se encontraba en un espacioso sótano rectangular de hormigón, y la única luz entraba por la puerta abierta en lo alto de unos gastados escalones de madera. Entre él y la escalera, solo visible en parte —el hombro, la mejilla y la frente— estaba Dodge. Parpadeó varias veces. El sótano se volvió más nítido, y la figura de William se destacó en la oscuridad junto al gigantón. Estaban muy juntos, deliberando. La mirada de Mike se detuvo en un recuadro de arpillera extendido en el suelo, en el que había varias herramientas dispuestas ordenadamente, como el instrumental de un cirujano. Un poco más lejos de la arpillera había un enorme y anticuado barreño de madera. El agua que lo llenaba hasta el borde tenía un aspecto oscuro e intimidante.

Las motas de polvo oscilaban en la franja de luz que descendía de la puerta abierta.

—¡Ah, ya ha despertado! —William se acercó, avanzando a sacudidas, con una jarra vacía de plástico en cada mano.

Mike volvió la cara del otro lado, el único movimiento que podía realizar, lo que lo situó de nuevo cara a cara con Hank. El cuello del cadáver guardaba una extraña posición con respecto al resto del cuerpo, cuya parte inferior se hallaba cubierta con una lona plástica. Un pie asomaba por debajo, sin embargo; el raído calcetín negro resultaba incongruente en aquel contexto, mientras que la franja de piel exfoliada del tobillo subrayaba el horror del cuadro, enfatizando la fragilidad de esta vida, de cualquier vida, la cual, pese a todos los empeños y los planes mejor trazados, podía acabar en un sótano sin ventanas, medio embutida en una lona plástica.

Junto al cuerpo había otra lona, que, dedujo, estaba reservada para él.

Cuando giró de nuevo la cabeza, Dodge se le había aproximado y estaba enrollándose alrededor de la mano un pedazo de felpa del tamaño de una toalla de gimnasio. Llevaba la camisa abierta, recogida hacia atrás, dejando a la vista una camiseta sin mangas casi transparente de tan gastada. William se agachó y, soltando un ligero gemido de dolor, se dispuso a llenar las jarras con el agua del barreño. Las burbujas producían un leve gorgoteo de cómic: ¡glu, glu, glu!

—Está bien —dijo Mike, todavía tratando de captar lo que estaba ocurriendo—. De acuerdo.

William se irguió con una jarra chorreante en cada mano. Al mirar las dos caras que se cernían sobre él (los ojillos hundidos y brillantes de Dodge engastados en un cráneo cuadrado, y William, de figura escorada hacia la izquierda, barba rala y labios fruncidos), Mike sintió que algo se le abría en las entrañas, derramando una oleada de calor.

—Le oí hablar de usted a mi tío Len hace años —dijo William—. Sí: usted era el único que había quedado vivo. «El Trabajo.» Pero el Gran Jefe lo dejó correr. Abandonó las pesquisas. Abandonó la búsqueda y no se preocupó más. Se imaginó que fuera cual fuese la vida que llevara, nunca llegaría a reconstruir la historia. Pero entonces su compinche Two-Hawks le dio una patada al avispero y encontró su nombre en ese informe genealógico. El Gran Jefe se enteró y bueno, adivínelo…, usted volvió a entrar en juego.

Se acercó y dejó una de las jarras.

—Aquí tiene unas imágenes de Ted Rogers, el tipo que se encargó de robar la información para Two-Hawks. —Sacó unas fotos del bolsillo trasero y se las mostró: la carne fofa y rosada de un hombre de mediana edad en diversas posiciones forzadas. Desplegó varias instantáneas tomadas entre esas mismas paredes antes de que Mike volviera la cabeza, víctima de un acceso de arcadas. Después se agachó a su lado, echándole el aliento—. Mi tío se trabajó a fondo a su padre. Y lo que su padre sufrió…, bueno, hace que esto —agitó las fotos— parezcan solo cosquillas. Pero, pensándolo bien, no sé qué hago hablando tanto cuando puedo enseñárselo en vivo.

El horror apareció como una hoja dentada que se abriera paso entre la niebla de la conmoción.

—Venga, adelante —ordenó William en voz baja, y Dodge se inclinó sobre el prisionero y depositó la pequeña toalla sobre su rostro.

Mike inspiró instintivamente, y la toalla se le adhirió a la boca. Notó que William se le aproximaba todavía más y que el tejido se volvía húmedo y pesado. El agua le subió hasta la nariz; primero solo un chorro, pero enseguida empapó la toalla, bloqueando el oxígeno. El efecto fue instantáneo, aplastante. Mike chilló y aulló, moviendo con energía la cabeza, pero la toalla se le había pegado a la piel como una película de plástico. Los pulmones y la garganta se le contraían en inútiles espasmos. Cuando ya creía que iba a desmayarse, le retiraron la toalla y comenzó a jadear y a dar arcadas. Dodge lo miraba desde arriba sujetando la toalla, que goteaba abundantemente en el suelo.

Los hombros le crujieron a la altura de la articulación, y entonces advirtió que se había incorporado hasta sentarse y que estaba gritando. Desenroscó el respaldo, con una pierna enredada en la abrazadera, y el banco se alzó sobre dos patas y volvió a caer con un golpeteo de cascos de caballo. Mike chocó en el suelo con un hombro y se quedó allí, exhausto, con la visión nublada por el dolor.

Dodge se agachó y lo levantó con la misma facilidad que si fuera la bolsa de la compra. Lo tumbó de nuevo en el banco, manipulándole las piernas y el torso con firmeza y eficacia. Parecía totalmente absorto en su tarea. Bien podría haber estado enhebrando una aguja o atándose los cordones de los zapatos. Cuando le colocó los pies bajo las abrazaderas, Mike se dobló tratando de incorporarse de nuevo, pero el gigantón le puso un pulgar en el pecho y lo obligó a tumbarse en el respaldo inclinado. Se le subió la sangre a la cabeza y jadeó ante aquella presión.

Dodge terminó de fijarle los pies y apartó el pulgar. Mike boqueó para tomar aire, sintiendo las costillas doloridas.

—Usted posee una información que no quiere darnos, ¿cierto? —dijo William—. Así que nosotros hemos de sacársela. No va a ser fácil. Ni para usted ni para nosotros. Es sencillamente un mal trago que hemos de pasar juntos.

Mike emitió un ruido confuso.

Los ojos de William oscilaban de un lado para otro, como si su mirada flaqueara, aunque no era así.

—¿Dónde está Katherine?

Mike respondió:

—No sé dónde está…

William hincó una rodilla junto al barreño, haciendo una mueca. ¡Glu, glu, glu! El sonido del segundo asalto.

Todo había concluido, Mike lo sabía. Iba a morir. Solo tenía que ingeniárselas para conseguir que lo mataran antes de que se agotara su resistencia. Se imaginó a Kat allí donde la había dejado, sentada en aquel banquito de la casa de acogida, con los cordones de los zapatos rozando el suelo. «Por favor, papi.»

—Sabemos que usted quería dejarla a salvo —prosiguió William—. Escondida en alguna parte. Pero el Gran Jefe, ¿sabe?, necesita borrarlos a usted y a ella del mapa.

—Shep le sacó esta dirección a Graham —le espetó Mike—. Si no me pongo en contacto con él, avisará a la policía y vendrá aquí.

Burrell meneó la cabeza con decepción. Asintió levemente, y la toalla cayó de nuevo sobre Mike como una bofetada. Su despavorida inspiración le pegó el tejido a la boca y a las narinas, y poco después el lento flujo de agua le invadió toda la cara y lo hundió en un silencio espasmódico. Le quemaban los muslos contra las abrazaderas, pero, cuando intentó incorporarse, Dodge le apoyó otra vez el pulgar en el pecho y lo obligó a tumbarse de nuevo. Sentía una angustia llameante. El tejido se le pegaba como las ventosas de una criatura marina, filtrando una corriente constante de líquido que le atascaba la garganta.

Al fin volvió a aspirar oxígeno y sintió luz en la cara. Los párpados le temblaron cuando William se inclinó sobre él, echándole su agrio aliento.

—¡Uf, uf, ya lo sé, amigo! Lo siento. Ya lo sé. —Lo observó atentamente con una blanda expresión de empatía—. Pero, verá, yo soy un experto en este terreno. He llevado a un montón de tipos al límite. Ya he pasado esta situación. Y usted no. Así que ya me sé las historias que cuentan, las mentiras que se inventan. Hay una pauta, ¿entiende? Las respuestas falsas, el dinero que te prometen, el amigo que va a avisar a la policía...

—Está bien —jadeó Mike—. He mentido sobre Shep.

—¿Dónde está Katherine?

—No lo sé..., no lo sé.

William alzó una jarra llena.

—¿Listo para el próximo asalto?

—No —gritó Mike—. No, no, no.

Pero llegó igualmente. La afluencia regular de agua subiéndole por la nariz, los ahogos, los espasmos, la ceguera y las sacudidas frenéticas de cabeza: un infierno de fuego y azufre traído del pasado, de alguna lejana era de barbarie. En algún momento entre los gritos inaudibles y la sensación de desmayo, su capacidad para distanciarse, cultivada desde las brumas de la infancia, entró en juego.

Salió de sí mismo y observó la mecánica del proceso. Se volvió insensible. Él no era más que una serie de piezas de carne y hueso. Era una roca. Sin pensamiento. Sin sensaciones.

Cuando Dodge intentó retirar la toalla, Mike clavó los dientes en el tejido y lo desgarró un poco. William se echó a reír. «¿Lo está mordiendo?» Y entonces Dodge le dio con el puño en la frente y le arrancó la toalla de las fauces.

—Peleón, ¿eh? —exclamó William.

Mike escupió y babeó. Debido a la inclinación, el líquido le corría por las mejillas, sobre los ojos, por el pelo, y caía goteando en el suelo de hormigón.

—¿Dónde está su hija? —preguntó William.

—No tengo ninguna hija —replicó Mike. Algo en su voz hizo que Burrell retrocediera estupefacto, quizás un tanto impresionado.

Dodge frunció el entrecejo, impaciente, y William meció la cabeza, como falto de aliento. Un hedor asqueroso asaltó a

Mike. Pensó por un momento que se había cagado encima. Pero luego comprendió que era la putrefacción del cuerpo de Hank, acelerada en el estancado aire del sótano.

Volvieron a la carga una vez más. Y otra. Mike habría deseado morir, pero ese era el truco: llevarlo a un punto en el cual habría suplicado que le pegasen un tiro y mantenerlo ahí un tiempo. Y luego devolverlo a la vida. Y así sucesivamente.

Cuando volvió en sí tras la siguiente vez, seguía respirando, y ellos permanecían uno al lado del otro, de brazos cruzados: William con una expresión frustrada que habría resultado gratificante en otras circunstancias. La pequeña toalla colgaba como una bayeta de la mano de Dodge, y Mike observó complacido que estaba desgarrada en varios puntos; debía de haberla mordido unas cuantas veces más. El olor del cadáver de Hank se había intensificado, mezclado en aquella atmósfera cerrada con el hedor del miedo y el sudor. Reclinado casi cabeza abajo en el banco de ejercicios, Mike sacaba agua por la boca y la nariz; le ardía la garganta y notaba un dolor constante en el pecho. Los brazos amarrados a la espalda los sentía tan entumecidos como dos postes de madera.

Dodge se puso dos cigarrillos, uno junto a otro, entre los labios, sacó un mechero barato de plástico del bolsillo de la camisa y los encendió, ladeando la cabeza y protegiendo la llama con la mano por pura costumbre. Le pasó un pitillo a su colega, que le dio una larga calada con los ojos cerrados.

—Huele de puta mierda aquí. —William se limpió el sudor de la frente—. Antes de iniciar la siguiente práctica, deberíamos hablar con el Gran Jefe. —Le temblaba la pierna izquierda—. Voy a buscar el teléfono.

Subió trabajosamente la escalera y regresó al cabo de unos minutos. Sus andares se habían resentido a causa del esfuerzo de subir y bajar arrastrando un pie. Llegó junto a Mike, se acuclilló y le puso el teléfono junto a la oreja.

La meliflua voz de Brian McAvoy:

—Está en una casa de acogida, ¿verdad?

Mike dijo:

—¿Quién? —La sílaba le arañó la garganta como una garra.

McAvoy se rio y le contestó:

—Con el dinero que hay en juego, revisaremos hasta el último centro de acogida del estado. Y luego pasaremos a otro estado. Y a otro.

—¿Así que todo esto —musitó Mike— es por dinero?

—¿Cree que solo soy un casino? —dijo McAvoy—. Soy una nación. He construido algo donde antes no había nada. Mi hija grabó sus iniciales en el primer peldaño cuando pusimos los cimientos. Ya sé que usted cree que su vida y la vida de su hija son muy importantes. Pero ¿qué más dan los daños colaterales cuando se trata de construir una nación? No hay remedio. No es culpa mía, ni tampoco suya. Ni de Katherine. Así que manejemos esto como hombres, como hombres capaces de decidir. He aquí mi propuesta: díganos dónde está la niña y lo haremos de un modo humano. Para usted, ahora. Y lo que es más importante, para ella.

Mike respiraba superficialmente sobre el auricular.

—No —respondió.

—La encontraremos de todas maneras. Así le ahorrará una existencia miserable y atemorizada entre ahora y entonces.

—No.

—¿Cuál es su plan, pues? —inquirió McAvoy—. ¿Piensa imponerse a mis dos muchachos?

—Sí.

—¿Acabar con ellos a base de fuerza de voluntad?

—Exacto.

Una carcajada. McAvoy quería que sonara despectiva, pero había en ella algo de sorpresa.

—¿Y después?

Mike dijo:

—Eres el siguiente.

Hubo un largo silencio.

—Dígale a William que quiero hablar con él.

Mike volvió la cabeza.

—Quiere… hablar… con usted.

Burrell se irguió mientras hablaba por teléfono, colgándole el cigarrillo entre los labios.

—¡Ajá! ¡Ajá, ajá!

Cerró el móvil y se lo lanzó a Dodge, quien se lo guardó en el bolsillo de una pernera de sus pantalones estilo cargo. Algo se transmitieron el uno al otro con la mirada, porque el gigantón se agachó, cogió el martillo de bola del recuadro de arpillera y se dio un golpecito con él en su enorme palma.

—¿Por qué no te deshaces primero de nuestro amigo? Me lloran los ojos con este pestazo.

Dodge se acercó arrastrando los pies, le dio varias vueltas al cuerpo de Hank, envolviéndolo en la lona plástica, y se lo echó al hombro. La mirada de Mike se detuvo en la otra lona que pronto lo envolvería a él.

—Dame esa toalla andrajosa —pidió William.

Dodge se la lanzó, y William se la extendió a la altura del rostro, de manera que sus ojitos y su rala barba se veían por los agujeros. Echó una bocanada de humo a través de la tela.

—Esto ya no nos sirve.

Dodge se bajó del hombro el cuerpo de Hank y lo arrojó al suelo; la vibración del impacto llegó hasta el banco de ejercicios. Se quitó la camisa, la hundió un momento en el barreño de agua y, al retroceder para recoger el cadáver, exhibiendo la musculatura de bíceps y hombros, pues iba en camiseta, lanzó la empapada camisa a la cara de Mike.

Oscuridad. Mike había conseguido inspirar antes de que la tela le diera en el rostro y forcejeó frenéticamente con la boca y la lengua, desplazando la camisa. Le costaba respirar, pero sin el flujo continuado de agua era capaz de inspirar algo de aire.

La voz de William descendió sobre él:

—Me pregunto si, cuando terminemos con usted, verá a mi hermano. Si lo ve, dígale que me perdone, que debería haber cuidado mejor de él, tal como él cuidó de mí. Dígale también que somos nosotros los que lo hemos enviado.

Mike oyó gemir la escalera bajo las torpes pisadas de Dodge mientras el hombre subía cargando el cadáver. Escuchó el crujido de las rodillas de William, y luego, el glu, glu, glu de las jarras al llenarse. Desde arriba, le llegó el timbre amortiguado de un teléfono y el chirrido de un fax. Unos momentos después sonó la voz de Dodge en lo alto, —«¡Mira!»—, y el impacto de algo ligero en el suelo del sótano. Un ruido de papel estrujado. Enseguida William soltó una chillona carcajada.

—¡Vaya! —exclamó—. Mira lo que tenemos aquí. Está

bien. Ve a ocuparte del cuerpo. Yo le contaré a nuestro amigo las últimas noticias y después nos pondremos manos a la obra.

Sonaron unos pasos arriba y el golpe de una puerta mosquitera. Mike seguía forcejeando con la camisa. Sujetó la tela con los dientes, sopló con fuerza y logró absorber unas gotas de aire en torno a los labios. Continuó desplazando la camisa sobre su rostro. Ya casi lo había conseguido.

Sonó una voz cantarina:

—Tengo algo que enseñarle. —Otra risotada—. Por lo visto, uno de los policías que me debían un favor lo ha conseguido. Ha encontrado a una niña en una casa de acogida. Y ha sido lo bastante eficiente como para mandarme una foto por fax para solicitar nuestra confirmación. Antes de que..., ya me entiende, ensillemos y hagamos todo el camino hasta... Arizona.

Una oleada de calor se difundió por el pecho y los miembros de Mike. Un dolor punzante, impregnado de rabia. Las imágenes titilaron en la oscuridad: Dodge y William se acercaban en su camioneta, se llevaban a Kat del campo de juegos; el pequeño cuerpo infantil se resistía y se retorcía de pánico.

Volvió a concentrarse en la camisa mojada. Unas gotas cayeron sobre la tela, aumentándole la presión sobre la nariz, y se convirtieron en un fino chorro. William estaba jugando con él, rociándolo de agua.

—¿Quiere verla?

Mike sintió que se alzaba el peso que tenía sobre la cara. Le aguardaba una sonrisa retorcida en torno a un cigarrillo.

—¡Tachán!

Atisbó el fax arrugado que el tipo tenía en la mano: una fotografía de Kat en el patio trasero de la casa de acogida. Había sido tomada de noche, con flash, y la pequeña aparecía retrocediendo, aterrorizada, mostrando una tez blanquecina y enfermiza.

Respiró por la nariz, dilatando las narinas. Tenía la boca llena de un líquido ácido que le quemaba la lengua.

Con el sinuoso humo del cigarrillo junto a su rostro, William bajó la vista al objeto que se había desprendido de la camisa mojada y que rodaba ya tintineando por el suelo de hormigón:

Un mechero barato de plástico.

Reventado a mordiscos.

La brasa del cigarrillo se iluminó como consecuencia de una inspiración sobresaltada, y el tipejo alzó los ojos justo cuando Mike se incorporaba con un esfuerzo atroz y le escupía el líquido del mechero en plena cara.

El cigarrillo estalló como una bengala, y las brasas salieron disparadas a los ojos y la barba de William. Se le encendió todo un lado de la cara, y se produjo un chisporroteo de pelos abrasados y un hedor nauseabundo. Soltó un grito, un agudo chillido femenino, y corrió a tientas hacia el barreño mientras el fax aleteaba en llamas a su espalda.

Mike forcejeó para seguir incorporado y, en cuanto William hundió la cabeza en el barreño, volcó el banco y aterrizó a plomo sobre los hombros del tipo, ahora con el banco encima, pues se le había enganchado una pantorrilla en las abrazaderas.

William luchó y corcoveó mientras Mike intentaba volcar todo su peso sobre él y mantenerle la cabeza sumergida. Pero sin la ayuda de los brazos, solo consiguió inmovilizarlo un rato, hasta que se le escurrió por debajo y se desmoronó boca arriba, escupiendo y soltando gemidos. Mike se revolvió también, clavándose en el costado el borde del barreño, y rodó hacia el recuadro de arpillera. Clavándosele en las muñecas las ligaduras de tela, tanteó las herramientas que había a su espalda y buscó entre los mangos de goma y las cabezas metálicas. William se retorcía en el suelo, agarrándose los ojos, pataleando. Algo le pinchó a Mike los dedos. Volvió a cogerlo y sujetó la hoja pese a que le rajó la yema del pulgar. Tratando de sobreponerse al hormigueo de las manos, le dio la vuelta al cuchillo y empezó a segar las ligaduras. Dirigió la despavorida mirada hacia William y hacia la puerta abierta en lo alto de la escalera.

Silenciosamente, Burrell se incorporó hasta sentarse. Tenía un ojo abierto. Su boca entornada ofrecía el aspecto de un corte practicado en una masa de carne roja y pelos retorcidos, carbonizados. Se puso de pie trabajosamente y se acercó tambaleante a Mike, que se balanceaba para contribuir al movimiento de la hoja. Los hombros le dolían a rabiar y las manos se le acalambraban y apenas le respondían. Ya tenía a aquel individuo prácticamente encima. No le daría tiempo de cortar las ligaduras, así que rodó a un lado, dobló las piernas y trató de pasar las manos por debajo para colocárselas delante. Las ligaduras se le engancharon en las suelas de los zapatos. Tiró con más fuerza hasta que las manos pasaron por fin. Apenas pudo ponerse de pie antes de que William le lanzara un puñetazo. Esquivó el golpe, agarró la parte trasera de la camisa de Burrell con las dos manos ligadas y se la pasó por encima de la cabeza para inmovilizarle los brazos, un viejo truco del colegio. Juntando los puños, los descargó brutalmente en la cara de William. Un charco de sangre se derramó en el suelo, y el hombre cayó a cuatro patas sobre la lona. Mike tiró de las ligaduras con todas sus fuerzas, y la tela cedió con un desgarrón justo cuando el individuo se levantaba y le clavaba un cuchillo en el costado.

El movimiento fue silencioso, fluido, pura presión desprovista de dolor, como un tiburón cortando el agua con la aleta.

Y entonces William tiró del cuchillo.

La sensación fue electrizante: Mike se arqueó como un pez en el anzuelo, mientras una corriente de dolor le subía por el lado izquierdo con tan ardiente intensidad que pensó por un instante que le había alcanzado una llamarada.

Retrocedió un paso, tambaleante, y luego otro. William lo siguió, con el cuchillo bajo. Los mechones de barba chamuscada en torno a los labios le aleteaban debido a su agitada respiración. Lanzó una cuchillada. Mike se echó atrás, y la descarga electrizante le recorrió otra vez el costado y le arrancó un grito. Se quitó el cinturón y se enrolló el extremo de cuero en un puño. Burrell embistió de nuevo. Mike esquivó el golpe y le dio un latigazo con la hebilla, acertándole en la mandíbula. William, casi noqueado, trastabilló hacia delante demasiado deprisa para su pierna izquierda y cayó sobre una rodilla. Mike volvió a pasar el extremo del cinturón por la hebilla y, formando un lazo, se lo echó al cuello a su contrincante. Tirando de la improvisada correa, lo arrastró hacia la lona por el suelo. El tipo se debatía, ahogándose y dando gritos. Su resistencia, sin embargo, unida al dolor desgarrador que Mike sentía en el costado, hizo que este cayera de rodillas antes de llegar a la lona. William se llevó las manos a la garganta y aflojó el cinturón. Cuando ya se volvía para abalanzarse sobre él, Mike asió la primera herramienta que encontró a mano —un destornillador de cabeza plana—, se lo clavó en un lado de la rodilla izquierda y le trituró el endeble hueso. El hombre aulló, hinchándosele totalmente las venas del cuello, y se retorció en el suelo entre toses y sollozos.

Aunque le costó unos minutos, Mike logró levantarse. Pisando a Burrell, caminó hacia la escalera. El codo le rozaba la herida, y la sangre le resbalaba por un lado de la pierna. Dejó una huella escarlata en el primer peldaño. Cuando apenas hubo subido unos cuantos escalones más, estuvo a punto de desmayarse. Se apoyó con los nudillos ensangrentados en la pared para mantener el equilibrio y se sentó.

Durante un minuto se sumió en un desvarío. Su mente regresó a Shady Lane. Charles Dubronski acechaba en la oscuridad —esa cabeza cuadrada de matón, ese cuello de toro—, pero esta vez no le dirigía su sonrisa lasciva a Shep, sino a él, a Mike: «Quédate en el suelo, enano. En el suelo, he dicho».

Sin saber cómo se encontró en lo alto de la escalera, entró dando tumbos en una ruinosa cocina y se llevó una sorpresa al ver la luz del día a través de las polvorientas ventanas. Un olor grasiento le atoró la garganta. Por todas partes había fruta podrida, ollas sucias, frascos de pastillas, muchísimos frascos de pastillas. Pero ni rastro de Dodge. La casa, al parecer vacía, olía a vieja solitaria: un empapelado floral desconchado aquí y allá, fotos antiguas en marcos de porcelana rosa, un ramillete de flores artificiales con el lazo de guinga cubierto de polvo... Al tambalearse junto a la mesa, esparció varias hojas por el aire y derribó una pila de periódicos viejos. Su Batmóvil estaba en la mesa, destripado; obviamente, en vista de cómo lo habían interrogado, no habían conseguido sacar del aparato ninguno de los datos que buscaban. Giró con dificultad la cabeza a uno y otro lado por si veía otro teléfono. El cargador del enchufe estaba vacío. Recordó que Dodge se había guardado el móvil en el bolsillo. Jadeando, se apoyó en la encimera y vio justo delante de sus narices un fax colocado encima de un microondas hecho polvo.

El aparato no disponía de función telefónica, pero en el papel que había en el alimentador figuraba su propio número de seguridad social y otro de aquellos códigos absurdos: «FST14U». Cogió la hoja, manchándola de sangre con los dedos. Había otra debajo, también aguardando para ser enviada por fax, en la que figuraba otro número de seguridad social —seguramente el de Hank—, y el código: «6D8BUG». En la medida en que aún podía pensar, se dijo: «Así que es esto».

Los gemidos de William ascendían desde el sótano, pero era totalmente imposible que el tipo pudiera subir la escalera y salir. Al darse la vuelta para marcharse, distinguió entre el barullo de papeles de la mesa el gran sobre gris que Two-Hawks le había dado. Habían sacado el contenido a medias, y se veía el fajo de fotocopias del libro de contabilidad. Se dijo que debía recogerlo; obedeció medio minuto más tarde. Avanzó tambaleándose por las corroídas baldosas del vestíbulo y salió a la vívida luz del día. Mientras el viento de la cumbre de la colina le rugía en los oídos, se encontró ante un inmenso patio cubierto de hierbajos y, al otro lado de la colina, descubrió un desguace de automóviles desde donde llegaba un martilleo de herrería que superaba un zumbido de maquinaria.

Perdió pie en los escalones del porche y tuvo que abrazarse a la barandilla, pensando angustiado que se le iban a derramar los intestinos por aquella tierra de color herrumbroso. Pero luego se sorprendió avanzando con cautela, como si caminara sobre la cuerda floja, hacia la verja abierta del cementerio de coches. Todavía le ardían la garganta y la nariz, y una humedad salada le escocía en las abrasiones de la piel. Escupió una mezcla de sangre y de combustible de encendedor. El peso del sobre en su mano izquierda le recordaba, a cada paso, la cuchillada que tenía en el costado.

El camino parecía interminable y el viento arreciaba con un silbido marítimo. Aparecieron en el cielo unas manchas moradas. El destello deslumbrante del sol se convirtió en una estrella de cinco puntas. El martilleo proseguía —metal contra metal— y, al aumentar de volumen el ronroneo mecánico, Mike lo identificó como un motor diésel de algún tipo.

Entró en el desguace. El olor a óxido impregnaba el aire. Siguió el clanc, clanc, clanc a través de dos hileras de coches prensados que sobrepasaban la valla, y llegó a un claro. Tenía un brazo entumecido y las piernas le temblaban.

Una gigantesca grúa electromagnética se alzaba al fondo, balanceándose todavía el enorme imán circular del brazo articulado, como si acabaran de utilizarlo. La cabina, sin embargo, estaba vacía y la puerta abierta. Un desvencijado y herrumbroso coche familiar aguardaba bajo la grúa, como una hormiga bajo una bota levantada; su anticuada matrícula negra y amarilla apenas se sostenía ya: FST14U, el código que se emparejaba con el número de seguridad social de Mike en el fax de la cocina. Mirando la matrícula, se hundió en un estupor. El calor ascendía de la tierra a través de las suelas de sus zapatos. Un nuevo martilleo, no obstante, lo arrancó de su trance.

Se orientó siguiendo el sonido, que salía de una antiquísima trituradora de coches de carga superior: una mezcla de contenedor gigante y una trampa para osos. Un grueso cable discurría por el suelo conectando las dos máquinas, de modo que un solo hombre podía manejar el desguace por su cuenta, controlando la trituradora desde la cabina de la grúa. Los poderosos hombros de Dodge se atisbaban encorvados en el interior de la trituradora. Estaba dando golpes con su martillo de bola para arrancar un pedazo de metal de las fauces metálicas.

Mike se quedó inmóvil a poco más de veinte metros. Con el ronroneo de la grúa, no obstante, y el estrépito de los martillazos, Dodge no se enteraba de nada. Dejó de dar golpes, claramente satisfecho con sus progresos, y, agachándose, desapareció bajo la elevada pared de la máquina trituradora. Emergió otra vez al cabo de unos momentos, llevando doblado sobre un hombro el cuerpo envuelto de Hank. Reajustó el cadáver y dejó que se deslizara y cayera. Luego se quedó con las manos en jarras, recuperando el aliento y observando su obra.

Mike lanzó el sobre gris por la ventanilla trasera del coche familiar para dejarlo en un lugar seguro. Las hojas cayeron del sobre y se desparramaron por el asiento trasero. Rodeó el vehículo por detrás, cruzó las erosionadas roderas del suelo y renqueó hacia la grúa sin que Dodge lo advirtiera. Notaba que tenía el flanco caliente, muy caliente, y su zapato izquierdo chapoteaba a cada paso. Hizo un esfuerzo para no gritar al encaramarse a la alta cabina, pues la herida se le abrió todavía un poco más. La camisa, apelmazada en el costado, le molestaba y le pesaba. El retumbo de la cabina era una verdadera tortura.

Desde esa posición elevada, veía la trituradora a sus pies y pudo reconstruir lo ocurrido: con la grúa, Dodge había izado el coche —un Bug del 68, tal como proclamaba la matrícula—, y lo había introducido en la trituradora; la máquina, sin embargo, se había atascado, ladeando el vehículo y empujando la mitad del cadáver fuera de la ventanilla destrozada. El hombretón había subido a la trituradora para desenganchar la carrocería y meter otra vez el cuerpo en el interior del vehículo.

Mike alargó la mano hacia los mandos y alzó la tapa transparente que cubría el gran botón rojo. Abajo, Dodge se dio la vuelta, metido hasta la cintura en el enorme contenedor de la máquina y con las piernas hundidas en la maraña de hierro medio prensada del guardabarros. Los ojos de ambos se encontraron a una distancia de veinte metros de aire polvoriento.

Mike pulsó el botón.

Los cilindros hidráulicos cobraron vida con un zumbido y el armatoste empezó a cerrarse. Como un animal zopenco, Dodge se movió torpemente, aunque sin pánico, hacia el borde del contenedor, tratando de trepar fuera. Pero, de pronto, se puso rígido y quedó claro que la masa de metal lo había atrapado. Clavando en Mike su inexpresiva mirada, comenzó a descender sin quejas ni gemidos y fue desapareciendo hasta que no quedó más que una mano a la vista, alzada como buscando un salvavidas. Solo tembló una vez; luego se hundió en el amasijo de metal.

Apretándose con la mano la herida del flanco, Mike se desplomó sobre los mandos. Se le nublaba la visión. Pensó en lo agradable que sería echarse a dormir; sus parpadeos se fueron espaciando.

Un ligero movimiento se filtró entre la neblina llena de puntitos blancos y negros que tenía ante los ojos. Pestañeó varias veces y aguzó la vista a través de la ventanilla de la cabina.

William.

La pierna izquierda le colgaba inerte detrás de él, todavía con el destornillador clavado en un lado de la rodilla mala, pero el hombre se arrastraba con los antebrazos, a sacudidas, como en una espantosa película de animación fotograma a fotograma. Tenía el rostro arañado, y la boca y la nariz cubiertas de tierra.

Mike lo observó con incredulidad durante, quizá, medio minuto. El hombre avanzó a rastras, dando polvorientas brazadas, dejó atrás las filas de coches triturados y llegó al claro. Se detenía de vez en cuando para recobrar el aliento, oscilándole la cabeza en la yunta de los hombros.

Mike extendió las crispadas manos hacia la consola, tanteando los mandos de dirección, la palanca de control, los pulsadores... Habiendo trabajado tanto con maquinaria de construcción, los mandos le resultaron familiares. El elevador magnético circular colgaba en lo alto, ante sus ojos, a unos doce metros del suelo. Pulsó la palanca de control, y el brazo de la grúa se desplazó zumbando hacia la trituradora, balanceándose el elevador en el extremo del gigantesco cable.

Probó tres botones antes de encontrar el servomotor. La grúa entera vibró a causa de la tremenda carga eléctrica, mientras el generador disparaba la corriente hasta el elevador magnético. Antes de bajar el brazo de la grúa, giró la palanca a la izquierda un poco más, calculando por exceso, como si fuera a quedarse corto, para compensar la sesgada perspectiva de la cabina, un truco que había aprendido a base de manejar excavadoras y palas cargadoras hidráulicas. El gigantesco imán cayó con estrépito sobre el techo del Volkswagen Bug aplastado. Mike alzó de la boca de la trituradora la pulcra bala de metal y carne humana y la balanceó sobre el claro.

William se detuvo para mirar qué ocurría y enfocó la despellejada cara hacia el sol matutino.

Al ver la sombra rectangular que caía justo sobre él, se puso a dar manotazos en la tierra para acelerar su avance, pero era como si los brazos se le hubieran quedado sin fuerzas.

Mike echó atrás la palanca y alzó el coche compactado hacia las nubes. Veinte metros, veinticuatro... Siguió subiéndolo hasta que solo vio la parte inferior del vehículo, las ruedas aplastadas y encajadas en la carrocería.

William permanecía inmóvil, jadeante, mirándolo con odio a través de una maraña de pelo lacio.

Un instante de calma total se prolongó interminablemente.

Entonces Mike pulsó el botón y cortó la alimentación eléctrica del imán. El coche se desprendió del brazo de la grúa sin el menor ruido y se precipitó al vacío en completo silencio. William soltó un grito semejante a un ladrido y tuvo el tiempo justo para cubrirse la cabeza con los brazos.

Se desató una enorme polvareda, como tras el estallido de

una bomba. La nube se elevó hasta la mitad de la altura de la grúa, y se fue disipando poco a poco. La calidez del sol se colaba oblicuamente por la ventanilla y, una vez más, Mike tuvo la tentación de posar la cabeza en la consola y dormirse.

Reuniendo sus energías, abrió la puerta de la cabina y se dejó caer en el suelo. Se quedó allí tendido, jadeando y sujetándose el costado, que notaba caliente y pegajoso. Frente a él se encontraba el coche familiar en cuyo interior habían planeado aplastarlo William y Dodge. Pero sus ojos escrutaron más allá, entre el torbellino marrón que se iba despejando por momentos. Emergiendo de entre el polvo, junto a la valla de tela metálica del fondo, había otro montón de coches prensados, claramente situados aparte de los restantes. Algunos de esos coches eran más nuevos; otros estaban tan oxidados que ni siquiera se discernía su color. El polvo se aclaró aún más, y entonces distinguió, atada con alambre delante de cada pulcra bala metálica, una matrícula: FRVRYNG, MSTHNG, LALADY. Ataúdes metálicos, cada uno con un cuerpo enterrado. John a secas. Danielle Trainor. Ted Rogers.

El aliento de Mike levantaba nubecillas de polvo rojo óxido de una extraña belleza. Una de sus manos, a unos centímetros por delante del rostro, estaba cubierta de sangre: una capa brillante y fresca sobre otra reseca y negra.

Una mancha blanca le borró completamente la vista; y luego se encontró de pie, apoyándose con todo su peso contra uno de los enormes neumáticos de la grúa. Avanzó tambaleándose, cayó sobre la parte trasera del coche familiar y se fue impulsando hacia delante por el flanco de vehículo, dejando las huellas ensangrentadas de sus manos en los polvorientos cristales. La puerta del conductor se abrió chirriando, y las piernas le fallaron. Se desplomó en el blando asiento de tela; los muelles suspiraron bajo su peso. No sería capaz de arrastrarse fuera de ese coche, así que rezó para que aquel pedazo de chatarra funcionara. Le pesaban los brazos. Movió una mano hacia delante. Una vez, dos. Sus dedos se aferraron a una llave, pero no creyó que fuese real hasta que la giró y el motor cobró vida soltando un estornudo malhumorado.

Había sido conducido a este desastre con un coche familiar, y ahora saldría de él con otro vehículo exactamente igual.

Accionar el cambio para meter una marcha constituyó una tarea hercúlea. Arrastrando el tubo de escape, el coche rodeó tembloroso la bala desplomada del Volkswagen Bug, salió del desguace y descendió por la cuesta del desolado camino de tierra. Las curvas eran una tortura, los zigzagueos una agonía.

A mitad del descenso por la ladera comprendió que iba a morir.

Capítulo 57

El tiempo se convirtió en un movimiento borroso, en un barullo de imágenes. Las impresiones le flotaban en la cabeza: una casa al final de una calle umbría, unas barras para escalar, una camisa de color rosa salmón descolorida, el cojín amarillo apestando a pis de gato, y él con los codos en el alféizar, esperando. Mike Doe en la ventana saledíza fundido con Katherine Smith en la ventana saledíza. «Mi padre va a volver.»

«Lo has jurado. Ahora lo has jurado.»

Un rollo de película giraba en su mente, como una frase caótica e ininterrumpida que resumiera la vida de su hija.

... su puño diminuto, recién nacida, agarrándose el meñique, dónde está Kath-a-rine, acunándola para dormirla con el na, na, na de Hey Jude, *su lengua diminuta cubierta de llaguitas, el monótono latir de su corazón en la oscuridad, buenas noches, mi niña, mi lucecita, ella lo cogía de la pierna con sus manitas, alzándolas para que la tomara en brazos, y él mirando...*

... la luz del sol a través del parabrisas era tan intensa que tenía que hacer un esfuerzo para mantener los ojos abiertos...

... un molde de la huella de su mano, el psssst de un té imaginario en la taza, el aroma del champú neutro, y ella se resistía a andar por un pasillo del súper, él forcejeaba con sus bracitos inertes, como si tratara de recoger agua en una cesta, lloraba la primera vez que vio cómo Annabel se cortaba el pelo, el asiento del cine se alzaba bajo sus piernitas hasta que él lo sujetó, y ella se tapaba los ojos cuando el hervidor em-

pezó a silbar, caminaba con las zapatillas de su padre, con los zapatos de tacón de Annabel, con la botas de él, y...

... el coche familiar estaba estacionado en la cuneta, y Mike se había derrumbado hacia delante, aplastándose los labios contra el volante. Bajó la vista hacia su camiseta desgarrada y vio la punta reluciente de una costilla asomando por la herida ensangrentada del costado. La piel de alrededor estaba completamente blanca. Cerró los ojos otra vez y pensó en lo maravilloso que sería mantenerlos así.

«Volverás a buscarme.»

«Volveré a buscarte.»

Puso las manos en el volante y empujó hasta ponerse derecho. Su cuerpo temblaba; su carne se estremecía. Ordenó a su mano que se moviera, que pusiera la marcha atrás. Dando un topetazo, el coche salió de la zanja y subió a la carretera. Apretó los dientes, parpadeó para librarse de las gotas de sudor, inspiró con un ronco chirrido, y...

... y entonces tiene cinco añitos, salta a la comba, le sonríe, le falta un colmillo, el vestidito de color lavanda con la pegatina descascarillada de una princesa de Disney que lleva siempre hasta que se cae a trozos, la primera vez que puede leer su galleta de la suerte en un restaurante chino, las gafas redondas rojas, las vacaciones en las que solo quiere comer regaliz, gajos de naranja en los intermedios, el Abominable Hombre de las Nieves, *el maldito* High School Musical. *Ahora me lo has jurado. Me lo has jurado...*

... sonó una bocina, devolviéndolo a la realidad, pero cuando consiguió levantar el brazo, el conductor, furioso, ya lo había esquivado y seguía adelante, mientras él descendía por el lado izquierdo de la pendiente. Un destello de conciencia le dijo que estaba circulando a unos diez kilómetros por hora. Hizo todo lo posible para enviarle a su pie la señal de que pisara el acelerador. En los últimos minutos el dolor se había convertido en un entumecimiento general; notaba la piel rígida y fría como el hielo. Vagamente consciente de las fotocopias sueltas que revoleaban por el asiento trasero, dio un golpe de volante para corregir la trayectoria del coche. La carretera ahora parecía más ancha, una carretera de verdad. El sol había ascendido un poco en el cielo. Notaba punzadas y pinchazos en los dedos, respiraba de un modo superficial, liviano, como un recién nacido.

Cerró los ojos para rezar una oración rápida, pero entonces, por arte de magia, ha dado un salto en el tiempo, y ve el futuro, y es el presente: un presente-futuro que flota fuera de su alcance, frágil y elusivo como una mariposa, y...

... allí está, en la ceremonia de graduación, ese espíritu libre con el signo de la paz cosido en su toga, que hace un movimiento de baile en el estrado ante de estrecharle la mano al director, el cielo azul claro lleno de birretes lanzados al viento, y luego su boda, de noche, el discurso de una hermana menor, o de un hermano quizás, Annabel le apretaba la mano bajo la mesa, y los primeros compases de la melodía del baile del padre y la hija, y él se levanta, los flashes parpadeaban en las mesas vecinas, y ahí está ella, su hija, en una cascada blanca, y entonces toma su mano enguantada y...

La colisión lo arrojó violentamente sobre el salpicadero, mientras abría los ojos de golpe. Rodó hacia un lado, y su frente dejó un borrón en la ventanilla del conductor. Vio las pulcras casitas espaciadas en las laderas ajardinadas; vio a los viejos que llevaban polos amarillos y zapatillas de color beis, que lo señalaban.

A través de la ondulante cortina de vapor que salía del capó aplastado, vio la columna de estuco, apenas mellada, del centro de actividades, y comprendió que debía de haber chocado a cinco por hora. El coche había ido a parar entre unos arbustos, tras cruzar la entrada posterior y recorrer unos metros: un final bastante triste para un viaje a cámara lenta.

Una fotocopia del libro de contabilidad voló lánguidamente a su lado y aterrizó en el salpicadero. Apenas movió los labios. «Ayúdame», le dijo a la cortina de vapor.

Oyó pasos y silbidos, el traqueteo de una camilla, y de golpe apareció un equipo médico, y lo ayudaron a salir del coche, sujetándolo de los brazos y acribillándolo a preguntas.

—Una herida en el costado, ¿lo ves?

—¿Le han disparado o apuñalado? ¿Disparado o apuñalado?

—¿Cómo se llama?

—¿Alguna alergia?

—*¿Hablas español? ¿Te pegaron un tiro o te apuñalaron?*

—Tenemos que llevárnoslo. Vamos.

—... no puedo... —Hizo un esfuerzo para hablar—. No puedo morir... Ustedes no lo entienden... Mi hija... Katherine Wingate...

—No se mueva. Déjenos trabajar.

—¿Le duele? ¿Y aquí? *¿Dolor aquí, amigo?*

—Décima costilla, línea axilar media. Necesitaremos el banco de sangre.

Oyó que rasgaban lo que quedaba de su camiseta y notó unos parches metálicos en el pecho. La presión que sentía bajo el cuello, advirtió, procedía de un collarín cervical. «... en una casa de acogida... Tienen que curarme...» Su voz sonaba tan ronca y debilitada que apenas le llegaba a los oídos.

—Abra la boca.

—Inspire hondo. Otra vez.

Ahora lo llevaban en camilla por un sendero, entre viejos de expresión perpleja y primorosos macizos de flores. Cruzaron una puerta trasera y vio de pasada un cartel que proclamaba alegremente CENTRO DE VIDA ACTIVA NEW BEGINNINGS. El logo de la carita sonriente le guiñó un ojo.

—Ponle seis de morfina.

—... para que pueda ir a buscarla... Dígale a su madre... Annabel... Jocelyn Wilder es el nombre...

—Un pequeño pinchazo, ¿de acuerdo? Muy bien.

El aire acondicionado en el rostro. Luces en lo alto pasando rápidamente, una tras otra.

—Tiene taquicardia, hipotensión, hemorragia abdominal. Ha de entrar ahora mismo en el quirófano. ¿Quién está de guardia?

Las palabras de Mike eran todavía más débiles.

—Mi hija... está escondida... Dígale a mi esposa... Annabel Win... gate...

—El doctor Nelson ya está ocupado con esa cadera rota.

—Ha perdido mucha sangre. No sé.

—... no puedo morir... sin...

—¿Una tomografía?

—No hay tiempo, se desangrará en el escáner.

Un robusto enfermero se inclinó sobre él y le introdujo un dedo en su entumecida mano izquierda.

—Apriéteme el dedo. Apriete. Bien, muy bien.

Mike se concentró para articular las palabras, para mover los labios.

—... Jocelyn Wilder... Parker, Arizona... Dígale... a mi esposa...

El enfermero se le acercó más.

—¿Qué dices, amigo? ¿Que le diga a tu esposa qué?

Nuestra hija está con Jocelyn Wilder, de Parker, Arizona.

Antes de que todo se detuviera, Mike comprendió que las palabras no habían salido de su cerebro.

Capítulo 58

La voz sonaba borrosamente, como si la oyera bajo el agua.

—¿Dónde está Katherine?

Mike musitó:

—No te lo diré en la puta vida.

Otra voz dijo:

—Simpático, ¿no? —Y volvió a hundirse en la marea negra.

Esta vez notó el colchón bajo su cuerpo.

—... la prensa está exigiendo responsabilidades —decía la voz de Shep—. El estado ha pagado para que te evacuen al centro médico Cedars-Sinaí. Y también a Annabel. Atención de alto nivel. Los muy hijos de puta temen una demanda legal. Es un alivio para ellos que hayas sobrevivido. Parece que tenías un corte en la arteria... ¿Qué? Vale, en la vena renal. Que sangra deprisa, pero no tanto como una arteria. Vaya suerte, ¿eh?

Mike intentó mover la boca, pero no le obedecía.

Shep prosiguió:

—Los federales registraron el desguace y encontraron los restos de tus padres en esos coches triturados. McAvoy ha sido detenido. Está bien jodido, según parece.

—No te oye —dijo alguien.

—Sí, sí me oye —replicó Shep.

Había abierto los ojos, aunque apenas, y veía borroso. Tenía la lengua demasiado pastosa para hablar. Un metal le pinzaba la piel del estómago. Una cara bronceada flotaba sobre él diciendo: «Felicidades, señor Wingate. Acaba de heredar un casino de clase tercera».

—Humm —murmuró Mike.

—Comenzará de inmediato con un salario de tres millones.

—Al mes —añadió la voz de Shep desde alguna parte—. Y el dividendo anual tiene más ceros de los que caben en un cheque.

Mike distinguió ahora la silueta de su amigo, al pie de la cama.

—Adivina quién es un experto en legislación de casinos. —Shep golpeó con la uña algo que Mike reconoció como una tarjeta de color marrón topo. Logró enfocar fugazmente la cara de su amigo: el tiempo suficiente para captar el destello de sus incisivos—. ¿Te acuerdas de aquel abogado de tanta categoría con el que Two-Hawks me puso en contacto?

Percibió ahora la figura del hombre que había hablado antes como una suma de partes: cara bronceada, hebilla oval de plata repujada con una turquesa incrustada, chaqueta de ante con flecos de piel en los hombros... El individuo le hizo una grave inclinación, con una pizca de ironía en los ojos, y dijo:

—El cacique Two-Hawks le manifiesta su deseo de una larga era de paz y prosperidad entre nuestras tribus.

La escena se volvió otra vez borrosa. Una voz femenina dijo:

—No pueden estar aquí.

Mientras se desvanecía, oyó a Shep:

—¿Qué?

Esta vez volvió en sí, despertó totalmente con un único pensamiento en la cabeza: «Katherine».

Se sentó de golpe, pero una lanza ardiente le atravesó las entrañas y lo obligó a tumbarse de nuevo sobre las almohadas. Hasta girar un poco la cabeza le resultaba insoportable, pero consiguió echarse un vistazo: la bata hospitalaria que llevaba se le había abierto y mostraba una vía férrea de grapas quirúrgicas desde debajo del ombligo hasta el esternón; los bordes de la herida estaban de un color rosa cárdeno. Le costó un buen rato asumir aquella raja como una adición permanente a su cuerpo. Tenía un gran trozo de gasa pegado al costado con papel adhesivo. Con cierta turbación, la despegó: le habían cerrado limpiamente la herida de la cuchillada con pequeñas suturas negras, las cuales asomaban como bigotes de gato; la piel de debajo era de un color negro bolsa de basura: ignoraba que la piel pudiera adquirir ese tono.

—Se vieron obligados a abrirte. —La voz, al otro lado de la habitación, lo sorprendió. Un hombre sentado en una de las butacas para las visitas se estaba quitando una pelusa de sus impecables pantalones. Llevaba una corbata roja firmemente ajustada. Mike reconoció aquella cara afeitada, pero tardó unos momentos en ponerle nombre: Bill Garner, el jefe de gabinete del gobernador. Advirtió que no había nadie más en la habitación.

—Tuvieron que parar la hemorragia, examinar el hígado y los intestinos y toda la pesca —prosiguió Garner—. Has estado unos días en buena parte inconsciente. Te estás recuperando muy bien, pero me imagino que todavía vas a pasar mucho…

Mike intentó incorporarse otra vez y dio un grito.

—… dolor.

Volvió la cabeza y miró alrededor. La puerta estaba abierta. Se veían enfermeras y pacientes caminando deprisa por el pasillo. En la mesilla de noche, había vendas empapadas de sangre en una bacinilla. Todavía asimilando la impresión de la cicatriz, trató de recuperar algún recuerdo de la neblina de los últimos días: Shep había estado allí. Y el abogado de Two-Hawks. Algo le sonaba de que el estado se temía una demanda. ¡Ajá, ese era el asunto!

Soltando un gruñido, pasó las piernas por un lado de la cama. El tubo de oxígeno le tiraba por debajo de la nariz. Se quitó una vía intravenosa del brazo (el suero salino empezó a gotear en el suelo), y se arrancó el exceso de papel adhesivo.

—Yo en tu lugar no lo haría —aconsejó Garner—. Hay una enfermera muy gruñona dispuesta a hacer honor a su carácter.

Mike se levantó y se tambaleó un poco hasta que las piernas se le afianzaron y cobraron firmeza.

—¿Han encontrado el cuerpo de Hank?

Cerrándose la bata con los dedos, avanzó con cautela hacia la puerta. Garner no se despegaba de su lado.

—Sí —dijo—. El departamento de policía está en pie de guerra, porque el detective era uno de los suyos. La policía, el FBI..., todo el mundo se ha metido en el asunto.

—Ya veo.

—Hank Danville quizá no parecía gran cosa, pero estaba muy bien considerado entre las fuerzas de seguridad.

Mike se detuvo y, mirándolo, dijo:

—Con razón.

—Y las pruebas son abrumadoras. —Garner dio un silbido hacia el techo, y se le agitó el flequillo—. A Brian McAvoy más le valdría aplicarse él mismo la inyección letal. No había habido una acusación tan irrefutable desde el caso O. J. Simpson. —Se rascó la nariz—. Eso era un chiste.

—Perdona —se excusó Mike—. Todavía estoy pensando en Hank.

—Tendrás ocasión de despedirte de él como es debido. El departamento de policía está preparando un buen sarao, con ceremonia y todo. Quedará como un héroe.

Mike no se fiaba de su voz, así que se limitó a asentir y continuó yendo hacia la puerta.

—No deberías estar levantado, de veras.

—Eso parece. ¿Hacia dónde está mi esposa?

—Al fondo de aquel pasillo.

—¿Y Shep?

—Por aquí, seguro. No se ha apartado de tu lado desde que lo soltaron.

Mike se apoyó en el marco de la puerta, jadeando.

—¿Cómo que lo soltaron?

—Está sometido a investigación. Tu abogado entregó la grabación de seguridad de la casa de Graham, así como los demás documentos. Esto es un jaleo de primera magnitud, obviamente, pero hemos convencido al fiscal general y al fiscal del distrito para que te ofrezcan total inmunidad federal y estatal a cambio de tu testimonio veraz y de tu cooperación en todo lo referente a la acusación contra Brian McAvoy. Te lo repito: inmunidad total.

—Para que no demande al estado. Lo cual, entiendo, es el

motivo de que hayas tenido la gentileza de visitarme. En una silenciosa habitación de hospital, antes de que nadie más pueda hablar conmigo.

Garner fingió una expresión de aburrimiento, y añadió:

—Aunque están dispuestos a hacer ciertas concesiones, dados los..., los errores cometidos en la investigación inicial, alguien ha de responder por el reguero de delitos que tú y Shepherd White habéis ido dejando a vuestro paso.

—Necesitáis una cabeza de turco. —Mike hizo una mueca con los labios.

—Se han quebrantado muchas leyes. Coches robados, agresiones, hurtos, el asesinato, de noche, en su propia cama, de un importante agente de los cuerpos de seguridad del estado. Por una parte estás tú, padre de familia, autor de un proyecto comunitario premiado. Y por otra parte, un delincuente convicto. Alguien tuvo que efectuar ese disparo desde el balcón.

—Graham era un asesino de mierda.

—Resultaría menos complicado para todo el mundo si la cosa no se presentara así.

—¿Menos complicado para quién? —Avanzó un poco más.

—Hagamos un alto aquí un momento, Mike. —Garner le puso una mano en el hombro suavemente para detenerlo—. Tú podrías acabar en la cárcel. No es broma. Te conviene pensar muy bien lo que vas a hacer.

Él le apartó el brazo y le espetó:

—Hay una foto de tu jefe en la vitrina de trofeos del casino de McAvoy. Incluso tuvo la gentileza de firmarla: «Al Deer Creek Casino, amigos míos, amigos de California». Vosotros aceptasteis donaciones a carretadas de un individuo que se cargaba alegremente a sus oponentes, generación a generación, mientras la policía, los fiscales, los jueces y, sí, el propio gobernador miraban para otro lado.

—Baja la voz, por favor.

—No solo no va a acabar Shep en la cárcel por ninguno de esos supuestos delitos, sino que el gobernador tiene veinticuatro horas para decretar un perdón total, o habrá de pasarse los últimos días de su campaña explicando que él no es el responsable de sus policías corruptos, y que los cientos de millones con los que McAvoy contribuyó al presupuesto del estado no tuvieron ninguna relación con la impunidad de sus crímenes durante décadas.

Salió al pasillo; Garner se apresuraba a su lado. Este lo amenazó:

—Todavía podemos hacerte la vida muy difícil.

—Tú no sabes lo que significa «difícil».

Dos agentes se acercaron a medio trote. Garner les hizo un gesto para ahuyentarlos. Ellos vacilaron sin retroceder; Mike les preguntó levantando la voz:

—¿Estoy bajo arresto?

—Señor, no puede abandonar...

—¿Estoy bajo arresto? —gritó.

Todo el ajetreo que tenía lugar en el pasillo se paró de golpe. Los dos agentes miraron a Garner; él les devolvió la mirada. Parpadearon nerviosamente, y uno de ellos dijo:

—No.

Mike siguió adelante.

—Ahora te sientes muy seguro —le dijo Garner, caminando de lado junto a él y haciendo lo posible por bajar la voz—. Tú y tu familia habéis ganado la lotería mil veces. —Se colocó frente a Mike de un salto—. ¿Estás dispuesto a tirarlo todo por la borda para proteger a un delincuente amigo tuyo?

—Él es parte de la familia.

La mirada del jefe de gabinete del gobernador se mantuvo inconmovible, pero los labios se le tensaron con inquietud.

Mike apretó los dientes para soportar el dolor y masculló:

—Y apártate de una puta vez de mi camino.

Garner se demoró un instante y luego obedeció.

Dejándolo atrás, Mike siguió avanzando por el pasillo. Cogió unos pantalones quirúrgicos de un carrito que trasladaban por allí. Ponérselos resultó más doloroso de lo que había imaginado, pero las grapas del vientre no le saltaron; al fin lo consiguió y dejó la bata tirada en el suelo. Cada tos, cada ínfima flexión traía consigo un nuevo trallazo de dolor. Procuró doblarse por las caderas para no utilizar los músculos abdominales, pero incluso así los ojos se le anegaban de lágrimas. Descamisado, continuó hacia el fondo del pasillo, examinando a cada paso los historiales colocados en las puertas y los nombres impresos en las etiquetas. Harto de dolor y agotamiento, empezó a gritar el nombre de su esposa mientras caminaba arriba y abajo.

Oyó que ella respondía débilmente desde una habitación situada a la vuelta de la esquina, y dio una primera zancada para echar a correr antes de que una ráfaga de calor en el estómago le recordara que debía caminar. Al doblar la esquina, vio que los agentes Elzey y Markovic estaban junto a una puerta entreabierta. Elzey tenía en la mano un ramito de flores de la tienda de regalos, y debía de estar calculando cuánta indulgencia podría reportarle un puñado de claveles cuando llegase el momento de que Annabel prestara declaración. En cuanto los agentes detectaron que él avanzaba ceñudo y tambaleante hacia ellos, con el cuerpo remendado como un Frankenstein de pacotilla, se dieron media vuelta, avergonzados, y se escabulleron.

Mike sentía un calor ardiente en la cara, en el pecho, en los bordes de ambas heridas cuando llegó al umbral. Ella estaba en la cama: la piel pálida y el lacio pelo pegado al cráneo. Movió tímidamente una mano hacia su propio rostro, pero la detuvo a medio camino, y ese ínfimo gesto instintivo le resultó a Mike desgarrador. Él se sujetó al marco de la puerta, resollando de dolor, mientras ambos se embebían mutuamente de la imagen del otro. El padre de Annabel se esfumó como una aparición antes de que su yerno hubiera percibido siquiera su presencia. Él no podía apartar los ojos de ella, no podía moverse; se había quedado inmóvil por el dolor y el éxtasis.

—Te has cortado el pelo —dijo Annabel, esbozando una sonrisa, e inmediatamente se echó a llorar.

Esa imagen lo puso en movimiento. Acercándose a la cama, pegó la cara al cabello de su mujer, inspiró su aroma, que aún persistía bajo el hedor a yodo y sudor revenido. Una enfermera apareció repentinamente a su lado y les habló a ambos con gran agitación, pero él no procesaba sus palabras.

Annabel rozó con los dedos las cicatrices. Él le apartó el camisón y examinó la piel amoratada y el surco de la herida. Se sentía impotente, agradecido, lleno de rabia… Las emociones giraban en su interior como un tornado.

Annabel alzó el lívido rostro hacia él; Mike le limpió una lágrima de la mejilla.

—Vamos a buscar a nuestra hija —dijo ella.

La enfermera intervino entonces a pleno volumen.

—Usted no va a ir a ninguna parte con ese desgarro en la arteria, señora Wingate. —Se volvió entonces hacia él—. Y usted será mejor que se vuelva por ese pasillo y se tumbe en la cama. Le toca tomar una dosis de opiáceos.

—No puedo tomarla. He de conducir.

—¿Conducir?

Annabel dijo:

—Ve.

Él la besó suavemente en la boca y salió.

Shep estaba esperando en el pasillo, apoyado contra la pared como un gánster de Chicago.

—¿Me puedes conseguir un poco de Ibuprofeno? —le pidió Mike.

—¿Cuánto?

—Un millón de miligramos.

Shep le puso una mano en la espalda y se dirigieron al ascensor.

—¿Tienes coche? —le preguntó Mike.

—¿Cómo lo quieres?

—No, Shep. Quiero tomar el tuyo prestado.

El amigo se sacó unas llaves del bolsillo.

—No es un Pinto. —Se las puso en la mano—. Solo digo que con tu historial como conductor…

Shep se inclinó sobre el mostrador del puesto de enfermeras y se agenció un frasco de analgésicos del estante posterior. Mike se tragó en seco dos pastillas, y su amigo le metió el frasco en el bolsillo de los pantalones quirúrgicos, junto con otra cosa. Mike vio que le asomaba el brazo de peluche blanco, y sonrió.

Mientras bajaban en el ascensor, Shep señaló los cardenales que cubrían el torso de Mike.

—Lo que has hecho por tu familia… —Meneó la cabeza con admiración.

—No seas idiota. Lo he aprendido de ti.

Las puertas se abrieron con un tintineo. Cruzaron el vestíbulo y salieron afuera. El aire fresco le recordó a Mike que iba, absurdamente, con el pecho descubierto.

El Shelby Mustang del 67, de carrocería reluciente y ancha rejilla que sonreía desdeñosamente, aguardaba enfrente, en el aparcamiento. Shep indicó:

—Tiene el depósito lleno y está listo para arrancar.

Una limusina se detuvo junto a la acera y, rápidamente, emergió un hombre de pelo canoso y traje gris, que lo saludó con la mano y se apresuró a darles alcance. Tuvo que andar con paso enérgico para mantenerse a la misma altura que ellos.

—Señor Wingate… —dijo—. He venido de inmediato a expresarle nuestro pesar por esta terrible situación.

—¿Usted es…? —preguntó Mike.

—Ahora que Brian McAvoy ha sido detenido por sus atroces crímenes, yo soy el administrador más antiguo de Deer Creek Tribal Enterprises, Inc. Y he venido aquí en nombre del consejo de administración para explicarle que nosotros no teníamos conocimiento de ninguno de los excesos del señor McAvoy. Y que cuidamos de su bisabuela al final de su vida. Yo la conocí personalmente, de hecho. Le aseguro que no le faltó de nada. Si podemos ayudarlo de algún modo durante esta transición, o necesita cualquier cosa…

—Sí —respondió Mike—. Necesito una camisa.

El hombre abrió la boca de par en par; los flecos del canoso bigote le colgaban del labio superior.

—Deme su camisa —exigió Mike.

El hombre sonrió con los labios apretados. Shep lo ayudó a quitarse la chaqueta; luego él mismo se aflojó la corbata, se desabrochó la camisa y se la tendió a Mike.

Este se la puso entre muecas de dolor y se dispuso a abrocharse los botones.

—Gracias. Están todos despedidos.

Shep y él siguieron caminando hacia el Mustang.

—Nos necesita —gritó el hombre—. ¿Quién va a administrar el casino?

Mike respondió mirando hacia atrás:

—Tendrá que hablar con mi director de operaciones.

El hombre, con el torso desnudo bajo la chaqueta, subió a la limusina y se alejó. Llegaron junto al Mustang, y Mike pasó un dedo por una de las rayas blancas de coche de carreras.

—¿Director de operaciones? —inquirió Shep.

Mike lo señaló a él con la cabeza.

—¿Ah, sí? ¿Cuánto?

—¿Cuánto quieres?

—¿Podré seguir haciendo trabajitos?

—No.

—Me lo pensaré.

Mike abrió la puerta. Shep lo sujetó de las manos y lo ayudó a descender poco a poco al envolvente asiento. Le lanzó un fajo de billetes y su teléfono: el único Batmóvil superviviente. Dejó ambas cosas bajo el freno de mano y cerró la puerta. El motor cobró vida con un rugido. Antes de que el coche saliera marcha atrás, Shep dio unos golpecitos a la ventanilla.

En cuanto Mike bajó el cristal, le preguntó:

—Siempre andan diciendo que no resuelve nada. La venganza, claro. Pero cuando los mataste, ¿sentiste placer?

—Sí —respondió, y se alejó.

Capítulo 59

Las pocas veces que se detuvo para repostar, comer o tomar café, todo el mundo lo miró con extrañeza. Lógico: con la camisa de vestir, los pantalones verdes y los pies descalzos, parecía escapado de un manicomio. Se tomaba de vez en cuando un Ibuprofeno para el dolor, pero era más bien la adrenalina lo que lo impulsaba. El trayecto era largo, y se dedicó a soñar un poco.

Tanto si le acababan concediendo la inmunidad como si se la negaban, volvería a llevar a Kat y a Annabel a su hogar y, gracias al casino, ambas dispondrían del dinero suficiente para estar debidamente atendidas el resto de su vida. Él podría pagar sus innumerables deudas de gratitud: a los herederos de Hank, a Jocelyn Wilder, a Jimmy… Qué demonios, podría cambiar todas las tuberías de Green Valley y ponerlas del puto gres vitrificado, o bien devolver los subsidios ecológicos fraudulentos. Esas casas serían el primer lugar donde invertiría el dinero del casino, una penitencia pública por la mentira que había puesto en marcha toda aquella historia.

Y tanto si se encontraba en libertad como si disfrutaba de un permiso penitenciario, celebraría una pequeña ceremonia por sus padres. John y Danielle Trainor. Con ataúdes de verdad. Les daría sepultura y echaría la primera palada de tierra.

Por fin podrían reposar.

En un estacionamiento de camioneros situado a una hora de su destino, mientras daba sorbos a una Cola y se comía una barrita de almendras y chocolate, captó de improviso un atisbo de sí mismo en el espejo retrovisor. Unas gotas de sangre, seguramente de una vía intravenosa, se le habían secado en el lóbulo de la oreja; y quien lo hubiera afeitado se había dejado una zona en la esquina del maxilar. Se lamió el pulgar y trató de limpiarse la sangre; al ver cómo le temblaba la mano se dio cuenta de lo nervioso que estaba. Entró en el baño, se lavó la cara e hizo todo lo posible para recuperar un aspecto humano. Aun así, cuando regresó a la carretera con el Mustang, el dolor había cedido su lugar a un zumbido de temor que sonaba como una corriente continua en sus oídos.

Entró en Parker, Arizona. Pasó frente al cine al que había ido con su hija, frente a la tienda donde habían comprado el vestido y la cafetería donde habían comido por última vez. Volvió a sentir una sensación de náusea, como si ejercitara una memoria muscular, y, a causa del nerviosismo, se extravió. Tuvo que dar media vuelta y atravesar un laberinto de calles suburbanas, mientras la frustración lo llevaba prácticamente al borde de las lágrimas.

Sonó el Batmóvil. Rezando para que alguien le echase una mano, respondió.

—Graham, según parece, recibió un disparo en el curso de un robo al azar con allanamiento.

Le costó unos segundos identificar la voz: Bill Garner.

El tipo prosiguió:

—¿Preferirías contradecir esa versión?

Mike pensó en la larga secuencia que abarcaba toda la historia con Graham. Primero, su padre —John a secas— luchando a muerte. Después, aquel apellido que un anónimo gilipollas de los servicios sociales le había asignado a él a los cuatro años. Y ahora, finalmente, se cerraba el círculo, pues el informe oficial diría que Graham había muerto a manos de un individuo no identificado: de un tal John Doe.

—No.

—He tenido que jugármela para incluir a Shepherd White en el acuerdo de inmunidad. Ha sido mucho más difícil de lo que te puedes imaginar. Pero he de reconocerte una cosa, Mike: tienes aguante.

—Y lealtad —respondió él.

Una calle se abría a la salida de una curva. Había pasado ya dos veces por allí, pero no se había fijado.

Garner estaba diciendo:

—... el fiscal del distrito puede enviar los documentos...

Terminó de tomar la curva, y allí, al fondo, estaba la laberíntica casa estilo rancho y el patio trasero lleno de juegos infantiles y de niñas revoloteando.

—Tengo que dejarte.

—Estamos hablando de tu inmunidad. ¿Acaso tienes entre manos algo más importante?

—Sí, en efecto.

Paró el coche junto a la acera, justo donde había aparcado la otra vez, donde él y Kat habían cerrado su desesperado acuerdo.

«Volverás a buscarme.»

«Volveré a buscarte.»

Antes de que pudiera mentalizarse, la vio salir al porche delantero y regar con un cubo de plástico un helecho marchito. Llevaba el vestido amarillo a cuadros que le había comprado, aunque se le había desgarrado una manga y deshilachado el dobladillo.

Se bajó del Mustang. Las piernas apenas lo sostenían. Al oír el ruido de la puerta del coche, Kat, que tenía una mancha de tierra en la mejilla, alzó la cara y lo miró directamente.

Y acto seguido, dio media vuelta y entró en la casa.

El viento le dio en la cara con un silbido desértico y, por un momento, pensó que lo derribaría y lo haría pedazos. Se quedó allí temblando. Hizo un esfuerzo para recomponerse, para sentirse lo bastante entero antes de seguirla.

Una chica mayor le abrió la puerta.

—¿Usted es...?

—Sí —afirmó.

«Un marido. Un padre.»

La chica se hizo a un lado.

Al fondo, en el diván, Jocelyn lo vio entrar y llamó por señas a la bandada de críos, reuniéndolos mágicamente a su alrededor. Todos enmudecieron y observaron con ojos inquietos.

—Está fuera —dijo Jocelyn.

Mike movió dos veces la boca antes de hablar.

—Gracias.

Kat estaba sentada más allá de los columpios, en un tramo de asfalto resquebrajado, jugando con una muñeca: una Barbie con una pierna. Musitaba algo para sí mientras le manipulaba los brazos en una y otra dirección. La niña estaba despeinada y tenía las uñas sucias.

Llegó a su lado. Kat no alzó la vista. A causa de las grapas y las suturas, Mike tardó en agacharse hasta el suelo y sentarse frente a ella. La miró jugar; ella seguía sin levantar la cabeza.

Se metió la mano en el bolsillo de los pantalones quirúrgicos, sacó a Bola de Nieve II y lo dejó en el suelo entre ambos. En una explosión de rabia, Kat cogió el diminuto oso polar de peluche y lo arrojó a las hierbas que crecían junto a la valla.

—De acuerdo —dijo Mike.

Las grapas se le clavaban en la piel, pero no se movió. Observó las manos de su hija, la costra que tenía en la rodilla, la cabeza inclinada... Ardía en deseos de abrazarla, pero se obligó a permanecer inmóvil, a dejar que ella viviera este momento a su propio ritmo. Kat giró un poco la cabeza, y él le atisbó la mejilla: le temblaba. La niña arrojó la Barbie contra el asfalto.

—¿Cómo se siente al tener una sola pierna? —musitó Mike.

—Está enfadada —contestó Kat.

—Me lo imagino.

Él se moría de ganas de acercarse y tocarle el brazo, de acariciarle el pelo, de cogerle una mano. Un pájaro carpintero golpeaba con el pico un poste telefónico.

—Ahora ya está todo arreglado —musitó Mike.

Kat aporreó la muñeca unas cuantas veces más y luego la dejó. Tímidamente, manteniendo la cabeza gacha, gateó hacia él, se apoyó en su regazo y se acurrucó contra su pecho. Él sintió una descarga de dolor a lo largo de la columna, pero le daba igual. Lo único importante era que tenía su cabecita metida bajo el mentón.

—Mírame —dijo suavemente.

Ella no se movió.

—Mírame, cariño.

Lentamente, ella alzó los ojos.

Él dijo:

—Ya está todo arreglado.

Y entonces ella empezó a llorar y a gritar, tirándole de la camisa y aporreándole el esternón con los puños. Él la abrazó, gruñendo para resistir el dolor, pegando la frente a la suya, mientras la mecía lentamente. Oscurecía y el cielo estaba gris. Permaneció inmóvil, dolorido, con las piernas torpemente extendidas, abrazándola mientras ella se calmaba, abrazándola hasta que ya no sintió más que el temblor de su respiración, abrazándola, abrazándola, abrazándola.

Agradecimientos

Numerosos expertos se han tomado la molestia de brindarme una valiosa orientación en cuestiones médicas, logísticas, editoriales y tácticas. Gracias a la doctora Kristin Baird, a John Cayanne, a Philip Eisner, a Tyler Felt, a Marjorie Hurwitz, a la doctora Missy Hurwitz, a Don McKim, a James Murphy, al doctor Bret Nelson, a Andrew Plotkin, a Emily Prior y a Maureen Sugden. Cualquier fallo del libro no se debe a ellos, sino a la terquedad innata del autor.

Gracias a mis serviciales e incansables representantes: los abogados Marc H. Glick y Stephen F. Breimer, y los agentes Rich Green, Aaron Priest y la incontenible Lisa Erbach Vance. Al penetrante (y paciente) editor Keith Kahla y a todo mi equipo en St. Martin's Press, incluyendo, aunque sin ser exhaustivo, desde luego, a Sally Richardson, Matthew Baldacci, Jeff Capshew, Tara Cibelli, Kathleen Conn, Ann Day, Brian Heller, Ken Holland, Loren Jaggers, Sarah Madden, John Murphy, Matthew Shear, Tom Siino, Martin Quinn y George Witte. Asimismo me gustaría expresar mi gratitud a David Shelley, Daniel Mallory y a todo el equipo de UK Sphere, así como al resto de mis editores en todo el mundo. También a mi rhodesian ridgeback, *Simba*, que me ha hecho compañía la mayor parte del tiempo mientras tecleaba este libro.

Y a Delinah, a mi lado día tras día con una sonrisa que, diez años después, todavía siento al alcance de la mano.